招摇

<全二册>

上卷 · 子时

九鹭非香 作品

CNS PUBLISHING & MEDIA 中南出版传媒
湖南文艺出版社
HUNAN LITERATURE AND ART PUBLISHING HOUSE
博集天卷
CS-BOOKY

上卷
子时

就在我以为我即将踏上“魔生”的又一个巅峰时，我……

死了。

目录

上卷
子时

楔子

我是一个女魔头，臭名昭著了很多年的女魔头。

江湖上那些名门正派里想将我除之而后快的人，不知道已经死了多少拨。我依旧好好地活着，活得风生水起、得意扬扬，然而就在我以为我即将踏上“魔生”的又一个巅峰时，我……

死了。

被自己门派里看门的小丑八怪给……干掉了。

我委实想不通，心中执念太重，入不了轮回，就在这天地之间，荒郊野岭，青草坟头，来回晃荡。成一个典型的孤魂野鬼，日日夜夜，每天在坟上画着圈圈，念叨着三悔。

一悔平生不够心狠手辣，对所谓的名门正派太过仁慈。

二悔生平太过自信骄傲，不够仔细谨慎，终招杀身之祸。

三悔百年之前，真是千不该，万不该，不该将那碍事的小丑八怪收入门下，最后竟被他害了性命……

第一章
身死

想我路招摇，招摇了一辈子，
最后居然死得这么、尤其、十分、特别地普通。

我死的那天，正是上古魔器万钧剑重现于世之时。

江湖上早就有传说，说得万钧剑者，则可得魔界至上尊位，问鼎魔王之座。

我为魔这一生，该拿到的成就都拿到了，就差这一步，我盼着能拿下魔尊之名，从此一统分裂千年的魔界，权倾天下，号令苍生，莫敢不从！

是以在万钧剑即将出世之时，我率领我万戮门的门徒赶至千年剑冢，在那里早已有魔道中人互相残杀，我自是懒得看上一眼，命小辈帮我断后，我只身入了剑冢。

现下回想起来，我却是在那时就犯下了两个错误，一是未曾留意到剑冢之中混乱气息之下掩盖着的仙气，二是没去管跟在我身后随我一同入了剑冢的小丑八怪。

小丑八怪其实有名字，还是我给他取的——墨青。

因为在我初遇他的时候，正是他浑身都伤得青一块紫一块之时。他脸上也还有如墨般漆黑的疤痕，一条一条的，仿佛什么神秘的符咒，衬得他一张脸丑陋得可怕。

可修魔的，从来不怕这些。

当时他怀里抱着死后身体冰凉的他娘，身前站着十大修仙世家的家主，家主们称他是魔王之子。

我却不以为然。

咱们魔界公认的魔王已经死了千八百年了，老魔王死后，整个魔道四分五裂，魔头盘踞，没个正统。这些正道的，逮着一个手下有十来个人的魔修就说人家是魔王，按他们的道理来分，这天下的魔头得有成千上万个了。

而且最过分的是——

如果按他们的规矩算，就算排了成千上万个魔头，那也排不到我，因为当时我手边并没有可供驱使的人。

我很不服气，于是打算教训教训他们，让他们知道，就算手下没有人，也是可以很厉害的。

于是当年的我挡在了墨青的面前，嘲讽了一番他们几百号人欺负人家孤儿寡母，然后就只身与他们十大世家斗了一场。

后人传那次斗法令天昏地暗、江湖枯竭。虽然没他们说得那么夸张，但那确实是我立名于魔道之中的一战。

我一身是血地救出了墨青，从此名声外传，所有人都知道尘稷山出了一个可以单挑十大世家的女魔头。投靠我的人络绎不绝。

我建了万戮门，收了上千门徒。而在那一战之中救下来的墨青，我因事务繁忙，没空管他，就给他指了个师父，他师父说他没有修魔的天分，于是便将他打发去了山门看门。

之后我就很少听到他的消息了，直到我死前才再次看见他。那时他已成青年，面上可怕的墨痕依旧未曾褪去的丑八怪青年……

那日剑冢之中，仙家门人不知道多早就在那里布下了杀阵，以图一锅端掉有名的魔头，而他们没料到我万戮门实力竟有这般厉害，凭我手下门徒便将所有魔道中人阻挡在外，唯独我一人，入了剑冢。

在万钧剑出世之前，我正专心压制剑冢之中翻涌的剑气、戾气和千百年前因以活人祭剑而沉淀的怨气。那些潜伏已久的仙门中人，忽然就动手了。

我本不将这些人放在眼里，可委实没料到剑冢之中的气息居然那般厉害。

我震碎了仙门的杀阵，却没防住剑冢之中的杀气，我被狠狠刺伤，拼着最后的力气终于将剑冢中的气息死死压下，躲到了角落里。只待万钧剑出世，我趁机夺得它，便可君临天下了。

杀阵被震碎了，然而那些仙门子弟却未曾离去，他们在剑冢之中寻找我的踪迹，此时此刻，我再无力气与他们相斗。我脖子上被剑冢杀气割破的伤口深可见骨，几乎将我脖子砍断，让我连说话都困难。

我在石头缝里小心翼翼地藏着，忽然，只觉脖子上一热，我浑身一紧，正要发难之际，被人捂住了嘴。我抬头一看，瞅见那张墨痕遍布的脸，竟是墨青。

他见我认出了他，当即便放开了我，只将我的脖子捂着，帮我止血。我看着他，看见他眼神里掩饰不住的担忧，转了转眼珠。

“墨青，”我喊他的名字，嗓音嘶哑，“你是不是喜欢我？”

是，我这个问题是问得突然，但他眼神里的关切并非普通门人会流露出来的，思来想去，我就想到这么一种可能。

果然，我问了他这个问题之后，他看了我一眼，像哑巴一样沉默不言，只是放在身侧的手默默抓紧了一瞬。我了然一笑，目光在他满是墨痕的脸上一转。一个没什么天赋的魔修，悄悄跟着我进剑冢，一定是为了在关键时刻帮我一把，让我记住他吧，因为除了这种办法，他再没可能出现在我面前了。

我望着他，和蔼亲切地微笑：“墨青，你既然喜欢我，一定不想让我死在这里，对不对？”

他沉默地看着我，然后垂了眼眸，盯住我脖子上挂着的那个小银镜。镜子里映着他墨痕遍布的脸，我不知道他在想什么，姑且以为他是想要个赏赐，于是我作势要将银镜取下来：“这银镜便给你当作信物，今日你若能保我从此处安然离开，他日我必保你在整个魔界傲视群雄。”

这个小银镜哪儿来的我已经忘了，也不知道有什么作用，平时觉得戴着好看也就一直戴着，所以给出去的时候一点也不犹豫。

可墨青沉默地压住了我的手：“你不用给我什么。”和看起来可怕的面孔不一样，他的声音竟然出奇地好听，“你把它留着吧。”他说，“好好留着就行了。”

不用任何东西就能换得别人给我卖命，我自然是乐意的，于是我又将小银镜放下，望着他，努力温柔地微笑：“你帮我去引开那些仙门弟子，好不好？”

他忽然抬起了手，轻轻抚摸我的脸颊，指尖在我脸颊的酒窝上停留。我现在要靠他救命，当然就没脾气，随便他怎么摸。

“门主，”他这般唤我，和其他弟子平时唤我好似没什么区别，但又因为此刻他的指尖停留在我的脸上，所以与别的弟子区别大了去了，“我可以为你放下一切，只要你安好。”

嗯，这个时候表忠心，真是个会说话的弟子。

只不过他说的话对我并没什么触动。这种事我看得多了，很多人说，为了你我可以放下一切，并不是因为他有多伟大，而只是因为他本来就一无所有。

我在心里这般想着，却觉得面前的墨青手指微微一僵，这一瞬间，我都以为他好似看穿了我的想法。我心里有点慌，在片刻之后，墨青却提剑走了出去。

不看着他的脸，我只觉这个青年背影挺拔得让人挪不开眼。

那时，我以为我一定会得救的，等墨青引走了他们，我拿了万钧剑，悄悄溜走，到无人的地方修养到伤好，再回万戮门，一统天下。那个时候，墨青要是活着，我就罩着他，要是死了……那我就给他立个好看的碑。

我想得很好，可当我躲在缝隙里，偷偷去瞅外面的情况的时候，我看见墨青这个小子居然一边与仙门的人战斗着，一边往剑冢那个方向退去。

剑冢之中，杀气已被我压下，正中之处，有一点光芒正欲破土而出。

是万钧剑！

我心头一急，只见修为本就不高的墨青此时已被仙门中人砍得鲜血淋漓，他站在剑冢之上，鲜血流入剑冢之中，浸入那光芒里面。

正在此时，仙门中有人一剑斩断了他的脚筋，墨青猛地摔倒在剑冢上，他的手伸出去恰恰握住刚刚破土出来的万钧剑。

万钧剑认主的！

我心头虽急，却坚信只有那么一丁点修为的墨青绝对拔不出万钧剑，哪里料到，他的血竟然顺着剑柄慢慢渗了下去。忽然间，只见剑冢之中，气息汹涌，各种气息喷射而出，将我方才立下的禁锢尽数冲破，一时间将剑冢里的仙门弟子射杀无数！

待得墨青一声大喊，将剑彻底拔出来的时候，剑冢里面的气息也登时炸开，涤荡千里，横扫三界，而不是万钧剑主人且身受重伤的我，就这样在这场巨大的气息震荡当中……

被震死了过去……

死之前,我只见墨青脸上的墨痕随着剑刃上光芒的流动而缓缓消失。

此时我方才意识到，原来，他脸上的墨痕竟然不是画来玩的符咒，而是封印，对上一届魔王之子的封印。

我也才意识到，原来当年十大世家说的，他是魔王之子，居然是诚不欺我……

我更是忽然意识到，这个墨青，跟随我进剑冢，或许一开始就计划好了。他不是为了护我，不是为了引起我注意，更不是因为喜欢我，他只是要拿回属于他父亲的东西，而因为万钧剑被封印着，他力量不够，所以才等我将所有事情都处理完毕之后,他拿着剑去砍两个仙人。最终，拿到了万钧剑，并以自己的血，让万钧剑认主……

这小子！真是好计谋啊！

只可惜我这一生！千般拼命，万般折腾，到最后，竟然是给别人做了嫁衣！我真是恨出血了地不甘心啊！

可饶是再不甘我也死了。

就那么一点不华丽也不轰轰烈烈甚至有点莫名其妙地死了……

等我再感觉到这个世界存在的时候，是一个大雨瓢泼的晚上，我坐在新坟之上，任由雨点穿过我的魂体，将坟头墓碑打得噼啪作响。

我绕过去看了我的碑，碑上一个字都没写，我气得想将这碑踹碎。恨不能自己拿个锥子在上面凿下“天上天下威武无敌至上至尊魔王路招摇”几个大字。

碑都不写好，还让不让人安心死了！

再说回我这死后的事。

我生前着实是个臭名昭著的女魔头，抢小朋友糖葫芦，殴打路边流浪汉这种破事没少干，仙途魔道恨我的人手拉手能绕尘稷山三百圈。

我本以为在我死后，必定被刨坟掘尸，难保全身。可没想到，我在坟头飘了几年，青草都长了半人高，愣是没有一个仇家找上门来。

我忽然觉得有点寂寞，觉得自己活着的时候坏事都白做了。

全赖这无字碑！

我记恨这给我立碑的人，名号不给我写，名字也不给我写，不仅让崇拜我的人找不到我，连仇家也全都找不到我。而就在我对立碑人意见越深的那一年，清明时节，细雨如毛，我终于等到一个人来给我上坟了……

那是一个身着墨衣，冒雨而来的男子，走得近了，我见他面如冠玉，漂亮得令我觉得惊艳。

我绕着他看了许久，倏尔觉得此人五官看起来竟有几分熟悉。我摸着下巴咂摸，等到他在我坟前供上几个青果子的时候，我陡然反应过来……

啊！这人不就是那个小丑八怪墨青吗！

原来，在脸上那些骇人的墨痕消失后，他这张脸竟然这么漂亮！

他立在我的坟前，细如毛的雨点像在他身上打了霜，他哑声说："知你嗜酸，在路上给你摘了几个青果子。"

我爱吃酸，万戮门的人都知道，上供的果子从来都是将熟未熟的青果子。他知道这坟里埋的是我，而除了埋我的人，别人应该都不知道这无字碑下是谁。

我心下了然，必定是他在剑冢夺了万钧剑后，将我的尸身带来埋了的。了然之后，我又是不屑，墨青利用了我，害死了我，现在还好意思到我坟前来晃！还配着万钧剑！他是来显摆的吗？！

我瞪着他，气得想将青果子踢开："谁要你的青果子，我又吃不到，上坟连张纸也不烧，你小子懂不懂规矩！"

“这果子很酸，路上我尝过，你一定很喜欢。”

你还尝过？你是不是有毛病，给人上供前，自己先舔一遍？

他看着我的碑，全然看不见我怒目而视的神情，继续说着：“现在的万戮门，我帮你打理得很好。”

什么！他居然接手了万戮门！我大惊。好小子！杀了我，还连带着抢了我一手建起来的门派！够狠！不过……虽然我好像确实说过谁有本事杀了我，门主之位给谁坐之类的话……可那不是因为当时自信地觉得没有人杀得了我吗！

“有万钧剑在手，我也慢慢找回了自己的力量，已经逐渐统一了分裂的魔道。”

什么！我再惊！他要登上魔王之位了吗！那个本来是我囊中之物的位置！

“你想要的，我都在慢慢帮你实现。”

是啊！我想要的都被你抢走了啊！

这个混账东西，果然是到这里来显摆的！

我气得想诈尸。我都躺土里了，他还要特意找来，把这些事说出来让我心塞！他是有多恨我！明明在他小时候我也还算救过他！这真是个恩将仇报的家伙！

我拔着坟头草，只恨自己不能爬起来咬死他。

然而显摆完了他的这些成就，他还没走，又站了半晌，仿佛极为苦涩地说道：“可惜，你都看不见了。”

什么！你还想让我亲眼看见？我现在要是活着，不得天天被你气死百八十遍啊！这小子心肠也忒毒了！

我怒不可遏，一直站在碑前面瞪着他，直到他在细雨霏霏当中转身离去，一袭墨衣完全掩入夜色，我心头的气愤还是无法消解。

我活着的时候从没想过他居然是这种厚颜无耻的丑八怪。

我想来想去，越想越恨，觉得不找他报一下仇简直都对不起我心里日渐积攒的怨气。

在这坟头飘着的几年，偶尔会有其他孤魂野鬼自我这里路过，我从他们嘴里知道，在离我坟头二十里的地方有一个亡魂鬼市，专门为飘荡在世间的孤魂野鬼卖东西。

我生前见过的稀罕法宝比整个鬼市都多，本是不屑于去看的。现如今，我觉得是时候去看看了，找一个能还阳的法子，时间不用太多，能让我回去结结实实捅墨青一刀，我也就满足了。

我向路过的野鬼问了路，当天起程，晃晃悠悠飘了三天，终于飘到了二十里地外……

我心累。

行得慢，这也是几年来我不曾离开坟头的原因。

二十里地，这要换作我以前，不用掐诀念咒，一眨眼就能赶到，而如今，这魂魄之体，半分力量也无，只能靠自己飘。晚上还好，能借着夜里阴气飘快一点，到了白天，特别是正午，别说飘了，我恨不能将自己埋进土里。

鬼的世界就是这样，不论你生前如何强大，死后也都是一团气体。其实也是有不同的，厉鬼就比我飘得快很多，跟脚下踩了风火轮一样，呼啦啦就过去了，且越厉的鬼，飘得越快，力量也越大，但厉鬼被生前事所缚，离不开自己那一亩三分地，飘得再快也只能在自己那一块地方瞎转转。

而我之所以没成厉鬼，思来想去，大概是因为我死得不够惨烈吧。

说来也感慨，想我路招摇，招摇了一辈子，最后居然死得这么、尤其、十分、特别地普通。

我不服，我还得还阳，再死一次。这次一定要死得惊天动地！

给自己找了一万个还阳的理由，我终于飘到了亡魂鬼市。鬼市里安安静静，孤魂野鬼们阴气森森地做着自己的生意，我沿着主路寻了很久，终于在路边看到了一家气派的店面，店门上高高挂着一个牌匾，黑底白字，歪歪扭扭地写着“回魂铺”三个大字。

我冲里面瞅了一眼，里面柜台罩着黑布，布上挂了几个木牌，分别写着“回魂半个时辰”“回魂一个时辰”“回魂一日”等不同的字样。我掐指算了算，现在墨青接管了万戮门，又有了万钧剑，还要一统魔道，我要捅他，少说也得三五个月，这一个时辰半个时辰的，哪儿够……

我正打算进铺子里细看，忽然间，一把大刀拦在我身前，我顺着刀刃往旁边一看，只见这店门口一左一右还守着两只青面獠牙的鬼。

“叫什么名字？”一只獠牙鬼问我。

我背着手，斜斜睨了他一眼：“尘稷山路招摇。”

他听了我的名号，也不害怕，拿了面镜子出来，与里面一通对话，随即放下镜子，手中大刀一横：“你不能进去。”

我挑眉：“开店的不让进，为何？”

“你阴间没钱！”

我只觉心头中了一箭，一瞬间几乎都要吐出血来了。我从没来鬼市买过东西，也不知道他们卖东西居然是像阳间一样要钱的。我按捺住脾气，问他：“鬼哪儿来的钱？”

“让人给你烧啊。”

我沉默了。

我让谁给我烧啊！这几年来上坟的就墨青一个！他还只供了几个路边摘的青皮果子！这不是扯吗！

我看了眼獠牙鬼，再审了审自己，最后不得不一声叹，认命地转身离开，任由獠牙鬼在后面笑我：“死了四五年了，一分钱没有，一个穷酸鬼，还敢来咱们回魂铺！”

他说的都是实话，我真是有脾气也没底气撒。

我一路三叹，又晃晃荡荡地飘了三天，无奈地飘回了自己的青草坟头。

还好当鬼不用吃东西，要不然没钱买吃的，被饿死了才是我路招摇此生最大的笑话。

想来感慨，我姓路，名琼，字招摇，活着的时候，是应了“招摇”二字，而今死了，却是应了“琼”这一字。当真穷得可怜，我生前没吃过半分穷的苦，现在竟然在这上面栽了跟头……

世事难料，难料至极啊！

我觉得我是报仇无望了，在我“鬼生”一片黯淡的时候，一个雷雨交加的夜晚，我正在坟头静看电闪雷鸣，忽然自远而近传来一串急促的马蹄声。

只见一匹乌黑的骏马疾驰而来，马背上一个粉衣女子在拼命挣扎着，隔了老远就听见她声嘶力竭地喊：“你放开我！我不要与你走！”

背后抱着她的男子只驾着马，并不回话。

待到骏马疾驰到我坟前碑旁，忽然一道赤白的闪电撕裂天空，惊雷炸响，女子不知是怎么拼命一挣，竟从马背上一头栽下，狠狠撞在了我的石碑之上。

“咚”的一声，血溅当场，听得坐在坟上的我都不由得“哟”了一声。

女子从我碑上滑下，滚在泥地里，一身好看的浅粉色衣服登时裹满了泥污。骑着大黑马的男子紧急勒马，都没等马蹄站稳，他下了马就跑了过来，几大步追到我的墓碑前，将那一脸黑泥的女子抱了起来：“芷嫣！”他粗犷的声音既沉且痛，“芷嫣！”

我便站在男子背后，与他一同看着他怀里的少女。

少女双眼紧闭，脸上的泥混着血，不一会儿就被瓢泼大雨冲干净了，露出了苍白的脸。

“哎哟，这一头撞得可没吝惜力气。要死了要死了。”我啧啧感慨，感慨完了，忽然灵光一闪，她死了，死在我坟前，这难道是天意，让我试试传说中的借尸还魂术？

嗯，这是一个不错的想法。

当即我摩拳擦掌，就等着这少女彻底断气。然而没等多久，只见少女倏尔抽搐似的蹬了一下双腿，随即胸膛一起，嘴唇微张，竟是……

又睁开了眼睛……

这样都没撞死！我惊叹，现在这些人的脑袋怎么这么硬？

我失望地挪开眼，对这出热闹失了兴趣，然而刚转身要坐回坟头去，却听那才醒过来的女子倒抽两口冷气，一声尖叫：“鬼啊！”

第二章
转机

想不到我这一生，变成鬼后，
居然还有再次兴风作浪的机会。

咦？叫我？

我一转头，盯着她。

果不其然，粉衣少女双目瞪如铜铃，直勾勾地盯着我，拼命地在男子怀里挣扎着：“没有脚！鬼！鬼！”

呀！她撞了脑袋，居然能看见我了！好久没有活人看见我了！我很开心，连忙向着她走了两步，冲着她笑：“对啊对啊，我是鬼。”

“啊啊啊！”她又是一阵尖叫，推开男子，拼命向后爬，“你别过来，你别过来！”

男子又是茫然又是着急，急声问她：“芷嫣！是我啊，你怎么了？”

我也向她解释：“你别怕我呀，我又不害你。”我琢磨了一下，“也不对，刚才是想害你来着……”

“啊啊啊！”她尖叫不停，往后爬着，后背贴到了我的碑上，摸到墓碑。她抬头一望，又是一惊，正欲尖叫，男子抓住了她的手臂：“芷嫣！你看我！我在这儿，我带你回去！你别怕！”

这男子不说这话还好，他一说这话，芷嫣登时又反应过来：“我不和你回去！你滚！”

我在一旁搭腔：“就是，让他滚，你留下来陪我。”

她又尖叫：“啊啊！我才不要留下来陪你！”

男子茫然：“芷嫣，你到底在和谁说话？”

芷嫣斥他：“你别管我和谁说话，反正我不和你回去！我要去尘稷山！我要入魔道！我……”没等她说完，男子径直打横抱起她，带着她又要上马。

她在他怀里挣扎，又是打又是踢：“不！我不要跟你回去！你放开我！”

听到她提尘稷山和魔道，我刚起了兴趣，她就被抱走了，看她这样毫无章法地挣扎，我干着急，用了自己最快的速度，奋力飘在男子身后喊：“你打他呀！”

芷嫣现在着急，果然听我的话，拿手敲他的背。可她那……简直是一个打情骂俏的打法。男子不痛不痒，带着她走得更快。我又喊：“你打他脑袋呀！”

芷嫣闻言又是“啪”的一巴掌打在那男子脸上：“我打了呀！”

男子脚步顿了一瞬，我趁此机会追上了一点距离：“你没打痛啊！”

芷嫣又“啪”的一巴掌扇在男子脸上：“我打痛了呀！”

男子彻底停了脚步，我吭哧吭哧地追了上去，一抬头就瞧见了男子看芷嫣的神情，他嘴角紧抿，眼神带着三分沉痛，七分哀伤。

嗯，我心想，这巴掌大概是打得他心痛了。

可这和我并没有什么关系，我只关心这少女没把他打晕，那这个男子还是得带她走的。

果不其然，男子一迈脚，显然是不管不顾地要将芷嫣带走。芷嫣叫得撕心裂肺："我不走！你放开！浑蛋！"

哎呀，麻烦！

我最烦这种强取豪夺的事了，人家姑娘都说不走了，非追着逮，仗着体力优势欺负人啊！我一撸袖子，喝了一声："我来！"当即一头撞进了芷嫣的身体里。

就这么义愤填膺、不管不顾地一撞，我只觉身体传来久违的温热与沉重的感觉。而此时根本来不及顾及其他，我一个鲤鱼打挺径直从男子的怀里挣脱出来。

男子一愣，怔然看我："芷嫣？"

我一言不发，拢起沾染泥水的广袖，目光沉凝，手上结印。男子看着我，陡然反应过来，当即神色一凝："你不是芷嫣！你是谁？！"

他喝完，右手一拔剑，只听一道清脆的铿锵之声，我目光一转，挑了眉梢。刚才太混乱都没有注意到他身侧这把佩剑，要说别的仙剑我不一定熟悉，但这把剑的样式我可熟得很。此剑琉璃为鞘，通体透彻，白玉为柄，末端挂着指甲盖大小的鎏金铜镜，喻为白水鉴心。是鉴心门的象征性佩剑。

这男子竟是鉴心门中人。

鉴心门乃十大仙门之一，当初十大仙门在剑冢中埋伏之时，鉴心门可没少出力，十个里面，有五个都是鉴心门人。杀我，他们可谓下了血本。

我眯起了眼睛，冤家路窄啊。

男子也是目光如影地盯着我，威胁道："何方邪祟，速速现形！饶你不死。"

我一声嗤笑，没眼力，我路招摇即便是附身到一只猪身上，像他这种普通的仙门弟子，也可以妥妥地打十个。

当即，懒得与他废话，我身形一闪，化影上前，迎着男子惊诧的眼神，在他根本没来得及反应的时候，一个手刀“啪”地砍在男子的脖子上。电闪雷鸣在我身后，瓢泼大雨落于我四周，男子高大的身体瞬间崩塌于我身前，我拂了拂衣袖，淡定自若地道：“搞定。”

然而此时，四周剩下了大雨哗啦之声。

没有听到喝彩之声，我转头一看，只见那粉衣少女此时已成魂魄之体，孤零零地站在我的墓碑之前，愣怔且呆滞地望着我：“你……你抢了我的身体？”

哎呀，我反应过来。

好像是这么回事。

我挥了挥手：“莫慌，身体我还你就是。只是……”我走到芷嫣魂体旁边，笑眯眯地看着她，“小妹妹，你先回答我几个问题。”

她有点局促地搓着手：“什么问题？”

“你这一身修仙之气，分明是名门正派里出来的修仙者，可你刚才说要去尘稷山，入魔道，是为何？”

芷嫣沉默了一会儿，杏圆的眼睛垂了下来，眸光之中隐隐藏有恨意：“仙道难修，我要寻便捷之法，去做魔修，我要报仇。”

“哦？”我抱着手臂问，“报仇？”

“鉴心门门主柳巍杀了我爹……”她拳心握紧，咬牙切齿，“我要让那老头血债血偿。”

我看了一眼旁边倒在泥地里的男子：“他也是鉴心门人呀，你们怎么搅和在一起的，我看他还蛮喜欢你的。”

芷嫣一默，随后道：“我爹与柳巍老儿乃至交，我自小在鉴心门长大，他……是柳巍幼子柳沧岭，我本与他有姻亲在身。哪想……我此次欲入魔道，他追我而来，不许我去尘稷山。”

我点头，竟是一出夹带着血海深仇、虐恋情深的故事：“那在他追到你之前，你到尘稷山了吗？”

芷嫣抬头瞅了我一眼，有些奇怪：“这便是尘稷山山脚，你不知道？”

我……还真不知道！

从我这儿飘过的孤魂野鬼从来没告诉过我这里是尘稷山，尘稷山山脉绵延数百里，每一座山峰都有不同的风景，我在这儿住了百来年也没完全摸清楚过。

那小丑八怪竟然将我的尸身埋在了尘稷山里，他……

他果然是恨我，想让我日夜仰望山峰，向我炫耀他的成就吧！

这个王八蛋！

只可惜了他的心机，千算万算，没算到我根本没认出这里是尘稷山！哼！和我斗！也不看看我的心有多大！

“我刚上了尘稷门，未来得及入门，便被柳沧岭截回……带到了这里。”

都到我万戮门门口了还能让鉴心门的人劫走？守门的都是干吗吃的？那小丑八怪还好意思说把万戮门治理得很好？

我对墨青的治下不严感到有点生气。

芷嫣在那方盯着我，她现在倒是也冷静下来了，转头看了看碑，又看了看占据她身体的我，问：“你呢？你是谁，为何会葬在这儿，立一块无字碑？”

“我啊，”我弯了嘴角，浅浅一笑，“我姓路名琼，字招摇，就是建了尘稷山万戮门的那个……”

“……女……女魔头。”她骇然地将我的话接了过去。

我欣赏着她的表情，满意地点了点头：“对，就是那个女魔头。”

我见她咽了口唾沫，尽管我知道魂体是没有唾沫的。再次被别人用这样敬畏的眼神仰望，我只觉一阵身心舒畅，前段时间在亡魂鬼市受的窝囊气登时狠狠地吐了一吐。

“江湖中无人能找到你的尸身，原来你竟被埋在了这里……”芷嫣轻声呢喃，“到底是谁将你埋在了这里……”

我正要作答，忽听大雨之外的远方传来了脚步之声，芷嫣这身体的根骨太薄弱，听不远。我随手掐了个千里耳的诀，在这耳朵上一甩，霎时间如破开了尘世的迷雾，远处的声响动静尽收于耳。

“门主，他们闯进了禁地，前山的弟子未曾见到他们出去，理应还在禁地之中。”

“何以未曾拦住？”

这冰凉的语调，略带沙哑低沉的声音我一听便识了出来，是墨青。

呵，好小子，我勾唇一笑，你来得可正叫一个好啊！

“门主曾嘱咐不得胡乱杀人……”

“他处自是不可，而擅闯禁地者，莫论因果，杀。”

“是……是，属下谨记……”

“处理完此间事，自去惩戒堂领罚。”

他如今倒是威风，我心头一声冷哼，转了转脖子，捏了捏指骨，“咔咔”几声，将筋骨活动开了。

芷嫣在我背后盯着我：“你这是要做什么？你不是说我回答了你的问题，就将身体还给我吗？”她有点慌，兴许是想到了我生前做的那些破事，“你……你打算食言吗？”

我只眯眼看着雨幕尽头的道路，听着脚步声传来。“你刚才不是问，是谁埋的我吗？”我道，“你自己看吧。”

我话音一落，墨青一身黑袍，果然出现在了视线里。

“是……是万戮门门主……厉尘澜。”

哦，原来他叫厉尘澜啊。我轻笑，老魔王之子，是应该姓厉没错。当时初遇，他死活不肯说自己的名字，还累得我费脑子给他想了一个，现在想来，我真是被他从头骗到尾呢。

“小姑娘，”我唤芷嫣，“你先前说，你想拜入万戮门是吧。”

芷嫣愣愣地看着我：“是……是啊。”

“我有个简单的法子。”我转头看她，歪着嘴角邪邪一笑，“我建万戮门就立下规矩，谁有本事杀了我，谁就有资格当下任门主。我琢磨着，你要报仇，进万戮门当个小喽啰实在没什么意思。不如……”我笑得露出了虎牙，“我助你一步登天，你意下如何？”

“什么叫……一步登天？”芷嫣显得有点蒙。

就是，让你去当门主啊。

我在心里答了她这句话，眸光随即一凉，手腕一转，地上的白水鉴心剑被我吸入掌中。我一抹剑身，抹去水与泥，盯着瓢泼大雨那头迈步而来的墨青。新仇旧恨涌上心头，我脚下借力，腾身而起，长剑一挥，剑气如虹，径直杀向一袭黑袍的墨青。

“保护门主！”门徒们在后面喊，声音未至，我剑气先砍在了墨青身上。

只听“咣”的一声响，仿佛地面的一道闪电，摩擦出了雷动之声，我在模糊的雨幕当中得意扬扬地翘着嘴角笑。芷嫣的身体里，内息不够，力量不足，但饶是根基再差的身体，让我来玩，我也……

我也……

好像不怎么玩得转。

剑气的光华消失之后，墨青依旧长身静立雨幕之中，他负手而立，一派宗师作风。我方才那记剑气，别说伤了他，连在他衣袍上切个缝……都没有切出来。然而方才那记剑气，成功地让他注意到了我。

招摇

◆ 万钧剑

招摇

九鹭非香 作品

隔得远，我看不太清楚他的表情，却那么明显地感觉到，这个人和之前站在我坟前的完全两样。他眸中寒芒如星，杀气冷然，与我认识的那个小丑八怪好像根本不是同一个人了一样。

我有点失神，然而便在这失神的片刻墨青动了。

没有一点点防备，他就这样一个闪身落至我身前，我只来得及看见他掌中金印一闪而过。

杀招！中则必死！

这念头在我脑海中一闪而过，我急中生智，拿着白水鉴心剑堪堪一挡。“啵”的一声脆响，宛如水滴落入湖心，我却被这股大力狠狠推了出去，撞破雨幕，飞了好远，才落了地，咕噜噜地像粪球一样，裹了一身的泥，最后撞上一块石头，勉强停住。

我“哇”地吐了口血出来，丢掉手中已经断了的剑，狼狈地趴在地上，吐了半天，没喘过气来。

这小丑八怪，现在……玩得，呵呵，很溜嘛。

“啊啊啊！”然而比我叫得撕心裂肺得多的，是那边在我碑前的芷嫣的魂魄，“我要死了！”她惊慌失措，像热锅上的蚂蚁，围着我的碑直转，“我的身体我的身体！要死了！”

我咳了一声，吐掉喉咙里的血：“死不了。”我声音暗哑地说了这句话，一抬头，看见已经闪身再次落到我身前的墨青。

他脸上的墨痕不知已消失了多久，然而此时的他脸色看起来，竟比以前有墨痕的时候可怕千万倍。

我心知，现在我和墨青之间，简直有一万个柳沧岭的差距，可既然惹了他，那为今之计唯有……

认㞞。

“少侠在上！”我喊了一声，“小女子甘拜下风！”

芷嫣在那边喊："死了死了，你们万戮门的人，从来不留活口的。厉魔头心狠手辣，你一定死了，我也一定死了。完了，没法给我爹报仇了……"

她在那边嘀咕，除了我，即便是墨青也听不到。我也知道，万戮门的人，要是认个尿就打发了，那我们当年也混不成修魔道的第一大帮……

于是我贼兮兮地抬头瞥了墨青一眼，打算揣摩揣摩他的心思，再随机应变。

可没想到，我抬头看到的是有些发愣的墨青。他看着我，却又像透过我在看别的东西。

反正我是搞不懂年轻人这种迷离的眼神，我只用搞懂他现在不是太想杀我就可以了。

嗯，认尿有戏。

留下芷嫣的身体，报仇的机会还多得是。于是我坚定认尿不放松，彻底改变了助芷嫣一步登天的策略，我打算走个迂回的路线。

"少侠！啊，不是，那个……厉门主！小女子路……"我打住，咳了一声，"路芷嫣。"

芷嫣的魂魄终于奋力地从碑前飘了过来，她一边抱怨鬼走路怎么这么慢，一边对我说："我不姓路！"

谁管你姓什么，平时自己名号说得太顺口，差点说漏嘴，我能顺口兜住已经很不错了好不好。我不搭理她，自顾自地编："我父亲被鉴心门柳巍所害，我走投无路，一心前来投靠万戮门，却不想在山门前被那鉴心门弟子胁迫，截来此地，闯了禁地，实属无心之过，还望门主海涵。"

我认错服输，诚恳至极。芷嫣在旁边口瞪目呆："路招摇……女魔头……你……居然是这样的魔头。"

哼，小丫头片子，不懂事，能屈能伸才是成为魔头的第一准则。我忍不住，悄悄白了飘过来的芷嫣一眼。就在抛白眼的这个时刻，墨青开口了：“一心投靠？”他踏上前一步，踩在已经断裂的白水鉴心剑上，“剑招却使得不错。”

他语带讽刺，提醒着我刚才一见面就对他刀剑相向的事实。

我眼珠一转，笑道：“看见门主太过激动，便想与您切磋切磋。实不相瞒，不是我吹，凭我的本事，如今万戮门中人，除了门主，私以为，再无人可收我为徒。”

我仰头，带着一嘴的血，满身的泥，身形狼狈却目光真诚地望着他：“门主，我是想拜您为师啊！”

墨青垂头看着我，眸光沉凝，一言不发。那种悠远的神情又出现在了他的眼眸之中。

我依旧不懂，只能任由掉落成线的雨在我与他之间织出一层又一层的网，一遍又一遍湿了我的发与脸。

终于，他身形微微一动，这副身体是生是死，全然悬于他一念之间……

“呵！想拜门主为师！你这仙门的走狗，想得倒美！”身后跟来的护卫蓦地插了一句话出来。我眼神一转，记住了这张塌鼻子、小眼睛的脸，他说完话，脚步没停，越过墨青便提刀要来砍我。

哼，居然敢走在门主身前，不懂事！一看你在万戮门里就混不上高位。

我心里正嫌弃着，果不其然，他大刀还没抬到最高，整个人便被一道无形的力量一击，一屁墩摔在了泥地里。墨青侧了眼眸，目光寒凉：“谁给你的胆动手？”

“门……门主，”塌鼻子随从连痛都不敢喊，立马趴在地上跪好了，“门主方才不是说……擅闯禁地者，莫论因果，杀……吗？”他浑身发抖，语调有点可怜委屈。

我做证，墨青方才确实这样说过。

不过，掌权者嘛！什么叫掌权者？掌权者就是说一的时候，你要说一，掌权者说不是一的时候，哪怕他前面刚说了一，你也不能提醒掌权者刚才说了一。因为这会显得掌权者非常愚蠢，让掌权者尤其没有面子。

毕竟我也曾是掌权者，我很能领会墨青现在作为门主，遇到一个愚蠢属下时那种尴尬的心情。

于是我善意地打了圆场："我这不是擅闯呀！我这是被逼着闯的呀，不能杀我。"我一扭头，指着那边被我打晕过去的柳沧岭道，"杀他，都是他的错。"

"不行！"

芷嫣在旁边叫了出来。

可除了我没人听得到一只鬼的话，哪怕是拿到了万钧剑，修得这般厉害的墨青。

我瞥了芷嫣一眼，没打算理她。这个黑锅不让柳沧岭背，就没人背了，我又不傻，当然优先保住芷嫣的身体，柳沧岭死不死，和我又没什么关系。

我转回目光，望向墨青，等待他来做决定。

墨青终是转身走了，只留下了一句话："戏月峰，我去令人安排住宿。"

这便是同意让我留下来了，然而收不收我当徒弟，杀不杀柳沧岭没细说。只是在离开之前，他路过我的墓碑时，脚步微微一顿，稍动手指，一个闪烁着金光的结界在我坟上凝结而出，像撑了一把大伞，挡住了瓢泼而下的大雨。

第三章

交易

到底是天无绝鬼之路！

毫无征兆！

毫无征兆！

重要的事情一定要强调两遍！

我彻底蒙在了芷嫣那副昏睡的身体旁边。

稍微回过神来之后，我试图再次闯进芷嫣的身体，却只是穿过了她的身体，我下半截透明的魂体，陷在床榻里面，并没有附得了她的身。

为什么？

我很困惑，盯着那副半死不活的身体细细思量。

昨夜被抬回来的时候，我虽然还有几分意识，但已经处于半昏迷的状态了，这个身体伤得太重，我没多余的力气操控。只得任由轿夫将我抬到了戏月峰上，等戏月峰的人给我洗漱治疗了一番，安顿我睡下。

直到我闭眼之前，一切正常，也无异常发生。仙门那个小姑娘的魂魄早被落在了那个山谷坟地边，一晚上的时间，以她的速度，绝对飘不上来，不可能夺回这副身……

“嗯……”

芷嫣的身体一声嘤咛，缓缓转醒。

她居然醒了！

我震惊。她的魂，居然自己飘回来了！这是她把我挤出来了吗？！

“我……”她一动手臂，立即低呼出声，“嘶……好痛。”

废话，受这么重的伤，也就只有我这样坚忍且历尽风霜的魔头才能忍住疼痛，不动声色。

“路芷嫣。”我唤她名字。

“我不姓路！”她反驳了我一句，然后一转头，瞪着我，像见了鬼……嗯，就是见了鬼这样满脸错愕地瞪着我，“你！”她连连倒抽冷气，然而抽冷气这个动作足以让她胸痛得说不出话来，只有食指颤巍巍地指着我，面色苍白。

待缓了片刻疼痛，她反应过来：“我的身体……找回来了。”

哼。我冷哼：“你的确找回去了。”

“怎么会……我明明昨天都没能追出去多远，为什么？”她一脸好奇，充满求知欲地望着我。

我怎么知道！

我很愤怒，现在这些人怎么都学会得了便宜还卖乖了。墨青是一个，鸠占鹊巢还到我坟前来嘚瑟的，这里又来一个，抢赢了我，还问我为什么她会赢。

我不搭理她，只晃晃悠悠地飘到窗户前，往外面望了一眼。

感觉很惆怅。

身体没了，我没法找墨青报仇，美好的计划再次落空这些都是其次，现在让我最愁的问题是，二十里地，我要飘三天。问，从戏月峰到我坟边，一共要飘多少天?

我看了看天色，约莫辰时三刻了，我要回坟前，就得赶紧上路，省得到了午时，阳气太重，又没法赶路了。

我快要穿过房间墙壁离开时，躺着的芷嫣奋力起身问了我一句:“你要走了吗？”

“不然呢？留下来观赏活人的幸福人生吗？”我也回头看她，见她一脸柔弱地躺在床上，眉宇间写着“未来一定会被低层魔修们欺负得连狗都不如”这一行大字，我沉默了一瞬，到底还是给了她一个忠告：“奉劝你一句，趁早抱紧墨……不对，抱紧那厉尘澜的大腿，想办法凑到他身边去。让他给你报仇，比你一个人在万戮门里瞎折腾，来得方便、快捷、安全得多。别死脑筋就想着自己去报仇，谁杀了他，他不是一个死?资源要合理利用，我送你的这个厉尘澜徒弟的身份，便算是你在我坟前撞了一头的缘分礼物吧。我走了。”

我不再搭理她，自己晃晃悠悠地飘走了。

我跋山涉水，花了快十天的时间，飘回坟前，又恢复了坐在无字碑前，继续哀叹我死后悲惨“鬼生”的日子。

但!

到底是天无绝鬼之路!

半个月之后，在一个夕阳斜照的傍晚，我感到一股仙气飘到了我的坟前。当时我正在碑后躲太阳，见了来者，我挑了挑眉：“路芷嫣，你来给我哭丧的？”

“我……不姓路。”她抽抽噎噎地回答我的问题，然后往我坟前一坐，“我……我还是把身体给你，你帮我去报仇吧。你们魔道，太难修了……”

我闻言，懒懒地往坟头上一倒，跷起了二郎腿，上上下下将她打量了一番：“哦，求我帮忙啊。”

这才是我熟悉的态度，熟悉的立场。

“你……你帮我吗？”

我眯着眼睛笑，笑得露出了小虎牙：“那得看，你能给我什么好处。”

“好处？”芷嫣泪眼模糊地盯着我，“我都把身体给你了，还能给你什么好处？”

“也是。”我点头，“那就赊着吧，等回头我把你身体还给你了，你再给我好处。”

芷嫣显然是已经被戏月峰那些魔道中人玩坏了，对我这种坑本还骗利的行为也没有任何意见地点头答应了。

我很满意：“现在太阳还在，阳气太重，上次我白天没挤进你的身体，咱们晚上子时的时候再试试，那现在这段空余的时间呢……”我眯着眼睛笑，“你就跟我说说，戏月峰上那群小妖精是怎么欺负你的吧。”

交易，最重要的就是公平，我说帮她，就一定帮她，不掺水，不掺假，保证童叟无欺。说打你，就一定打到你哭着喊爹爹。

听完芷嫣抽抽噎噎地哭诉，我大概了解了她被人欺负的经过。

我之前离开时，让她自己去抱紧墨青的大腿，但是这姑娘是个矜持且自尊心非常强的姑娘，她并没有打算那样做。她打算靠自己的本事在万戮门里好好修魔，待学有所成，再去找鉴心门的柳巍老儿报仇。

我听得是一声嗤笑，只道少女你还是太天真。

果不其然，没过几天，戏月峰上的魔修们发现这个被抬来的“门主徒弟”并没有想象中那么厉害，和门主的关系也并没有他们想象的那么好。

于是，之前对她和颜悦色的人，开始冷言相对，之前对她照顾有加的人，开始打趣甚至羞辱她，她想做到安安静静地靠着自己的本事学有所成，根本不可能。

不到一个月的时间，秉着“以和为贵”的正道修仙女子，因为鲜少反抗，所以成了所有人发泄不满的众矢之的。戏月峰上的男魔修开始占她便宜，而今天，侵犯触及了她的底线，她终于忍无可忍怒起反抗，这时，已经完全没有人帮她了。

女魔修们站着看热闹，男魔修们道她是个小荡妇，变本加厉地想占便宜。

芷嫣仓皇之下，御剑逃了出来，魔修们紧追不舍，直到她跑进了这禁地之中，终于没有人敢追上来了。

她哽咽着说完这一个月的心酸经历，已经快到子时了。

我蹲在她面前看她。“小姑娘，靠自己是可以的，这个世界很多时候确实只能靠自己，但靠自己的前提是，你足够强。而当自己不够强的时候……”我费解地看着她，“你就不能动动脑子，想想我跟你说过的话，去讨好讨好厉尘澜吗？”

“我这不是发现靠自己不行，来找你了吗……”

嗯，这确实也算一种办法。

她抹了抹泪，看了我一眼：“而且，找厉尘澜的话……厉尘澜可是门主，那么高高在上……在戏月峰待了几十年的人，都没见过厉尘澜一面，我凭什么……能讨好他，让他帮我。”

闻言我很愤怒：“我也是门主啊！我曾经也高高在上啊！就因为我死了，所以你就觉得我好欺负一些啊！”

她又看了我一眼：“是啊。”

“……”

我咬牙，只觉面前这个人，和之前那个看门的小塌鼻子一样都是不长心的。不过看在她要把身体上供给我的分儿上，我打算饶过她言语的不敬：“你对厉尘澜的担心完全是多余的。之前我不是说了吗，厉尘澜说，擅闯禁地者杀，可他为什么没杀你？”

她一脸泪光，呆愣地看着我：“为什么？”

我严肃地道："因为他看上你这副肉体了啊！"

芷嫣浑身一震："什么！"

"那要不然呢，他还能有别的什么不杀你的理由吗？"

芷嫣想了想："那个时候，是你在我身体里面呀，嗯，说不定，他是看着那时候的我，想起了以前的你？"

我又是一声嗤笑："墨青现在是万戮门门主，他这位置是从我手里抢过去的，他现在好不容易坐稳了位置，要在这时让他知道我借尸还魂了，你说，他会怎么对我？"

"斩……斩草除根？"

"还不算太笨。"我抬头看了看天色，见已是子时，便唤了芷嫣一声，"时间差不多了，咱们试试。"

芷嫣挺直了背脊坐好。我也收住了心神，屏除杂念，心无旁骛，一头撞入芷嫣的身体之中。

霎时间，指尖一暖，脚下一沉，熟悉的身体沉重感涌上感官。我眨巴了一下眼睛，看向墓碑，只见碑前芷嫣的魂魄呆呆站立，是方才被我撞了出去。

果然，占别人身子这种事情要晚上做才比较好！

我站起了身，握了握拳头，感觉手掌的力量，心中登时一片明亮，转来转去，这身体到底是归我了！

然而，我还没来得及为我撞入芷嫣身体高兴片刻，便察觉到一股气息闪至我身后，我眉目一凝，正待要躲，却感觉已有手掐上了我的脖子，将我提了起来。

呼吸瞬间被夺去，我在窒息中看着面前这人，只见他一袭黑袍依旧，却面如寒霜，眸光似刀，寸寸刮骨。"又是你。"他声色冰冷，"擅闯禁地，休想让我饶你两次。"

芷嫣的灵魂在一旁，吓得连连抽冷气惊声大叫："你看吧你看吧！你还让我去讨好厉魔头，还说他对我有意思，有杀我的意思还差不多！还好我没去！"

我心头那个气。要不是芷嫣这副身体太没用，我能被墨青给治成这副德行！

而且这墨青也好笑，干吗每次都在我和芷嫣换了身体之后跑过来为难我，真是命中注定克死我！

我抓着他的手臂，拼命掰开了些许缝隙，哑声道："上次是被逼的，这次我……也是被逼的……"

墨青一声冷笑，将我狠狠扔在地上。

我连忙捂着脖子又是咳又是喘，嗡鸣不断的耳朵里，听见了他含着杀气的讽刺冷笑："被逼？外面的魔修？"

墨青上次与我一见面，就接了我两记剑招，若照那两记剑招的实力来算，整个戏月峰的低等级魔修，确实都不是我的对手。

可这身体被欺负的时候，是弱得连鸡也不如的芷嫣在掌控啊！我无从解释，为防墨青怀疑，只得急中生智，指着我自己的坟道："是她，我是被她逼的。"

此话一出，墨青陡然沉默了一瞬。

我再抬头看他，只见他眸光带着审视，望着趴在地上的我："你知道这是谁的墓？"

"知道，路招摇……"

他眸光森冷，满脸肃杀："从何得知？"

"梦里。"我一边琢磨一边编，"她每天晚上到我梦里来，逼我给她烧纸。"

"她入你梦？"墨青打断了我的话，眯着眼睛，充满了审视与怀疑。

我琢磨了一下，让墨青知道我的魂魄还存在，可能并不太好。不过，管他呢，鬼鬼神神的事情，要是我没死，我都不知道人死后到底会不会变成鬼。这种对活人来说虚无缥缈的事情，让他查也查不出什么名堂来。

干脆我直接布个局。

让墨青知道我魂魄还在，可他并没有办法找到我，墨青为保自己的地位，一定会花费功夫去找鬼。而他在做此事的时候，我就可以用芷嫣的身体，潜藏在他身边，打着路招摇日日入我梦的借口，假意帮他寻找“路招摇”。一边扰乱他的思绪，一边接近他，从而走入他的生活，博得他的信任，从此敌在明我在暗，在他卸下防备的时候给他夺命一刀！

多完美！

我为自己转念就能想出计划的智慧折服了一瞬。然后继续盯着墨青，一脸严肃地说：“对，她让我给她烧纸，不然，就要作祟，要杀我。”

墨青沉默半晌，那双黑瞳里像一个旋涡，藏住了所有情绪，让我揣摩不到他的心思。

我等他表态，等了半晌，他却只开口说了三个字：“不可能。”他垂下头，仿佛在呢喃自语：“她若还在，必定先来寻我。”

呵，小丑八怪在这点上倒是看准了我的心。我在这尘世唯一的遗憾就是最后没能带你一起走。我若复活，当然第一个来寻你，然后带你走。

就像现在这样。

不过这时我不能这样说，我只得道：“我也不知她为何就只来找我，兴许……是我上次在她坟前撞了一头，被她缠上了……她在梦里好生吓人，我也是被逼无奈……门主，我二闯禁地，着实怪不得我。”

我可怜巴巴地望着他，因为刚才芷嫣哭过，所以眼圈还有点发涩，努力睁着眼睛不眨眼，不一会儿，脆弱的眼眶里又盈满泪光。

他静默地看了我许久。

我心里其实知道，在万戮门人面前装可怜是并不管什么用的。墨青也算是我带出来的，我如今装可怜，如果能管用，那一定是因为……

“起来吧。”

他饶过了我，我心里暗暗认定，果然，这墨青就是对芷嫣这张脸感兴趣！舍不得杀呢！

墨青侧眸斜睨着我：“她在你梦里，如何？”

“谁？路招摇女魔头吗？”我审视了一下墨青的脸色，斟酌道，“她啊，她面色苍白，腿下没脚，形容狠戾……”我说着，但见墨青怀疑地眯了眼，我知道他是在审视我，于是我立即融入了自己的感情，道，“她其实和活人也没什么区别，就是恨你，她说你抢了她的位置，害了她性命，她要回来找你报仇。”

当年在剑冢之中的人，应该全部被万钧剑出鞘的剑气给震死了吧，世人就算有猜测，也无法肯定地说出我就是被墨青给杀死的这样的话来。

是以，我说出一件只有他与我知道的事，最能打消他的怀疑。

果不其然，墨青闻言，沉默下来。默了许久，他才微微转了头，盯向我那无字碑。

芷嫣的魂魄正在那方，她呆呆地看着墨青，直到墨青垂下头。

他一声呢喃：“那怎么，还不来呢？”

呦嗬，挑衅我。

我有点想撸袖子。

不过很快我便调整了自己的情绪，现在不是和墨青硬碰硬的时候，我憋住气，提醒自己忍辱负重，不能冲动。

墨青呢喃完这句话之后，沉默地转身离开。

他没说怎么安排我，于是我便站在原地，看着他的背影，而芷嫣凑到我的身边，困惑地说着：“这个厉魔头……刚才的表情，好悲伤啊。”

她说："一点都不像个魔头，就像个被丢下的孤零零的小孩……"

墨青在前面，我不好与芷嫣说话，只能对她大大地翻了个白眼。

名门正派，真是总养一些自作多情的渣渣出来。

墨青会悲伤？他现在大权在握，要悲伤，也只会叹一句天下之大，高峰雪寒，无人懂他第一的寂寞吧！

眼看着墨青要走过转角了，他终于微微回头，神色淡漠地睨了我一眼。我远远接收到他的眼神，立即往前跑了几步："门主，您这是让我与您一同出去吗？"

"留在这里的没有活人。"

于是我屁颠屁颠地追了上去，他在原地等我，见他这态度，我算知道，今天彻底没事了。

不过……

他没事了，我却有事，打小报告的事。

"门主，我还有一事和您说。"我道，"我现在虽然是您的徒弟……"

"谁说的？"他脚步一顿，神色冷淡地打断了我的话，复而转头盯着我。

我也就这么直勾勾地盯着他："咱们上次见面的时候，我与您说过呀，当你徒弟。"

"我答应了？"

"你没拒绝。"

"……"

他又沉默了，于是我便当他是默认，信念坚定地继续回到自己刚才的话题上。"就说我现在虽然是你徒弟……"我特意在此处停顿了一下，瞥了他一眼，见他没再有意见，我满意地点了点头，又继续说了下去，"但我到底是后来者，所以我对戏月峰的哥哥姐姐们十分敬重……"

芷嫣追不上我的脚步，但我听到她仿佛"噗"地吐了口血。

我不理她，继续道：“是以他们虽对我十分严厉，我也只当他们是在锻炼我。可没想到近日几个哥哥有点行为不端，甚至有辱我清白，委实过分，今天我本打算来烧纸钱的，被他们追赶了一路，纸钱都掉光了，您看……”

墨青脚步不停，头也没回：“没谁让你敬重他们，万戮门中，以实力说话。”

言下之意就是不管。

我点头，也好，反正现在身体归我了。在我面前，你们几个戏月峰的小妖精还笑得出来，我敬你们是条二狗子。

我跟着墨青走，未出山谷，正在路上，便听到了前方转角之处，有人争执，一方是那小塌鼻子的声音，他说：“我必须要将此事报给门主，方可进去捉人。”另一方是魔修们七嘴八舌地劝：“何必惊动门主，这灵谷我们不能入，可你们能入啊。你们进去将那仙门的小荡妇抓出来，直接杀了，你们不用为难，我们也不用为难。回头门主问起，就说她要硬闯山谷，你们阻拦不得，最后下了杀手，不就得了。”

听他们这对话的意思，竟是芷嫣闯入禁地这般久了，他们还没禀报门主。

我挑了挑眉，定义了这件事情的性质——典型的欺上瞒下，伙同其他部门，谋财害命嘛。

在我看来，做坏事不是罪。咱们修魔道的，杀人练功，抢人法宝，门内厮杀，窝里斗狠，明面一套背后一刀，这才是该有的本色，要不干啥修魔呢？恪守名门正派那套规矩的，修仙就好了嘛。大家修魔不就是图个方便痛快吗？

是以，基于这个原则，我以前办事办人都很简单。两个原则。

一是看心情。

有人犯事，我心情好，就不管，心情不好就打断腿丢出山门去。

另一个原则，就是他干的坏事，害了我的，不管心情好不好，统一打死，鞭尸，拖出去示众。

欺上瞒下，欺的是他的上级，那就照第一个原则处理，可若欺的是我，还屁股没擦干净让我知道了，那就按第二个原则处理，山门鞭尸台等着你光临。

所以，今天这个提议要“瞒着门主”的魔修，要是放在以前，天亮之前，就该吊到山门前的挂尸柱上喂秃鹫了。

只可惜现在门主不是我。我转头瞟了眼不动声色的墨青，等着看他待会儿的治下手段。

走过山路拐角，只见道路前端有一块写着“禁地”二字的大石，静静矗立，而大石前方是山里难得的一块平地。魔修与小塌鼻子就在平地上争执着。

戏月峰的七八个低级魔修有男有女，与小塌鼻子争得最激烈的是为首的一个短毛男魔修。他们并没有感觉到我与墨青走来。

这时面朝我们这边的小塌鼻子倏尔闭了嘴，几人才转头看了一眼，本还是没反应过来，等到小塌鼻子唤了声：“门主。”所有人的脸色就跟唱戏变脸一样，唰地就白了。而见到墨青身边还跟着活生生的我，几个魔修连脖子都吓白了。

嗯，看这表象，墨青在门人中立威，立得还算是不错嘛。

“禁地有人闯入，为何不阻拦？为何不通报？”墨青明知故问。

几个魔修登时跪了下去，头也不敢抬。

而那小塌鼻子却极为难地看了看我，又看了看墨青：“门主……我真的……不知道该不该杀……”他一脸脑子不够用的困窘模样。

设身处地地想了想，我觉得其实是理解他的。但他也委实愚笨了些，我忍不住接个茬。“问你为什么不阻拦通报，谁问你杀不杀了？”我转头看着墨青，一脸可爱的笑，“您是这个意思吧，师父？”

我唤出这一声，地上几个魔修的脸色霎时间变得更加精彩了，五颜六色地转换，跟走马灯似的。而那小塌鼻子在后面狠狠地捶了下拳头，一副“我终于懂了”的了悟神色。

墨青瞥了我一眼，没答应也没否认。

他信步走到几个魔修身前，轻言慢语，声调淡漠地说着：“久未关注收门徒一事，却也不知，如今我万戮门中，所入门徒，竟都胆大至此，相互倾轧便也罢了，竟敢指使他人，欺君罔上，禁地处也敢放肆。”他话音一顿，周遭气息的压力陡然增大，我即便站在后方，都感觉到了胸闷。

地上跪着的那几个魔修，有内息稍微弱一点的，一张嘴便呕了口血出来。

“谁给你们的狗胆？”

他这般一问，地上所有魔修都发抖颤声地喊着：“门主饶命，门主饶命。”

然而不论他们如何求饶，四周巨大的压制级的压力并未减小。

我心道墨青今晚是要开杀戒了，想来他处理这种事的方式，与我之前并无二致，待会儿也是鞭尸台挂尸柱上走一遭。

哼，我在心头嫌弃，没新意。

我本来还想着能自己显摆一手呢，许久没收拾人，我心头痒，结果就被墨青这么老套的处理方式给解决了。这下回了戏月峰，便是不用我立威，其他人以口相传，也能将别的魔修吓死了去。

毕竟，墨青让我活着出了禁地，我唤了他师父他还默认了，之后又杀了其他几个冒犯了“我”的魔修，不管这其中因果具体如何，在外人看来，足够有噱头了。

然而便在这时，为首的短毛魔修倏地呕出一口血，整个身体脱力地倒在地上，墨青的力量就慢慢消散了下去。

哎?

我有点愣神，这不是还没死呢吗？不接着压了?

我转头看墨青，墨青只高高在上地冷眼看着几个犹似在鬼门关走了一圈的魔修，而今他们的惨状，是比二狗子还不如了。

他下令：“遣去山下顺安镇务农，十年不可归山。”

什么?

等等……

我是不是哪里听错了?

鞭尸台呢？挂尸柱呢？不让秃鹫把他们“突突突”地啄了，就这样赶下山了吗？还十年？还让他们回来？还务农？务农是个怎么玩的酷刑？我怎么没有听说过!

第四章

烧纸

“先点蜡，再上香，报我的名字，
尘稷山路招摇，别烧给别人了。”

我一脸错愕地盯着那几个魔修，他们领了命，互相搀扶着爬了起来，一瘸一拐地走了。

竟然全都全身而退！

墨青啊墨青，你真是一个让我看不懂的丑八怪啊！

以前杀我杀得出其不意，现在这治下的手段也真是出其不意。

我皱着眉打量他，他处理完了几个魔修的事，也没再耽搁时间，只转头吩咐了我一句：“日后她若再入你梦，与我来报。”随即，他的身影就消失在茫茫黑夜当中了。

我在黑夜中站了一会儿，小塌鼻子迎上前来。“姑娘。”他这次很客气，“我喊轿子来送你回去？”他几乎是半弓着身子在询问我。

我转头看他：“塌鼻子，我问你。”我皱着眉头，一脸严肃，“务农是什么意思，你给我解释一下。”

小塌鼻子听我这般喊他，默默捏了捏鼻子，道：“就是去山门前农田里干农活啊。”

我更无法理解了。撇开用“干农活”这个事来处罚人不说，主要是……

“咱们山门前哪有地方可以干农活？”

我当万戮门门主时，为了显得我们万戮门特有气势，于是在尘稷山主山门前布了千险之关。

枪阵、箭阵，邪火灼烧，酷寒冰地，擅闯者不是死就是生不如死。山门前方圆三十里地，没我万戮门允许，苍蝇也别想飞进来一只，在名门正派的眼里，我尘稷山山门，可谓完美的现世地狱的代表作！

现在却有人说，要派人去山门前干……农活？

啊，我懂了，原来墨青你好这口。给他们布置根本不可能完成的任务，让他们在杀阵里干农活，从而来折磨他们是吧……

“嗯，本来是没有的。”小塌鼻子尽心尽力地给我解释，“门主接手万戮门之后，把以前的阵法抹了，还地于民，供大家耕种。”

我一口血差点没喷小塌鼻子一脸：“你说啥？他把什么抹了？”

小塌鼻子凑到我耳边小声说：“前门主的阵法。门主将那些抹了，第一年地还荒，没什么收成，可这两年收成可好了，种啥啥丰收，现在正值春日，尘稷山门前一片生机勃勃呢，咦，姑娘你来时没有看见吗……”

我……

我要是看见了，大概要气得自戳双目，瞎在那里了……

魔教！什么叫魔教！

魔教就要有一个魔教该有的样子！就该有火！有血！有熔岩！有刀剑！要杀气凛凛！要有近我者死的气势！

什么春意盎然，生机勃勃，什么种菜种粮，收成大好，你是土地公吗？你是财神爷吗？

咱们是魔教！就是吃凶神恶煞这碗饭的！

“鞭尸台呢？还留着吧？”我问他，“当初挖得那么辛苦才挖出来的巨型白玉石，象征着万戮门的财富与威严的，这个留着的吧？”

“啊，鞭尸台啊，前年顺安镇发展旅游，好多魔修慕名而来要近距离参观我们万戮门，镇上打算建一座酒楼，镇长来找咱们门主帮忙，于是门主就把那鞭尸台拿去送他们做奠基石了。”

啊……奠基石……

天呢，我觉得我心痛得有点呼吸困难了。

“挂尸柱呢？”我问得有气无力，“那根用万年阴沉木做成的，花费数年人工，雕刻数千骷髅头，象征着万戮门杀伐决断、威武至极的柱子呢？”

“砍了。”小塌鼻子很老实地答道，“砍了打磨成小柱子，拿去搭猪圈了。”

猪圈！猪圈？哪家敢用我的挂尸柱去养猪的！让我去见见！我保证不打死他！他就不怕上面的骷髅头把一圈的猪全部吓死吗！

“不过说来，姑娘好像对我们尘稷山以前的模样很是了解嘛。”

“我听到的江湖传闻中的尘稷山就是那个样子的，你现在别和我说话，让我静静，我只想一个人待着。”

我敷衍了小塌鼻子，走到一边，蹲了下去，捂住肚子，觉得自己的五脏六腑都在抽痛。

我的尘稷山啊，布置了那么多年的，好不容易远看就让人怕得要尿的尘稷山啊，你的凶神恶煞，你的恶名远扬，你甩名字就能威慑名门正派的力量，就这样全部被毁了啊！

墨青！厉尘澜！你浑蛋！我和你简直不共戴天！

我要你到真地狱来给我认错！

然后，我被抬回了戏月峰，我在自己的小院里打坐，一晚上的时间，也没睡意，一门心思惦记着要用什么方法搞死墨青。

直到黎明破晓，晨光漫过戏月峰前面最高的山峰，照入我这座小院之时，我只觉浑身突如其来一阵脱力感，紧接着下一瞬间……

我又被撞出这个身体了。

又！

又！

我飘在床榻外，看着床榻上陡然瘫软下去的芷嫣的身体，只觉一阵崩溃！这次明明我没睡觉！为什么这么突然！

而那瘫软下去的身体，又如同上次一般，一声嘤咛，醒转过来，也是如同上次一般，芷嫣在呆愣之后，瞪大了眼睛瞅着我，倒吸一口冷气："你……我的身体，又找回来了？"

"我知道你的身体找回去了，不用每次都这么惊讶，我们来说点有用的。"我飘到床上，坐在她面前，敲了敲床板，虽然我什么都没敲到，可要假装一副让她听重点的模样，"你到底是怎么以一个鬼魂之身夜行数十里飘到这里来的？咱们昨天不都谈好了吗，你几个意思？"

芷嫣也是一脸惊诧。"我……我没有啊！"她转头看了看自己的身体，"怎么会这样……昨天明明，看见你走之后，我飘得太慢追不上就自己回去蹲着了，我什么都没做……为什么……"

闻言，我捏着下巴静静琢磨。

细细思量我遇见芷嫣以来这两次附身的事件，第一次成功了是在晚上，然后第二天白天被撞了出来；第二次成功了也是在晚上，然后白天又被撞了出来。

难道说，她这副身体，只能在晚上被我附身，白天阳气充足之时，她就能自己……回魂？

我沉了脸色："这事咱们得解决一下。"

“怎么解决？解决什么……”

“那儿，瞅见没？”我飘到窗边，伸手往外面指，在晨光所及之处有一座刀刃一样的山峰，“那里，名唤千刃崖，上面建了个藏书阁。里面藏经万卷，记载灵异鬼神之事的也有不少，去那里翻翻书，查阅查阅典籍，或许能找到让你这身体不在白天把我挤出去的办法。”

“我可以去？”

“当然不行。那儿所藏典籍多是禁书，需要门主首肯方能进去查阅书籍，要不然干吗建在悬崖峭壁上，直接一人发一本，供大家传阅学习不就行了吗？”

“所以……”

“所以，你去给我讨好、谄媚、勾引厉尘澜，让他同意你进藏书阁。”

“……”芷嫣往后面一退，抱住了胸，“我不。”

我眯起了眼：“你不想报仇了？”

芷嫣苦了脸：“我……我见了他，我就腿打战，他那冰冷冷的气息，吓死人了。我不敢去。”

倒是稀奇，墨青如今处罚人也不算罚得太狠，他将主山前的阵法抹了，鞭尸台送人了，挂尸柱也砍了，按照世俗的评判标准，他打造了一个人人向善的万戮门。可就昨天那些人的表现，还有今天芷嫣这副㞞样来看，大家怎么还这么怕他？

他们和他也没多深的接触吧，明明在我看来，他还是那个沉默寡言的小丑八怪，偶尔望向我的眼神里还带着几分闪烁，藏了几分胆怯心思……虽然他现在再没有用那样的眼神看过我，但他撑死了就算个不那么丑的男青年，哪里可怕？

“要不你去吧。”芷嫣瞥了我一眼，打起了她自己的小算盘，“反正也没人看得见你，你自己飘过去，也不需要门主首肯了。”

“我魂魄之体，行得慢不说，还得接地气，你知道接地气是什么意思不？”

芷嫣摇头，我道：“下次你变成鬼的时候，飘到三丈高试试，试试看你还能不能更高点。”

“只能飘三丈高吗……”芷嫣皱眉，“你们鬼怎么和传说中一点不一样……”

我对她翻了个白眼，冷冷讽了她一句：“我这贴着地弯弯绕绕飘过去，少说也得二十天，回来弯弯绕绕飘个二十天。请问，四十天之后，你在这戏月峰，尸首尚可完整否？”

她闭了嘴，脸又苦了起来。

我一转念却又琢磨了个念头出来。而今情况有变，得做两手准备。万一去了藏书阁，这身躯夜合昼分的事还是没解决呢？墨青现在和我有这么深的仇，我总不能不捅他，说放弃就放弃了吧，是以，我还需要强化我自身力量，靠自己才是真理。

嗯，得给自己去亡魂鬼市整点装备。

我琢磨着，上次去鬼市的时候，除了回魂铺，好似还看见有卖神行丸的，号称吃了就能飘得跟人跑得一样快。整个那玩意儿，以后就算没身体，去哪儿也方便。还得整个遮阳丸，据说吃了能把太阳当月亮晒，另外还得去看看有没有别的东西……

然则……

我在阴间并没有钱。

我眸光一转，看向芷嫣：“好妹妹。”

“啊？”

“和厉尘澜要许可这事，你不想去，也没关系，咱们好商好量的，就不为难你了。等到了晚上我上了你身，我去和他谈。”

芷嫣眸光大亮，感恩戴德："好好好，你真是个好人。"

我歪着唇角一笑："是吧，我也这么觉得。那我现在有一件事要你帮我做。"

"什么？"

"给我烧点纸。"

"……"

芷嫣去山下顺安镇买了纸钱回来。我吩咐的，要买光镇上所有的纸钱铺，是以她回来的时候，着人家店小二拉了满满两板车纸钱。

在戏月峰上所有魔修的注目下，她让两个店小二将板车拉到了人少的树林里。

林间树木繁茂，枝繁叶密，半点阳光也照不进来。我坐在树下，歪歪躺着，使唤着她："先点蜡，再上香，报我的名字，尘稷山路招摇，别烧给别人了。哎，你先挖个坑呀，清除杂物，要有防火意识。怎么，想火烧我尘稷山啊？"

芷嫣吭哧吭哧地被我使唤得团团转，最后到底是怒了，把手中香蜡纸烛一甩，丢到我面前："你自己烧！"

我换了只脚跷二郎腿，也不气："年轻人，要学会吃苦。"我瞥了眼地上的香蜡纸烛。她气呼呼地瞪了我一会儿，可到底是名门正派实心眼的孩子，最终还是认命地捡起了东西，乖乖过去挖坑点蜡上香烧纸钱。

我在旁边躺着看她，却倏尔见她腰间少了东西，我漫不经心地问她："你的玉佩呢？"

"当了。"她答得平淡。

我眉梢微微一动："你那日来时，一身衣裳价值不菲，想来之前也是被当个名门里的小姐供起来的。现今出门，却是连买纸钱的银子都没了吗？"

她抿着唇默了一瞬，随即又瞪我："你生前还那么威风的一个魔头，怎么死了连个给你烧纸的人都没有？"

"哈，天真。"我一声冷笑，强硬道，"我毕生所求就是让这些人怕得连我的坟都不敢来上！"

"……"

然而我这边话刚刚说完，便觉背后一股异常的风吹了过来，我登时眉目一凛，往后面一看，只见树林阴影之外，有一人走了过来。

"在与何人言语？"

听了这声音，芷嫣一回头，见到一身墨黑袍子的墨青，吓得差点一屁股坐进正在熊熊燃烧的纸钱火堆里："厉……厉厉……"她的舌头都要打不过弯了。

墨青见她如此，眉头微微一蹙。

我一见，立即坐了起来，糟糕，昨天和墨青撒的谎还没来得及和芷嫣统一口径呢，可不能在这里露出破绽："稳住，定神，不要慌，说你在自言自语。"

我一开口，芷嫣方才稳了神，连忙双腿并拢，规规矩矩地跪在墨青面前："我……在自言自语。"

跪得可真规矩……不愧是名门正派里出来的弟子！

"来，跟着我说。"我镇定地对芷嫣道，"昨天又梦到路招摇了，她还是让我给她烧纸，我去不了禁地，只好在此地将就。"

"我……我昨天又梦到路招摇，她让我烧纸……我只好在这儿……将就。"一句话说得磕磕巴巴，但好歹也是这个意思。

墨青盯着她，神情似在思量，可在我还没咂摸出他在思量个什么劲的时候，他已经转了目光，看向旁边烧了一车，还有一车的纸钱。

芷嫣尴尬地笑了笑："呵呵，是有点多吧，我也没办法，她非要这么多……”

“闭嘴，谁让你说这么多了！”我斥她。

装神弄鬼这种事，最好就是神神秘秘、模模糊糊，让人摸不清楚，搞不透彻，什么都交代清楚了反而失了效果。

芷嫣被我喝了一句，立即咬住了唇，满脸委屈又懊恼。

正在我认为她错了，她也认为她错了的时候，一直冷着脸的墨青倏尔……好似……隐约发出了一声轻笑，连嘴都没张开，更像从鼻腔里轻轻发出来的一个笑声。

“是她的作风。”

我微怔，抬头望他，却见他盯着蜡烛的火光，黑瞳中映着火焰，他失神似的发了会儿呆，没多久目光便暗淡下去。

垂下的眼睑，遮掩了隐晦心思，情绪按捺不表。

这模样……倒是真有几分那日芷嫣与我说的……悲伤。

“呃……这儿还有香蜡纸烛，您……您要不也给她烧点？”芷嫣望着这样的墨青，忽然抖着声音，说出了这样一句话。

“我不要他烧。”

“她定是不愿见我给她烧。”

我与墨青几乎同时说了出口。

我看见跪在地上的芷嫣脖子扭了扭，仿佛拼了命才忍住往我这边张望的欲望。

我没给芷嫣解释缘由，墨青也沉默不再多言。只余芷嫣跪在中间，如坐针毡一般地磨蹭来磨蹭去。

“那我……接着烧？”芷嫣仿佛鼓起了所有勇气，如此问了一句，也不知是在询问我，还是在看墨青的意思。

墨青后退了两步：“烧吧。”他后背轻轻倚靠在我对面的那棵树上，正面对着我，却看不见我，只侧头盯着那越烧越艳丽的火，看着满天飞舞的灰烬，不知在沉思些什么。

纸钱烧完，墨青也如来时那般突然离开了，甚至都没有知会芷嫣一声。

直到芷嫣看着最后的火星都灭掉了，她才跪着转身，但见身后没了人，这才“呼”地松了口气，瘫坐在地捶了捶腿：“你们两个大魔王……我这是作了什么孽……”

“以后说话小心点。”我道，“你一烧纸钱他就来了，指不定时不时开千里眼望你呢。”

芷嫣闻言，浑身都僵住了。嘴唇紧闭着，一动不敢动。

“不过也别太怕，门主忙着呢。刚亲自来过，现在估计没空盯你。”我猜测，“到厉尘澜这个程度的魔修，身动如神动，心之所向，身之所往，想去哪儿不过是动个念头的事。而昨天咱们你一言我一语地在那禁地里聊了那么久，他到子时才到。估计是正巧在那时扫了山谷一眼，瞅见了你，于是在下面人还没禀报的情况下，就过来了。今天估计也是如此，碰巧看到罢了，不然等不了那么久。”

芷嫣缓缓松下身体，小声道：“那以后，我不是说什么话做什么事都得先给自己找个由头？万一被他看到了，我也好掰扯。”

“如果你这身体全部给我了，也就没那么多事了。”我望了望天，“午时了，纸钱也烧完了，我回去歇着，等晚上再上你身。”

我想着，今晚应该先去亡魂鬼市才妥，若是芷嫣给我烧的钱到阴间账上了，我买颗神行丸吃了，那就可以自己飘去藏书阁，犯不着去找墨青要许可，省得还惹他怀疑。

要勾引讨好谁，一开始还是不去谈条件，谈要求，一心勾引，专注谄媚，让人以为你是一门心思只喜欢他这个人，才是勾引的至上之道。

时值深夜。

戏月峰上一片寂静，但外间还是有人出没，修魔不比修仙，有的修行就得晚上才好练。我上了芷嫣的身，将她的魂魄留在屋内，自己出了门去。

路上遇见人，不避不躲，由着他们鞠躬屈膝地和我一阵套近乎，我点头示意，说出去散散步，他们都笑眯眯地目送我离去，隔老远还能听到他们喊我慢走。比起芷嫣之前与我形容的她的境地，可谓云泥之别。

我很嘚瑟。我路招摇果然是要做人才能做得有声有色啊。

待到林中，我掐了个诀，眨眼便行至之前飘了三天才飘到的那个亡魂鬼市之地。

可是奇怪。而今我目光所及，只见一片阴森森的枯木树林，并没见到道路两旁动作慢慢悠悠的鬼魂摊贩，我转了一圈，看着道路，觉得自己理当没有走错才是。

我摸着下巴琢磨了一下，随即走到一旁坐下，让上半身脱出芷嫣的身体，就在我魂魄离开芷嫣身体的那一瞬，眼前登时一亮，只见同一条道路之上，两旁是鳞次栉比的商铺，商铺前还有无数晃晃荡荡的摊贩，寂静却诡异地繁华。

是鬼市没错。

我又往后倒了一下，入了芷嫣的身躯，果不其然，一上芷嫣的身，用她的眼睛看面前的道路，就什么都没有了。

难道，芷嫣这副身体，就只能见到我这一只鬼？

我再次脱身而出，站起来，转头一看，只见她的身躯瘫软地靠在树根上，芷嫣的魂魄也没有自己飘过来。

看来，也只有太阳出来的时候，芷嫣才会自己回魂。我正思考着，后面倏尔有个女鬼飘过，晃晃荡荡地向芷嫣身体飘过去。

不好！万一她上了芷嫣的身……我脑海里这个念头还没想完，那女鬼便穿过了芷嫣的身体，然后穿过芷嫣背后的大树，继续往前飘走了。

我又琢磨，难道，芷嫣这个身体，也就只有晚上的时候，我才能上她的身？是因为一个月前那个雷雨之夜，她一头撞在我碑上，撞得头破血流，所以和我有了特殊勾连吗？

“喂。”我喊了一声旁边的一个鬼书生，他幽幽地转过头看我：“小……生……有……礼……”

“嗯，有礼你好，这儿有副空壳，你上去试试。”

“男……女……有……别……使……不……得。”

死了还这么酸，我白他一眼，又抓了个旁边拄着拐棍的老太太：“这儿有副空壳，你附身试试。”

老太太看了我一眼，瘪着嘴问我：“姑娘你八字多少啊？我儿也死了，结个冥亲啊？”

“……”

算了，我就不该和这些鬼说话……

我回头看了芷嫣的身体一眼，心道，就放这儿吧，如果回来瞅不见了，那就是有别的人能附身，如果身躯还在，那就是只有我能附身。反正不管谁附身了，第二天早上芷嫣都能回魂，不怕丢。

我现在有钱了，先去整个神行丸，拾掇拾掇自己。

我开开心心地奔入了鬼市，左右看着，终是找到了卖神行丸的店铺。店门口站着一个一脸死白，丧眉耷眼的店小二，他拦了我一把，有气无力地问我：“什么名啊？”

“尘稷山路招摇。”

与上次回魂铺外那个青面獠牙的看门鬼一样，他掏了面镜子出来，随即与里面一番对话，然后往前一站，把门挡住了：“不能进。”

我一愣：“为何？”

“你阴间钱不够。”

我错愕：“不够？为什么？我今天让人给我烧了那么多！”

“一个活人，一天只能给一只鬼烧一千钱，多余的不记账，全部充公。”他懒洋洋地回答我，“你今天只让一个人给你烧了吧，到账一百钱。我们店，记账一万钱以上的，才让进。”

我觉得最近让我想吐血的事情太多了点，一时间竟觉喉咙有点干，连血都没了。

我揉着眉心缓了缓。

觉得自己算术好像有点不太好，且不论地府这个一人一天只能烧一千钱给一只鬼的规矩有多么混账，就说这一千钱，人家到账有一千，为何我到账却是一百钱？我正待问，店小二便已经指了斜对面的一家店面道：“有疑问，自去找大阴地府钱铺。”

我顺着他的手指，转头一看，只见一家狭小的店铺上，歪歪扭扭写着六个大字“大阴地府钱铺”。

你们这是在骗鬼呢？

我飘到那钱铺门口，见狭小柜台里面坐了一只干瘦的小鬼，手指宛若枯竹，正噼里啪啦地打着算盘，他得空抬头望了我一眼：“什么名，办什么业务？”

“尘稷山路招摇……”我被这些鬼磨得没了脾气，“今天有人给我烧了两大车钱，我只到账一百。”

小鬼往旁边竖着的一面大镜子里瞅了瞅：“路招摇是吧，嗯，你生前有杀戮罪、妄言罪、欺诈罪……呃，罪名太多，不念了，每个罪名扣一成冥钱，本是扣完了没有的，可因你也有救赎德、善行德，给你加了几成，综合算来七七八八，人给你烧一千钱，你拿到手的有一成。”

他说得快，我听得含糊，最后自己捋了捋，大概也懂了，也就是说，地府这个钱铺机构，是要根据不同的人生前做的不同的事来评判功德与罪恶。

若是犯罪，有活人烧来钱，就罚扣。若是行善，有活人烧来钱，就加成。说来说去，其实也就一个意思，那就是——

在地府要有钱，看的其实是人品德行。

看给你烧纸的人的多少，看你生前行善功德的多少。

这我就懂了。为什么我当鬼之后穷困潦倒，至此尴尬地步，那是因为我路招摇生前啥都不缺，唯一缺的，就是人品德行。

我觉得鬼的世界，真是对我等生前横行霸道、祸乱世间的魔头，充满了歧视和恶意。

领悟了这个道理，我兀自思索了一番用我现在这个魂魄之体，杀了阎王，推翻地府统治的可能性，然后觉得……还是老老实实回去找人给我烧纸吧。

我一边往回飘，一边懊恼，今天为什么拒绝了墨青给我烧纸，他给我烧的话，那我现在好歹也有两百钱了呀！蚊子虽小也是肉，不积少，哪可成多！

直至找到还躺在树下的芷嫣身体，我又附上她的身，站起来拍拍屁股，心道，而今神行丸没的吃了。看来，待会儿还得去会会墨青，要个入藏书阁的许可。

那么问题来了，今晚，我到底要怎么讨好勾引他呢……

第五章

北山主

宁遇路招摇，不见北山主。

连夜，我赶去了尘稷山的主峰。

在无恶殿前，我报上路芷嫣的名字，守门的侍卫便领我进了侧殿，想来是墨青对他们已有过交代了。

当初他那一句“她若再入你梦，与我来报”竟不是一句空话。

我很得意，墨青这般想掌握我的行踪，一定在心里恨得牙痒痒吧，恐惧我哪一天卷土重来，把他的地位财富全部抢走，就像他之前对我做的那样。

我在侧殿里坐了一会儿，一直没人前来，便站起来四处看了看。

这无恶殿侧殿与之前比基本上倒没什么变化，该有的宝贝都还在，该有的气势都还有，梁上的凶恶鬼，绕柱子的九头蛇，顶灯的骷髅头，一派肃杀邪恶的气氛。

是我在的时候，万戮门的风格。

身处这种氛围当中，恍惚间，我却觉自己仿佛还活着，掌握着生杀大权，过着天下苍生皆畏我的奢靡生活。

我坐在椅子上，往后一倒，闭上眼，想当年……

"笃"的一声脆响，从旁边正殿里传了过来。咦，这个时候，正殿还有人？我心生好奇，悄悄走了过去，倚在门口，隔墙听着那边一个苍老的声音压抑着怒气，说着："门主近来行事，越发有违万戮门立派宗旨。"

他的声音在空荡荡的大殿回荡，却在我的心里激起了千万层浪花的回响。是啊！对呀！没想到咱们万戮门中还有这般警醒之士！

我觉得听墙角已经无法满足我了，于是我将门拉开了条缝，往外瞅，想瞅见到底是哪个老而不朽的英雄在发言。

然而从我这个角度看去，先望见的是正殿之上，坐在神龙长椅上的墨青，他面无表情，严肃得宛若殿中神像。与多年前那个总把自己藏在巨大斗篷之下的他全然不同。

他而今这个坐姿，也与我之前在那把大椅子上或倚或斜或跷腿的姿势全然不同。

他这样，更像千年前流传下来的那个老魔王的画像，沉默且凝重，带着不怒自威的力量。

我撇了撇嘴，有点不甘心地承认，墨青到底是继承了那一门的血脉，现在一拾掇打扮，倒也不虚魔王之子这个名头。

此时堂中并无其他人，只有一个白发苍苍的老头站在他下方，老头拄着青钢拐棍，想来刚才戳在地上的脆响便是拐杖的动静。

虽然只见了个背影，可我也把这老头子认出来了。

我万戮门门徒千万，遍布天下的分舵也已数不清楚，我一个人断是管不过来的。于是便在门主之下，分东、南、西、北四个山主。这老头正是我在位时立的北山主袁桀。

他是个顽固、阴毒、极其痛恨仙门的老头子。

在入万戮门之前，他一家是被仙门屠了个干净的，从此，他专心修魔，见修仙者便杀。以前那些仙门里还传着“宁遇路招摇，不见北山主”这样的言语。他以前也算我手下的一名干将，但凡有不知死活的仙门来犯，让他去处理，准没错。

不过也因为这老头子的性格过于固执怪异，我与他也谈不上亲近就是了。

想来也是，而今这换了主的万戮门，除了这么顽固的人，谁还会反对门主的意见呢？

袁桀声音沙哑道：“以前抹了山门之前的阵法，那是形式，倒也无妨……”

噫，你这老头，说这话可就让我不开心了。那怎么能是形式呢，那是象征！是精神！

“而今，那新山姜武一流，虽是祸害，须得剿灭，可无论如何我万戮门也不可与那千尘阁联手！”

我挑了挑眉，新山姜武是个什么玩意儿我没听过，想来是近几年冒出来的人物，那千尘阁我却知道。

与鉴心门一样，千尘阁乃十大仙门之一。当年剑冢一战，他们也是出了力的。可因着这力出得不大不小，不似鉴心门这般锋芒毕露，所以我也没什么印象，而今提起来，比起记仇，我更记得的是他们阁主琴千弦，那可是天下闻名的大美人。

而且他不只美，他还美得没有性别。

千尘阁这一脉修的菩萨道，所练功法，无男女之分，共男女之身，入门则开始模糊性别，功法练得越深，性别则越是模糊不清，近似那传说中的菩萨。而这琴千弦，大概就是这世上最像菩萨的一个活人吧。

是以，他的美，男女通吃。

犹记得我第一次听说琴千弦的美之后，还抓过他一次，将他抓来关在地牢里，我逮着他看了一晚上，看得委实过瘾。现在想起来，还有点心痒痒，若有机会能再瞅他一眼，倒也不错……

“新山位于仙魔两道势力交界之处。”墨青的声音拉回了我越跑越偏的心神，他冷声道，“姜武等人利用我两道矛盾，逍遥多时，而今与千尘阁联手，既能快速斩除此祸害，且不至于腹背受敌，如何不妥？”

我咂摸，听墨青这般一说，也觉得是没啥不妥。

我办事的原则便是简单、方便、快捷。是否与仙门联手，这并不重要，重要的是，想干掉这一伙人，最后这一伙人被快速地干掉了，就行了。

我点头决定，嗯，这事就这么定了。

“门主！”

“行了，此事已定。”墨青打断了他的话。

我也在这时落寞地叹了一口气，他年今日此门中，拍板之人，已不再是我……我这边气还没叹完，只觉堂前一股杀气扫来。

往前一望，是袁桀目光阴鸷地盯住了我。

此时刚被墨青否决了提议的他气得满脸铁青，我与他四目相接，只见他鹰隼一般的目光中陡然闪过一丝杀气凛冽的金光。

“何人在此！”

随着他话音一落，一道不见形的气刃劈空砍来，我心神一怔，刚想要躲,可芷嫣这个身体却忒不争气！竟是在强于她数倍的气势压力之下，浑身肌肉都僵硬得无法动弹！

气刃转瞬杀至身前，我只道，完了，这下也不用愁纸钱愁身体了，我可以和芷嫣手拉手，以后一起在青草坟边玩捉鬼的游戏了。

可便在这时，气刃至我身前不知撞到了一个什么屏障，发出巨大的一道撞击之声，声音震得我退了两步，而屏障之外的那个侧殿的巨大石门，已经被震为了齑粉。

墨青摆了摆手，让听见动静拥入殿中的侍卫退了出去，面上无丝毫表情泄露："北山主过激了。"他瞥了我一眼，又望向袁桀，"是来向我汇报的线人罢了。"

"属下知罪。"

哼，什么知罪，我还不知道你这个家伙的德行，这老头，不过是在墨青那里受了气，转头拿我撒气罢了。

墨青没有处罚他，袁桀拱手告退，青钢拐杖戳在地上，一步一声脆响，离开大殿之时，他侧头看了我一眼。我亦是不避不躲地盯着他。

他满是轻蔑地冷哼一声，随即跨出了大殿。

我一挑眉梢，倏尔想起，如今我用的这身体也正是一个修仙之体呢。我撇了撇嘴，看在之前他说墨青行事有违立派初衷这种话的分儿上，我打算放过他的冒犯，不与他计较。

这边刚盯着袁桀离开，身后却传来墨青的声音："晚上倒是胆大。"我一回头，却见墨青不知什么时候已经入了侧殿，负手立在我身后三步远的地方，瞥了我一眼，"让你在侧殿等着，何不似白日那般规矩？"

我随口扯了个理由："白日在上坟，当然得规矩一些……"

"哦。"他应了一声，可不过一眨眼的时间，黑影倏尔闪过，下一瞬间便立在了我身前，近在咫尺。

我抬头望他，不明所以。

我看见他黑色的瞳孔里清晰地映着芷嫣的脸："也不似白日那般怕我？"

他在怀疑我，可我不能慌不能乱，越乱越慌越易露出破绽，于是我不动声色地应对他的怀疑：“师父，我这叫吓傻了。”

墨青：“……”

侧殿里霎时间陷入了沉默，我清了清嗓子，不想让他继续沉思下去：“师父，先前我小憩了一会儿，又梦见路招摇了。”

“嗯。”他一转身，缓步行至一旁椅子处坐下，倒不似方才在正殿之上坐得那般威严了，他把玩着手里的一件玩物，“她在梦里如何？”

我漫天瞎扯：“没如何，就只站着。不过师父，我认为一直让她入我梦也不是办法。”我向墨青一步步靠近，“她在暗，您在明，无论做什么您都失了先机，不如咱们先把她找出来吧。”

墨青这才抬头看了我一眼，神色带着打量：“你能将她找出来？”

“现下却是不能。”我走到墨青身边的椅子处慢慢坐下，与他中间只隔了一张方桌，我凑了半个身子过去，努力让自己的气息能吹动墨青的鬓发，“可若能有些书籍供我查阅，或许能找到前人之法呢。”

我坚信墨青对芷嫣是有好感的，要不然之前不会两次都这么容易地让我糊弄过去。

可在我越来越靠近他脸颊的时候，一道无形的墙隔在了我与他之间，我的脸贴了上去，挤得有点难看，只好自己悻悻然地退了回来。

他没有看我，只专心把玩着手里的东西：“你且说说，她是如何站在那方的，以怎样的神情与姿态。”

墨青这个小丑八怪还真是奇怪得让我无法理解，他为什么会在意这么偏的点？我转了下眼珠，扯道：“就……在半空中飘着，没什么表情。”

“她不是让你烧纸吗？”

“啊……对。”

“不曾抱怨钱少？没有要求继续？明日呢？不烧了？”

是的……钱少得要了鬼命了，明天肯定是要继续的，还得想办法让别人给我烧，不烧了那绝对不可能！我在心头戚戚然地回答了这几句，一抬眼，却见墨青正直勾勾地盯着我的双眼……

我倏尔想起了很久之前，那个时候我还没有建立万戮门，我刚从尘稷山里面跑出来，误打误撞地救了还是小男孩的墨青。我带着他行了一路，他一直沉默寡言，穿着比他大太多的黑色斗篷，将脸罩着，不肯轻易示人。

而有一天晚上，我喝多了酒，在尘稷山下的村子里找了家客栈住着，晚上迷迷糊糊地睡醒了，想要摸水喝。旁边便有只小小的手托起了我的头，将水送到了我唇边。

我看见他的脸布满了墨痕，可怕得令人头皮发麻。

他发现我在看他，水也没喂完，就急着要撤开手。情急之下，碗也碎了，水也洒了，他沉默地缩到了一边，手忙脚乱地将脸捂住。

可我没记住他脸上墨痕的形状，只记住了他的眼睛：“像装满了透亮的星星。”

我当时好似……是这般形容的。

这个场景本是已在我堆积的记忆里蒙尘封存的，直到看见现在的他，记忆的尘布便被掀开抖了抖一般，倏尔变得清晰起来。

我往后一缩，不自觉地躲开了他的眼神……

恍惚之间，竟有一种错觉，好似被他过于澄澈的眼睛，望见了灵魂。

我躲开墨青的眼神好一会儿，侧殿里的沉默让我静下了心，我一琢磨，觉得不对。

我躲什么？

我路招摇放肆地活了那么多年也没瞅见过真的鬼。世上即便有人说见过鬼，也拿不出证据。这些虚虚实实的东西，向来都是传说。墨青他这般盯着我看，不过是对我白天一个样，晚上一个样有所怀疑罢了。只要我打死不承认自己是路招摇，他还真能把我揪出来不成？

我重振士气，打算再与墨青言语交锋几回合，哪承想我这刚把脸转过去，就见墨青已经起了身。他背对着我，声音平淡无波：“明日千刃崖藏书阁，自去寻书吧。”

说罢这话，他身影如被一阵风吹散，就这样离开了。

我这一腔士气被挫了个彻底。明明想要的许可拿到了，可这心里总觉得自己好像在这场交谈中……输了一样。

我有点不开心，回到戏月峰，本打算欺负欺负芷嫣，撒撒气，结果找了半天也没在房间里找到芷嫣的魂魄。

大晚上也不知跑去了哪儿，我出了房门，在戏月峰上搜寻未果，便随手逮了个路过的魔修。我一张嘴，本想问他有没有看到芷嫣，结果忽然想到这些人都是看不到她的，于是便临时一转话题：“风清月朗，夜色正好，想不想烧几张纸钱以慰寂寥啊？”

魔修淌了一脸的汗，却也不敢冒犯我，只颤抖着问了句：“烧……烧给谁啊？”

我一笑：“路琼。”

魔修立即脸色大变，连忙挣脱了我，惊慌地左右看了一眼，话也没跟我说一句，连滚带爬地就跑了。

怎么，给你们开山祖师烧个纸就怕成这样了吗？我转身望了一眼主峰上高高的无恶殿，眯着眼琢磨，好你个墨青，这夺位之后的洗脑工作，做得也很是不错嘛。

我回了房间，静静打坐，思考着目前这一片狼藉的生活，该如何去应对，找到出路。芷嫣一晚上也没有回来，直到朝阳初升，我被猛地撞出了她的身体。

所谓一回生二回熟，这一次我立即淡定地飘在一旁，抱起手臂，看见芷嫣回魂，她也不似之前那两次那般懵懂之后再惊慌，而是……

直接惊慌了起来。

“我要去救他！”她猛地从床上站了起来，起身便要往外面跑。

我眉头一皱，唤了一声：“站住。”

芷嫣堪堪顿住脚步，一回头，看见我，急道：“沧岭被关在地牢里，你们万戮门的地牢会吸人生气，你怎的不早与我说！”

我回忆了一番：“我没立过这个规矩，想来是下面的魔修自个儿弄的。”反正地牢那种地方，抓进去关着的都是敌人，而我万戮门从来不对敌人仁慈，魔修们练功，其中一条众所周知的便捷之道就是抢他人功法，拿他人生气练功。

那些负责看门的，守牢的，功法比较弱的魔修，无法打败外面的敌人，而对这里被关着的，自是不肯放过。所以他们会在地牢里布个吸生气的阵，也不奇怪。

细细算来，柳沧岭被关在里面一个月左右了，一直被吸食生气，还能撑着没死，也挺不容易的。

芷嫣一咬牙，眼眶竟是微微红了起来：“他都要死了，我都快害死他了……”她瞪我，“你为什么要把他送进地牢？”

怪我咯？

“啧，你们这些小情侣！”我唾弃道，“人要带你走的时候，你一百个不愿意，现在人要死了，这辈子也不会强行带你走了，你也一百个不愿意，你怎么干啥啥都不愿意？这么难伺候。”

芷嫣气得咬牙：“这能一样吗！我不与你说了，我要去救他！”

“站住！”我再次斥了她一句，“你知道被关在地牢的人要怎么救吗？”

芷嫣这下仿佛被我斥得稍微冷静了一下，她默了片刻，才蔫头耷脑地往回走了两步，到我身前来，抽了抽鼻子，问我：“怎么救？”

我往床上斜斜一倒：“站好，把眼泪给我擦了，先给我认两声错听听。”

“……”

我看着芷嫣咬唇磨牙的委屈模样，霎时间，昨天被墨青惹得憋屈的心情就明媚起来。她道：“我错了……我不该怪你。”

我点了点头：“嗯，还有呢？”

“求……指点。”

我满足了，盘腿坐起来：“你是怎么找到地牢的？”

“昨天你走了之后，我便试你说过的飘不过三丈高，发现确实如此之后，我想试试入地能有多少，然后一直往下……便找到了地牢。”

你这是把一座戏月峰垂直穿透了啊。

我感慨，这丫头执着起来的时候，还真是让人吃惊，以魂魄的速度，哪怕是在晚上，入了地底，飘起来最多也就与人走路一样快吧。往下面飘了这么久，也真是难为她了。

“嗯，如此说来，柳沧岭被囚之地，约莫就是在这戏月峰下方的地牢里。”我捏着下巴思索，“戏月峰乃低等魔修所在之地，下方地牢守卫也薄弱，可即便如此，以你的功力要闯进去还带人走，基本是不可能的。”

“那你呢？”芷嫣问我，“你用我的身体，能进去带他走吗？”

我瞥了她一眼：“是可以，但咱们就再不能回尘稷山了，计划全盘打乱。”芷嫣唇角一动，我打断了她没出口的话，“我知道，你愿意，可我不愿意。”为了救个柳沧岭，让我离开尘稷山，从此少了那么多杀墨青的机会，我可不干。

“所以你现在只有一个办法，那就是先利用你这门主徒弟的身份，去拿点灵丹喂给柳沧岭，将他的命吊着，再想办法买通或者威胁看门的几个魔修，借口你想独吞柳沧岭的功力，从而抹掉他们的阵法。待得柳沧岭自己法力恢复，你给他机会，让他自己逃出去。”

听完我的话，芷嫣眼眸立即亮了起来。“路……”她这时似乎终于记起我之前嘱咐她的，说话要小心点这件事了。她没将我名字唤完，只用力点了下头，“你真是个好人！”

我摆了摆手，让她自己先去处理。

等到傍晚，芷嫣终于忙完回来。她欢天喜地地告诉我事情都办成了，门主徒弟这个身份，果真好用。

本来就是，戏月峰这样的地方能有多大点事，没什么是凭门主徒弟这个身份解决不了的。我告诉芷嫣：“今天算是给你放假，特许你为了救人而浪费时间，从明天开始，你白天好好给我烧纸，还得想办法发动别人给我烧。”

芷嫣错愕：“还烧？昨天那么多都不够？”

我将地府钱铺那些混账的规矩说与她听了，芷嫣听罢，愣愣地问我：“这样算来，你居然还拿得到一百钱，他们也是放了很多水吧？”

“你信不信今天晚上我就去地牢里放水，保证淹死里面那个。”

芷嫣老实垂头认错。

我看看外面天色，见太阳已经完全沉了下去，便不客气地往芷嫣身体里一撞，将她魂魄撞了出去，重新掌控了她的身体。我捏了捏拳头道：“你有空还真得好好提高提高修行，昨晚差点把你这身躯交待出去。”

芷嫣一下就慌了："怎么了？果然还是不能去勾引厉尘澜对不对？他是不是打你了？"

"遇见北山主了。"我话音微微一顿，果然听见了旁边芷嫣狠狠倒抽冷气的声音，随即我才缓缓道出，"厉尘澜救了我，啊，不对，救了这个身体。"

芷嫣默了一瞬，道："我觉得……厉尘澜说不定也是个好人呢。"

我冷笑："呵，在你这儿，好人也真是挺好当的。"

"其实你不在人世这段时间，仙魔两道也发生了很多变化。万戮门在仙门里的名声虽然一直不好，可我在来的路上，听见山下顺安镇上的镇民们说，万戮门现在与以前大不一样了，把山前的杀阵撤了，也不再下山扰民了，灾年的时候，还会施粥济民……"

芷嫣越说，我拳头握得越紧。好啊，墨青，你这简直是把我万戮门开成了一座庙啊。

你还施粥济民……父母官都没你干得漂亮。你这是要当佛祖啊！你干脆把自己炸了，拿血肉去泽被苍生得了！

"听说前段时间欺负我的那些魔修，已经被罚下山去务农，让他们帮镇民们耕作，我觉得这个办法比之前那种严酷惩罚好多了……"

"哪里好？"我沉了脸驳她，"你道厉尘澜罚他们，只是因为他们欺负了你？"我冷笑，"天真，他们是想欺君罔上，被厉尘澜发现了，才被责罚。厉尘澜心慈手软，留下这些人，迟早是祸害。"

芷嫣似被我的模样惊了一瞬。

也是，自打死了变成鬼之后，我身上的杀气戾气便没活着的时候那么重了，心性也不似之前那般锋利，还没这般对芷嫣说过话。可万戮门毕竟不是一个她这几天肉眼所见的这般平静安宁的地方。

我道："你知道这些人是怎么来的吗？"我瞥了一眼外面的魔修，

“他们一个个要么是被世仇追杀，要么是被仙门围攻，进无可进，退无可退，最终投靠我万戮门。万戮门里，收的都是穷凶极恶之徒，都是被排挤遗弃之人。

“当初他们入万戮门的时候，可都是发过永远忠诚于我的誓言的。我身为门主，冒天下之大不韪收留他们是恩，从此庇护他们是义，而我只需要他们回报我以忠诚。可若连这点都做不到，他们便是不知恩、不知义、不知忠诚之人，见此种人者，杀。这是为我之后避免麻烦，也是为了坚持我自己的道义。”

我转头看了芷嫣一眼，见她已全然愣住，我道：“现在你觉得厉尘澜让他们下山务农是好，咱们就走着瞧吧。看他对这种人用怀柔政策，最后会落得个什么下场。”

我出了小屋，依旧忽略外面魔修跟我热情地打招呼。掐了个诀，眨眼落到千刃崖上，向看守藏书阁的侍卫报上了路芷嫣的名字，他们便也没阻拦，让我进了门去。

我依着记忆，直接上了三楼，在东南角的书架上找到了记录着灵异神怪的书。我盘腿一坐，将书本放在腿上翻看着，但见其中都是一些关于什么什么人，在什么时候，遇见了什么事的记载。

并无细致的分析，更别说有什么关于魂魄昼夜交替之类的研究了。

我将书本翻到了后面一页，但见其中记载了一个故事，说在某年，某村有某妇人，在断气三天之后，倏尔自棺材中坐起，形貌与生前一致，只是神态、语气与记忆全然相别于之前，就像身体里忽然住进了另外一个人一样。

“……方士称此为借尸……还魂。”我跟着读了出来。

却没承想旁边倏尔传来一个声音：“哦，世间倒真有借尸还魂一事。”

我转头一看，惊诧地发现，不知道什么时候，墨青竟身着一袭黑袍，来了这里。他此时斜倚在阁楼窗边，静默伫立。他背后的窗户大开，夜幕已是漫天星河，他便像站在那万千星光里，眸色幽深地盯着我。

我一时愣怔得忘了将书合上。

第六章

新山姜武

很好，小短毛，你成功地引起了我的注意。

我沉默地与墨青对视许久。

内心闪过了无数念头。他在这藏书阁里待了多久？看着我上来的，还是等我来了才过来的？我刚才除了读这个故事以外，应该也没有情不自禁地呢喃别的言语了吧？

无论如何，如今这个小丑八怪盯人的模样，已经不像用普通手段就能糊弄过去了。

于是我打算采用非常手段，展现一下自己不一般的演技，我拿捏着白日里芷嫣的模样，弱弱地倒抽了一口气：“啊，门……门主。”我佯装被吓了一跳的模样，“您什么时候来的？”

像错觉似的，墨青眉梢微微一动。片刻后，他便挪开了目光，在书架上扫了一圈，语调平淡地问我：“方才那借尸还魂的故事，可有后续？接着读。”

我看了看书：“没后续了。”我叹气，“翻看了许多，都是记载了一些没边没际的怪异故事，招鬼之法却是一点没有，想来这世上鬼神之说也委实虚幻呢。”

我说完这话，拿眼瞅了墨青一下，只见他看着书架上的一本书，冷漠道：“鬼神之事若是虚幻，我留你也无甚用……”

“哎哟。”我觉得自己演不下去了，芷嫣的脾性与我相差太大，我无法想象出她那鸡大的胆子，在这样的威胁下，能做出除了哭以外的别的反应，于是只好自己操刀上。我眉眼弯弯地笑看墨青，“师父您可真会开玩笑。这儿这么多书，可见历史上撞鬼的人还是挺多的嘛。我猜十之八九会有呢，只是大家看不见摸不着罢了。我再找找别的。”

我站起身来，立即离开了墨青的视线。

即便我知道，在这藏书阁里，不管在什么地方，只要墨青想看，他都看得到。

可我看不到他，心里便轻松了许多。

都怨芷嫣这不经用的破身体，要是稍微能干一点，有个北山主那样的功力，我今晚就能把墨青给杀了！

我躲到角落，随手抽了本书出来打掩护。掩着掩着，我忽然觉得，我现在真是活得忒没意思了。要钱钱没有，要杀墨青，却杀得这般委屈磨叽。

我花费这么大心神借尸还魂，可不是为了这般窝囊地活着的！

躲避，并不能解决问题，我要迎难而上，就用现在这个身体，勾引到墨青，让他喜欢这身体喜欢到即便知道里面附着路招摇的魂，他也不敢动手！此为上上之计。

若是达不到那种程度，被墨青发现我是路招摇了，那我就和他拼命，反正我都是死过的人了，最坏坏不过之前在坟头飘，这次还能拖上芷嫣垫背！没什么大不了的！

我心一横，从书架后面走了过去，但见墨青此时正在两个书架之间，自己也取了一本书在随意翻看。我带着笑，缓步行了过去：“师父也对这些书感兴趣吗？”

“嗯。”他转头看我，“我比谁都更想找到她。”

哼，我就知道。

我面上不动声色地靠近墨青，目光直勾勾地盯着他身后肩膀上的一本书：“哎呀，这本书好厚，像是有什么记载的样子。”我说着，靠近了墨青，站在他身前，手掌贴着他耳朵的边沿，伸了过去。

墨青眸光一抬，盯住了站在他面前的我。

芷嫣的身体比墨青矮了半个头，我的手从他肩头，贴着耳边的位置伸过去，便像要抱住他的脖子一样，姿势……暧昧且撩人。

我抓住了书架上的那本厚书，书在上面卡得紧，我心里高兴，就是要卡得这么紧才好啊！可我的高兴只能压在心里，面上做出一副懊恼噘嘴的无奈模样：“怎的拿不出来？”我故作用力地拿书，手臂却轻轻在墨青耳边磨蹭。

若有似无的触碰，轻轻挨着他略带冰凉的耳朵。不知他是怎么想的，反正我的手臂是有一点点痒。

墨青没动，于是我觉得我勾引得还算成功。

我的目的就是接触，接触，近距离接触，然后让他爱上这个身体。

民间那些无聊话本动不动就让女主人公一脸哀戚地说，原来你爱上的只是我的肉体。啊，那不然呢，他要只爱上你的器官不是更吓人？什么触及灵魂的爱，那是虚的。我修魔，不整这些玩意儿，咱们就来实实在在的，爱，就爱这副肉体。沉醉，迷恋，享受感官的快乐，然后不可自拔。

在我更进一步想往他怀里靠的时候，书架上的那本卡得死紧的书却在这时候一松，好似被什么力道引到我的手里一样。

书拿出来了。

墨青说："去一边看。"

正直，严肃，没有一点情绪波动。

我抱着书，摸了摸鼻子，在心里反思，难道当初我给墨青找的师父，是个修仙的老道长或者修佛的老和尚？还是说他在几十年看山门的生涯里，已经顿悟飞升，从此灭了七情六欲，不在三界五行中了？

我抱着书退了一步，打算换个策略，于是我盯着他，站了一会儿。

墨青察觉到我的眼神，又抬头看我，四目相接的一瞬，我便明媚地笑开："果然呢。"他沉默地等着我下一句话，"师父，你的眼睛漂亮得跟装了夜空里的星一样。"

墨青闻言一怔。

我在心里给自己画了个小钩钩，果然呢，身体撩不动，咱们就先撩个言语的。

我向前行了一步，让声音变得有些喑哑："师父，我觉得我好似被你的眼睛……迷住了。"我再向前一步，步步紧逼，然而便在此刻，又是一道无形的屏障隔在了我的面前。

我鼻子撞了上去，又撤了回来，我摸了摸被撞得微红的鼻头，有些不好意思地自语道："哎呀，差点就情不自禁了……"我羞答答地垂下头，又羞答答地看了墨青一眼，"师父……"

"咚"的一声，一本书自书架上落下，径直砸在我脑门上。我抬头一看，头上的书都放得好好的，只有这本落下，我反应过来是墨青使的坏，回头看他，只见他不动声色地垂头看着书。

"一边去。"他如此说着。

啧，方才不都被勾引得愣神了吗，这怎么是个心性不定的主儿？我悻悻然地走到一边，找了把椅子坐下，抬眼瞅了墨青一眼，便在瞅他的这一瞬间，竟发现他也在看我。

四目再次相接。这次，却是他转开了目光。

他垂下的睫毛遮住了所有心思，让人窥探不得。

不管他想什么，我垂头看书，心里琢磨，待会儿我去还书的时候，再伺机而动……我心里念头还没落地，却倏尔觉得一阵风过。

我再一抬头，阁楼里已经没有了墨青的身影，大开的窗户将外面千刃崖上的风收揽进来。

咦……走了？

我捏着下巴琢磨，墨青他现在离开，若不是有急事传音入密，那就是为了避我。

我合上书，得意一笑。墨青啊墨青，看不出来，原来你竟是个小闷骚嘛。有人撒娇，有人夸奖面上不动声色，其实内心已经悄悄暗爽发抖了吧，看这都羞得开始躲避了。

得了，我在椅子上跷起了二郎腿，我可算知道他喜欢怎样的人了。

以后对症下药，哼哼，还怕治不了你这个小丑八怪？

在藏书阁看了一夜的书，我彻底放弃了从这里找到解决办法的念头。看来，我和芷嫣的现状是没有办法改变的，这个身体暂时只能白天给她，晚上给我这样交替着来。

看来现在，就只有赶紧烧纸钱，给自己凑个还阳丹了。

我回了戏月峰，在小院里果然又没看见芷嫣，想来她应该又当了“穿山甲”，下地牢去看柳沧岭了。

我闲来没事，便在屋里打坐，将芷嫣这一身练得乱七八糟的气调理了一下，待将她浑身气息调了一个周天，我睁眼，远处山头已经擦亮。我沉下心神，在太阳初升之际，任由芷嫣回魂，将我撞了出去。

我回归魂魄之体，芷嫣则坐在床上，有点惊奇地摸摸眼摸摸耳朵：“咦，我怎么感觉，我的五感好似灵敏了许多。”

“你以为你身体里住的是什么人？”我催促芷嫣，“天亮了，赶紧找人给我烧纸去。”

“我先去给沧岭拿灵丹去。待会儿回来的路上再找人给你烧。”说完她就跑了。

我一咂嘴，觉得给芷嫣出主意，让她去救柳沧岭，这也是个麻烦。而且柳沧岭还是鉴心门的人……我活着的时候，因活得太过招摇，所以和十大仙门皆有过节。而与鉴心门，过节尤其深。

春日已近末，阳光比冬日更灼人了些，白日阳气更甚。连着折腾了几天，我这鬼魂之体也有些乏了，便躲进了床榻里，闭上眼睛浅浅睡了一觉。

这一觉径直睡到了天黑，傍晚之际，听得芷嫣叫我，我才清醒过来。

芷嫣是一脸的疲惫：“今天我好不容易诓了十来个小孩给你烧了纸钱。你的名声也忒差了点……走遍整个顺安镇，就没有听到你名字不躲的。”

我撇嘴：“顺安镇没有，你便去远点的地方呀，四合州、江城，那里什么人都有，你给支个地摊，烧纸送点什么。”

“你自个儿去吧。”芷嫣说着便往地上倒，“这昼夜没停歇的，我不行了。”

呦嗬，现在还学会反抗了。我骂了她一句没用，随即撞进那身体里，自己活动活动胳膊腿，然后掐了个诀，眨眼便行至江城。

江城算正处在仙魔两道势力交界处的一座自由的贸易大城。仙道魔道之人，皆混迹其中，鱼龙混杂，可也十分热闹。白天夜里皆是如此。甚至有时夜晚比白日还要热闹一些，花街柳巷，酒楼客栈，总是人声鼎沸。

我买了香蜡纸烛，在花街小桥之上，当真支了个摊，撑了块布，写道：“千山万水总是情，烧点纸钱行不行……烧纸送……”

我拿笔支着下巴，正想着要送个什么玩意儿才比较吸引人。旁边忽然传来一个男子的笑声：“居然还有支摊让人烧纸的，倒是奇闻了。”

我转头一看，只见来了三个男子站在那方，皆是精干的短打扮，为首的那个一头冲天短发，笑得十分张扬。我看了他一眼，问他："要来体验一下吗？"

男子见我与他搭话，大大咧咧地向我走来："好啊，烧给谁？"

"尘稷山，路招摇。"

每一次，这六个字一出口，总是有人变脸色。这次也不例外，那男子身后两人的脸，霎时间便沉了下来，警戒地盯着我。一人唤了男子一声："阿武。"

被唤作阿武的男子表情却没什么变化，反而蹲在我的摊前，捡了几张纸钱："啊，路招摇啊，女魔头，只可惜死得早，我很欣赏她的。"

"哦？"我问，"你欣赏她什么？"

他咧嘴一笑，显得张狂："听说很漂亮，且难以驯服。"

驯服？

敢把这个词用在我身上的，我活着没见过，死了倒终于看见一个了。

很好，小短毛，你成功地引起了我的注意。

我不动声色地点了蜡烛，让他先烧纸钱，他也配合，没有废话，专心烧纸钱，还拿了三炷香，像模像样地拜了拜，闭眼道："女魔头女魔头，愿你在天之灵，保佑我早日实现我的愿望。"

我这个本该是在天之灵的，现在正一脸冷漠地蹲在他面前给他递纸钱。

他这愿望既是许给我的，我便问了句："你有什么愿望要实现啊？"虽说问了……也不一定帮他实现就是了。

小短毛咧着嘴笑："我就想杀了厉尘澜，取代他而已。"

哟。我眉梢一挑，眼眸一亮，好巧啊少年，我也是哎！咱们是竞争对手啊！

听他说这话，他身后又有人喝止般地喊了他一句："阿武！"

"哈哈哈，好好好。"他摆了摆手，"不说了不说了。"他往身后看了一眼，"你俩也来烧烧呗，咱们以后入主万戮门了，路招摇也是开山祖师嘛，前辈，得祭拜上供的。"

好小子！真懂规矩！我欣赏你！

身后两人是一脸的不乐意，但碍于小短毛发了命令，他们也都上前来拿纸钱烧了。他们烧得安安静静，我也不找他们搭话，去往花街的桥上有人来往，我见了便吆喝一句："哎，人生自古谁无死，烧点纸钱行不行？"

行人看了我一眼，全部扭头就跑，直喊晦气。

小短毛在我面前笑得前仆后仰。"你这样喊，谁来烧呀？"他说着，站起身来，"我帮你吧。"他拍了拍衣裳，正好有个路人与他擦肩而过，他将人后襟一拎，脸上的笑微微收敛了一点，凶戾的杀气自然而然流露了出来，"这里有小美人需要帮助，你没看见吗？"

路人一脸冷汗，哆哆嗦嗦地过来烧了纸钱。

我望着他，只觉得无比欣赏。是的，我万戮门就是需要这样的人才呀！

满脸凶恶，有情怀，有梦想，说一不二！笑起来放肆张狂，威胁人毫不手软。我现在要是有以前的功底，绝对当场就找此人切磋一番，探探他功底，要是妥当，我必将此人收在门下，当未来门主培养呀！

才不要墨青那个小丑八怪将我的魔教当庙来开呢！

小短毛在桥上兴冲冲地帮我抓人来烧纸，他的两个手下在旁边一边烧一边嘀咕："他玩高兴了又得误事。"

另一人答："我是劝不住了，让他误吧，对方也该习惯了。"

"唉……我先去报个信吧，你在这边盯着。他玩完了赶紧带他过来。"

嗯，听他们对话，这个小短毛还有点任性脾气？

很好，我喜欢。像我的风格。

把路过的行人给我抓了一排过来，挨个儿排着队烧纸了，小短毛很得意地抱起了手臂，走到我面前，拿大拇指指了指他们："小美人，这么多人够烧你这些纸了吧？"

我往后面一看，粗略估计有五六十个人，算上刚才闹腾的时间里烧完纸走掉的，今天能有八九十个人给我烧纸，再加上芷嫣白日诓的那十来个小孩，我阴间账户上，应该有一万钱了，可以去买神行丸了！

一瞬间我只觉得这个小短毛真是合我胃口！

我招手让他过来蹲下，我拍了拍他的肩："我……"

他也拍了拍我的肩："我很欣赏你，小美人。"

哎？

他摸着下巴思量："一般人不敢支摊出来给路招摇烧纸钱的，你敢。一般人也不敢直视我的眼睛的，你也敢。一般人看着我这么威胁人，早吓得浑身发抖不知所措了，可你还能这般坦然处之。嘶，要不然，我把你收入旗下好了。"

嗯，不愧是我看中的人，居然连想法都和我这么像，我欣赏他，想收了他。原来，他也是这么想的……

若换了以前，我必定要好好驯服这个桀骜的小短毛。让他对我俯首称臣。

可惜现在不行了。

没身体，没精力，也没那个地位了。

我怅然一叹："不了，我还有自己的事情要做。多谢你今日帮我。"

小短毛挑了挑眉："好。"他站起了身，"我乃新山姜武，近来都待在江城，你若是想通了，随时可以来找我。"听他这话，旁边的属下急了：“阿武，这人来历不明，你……”

“她给路招摇烧纸呢，总不能是厉尘澜的人吧。”他说得直白，还转头问我，“是吧？”

我笑而不答：“下次找你喝酒。”

小短毛笑：“小美人，我盯住你咯。”言罢，他带上他的属下转身离开了。走了几步，又转过头来，喊了一声：“哎，你们几个排队的，不要让我知道你们没烧完纸就跑了哦。”

我感觉排着队的所有人皆是一个寒战，随即集体沉默。

直到他走远了，身影在花街的灯光里模糊不清，还排着队的这十来个人皆狠狠地松了一口气，面前这位烧纸的路人更是抬手抹了抹额上的汗，手都抖得拿不住纸了。身后有人骂道：“这个穷凶极恶的家伙，到底什么时候才能离开江城？”

“这么大个刺儿头，也不见万戮门来人将他拔了。”

“你懂什么，这姜武为什么待在江城不肯走，不就因为这儿是仙魔两道势力交界处吗，仙门不好出手，他们万戮门也不好出手，谁先动手，谁就腹背受敌。”

前面一个抖着手将纸烧完的人走了，后面一个也蹲下来烧，一边烧一边念叨：“我倒希望路招摇能复活，两个都是心狠手辣、凶狠暴戾的主，带着彼此一起去地狱最好。”

我一边递纸给面前这个人，一边想，少年，你还是太天真了。如果我复活了，你就不怕我和他强强联合，到时候你们这些仙门人士、市井小民，不是活得更加水深火热了吗……

不过说来，这新山姜武我好似前段时间在哪儿……啊，对了，我想起来了。上次去无恶殿，在侧殿的时候听到墨青和袁桀在争执，其内容不就是要不要联合千尘阁的琴千弦杀姜武吗？

我摸着下巴想。

若是我在世，这样的人若能收服，必定是要收服的，可若收服不了，那必定也是要铲除的。毕竟不能为我所用的老虎，都是和我抢地盘的老虎，容不得。

只是现在我不是门主了，这些事也轮不到我来心烦。他们给墨青添乱，我巴不得越多越好。到时候浑水摸鱼，只要墨青脑袋是我砍下的，别的，他们怎么折腾，也都无所谓了。

这边烧完纸，我兴冲冲地去了亡魂鬼市。

脱出芷嫣的身体，我以魂魄之体，终于没再被门口看门的拦住，我迈进神行丸店的大门，在里面深深吸了一口气——

清爽啊！

有钱的感觉就是不一样！

我背了手，在店里面看了看，和那回魂铺一样，其实没什么好看的。就是一张黑布罩了一个柜台，上面挂着几个牌子：神行一日，神行一个月，神行一年，神行永久。

我对比了一下价格。

神行一日是五百钱，神行一个月是一万钱，一年是十万钱，而永久则是一百万钱……

就算普通人，按照一人一天一千钱的额度来算，每天有十个人给他烧纸，那也要烧一百天……而我……按照一天十人给我烧一百来算，要烧一千天。

你们这些鬼市做生意的，怎么不干脆去抢？比我活着的时候还流氓。

“掌柜。”我在柜台上拍了拍。

一脸干瘦的掌柜从柜台后面撩开黑布，露了个头出来，盯着我：“干啥？明码标价，直接买。”

“我觉得你们这个价格不合理。”

掌柜看了看我，然后又转头看了看别的东西："路招摇是吧，咱们鬼市卖给行善积德的人和你们这些作恶多端的人的东西，价格是不一样的。你看到的东西的价格，是根据你生前品行来定的。嫌贵，就去买还阳丹，回去做点好事啊。哦，还阳丹更贵，呵呵。"

我……

你们不仅烧纸看人给钱，买东西还看人喊价呢！

简直无法无天！

我一咬牙，狠狠拍了一下柜台，我目光阴鸷地看着掌柜，掌柜仿佛被惊得一跳："你要干什么……我告诉你，这可不是在阳间，这儿是有天法的，你要干了坏事，笔笔给你记在账上。以后日子一天不如一天。"

"……给我拿个一个月的。"

"啊？"

"神行丸，给我拿个一个月的！"

出了神行丸店，我又狠狠瞪了那懒洋洋的店小二一眼。店小二默不作声地受了，转身悄悄抹了下额头。我听见店里掌柜和他在嘀咕："这些坏人死了也凶得厉害。"

小二应："她还瞪我呢……掌柜，我怕……"

啧，这个亡魂鬼市，等我不用你了，迟早想办法给你拆了。

我吃下神行丸，当街飘了飘，只稍稍一用力，霎时间速度就快得和人走一样了！

在身边所有慢吞吞飘着的鬼之中，我快得就像一匹奔腾的野马。我在鬼市使劲飘了一会儿，快捷的速度让我心旷神怡，方才的不悦也散去了些。我心情愉快地穿入芷嫣的身体，回了戏月峰，可刚刚到戏月峰，天便亮了起来，芷嫣霎时间回魂。

我被撞出身体，刚想给她转圈圈炫耀一下，却听芷嫣惊恐地跟我说：

“不好了！沧岭他打算从地牢里逃出去了！”

我挑了下眼角：“身体恢复得蛮快的啊，这才几天时间，让他赶紧滚吧，你以后好好练功，专心给我去找人烧纸，江城是个好地……”

“他打算来带我一起走！”

我一默：“啥？他们鉴心门的是不是脑子有坑？”

就知道给我找事！

“你别搭理他。”我道，“让他自个儿折腾，我还不信，就他恢复了那么点的身子，还能从戏月峰下顶着魔修杀上来不成？”

“就是不能让他杀上来啊！”芷嫣红了眼眶，“他要是死了……怎么办？”

我一脸冷漠地看着她：“那就是命啊。”

芷嫣紧紧咬着嘴唇。“可我……不想让他死。”她一双波光潋滟的眼睛紧紧盯住我，满满的委屈与可怜，“大魔王……”

我拳头紧了紧，咬了咬牙……所以说，这些名门正派的，就是麻烦！

第七章

回护

我莫名觉得，他此刻已经知道了我是谁，
也已经知道了我刚才想对他做什么。

“你听好，这是最后一次……”

“大魔王，你真是好人！”她想扑过来抱我，我喝了一声：“站好。”她规矩地立正。

我往床榻上一坐，跷腿，抱手，问她：“把详细情况跟我说说。”

“我每天白天会去给他送灵丹，然后昨天我把所有的灵丹都给他了，告诉他，日后我不会来了，让他自己伤好了就逃出去。可他……还是想让我和他回去。昨天晚上，我以魂魄之体入地牢去看他，却见他……将所有灵丹都吃了……”

“一天吃这么多灵丹，小心气血逆行啊。”

“我离开的时候，他一切尚好。我知道他，他一定是觉得我被魔道所惑，想尽快带我离开。”

我捏着下巴想了想：“你干脆将计就计。吃了那么多灵丹，调息打坐也不是片刻便能好的。你先去找柳沧岭，帮他在牢里守着，不要让其他看门的进去打扰到他，以免增加走火入魔的风险，待得柳沧岭调息罢了，你便让柳沧岭协助你演一出戏，让他挟持你，带你出去。”

“让他挟持我？”

“对啊，要不然，你天天去看柳沧岭，回头他跑了，第一个被怀疑的就是你。万戮门里最干不得的便是吃里爬外和背叛。”

芷嫣弱弱地说了句：“可你现在就在教我干这个事啊……”

我这是为了谁！

我斜了她一眼，她自觉地闭嘴。

我接着道：“你让他挟持你，你是门主徒弟，戏月峰地牢里的侍卫肯定不敢莽撞，必定会往上去报。趁着这段时间，你们一定要逃出万戮门，找个地方躲起来。咱们约个地方，到了晚上我来找你，上你的身，把柳沧岭打跑，赶他回鉴心门。如此，你便算救了他，我也摆脱这个麻烦了。”

芷嫣听得连连点头，等我说完，她起身就往外面跑：“那我先走了。”

看她跑出门，我也慢慢站起来活动了一下。然后一闷头，往地里钻了下去。垂直往下，不消片刻便落到了山下地牢。

柳沧岭此时正在我对面的牢房里打坐调息，他面色不太好，应该是调得十分痛苦。

不一会儿，我便听到有脚步声“嗒嗒嗒”地传了进来。芷嫣一冲进牢门，看见了我，倒抽一口冷气，满脸惊愕。我在她开口之前便道：“昨天去买了神行丸吃了，这一个月的时间能飘得比人跑得还快一些。我和你一起在这儿守着，要出了事情，我还能给你出主意。”

芷嫣点头，安静地走了过来，在柳沧岭牢房前静静蹲下，看着眉头紧锁的他，满脸担忧。

“你这般喜欢他，以后你当真能手起刀落，取他父亲的项上人头？”

芷嫣垂头不说话。我也没再多言。

这一等便等到了下午。地牢里看不见天日，可我隐隐感觉这时都快到太阳落山了。

柳沧岭的面色趋于缓和，终于慢慢睁开了眼，而睁眼的一瞬就看见了芷嫣在自己的面前。这个表情一直很刚硬的正派青年，霎时间眸色便软了下来："芷嫣。"

芷嫣却在这时收回了担忧，抹去了眸中情意，故作疏离道："我是看在自幼一起长大的分儿上才来帮你的。"

柳沧岭一愣："帮我？"

"我如今是万戮门中人，待会儿你可以假意挟持我，我们趁机逃出尘稷山。"

柳沧岭面色一喜："你愿意同我离开尘稷山？"

"我只是……"

"行了。"我在旁边打断芷嫣想要解释的话，"你跟他解释个什么劲，糊弄过去得了，赶紧让他出来。"

芷嫣果然闭嘴，提气运功，一记剑气砍在牢门的锁上，然而牢门纹丝不动……

芷嫣有点尴尬……

我挑了挑眉梢，看来，我不在这世上，他们十大仙门没有压力，连徒弟都教不好了。

柳沧岭见状，伸手要去拿自己身侧的佩剑，可他的佩剑早在那日昏迷之时，被我拿去攻击墨青了，已经变成一团废铁丢在那山谷里。柳沧岭也只得运了气，以指做剑，用剑气砍在牢门上，这次牢门应声而破。

他倒是有几分真本事。

然而，牢门之上有封印，砍开之后，外面的狱卒很快便察觉到了，连忙冲了进来。

此时芷嫣已经配合柳沧岭站好,任由柳沧岭的手指掐住了她的脖子。

“让开。”柳沧岭道。

狱卒见是芷嫣，一时面面相觑，有点犹豫。

我在旁边有些着急。“你要烘托气氛啊！”我教芷嫣，“说自己好害怕，让他们赶紧让开，说这个家伙把你脖子掐得好疼！你演得真一点好不好！”

芷嫣这才被我骂醒过来似的，连忙哼哼出来：“我好怕啊，好疼啊……你们快让开啊，他要杀了我……”她说着这话，柳沧岭却是一个愣神，微微把手拿开了些，竟以为自己当真弄疼她了。

我觉得这些仙门的弟子简直蠢得没救了……

“把他的手盖一下啊盖一下！逼迫他用点力啊，你们俩怎么都不走心呢？”

我一路跟着指导，总算让他们从地牢里行到了地牢外。

看守戏月峰地牢的守卫不多，围了一圈。我一扫，粗略数出十来个，我琢磨，如果光是这些人的话，凭柳沧岭刚才那两手，打败他们还是不在话下的，只是不要再多来一些……

“北山主正在附近，快去请他来。”

我陡然听见一个守卫对另一个说出了这句话。当时心里一咯噔，立马对芷嫣说：“那个，转身要去通风报信的那个，让柳沧岭立即给撂倒。这圈的，全部打晕。”

芷嫣与柳沧岭也不愧是从小一起长到大还有过姻亲的小伙伴，也不知她是怎么和柳沧岭交流的，只见柳沧岭下一瞬间，指尖剑气一出，转身欲走的那守卫霎时间扑倒在地，挣扎了好久也没再爬起来。

其他人见状意欲围攻，这下芷嫣总算找到点感觉了，自己喊了出来:

“啊啊，别别别。”

守卫们也只好退下，趁此机会，柳沧岭周身运气，正要动手之际，天边忽然一个雷霆炸响落了下来，青钢拐杖戳在地上。

“咳咳。”北山主咳了两声，“老夫却是不知，而今尘稷山，竟还有尔等宵小作乱的余地。”

北山主……我承认他现在说这话确实很长我们万戮门的威风……但我现在也终于体会到了，站在万戮门的敌对面，且无力反抗的时候，内心有多么破碎。

北山主出了名地讨厌修仙者，而今一个修仙者挟持了另一个修仙者，我看他这阴鸷的眼神，想着上一次我用芷嫣这身体，在无恶殿侧殿被他发现时，他那一声冷哼……

嗯，他估计是打算把芷嫣和柳沧岭都在这里给一并弄死了，最后大不了和墨青说是误伤。

墨青还真能为了芷嫣这个身体和北山主开撕不成？

我一抬头，从戏月峰这山脚往远处一看，夕阳西斜，缓缓往山下沉去，跑是跑不了了，搏却能搏上一搏。

“拖时间。”我道，“和北山主拖时间。”

芷嫣一听面前这老头竟然是北山主，这下是不用装脸色也有点白了。见北山主上前一步，她立即道：“北山主救我啊。我是门主徒弟……”

袁桀一笑：“小丫头，你既是门主徒弟，也是我万戮门的线人，帮我万戮门做事，我自是得救你的。”

言罢，袁桀青钢拐杖往地上一拄，空气中的压力激增。我身为一只鬼，是感觉不到压力的，但旁边草木摧折，袁桀身旁那些守卫立即露出了痛苦之色，而迎在正面的芷嫣直接被震出了一口血来。

柳沧岭见状大惊，正要回护芷嫣，袁桀凭空一抓，芷嫣的身体立即被抓了过去。

袁桀掐住芷嫣的喉咙，将她往旁边一扔，芷嫣倒在地上，不停喘息。旁边守卫倒是更紧张地在询问：“姑娘没事吧，姑娘还好吧？”是抓紧了一切时间在讨好她。

袁桀却头也不回地冷冷一笑：“倒是辛苦你了，老夫这便将这逃窜的贼子，处理掉。”

他话音一落，杀气向着柳沧岭而来。

柳沧岭忧心芷嫣，可也知此时芷嫣不在他身边更好，当即全心应付袁桀。袁桀挥舞青钢拐杖时一点也不像一个老人家，竟比五年前我见他最后一面时，还要精进许多。

老不死的，大概说的就是这样的人吧。

两方实力差距巨大，柳沧岭没接两招便被打得飞了出去。他在空中一个旋身，让自己双脚稳妥地落在地上。他一抬头，目光中神色仍是毫不示弱，可嘴角已有压制不住的血液流了出来。

“哼，鉴心门人。”袁桀一声冷哼，“先门主与十大仙门剑冢一战，你们出了不少力啊。老夫今日便要帮先门主，出一出这口恶气！”

咦……老头子……

你忽然这么说，竟搞得我心情有点……复杂……完全不知道该开心还是难过啊。

他青钢拐杖再次一舞，杀气扫出，柳沧岭径直被强大的杀气吹到了牢门旁石柱上，狠狠一撞，像个布偶一样掉了下来。

袁桀正要上前之际，却被人拽住了衣袖，是芷嫣，她嘴角的血都还没抹干净，就这样直勾勾地盯着北山主。明明平时那么胆小的一个姑娘，此时却倔得像一根钉死了北山主的钉子：“别打了。”

袁桀冷哼，一拂衣袖，甩开了她：“门主徒弟竟要帮挟持者说话吗？”

芷嫣又抓住了他的腿，满眼皆是泪：“不要打沧岭哥哥了。求求你！”

柳沧岭闻言，咬着一嘴血抬头看她，目光极是动容。

袁桀眉眼皆冷，踢开芷嫣。他这个动作惹怒了柳沧岭，柳沧岭一声厉喝，杀上前来，毫无意外，未近袁桀的身，便被狠狠打开。这一次，柳沧岭倒在地上，呕了一地的血，挣扎着爬不起来了。

再有一击，便能杀了他。

忽然，芷嫣不知道哪儿来的力气，挣开拉着她的守卫，扑上前去，拦在柳沧岭身前：“别打了！”她跪在地上，张开脆弱的双臂，就像护着鸡崽的母鸡。

可在杀戮者的眼里，她也不过是只母鸡罢了。

袁桀脚步未停，手臂一抬，青钢拐杖迎头打下！身后的守卫都惊得喊了出来。

我眸光瞥见天边夕阳沉下，最后一丝余晖在山头上消失，我眸光一沉，身形一移，撞入芷嫣的身体。霎时间，这个身体里的疼痛席卷我的灵魂。

头顶之上袁桀青钢拐杖所带的压力也像要劈开这脑袋一样，让人耳朵一片嗡鸣。

我咬紧牙关，压死胸中翻涌的腥气，急速调动这身体中的所有力量，使之聚集一处。我一声沉喝，周遭一片死寂，青钢拐杖在我头顶之上堪堪停住。

我一抬头，颈椎发出“咔咔”的声响，眼眸杀气凝成刀，盯住北山主那双阴鸷的眼睛：“叫你别打了，听不见吗？”

话音一落，力量炸裂，在我的力量与袁桀青钢拐杖的交接之处，磅礴的威力横扫四方，似一把圆形的巨刀，将周围的山石与牢门，砍了一个深深的凹陷进去。

山石陷落，在周边砸下，空气中一片尘埃，十来名守卫在一旁目瞪口呆，噤若寒蝉。

芷嫣以魂魄之体在我身边号啕大哭。

而北山主望着我，眼里神情惊愕非常：“你……”

正僵持之际，身边倏尔传来一道冷喝：“住手。”

袁桀往旁边一望，收回拐杖，向后一退，所有守卫立即在地上跪好了行礼：“门主。”

我一转头，但见那一袭黑袍已经到我身前。

方才那一击已经用光了这身体里所有的力气，我只能跪在地上，勉强撑着身体不要倒下。看着面前这人在我身前蹲下，他那身绣了暗纹的黑袍铺散在地，染了尘埃。

而他只是盯着我。

那双透彻却藏满了秘密的眼睛里，映着我的身影。仿佛是我眼花的错觉似的，我竟见他唇角有一瞬间的颤抖，他抬起手，指腹轻轻在我脸上游走，手指粗粝的触感，让我恍惚之间，仿佛见到了在剑冢的那天，那个突然出现在我身边的小丑八怪。

我让他去外面引开那些仙门弟子，我打算用他的命来换自己的命。

而他对我说：“我可以为你放下一切，只要你安好。”

哼，扯呢。

看我现在这样，除了我的安好，你一切都得到了。

芷嫣这个身体太过疲惫，不由自主地往旁边一斜，我控制不住。墨青一伸手，揽住了我的胳膊，将我稳稳带进怀里。

而在这一瞬间，芷嫣这个身体仿佛有千钧重一般，我竟感觉到墨青的胸膛与手臂，有几分把控不住的微颤。

我不懂他颤个什么劲，我只觉得有点不甘。

我挡个老头子的拐杖，都跟到地狱走一遭一样。而他不过一句呵斥，便止住了所有风波。这么威风帅气的事……明明以前都是由我来做的呀!

“门主，”袁桀道，“属下正在惩处逃逸的修仙者，您这徒弟，不惜以身犯险想要救他。此举……”

“那又如何？”墨青开了口，这四个字径直将袁桀一噎，谁都没想到，墨青竟会说出这四个字来。

包括我。

我愣愣地抬头望向墨青，看见了他轮廓完美的光洁下巴，听他不容他人置喙地冷冷下令：“我自有定夺，你且回吧。”

言语中，自有他的威严决断，与之前的丑八怪，到底是不一样了。

袁桀握着青钢拐杖的手一紧，手背青筋凸显，但很快又压了下去，只沉声答了个“是”，便身形一动，霎时间消失在了原地。

墨青眉眼一扫，看向旁边被吓傻了的守卫们：“去传南山主。”

南山主顾晗光是万戮门的大医师，当年我花了好多功夫，用了许多法子，才将这个已经隐居世外，被世人当成传说的“医神”给挖到万戮门来的。

为免未来有一天我被打成重伤，或者中了剧毒，下面小的来不及给我找到神医，我就死了，于是未雨绸缪先将神医备着。

可世事难料，我该死的时候还是死了，备着的神医白白被墨青占了便宜。

而现在墨青这是……要让顾晗光来给我治伤?

我有点蒙了，他为了芷嫣这个身体，几乎不讲道理地在北山主面前偏袒我，现在还要动用南山主来给我治伤？这和他之前那冷脸、臭脾气、爱搭不理的风格差别有点大呀……

这一天没见，在他身上发生了什么吗？

我回忆着最后一次见他的时候，那是前天，在藏书阁里，我小施计谋调戏了他，然后他就……闷不作声地走了。

看他今天这个表现，莫不是……

那天的勾引，其实已经在他内心深处落下了巨大的印记，给他造成了巨大的影响？

他回去沉思了一天，经过无数思想斗争，无数心理活动，本打算放弃这个身为仙门弟子且形迹可疑的我，可万万没想到我今天受伤，伤到了他的心。他终于不得不承认自己其实已经爱上了我，然后按捺不住心里澎湃的爱意，冲上前来，在北山主面前偏袒我，又传南山主来给我看伤。

我觉得自己的猜测很有道理。外面那些情情爱爱的话本子，不都是这么写的吗？

我抬头瞅了他一眼，见他也正垂头盯着我，黑眸如晦暗深渊，可因着他将我全然映在瞳孔之中，这身浅色衣裳，倒衬得似眸中有光芒。他唇角抿紧，声音微带沙哑地问我："伤得如何？"好似自己忍了痛一般。

我心道，虽说百来年前救了他一命，养了他一段时间，最后还死在了他手上，但我还是不得不承认，这么多年来，我真的一点都不了解他啊。

小丑八怪你竟然这么纯情，只是笑一笑摸一摸，居然就上钩了！我还准备了一系列勾引你的后手呢，现在你让我用给谁看？

不过这倒也省得麻烦。

"师父……"我弱弱地开口，唤了他一声，不再费力撑着身子，让自己完全倒进他怀里，他将我接住。我抬起手来，佯装要抓他衣服，将手抚在了他胸膛心口处。此刻，只需要运气，化指为利爪，穿透他的胸膛，便可将他的心脏挖出来了。

我寒了眼眸，运转体内气息……

啊，他大爷……

我竟然忘了芷嫣这个身体有多不经用，此时竟然一点内息也没有了。

于是我只好当真将他衣服拽住，一抬头，对上了墨青的目光。他盯着我，就是这双眼睛，每次都会让我感觉自己像被他看穿了一样，在我死之前如此，现在也是如此。

我莫名觉得，他此刻已经知道了我是谁，也已经知道了我刚才想对他做什么。可他不动声色，像即便我真要挖出他的心，他也会一声不吭地任由我去挖一样。

可墨青这样的人，走到这个地步，凭什么会让我去挖出他的心，他又凭什么在知道我是路招摇后，还让我活着，威胁他的地位？

难不成还能因为他喜欢路招摇？

我暗笑这个想法太天真。

魔道，即便墨青送走了鞭尸台，砍了挂尸柱，他也永远摧毁不了在这条道里，人心对于权势的渴望。这条道里，谁都如此，没有哪一种爱，能凌驾于对权势的追求之上。

所以他现在不杀这个身体，甚至爱上了这个身体，那是因为他认为这身体虽然奇怪，但不会对他的地位产生威胁，对他的根本利益没有损害。

我需要把握这个度，在他爱着的这个阶段，找个机会，把他做掉。

“师父……刚才我都以为再也见不到您了。”我努力让芷嫣的眼睛挤出眼泪，眼波潋滟地看着墨青。恋爱中的人嘛，总是会心疼比较弱的那一方的。

而墨青果然眸光微微一动。

“不会。”这两个字说得那么沉，他答得过于郑重，让我有点没料到。

“你若想见我，我便会在你身边。”

恍惚间，我有点理解当初为什么我会死在这个小丑八怪的手上了。

因为，他的言行举止，处处都让我无法理解。我这儿还觉得没勾引到他呢，他就已经爱上了；我那儿觉得还需要再诱惑一下加深感情呢，他就开始海誓山盟了。

我刚放下钩，鱼就自己蹦篓里了。真是吓杀钓鱼人。

我咳嗽了一声，一时竟然不知道该如何接话。这时身侧一道风来，打破了沉默的尴尬。

是顾晗光来了。

这几年来，他也没什么变化，还是一副一脸老成的小孩模样，已经是开春的天气了，他也依旧裹着厚厚的雪貂，唇色泛着苍白："你找我？"他和墨青说话，即便我在墨青怀里，他也没有费神垂眸看我一眼。这说话的调调也与当年同我说话时差不多，不带半点恭敬的。

不过因为他是顾晗光，这世上唯一一个可以和阎王抢人命的人，所以我默许了他有这个资本。

"嗯。"墨青唤他，"给她看伤。"

顾晗光闻言，这才瞅了我一眼。他是个小孩身体，这辈子都不会再变成大人了，站着的时候和墨青半跪着差不多高。他目光只在我身上扫了一圈："些许皮外伤，内息耗损过度，不用治，吃点补气调息的药，调理些时日便好。"言罢，他对墨青说，"背后那个反而伤得重些。"

我闻言，这才想起，哦，对了，我是为了救那个柳沧岭才弄成现在这副德行的。

我在墨青怀里蹭了蹭，从他肩膀上往身后望去，只见柳沧岭趴在地上，跟死了一样一动不动。而芷嫣跪在柳沧岭身边，转头哭着看我："你快别调情了，沧岭哥哥都要死了。我才是要再也见不到他了。"

那就帮着治一下吧。

我话还没说，墨青便径直将我打横抱起作势要走："处死。"

咦，什么？

我又不懂了，墨青你这也是看心情看喜好在管理门派吗？你不是施粥这种事都干了吗，怎么现在又要处死人了呢？说好的务农呢？

“师父……”我抓了抓他胸膛的衣服，“他是……呃……”

芷嫣机智，见我想不起柳沧岭与她的关系了，便立即在一旁补充：“是与我一起长大的师兄，是我青梅竹马的哥哥……”她说着，像触到了心里最柔软的地方，嘴角一颤，“是与我尚有姻亲的良人。”

于是我就总结了一下：“是我极亲近的人。”

墨青眉头一蹙：“你想救他？”

“对啊。”我费了那么大的力气，可不是为了送一个死人出尘稷山的。

墨青嘴角有些紧，看他神情，竟不太情愿救柳沧岭。

小丑八怪，你现在不是很仁慈吗，为何在我希望你仁慈一下的时候，你偏偏就狠下心肠了呢？

我倏尔转念一想，墨青现在喜欢我呢，他这表现，难道是在……吃醋？

为了救另外的男人把自己弄成这副狼狈的模样——这是让墨青不高兴了。

呵，你这个占有狂。不就是希望我心里眼里全是你，看这个世界除了你以外全是丑八怪吗？我满足你就是了嘛，何必搞出人命？

“师父，”我往他怀里蹭了蹭，“让他走吧，我不想在一颗心装满你的时候，还要留个地方让对别人的负罪感占据。”

芷嫣一边哭一边指着我的鼻子骂：“你不要用我的嘴说那么恶心的话！”

哼，小丫头，懂什么，人家的恋爱都是这么谈的。

看吧，墨青这不就沉默了吗？还沉默得有点久呢！显然是对我的甜言蜜语没有抵抗力了。

“治好以后，丢出尘稷山。”他冷声吩咐。

顾晗光蹲在柳沧岭旁边开始把脉，准备施针，抽空说了句：“赶紧走。”还是老样子，连门主也敢赶。一点见不得别人在他面前成双成对。

墨青也没耽搁，抱着我便回了无恶殿。

我看了一下他带我回来的这寝殿，竟是我以前的寝殿。门主的寝殿现在想来是墨青在住，而他竟然把我带到了这里。

嗯……果然是爱意来得气势汹汹，让他迷失其中啊。

“你先好好歇息。”

他将我放到床榻上，走到一旁点了灯，便至外间拿了一盒丹药进来。看见那盒丹药，我眼睛亮了亮。

九转回元丹，保命救人、提升功力、增加修为的利器啊！像芷嫣这种级别的修仙弟子，吃一颗打坐一宿，便可让伤势痊愈，修为大大增长。

“师父，这个……我可以吃吗？都是我的？”

“嗯。都是你的。”

我往盒子里瞥了一眼，粗略一数，里面约莫有六颗九转回元丹。光吃这玩意儿，一个月内，我必定能让芷嫣变得比一般中级魔道弟子还要厉害，那可是人家修个二三十年也不一定能修到的程度。

“九转丹虽好，短时间内却不可连续服用。”墨青说着，只从盒子里拿了一颗出来给我，“今日你内息耗损严重，吃药之后好好打坐调息。十日之后再来找我，我给你第二颗。”

什么？你怎么这么抠？给人东西还分批次的？我知道九转丹不能天天吃，可也不用隔十天来一颗吧。这样拖得我一个月能办好的事，得用五十天才能办妥。

算了，他现在是门主，他说了算。

我认命地吃下一颗九转丹。

丹药滑入食道，进入胃里，登时一股充盈的灵气便从身体内部慢慢流转到了四肢百骸。我闭了五识，沉浸在一片黑暗当中。以往练功我皆是如此，而这一次，我像诡异地有了第六感，一直觉得墨青那双眼睛，就在旁边盯着我，一整个晚上的时间，都不舍得离去。

第八章

濯尘

那岂不是拆了墙，晚上就等于同床共枕了？

翌日，清晨。

芷嫣回魂的时候，我已经妥妥地让她的身体把九转丹吸收完了。我先是往旁边一看，见屋里没人，心道昨晚感觉墨青一直盯着我果然是错觉，随即才转过头来打量芷嫣。

这个身体一扫往日疲惫，容光焕发，连头发都黑亮了许多。

我站在芷嫣身边，看她回魂后，因为感受到身体的异常而微微睁大的眼睛，觉得自己竟然有一种给自家宠物洗了毛的成就感。

芷嫣握了握手，又站起来蹦跶了两下："好神奇。昨天明明被摔得那么惨，竟然都不痛了。"

"你小心说话。"我道，"这是在无恶殿呢。"

芷嫣立即捂住了嘴。

"咱们先回戏月峰，边走边说。"出了无恶殿，没人阻拦，我顶着太阳，用与芷嫣一样的速度飘着。虽然阳光让我难受，可速度也没慢上多少。我在路上问芷嫣，“柳沧岭治好了吧，丢出尘稷山了吗？”

说到这个，芷嫣左右看了一眼，没在路上瞅见人，才小声与我道：“你们南山主好厉害啊，扎了几根针，就将沧岭哥哥当场救活了过来。守卫们已经把他送出尘稷山了。”

我翘了下巴道：“顾晗光要是连这点伤也治不好，留他在万戮门也没甚用了。”

“那我这身体的伤，也是那南山主治的吗？”

“吃了颗九转回元丹而已。”我顿了顿，“不过九转丹也是顾晗光炼的，算他治的吧。”

芷嫣又微微抽了口气：“九转丹？就是‘宁弃嫦娥升仙途，不舍九转回元丹’中所提到的神药？我居然吃了那个东西？”她摸摸自己的肚子，“受点皮肉伤就吃那种东西，你们万戮门还真是奢侈……”自言自语地嘀咕完了，她转头看我，“你们南山主连九转丹都可以炼出来，那他为什么不治治他自己呢，听说……他以前也是个翩翩公子呢……”

芷嫣看我的眼神里，带了些许微妙的探究。

我知道她在想什么，她在想江湖上，关于顾晗光和我的那些乱七八糟的传闻。

我这南山主，姓顾名辰字晗光，人称“阎王愁”，因为他医道修得能从阎王爷手里抢人。

他年少成名之后，便常年隐居山野，不见踪影，后来再有他的消息传遍江湖，就是他被我招入万戮门之际。而那时，他却从一个美如玉的翩翩公子，变成了一个瘦弱苍白的小男孩。从此再没长大。

江湖上从此众说纷纭，流言遍野。其中流传最广的一个说法便是——路招摇采阴补阳，用力过度，将顾晗光害了。

这些名门正派就知道放屁。

我路招摇风里来浪里去，纵横江湖这么多年，放眼天下，没有一个男人能比我更帅气。

他顾晗光只有医术能入我的眼，那浑身孱弱阴柔的气质却绝不符合我的口味。要论采阳补阴，那也是他顾晗光采我的阳才对。

我白了对此事充满好奇的芷嫣一眼："顾晗光是因一个女人变成这样，却不是为了我。"

芷嫣立即死死盯着我，满眼满心想了解江湖内幕的模样："他被谁采了？"

"……"还名门正派呢，思想一点不纯洁，"没被谁采，他自愿为一人疗毒，将那毒引到了自己身上，变为幼童，常年忍受冰霜寒冻之苦。即便身在盛夏，也如坠冰窟。"

芷嫣有点愣："都说在你统治的时代，入万戮门的，都是穷凶极恶之徒。没想到，还有顾晗光这样为救他人而舍弃自己的……"

"哼，天真。"我扫了她一眼，"入我万戮门之前，顾晗光也不是个心慈手软的主，他的温柔不过只对那一人罢了。"

"那到底是谁……"

我摸着下巴："说来你也应该知道，你们十大仙门里，唯一只有女弟子的门派……"

"观雨楼？"芷嫣打断我，"她们不是……入门就不能动情了吗？"

"对呀，可她们楼主控制不住嘛。"

芷嫣更惊："你说让南山主舍身来救的，竟是观雨楼楼主沈千锦？不可能啊，沈楼主冷面无私，从来没听她提过南山主的事啊。"

我撇嘴："她什么都记不得了，当然不会提。"

当年我千方百计诱顾晗光入我万戮门，他丝毫不为所动。后来也是机缘巧合，沈千锦一身情毒发作，走火入魔，昏睡不醒。要死不死的时候，顾晗光就只有抱着她来找我，求我帮忙与他一同为沈千锦驱毒。而他付出的代价就是，一副健康的身体，和永远留在万戮门。

他用救人的针扎掉了沈千锦的记忆，放她回观雨楼，而顾晗光自入门后，就再没离开过尘稷山。从此仙魔两道犹似天人两隔，永不相见。

顾晗光也从此再见不得别人在他面前恩爱，见一对拆一对，恩爱得过分的，当场扎个半身不遂也不是没有的事。

这其中因果我没心思与芷嫣细说，便如此简单地提了几句，剩下的让她自己猜去。回了戏月峰，我打发芷嫣去山下找人给我烧纸。

她自是求之不得，心里估计还想私下去看柳沧岭一眼。只是离开之前忽然一本正经地与我说了一句："以后，你教我修魔可好？"

我一挑眉，只见她眉宇之间皆是严肃与认真。她道："我不想再像昨天那样，在想要保护什么的时候，却无能为力。"

我抱起了手臂："哦，又求我帮忙啊。"

"我今天一定找一百号人给你烧纸！我一定竭尽全力满足你的纸钱！你等着！"言罢，她便急匆匆跑出去了。

小丫头倒是摸清了我的脾气。我笑着勾起了唇角，让我收徒弟，有点意思。还没人把自己送到我手上让我欺负过呢。

晚上的时候，芷嫣却几乎是夹着尾巴回来的，因为她身边跟着墨青。

她的手在身前握得死紧，像囚犯一样走在后面。而墨青则在一旁走得很闲适。在我这小院门前站定了，芷嫣规规矩矩地鞠躬："谢谢门主。"

墨青只抬头看了眼天色："以后无论在何处，傍晚之前必须回到尘稷山。"

"谨遵门主教诲。"

"嗯，先回吧。"

芷嫣蹑手蹑脚地进了屋，我在外面盯了一会儿，发现墨青走了，然后赶紧进来问她："怎么回事，为什么跟厉尘澜一起回来的呢？你有没有露馅？下次叫他师父呀，自然一点，可爱一点那种。来，先学个我看看。"

芷嫣嘴角僵硬且抽搐地拉了个笑出来，然后直接拿身体往我身上撞。这一次，她自己从身体里跑了出去，而我接住了这副被她"抛弃"的身体。她化成魂魄的形状，缩在角落里发抖："不行，果然还是不行，我不能和厉尘澜待在一起，我走路都快同手同脚了。他不说话，光是那身气息就能压死我了。"

哪有那么可怕……

她缓了好一会儿，才不抖了，然后道："我还在山下找人烧纸呢，厉尘澜忽然就出现了，让我回到山上。"

我奇怪："让你回来，为什么？"

"不知道。或许是怕晚上山下……危险？"

约莫是吧，恋爱中的人嘛，特别是像墨青这种有点占有狂气质的，总是喜欢让女孩子晚上不要出门，一定要在某个时辰之前到家。

虽说傻了吧唧了一些，可也算一种别样的关心。

我正这般想着，忽觉屋内空气一沉，一袭暗纹黑袍的男子便陡然出现在了屋中。即便是我，也被惊了一瞬，墨青……你怎么还没走？

我回忆了一下我刚才用这个身体说的话，虽然只问了一句"让你回山，为什么？"，可一个人在屋里自言自语确实有点奇怪，可能会引起墨青的怀疑，我正在琢磨圆谎的办法，墨青便开口了。

“走吧。”

去哪儿？

我飞快地瞥了旁边在角落里抱着膝盖的芷嫣一眼。

芷嫣显然也是一脸呆愣：“我不知道呀。回来的路上，他就刚才在门口和我说了那两句话，你都听到了呀。”

于是我拉扯了一个笑容出来，问墨青：“去……哪儿呢？”

他一听我说话，眸光仿佛柔了一瞬，可声音依旧是习惯的淡漠：“无恶殿。”

我又飞快地瞥了芷嫣一眼：这到底什么情况，你赶快给我汇报啊！

芷嫣有点慌：“我不知道呀！在山下他就让我回山上，回山上他就说走了！现在回来就让你去无恶殿……为什么？”她反而问我。

我忽然觉得要教这么一个徒弟，大概是件很累心的事。

“怎么忽然要去无恶殿呢？”

“你不是我徒弟吗？”

墨青也反问我。我只能硬着头皮道：“对呀。”

他黑眸里仿佛含了几丝深藏的笑：“门主徒弟，岂有卧于戏月峰的道理。”

你说的……是很有……道理，可你为什么到现在才提出来啊！我不是一开始就强行灌输给你我是你徒弟的观念了吗！你就是喜欢上了这个身体，想和她住在一起，时时刻刻看得见摸得着占便宜是吧！

别以为我看不懂你，你个小闷骚！

我与墨青去无恶殿的时候，没有吃神行丸飘不大动的芷嫣贴着门柱站着，一脸泪汪汪地盯着我：“招摇魔王，你一定要好好保住我的身体啊，我……我可还是黄花大闺女呀……”

说得跟谁不是一样，我斜了芷嫣一眼，她又立马补充：“你也不可乱性！要控制住自己！”

这个名门正派的弟子，脑袋瓜里一天都在想些什么，就知道采阳补阴那回事了吗？

我不搭理她，随着墨青的脚步，离开了戏月峰。

这一次墨青却没有用他的瞬行之术，只是带着我，像闲来饭后散步一样，一路从戏月峰走上去主峰的小道，走到夕阳沉下，晚霞没落，直至皓月当空。

好长一段路，他不说话，只负手在前面走着。我亦是沉默地跟在他的身后。

我琢磨着，墨青这估计是在学那些小年轻谈情说爱呢，吃饱了没事就出来闲逛，说是能增进感情。虽然我觉得这种闲逛并没什么作用，不过因着我现在是要勾引他，所以让他高兴高兴也好。而且……

离开禁地孤坟以来，我也没有好好逛过尘稷山，现下这般走着，却也有几分回顾过往的感慨。

登上尘稷山主峰前宽敞气派的阶梯，我抬头望了眼遥不可及的高处，在那里矗立着我万戮门最巍峨的建筑——无恶殿。

许久未从这个角度仰望，我倏尔忆起第一次走到这里来的时候。

我从我的故乡出发，到了尘稷山的后山，偶然打了那名扬天下的一架，救下了墨青，然后带着他翻山越岭，走到前面的顺安镇，歇了几晚，便被客栈的人发现了魔修的身份，于是被当时会仙法的客栈守卫赶了出来。

我当时伤得重，没力气与他们纠缠，便领着墨青，又是一通跋涉，入了尘稷山。

那时的尘稷山还是一座百里荒山，只有这主峰上尚存一座废庙，现在山前这宽阔气派的阶梯都是我建了万戮门之后，着人给我扩建修整的。而当时，这山上的道上，只有肩宽的石板，一截有路，一截无路，荒草杂生，青苔漫布，我便背着沉默寡言的墨青，一步一步，从山下，攀着那破阶梯，走到了破庙之上。

总算是暂时找到了个歇息之地。

我与墨青在破庙里住下。庙里没吃的，墨青天天出去摘果子，而我吃不吃东西都能活，就是每天嘴里淡着没味不舒爽，有时便抢了墨青摘的果子吃。

我不喜甜，专拿他摘的没熟透的果子，酸酸的，微带涩，我喜欢这个味道。于是墨青便会留意着路边的青果子，每天专门给我带两个回来解馋。

细细思量，那时候我其实也并不觉得小丑八怪有多丑，因为我觉得他老老实实挨欺负，忠心维护我的样子也挺可爱的。哪想到……

那些年，打发他去看门，看着看着，怎么就看歪了去呢……

这内心得有多少不平衡，才能歪得将当初对他那么好的我直接杀了，我心中生起了不忿，随即哀哀叹了一声，停住脚步不走了。

墨青站在上两级台阶上转过头看我，他背后是朗朗明月，亮得晃眼。

“师父，”我有点委屈地，眼巴巴地望着他，“这一路太长，我都走累了。要不……你背我一截路吧？”

要让门主背，这其实是一个略损他高冷威严的要求。

不过谈情说爱嘛，就是要慢慢地提出比之前过分一点的要求，在相处的过程当中蚕食鲸吞地占领对方的领地。直至深入腹地，占山为王，最后将对方全部拿下，控于掌中。

我现在就是想试探，墨青他对这个身体，到底能纵容到什么程度。

“过来。”他当真唤了我，没有一点犹豫地让我站在了比他高的台阶上，我趴上他的背，然后他背起了我。接着一步一步，坦荡荡地继续往阶梯上爬。

他这么坦荡爽快的模样，或许……在他心里，根本就没觉得这个动作有损威严呢。我琢磨，他是不是还觉得有点小窃喜，因为喜欢的人，对他撒娇了，所以我说累，他宁愿满足我，背着我，也不愿一个瞬行，回到无恶殿。

呵，小闷骚，看不出你还是个情种。

我抱着他的脖子，趴在他后背上，手掌轻轻地贴在他胸膛上，我找了找位置，这里是他的心脏所在。若我提气运功，化指为爪……

我顿了顿，摸到墨青这身黑衣，然后借着月光看了看他衣领的料子。东海鲛纱，以鲛鳞炼制而成的料子，没有北山主的功底，是绝对撕不开这玩意儿的。若没有北山主的功底，拿能抵半个万钧剑威力的利器，也是可以割破的。

然而我什么都没有，只有一点薄弱的内息能让手指长出锋利的指甲。

我登时变得安分下来。看来，要杀墨青，我不仅要提高功力，接近他，最好还要能在他脱光衣服的时候接近他，最好最好，还要有把利剑，以方便我行事。

我趴在他后背上，脑袋倚在他肩头，拿食指在他胸膛上画圈圈。“师父。”我刻意放软了声调，在他耳边呢喃细语，“上次北山主欺负我啊，拿的是那青钢拐杖，听说那南山主手上的金针，除了救人以外，也可杀人于无形。他们都好厉害啊，可是我身上都没有傍身的武器……”

“四海之内，有你喜欢的武器吗？”

我喜欢万钧剑，你把它给我啊！

我忍住这话没说，因为一说，估计再深的感情也能给彻底撕破了：“之前我在仙门，听说海外仙岛六合之上有一宝剑，本是立于山巅的一块钢铁之石，受天雷风霜打磨，日复一日，竟成了一把天剑，它……”

墨青仿佛微微笑了一下：“六合天一剑，倒是好品位。”听这语调，竟似真的很宠溺地在夸我。

我被这语调弄得心跳莫名停顿一瞬，毕竟……在我记忆里，真的甚少听到有人这样与我说话。我轻咳一声，找回自己勾引人的调调，继续在墨青胸膛前画圈圈：“那师父……”

“明日忙，隔日帮你取。”

仙岛可是甚远呀，还有各种天成法阵、守宝神兽，瞬行之术在那些地方施展有限。是以之前活着的时候，我虽对这剑心心念念了一阵，可也因着事务繁忙，而懒于去取。墨青这一答应，倒让我省事地完成了一个愿望。

我心头高兴，连带着他杀了我这件事也没那么计较了。我抱着他献殷勤：“师父，你背我累不累呀，你会不会嫌我麻烦呀，要不要歇会儿？”

墨青反问了我一句牛头不对马嘴的话：“月亮好看吗？”

“啊？”我抬头望了一眼，皓月当空，万里无云也无星星，“好看呀。”

“喜欢吗？”

“喜欢呀。”

我手臂在前面抱着墨青，手掌贴在他胸膛上，只觉得他胸膛微微震了一下，他仿佛在笑：“喜欢就好。”

这一瞬间，在前后无人、宽阔气派、寂静无声的长阶之上，不知为何，我竟倏尔觉得心头一跳，有一种传说当中，被撩到的复杂的心跳感。

我想，一定是芷嫣这个身体，太经不起别人说情话了。

墨青背着我一步步走，我趴在他肩头，愣愣地看了一路亮晃晃的明月光。

直到上了无恶殿，守门侍卫看见了背着我的墨青，从他们身边走过的时候，他们垂头行礼，我心细地发现，他们额头上的冷汗都滴在了地上。

没见门主背着别人走过路吧，我知道他们在想什么。他们在想，今天看见了这一幕，是不是自己命不久矣了……

然而墨青没有管他们，直接将我背入了无恶殿内。

我这儿刚从墨青背上下来，便见无恶殿内闪过一道黑影，单膝跪地，只手撑在地上，恭敬地向墨青行礼。墨青淡淡地询问他："房间收拾好了？"

"回主上，已收拾妥当。"

墨青摆了摆手，黑影便在眨眼间退了下去。

我知道这是在无恶殿专门负责守卫门主的暗罗卫，比起外面看门的侍卫，他们更厉害，更忠诚，也更加专业。他们守卫门主，也保护门主的权利，负责整个万戮门的情报监控，叛变的，私底下干坏事的，都会由他们抓住，处理，然后送与门主惩处。

这是我在的时候便立下的规矩，只是刚才来禀报的那人，我感觉陌生，必定不是我活着的时候养的那一批人。

想来也是，整个万戮门没有比暗罗卫更加忠诚的人了。我死了，他们不愿侍奉新主的，或许都自尽了吧。现在在这里的，应该已经完全是一支专属于墨青的队伍。

我撇开这些思绪，一脸淡定地问墨青："师父，你打算让我以后都住在无恶殿吗？住在哪个分殿呢？"

"濯尘。"

我嘴角的微笑有点挂不住。

无恶殿很大，最前方的便是无恶大殿，旁边有两个小侧殿。无恶殿背后便是门主寝殿定风殿，而在定风殿两边也各有两个小侧殿，一个是濯尘，一个是清波。

其中，清波殿乃书房，堆着又厚又高的书卷，我素日处理公事便在那方。而濯尘殿一直空着，我偶尔闭关打坐便在那里，与定风殿不过一墙之隔。

若我没记错的话，这定风殿与濯尘殿相连的那堵墙，就是床榻后面的那一堵吧。而濯尘殿的构造，若要放置床榻的话，应该也是放置在那堵墙的后面吧。

那岂不是拆了墙，晚上就等于同床共枕了？

而对墨青这种级别的魔修来说，有墙和没墙其实根本差别就不大啊！

好小子，简直贼心若昭！

可我也不好拒绝，只好应了，随即被侍从领去了濯尘殿。

以前空荡荡的只是用来打坐修炼的房间，现在忽然已经全然布置成了女子房间。

我没有上那个床榻去睡觉，只在中庭榻上打坐了一宿，帮芷嫣调理身体。等第二天芷嫣回魂，我借着晨光，先教了她打坐吐纳的方法，让她自个儿学会如何更好地调理经脉气息。

然后便对着墙穿了过去，想观察观察墨青的动向。

昨晚我打坐的时候就琢磨了，现在墨青有了自己的暗罗卫，要杀他，要夺权，我又没有万钧剑，又不是魔王之子，借的这个身体还是个修仙弟子的，我万不能如他几年前那般简单粗暴地杀了我，然后独自完成权力的继承。

我还需要一个团队……

能在我杀了墨青之后，帮我管理已经变得越来越庞大的万戮门运作的团队。

我想到了姜武。虽然收服他或许比较困难，可也得试一试。

然而要联系姜武，就必须离开尘稷山，到达江城，而要去江城，就必须摆脱墨青。要摆脱墨青，就必须掌握他的动向，给自己争取到最多的时间。

我穿过了墙壁，但见太阳才刚刚升起，墨青就已经不在床上了，或许……昨天一夜他也没有沾着床榻。

他坐在定风殿的书桌前，还在不停地看着面前堆积的书与信，偶尔做些批复。忙得就像那些皇帝。

而就是这么繁忙的人，昨天居然花了那么多时间，和我一起从戏月峰，走回了无恶殿。若那些时间不浪费，夜里好歹也能歇一会儿吧。

当真那么喜欢芷嫣的身体吗……

我飘到他书桌前，趴在他书桌上，审视着他。

桌上的灯还点着，因为一夜繁忙，他额前的发丝有些许滑落下来，垂在纸张上，但也正因为这样，衬得他神情越发认真与严肃。

我又见到了一个与那个丑八怪不一样的墨青。

脸上没了墨痕，也不刻意遮掩面容，这样看来，小丑八怪其实……蛮好看的……也难怪他第一次来给我上坟的时候，我看见他时，那般惊艳。

“主上，”外面传来暗罗卫的声音，“贵客到了。”

墨青应了一声，站起身来，绕过书桌，与我擦肩而过。我跟着追去，见他入了清波殿。正想追进去看看到底是何方“贵客”，让墨青昨天以“忙”的理由，拖延了去仙岛取剑的时间。

可我万万没想到，我居然在门口被一道结界拦下了。

我一只鬼，被阳间的一个结界，拦下了？挡在门外，进去不得。

我觉得十分惊讶。

阴阳相隔是这世上最坚固且极难打破的壁垒，阳间的法术打不疼我，我也碰不了活人，生活在同一个空间，却并不互相触碰。而这个结界，拦住了我。

从某个角度来说，这个结界跨越了生死。

我越发好奇了，这布结界的是墨青吗？他去里面见的到底是什么人？

第九章

赏星

世人所有对于琴千弦的赞誉，
在这个浅笑面前，霎时都变得黯然失色。

我好奇心溢了出来，便哪儿也不去了，就抱着手臂在门口等着。从白天等到夜里，也没等到里面有人出来，直到打了一天坐的芷嫣到清波殿门口来找到了我，我也没有等到人。

而芷嫣一来，清波殿的殿门便打开了。

里面两人走了出来，为首的自然是墨青。他一出现，本来还打算和我说话的芷嫣登时头皮一麻，浑身一怵似的，僵在了原地。

墨青扫了她一眼，眸中情绪无风无波。而他身后跟着一个头顶戴着长幕离的人。一见那人，我立时就了悟了，原来是他。难怪我穿不进去呢。

我这儿还在感慨，旁边的芷嫣见了那人，像被另外一闷锤从对墨青的惧怕当中敲醒了一样，她失声唤了一句："大伯父？"

我也失声喊了出来："啥？"我很是不解，"你叫他啥？"

戴长幕离的那人闻言，却也是将头上垂下来的幕离纱帘微微撩开，看了芷嫣一眼："芷嫣？"那幕离里那张美得让男女皆醉的脸，如同庙里供的菩萨，宝相庄严，正是千尘阁阁主，琴千弦。

芷嫣叫他大伯父，原来……她是琴家的千金？

她原来有这么大一个靠山，那为何却要来万戮门入魔修炼，再去杀柳巍？直接告诉琴千弦不就得了吗。鉴心门虽在十大仙门里算是厉害的一个，可千尘阁也不差啊。两大仙门对峙，柳巍老头也不好受。

啊，也不对……如果是这样，那柳巍老头也不傻，知道芷嫣的身份当初为什么还要杀芷嫣她爹呢？那可是琴千弦的弟弟啊，他这不是公然与千尘阁作对吗？这事想起来，很是蹊跷啊！

我摸着下巴望芷嫣。

琴千弦望了她一会儿，随即又放下了幕离，声色并无太大波动："你竟是到了此处来。"

芷嫣咬着下唇，隐忍道："我说了，我会想办法帮我爹报仇。"

"你爹身故，极其蹊跷，柳门主并非那般心狠手辣之……"

"我亲眼所见！您不信我也罢，便也别再劝我就是。"芷嫣说完，转身便走。这小姑娘发起脾气来的时候倒是极为干脆利落。我旋即跟着芷嫣追了过去。

离开之时，夕阳倾斜，最后一抹余晖落在我与芷嫣身上。我转头看了看那边的墨青与琴千弦，却见戴着幕离的琴千弦此时像面朝着我的方向，纱帘后的眼睛，仿佛正盯着我。

别的人我敢拍着胸脯保证他们看不到我，即便墨青也是如此。可唯有这修菩萨道的琴千弦，玄乎至极。江湖上没有人知道他到底有多厉害，因为没有人与他交过手，即便是当初那么好战好胜的我。

我听说了他样貌倾城，便将他捉来关在地牢里赏看。看了一晚上，他只闭目打坐，像一尊菩萨，半分不见生气，不见焦躁，更没有要与我交手的意思。

我当时也只为一睹美色，看完就把他放了，没甚冲突。

而此时琴千弦也不过往这边盯了一瞬，在夕阳余晖落下之后，他便转了头，与旁边的墨青道："厉门主，我这小侄女在贵门之中，可有异常之举？"

"何为异常之举？"

"可有忽然变得不像她的时候？"

闻言，我觉得心头一怵，连忙盯向墨青，只见墨青面不改色，毫不犹豫地答道："并无异常。"

我一怔，心道：原来我和芷嫣这般颠来倒去地换身体，在墨青面前也不算什么异常嘛。

看来爱情的力量还真是巨大，可以一叶障目呀！

而且，墨青也没有过多地去询问芷嫣的身份……不过想来也是如此，之前待在尘稷山那么长的时间，墨青要查她，早就将芷嫣的底细摸得一清二楚了。

原来弄到最后，我才是对芷嫣身份来历，最不明白的一个！

琴千弦与墨青又寒暄两句，随即身影便消失了。然后墨青眸光一转，盯住了正在往山下走的芷嫣。

我连忙唤了一声芷嫣，让她站住，立即飘了过去，撞进她的身体里。我小声说了一句："回头再问你别的。"

话音一落，墨青的身影便出现在了我的身前。

他盯着我，一开始没什么表情，随即我对他浅浅一笑，软软地唤了声："师父。"墨青眸光便也柔了一瞬，我接着道，"刚才忽然看见大伯父，我吓了一大跳。他怎么到尘稷山来了呀？"

他倒是也没避讳，与我直言道："新山姜武一流最近于江州城中越发放肆，遂请千尘阁共商剿灭一事。"

我一愣，心头登时闪过了无数谋划，正在盘算如何在这场争斗当中谋取自己利益最大化时，墨青忽然问我："你呢？"

我眨巴着眼问他："什么？"

他眸色中带了几分玩味："你与鉴心门的仇，又具体如何？"

我与鉴心门的仇……我怎么知道具体如何？我又不关心芷嫣为什么要报仇，我只需要知道她想杀谁，然后我帮她去杀就是了嘛！

我飞快地瞥了芷嫣一眼，芷嫣忽然被这么一问也有点慌，开始东拉西扯想从事情的根源开始给我理这个事件。

我听了两句便干脆对着墨青笑弯了眉眼，然后主动凑过去抱住他的胳膊晃了晃："师父，你看，太阳虽下山了，可今日晚霞这么美，咱们就不提那些糟心事了。待得以后我再与你慢慢讲，现在，不如就共赏晚霞吧。"我随性地往台阶上一坐，然后拍了拍旁边的石阶，邀请墨青坐下。

我听到一声轻笑，是墨青微微笑了出来。

如果说昨天感觉到墨青胸膛的震动，听见他的微笑或许是我的错觉。那么今日在这晚霞的映照之下，墨青微微弯起来的嘴唇和眉眼，即便看得那么真实，恍惚间我也觉得是我的错觉。

因为……

在现在墨青的衬托之下，我竟然不觉得方才看到的琴千弦有多美了。

世人所有对于琴千弦的赞誉，在这个浅笑面前，霎时间都变得黯然失色。

而这样的墨青竟然对我说："好。"他委屈了这一身东海鲛纱的衣袍，随性地在我身边坐下，望向远方的晚霞。看了一会儿，他转头来看我，触到他的眼神，一时间，我竟又发觉心脏开始像昨天那般不受控制地跳了。

我挪开目光，有些慌乱地看看远方，又看看膝盖，还转头看了看身后的侍卫。

而这些侍卫也如同昨晚一样，垂着头，绷着脸，冷汗一颗一颗地往地上掉，差点没哭出来。心里想的，大概也是他们看见了门主这么多面，是不是真的离死不远了。

一直看到晚霞退去，天色从擦黑直至落下黑幕，显出漫天繁星，坐在我身边的墨青也没有半点要起身离开的意思。

好像和我在这儿坐着看星星就能看到天荒地老似的。

他不着急，我却被这沉默憋得有些受不了了。

昨晚没烧纸钱，今天白天也没烧，今天晚上再不去找人烧纸的话，这一天的时间便算是浪费了呀！

我双手在身前交叉，正打算随便找个话题催墨青离开的时候，墨青却倏尔开口了："待会儿我便起程去海外六合岛。"

他主动道出了我的目的，让我一瞬间无话可说了，便只有"哦"了一声。

"仙岛取剑，瞬行之术会受阻碍，或许两三日后方能归来。"

"嗯。"

"我不在的时候……"我以为他定是要警告我，让我不要到处乱跑闯祸什么的，结果他却道，"有什么想要的，告诉暗罗卫即可。"

咦，这么放心我？

我如果在你离开的这段时间告诉暗罗卫，我要抢你的门主之位，他们会答应我吗？

当然这话我是不会说出来的。

墨青说完这话，又沉默了下来，可他也没有离开，过了一会儿，才转头看我，黑色眼瞳之中映着的是我的脸庞与夜空的星。他问我：“没有什么要与我说的？”

我默了一瞬。

行行行，我知道了，你不就是想要关心和爱抚吗，不就是想要一些甜言蜜语吗？等回头把剑拿回来了，还要夸奖与赞美是不是？我懂你！我满足你！都满足你可以了吧？

于是我覆住了他的手背，轻轻握住他的掌心，让两人掌心的温度，温暖彼此。

我道：“师父，你千万要小心，不要受伤，早日回来，我会想你的。”

一旁的芷嫣佯作干呕地嫌弃我：“女魔头，你真是假得不行了！”

哼，小孩子，你懂什么，恋爱中的人都吃这一套，你看墨青……

我细细看了一眼墨青脸上的神色……然后即便现在是在勾引墨青，我也不得不被他此时的神情弄得有些呆愣了。

他在微笑。不像小孩子吃到糖的微笑，而像一个等待了许多年，垂垂老矣，几乎快绝望的将死者，终于得到了他心心念念的唯一。

只见他垂眸看着我握着他的手，眸光细碎且温暖，仿佛将窃喜、哀伤、羞赧以及几分小心翼翼混着天边星光，一同揉碎了放进眼眸之中。

“我会的。”

我说的是逢场作戏的话，用的是虚情假意的心，却得到了这么郑重的回复。一时间，我竟为墨青眼眸之中的这份情绪感到有些许的……

歉疚？

我竟然觉得……我有点对不起他。

“若还有暗罗卫无法解决的事，一切拖到我回来之后再说。”

他留下这么一句话，便利落地离开了，因为他刚才讨到了他想要的关心和不舍。我却坐在台阶上，将远方的山河星幕望了许久。

芷嫣也坐在我旁边的台阶上画圈圈："我觉得厉魔头对你挺好的，他刚才那眼神……或许真是喜欢上你了呢。孤独了很久……终于找到个喜欢的人似的……"

我道："他喜欢的是你。"

"白天的时候，他和我都没打照面的。"芷嫣道，"就晚上你才与他见面啊，他也就晚上的时候对你才这样。"芷嫣想了一会儿，"要不你别骗他了吧。把实情和他说了，万一……他知道你是路招摇之后，还是对你情根深种，也想帮你还阳呢？"

"闭嘴。"我斥了她一句。

斥得两旁的侍卫噤若寒蝉。

感情这种东西，我不追求，也不信仰。我生而为魔，求的是权势财富和绝对的力量。若想要多求点别的，累心劳力不说，还不得好下场，这种教训，我早就受过了。

我抬起手，看了看芷嫣这双白嫩的手。这世上男子，喜欢的是对他们没有威胁的人，比如芷嫣。而厌恶会抢走本属于他们身份地位的女人，比如我路招摇。

即便我当真付出真心，愿为其倾尽所有……

我站起身来，拍拍衣裳，想着方才那点时间，以墨青的瞬行之术，此刻估计已经行到了海边某处了吧。接下来要出海入仙岛，便只有慢慢飞过去了。

我扭了扭腰，活动了筋骨，道了声："我去烧纸了。"便也掐了个瞬行术，眨眼行至了江城。

与上次来江城一样，我买了香蜡纸烛，到了花街桥上，拿布撑了招牌，往桥上一坐，等人前来烧纸。

这次来的时候，因为忆起了一些过去的小破事，心情有点沉郁，于是我盯住了两个长得比较丑的人，将他们强拉过来烧了纸钱，欺负了人，我稍稍舒爽了一些。

可我到底不是姜武，也不是以前的路招摇了，即便我在给路招摇烧纸，但在他们眼里也没那么可怕了。于是在我刚刚打算坐在桥边安心招揽生意的时候，挨过欺负的人，不服气了。

那人带了一群人过来，将我这摆摊的小桥堵了，人人都提着大刀，气势汹汹，一副要好好找个事的阵势，吓得要往这边走的人全部绕了道。

刚才被我欺负过的消瘦竹竿男从一堆人里站了出来，一点也不似刚才被欺负时那丧头搭脑的模样了。他叉着腰，挺着胸，仰着下巴，恨不能拿鼻孔看我："哼，别以为你是个女人，我今天就不会教训你。爷我在江城，还轮不到你到我头上来拉屎！"

我扫了这群壮汉一眼，觉得有点开心。小竹竿一个人被欺负了还不够，现在又给我带了这么多人来让我欺负，我阴间的账户上又可以记好多笔钱了呢。

"你现在要跪下来和我认错，磕三个响头，叫我声爷爷，再回去陪我睡一晚，或许我还能饶你一命。"

哦，很好嘛，小竹竿，江湖排名第一的找死话都说出来了，那我不杀你，也真是对不起你的请求了！

我眸光一寒，正要撸袖子动手之际，忽听那群提刀壮汉背后传来一声惨叫。声音之凄厉，几乎撕裂耳膜。所有人闻声皆转过头去，随即众人一怵，集体变了脸色。

像有无形的力量从中间挤过一样，他们从方才的气势汹汹开始变得颤抖、焦躁，然后主动让开了条道出来。

我一瞅，瞅见了姜武以及上次跟着他的那两个下属之一。

而此时姜武手上正拿着一条血淋淋的手臂，是他刚从那后面的一个壮汉身上活生生撕下来的。

壮汉捂着伤处，疼得满地打滚，姜武却似见也未见一样，对惨叫之声亦是充耳不闻，只将那还在痉挛的手臂随手一扔，丢进桥下河水里。他的目光也落在了我身上，然后咧嘴笑了："我听说又有人在桥上摆摊烧纸了，我猜就是你，果然没错。"

听见姜武如此与我说话，小竹竿的脸色登时变得煞白。

姜武走上前来，对着我旁边的一堆纸钱感慨了一句："哇，又是这么多，你这么费心费力地给路招摇烧纸，她能派你工钱不成？"

我琢磨了一下："算是有分成。"

姜武哈哈大笑，正笑着，旁边的小竹竿抖着腿跪了下去："姜……姜大侠，小的有眼不识泰山，不知道这是您朋友。小的……小的……"

他话没说完，姜武倏尔沉了面色，转过头去："哦，对，刚才那话是你说的。"

小竹竿拼命地在地上磕头："对不住对不住，姑娘，我该死，我嘴贱，我……"没继续听他吵下去，周遭登时压力一重，小竹竿浑身动作立时僵住。他在过于强大的压力之下，失去了动弹的能力。

"差点忘了收拾你。"姜武说完这话，手臂一挥，只见一道鲜血从小竹竿的脖子上喷溅而出，而他的脑袋，已经像秋天割稻草一样，被"唰"地割掉了。

脑袋在空中画了道弧线，"咚"的一声掉进河里。

只剩个身躯还跪在桥上，在短暂的鲜血喷涌之后，身体瘫软下去，一地的血顺着桥上青石板弯曲的弧度流淌下去，染湿了小竹竿叫来的那些打手的鞋子。

我早对这种场景没太大感触了。这些一个个看起来极为壮实的大汉，却全部开始瑟瑟发抖。他们淌着冷汗，推搡着往后退，动作也不敢太大，甚至连惊呼也不敢叫出来。在他们之间，气氛压抑且沉重，每个人的呼吸都变得急促又小心翼翼。

一群被吓到的猎物……

“哎。”我唤了他们一声，“退什么，烧了钱才能走啊。”

他们没动，直到姜武喊了一句：“没听见吗，烧了钱才能走，不烧纸的……”他笑了出来，笑容张狂又可怕，“是想直接去陪葬吗？”

此言一出，所有壮汉竞相扑上前来，要去烧纸。

我干脆站到了一边，把地方让开，在一旁抱着手臂看他们干活。

姜武在我身边，看着那烧得旺的火堆直笑：“我欣赏你，当真欣赏你，你说你叫啥名来着？”

“芷嫣。”

“哦，小美人这次来江城，是特意要来与我喝酒的吗？”

见姜武如此与我言语，他身后跟着的下属闻言一边叹一边无奈地唤了他一声：“阿武。”

姜武转头去应付了他两句。

而我便在他俩说话的时间里琢磨。我若是与姜武合作，他定是不会臣服于我的，而我也不可能当他的下属，折中的办法，就是我与他平起平坐。

那么问题来了。我身为一个后来者，要凭什么，才能在姜武团队里，获得与他一样的第一权力？

我现在不是路招摇，没有那么强大的实力，姜武也不是墨青，我也不能像对付墨青一样，天天跟在他身边勾引他。我唯一能想到的，可以用于和姜武交易的筹码，就是对他们组织来说不可或缺的，我在墨青身边占有的那第一手情报。

墨青要与琴千弦联手的情报。

姜武再厉害，也顶不住万戮门与千尘阁两面追击夹攻，他们现在还不知道他们的组织正是在生死存亡的边缘呢。我若能给他们提供情报，让他们躲过埋伏，他日再寻机会，起身反攻，也不是不可能的事。

到时候姜武这一堆人帮我对付暗罗卫，我便趁乱杀了墨青。

我理清了自己的底牌，算好了自己的计谋，见那边烧纸的人跑得差不多了，便转头望向姜武："我们谈个交易怎么样？"

姜武颇有兴趣地眯起了眼睛："哦？交易？让我再帮路招摇烧一次纸钱吗？"

"最好是也烧一次，不过我想和你谈的不是这个。"

姜武笑了笑："这么有自信与我谈交易？"他伸手，放到我的脖子上，作势要掐我，"你要知道，我可是一只手就能了结你性命的人。"

我没躲，因为他眼睛里没有杀气，我知道他只打算吓吓我，就跟我平时喜欢吓吓小朋友一样，他并不是真的想杀我。可就在我打算理性地与他谈交易的时候，斜里插来一剑，硬生生地将姜武的手逼退了回去。

来者浑身气息一震，姜武也不甘示弱，两方气息碰撞，姜武微微退了一步，而这来人猛地往后退了三步。过分的是，他的手拦在我的身前，于是他被撞得往后退的时候，也逼得我往后退了三大步。

他却没什么歉意，只声音极为沉重地道："姑娘快走！"

我一见面前这一身熟悉的衣着打扮，明白过来了，是暗罗卫的人。

约莫是……墨青派来跟踪保护我的。

可我现在并不需要保护呀！我也不想走呀！我还有事呀！

然而这些话，我没办法说出口，若真说出口，回头被报给了墨青，我要怎么解释？我和你想杀的那个死对头脾气挺相投的，于是就打算与他去喝喝酒聊聊天谈谈人生？

墨青得活剐了我。

这边暗罗卫保护了我，那边姜武的下属也立即上前，挡在了姜武面前，眸光犀利如刀：“是暗罗卫，她果然是厉尘澜的人。”

姜武倒是不慌不急，他摸了摸下巴，深吸了口气，沉思：“厉尘澜竟许他手下的人给路招摇烧纸钱，他不是杀人夺位上去的吗？真是让人看不懂……”

“这不是看不看得懂厉尘澜的事……”他属下有点着急，也有点心焦，“这就是告诉你不要对谁感兴趣就凑过去……”

“哎呀，啰唆。”姜武一巴掌将他的属下推开，站到前面来，侧面纸钱燃的火还在熊熊燃烧，衬得他一脸狷狂，“管她是谁的人，只要锄头挥得好，没有墙脚挖不倒，我看上的，都是我的。”他捏了捏拳头，手指骨噼里啪啦一阵脆响。

竟是打算……

抢人了？

我身前的暗罗卫显得尤其紧张，一身杀气皆溢了出来。他没开口，可我听到有声音传音入密，犹似在我耳边道：“姑娘，速回尘稷山，此处有在下帮您拖住。”

其实你回去我来拖也没关系……

“快走。”他话音一落，飞身扑上前去，俨然一副坦然赴死的态度。在他这么严肃认真且凝重的态度下，一肚子贼心思的我，表情有点尴尬。

可都不等我好好体会一下这尴尬的情绪，面前的战斗便火速结束了。

其实也不算结束，只是对我来说结束了。

姜武一个瞬行，擦过那暗罗卫的肩头，落到了我的身前。那暗罗卫吃惊之后欲转身来拦，而此时姜武已经将我扛上了肩头，姜武的属下则一拔腰间长刀，与暗罗卫战在了一处。

“小美人，咱们去喝酒吧。”

言罢，我只觉周遭风动，下一瞬间，便已离开了那去向花街的青石小桥，隔绝了外面的喧嚣，落入了一个小院子里。

院里暮春的景象体现得淋漓尽致。湿润的土地沾湿了树上的落英，墙角的花结了个骨朵，正是欲放之际。

姜武将我放到院里微凉的石桌上，我坐着的高度，只比他矮了一个头。他的手放在我腰侧，脸贴近我的脸，距离很近，以至于在湿润的空气里，有恍似暧昧的气息流动。

“怕我吗？”

我抬了眼眸，瞅他：“你又不杀我，为何要怕你？”

姜武一挑眉，眯着眼，越发危险地盯着我：“你怎么知道我不杀你？”

“哦，那你杀我呀。”

姜武像被我噎了一下似的，顿了一瞬，终是退开了去，他大笑起来：“有趣。小美人，你是第一个让我觉得这般有趣的女人。我欣赏你。”

“我也挺欣赏你的。”我跳到了地上，转身在一旁的石凳上坐下，跷了腿，抬眼望他，“先拿酒来吧，咱们一边喝一边谈买卖。”

姜武眼神里的探究与玩味各占一半，看了我一会儿，他一招手，房间里倏尔推门走出来了一行侍女，各自奉上了糕点与美酒便又退了下去。

姜武也坐了下来，他倒上了酒，自己先喝了一杯：“厉尘澜派暗罗卫保护你，想来你对他来说十分重要。你到底是何方神圣？”

我吃了块糕点，心里嫌弃了一番姜武这儿厨子的手艺，完全比不得我万戮门的大厨。我倒了酒，饮了一大口，冲掉糕点在嘴里的余味，道：“你不用管我是谁，你只要知道，我对厉尘澜来说很重要就是了。知道这一点，就足够我们谈接下来的……事……”

美酒入喉，我只觉胃里火辣辣的一片，不消片刻，便有酒劲上头。我心里刚想着是不是姜武在糕点或者酒里下了药，下一瞬间，便一头栽在了石桌上。

磕得直接让我魂魄离了体。

我看着栽倒在桌子上的芷嫣身体，愣在一旁，那方正在端着酒杯眯着眼睛沉凝思考的姜武也愣了。“小美人？”他唤我，“芷嫣？”姜武伸手，摸了摸那身体的颈项，随即困惑地拿起了那副身体还握着的酒杯，看了看，嗅了嗅，转头问了一句，“哎，你们下毒了？”

屋里出来一个侍女，跪了下来，连忙磕头：“奴婢们哪敢私自行事！”

那如此说来，竟是芷嫣这身体……一杯倒了。

我试着往她身体里挤了挤，然后放弃了。她也太弱了吧！吃药也没这么快啊！你现在要我怎么和人说话！

我正嫌芷嫣身体拖后腿，那屋里又走出来一人，微微佝偻的背，拄着青钢拐杖的手，正是一脸肃杀的袁桀。

我的北山主竟然……出现在了这儿？除了他与姜武联手这个理由，我再想不到别的了。

“厉尘澜今日与琴千弦共商秘事，欲联手围剿你，无人知晓他们商议的细节，你却有心思在这里与女人调笑？到时候若出了什么差池，别怪老夫没有事前知会你。”

果然如我所料。

难怪姜武能横行霸道这么些时间呢，原来有内鬼保护。

想来北山主对墨青早就积怨已深了，也想借别人的手，趁机除掉他。不愧是之前在我手下做事的人。这行事风格与思路，简直与我一模一样。

这下倒好，我想做的事情被袁桀做了，我能带给姜武的有用价值一下就变少了。这交易是谈不成了。

现在我只好想办法离开，回到墨青身边，见机将袁桀私通外敌的事情捅出来，以博得墨青的更大信任，让我在墨青身边扎根更稳。把原来可以从姜武这儿获得的利益，转嫁到墨青这边。

总之是一定要在这事当中撕块肉下来吃。

那么问题又来了。我现在要怎么离开这里呢？跟着保护的暗罗卫……不见了。又没人知道我到了这里，墨青还去了海外仙岛取剑，没个两三天回不来……而这边袁桀走了过来，阴沉的目光还在芷嫣脸上一瞥……

“是她。”

“怎么？”姜武挑眉问道，“认识？”

“此人近来频繁出现在厉尘澜身边。我第一次见她，厉尘澜道她乃线人。之后她又自称门主徒弟。不过还有消息……说她是琴千弦的侄女。”

好嘛，将这个身体的身份都曝光了出去，他两个大对手都与我有关系，这下姜武估计是怎么也不会放我离开了。

“而且……”

这老头，怎么那么多话！

“数日前，我曾与她交手，她挡开我的招式，颇有先门主风华。”

“哦？路招摇？”姜武在芷嫣身边蹲下，将她身体往后一拉，让她仰头倒进他的臂弯里，“越来越让我觉得有趣了。”姜武抬手唤来了婢女，“先抬进去，软禁在房里。”

“厉尘澜极是护着此女，你将她软禁于此……”

“软禁于此又如何？”姜武一笑，“厉尘澜在位五年未曾出过尘稷山，他还能亲自找来不成？再有，别小瞧我这院里的结界，即便是厉尘澜，也闯不进来。”

袁桀斜了他一眼："厉尘澜今日离开了尘稷山，无人知晓他的去向。还有，你也别小瞧厉尘澜。魔王遗子，有万钧剑在手，这世上，还没人探出过他的底线。"

"好啊。"姜武咧嘴一笑，露出森白的牙，像黑夜里目露杀气的狼，"他的底线，便由我来探。"

第十章

托梦

“路招摇，你阴魂不散！”

芷嫣的身体被关进了一个女子厢房中，我跟了进去，飘在一旁，看了眼屋里透着精致秀气的装饰，觉得没有墨青让人布置的濯尘殿符合我的喜好。

姜武与北山主议事完毕，便也入了这屋子里，此时正坐在床榻旁边，抱着手臂打量着酣睡的芷嫣。

我有点发愁。

万一这姜武是个好色之徒，要趁着芷嫣这身体昏睡不醒的时候做点什么……我如今一个魂魄之体，是没法阻拦的，最仁至义尽的做法，大概就是转过头去，不偷看吧。

可如果他真做了，我看不看好像也影响不大。

其实……我心里也是有点小好奇呢。

曾听有魔修说用交合之姿夺取他人功力是天下最快活的一种方式。有的魔修甚至专门修习这样的功法。可是我以前放眼天下，别人的功力对我来说都是米渣渣，不屑去啄食的，花工夫抢他们的修为，还没自己打坐快。

以至于至今为止，我也不知道他们说的那么隐秘的快活事，到底是怎么个快活法。

平时没有想起便也算了，现在有一出戏要送到我面前来演……

我正掂量着，姜武忽然动了，他蹲下身来，脑袋凑到芷嫣脸颊旁边。

哦！他要开始了！

我内心无比煎熬地思考，却目不转睛地盯着。

只见那姜武抬起了手，伸出手指，控制着力道，用手背在芷嫣的脸颊上摩挲了两下，又轻轻捏了两下，笑了："又滑又弹。"

他形容得好像很好吃的样子……

不过……要真论起来，芷嫣这脸的皮肤还真是好呢。我让魂体陷进床榻中，趴在芷嫣身体另一边，与姜武一同细细观赏芷嫣粉嫩的脸颊。只见姜武的手指从芷嫣的脸颊挪到了鼻梁，然后眉毛，最后落在眼睑上。

"睫羽如扇。"

是呀，芷嫣的眼平时沾点泪水，眨巴眨巴，连我见了也心生怜惜。我撇嘴，难怪小丑八怪那么容易就被勾引了……

"阿武，"外面有人象征性地敲了两下门，随即推门进来了，是之前在青石桥上拦住暗罗卫的那名下属，"刚不小心让那个暗罗卫跑了，现在老三传来消息说万戮门中有暗罗卫在集结……你在干吗？"

姜武拔了几根芷嫣的眼睫毛，拈在两指之间细细打量。

"小毅。"他唤了一声，"这个女人当真有趣，她身上每一个地方，都那么有趣。"

小毅走上前来，瞥了芷嫣一眼："和别的女人也没什么两样啊，花楼那些姑娘不都这样吗？"

姜武吹了睫毛，坐回了椅子上。“差远了，她们即便睡在我身旁，也在瑟瑟发抖。”

哟，听起来经验很丰富的样子嘛。

“阿武……”小毅忽然眯起了眼睛，“你不会……喜欢上她了吧？”

“还没有，感兴趣而已。”姜武一手在膝盖上敲了敲，“不过，不想把她让给别人了。我看中的，自然要留在我的身边。”他一转头，换了话题，“方才你说暗罗卫在干什么？”

“他们好似为了找她，遣了许多人来江城。”

“哦，这么急着来找人……厉尘澜该是给他们下了重令吧。”姜武危险地眯起了眼睛，“你对他来说，到底有多重要呢？”

我对墨青来说有多重要？

我想起了前不久我让他平安归来时，他唇角的微笑与那声像承诺一样的回答。可他应该没想到，当他回来的时候，竟然是我不在了……

“咱们要撤吗？”小毅在一旁问姜武。

“不用。”姜武站起来，一边往外面走一边道，“咱们在江城的人多，不是谁都能瞬行，越是行动越容易露出破绽。这几日让他们收敛行事，待在院子里，我布了结界，便是厉尘澜亲自来找，也无妨。过了这几日，风头一歇，咱们再带人回去。”

姜武离开，我坐在床上摸着下巴咂摸，听他们的意思，竟是老巢还在别的地方？若是这几日暗罗卫没有找到我，墨青想想也将我放弃了，我被姜武带去了他那不知名的老巢……

凭着芷嫣这身体，大概就只有做姜武下属的份儿了……

头可断，血可流，别人的下属不能做，辱我威名。

我得想办法离开……

芷嫣的身体被困住没关系，我可以出去，去鬼市，买个入梦丹，给人托个梦去。托给暗罗卫不行，一来，我记不住他们的名字；二来，北山主还站在姜武这边呢，他要给暗罗卫使点绊子，耽误个时间，就不好了。得找个能与北山主抗衡的……

我想到了顾晗光。

当即再没耽搁，我用最快的速度飘出了院子，闯出结界，一到外面，发现这竟是江城里最繁华的那条街的背街上，走过一条小巷子，外面便是灯火辉煌的夜市。而方才在那院落里，竟完全听不到外面的喧嚣。从这外面往里面一看，也不知里面的洞天。

我一路飘过，询问了野鬼，飘到了江城野外的鬼市。

到底是大城市，鬼市也与尘稷山山脚的鬼市不一样。买卖更多，鬼也更多。我问了大阴地府钱铺，发现这些日子自己账上又多了两万钱，登时便开心了起来，打算先把芷嫣的事撂一撂，逛逛街再说。

可很快，我就知道了半炷香时间的入梦丹便要五千钱，我的开心硬生生地变成了难过。

竟然比神行丸贵这么多！人家神行丸一个月才一万钱！你们鬼市卖东西的都不要脸！

面对我的质疑，卖入梦丹的老板慢吞吞地和我说："入梦丹是给活人托梦，要跨越阴阳的，咱们鬼市，最贵的就是这种东西。还阳丹是一个，咱们入梦丹也是一个。能拿出来卖给你，已是不容易了。要是不要啊？"

我咬了咬牙，心头暗暗发誓，总有一天，我要拆了这天下的鬼市。

买了一颗入梦丹，我吞了下去，心头默念了三遍顾晗光的名字，登时周遭一黑，像踏入了一个山洞之中。我听到有脚步声在山洞中回响，向我慢慢靠近，不一会儿，顾晗光出现在了这一片漆黑当中。

在这里，他还是当年那个翩翩公子，没有变成小孩的那副模样。他一见了我，恍神了一瞬，随即微微眯了眼：“路招摇？”

是了，他现在看见的，也是我原本的样子，不用借用芷嫣的身体，就出现在了他的面前。

用自己的模样，出现在一个曾经熟悉的活人的梦里。

霎时间，我竟有几分莫名的感动，像压抑的孤独在这一瞬被驱赶走了一些似的。

我忽然理解了，为什么入梦丹会卖这么贵。

因为，它可以圆许多人活着的时候，未完成的残念……

而现在毕竟不是感慨的时候，我吸了口气，对顾晗光道：“我这儿给你托梦呢，北山主投靠姜武了，给我烧纸钱的那个小姑娘也被抓了，墨青现在不在尘稷山，你给想办法捞捞人。”

顾晗光一挑眉梢：“这些事与我何干？”

我一怔。很久没与他接触，倒忘了他是个别扭脾气。他凉凉说着：“我当初只答应你来尘稷山做大夫，别的一概不管，而你现在也死了，我没必要帮你办事。”他摆摆手，“找别人去。”

他作势转身要走，我抱起了手臂，倒是也没气，只是态度比他更傲了一点：“哦，那我待会儿去给观雨楼的沈千锦托个梦，告诉她一些当年她忘掉的事情，你看如何？”

顾晗光脚步一顿，侧了头过来，沉默了一会儿，我听见了他咬牙切齿的声音：“路招摇，你阴魂不散！”

我点头，微笑：“正是如此。”

他忍下怒火，没好气地问：“人被关在哪儿？”

“江城柳街背街，从东边数第九条小巷后的深宅大院里。那儿有姜武布的结界，从外面看不出端倪。”

我的声音渐渐有点小了，周围的黑暗也慢慢散去，顾晗光的身影逐渐消失，是入梦丹的时间到了，不过该说的也都与顾晗光说清楚了，这下全看南山主的了。

我飘了回去，忙了一晚上，直到天色已近破晓。

太阳刚升起的那一刻，瘫软了一夜的芷嫣身体猛地回魂。她皱了皱眉头，在床上闭着眼睛揉脑袋："我的头怎么这么痛啊？"

我抱着手臂飘在一旁："没别的地方痛已经是万幸了。"

听到我的声音，芷嫣才似完全清醒了一样，她坐起来，左看看右看看："这是在哪儿？"

"别瞎闹腾。"我往门口瞅了一眼，芷嫣会意，顺着我的目光往外一看，但见那纸糊的门外，有两个人影正立在那方，守得严严实实。估计也一直监听着屋里的情况呢。

芷嫣一脸惊恐地看着我，不用说话，我便知道她的问题了："你利用我的身体都做了些什么？"

我清了清嗓子，简单地将昨天的情况跟她交代了一下。然后她一脸震惊地盯着我，还没来得及换个别的表情，屋门便被推开了。高大的男子走了进来，是小短毛姜武。

"哦，醒了。"姜武直接往床边的凳子上一坐，长腿一伸，放在了芷嫣的床榻上，"你那么差的酒量也好意思喊着与人喝酒啊！"

芷嫣的脸一半写着惊恐，一半写着呆愣。她看了看姜武的腿，又看了看姜武一头张扬的短毛，随即飞快地扫了我一眼。

我撇了一下嘴："新山姜武，厉尘澜想杀的那个。虽然他知道了你是厉尘澜的徒弟，不过他现在蛮喜欢你的身体的，估计暂时不会杀你。你兜住，别让他看出你怕他。"

我话虽这样说，可好像并不管什么用，芷嫣脸上的汗已经淌得快弄湿棉被了。

姜武歪着脑袋看她："你怎么了？"

"没……没事……"芷嫣咬住牙，忍住了打战，"我宿醉后有点……虚……"

"哦，回头让人给你熬点汤药。"姜武抱手问道，"你昨晚说，要与我谈个交易，现在说说吧。"

芷嫣缩进了被窝里："我觉得……我虚得有点头晕，大概是还醉着，我要睡一天，你晚上来与我说吧……"

嗯，虽然演技不佳，但好歹是比以前机灵了。我很宽慰。只是我的宽慰并不能让姜武满意，他盯着在被窝里裹着不动的芷嫣，满眼探究。

正在这时，小毅忽然撞门冲了进来，向姜武禀报道："阿武！顾晗光找到这里来了！"

"顾晗光？"姜武眸中神色微凉，"南山主，他不是个大夫吗？凑这个热闹作甚？"

我淡定地在床榻上飘着，因为我人缘好啊。

顾晗光果然不愧是我花了心思挖来的人，这么快便领了人瞬行杀过来，看来芷嫣这身体被救出去，也就这一两个时辰的事了……

"不管他们。"姜武如此说了一句，有点出乎我的意料。他一边随着小毅往外走，一边说着话。我好奇地跟了出去，飘在他们身边，只见姜武半点不急地道："让他们破吧，看他们得花多长时间，才能破了我的结界。也看看除千尘阁以外的九大仙门，能容他们在江城里闹腾多久。"

他咧嘴一笑："另外，你且去城里散散谣言。"

"说什么？"

"就说，万戮门打着剿灭我的借口，想趁机吞下江城。他厉尘澜不是要一统魔道，以魔王遗子的身份再登魔王之位吗？咱们就把这江城也一并送给他。"我听到姜武心头算盘打得啪啪响的声音，"舍一个江城据点，能重新挑起万戮门与十大仙门之争，我也是很乐意的。”

好小子，算计墨青也就罢了，竟把我的万戮门也一起算进去了。

我不悦地眯起了眼睛，我觉得我要重新审视这个理想接班人了。

一整天时间，顾晗光在外面，愣是没把结界撬开一条口。

不过想来也是，顾晗光除了医术以外，内力修为并不比北山主高。其他暗罗卫就更不用说了……且看北山主与姜武相处的方式，姜武的修为只会比袁桀高。

在修魔修仙这一途上的人，实力的差距就是一条鸿沟。姜武如此自信，定是少不了平时对自己实力的肯定。顾晗光打不开他的结界，也是正常。

芷嫣抱着膝盖在床上缩着，盯着一个地方发呆：“怎么办？我觉得我要被抢走了。”

我摸着下巴琢磨：“要不我今晚去给你大伯父托个梦吧。”

昨日琴千弦在无恶殿上既然能布出连我都进不了的结界，可见他在布结界这个方面，造诣还是很深的。让他来，解决问题也该是妥妥的。而且芷嫣还是他亲侄女，他定不会眼睁睁看着她被姜武抢了。

等到了晚上，我准备离开，芷嫣的魂魄却奋力地从她身体里挣了出来，犹豫道：“我大伯父自幼修了菩萨道，而今已不知道多少年了。他若是……想对你不利呢？”

说实话，其实我心里也有点打鼓。

身为一只鬼，我确实不太想和一个修菩萨道的人接触，特别是琴千弦这种修菩萨道修到了一定境界的人。万一他一个诵经就出其不意地把我超度了呢？

可忧心归忧心，该做的一样也不能少。

“待着吧。你这身体是我送到姜武手上的，我也一定让你安然离开。”

我又寻到了鬼市，花了五千钱，买了半炷香入梦的时间，喊了三声，周遭环境一暗，又在那黑暗之中，我听到了脚步声，与顾晗光不同，琴千弦走得更稳更缓一些，似在闲庭信步，然后他看见了我。

我先扬起了个微笑，表示自己的友善，省得他二话不说一盘腿就把我超度了：“琴阁主。”

琴千弦静静地看了我片刻，一双慈悲菩萨目微微一垂：“路琼。”倒是难得，居然有人还会唤我的大名。我应了一声，他复而似自言自语地呢喃，“竟然……还会入梦吗……”

我听得不大真切，却见他双手合十，闭上了眼，弧度精美的上下唇缓缓吟诵出了经文。

我一惊：“等等！我不是来缠着你的！可别超度我！”

我扑了过去，伸手想拉住他的双手手腕，欲将他合十的手分开，却无法触碰到他，情急之下一声“大伯父！”唤出了口。

他一愣，我听到诵经声停了下来，连忙插话道：“你侄女芷嫣被新山姜武抓了，软禁在江城一小院结界里。南山主已经去过了，可打不开结界，我给你托梦，让你去救她呢！”

说完，我就忍不住在心里唾弃了一下自己。真是活着的时候天高地厚都没怕过，现在死了，居然还怕了他琴千弦了。

想当年，他都是被我抓来关在地牢里任君观赏的好吗！

听说当年他被我看了一晚之后，还被看出什么心魔了，回去闭关打坐收拾了好久的心情，才重新回到江湖上的。

结果现在，真是因果轮回报应不爽……

琴千弦的目光在我脸上一转：“跟着芷嫣的是你？”

这修菩萨道的果然能修出天眼！他那日在无恶殿上，一定是恍惚瞥见我的影子了。

我不否认："我不会害你侄女，她有求于我，我亦需要她，我们各自商议，公平买卖。于她无害，于千尘阁无害，于仙道无害。你不用想着超度我，我路招摇自知做人的时候确实不是个好人，可做鬼的时候，当真一点坏事也没干过！"

虽然是因为都还没来得及……

琴千弦闻言，也是默了一瞬："我方才诵的乃《心经》，未曾想过超度你。"

那你见了鬼诵《心经》，难道是想超度自己吗？

我憋住了话头，又觉得四周黑暗渐渐退去，半炷香的时间到了。我抓紧最后的时间与他说了句："你一定要来救你侄女啊！江城柳街……"

黑暗消失，琴千弦也再见不到了。

这边托完了梦，我再回到那小院外，小不点顾晗光与暗罗卫尚在外面围堵着，只是对于姜武的结界，束手无策。

顾晗光面上无甚急色，我知道他是怎么想的，他觉得这事其实无关轻重，北山主没什么好忧心的，反正回头有门主收拾。而这里不过就是救个投奔魔道的仙门女子罢了。

只是我在梦里威胁他，他才接下了这个活，可他接下来了，又没说一定能办好，现在办不好了，他也算是尽了力，我怪不得他了。

我知晓他这些小心思，所以更加生气，于是一巴掌拍在顾晗光脑门上，只是他都感受不到罢了。

我在心里给他记了办事不力的一笔账，入了院内，但见姜武的几个下属在院里喝酒，一边喝一边讽了外面的顾晗光几句，夹枪带棒的，也把万戮门涮了一顿。

我眉梢一动。这要换作以前，我的剑都出鞘了。哪怕就在这儿把江城劈成两半，再和十大仙门闹一场，也绝不让你一个后起之秀，投机取巧地在我万戮门面前放肆。

只可惜这不再是以前了。

我死了。

所以只能等人来救赎。

我捏了捏拳头，给这几个人在心里的小本本上记了账。你们以为我路招摇死了，没有力量，就会认命地放过你们吗？

等着吧。

我从他们的桌子上飘过去，这几年，墨青没有教你们在江湖上好好做人的道理，以后，我给你们补上成长的一课。

我入了屋内。

却见姜武又在床榻边坐着审视芷嫣的容颜了。而芷嫣只以魂魄之体在一旁抱着腿坐着，缩在墙角，她望了我一眼："这人是不是有什么心理毛病啊，在这儿看了我快一宿了。"

我还没答她，外面跟着有人跑了进来，报与姜武道："琴千弦来了！"

姜武一怔，面色倏尔沉了下来，比先前听见顾晗光的名字时，脸色要难看多了："他亲自来了？"

"对……正在破……"

来报的人，话都没说完，忽听天上一道雷鸣撕裂天际，"轰隆"一声砸在小院结界之上。声音震耳欲聋，像将大地都晃了晃似的。我心头惊诧，这琴千弦破结界的动作还真是惊人，什么时候他们修菩萨道的也变得如此暴力蛮横了？

我还在困惑，外面江城的喧闹之声涌入耳朵，是姜武的结界破了！我心头一喜，但见姜武眉眼一沉，小毅倏尔凭空出现，大喊一声："厉尘澜也来了！"

我一愣，却是不知为何，听见这个名字的一瞬，觉得周遭的动静仿佛都变缓了一瞬。

明明昨天想尽办法，找了那么些人来帮忙，可都神奇地没有听见墨青的名字时，有一种忽然一下就落了心头大石的安心感。

他去海外六合仙岛取剑，说要两三天方能回归，而现在这一天半的时间都还未到，他便赶回来了，还携了一身雷霆之怒……

我失神片刻，那方姜武倏尔将芷嫣的身体一捞，扛在肩头之上。

“撤。”他一声令下，竟是要动瞬行之术了。

芷嫣明天可以自行回魂，但我可不行呀！我虽然吃了神行丸，但要我从这儿飘到尘稷山，那也是一段很漫长的距离好吗！

我当机立断，一头撞进芷嫣的身体之中，只下一瞬，周边便是一阵风起，姜武片刻便不知瞬行到了千里外的哪个地方。

我进了芷嫣的身体，感觉肚子硌在姜武的肩头，实在不舒服，便直接醒了过来，挣了一下。姜武倒是不难为我，直接把我放在地上：“肯醒了？”

我推开他的胸膛，站远了两步，往周围一打量：“这是哪儿？”

姜武却没有回答我，只将我下巴一捏，有点粗暴地将我拉到了他面前，眯着眼审视：“厉尘澜、琴千弦他们竟都亲自来了，小美人，你可知，为了听你说的交易，我让这江城里上演了多大一出戏吗？”

哼，没见识，墨青和琴千弦亲自来了算什么，我以前可是和十大仙门赤手空拳干过架的，还顺带救了个墨青。

现在这出戏里，最大的看点明明是你抓了路招摇好吗！

只是你不知道，别人也都不知道罢了。

我给姜武提建议：“我主意变了，交易是谈不成了，不过你可以放我走，这样厉尘澜和琴千弦暂时就不会追着你了。”

姜武一笑，即便现在在出逃中，他的目光也不减倨傲：“能追上我瞬行之术的，他厉尘澜与琴千弦也办不到。”

“狂妄。”

空中陡然落下这两个字，听见这熟悉的声音，我不由得失了神。

我知道姜武为什么会那么自信地说出没人追得上瞬行术这话，因为没人知道他瞬行去了哪里。大千世界，亿万种可能，如何寻找？而墨青，当真找来了，快得让我也忍不住惊讶。

看着那一袭自大树之后走出来的墨色身影，看着他曾将星星装进去的眼眸透出风雪般刺骨的杀意，我只觉心口一动，“扑腾”一声心跳，即便是在比这艰险万倍的环境当中，我也未曾有过如此心情。

我从没想过，有一天，当我身陷囹圄，当真会有一人，奇迹般地出现，像英雄一样登场。

涉深水，入热火，前来救我。

最重要的是……

长得还那么惊人地好看。

第十一章

魔王之子

若不能教人心服口服，那便教此人五体皆服。
让他跪着说话就是了。

夜风呼啸，山林之间一片沉寂，天边云层厚厚堆积，遮星蔽月，雷雨将至，正是天地肃杀之际。

墨青每踏上前来一步，便有劲风一阵更强似一阵地压迫。而他越是靠近，我能感觉到擒住我手腕的姜武，身形越发地僵硬。

墨青在给他施加压力。

虽然如此，可姜武嘴角傲慢的笑没有减弱几分，他眯眼打量着墨青，目光落在墨青腰间的佩剑上。

只见那把长剑与他腰间佩的万钧剑一般长短，而剑柄粗粝，剑身之上犹如附了闪电，伴随着噼啪作响的声音，不停闪耀着。

“哦，六合天一剑。方才那记雷霆，便是此剑的威力吧。”姜武一笑，“原来昨日厉门主外出，却是去寻宝剑了。”

这当真是把极为招摇夺目的剑。我眼睛一亮，心道自己想的果然没错，这剑确实十分符合我的喜好！

而墨青竟然当真在这么短的时间内，从海外将这剑取回来了！

我失神地上前一步，想要将那剑拿在手里，好剑可遇不可求啊！可我很快便被姜武一拽，硬生生地被拉了回来。我一皱眉头有点不高兴，那边却传来了一个更不高兴的声音："放开。"

墨青命令着。

姜武冷笑一声："不放又如何？"

"我没与你商量。"

墨青一步上前，空气中压力骤然增大，随之而来的还有一道以压力凝聚而成的利刃，径直切破空气，直冲姜武颈项而来。姜武侧头一躲，避开了第一刀，紧接而来的第二刀却划破了他脸颊，伤口极深，鲜血滴落，衬得他的脸色有点难看。

而那边的墨青则更是隐忍了滔天怒火似的，黑压压地在他身侧烧成一片。

我见这两人对视得正专注，集起浑身力量，趁机掐了一个瞬行术，眨眼便落到墨青身后，可芷嫣这身体在方才那压力之下已经腿软，一落地便径直一屁股坐在了地上。

我抬头一望，只见墨青的背影挡在我的身前，心头一安，再往对面一望，姜武正目光阴沉地盯着我，他嘴角的笑意在狂傲和邪恶当中透着几分咬牙切齿："小美人，不是说欣赏我吗，现在跑什么？"

哎哟！要了鬼命了！

墨青现在可是个占有狂、醋坛子，你说这话多招人误会！虽然我是这样说过，但现在打死也不能认啊！

我脑子转了一圈，想着要怎么解释才比较合理，却听姜武一声闷哼，倏尔拔了腰间的刀猛地撑在地上，竟是被墨青这一身的气势，压得弯了膝盖。

墨青一步步靠近他，每落一步，便像在他身上加了千万斤的重担一样，使得姜武挣扎得紧咬牙关，凸起青筋，膝盖不由得慢慢跪在了地上。

“新山姜武，初出茅庐，却生性狂妄，立根仙魔两道夹缝之中。”墨青一边冷声言语，一边走近姜武，巨大的压力迫使姜武以败者的臣服姿态跪下，“你以为，你这几年的安宁是谁许的？”

是我以前说的那句话，若不能教人心服口服，那便教此人五体皆服。让他跪着说话就是了。

墨青治理门派，别的没学我，却是将这点学了个通透。

对于姜武，墨青是绝对的力量压制。从头到尾，他没有动一根手指头。

我以为姜武的实力至少与北山主不分伯仲，甚至高于北山主一个境界，却没想到，墨青竟然能以这样的优势完全主宰他。

这些年，破开了封印的魔王之子，到底变成了什么样子……

或许我要重新审视一下了。

姜武以俯首之姿，屈辱地跪着，可他仍旧嘴硬，一声冷笑道：“呵，魔王遗子……”他说得艰难，最后，还呕出了一口血来，“不过是仗着万钧剑之威，压制于人罢了。”

“对。”墨青面对他的轻蔑与挑衅，更回以千百倍的不屑，“就是压制你。”他终是抬起了手，离着姜武天灵盖一尺的距离，冷冷道了一句，“有本事便站起来试试。”

话音一落，他五指微微一张，只听“咚”的一声仿佛空气炸裂的闷响，姜武那一头短毛之间竟流出了数道血痕，仿佛头骨被生生震碎了一样。

鲜血顺着他的脸蜿蜒而下。他身子一偏，倒在地上，嘴角张狂的笑就此定格。

竟是……

死了？

我睁大着眼睛望着墨青，心里只道墨青而今做事竟是比我先前更加杀伐决断。

以前若是遇上魔道里自己修炼出来的青年才俊，我可是很惜才的！就算他心性难驯，那也一定得抓回尘稷山驯几个月，若实在难驯，那杀掉也妥，可万一驯服了呢，那不就是一大力将吗！

我看着地上的姜武，觉得可惜……浪费了啊。

而便在此时，地上那姜武的尸体被一阵风吹过，皮肉尸骨霎时间竟都化作齑粉，随风飘散而去了。风卷走最后一点尘埃，姜武的声音倏尔在空中响起，像就在耳边，也像极为遥远，他依旧放肆地笑着。“厉门主，第一次交手，领教了。”他道，“咱们后会有期。”

风沙沙而过，天上一滴雨水落在了我鼻尖上，姜武的声音便似借着这滴水，钻进了我的脑海里一样，他说：“还有你，小美人，等我再来找你。”

我一个激灵，回过神来，转头看了看四周，只见倾盆大雨蓦地倾洒天地。而姜武已经完全不见了踪影。

“居然是傀儡术！”我恍然大悟，随即咬了牙，啧，真是不如以前了，居然没在一开始就识破他的傀儡术。被一个傀儡装的活人骗了这么久，才反应过来！

如此说来，姜武本尊竟然还一直都没有出现过！他一定是把自己的真身藏在什么地方了，所以行事才敢这么大胆放肆，因为就算死了，也没关系啊！

“这个姜武，着实生性狡诈。”我呢喃了一句，却没有得到任何人的回应，我一抬头，隔着雨幕，看见了此时正盯着我的墨青。

比起他离开的那天，此时他的目光被雨水打得有几分薄凉。

他就这样望着我，什么都没说，却又像问了许多问题一样。我一时间竟被他这个冷淡中夹杂着几分哀怨委屈的眼神望得有点不知所措。

我好像做错了事，伤害到他了。

虽然我确实一直在打着伤害他的贼心思，但我不是想让他伤心啊，我想要的是伤他身啊！

我脑子飞快地转着，要扯什么借口去和他解释，刚才姜武对我说话为什么会这么暧昧。

可这刚将大坏蛋打跑了，我就主动去和他解释我和大坏蛋没有私情，这听起来好像更像有过什么的样子啊！

“你很欣赏他？”墨青终是开口问了一句话。

我顺着他这句话就连忙解释道：“我只是说，他敢和师父你作对，我敬他是条汉子！哪有欣赏他！他胡说！”

见墨青听了我这话，还是立在雨幕中神色难辨地盯着我，我知道，他又吃醋了，且还吃得有点厉害。我连忙将手腕一捂，喊道：“好痛啊。”

我一边喊一边瞥了他一眼，但见墨青眸光闪烁，脚步微微一动，我又“嘶嘶”抽了两口冷气：“好痛好痛。”

雨点落在我的手腕上，温热的手掌将我的手腕握住。他开了口，半是叹息，半是询问：“哪儿痛？”

我不解释，径直往他怀里一扑，抱住了他：“师父！我心痛。我差点以为我要被抢走了，再也看不见你了。”

我送了他一个满满的拥抱。墨青的手微微僵在我身旁，像愣了神一样。

我的脸颊在他怀里蹭了蹭：“那个姜武，他抓了我，软禁我，灌我酒，还想趁机占我便宜！他太浑蛋了！师父，下次你见到他，一定要帮我打死他！”

总之把事都甩给姜武就对了，反正他也没法反驳。回头要真遇上了，他也不可能和墨青坐下来喝着酒谈谈心，说说过去到底是怎么回事，对不对？

我装着抽抽噎噎地哭了好一阵，也没见他安慰地拍我的后背。只听得他应了我一声："好。"

我微微退了一步，想去瞥墨青的表情，却见他转了脸，直接将我的手一拽："先回尘稷山。"话音一落，他掐了一个瞬行诀。可在那瞬行前的刹那，我好似隐约瞅见了转过头去的墨青，耳根有点意味不明的微红。

等到瞬行到了无恶殿，我站稳脚跟，抬头一看，墨青依旧是一脸淡然，哪里得见半分羞赧?

算了，管他刚才羞没羞，总之姜武的暧昧这一篇便算是揭过了，稳住了墨青的情绪，我觉得我很成功："师父。"我甜甜地唤了他一声，正要去找他拿腰间的六合剑，便见天色擦亮，芷嫣倏地回魂。我被撞出了她身体外。

芷嫣一抬头，见到墨青，登时蒙了，直接成了个木头人。

墨青眸光淡淡地盯着她。

我赶紧给芷嫣比画："快，往他胸口上倒去，给他撒撒娇，卖个乖。让他把剑给你！"而芷嫣听了我的话，只僵硬地扯了一个笑出来："师师师师师……"她抖了一连串音，最后只有放弃道，"失礼了……我有点累，好像需要歇会儿……"

唉……

墨青退开了一步，敛了眸光："回去吧。"

芷嫣好像还没反应过来这是哪儿，跟无头苍蝇一样转了一圈，才找着方向，往濯尘殿而去。她那方走了回去，我并不担心，而墨青这边，却是顾晗光找来了。

顾晗光望了一眼芷嫣的背影，随即呢喃了一句："哦，竟然当真在江城柳街。"

我一听这话，登时觉得有点不妥。

墨青问他："消息是谁给你的？"

"路招摇，"顾晗光笑道，"给我托梦来着。"

墨青闻言，脸色果然又变得不好了。

而顾晗光还接着道："听琴千弦说，他之所以会去那儿，也是故人托梦，约莫也是路招摇吧。"顾晗光一笑，"还真是阴魂不散。"

我打量着墨青的脸色，看吧看吧，脸色更臭了。知道路招摇还在他身边活动，且还能遣动他的南山主和琴千弦，他一定是感觉自己的地位受到了威胁吧！

顾晗光这个臭小子！让办个事没办好，还给我惹麻烦！

墨青知道我与芷嫣关系这般好，他不定怎么提防芷嫣呢！六合剑说不定也不给了！

看来，回头还得去给墨青表个忠心。这种事不能拖，哪怕是让芷嫣去，也得早去，越是猜忌越是怀疑，越是难打消心头的顾虑。

我飘回了房间，找了芷嫣，与她一说，她有点茫然，拿眼神问我："要怎么表，才能显得比较忠心？"

"北山主的事，可以告诉墨青，还有一些关于我现在的事，可以适当地说一说，给他一些情报，让他感觉你是向着他的。"

芷嫣点头，倒也是鼓足勇气去了，可没一会儿，便被打发了回来。她看了看我："忙，让晚上去。"

晚上……那不还得我去吗！

要不是顶着芷嫣的身体，我都以为墨青是故意在针对我了！

是夜，我穿入芷嫣的身体去找了墨青。进门的时候刚巧听见他与人下令，说要将袁桀囚禁在尘稷山主峰下的地牢里。

袁桀竟是没跑？我有点惊异，墨青知道了他做的事，竟然也没杀他？这让我更加惊异。

连背叛过他的人，也可以选择仁慈地留他一命吗？墨青这选择性的仁慈治下，还真是让我看不明白呢。

不过对我来说，不杀袁桀倒也好，毕竟在我看来，袁桀只是不忠于墨青，而没有不忠于我，他甚至到现在还有几分死忠于我，不然也不会在那日要杀柳沧岭的时候，说要帮先门主出一口恶气这样的话了。

这个老头，是心里念着我，才对墨青这般不满意吧，以至于想借别人的手杀掉墨青。而事情败露之后，宁愿被擒也没有逃跑，估摸着也是因为对万戮门心有留恋。

要不干脆等以后我强大一点了，直接去袁桀面前表明身份，将他从地牢里捞出来，再让他当我的左膀右臂……

我心里正在琢磨，倏尔目光一转，瞅见墨青摆在屋里的正闪闪发光的六合天一剑，我觉得其他事情都要往后放一放了。

勾引墨青，对他表忠心才是正经事。

“师父。”我唤了他一声，墨青抬头瞅了我一眼，那个刚与他说完事的暗罗卫便垂头领命识趣地瞬行离开了。墨青抬头瞥了我一眼，神色并无任何波动，比起之前，还多了几分冷淡似的。

他垂头写字，没搭理我。

我小步上前，皱着眉头，心疼道：“一直在忙事情啊，都没休息一下吗？昨天为了救我，前天在外取剑，你至少两天没合眼了呀……”

墨青语气淡淡的：“无妨，梦中也无人相候。”

嘶，他这话意有所指啊。而且听起来……像在闹脾气？

他是觉得，我入了别人的梦，所以不高兴了吗？可明明是我路招摇入的别人的梦，他难不成还想在梦里见到路招摇？

嗯，说不定还真是。毕竟一开始我贴上墨青的理由，便是——路招摇会入我梦，我帮你去找路招摇。可现在，别人都见到路招摇了，而他还没见到，他一定是觉得我给他办事不认真了。

站在他的角度上，他这么疼我、喜欢我，还花时间跑那么远给我取剑，结果他交代给我一件事我都没认真办。

难怪不开心。

理清了症结，我打算对症下药，于是往他书桌前一趴，凑脑袋过去看他，可我还没说话呢，他便先抬了眼问我："你能使用瞬行之术？"

我有点愣："能……啊。"之前与姜武斗的时候，我不是当他面使了一次吗……

得到我这个答案，墨青微微眯起了眼："哦，可我听说，先前在遇上姜武之时，暗罗卫给你争取了逃跑的时间，你却没有走。"

我心头一凛，这是算旧账来了！

"我怎么能抛下他自己逃走！"我一脸严肃正经地道，"那是师父你派来保护我的人，我绝对不能丢下他！"

墨青身子往后一倒，靠在椅背上，抱着手打量我："可姜武说，你要与他谈交易，什么交易？"

我一脸正直："我拿纸钱给他，让他帮路招摇烧纸。"

墨青一双眼眸凉凉地盯着我，就差在脸上写"我看你还要瞎扯些什么"这一行字了。

我连忙咳了一声，找回自己的话题："师父，其实今天来，我是有事情要跟你禀报的！"

"说吧。"

我正色道："师父，今天你来救我的时候，身姿威武，无比帅气，一身气场能上震九天，下撼九泉！师父，你都不知道，我看见你来的时候，真的就如同看见了传说中的英雄一样，我心尖都感动得在颤抖！浑身都叫嚣着想扑倒在你怀里。想拥抱你，也被你拥抱！”

“咳。”墨青咳了一声。

在他脸颊微微泛红的时候，我觉得火候差不多了，于是堪堪打住话题：“师父你那么厉害，我知道，这世上已经没什么能撼动你的地位……唯有那阴魂不散的路招摇，是你的眼中钉吧。”

墨青微微一怔：“眼中钉？”

我点了个头，继续道：“对呀。”我又往前凑了一点，“我不是经常给路招摇去烧纸吗，就是因为我想和路招摇搞好关系，然后从她嘴里套一些情报，好知道她想怎么害师父，由此反过来保护师父你。”

墨青挑了挑眉，眸光有些复杂地盯着我：“哦，那她，想怎么害我？”

我亦直视着他的双眼，不躲不避：“路招摇之前和我说，她本来没打算害你的，结果前段时间你不是拿着万钧剑去她坟前对她显摆吗。”

“……”

“然后她就想找你报个仇意思意思，后来又见你把她以前的阵法也抹了，柱子、台子也推了，于是，她就想回来抢门主之位呢。”

我觉得，关于我自己的事情说到这里就差不多了。像告诉了墨青一些事，但其实，我想怎么来抢门主之位，一点也没透露。可这些已经足够让墨青重新相信拥有芷嫣这个身体的人了。

我满以为墨青现在肯定要沉思如何将路招摇的鬼魂找出来的办法，可哪想到他就盯着我，眼神里似有几分哭笑不得：“那你帮我告诉路招摇。”他身子往前靠了一些，“她若能回来，这门主之位，拱手奉上也无妨。”

他的目光真诚且认真，一瞬间竟让我觉得，他是真心说出这话的。

我微微往后一退，反应过来。

好小子，仗着现在自己实力冲破天际，就满嘴胡话，埋汰我呢！她若能回来，这门主之位就拱手奉上，那得建立在“她回来”的基础之上啊。

他就是觉得我回不来是吧！

我面上微笑，不动声色："师父您可真大方！路招摇一定会被你感动的！"

墨青还是盯着我，略带三分探究，像想要看穿我的内心一样。我转了头，目光落在六合天一剑上："师父，说来昨天你就是拿这把剑破开姜武结界的吗？"

我绕到剑旁边，细细观赏，只见这剑天生天成，果然粗犷豪放，然则剑刃像人工精细打磨过的一样，纤薄如纸："当真乃奇剑一把。"我正要去拿那剑柄，却见剑柄之上粗粝的精钢铁石之间，隐约有暗红色的痕迹，这看起来……像干涸的血迹。

我有点愣神，转头望向那方又在批复文件的墨青。

"师父。"

"嗯。"

"你受伤啦？"

墨青头也没抬："小伤。"

六合剑常年受天雷劈打成形，至今天雷还不停落下，还有护宝神兽在侧，天成阵法在下。其取剑难度只怕与当年我去剑冢取万钧剑不相上下。他受的伤，只怕不是什么小伤吧。

我倏尔想起，昨天夜里墨青对战姜武之时，他全程没有拔剑，当时只道墨青是蔑视姜武，现在想来，在他刚到时，那般盛怒的情况之下，岂不是一剑砍了姜武更加爽快，也不用与他废话那么久了。

我望着墨青没转眼。

他察觉到我的目光，终是看了我一眼，像领悟到什么一样："担心我？"他眸光如被点亮了似的，望着我，唇角弧度即将勾起。

而他这话将我问得一愣。

我……担心他？

我刚才竟然……在担心他？我觉得这事有点荒谬。芷嫣可以担心他，可我不行。

墨青可是我的仇人呀。

我笑了出来："本来是很担心的，不过师父说是小伤，就一定是小伤了，这世上哪有伤得了师父的东西？"我转手拿了六合剑，比画了两下，没给出墨青想要的回答。

我余光瞥见那方的墨青收敛了方才闪亮的目光，隐了唇角弧度，神色有几分自嘲。

容我多情地揣测一下，他倒还真有几分受伤模样。

我比画了剑，转头问他："师父，这六合天一剑没有剑鞘，剑身上的闪电，怕是会误伤他人呀。"我玩剑倒是没事，怕就怕在回头要是拿给芷嫣玩，她把自己给伤了，还是加个剑鞘妥当。

墨青闻言，点头："是得弄个剑鞘。"神色间，是把方才那个小插曲全然揭过去了。

我自是也不再提及，只往他桌子上一趴，道："送佛送到西，师父，你不如再送我个剑鞘吧。"我琢磨了一下，"剑鞘多是没有现成的，可市集上一定有人打做剑鞘的……"

墨青应了，将笔一放，站起身来："丰州城中当还热闹，现在便去让匠人做吧。"

咦，现在？

墨青还是个雷厉风行的脾气……

片刻后，墨青便带着我，我带着剑，来到了丰州城。

这儿与江城不同，如果说江城是在仙魔两道夹缝中发展起来的贸易之城，那丰州城便是完全属于魔道的邪恶之都。

万戮门在这里有绝对的控制权，当然也不阻碍其他小的修魔门派之人在此玩乐交易。比起江城的世俗繁华，这里更像炼狱里的狂欢场。吃喝嫖赌，杀人练功，明里暗里都是一片混乱。然而也正因如此，这里什么都有。

不论是能想象的还是想象之外的，只要有钱，什么都能买到。

许久没有处在这种环境里，我不由得深吸一口气："我好喜欢这里！"

以前的万戮门相比这丰州城，虽说没这么狂乱，更加肃穆一些，但这种邪恶的氛围是没错的。

"你不是仙门弟子吗？"墨青在我旁边随意问了一句。我转头看他，转了转眼珠："师父，这证明，在我内心深处早就与你系上缘分的结了。"

我说着这话，趁机拿小手指钩住了他的小手指。不多的触碰，细微却撩拨人心。

墨青眸色深了一瞬，又转开了脸："走吧，去买剑鞘。"

第十二章

司马容

“看见姑娘，却像见到了故人，心中怀念至极啊。”

行走在丰州城市集上，形形色色的妖魔鬼怪都往我与墨青这边瞅。

一开始我还以为是墨青这个万戮门门主太扎眼，结果没想到是我拿着的六合天一剑扎了他们的眼。不过想来也是，墨青这一袭黑袍毫不张扬，体内修为也已至返璞之境，打外面看，完全不会知道他是个什么样的人。

而且据前段时间的了解，墨青在接掌万戮门之后，鲜少离开尘稷山，是以除了万戮门的高层，恐怕世人也不会知道他的模样。

反倒是这六合剑，握在手上，一路噼啪作响，闪个不停，就差扯着嗓子吼“看我看我，我是天剑六合！”给大家听了……

这么招摇，我很喜欢。

我昂首挺胸，感觉很是骄傲。

其实在丰州城露富是一件很危险的事情，因为保不准暗里出来一只手就能将本属于你的财富劫走。我以前是一点也不怕，就是要在丰州城摆着阔走，前面遣八个人给我清道，中间请八个人给我抬轿，后面请八个人给我吆喝，让围观群众都给我把眼睛放亮点，身子放低点，因为我路招摇来了。

现在虽比不得以前，我的身份不一样了，摆的阔也不似从前，心里难免有一点憋屈和失落。可我还是一点都不怕，因为我旁边也是万戮门门主，欺负他们还是能欺负得妥妥的。

“师父，我们去哪儿买剑鞘啊？”我问墨青。

墨青望了一眼前面的小巷子：“就快到了。”

走进巷子，隔绝了外面的喧嚣与打探的目光，墨青在一处房门前轻扣三下。不一会儿，便有人从里面开了门。进门是个与寻常人家一样的小院子，这开门的人却与寻常人家不一样。

我瞅着门口这“人”，颇感兴趣地上上下下打量了一圈：“倒是个灵活的木头人。”

它通体由大大小小的木块组成，像个木偶一样，张了张嘴，又给我与墨青鞠了个躬：“你们好，找谁？”

我死之前便知江湖上有人修炼机关术，可那时候还没人能做出这种东西来，想不到不过几年时间，他们修机关术的，已经进步如此大了。

“司马容，告诉他厉尘澜来了。”

听到这个名字，我不由得一愣：“啥？”他刚才说谁？

墨青转头看我，眉梢挑了挑：“怎么，认识？”

我压住心头的疑问，轻咳一声：“不认识。”

怎么可能不认识！司马容可是我的西山主啊！主管我万戮门的情报网！我在的时候，想知道的消息，只要问司马容，真是想在什么时候知道就能在什么时候知道。

那可是我的大将，我名副其实的左膀右臂啊！

这小子居然把司马容遣到丰州城这种地方来了？虽说这是个邪恶之都，可离尘稷山还是有那么远的距离，他这算是把我的西山主……流放了吗？

木头人进了屋，没一会儿，司马容从屋里出来了，有点在我意料之外的是，他竟是……坐在轮椅上，让木头人把他推出来的。

“尘澜如何得空来了？”

咦，什么，居然还叫得这么亲密？

你们俩关系什么时候这么好的，我怎么不知道？

“来让你做一个剑鞘。”墨青从我手里拿过了六合剑，递给司马容。

我不由得又蒙了，这什么情况？我的西山主不搜集情报了吗？改修机关术了？开始干铁匠活了？就在这小院里？还卖别的什么吗？对外出售吗？他的腿又是怎么断的？而且……

如果是被人打断的，那小丑八怪你有帮忙打回去吗？

我的左膀右臂被人打断腿了哎！

这等于我被人打折了一根手指头好吗！

西山主断腿，顾晗光没治好，这已经不是单纯的人受伤的事了，这是我万戮门被人欺负了的事！小丑八怪你要让我知道你没有好好处理过这事，我迟早也打断你的腿！

“六合天一剑？”司马容接过了剑，眼眸里映着六合剑的光，有些闪闪发亮的意味。他在手中细细一审，赞道，“不愧是传说中的天剑，十分剑气里，自带三分杀意。”司马容仿佛想起了什么往事，微微一笑，“我记得，以前招摇也提过这剑，只是嫌仙岛路远，取剑耗时，未曾得手。而今你能取到此剑，存于万戮门中，也算是圆了她一个心愿。”

这不叫算是，这就是圆了我一个心愿，因为这把剑也确实落到了我的手中。

难得我的西山主竟然还记得我提过这样的话。

我在心里感慨，我这西山主，为人最是温和，我第一次遇见他时，正值他家道中落。

一个小小仙门，被仇家血洗干净，他艰难逃出，混迹流民之中讨食维生。我碰巧路过，见他颇有根骨，于是给了他吃食，将他收入万戮门下，指了个师父教他法术。

后来没过几年,我给他指的那师父死了,他便自己天南地北地去闯荡。

我尚记得，当年还算个少年的他，跪在无恶殿前，与我磕了头，郑重其事地说："门主，司马容而今无甚本事，无法为门主效力，难报门主再造之恩，恳求门主首肯，许我外出历练，他日学成归来，必对门主竭诚以报！"

他那日青涩中带着点紧张的声音，现今还犹似在我耳边回响。

我许了他这个愿望，让他在外历练，那几年常从外面传回来消息，说他又结交了多少好友，又在江湖当中有了多少成长。

终有一日，这个少年回了万戮门，只是他已经变成了一个青年，身姿俊朗，气质温润。他能在无恶殿上与我谈笑风生而毫不怯场。

他再不是那个青涩的少年，可没变的是那颗忠义之心。

司马容回山的时候，给我带回来的是他在外一手建立起来的情报网。虽则当时还不完善，可后来万戮门能"一日遍知天下事"，全是靠着这个情报网慢慢成长而来的。

司马容如他所说，当真是为万戮门尽心尽力，也对我竭诚以报。而面对这样的好门徒，我自是回报以我能给的最大优待。我将西山主的位置送予他。他搜集情报厉害而修为不高，我便派了暗罗卫去贴身保护他。

直到我死，司马容也未曾做过一件让我失望的事，而我也未曾辜负他任何一次。

说他是我最亲密的左膀右臂，并不过分。

不过，现在……

我这西山主，言语里虽对我似多有怀念，可他为什么……和墨青关系这么好呢？

不知道我是被墨青杀的吗？

我在一旁盯着他，有点不开心。一直盯到司马容终于把目光从墨青脸上挪开，扫了我一眼："这位是？"

"徒弟。"墨青答了一句，"剑是给她取的。"

"哦。"司马容淡淡应了一声，垂头看了看手中的剑，"也是，这么好的剑，空放着也是浪费。"他呢喃了一句，默了片刻后，复而抬头望墨青，笑道，"先进来坐吧。说说，想要个什么样的剑鞘？"

穿过小院，入了屋内，只见屋里上下两层，没有阶梯，全是铺的斜坡，方便轮椅上下。屋中上上下下忙碌着的还有几个木头人，各行其是，比人还规矩。

角落里还有一些木头鸟、木头马。

俨然一个木头大观园……

我记得我的西山主以前没这样的爱好啊。

在屋里瞥了一圈，我的目光倏尔停在了大堂正中。那里有一个方形的几案，案上放着一个木头搭的无恶殿的模型，模样精致，一根一根细木头搭上去，看着便极费功夫。

见我盯着这模型发呆，司马容道："闲来无事，便搭来玩玩，以慰想念。"

他说以慰想念……那就证明他是想回尘稷山的。可他想回没有回……

一定是墨青这个小丑八怪把他流放到这里了！一定是我的西山主念着我，不愿给他办事，于是墨青就针对他了！现在他囚了我的北山主，流放了我的西山主，就留了个看不惯我的顾晗光，天天在尘稷山晃荡。

这个小丑八怪，心思深得很哪！

我阴森森地瞪了墨青后脑勺一眼。

墨青这时正接过木头人递过来的茶杯，恍惚间他手指微微一僵，我怕他察觉我按捺不住的怒火，于是背过身去看别的东西。听得墨青在身后与司马容道："若是想念尘稷山，回去便是，西山主的位置，一直给你留着。"

墨青让他回去？我耳朵竖了起来。

司马容一声笑："不了，想念归想念，离不开的却是这里。"

什么？是我的西山主自己不愿意回尘稷山？我转过头，审视着司马容。

"而且，我在尘稷山，本就是为了报招摇的恩情，既然她不在了，我也没必要继续留在那里。你把万戮门打理得很好，江湖上早有传言，尘澜不日便要登上魔王之位，我这残疾之身，不宜走动，且……这命数，也不知何时将近。他日登位大典，怕是不能参加，先在这里提前贺你一句吧。"

墨青没有接话。

司马容也不甚在意，只将六合剑又拿起来看了看："且说说吧，打算弄个什么样的剑鞘？也算是做了好几年的机关了，做剑鞘，应该也不会让你失望的。"

司马容，做剑鞘你不会让我失望，可你做西山主，怎么就这么让我失望呢！

我走了，你就什么都不争了吗？

你这孩子，怎么这么没有拼劲呢！

凭我以前对你的关心与爱护，凭你在万戮门里的威望与声望，你就没想过篡个位什么的吗！把墨青弄下去自己来当王啊！

跟了我这么多年，怎么连这点上进心都没有呢？你看人家姜武，一个门外的人，为了门主之位，都比你能蹦跶！

司马容不打算篡位，我如今这个身份也没办法去撺掇他，万一一个搞不好，没将司马容挑唆成功，倒让自己的身份在墨青面前暴露了，那可真的不划算。

我与他简单说了几句关于剑鞘的事，便坐在一旁玩木头，而墨青与司马容一同入了制作坊，进去之前只交代了我一句："我有事与西山主商议，你且在外面等候。"

我扬起了大大的微笑，懂事且温柔："好的，师父。"

坊门关上。

我心里是一万个好奇。

之前在尘稷山，墨青藏书阁让我去了，如何处置北山主也让我听到了，我还以为墨青现在不会有什么事想避着我呢，原来在这儿却还是有的。

想到司马容待墨青的那般温和态度，还有那一声声亲切的"尘澜"……再连着司马容离开尘稷山，墨青稳稳坐上门主之位这些事一琢磨，我不由得生出了一些……遐想？

当初墨青杀了我，门主之位理当是他的，可他能将这位置坐得稳妥，必定少不了人辅佐。

北山主袁桀至今对墨青也有不满，他不会帮墨青。南山主顾晗光又是个冷漠性子，不爱搭理其他事的。东山主是个疯丫头，一年见不了她几面。我从禁地出来这么多天，就没在尘稷山见过她的影子，估摸着是在我死后，嗷嗷哭了几场就跑得不见了。

唯一会帮助墨青，且成为强大助力的，就是司马容。

可他明明才是最有可能继承门主之位的人，他竟心甘情愿地辅佐墨青……

我越想越好奇。正在这时，屋内倏尔传来“嘭”的一声，像什么东西掉在了地上似的。

哎呀，他们是不是不小心碰到什么了，在里面到底有什么动作啊！我掐了个千里眼的诀，往里面望，可是只望到黑漆漆的一团，一定是墨青用法力遮住了我的视线。

看不到，我心觉无趣，只得在一旁寻了把椅子坐下，这刚一坐下，我便有了听墙脚的法子了。

我从芷嫣的身体里脱身而出，飘了出来，今天没有修菩萨道的琴千弦在，一般的结界我也是能妥妥穿过去的。可我这儿刚要往那边飘，耳边忽然就是一声呵斥：“站住！”

我一愣，往旁边一瞅，却见房间周围与方才并没有两样，木头人都在干着自己的事情，唯有……高高的房梁上，长长的头发慢慢掉了下来，一个白衣女鬼在房梁上倒吊着，落了下来。

我只庆幸，之前去了那么多次鬼市，什么稀奇古怪的鬼都见过了，这今日要是换了芷嫣在此，怕是真要吓得一命呜呼了。

白衣女鬼站在了我的面前，拦住我：“你是什么鬼？”

我抱着手，微微眯了眼睛，司马容这房子看起来不错，可竟是个阴宅啊。他莫不是搬到这儿来之后，被这女鬼害得断了腿的吧？我上下打量了女鬼一眼，她圆脸杏眼，除了面色太过苍白以外，看起来是个很可爱的小姑娘。也不是厉鬼嘛，害不了人。

见我不答她话，也不怕她，小圆脸皱了眉头，她围着我绕了一圈，然后指着芷嫣道：“你抢了人家身体？”

“没啊。”我坦然道，“人主动给我的。”

小圆脸愣了一瞬，随即又是一皱眉，斥道："胡说！人怎么会主动把身体给你？你到底是什么鬼？来这里作甚？"

我歪着脑袋看她，一笑："与卿何干？"言罢，我不再理她，径直穿过她的身子便要去听墙脚。但我没想到，在我即将穿过那房门的时候，小圆脸忽然又猛地蹿到我身前来，速度快得让我惊异。

"你想伤害阿容？"她一声厉喝，我被喝得有点愣神，听她对司马容的称呼，她生前难道与我的西山主很熟悉？既是熟人，那我便报上身份也无妨。

"我……"

"谁也不能伤害他！"

小圆脸打断我的话，周身登时爆出了一股力量，硬生生地将我推到芷嫣身体旁。

我眨巴了一下眼睛，觉得有点不可思议。

刚才……

这小圆脸，竟然震开了身为鬼魂的我？

我转头看她，只见她周身有忽黑忽白的气息在闪烁，她盯着我，而眼神又像盯着别的地方。"谁也别想伤害他。"她自言自语地说着，"我会保护他的。"

她这一身气息，竟像马上要变成厉鬼了似的。

分明方才还好好的……她以为我要去里面害司马容？这触及了她的底线，所以惹她发怒了？如此在乎司马容？可我并不记得司马容身边有这样一个女子呀。我蹙眉，问她："你和司马容什么关系？"

"司马容？"她一脸戾气退去，有几分茫然地盯着我，"司马容是谁……"

我有点搞不懂了："你不是要保护阿容吗？你不知道他的名字？"

她呆立在原地，眼神发怔，嘴里一直不停地念着司马容的名字：“我不知道。”她呢喃着，“我不知道，我忘了……他是谁，和我什么关系……我忘了……”看这模样，竟是有几分疯癫。

我觉得我又长见识了，原来……鬼竟然也是会发疯的……

见她如此，我便没有再问，以免又触及她什么隐晦的情绪，导致她像方才那样向着厉鬼的道路奔去。

便在此时，房门“吱呀”一声打开，墨青走了出来，身后跟着的是坐着轮椅的司马容。墨青的目光往芷嫣身体上一瞥，司马容也看了过去：“睡着了吗？”

听他说话，小圆脸转头往那方一瞅，目光径直落在司马容脸上。她脸色一变：“阿容，司马容……我不会忘的，我会保护你……”她说着，眸光一转，直愣愣地盯着我，“我不允许你伤害他！我不会再让谁在我面前伤害他！”

她一身戾气加重，我一惊，只觉得奇冤无比：“谁说我要伤害他！”

此时，她显然再听不进别人的言语，愣头向我冲了过来。

我侧身欲躲，可这魂魄之体，饶是吃过神行丸，也没有这终生束缚于此地的厉鬼来得快，我只觉一股凶戾之气穿胸而过，胸膛竟如活着的时候一般有着撕裂的痛感。

如此真切且久违的疼痛让我失神好一阵。可一转头，这个怒红了眼，俨然一副厉鬼状的小圆脸竟还要往我身上冲来一次。

这是个乱拳打死老师傅的主，天知道我会不会被她撞得魂飞魄散！我往后一退，径直往芷嫣的身体里倒去，眨眼之间，四肢传来沉重的感觉。

我猛地抽了一口冷气，惊醒一般睁开眼，耳边墨青与司马容的谈话戛然而止，两人皆转过头来看我。而那小圆脸的厉鬼我已经看不见了。

看来，她这厉鬼也还没有厉害到能干扰活人生活的地步。

我揉了揉胸膛，还在琢磨着小圆脸到底怎么回事，黑影便已到我身前蹲了下来。

墨青仰头望着我，一双黑瞳里满满的都是我的身影："怎么了？"

他好像一点也没觉得万戮门门主这样蹲在一个人面前，仰望着那人，是件损威严的事情，他只关心着我脸上每一个细微表情的变化，而忘了像平时那样藏匿自己的情绪。

我看见了他眼眸里的担忧，还有不知为何而起的……惧怕？

怕什么？我又不会死。

我压住了情绪："刚才你们进去说话，我就不小心睡着了。"我眯眼笑了笑，"做了个小小的噩梦，还好师父你推门出来了。"

他并没有任我将这话敷衍过去，而是继续追问："什么噩梦？"

"梦见恶鬼索命啦，从这个房梁上落下来，然后要杀了我呢。"我抓着墨青的手，"师父，我好怕呢，你以后不要再丢下我一个人走啦。"

墨青眸光一沉："我没有丢下你。"他正说着，身后的司马容倏地笑了出来。

好像我的撒娇让他觉得无比好笑一样，好一会儿都没有停下来。我记得上次见我的西山主笑成这样，还是袁桀那老头子和仙门的人打架闪了腰，要顾晗光去给他推拿，顾晗光下手重，北山主嚷得和山下的普通老头没什么两样。

司马容就在旁边看笑话，笑个不停。

现在我不就对墨青撒个娇吗……

你难道见不得人撒娇吗？

终于，在墨青斜了他一眼后，他堪堪停住了笑："芷嫣姑娘。"他唤了我一声，"梦境而已，不用当真。你先随我来，去挑挑你喜欢哪种木头吧。"

木头人推着司马容去了后院，我也跟着走了过去，这次墨青没跟来。司马容抬头望了我一眼，眸光幽深："芷嫣姑娘，我还从没见过他这般宠着谁呢。"

"哦，可能因为我比较可爱吧。"

我应付了一句，在转角处回头瞥了一眼，果然见墨青在屋子里四处打量，像在寻找着什么一样。

他方才察觉到了那小圆脸的戾气？这小丑八怪现在果然厉害了，来自另一世界的气息都能这么敏锐地察觉到……

我心里正在琢磨，却又听见了司马容的笑声，他掩着唇笑，还笑得咳了好几声，才堪堪止住。

我特别不理解地盯着他，我的西山主，在这房子里住着难道也疯了吗？怎么变得这么爱笑了？

似感觉到了我的目光，司马容抬头瞅了我一眼，嘴里又是一个笑声溢了出来。哦，敢情原来是芷嫣长得很好笑？司马容摆了摆手，终是不再看我，目光望向了远方："姑娘见笑了，只是不知为何，看见姑娘，却像见到了故人，心中怀念至极啊。"

故人？谁？我路招摇吗？

你开玩笑吧？你以前要敢在我面前这般笑话我，我保证能打断你所有的腿。

第十三章

谢罪

我这西山主，在我离世以后，身上的事情，
看来还有的细解呢。

司马容将我带到后院放置木头的一个房间里，里面各种各样的木头看得我眼花缭乱。

我素来怕琐碎麻烦，挑东西的时候永远只有一个原则——

“哪块是最贵最好的？”

司马容笑了笑：“芷嫣姑娘倒不是客气人。”

我何曾同西山主客气过，然则而今换了个身份，还是得扯个借口糊弄的：“司马先生与我师父关系如此好，与你客气可不就生疏了吗？”

他倒也没多计较，坐着轮椅到了小屋最里面，从一堆木块下方取出来一块：“这里的木头没有便宜的，只是若要论合适，这块玉龙血木与六合剑可谓绝配。”

我细细一瞅，只见那是一块暗灰色的木头，与六合剑剑柄上的粗粝石纹极为相似，而在那灰色中间，夹杂着些许鲜艳的红色，若隐若现，看似低调，却让人无法忽略那些夺目的存在。

粗看平淡无特色，细看张扬有内涵。

是我喜欢的风格："行，就它了。"

司马容应了，一边抹着木块上的灰，一边状似无意地提了一句："但闻芷嫣姑娘，能于梦中与先门主交流？"

我一愣，心道：难道方才墨青避开我，就是为了和司马容去说这件事？可如果单纯只说这事，完全没必要避开我啊。

难道……墨青其实已经发现芷嫣这个身体里藏的秘密了？还是说，墨青还有别的秘事与司马容商议……

我藏了情绪，如往常般道："先前不慎在路门主坟前撞了一下，后来便常梦见门主托我给她烧纸，也算是有一二交流。"

"哦。"司马容点了点头，他抬眼看我，温柔的眸光映着屋内小心罩起来的灯火，有几分朦胧，"若是如此，在下恐有一事想劳烦姑娘。姑娘若下次再有幸见得先门主，且代我，向她道个歉。"他说着敛了眸光，"若是在下双腿尚好，此时便该跪下谢罪，可无奈这残废之体，连致歉也无法至诚……"

他语气沉中带痛，是我活着的时候未曾听过的谢罪之语。

"你欲向她谢什么罪呢？"

在我心里，西山主司马容，于我从无亏欠，他所报给我的恩，已远远大于我施给他的情了。他对我并没有什么罪要谢。反而是在我不知道的时候，他失去双腿，我这许诺要护他们横行天下的门主，才是有愧于他。

司马容垂着眼眸，静静看着手中的玉龙血木："当年剑冢一战，仙门埋伏，若非我消息有误，不至于累门主身死异处。"

我闻言一怔，从未想过司马容心里竟然还会有如此想法。

不过若要论当年的实情，我确实也是因为没收到十大仙门埋伏于剑冢的消息，所以才那般任性地将门人都留在外面与其他魔道门徒厮杀，只身入内……

我咂摸了一下，伸手过去抱了司马容手上的木头，以免这木头碍了他推轮椅的手，我一边往外走一边道：“江湖险恶，特别是魔道之人，过的从来都是刀口舔血的日子，我都知道，在这条道上，没有哪一次荣耀不是要拿命去博的。路招摇是闻名天下的大魔头，又漂亮又聪明，她必定通晓这其中道理。”我嘚瑟地说了两句，又肃了神色道，“她中了埋伏，以致身死，是她处理不当，怪不得你。不过你这番歉意，我会给她带去的。”

司马容望了我一会儿，微微一笑：“我知道先门主不是斤斤计较之人。世人如她那般通透豁达的，也没有几个了。”

嗯，好小子，不愧是当过我左膀右臂的人，就是比其他人更了解我一些。

“只是我这一生……”司马容拍了拍自己的腿，“怕是永远不会原谅自己了。”

选好了木头，回了前厅，司马容将木头在六合剑上比画了一下，估算了一番制作的时间，让我五天后来取。

他与墨青也没再说别的话，道了别，墨青便带着我走了。

离开司马容的院子，墨青并没有领着我直接回尘稷山，而是在丰州城市集上走了一会儿。他不着急回去，我见天色还有一会儿才亮，便也没有着急。

我心里一边琢磨着事，一边随着他走，忽然嗅到路边卖烤串的地方飘来十分诱人的香味，我鼻子刚动了两下，墨青便往那方走了。他往那儿走，我自是也跟着他。

在路边小摊上坐下，叫了些吃食，一开始我是被这烤串的美味俘虏得啥都没思考，就关注着这肉串用料十足，香味诱人，咬下去表皮焦脆，内里有汁，焦香酥嫩，唇齿留香。我兴冲冲地一连吃了十来串，直到有点饱腹感了，才抬头望了眼一直盯着我的墨青。

我往四周看了看。

但见周围都是一群低级魔修，吆五喝六的，坐在这小摊上一边吃肉一边喝酒，闲聊胡侃着天下大事，活像他们才从十大仙门和我万戮门的接班人位置上走下来一样，没甚水平。

而刚才……我这个万戮门前门主好像和万戮门现门主，就这样丝毫不讲身份地和这些没甚水平的人一起，坐在路边烤串摊上，狠狠吃了一通……

不对，是我狠狠吃了一通……

墨青问我："还吃吗？"

我舔了舔嘴，小丑八怪，竟然敢诱惑我？我今天……接受你的诱惑就是了！

我打算彻底放下过去身份的包袱，反正现在都是用的芷嫣的身体。没看出来这小女孩身材干巴巴的，竟这么能吃！都赖她！

我目光坚定地看着墨青："师父，我还要再来十串。"

墨青一声低笑："好。"

我又拿起了一串，咬了一口，看了他一眼："你不吃啊？味道还不错。"

他就这般一动不动地盯着我："我看你吃。"他顿了顿，微笑道，"味道也很不错。"

我一口肉噎在喉咙。

天呢，我刚才听见什么了？

这个小丑八怪好像对我说调情的话了？而且我竟然……还听见了自己心口……"扑通"一声，和前几天看见小丑八怪的微笑时一样。

毫无防备，突如其来，像被人在心口撞了一下钟，大响一声之后，回音不断，嗡鸣震颤。

我咽下口中的肉，转开了眼，然而转念一想，我躲什么，现在是我勾引他呀，他这一副被我妥妥地勾引住的样子，我应该感到骄傲自豪并且直接蹬鼻子上脸呀。

我……害羞个什么劲啊？

我在心里一鼓气，转过头来，打算娇滴滴地对墨青撒个娇，也回上一句情话，哪想到抬起头来的时候，看见的也是侧着脑袋，拿手支着脸，微微挡住脸，目光使劲往远处放的墨青。

他没敢看我，是因为说了方才那句话之后……他自己也害羞了吗？

他刚才那样难道就是传说中的脱口而出？

我看着现在扭头看远方扮冷漠、装高深，就是不看我的墨青，却是不知为何，心里忽然生出两个字……可爱。

我竟然觉得，这样的墨青还蛮可爱的。

我转了头去，此时隔壁桌正好有一扛着大刀的彪形大汉坐下，他那把刀磨得锃光瓦亮的，就似镜子一样映出了我的脸。就这恍然一瞥，我却见到了芷嫣这张脸的嘴角边，竟勾着一缕若有似无的微笑。

我竟然……没有意识到自己在微笑？

太可怕了，难道芷嫣这个身体里，除了我以外还有别的什么魂魄闯进来了吗？我左探右探，最后终于认了，那个笑容只会是我的。

我轻咳一声，打算不去细究这件事情，连忙寻了个话题，问墨青道："我方才在那院里琢磨了一下，想起了司马容不就是万戮门的西山主嘛，我听说以前路招摇在的时候，他可是她的左膀右臂，应该很厉害吧？"

"嗯。"墨青只应了一声，并未多答。

我只好多问一句："那为什么不想办法让他回去呢？或者说，他为什么不愿意回万戮门呢？师父你现在已经这么厉害了，有他相助，必定事半功倍。”

“万戮门之事我能做主，至于他的生活，随他心意，才是最好。”

将司马容维护到这种程度，私以为便是以前的我也做不到。墨青这是……将司马容当成至交好友了啊。

新叫的烤串上来了，我便没再继续问。

万戮门的西山主腿断了，那可是一件大事情，这事在江湖上不可能完全没有走漏消息。我现在可不能这般直接询问墨青，为免让他起疑，我还是先回去问问芷嫣，了解了解大致情况，然后才好细细去审查这里面的事情。

还有那个飘荡在房间里吓唬人的小圆脸……以及今天司马容向我道歉，说因为消息有误，才致我身死。可消息到底为什么会有误呢？

我这西山主，在我离世以后，身上的事情，看来还有的细解呢。

回了尘稷山，墨青与我各自回了屋。

我用芷嫣的身体钻进被窝之后，让魂魄离了体，也不让芷嫣进去。先逮着她问了一通当年我死后的事情。

芷嫣答得马虎，说她那时候还小，又是个从小被娇养着的，对江湖上的事情不那么清楚。就只知道司马容断腿这一事，其实是被十大仙门之一的南月教设计陷害了，但到底是怎么设计的，她不知道。

我摸着下巴琢磨，芷嫣说的这个南月教，在我印象里，大概算得上十大仙门里最没存在感的一个门派了。他们偏居西南，距离隔得远，教主又是个爱搞神秘的人，其他门派的事他基本不掺和，就连当初剑冢一战也没见到多少南月教的人。

这样的门派，居然会设计害了司马容？

“这是哪一年的事？”

“哪一年我说不清楚……”芷嫣想了一会儿，“当初那剑冢一战之后，你身死，厉尘澜登位，江湖上沸沸扬扬地闹了许久，好久之后大家才有时间去关注别的消息，而等到那个时候，司马容的腿就已经断了。”

我皱了眉头：“厉尘澜知道司马容是被南月教害的，也没做什么事？”

“做了呀。”芷嫣眨巴着眼看着我，“现在大家虽然口头上还是说十大仙门十大仙门，可实则只有九个仙门了。”

我一愣。

芷嫣指了指墙那头的墨青，表情有点畏惧：“南月教被他灭了。”

我发了一会儿怔，故作淡定地“哦”了一声。

我一直以为墨青那般仁慈治下，还地于民，给人施粥，他在江湖上必定不会有什么大动作呢，原来他只是用和蔼可亲的遮面巾来擦一下手上滚烫的血啊。

“这件事我倒还记得清楚些。我常去鉴心门找沧岭，那段时间鉴心门里总是客来客往，每位长辈都是一副焦头烂额的样子。后来厉尘澜一夜血洗西南……”

我打断芷嫣：“厉尘澜在灭南月教之前，你们就得到了消息？”

“对呀，他散出消息说，三个月之内，必屠南月教。”

我挑了挑眉，又是一个没想到，这小丑八怪竟是一个这么高调、有血性的人。

这事换我做，我就直接带人杀过去。等完事之后，看干得漂不漂亮。要是干得漂亮就拿出来臭显摆，要是干得不漂亮，就闷不吭声。反正我之前也没对谁通知过，只要让人知道，南月教对不起我，然后我揍了他们，我万戮门不吃这些亏，就行了。

可墨青提前三个月将自己的计划公布天下，这不是告诉人家“提前做好准备，我要来揍你了”吗？

这要万一揍得不好看，丢自己的面子不说，这揍人的难度也会增大不少吧。

可这事墨青最后办成这样——当真屠了南月教，直接将它整个从十大仙门里抹去——这就很长脸了。

我估摸着，这应该算是墨青接手万戮门以来，在江湖中立下自己威严的一战吧。所以芷嫣如今见了他，才怕成那副德行。在他们看来，墨青是个心狠手辣并不输于我的魔头。

我瞥了芷嫣一眼，揶揄她："你们仙门的，互相称兄道弟，这种生死紧要的关头，怎不见得你们帮一把？"

"剑冢一战，各门各派都是调集了自己最精英的弟子，一战之中全军覆没，各大仙门哪能恢复那么快……"

我也指了指墙那边的墨青："看，人家就恢复得那么快了啊。"

芷嫣撇嘴，苦了脸："他那是一个人去干的，又没叫上万戮门的弟子。"

单枪匹马杀入南月教，屠了人家一整个门派……我不由得挑了眉梢，司马容断腿，墨青这火气大得也太出乎我的意料了。看来他们之间的关系，委实不简单啊。

再没问出别的，外面太阳升起，芷嫣回了魂。我给她安排了任务，让她上午打坐修行，下午去给我找人烧纸。而我则飘到墨青那一方，打算跟着他审查审查，看他是不是已经察觉出了芷嫣身体里的端倪。

可这一整天跟下来，墨青好像并没有什么异常，做着门主日常该做的事。到下午的时候，芷嫣出了门，于是就有暗罗卫偶尔来报上芷嫣的行踪。墨青也只是一边看着文件一边听。

我在他身边观察着他，看着他翻纸页的每一个模样，一会儿看他眼睛，一会儿看他鼻子，眼神就在他身上流转，他半分没察觉到我。

这张脸实在令人赏心悦目。

我索性仰头一倒，躺在桌子上，蹭到他正审看的文件上，他的目光透过我的脸看着下面的文字，而看不见近在咫尺的我。

我就占着这个便宜，尽情地偷看他，感觉到他翻阅文件的手在我的身体里挪动。

人都说琴千弦被我抓来看了一晚上，看出了心魔。那墨青呢，如果他知道我就这样一直盯着他，将他看了那么久，他会被看出心魔吗？

我伸出手，想去触碰他的眉眼……

我其实，还有点期待墨青被我看出心魔的样子呢。

想着他隐忍、害羞、抗拒的模样，我就不由得生出一股微妙的成就感与满足感。

我的指尖穿过他的眉眼，他一无所觉，就这般躺着玩了好一阵，又是一个暗罗卫进来，规矩行礼后禀报着，说芷嫣在山下遇见了柳沧岭。

听到芷嫣的名字，我恍然回神，看了看自己半透明的手，我一个旋身，重新在书桌边站好。

我怎么迷糊了，我勾引墨青，不过是占有芷嫣身体后，因为处于弱势，一个被迫而行的举动。勾引他是我达成目的的手段，怎么……却还养成爱好、变成习惯了。

而且，若墨青知道是路招摇在勾引他，哪还会有隐忍、抗拒，只怕早就手起刀落，血溅当场了。

我在桌边抱着手站着，强迫自己压下心头思绪，严肃了表情。听那方暗罗卫禀报着芷嫣在山下与柳沧岭相遇，好生纠缠了一阵，墨青面上并无表情，好像这件事根本没有进他耳朵一样，只是过了一会儿，他问了一句：“鉴心门最近有无异常？”

“回主上，并无异常。”

我听闻这个回答，暂时抛开了对别的事情的关注。

鉴心门最近一切正常？他们的少主走丢了，一直在尘稷山下待着不走，正常人都会怀疑，他们少主或许被万戮门监控，或许被万戮门威胁，需要营救，可他们居然什么都没做？完全……

没有异常？

这就是最大的异常。

墨青将手中东西放下，眸光微敛，似沉思了些什么，随后唤来暗罗卫卫长。

以前我的卫长是个孔武有力的汉子，而现在这个是斯斯文文、蒙着脸、佩着剑的青年。墨青吩咐他："去查查鉴心门的近况。"

"是。"卫长应了一声，人便瞬行而去。

以前暗罗卫只管负责万戮门内的事，而现在司马容离开了，墨青就将司马容的职责也都交给暗罗卫了吗？

我在墨青身边又待了一会儿，可不知为何，越待越是有点不自在，我干脆退出了他的房间，回了濯尘殿，打坐着等芷嫣回来。

我打算今天晚上去一下鬼市。关于那个小圆脸的厉鬼，我还有事要去查，而且……还得给芷嫣买个神行丸，以免日后要用到她的时候拖我后腿。

第十四章

子游

“咱们做鬼的，总有一天会忘掉所有生前的事情，
等这些事都忘完了，就是该投胎了。”

深夜，尘稷山下的小树林里一片寂静，我见左右无人，便坐在树下，从芷嫣的身体里脱身而出，看见阴森森的鬼市。我没急着往卖神行丸的店铺去，而是一转身，往树林深处去了。

这树林里有个酒家，“鬼生”寂寞，不少孤魂野鬼都在里面像活人一样点些菜，喝点酒，找只在里面工作的鬼，陪着说说话，回忆回忆过去，展望展望未来，然后继续做一只浑浑噩噩的鬼。

这种地方，消息最多。

我先前没钱，也不觉得寂寥，与这些普通的鬼没什么好聊的，便情愿在自己的坟头飘着。而现在要打探消息，就是另外一回事了。

我到了店门口，往里面张望了一眼，但见三四只鬼，零零散散坐了几桌，有的安安静静地喝酒，有的唠唠叨叨地说话。酒家小二比其他店铺的要热情多了，迎了上来，笑问我：“姑娘……”

“路招摇。”我报了名，直接往里面走，就是对自己的钱财这么

自信！

之前买入梦丹的时候账上约莫剩了一万钱，现在又烧了几天纸，估计也该涨了不少了。这个酒家一不是沾上横跨阴阳的买卖，二不是改变我状态的买卖，就只是休个闲，吃个饭，若这样我的钱都不够，那真是没有天理了。

只是我没想到，小二竟然没有看手中的镜子，只对我道："客官哪里话，咱们来者皆是客，你账上钱多钱少，我们都要招待的。而且我一见客官便觉得有莫名的亲切感，咱俩一定有缘。我方才只是想问你，一楼没位置了，上二楼坐你可介意？"

我一侧眸，颇觉稀奇。这一点都不像鬼市的鬼说出来的话呀！这鬼市可是进门都要先看身价的势利地方，这酒家难道要做这里的一股清流？

我十分赞赏。

小二是个可爱的少年郎，与我差不多高，看来不过十六七岁的模样。不过做鬼嘛，是不能看外表年纪的。他只是在这个岁数死了，可已经不知道死了多少年了。

"咱们酒家老板是有情怀的老板，不像正街那些店铺，一心钻进钱眼里了。"小二一边给我介绍，一边领我到二楼临窗的位置坐下，笑道，"客官，这儿风景好。"

我往外一瞅，好一片枯枝断木阴沉可怖的黑树林！阴风拂面，自带三分邪气，望远一点，还能瞅见那方黑气笼罩的亡魂鬼市，与我丢在树下的芷嫣的身体。有不少小鬼现在正在那身体里穿来穿去，玩得开心，但没有一只能穿进那个身体里。

嗯，我忽然有一种想让芷嫣领略一下此处风光的冲动呢，看她被吓哭的样子，应该挺好玩的。

“客官要点什么？”

“随便来壶酒。主要是要陪酒的。”我问他，“你们这儿谁消息最多？”

然后小二将肩头抹布一扯，扫了扫凳子，坐了下来：“客官，我等你这种客人已经等了很多年了。咱们家别的陪酒郎都只会些花把戏，陪着客人解个闷就是他们最大的本事了，别的客人做鬼也没什么追求，不带打听消息的，不像你我。”他说着，生动地动了动眉毛，伸手随意拍了一下我的胳膊，可他的手径直从我的胳膊里穿了过去。

小二见状，有点愣神。

我没在意他的愣神，只问道：“丰州城的消息，你知道吗？”

“哦……”他回神，“知道的呀！咱们酒家在每个鬼市都有开。咱们消息都是互通的。”

我抱起了手：“那丰州城的厉鬼，你可知道是怎么回事？”

我做鬼这么些年，一只厉鬼也未曾见着，甚至也极少听别的孤魂野鬼提及，可见这厉鬼之稀少。若是出现，必定群鬼震惊，他们这些做鬼生意的，不会不知道。

“丰州城？”小二想了一会儿，“不曾接到厉鬼出世的消息啊。”

“没有？”

“嗯，有厉鬼出世，上面都会下来通令的，禁止前往那片区域，以免遭遇攻击，直至厉鬼怨气散去。别的消息可能会有错，这个消息不会错。”

我摸着下巴琢磨，回想见到小圆脸的时候，一开始她是从房梁上倒吊着飘下来，虽然形状可怕了些，但至少脑袋还是正常的，也没有攻击我。直到后来提到司马容，她以为我要去伤害司马容，这才变得一身戾气。

我斟酌了一番问道："小可爱，我问你，是不是在成鬼之后，可以根据心性的变化，而生出戾气，从而转化成厉鬼？"

"小……小可爱！"小二直接涨红了一张脸，"客官你真是……"

咦，你不是陪酒的吗，怎么连这种程度的调戏都受不了？

我坦然地看着他，倒弄得他这害羞害得有些没有道理，他压下了情绪："是……是可以那样没错。一般厉鬼都是生前有执念才会变成那样的，等世事变化，执念消散，怨气自然而然也就消散了。不过，也有可能随着时间的变化而越积越深。这都要看他们自己的造化。"

我点头："那丰州城内，你可知有哪只女鬼，住在一个满是木头人的家里？长得圆脸杏眼，守着一个断腿男子，且极其重视那个男子……"

"啊，我知道！"小二喊道，"月珠。"

我眯起了眼："你且细细与我说说，她是只什么鬼？生前又是做什么的？"

"生前的事，我们都没去细究，不过大概知道她生前乃南月教的人，也就住在那个院子里。约莫是四五年前死的，死后就在那个院子里晃荡，极是排斥别的鬼……你这般说来，她倒的确有几分要化为厉鬼的趋势……"

南月教的人，住在丰州城的一处院子里。

有趣了，这一听就知道，绝对是南月教派来的奸细嘛！

司马容生前消息那么广，不会不知道她的身份，可他最后还是被这南月教给害了，难道是对月珠动了真情？以至于现在还住在月珠住过的屋子里。

他因情而误了消息，到现在也没办法放下这段情，所以那天他才会说这辈子都没法原谅自己？

可那小圆脸又是怎么死的呢？被墨青杀的？若是被墨青杀的，司马容现在又岂会与墨青关系这般好？

这些生前的事，问小二他肯定是不知道的，我也不可能去问司马容或墨青，看来还得直接去问当事者才行。我靠在椅背上，询问小二：“那月珠而今有些疯疯癫癫的，鬼市有药能治这种病吗？”

小二默了一瞬，摇了摇头：“大概没有。”

那看来，我得直接去面对那个随时会变成厉鬼的小圆脸了。

我拍了桌子，站起身来：“行了，想知道的就这些了，你今天陪得好，回头直接去我账户上拿一……”我将万字吞入喉咙，提醒着自己已经不再是以前的万戮门门主了，遂改口道，“一千钱吧。”

小可爱笑得很开心：“好嘞，你和我聊天我就很高兴了，回头再来找我哟。”

“嗯，你叫什么名？”

“我叫子游。”

我瞥了他一眼，他倒是会察言观色，笑着挠了挠头道：“姑娘别见怪，我只报字不报名，并不是我不坦诚相待，只是我……确实忘了我的姓名，只记得自己字子游。”

我望着他：“这也能忘？”

他有些惊异地看着我：“姑娘不知道？”我一脸茫然，他才给我解释道，“咱们做鬼的，总有一天会忘掉所有生前的事情，等这些事都忘完了，就是该投胎了。”

我一惊：“什么？投胎不是要过奈何桥吗？不是要喝孟婆汤吗？阎王呢，判官呢？不走流程吗？”

小二一笑，有些无奈：“哪有孟婆啊，这么多鬼，得熬多少汤才能够让所有人忘掉过去？大家死了，就在世上晃荡着，等晃的时间久了，自然而然就忘了，有的人忘得早，有的人忘得晚。但总归都是要忘掉的。”

我有些怔然。

“我现在对于生前的记忆已经忘得七七八八了，唯有这个字还记得清楚。来我们店的客人，多半是沉溺于过去，不愿意忘怀的，于是每天找人说自己的过去，害怕哪一天自己不说了，就真的什么都忘了，可是就算这样，很多客人说着说着，也就不来了，我再也没见过。”

“他们……去哪儿了？”

“什么都忘了，连自己都记不得，自是去哪儿都无所谓了。”

我随着小二下了楼，一楼里，方才的三四个客人还在，有的还是自己喝着闷酒，沉思过去。有的还是絮絮叨叨地不停说，不管他是不是有几分疯癫，旁边陪酒的始终耐心听着，微笑着，点头给着回应。

因为知道了这一层关系，我觉得，这一分忍耐与微笑，也带着十分可怜与同情。

“多句嘴。”小二道，“其实依我看，姑娘打听的那个月珠，只怕也是这样吧。抓着自己的过去，害怕自己忘记，所以挣扎纠结，执念太深，便向着厉鬼那方而去了。唉，等变成厉鬼啊，大抵也就只记得那个执念，别的也都该忘了。”

我沉默不言。

小二送走了我。我恍恍惚惚地想飘去鬼市买神行丸给芷嫣带回去，却倏尔反应过来，我要怎么给芷嫣把神行丸带回去呢？我进了她的身体之后，又碰不得鬼市的东西，买了神行丸，也抓不住啊。

只有在这儿等着天亮，芷嫣自己回魂了，我直接买了神行丸给她吃下，然后我们一起走回去。

可我没想到，当我回到芷嫣身体旁边的时候，一个意料之外，情理之中的人正蹲在她的身前。

是墨青找来了。

我站在一旁，看着墨青皱着眉头伸手去把芷嫣的脉。不知为何，我倏尔想起了方才小二的那句话。他说："咱们做鬼的，总有一天会忘掉所有生前的事情，等这些事都忘完了，就是该投胎了。"

那是不是未来的某一天，我也会忘记我经历的一切，忘记尘稷山万戮门，忘记我曾天下皆知的名字——路招摇，忘记这个看我的时候，眸中似有星光的丑八怪……

还是说，我已经忘记了……足够多的事情了？

此念一起，犹如万只蚂蚁爬过脊骨的缝隙，钻上了脑门，令我头皮发麻。

而今墨青在此，我没有时间过多地沉溺于自己的思绪当中。

我拍了拍自己的脸，心一横，想道：怕什么，反正已经死过一次了，以前的事情忘记就忘记了，横竖就是再死一次，把已经失去了的东西再失去一次而已，没有什么好慌的。

我最近真是借着芷嫣这个只有屁大点胆子的身体越活越狭隘了，得赶紧攒钱买还阳丹！

总之，不管以后是忘记自己，还是去投胎，更甚至是走向消亡，那都是以后的事，就和天注定那么猖狂的我，也会被小丑八怪一记剑气给震死一样，我改变不了存在与消失的事。我唯一能做的就是在我消失之前，拉个垫背的——

比如说面前这个在我死了后还来我坟前臭显摆的小丑八怪。

虽然他现在已经不丑了，甚至还漂亮得有些迷人……

不管！我打定主意干掉他了！

以后的事，以后再说。

这小丑八怪大晚上不睡觉出来追芷嫣，看见芷嫣睡在这儿，心里必定有不少疑虑，我得趁早将他这些疑虑给打消了。我穿入芷嫣的身体，伸了个懒腰，佯装刚睡醒的模样，迷糊地揉了下眼，然后故作惊讶地盯着墨青："哎？师父！你怎么来了？"

墨青静静地看着我，没有答话，也不似在怀疑我，他只是专注且带着几分审视地盯着我。

我对于墨青这种虽然清澈，但让人捉摸不透情绪的眼神束手无策，只有自己挪了眼，扶着身后的树站了起来，解释道："唉，上次被那姜武抓了之后啊，我这身体不知道出了什么毛病，总爱犯困。"

"哦。"墨青终于搭了句话，"回头给顾晗光看看，有什么毛病，都治治。"

芷嫣这身体被我调理得健康得很，去给顾晗光看，顾晗光大概会说我脑子有毛病……

"就是爱犯困，没什么别的毛病，别去麻烦神医了。师父你看，这儿夜色多好！"我顺手往天上一指，本指望着有个漂亮的星空可以让我岔开话题。哪想到这鬼市之地，活人不见鬼，却能见到此处阴气森森，乌云密布，黑压压的一片，哪有什么星星、月亮。

墨青瞥了一眼漆黑的夜空，又默不作声地横了我一眼。

在他的沉默中，我有点尴尬。"哎，刚才还挺好的……我坐这儿赏月呢，就睡着了，哈哈哈……这天变得真快。"我嘀咕了几句，觉得扯这么低劣的谎委实影响我的形象，"好了，不看了，咱们回吧。"我打退堂鼓，想赶紧离开墨青身边，以免暴露端倪，神行丸回头再找个机会带芷嫣来买得了。

“想看月亮吗？”墨青倏尔说了这样一句。

不怎么想，可我得委婉一点拒绝他：“师父，你日理万机，一定很忙……”

“不忙。”

“……”被打断得太快，我一时还没想到下一个借口，便觉墨青牵了我的手，一个瞬行，等我回过神来，我已站在了云端之上，脚下踏着缥缈的云彩，飘在半空当中。

浮空术，这对别人来说或许是种很新奇的体验，可当鬼当久了，天天都在空中飘着，这感觉也没什么稀奇了，不过就是飘得高点罢了。而且很早以前我自己就会玩了！

墨青这玩情调也玩得很老套嘛，带女孩看星星看月亮，谈人生谈理想，然后是不是就想动手动脚，在这渺渺夜空下，苍苍白云上，亲一亲抱一抱呀？

我早就看破这些俗气的把戏了。

我心里刚如此想着，却是一转头，瞥见了墨青微微上仰的脸。他望着明月，眸色似月下水般透亮，他没看我，我却看着他，挪不开眼了。

长得这么好看，真是一种作弊的人生。

“你若有难处，可与我说。”

而就是在如此适合调情的氛围里，墨青忽然说出了这么一句话。

不是吧，小丑八怪，这种时候你与人提难处？你不该直接一搂腰，一摁头，威武霸气不讲道理地给对方来个吻？长得这么好看，你居然还想着要走心，你不用脸来迷惑敌人就是浪费啊！

我眯眼一笑：“师父，有你在我身边，我哪有什么难处啊。”

墨青沉默了一瞬：“只要你说有，我便帮你，无论何事。”

我看着他认真的神情，一时却有些恍惚，好像此刻我说，我苦于无法了结你的性命，他就当真会果决干脆地杀了自己一样。

有那么一刻，我甚至都想告诉他，在这个身体里现在藏着的是路招摇。我想看看他到底会有什么反应，会立即变脸色吗，会再杀我一次吗，还是会因为爱上了这个身体，而无法动手？

我很想考验他，可我也清楚地知道，人心藏着那么多阴暗的沟壑，是这个世界上最不能去考验的东西。

我考验他，等于将掌握在自己手里的主动权，交到了他手里，让他来审度要不要给我生机。

而这从来不是路招摇的风格。

我笑了笑："师父，我是为了报杀父之仇才来尘稷山的，你说我的难处是什么？"

墨青看着我的眼神微微黯淡了一瞬，却也没有再多说，只道："近来鉴心门确有异常，我已派人着手调查，不日便能有结果。"

"多谢师父了。"

墨青没再应声，直到这一夜的月色凉了衣裳，墨青终是将我带回了无恶殿。

落了地，各自回房。我从芷嫣的身体里脱身出来，芷嫣飘过来问我："你怎么和厉魔头一起回来的呀，你去外面没做什么事吧，没被发现什么不对吧？"

我摆了摆手，赶她离开，径直飘去了屋顶，往屋顶上一躺，望着寂寥月色发呆。

其实，我觉得我最近当真有点不对劲。比如说现在，我躺在这里，满脑子回响着的，却都是刚才墨青说出来的，让我嗤之以鼻的那句话。

我有什么难处，可以与他说。

我的难处，向来少与人说。因为既然是我解决不了的事，那交给别人，多半也解决不了。可墨青这般说，我并不觉得他自大，我甚至……

我猛地坐起身来，抚着胸口。

我甚至……好像我这鬼魂之体，因为想起了墨青的话，而觉得胸膛中有心跳……

这个小丑八怪是不是对我做了什么事了！

我一旋身，钻进了小丑八怪的寝殿，但见他房中灯火正亮着，他还在书桌前站着，那床榻像从来没有人躺上去过一样，一直规规整整地摆着。

我怒气冲冲地盯着他，却见小丑八怪忽然间捂住了嘴，肩头一动，我甚至都没有听到他的声音,却在片刻之后,见他拿下手,掌间竟有鲜血。

我一惊，他怎么了？

墨青默不作声地将手中鲜血拭去，目光往床榻后的墙上望了一眼，又收回了目光。

他正抬笔又要写东西的时候，房间里气息一动，顾晗光瞬行至此。他盯着墨青，还没说话，墨青手上光华一转，先甩了个结界在四周，而此时，我正好站在他的结界里。

顾晗光道："厉尘澜，你死了不要紧，别坏了我的名声。"

墨青头也没抬："我的伤还要多久能好？"

墨青受了伤？先前去六合岛取剑受的伤……难道还没好？

"天雷打在身上，你以为呢？"顾晗光让墨青褪了衣裳，我飘到顾晗光的身后，与他一同探看。

只见墨青的后背竟还包扎着绷带，顾晗光一圈一圈地将绷带拆下来，露出里面一片血肉模糊的后背，而更令人惊骇的是，在他后背上，还有闪电时不时地穿梭，就如同六合天一剑上的闪电一样！

"好得很慢。"顾晗光脸色不太好，"刚愈合的伤又被残留的闪电劈开，反反复复，没有停歇。”

我看着闪电在墨青皮肉里穿梭，倏尔明白了，难怪六合天一剑上一直带着闪电。原来那并不是六合剑本身有的，而是长年累月，天雷劈打，附带在它身上的。

对墨青来说，也是如此，天雷打在他身上，从那个时候开始，一直在伤害他，没有停歇。

而上次我问他，他说是小伤，甚至这几天，都未曾在人前表现出一星半点的异常模样。

他竟是个……如此能隐忍的人。

“多久能好？”墨青又问了一遍。言语间不提疼痛，更没有丝毫抱怨。

“看这趋势，得过月余方能好。”顾晗光给他后背撒上一层药粉，帮墨青止了血，又稍稍止住了闪电的势头，“你若能放下手头一切，专心闭关打坐，或许十天便能好。”他帮墨青重新绑上绷带，“你可以吗？”

墨青套上衣服，目光平淡地盯了他一眼。“你可以走了。”

顾晗光一副习惯了的模样，照常叮嘱了句：“不要碰水。”便瞬行离开了。

我知道，现在我应该思考的事情是，如果这一个月内我去接一盆水来，直接泼在墨青的伤处，再拿六合剑捅他一剑，那么他死的可能会比平时大多少？

可现在，看着他继续伏案批文的模样，我竟是一点也动不起那个念头。

就像心口柔软的地方被人扎了一针一样，感觉微妙而奇异，我不由得想，为什么墨青可以对一个人这么好呢？为她取剑，受伤也自己忍着，还想着要过问那人的难处。

他为什么就不怕呢？明明他面前那个人，一直暗暗藏着那么阴毒的坏心思呀。他就这样剖开心肠站在那人面前，他怎么就不怕那人忽然捅他一刀呢……

我以魂魄之体，轻触他的背脊。

小丑八怪啊，你真是天真得让人……

下不去手。

第十五章

灵停山

或许是这漫天瓢泼大雨与破碎山河太过苍凉，
握着他的手，我竟觉心头被这凉意刺得有些疼。

等六合剑剑鞘成形的这几天，我也懒得到处跑了。

我上午在濯尘殿教芷嫣打坐，顺便嫌弃她以前娇生惯养，修行不认真，书本知识都没记完全。芷嫣咬牙认了。我下午遣芷嫣去山下给我烧纸，回来问了人数，再顺便嫌弃她没有魅力，拉不动人。芷嫣也咬牙忍受。

到晚上没什么事，我也不想附在她的身体里到处跑，将身体让给她，随便她活动。芷嫣奇怪，离了魂，开口问我："路招摇，你今天怎么都没精打采的，光拿嘴埋汰人了？你是不是心情不好，所以才欺负我找平衡的？"

我躺在床上，跷着腿，瞥了她一眼："为师很欣慰。"

"你欣慰什么？"

"你终于有一次看出来我在欺负你了。"

"……"

“你也就只能欺负我。”许是和我相处的时间多了，芷嫣开始敢和我顶嘴了，她往床榻上一坐，也瞥了我一眼，“你有本事欺负厉尘澜去，别给人家说小女子甘拜下风什么的，你一个大魔王不嫌丢人，我当你徒弟还嫌丢人呢。”

我闭上眼，也不与她生气，闲闲地晃了晃跷起来的那条腿。“不着急，等六合剑拿回来，就找个机会杀了他。”

芷嫣闻言，愣了许久，然后猛地转身，问我：“你要杀他？”声音诧异得都有些变调了。

我睁了一只眼，瞅着她：“哦，我没和你说过吗？”

芷嫣连忙面对我，坐正身子：“你不是说你要勾引他吗？然后让他心甘情愿地帮我去报仇。”

“你记错了，我说的是，咱俩谈个交易。”我闭上眼，继续晃着腿，“你借我身体，我去干一件事，然后我帮你报仇。”

“是，可你没说要……”

“杀厉尘澜和帮你报仇不冲突呀。”我伸出一只手，给她一阵比画，“咱们现在勾引他勾引得差不多了，我先让他帮你报仇，然后再杀他。或者我先杀了他，然后再帮你报仇，都是一两天的事。这两天诓他给你一些九转丹，再骗他给你传个功，将你的身体练个七七八八。等拿到六合剑，由我上你身，做这些事，都妥妥的。”

芷嫣半天没说话。

我睁开眼睛，看见了深锁眉头的她。

我坐起身来。“怎么，你这个名门正派的，还舍不得杀这万戮门的魔头了？”我伸出食指，在她面前勾了勾，“杀了他，从此以后，你的名誉声望绝对大大提升，万戮门门主的位置让你躺着坐，不开心？”

芷嫣一抬眼眸，直勾勾地盯着我：“你……舍得杀他吗？”

我一愣，默了片刻，随即勾着嘴角，发出一声略带轻蔑的笑：“为什么要舍不得，我路招摇一辈子做什么都舍得，花钱，杀人，放火，我想做的都舍得做。再说了，他当年舍得杀我，而今我为何要舍不得杀他？我给他一剑穿心，开膛破腹，然后让他变成跟我一样什么都没有的晃荡鬼。”

一想到这里，我有些得意：“他死了，必定也没人给他烧纸，还不如我呢。”

芷嫣从来是个不善于与人争执的姑娘，我理直气壮地一说，她就咬着嘴半天没憋出个字来。等我转了头，不想再搭理她的时候，她才憋出一句：“你们当年的事我不知道……厉尘澜是什么人，我没与他仔细接触过，也不清楚。可是你……你别这样说自己。”

她盯着我，说话有些紧张：“我是没有见过活着的你有多放肆，可这些日子相处以来，我知道你不是那种……那种胡乱杀人放火的魔头，你有点小坏，可我要你帮忙，你虽然嘴硬，也都心软答应帮我了。我胆小没用又拖后腿，你嘴上嫌弃，也都没抛下我……”

我看着她，听她对我说：“你不是你说的那种坏人。”

不知为何，我竟觉得我嘴角带着戏谑调戏和漫不经心的微笑，有点维持不住了。

我想起好多年前，多到我已经数不清那是哪一年，有一个人，也是他们名门正派的人对我说过，他说我生而为魔，定为天地邪恶之最，其心必邪，其行必恶，得之必诛。

我仿佛尚能听见，那时我在千万寒剑当中嘶喊，哭叫，声嘶力竭地为自己辩解着：“我不坏！我发过誓，我会做好人的！”

当年没人听，现在，在我坏事做尽的时候，却有个小丫头片子和我说——

你不是你说的那种坏人。

你们名门正派，怎么这么让人看不懂呢？

我起了身从屋子里飘了出去：“你也就说对了一句。”飘到门口，我转身望她，“你就是胆小没用又拖后腿。”

芷嫣一愣，气呼呼地一咬牙：“你跑什么！就是我说中了，你才想跑！”

我摆了摆手：“看月亮你也要管。”

我飘得快，芷嫣追不上我，便也就作罢。我在万恶殿外面飘了一圈，绕上屋顶，在屋顶上转了好几圈，终是坐在墨青寝殿的房顶上，看了一宿的月亮。

去丰州城取剑的前一天，下午的时候我让芷嫣照常下山去烧纸，只是在傍晚的时候在顺安镇南边等我。她出了门，我便也开始奋力地往山下跑了。

等到傍晚，我与她在顺安镇会合了，然后再与她一同走去亡魂鬼市。

一路上芷嫣有点忐忑：“你带我去的那个鬼市，里面真的有鬼吗？”

我白了她一眼：“你说呢？”

然后她一路都在绞手指。直到走到亡魂鬼市，我让她脱身出来，她老实照我的话做了，出来之后，抱着胳膊哆嗦：“这个地方好阴森啊。”

我问她：“看见鬼市了吗？”

她身体僵了僵：“这里有吗？”

我摸着下巴沉思，果然，我穿入芷嫣身体的时候看不见鬼。芷嫣离魂的时候，也看不见。她与其他鬼当真不一样，可能是因为还活着吧。就因为在我坟前撞了那一下，所以只能见着我，身体也只能由我穿入。

“看不见就在这儿待着，我去给你买点东西。”

芷嫣心急，一把拽住了我。我看了看我胳膊上她的手，没有言语。

芷嫣问我："这……这里有鬼吗？"

"我们俩不就是吗？"

"……别的呢？"

我看了一眼面前正盯着她打量的老太太，看来，别的鬼是能看见她的，就跟他们能看见活人一个道理。眼见面前这老太太离芷嫣越来越近，我斥了那老太太一句："别瞅了，她瞎，看不见你。"

老太太应我："瞎没事，八字合最重要，我儿也死了，可以结个冥亲吗？"

这给儿子讨冥亲的老太太怎么还没去投胎？

"人家有姻亲的。"

"哦……那不行了，我儿子得娶个好姑娘，要处子。"老太太转头看我，"那你呢？"

我不打算理她了，芷嫣却在旁边捂着眼睛叫："你看见什么了？你在和谁说话啊！谁瞅着我啊？你别走啊……"

嗯，果然一如我所料的那样，胆子比鸡小。

"我马上回来，你怕就自个儿钻身体里去。他们碰不到你。"

"他们？"芷嫣一副要崩溃的模样，"这里还有很多吗？有多少？你快点回！"

给芷嫣买了神行丸，回来送到她手里。这个她倒是能看到，闷头吃了，等了一会儿，往旁边一飘，她惊奇地睁大了眼："变得和你一样快了呢。"

我点头："知道了吧，以后好好给我烧纸，少不了你的好处。"

芷嫣默了一瞬，倏尔提了个问题出来："如果……你杀了厉尘澜，也帮我报仇了，然后你打算做什么？"

然后？

然后回坟头继续飘啊，等着自己将回忆全部忘掉的那天来临。或者还可以和小丑八怪一起飘，我欺负着他，拿纸钱在他面前嘚瑟。

“以后的事都与你没甚关系，过好你的生活就行。”我一头撞进芷嫣的身体里面，蹦跶了两下，问她，“能找到回去的路吧？”

芷嫣点头：“大概……记……”她严肃地盯着我，“你不是要抛下我吧？”

“你不是说，我从没抛下过你吗？”我冲芷嫣一笑，“咱们试试。”

言罢，我一个瞬行术回了无恶殿，耳边尚存留着芷嫣怒极的大声叱骂：“路招摇，你浑蛋！”

我落在濯尘殿里，好生笑了一阵，本是打算吓吓鸡大点胆子的她，然后回去接她。可我刚落在濯尘殿里，便见殿中正亮着一盏烛光，墨青坐在桌子边默不作声地喝茶。

他听见我方才瞬行回来时的那一阵大笑也没什么反应，只是淡淡地问我：“去哪儿了？”

不知为何，霎时间我便有种上学堂逃课被夫子抓住了的紧张感。

“去山下烧纸，欺负了几个小朋友。”一句话时间，我调整好了自己的情绪，笑着坐到墨青身边，“师父，这么晚找我什么事呀？”

“明日忙，今晚带你去取剑。”

我一愣，哦，这下好了，芷嫣真的只能自己飘回来了。好在吃了神行丸，也花不了多少工夫，而且就算没飘回来，明早也可以自己回魂，不用担心她。

与墨青瞬行至丰州城，那里一如既往地繁华与混乱。

墨青沉默地走着，我在他身后跟着，闲得无聊，便随便扯了一句话来问：“师父，当年江湖上都说西山主是被南月教给害了，到底是怎么害的啊？”

“让司马容对南月教一女子动情，又命令那女子杀了他。”

美人计，与我所料差不多。

“可西山主没有被杀呀。”

“嗯，那女子月珠亦对他动了情，不忍心下手，南月教召回月珠，欲以叛教之罪惩处。”咦，小丑八怪竟然这般果决干脆地跟我交代了事情因果。早知道你这么好套话，我就不去鬼市瞎折腾了嘛！墨青继续道，“司马容舍身去救，中了埋伏，断了双腿，全赖月珠拼死相护，带他逃出南月教，最后竟伤重而亡。”

竟有这般的反转……

难怪那个小圆脸之前以为我要害司马容，会那般生气，以至于快变成厉鬼了呢。原来即便死了，也是一心想护着司马容的啊。

“万戮门呢……”我瞥了墨青一眼，见他情绪无甚波动，想来这个问题并没有触到他的底线，“西山主去救人，万戮门没有帮忙吗？”

墨青脚步微微一顿，转头看了我一眼：“那时正值门主前去剑冢取剑之际。”

我顿时静默。

我去剑冢取剑，举门派之力，欲求万钧剑。司马容有消息，向来主动上报，我从来没去管过他。那段时间，我也根本无暇去管司马容在干什么，甚至没有去过问他。

所以，在他去救人的时候，我消息有误，在他断腿的时候，我一无所知，当小圆脸带着他逃出南月教的时候，恐怕我已然身死。

司马容说他对不起我，若仔细论起来，我这个门主才应该有愧吧。

是我疏忽大意，是我自视甚高，累他断腿，葬送己命，皆怪我处理得不妥当。

“先去拿剑吧。”我道，“西山主上次托付了我一件事，这次我来给他个交代。”

还没走到小巷口，远远地便见一群人在巷子外围观。墨青眉头一皱，两步上前，穿过人群，走到巷子口，耳边那些魔修抱着手说着：“……好像有暗罗卫都被打倒了。”

“万戮门在这儿放的是什么人啊？”

“动静可大了，别的也都没做，抢了人就走了……”

我闻言，眉头一皱，抬头望了墨青一眼，只见他面色阴沉，眸色暗自凝聚。这副模样，与方才同我说话时，俨然两个人。

踏进西山主屋内，只见遍地狼藉，书籍、木头散落得到处都是，地上还趴着三四个劲装打扮的暗罗卫，是墨青留在这里保护司马容的。

入了堂屋，轮椅歪倒在地上，而本该坐在上面温和微笑的男子，已不知被劫去了何处。

谁敢抢我的人？

打晕了暗罗卫，劫了我的西山主，我路招摇活着，还没人敢给我万戮门这样的难堪呢！

我踏了两步上前，扶起了歪倒的轮椅：“师父，我去后院看看。”我撂了一句话，没再管墨青，径直往后院而去。我到了后院，左右扫了一眼，在一个角落里从芷嫣的身体里脱身出来。我飘出来的这一瞬，但见院子里全是黑压压的怨气。

我左右一探，但见院子东边小圆脸一身戾气，趴在墙头之上，挣扎着想要往外面飞，可是厉鬼注定被束缚在一亩三分地，无论她如何去撞，如何挣扎，都只能趴在墙上。

“月珠。”我唤了她一声，她转过头来，我见她淌了满满一脸的血泪，面容可怖，宛如方从炼狱之中爬出一般。

她盯住了我，咬牙切齿，恨意深切，嘴里发出“咯咯”的磨牙之声：“杀……我要杀了他们……”

“告诉我他们去了哪儿，我帮你。”月珠死死盯着我，我道，“我是路招摇，那是我的西山主，没有谁能动我的人，哪怕我死了。”

我活着的时候可是出了名地护短，咱们欺负别人行，欺负得对有奖，欺负得不对，那也不能由别人欺负回来。

月珠还在审视我，而这时，只见一道金光自主堂之中灌入大地，如水波一般，瞬息间横扫方圆数百里地。

月珠也终于答了我的话：“东边灵停山方向……”

没耽搁时间，我立即上了芷嫣的身，入了堂屋，刚想与墨青说，便听他道：“往灵停山去了，你在这儿等我。”

方才那……难道是墨青的追踪术？直接用法力去探遍方圆百里，真是行事张狂……

我活动了一下手臂：“一起去。”

“不行。”他拒绝我拒绝得这般强硬又果决。

我知道，又是什么“我爱你，所以不想让你涉险”的原因吧。我嘴角一抿，也干脆果决地答了一声：“好。”

等墨青微微放松了一些，打算再与我交代两句话的时候，我就掐了个瞬行术。只见墨青眼眸微微一睁，欲要打断我施术，可我已经落到灵停山一座光秃秃的山头上了。

哼，小丑八怪，想命令我，只怕你还差了点火候。

而今我来也来了，回头他要找我算账，再哄就是了，反正他喜欢我，也不能拿我怎么样。

灵停山正下着暮春的雨，我迈出一步，下一瞬，面前一个人影将我一挡，接着一把剑便没好气地丢到了我手上。

是套了剑鞘的六合天一剑。

玉龙血木雕的剑鞘暗灰色里隐隐透着鲜红，经司马容雕刻后，那鲜红色竟成了盘在暗灰色上的一条游龙，时潜时浮，时隐时现，极是精致。

我惊叹于这雕工，就冲着这手艺，我也要把他抢回来。

我一抬头，在如珠帘的雨幕中看到了墨青。不一会儿，雨珠便湿了他与我的发。

他深吸一口气，压下了恼怒与无奈似的，盯着我，也没怎么指责，只肃容交代："拿好剑，别乱走，跟着我。"

他转身带路，我握着剑，问了一句："师父，你不怪我？"公然违背他的命令，这可是当面打人脸的事，可他都没对我发脾气。

墨青回头瞥了我一眼，随即转了头过去，伴随着风雨声，从前面隐隐传来了三个字："舍不得。"

我脚步一顿，就像此时的心跳似的。

"哦。"

我抱着六合剑，看了一眼墨青的后背。我知道，他背上还有着血肉模糊的伤，此时漫天大雨，过不了多久，他的衣裳也就湿了，要杀他的机会便在面前。

我亦步亦趋地跟着他，看着他毫不设防的后背，

我握住剑柄，最后却是掐了一个诀，用金光包裹了墨青周身，为他挡开了雨点。

先前有一次在下瓢泼大雨的时候，墨青在坟前为我撑出一片遮雨幕，这次，便算我还他的吧。今天还要救司马容，便放过他了。

我走到墨青身边，望着一片漆黑的前方问："师父，能探出他们在哪儿吗？"

墨青垂眸看了眼一身的金光，眸光细碎，不知是在回忆些什么，听

罢我的问话，也不说其他，只道：“主峰洞穴之中。”

我将六合剑佩在腰间：“布了禁术吗？能否瞬行过去？”

“不用瞬行。”

我与他站在光秃秃的山头之上，狂风一扬，卷起他的发丝与黑袍，腰间万钧剑微微露出剑柄，他拔剑出鞘，山间长风大振。

万钧剑寒刃凝芒，形状模样却与普通长剑并无二致，可它被墨青握在手里，当真有第一剑的风华，暗含了撼天动地的力量。

墨青眸光一凝，长剑一转，剑刃没入被风雨吹打过的山石之上。只觉天地间静默一瞬，仿佛暴风雨前的万籁俱寂，紧接着山石之上微微裂出一道缝隙，我便眼见着这条缝隙从脚下蜿蜒而出，越来越急地行向远方。

劈山裂石，犹如一场剧烈的地动，撕开了苍茫大山。天上电闪雷鸣，炽白的闪电嘶吼着落下，不远处的灵停山主峰宛似被这一记闪电劈成了两半！

“轰”的一声，大山摧裂，山石崩塌，风怒雨急，轰雷掣电，天地仓皇。

我愕然于这宛如盘古开天辟地般的摧毁力，也愕然于墨青而今的实力。

我怔怔地望着他，只见他眸光沉敛，俨然九天之上落于人间的煞神，我完全无法将他与记忆中那个满脸墨痕、带着自卑的小丑八怪联系在一起。

我自诩我路招摇此生做事荒唐大胆，要换我处理今天这种情况，我肯定逮着贼人就将他们给集体劈了。可我没想到这有万钧剑在手的魔王遗子……行事当真是……

比我当年还嚣张！

直接把山给劈了！

少年，你这种行事作风很危险啊！

“司马容呢！”我问他，“你把山劈了，他怎么办！你真的是来救他的吗？”

真的不是想借机除掉他吗？然后把黑锅甩给别人？

墨青神色平静地收了万钧剑：“救出来了。”他话音一落，只见远方一个散着金光的结界裹着一个球，由远及近，带着司马容穿过风雨，飘了过来。

如此威力巨大的招式中，竟然还抛了结界出去，准确无误地撂在了想保护的人身上，小丑八怪你真是……

难怪让我留在那院子里，因为根本就用不着我啊！

“绑人的那些贼呢？不抓个活口回去问问？”

“都埋了。”墨青淡淡道，“暗罗卫在来的路上，若有活口，让他们去处理。”

“也妥。”

我迎上前两步，去打量结界之中司马容的状况，我刚站上前去，雨幕背后，墨青压抑着咳嗽了两声。

我转头看他，见墨青的右手刚从唇角放下，握成拳，藏进了袖子里。

他面上没有丝毫变化，只是面色隐隐有些苍白。他一身黑袍在之前便被雨水打湿了一些，黑压压的，什么都看不见。

“看看司马容的伤。”他说着，迫使我将目光从他身上挪开。

“哦。”我从金光结界里将司马容抱了出来。司马容晕了过去，身上倒是没什么外伤，只是脸色白得可怕，跟墨青一样。

“得带他回去让顾晗光看看。”

“嗯，走吧。”

“师父，”我拦住了他，“我带你们瞬行吧。”我向他伸出了手。

墨青静静地看了我一会儿，这才走上前来，将他的左手交到了我的掌心："好。"他握住我的手，掌心温度微凉，眸中光华却有几分难得的暖意。

或许是这漫天瓢泼大雨与破碎山河太过苍凉，握着他的手，我竟觉心头被这凉意刺得有些疼。

第十六章

起死回生术

我发过誓，只要我路招摇活着一天，就不允许他活过来。
虽则现在我死了，可在我还能看见这个世界的每一天，
我都不允许他活过来。

回了尘稷山，我直接将墨青与司马容带到了顾晗光那里。

刚落到院子里，顾晗光便裹着雪貂披风出来了，小小的模样，睡眼蒙眬，头发散乱，看起来还有点可爱。可他目光在司马容与墨青脸上转了一圈，眼中蒙眬退去，生出了几分犀利，微皱了眉头道："这是作甚？"

墨青道："给他治伤。"

顾晗光反问了一句："给他治？"

"给他治。"墨青语气坚定。顾晗光抿了抿唇角，回房里拿金针去了。

我瞅了一眼墨青的后背，他脊梁还是挺得那么笔直，若不是唇色微有些苍白，根本看不出他与平时有异。

我与墨青道："师父，先前在丰州城司马容的小院里我好像落了一些东西，我去看看，待会儿回来。"不给墨青仔细询问的机会，我瞬行离开。

我想，我现在若是站在那里，墨青是不会让顾晗光给他治伤的吧，

他想对我隐瞒他的伤势……不想让我知道他因为取剑而受伤，怕我拿着剑不安心吧。

我落到司马容的小院里，但见巷子外面的围观者都被清散了去，屋内有暗罗卫点着灯在收拾整理。见到我他们皆是垂头行了个礼，并不多话，做着自己手上的事情。我走到后院，把芷嫣的身体藏在存放木头的房间里，离魂出来，只见院中戾气仍在，且越发浓厚。

而那小圆脸已经不在墙头上撞了，我在院里找了一圈，最后去了大堂。但见小圆脸坐在司马容的轮椅上，抱着腿，将脸埋在膝盖里，一身怨气如黑云一般溢了出来：“还给我……把他还给我。”她一直如此念叨着。

“司马容被救回来了。”

我一说这话，她便转头看我了，而她的模样愣是把我也吓了一跳。黑发披散，犹如那些怨气凝成了实体一样，一脸猩红的泪，双目里漆黑一片，不见半点眼白，脸色惨白，嘴唇乌青，抱着膝盖的手上，黑色的指甲长了老长，形容可怖。

我压下情绪，尽量平静无波地叙述：“他被救回来了，只是身体有点不适，在尘稷山休息，等天亮了，他就回来。”

听闻这话，小圆脸双目中的漆黑渐渐退去，慢慢恢复得如常人一样：“天亮就回吗？”

“嗯，天亮就回，再等一个时辰就好了。”

“再等一个时辰……”她望了望外面的天色，又继续把脸埋在膝盖里，“我等，阿容，我等你。”

将这边安抚了下来，为免暗罗卫起疑，我便赶紧穿入芷嫣的身体，出了院子。想着顾晗光或许是还要给墨青换药包扎一会儿，我便没有急着回去。

我去了大堂，帮着捡了几张铺散在地上的纸，却见纸上画着歪歪扭扭的符文，竟是我完全没有见过的符文，非仙非魔，却又隐约透出了几分邪气。是他们年轻人的新玩法？

我寻了个暗罗卫来问："来绑人的是什么来历，查出来了吗？"

"回姑娘，约莫是仙门中人，可功法奇怪，看不清出自哪个仙门，具体是谁指使的，现下还不清楚。"

我点头，将手上的纸递给他看："你认识这符吗？"

暗罗卫摇了摇头。

我遣退了他，又在屋里寻了一会儿，找到了好些画着这种符咒的纸张。我估摸着要问现在的小圆脸，她那精神状况也问不出个所以然，还是得回尘稷山，直接问司马容才是。

我仰头看了看天色，天快亮了。我没时间在外面耽搁，便先瞬行去了顾晗光的院子，可站在外面没急着进去。走到门口，听见里面司马容在说话，想是伤都治得差不多了，才有时间闲聊。

我推门进去。司马容正说着："……应当是仙门中人。"

顾晗光看了我一眼，显然，他觉得这种场合不适合我一个前仙门弟子出现。但见墨青与司马容都没说什么，他便也沉默不言。

我看了墨青一眼，烛光之下，他的脸色比方才好了一些，我这才转头继续听司马容道："听他们零星的谈话，也许是误会了我有起死回生术。"

顾晗光发出一声来自医神的轻蔑嗤笑："起死回生术？"

司马容也笑得无奈："近些年住在丰州城里，做了些许木头人，活灵活现，便有人传我能将死人魂魄藏进木头中，从而实现起死回生。虽则……一开始，我也的确有这种打算。"

屋里一阵沉默。

“是这些东西吗？”我将手中纸张递给司马容，“你打算让人起死回生的方法。”

司马容扫了一眼，苦笑：“是啊。那些人来找我，估计也是为了这些传闻中的禁术吧。那时还留下了月珠的尸身，可后来我发现，这世上根本没有起死回生这种法术。若有也是我等无法触及的吧。”

我没说话。

“一开始我也不甘心，无论如何也想找到弥补和挽回的办法，可后来，便也认了。我想将她找回来，可她……或许也不想留在我身边了，也或许，现在已开始新的生活了，如此想着，我便将她的尸身安葬了。时间久了，也算是放下了。”司马容看了我一眼，“此后，饶是发生一些事，让我心底再起波澜，我也不想再惊扰她了。”

我默了半晌，正色告诉他：“你可以给她烧纸。”

司马容失笑：“好。”他转了目光，“晗光，劳烦将我送回丰州城吧。”

顾晗光挑眉：“这么快便回去？”

“不敢在尘稷山多待了。”

顾晗光默了片刻，便依言送他离开。

此时我才将目光转到墨青脸上，问他：“师父，西山主为什么不敢在尘稷山多待？”

“他认为门主之死是他的过错，助我稳定万戮门局势之后，他便离开了尘稷山，从此再不回山。”

“哦。”我转了下眼珠，套话，“西山主对你好好啊。”

墨青瞥了我一眼：“他是我同门师弟。”

我一默：“啥？”

什么，居然还有这事？我怎么不知道？

啊，不过想想也有可能呢……当初我捡了墨青后一直带在身边，然后建立了万戮门，再然后把墨青随便指给了一个师父，后来又捡了司马容，接着又随便指了一个师父……

原来，我随便给他们指的师父，竟然是同一个人！

难怪感情这么好。也算是我赐的缘分。

可也奇怪，后来司马容明明都已经爬上西山主的位置了，与墨青感情那么好的话，为什么也不拉他一把呢？虽说当年墨青体内有针对魔王遗子的封印，以至于他面有墨痕，难以修行，比较起来，确实只能算个勤奋的一般的魔修，可若是西山主有心提拔，随便指个闲散活给他，也是完全没问题嘛。

妥妥地比守山门轻松啊！要知道，当年的山门，可不是现在这春风一吹遍野盎然的农田……

极寒与炽热交替的阵法，致使山门前寸草不生，环境极其恶劣。

依司马容的性子，万戮门门主都辅佐墨青做了，当年为什么不帮他呢……

还是说，是墨青自己不愿意走？

我没来得及问，墨青扫了眼外面的天色便道："回吧。今晚累了，好生休息。"

他拽着我瞬行回了无恶殿，转身要走的时候，我也拉了他一把。"师父。"我盯着他，一字一顿地说道，"你也要好好休息。"

墨青一怔，目光柔了下来："知道了。"

回了濯尘殿，等着我的是站在殿中间怒火冲天的芷嫣，她指着我的鼻子就斥道："路招摇！你太过分了！你怎么可以把我一个人丢下！我万一要是……"

我将她的身体甩在床上，然后往旁边一滚，滚出了她的身体，趴在一侧，没有力气地摆了摆手："别吵，我睡会儿，你自己老实地给我去打坐。”提到这个，我倏尔想到之前墨青说以后再找他要九转回元丹，这么些天忙着别的事，倒还忘了这个了，我转头看芷嫣。“你去找厉尘澜……”

我顿了顿：“算了，明天再去找吧。”

说了要让他好好休息的。

不过……我为什么要让他好好休息啊！明明他越是累，越是伤重，越是无法恢复，对我才越有利啊！

我坐起身来，又肃容盯着芷嫣道：“不，你还是……”我咬了咬牙，最后还是只说出了“算了”这两个字。我再次趴在床上，头一次觉得魂魄之体居然也会有这么挣扎、疲惫的时候。

芷嫣在旁边嘀咕：“路招摇，你怎么一会儿一个主意？你昨晚去哪儿了？你怎么就当真不来接我？我等你好久！”

我不搭理她，她的聒噪也变成了我世界里的背景音，我满脑子想的都是先前灵停山的风雨里，墨青握住我手的那一幕……

我再次猛地从床上坐起来。

芷嫣被吓了一跳：“你……你要作甚……”

“我去鬼市！”

芷嫣愣神：“天都要亮了……”

“我自己飘过去，你好好打坐，下午去给我烧纸，不准偷懒！”

芷嫣眨巴了一下眼睛，跟在我身后追：“我就埋怨你几句，不是真的怪你，你不用为了我这么惩罚自己……”

我斜了她一眼：“欺负了你我笑都来不及，为什么要惩罚自己？”我说得理直气壮，让芷嫣没了声，“我就是给自己找点事做。你待着吧。”

留下默不吭声的芷嫣，我出了濯尘殿，忍不住往墨青寝殿里一飘，但见他当真坐在床上闭目打坐调息。我勾了下唇角，转身飘去了鬼市。

我得去打听一些消息，司马容说的那起死回生术，到底有没有这种可能，还有在灵停山，死了的那些绑司马容的仙门弟子到底都是些什么来路。

我飘到鬼市的时候天已经亮了。

与晚上的阴气森森不同，白天亡魂鬼市里笼罩着一层薄薄的迷雾，大家都蔫蔫的，这才刚出太阳，神行丸店门口，素来趾高气扬的店小二就已经直接趴在了地上，魅惑撩人地撅着屁股。放眼望去，整个鬼市如同被人吹了迷药似的。

相比起他们这副鬼样，我觉得我平日在大白天时，简直是比狗还精神，还能连蹦带跳地飘上那么远，虽然正午还是得躲躲日头……

我往小树林飘去，林中酒家有枯木瘴气遮挡，里面的小二要比外面的好上一些，可来招待我的子游也是一副困极了的模样："客官，你怎么现在来了……"他说着，像恨不得马上趴地上似的。

"我来找你打探消息……你可以躺着说。"

"啊……好。"他躺下了，半个身体陷在地里，"客官你好生厉害，你上次来打听的那个月珠，昨儿个确实变成厉鬼了。"

"嗯，她的事我知道，想来过不了多久就能恢复正常了。我今日来是想打探打探别的消息。"我道，"昨日夜里灵停山可有新鬼下来？能查到他们的身份吗？"

"这人世间一天，各处下来的新鬼可多了去了，要查他们的身份是可以，可得知道他们的姓名和生辰八字，得花钱去大阴地府钱铺查。"

"大阴地府钱铺？"我默然，"那地方不只给鬼结算纸钱，还能查人消息吗？"

"对，因为那里要查各只鬼生前的功德，确定每只鬼在鬼市里收到的钱与买东西的价格，所以是有这些消息的。”

我捏着下巴琢磨，看来这消息是查不了了，那些灵停山的绑匪，别说姓名八字了，我就是连面也没见着。还得靠墨青自己去查。

不过说到此处，我陡然想起了一件事：“那这般说来，大阴地府钱铺里，岂不是能看到自己生前的许多事？你上次说鬼会渐渐忘记自己生前的事，那等忘了的时候，去那里看一眼不就得了吗？”

“是可以，那里的规矩也和鬼市其他铺面一样，生前功德越多的人，就能将自己的事情记得越久，因为忘了就可以去看，价格还便宜。可生前作恶的人，拿到的纸钱少不说，查消息的价格还高得可怕，很多人拿到的纸钱，都不够去看一次的，所以只能任由自己忘了。”

这……他爹的也对坏人有歧视！

你们大阴地府钱铺真是时时刻刻都在逼我掀桌子！

我忍了情绪，问子游：“像我这种，人给我一千纸钱，我只能拿到一百的，去那儿查消息，大概得多少钱一次？”

子游有些惊叹地看着我：“扣了九成啊，客官……你活着的时候都干吗了？”

我斜了他一眼，他老老实实地闭了嘴，斟酌了一会儿道：“你这少了九成的钱，那一般来说，买东西价格就比普通人要贵九倍……一般人查消息，一万钱一次，你估计得九万，四舍五入一下，便是十万钱。”

我怒不可遏：“你们居然还要四舍五入！九万直接给入成了十万！你们一万钱的时候怎么不舍成免费啊！你们坑不坑鬼！”

子游一脸委屈地盯着我：“这规矩……不是我定的。”

我几乎要将牙咬碎。

气愤地在子游身边盘腿坐下，我抱着手开始重新琢磨烧纸钱这回事。

看来我在鬼市的开支还得增加，光靠芷嫣一个人给我拉人烧纸是妥妥不够的。我得想个办法，让很多人自觉地给我烧纸，最便捷的办法就是让墨青直接给弄个门主令，命令万戮门的子弟，每天每人都给我路招摇烧纸，这样钱来得稳定又快捷，量还大，唯一的问题就是……

我要撒个什么谎，让墨青去下这个令……

“客官，你别愁了，我这儿还有个消息，说给你听。”

我看了一眼埋在地里的子游脑袋：“什么？”

“你不是喜欢打听厉鬼的消息吗，最近啊，我知道除了那丰州城里的月珠，另一个地方还出厉鬼了。你猜那地方是哪儿，我保证你猜不出来。”

我一挑眉：“说得这么神秘，难不成是十大仙门哪家出厉鬼了？”

“客官聪明！正是那鉴心门！”

我一愣，暂且将别的事放了放：“你且与我细说一下。”

“这是锦州城里传过来的消息。”

锦州是他们鉴心门的地方，处在名门正派掌控地盘的腹地之中，鉴心门多出好剑，锦州城铸剑世家也极多，可谓他们仙道里的兵器库。

当年我掌控万戮门，盛极之时，挥剑东指，破了江城，深入仙门腹地，曾欲一举撕裂十大仙门，将他们南北分隔，再逐个击破，便是在锦州城这儿碰了钉子。鉴心门以数以百万计的仙剑在锦州城外布下万剑阵，将锦州城护成了个刺猬。

我久攻不下，后来琴千弦趁机率千尘阁从江城周遭突袭我大后方，欲将我截断在仙门腹地之中一举剿灭。司马容劝我收兵，我斟酌之后便退了回去。

那次征战便也如此不了了之。

细细一想，我也是在那个时候，第一次知道了琴千弦这个人，然后在退兵回去的时候，顺道抓了琴千弦，带回万戮门去观看……当时好像本是打算看完之后杀了，可又觉得长得这么漂亮，杀了可惜，于是便放他走了。

后来听说，也是因为这件事，鉴心门与千尘阁结下了深厚的情谊……

“客官……”子游一声喊，将我从遥远的记忆里唤回了神，“你还听吗？”

“说，我听着呢。”

“就是这厉鬼啊，好像本来不是鉴心门里的人，是在鉴心门被杀掉的。据说好像那个鉴心门门主信了什么起死回生术，找到了个什么法子，说是可以让人起死回生的，但要以命换命，于是鉴心门门主就把那人杀掉了，手法残忍，导致那人不甘心，成了厉鬼。”

我眯起了眼睛：“起死回生术啊……”

“对呀，就说这些活人净信这些邪术禁术，等做鬼就知道了，一粒还阳丹还一个时辰就那么贵，最后还得死回来，哪有什么一劳永逸的起死回生术啊！哪怕以命换命也不行啊。现在把人整成厉鬼了，整个鉴心门上下不得安宁。”

“哦？”我有点惊奇，“都能干扰活人生活啦，这是有多大的怨气？”

“听说死得奇惨无比。算是这百年来，最厉害的一只厉鬼了。上面下令啦，让他们锦州城的鬼，连那儿方圆十里都不要靠近。省得被迁怒，撕个魂飞魄散，就糟糕了。城外的亡魂鬼市为了避他，都临时搬迁了。”

我抱着手想了一会儿：“那厉鬼生前，可是姓琴？”

“咦，客官你怎么知道？听说那厉鬼生前与鉴心门门主还是世交好友，两家儿女都还有姻亲呢。也不知那鉴心门门主发了什么疯，竟这般作孽。”

我静默不言，子游的声音在我耳边消失，我仔细琢磨这段时间以来发生的事，鉴心门门主杀了芷嫣的父亲，看不出功法的仙门人要绑司马容……

这些事好像都是围绕着起死回生术来的。

他们仙门的人，到底打算干什么？他们打算复活……

谁？

我想起了一个白衣翩翩的模糊人影，其实那人的模样我现在已经记不大清楚了，但我记得一件事，我发过誓，只要我路招摇活着一天，就不允许他活过来。

虽则现在我死了，可在我还能看见这个世界的每一天，我都不允许他活过来。

"客官，"子游再次唤醒我，他而今只有半个脑袋露在地面上了，他目光有些怯怯地盯着我，"你方才神色……好生吓人……你在想什么呀？"

我站起身来，拍了拍衣裳："想起了一些让人不开心的往事和故人。我先回去了。"

子游稍稍从地里爬了一点出来："你这便要走了？日头会越来越烈的，你在店里歇歇吧。"

"不歇了。"我想，如果他们仙门想要复活的人就是我所想的那人的话，可能我这段时间都歇不了了。我飘出树林，"我去晒晒太阳，静一静。"

在阳光下，我艰难地从鬼市飘回了无恶殿。晒了一整天太阳，我有点虚弱，身体的疲惫让我大脑一片空白，什么都没有想。

我躺在濯尘殿里，望着天花板，等着芷嫣回来。

直到太阳落山前，芷嫣才回来。看见我躺在地上的模样，她倒抽了一口冷气，左右一望，往床上一躺，然后离魂出来，问我："大魔王你这是怎么了？被哪个鬼欺负了吗？怎么这魂看起来这么淡。"

我瞥了她一眼："你才魂淡。"

我坐起身来："刚回来的时候晒了下太阳。"我问她，"你去找厉尘澜要九转回元丹了吗？"

“要了，他说忙……让我晚上去……”

啧，我嫌弃地一撇嘴，往外瞅了一眼，但见夕阳西下，便穿入芷嫣的身体，去了墨青寝殿里，他却不在。我正打算出去，便见一个暗罗卫落在了我身前，恭敬地行了礼，对待我的态度一如我还是门主时那般礼貌：“姑娘，主上正在无恶殿忙碌，请姑娘稍等片刻。”

“哦。”我应了一声，“那我去偷看一下。”我如此说着，暗罗卫却也没拦我，反而是一口答应：“属下给姑娘带路。”

这丝毫不犹豫地满足我的要求，听起来……简直就像墨青吩咐过他们一样。

暗罗卫领我去了侧殿，像上次我偷听墨青与北山主谈话一样，我悄悄地躲在门背后，但见墨青站在堂上，下面跪着一些人，蔫头耷脑，似犯了错，被拎回来审了。

他一袭黑袍，静静立在殿上。我遥遥望着墨青的身影，恍惚间，却想起了多年之前，很多次我从山外归来，停了风雪烈火的阵法，从山门前走上来，那时隔着长长的荒芜通道，一眼便能看见一袭黑衣的墨青立在山门牌坊下，静静守候我回山。

每次皆是如此，其实那时根本没什么触动的，看见他便如看见山门前的牌坊那样习以为常。

每次我走得近了，他便退在路边，俯首行礼。一般从山门前回山时，我身后都会跟着长长的队伍，摆着阔气的排场，我会仰着下巴，目不斜视地从他面前走过。

他以往总穿着宽大的黑色斗篷，从头罩到脚，让人看不清他的脸。

明明是那么微不足道的一幕，甚至我生前根本就没有用心地去记过这场面，现在想起来，这画面却如此清晰。他一直守在那里，不管我什么时候回山，他都会是等在那里的，第一个见到我的人。

我恍神间，墨青已将儿人处理罢了。无恶殿里的人都退了下去，他径直走来，在侧殿外面看了我一眼："来要九转丹？"

"是来要九转丹的，不过师父，我想先去丰州城见一下西山主，上次他托付了我一件事，我得去给他回个信。"

"嗯。"

他应了我一句，也没多说，上前来握了我的手，便带我瞬行至了丰州城。一同往司马容的小院里走着，我瞅了他一眼，脑子转过一个念头。

"那个师父呀，今天我在山下听到了一些鉴心门的消息，说是他们府邸好似闹鬼了。"

墨青应了一声："暗罗卫今日来报，亦是说的此事，鉴心门门主柳巍近来神志不清，府中多有怪事，却无人知道是何人所为。"

我看了一眼他的神色："我怕是我爹……所以我想去一趟锦州城，你能不能和我一起……"我搓了搓手，咬着下嘴唇望他，对他眨巴了一下眼睛，摆出我所认为的最可爱的模样，向他无声地传达着我的企图。

墨青眉梢微微一动，眸中却有几分笑意："你要我陪你？"

我心尖一跳，当真怪了，明明我就是这个意图，可当他看出了我的心思，这般带着笑意地一说，我真有几分害羞似的。

我咳了一声，连忙压下这奇异的感觉："锦州城深在仙门腹地，且不说那柳巍对我爹做的事，就说我现在可是您的弟子……我修为尚浅，若没人掩护，叫他们鉴心门的发现了……可就坏了。"

"如此，叫暗罗卫继续打探消息便可。"

"可万一是我爹……这种事还是我亲自去比较好。"

"你如此想去？"

我用力点头。想去，当然想去，他们仙门的，不管是谁，想要折腾着复活人，让别人起死回生我不管，可若是谁想让我的仇人起死回生……

我就让那谁，先来地狱走一遭。

墨青沉思片刻："明天我将门中事宜安排一下，后天陪你去。"墨青好像每次答应我事情的时候，都答应得这么轻易，以至于让我觉得，放下门主的职务陪我出去走一遭，根本就不是什么大事。

可我当过门主，我知道，这是一件很大的事。

墨青而今这是沉迷美色了。

入了西山主的院子，里面已经被收拾规整了，西山主此时正坐在轮椅上，拿着工具在修理被摔坏了的木头人。他见我与墨青来了，无奈笑道："它们还没修好，我又腿脚不便，就不给你们倒茶了。"

"无妨。"墨青应了一句。我在旁边接了句话："我就是来简单和你交代个事，上次你托我那事，我办妥了。和我上次说的一样，以后你心里不用有任何负担。"

西山主一怔，随即一笑，点了点头："知道了。"他看了墨青一眼，却是有些叹息道，"先门主心大，自始至终，无论何事，都心大。"

咦，他这话说的，我怎么觉得有点别的意味在里面呢。

我转头看了墨青一眼，却见墨青脸上也有几分与西山主心意相通的无奈笑意似的。

我还在琢磨，司马容倏尔问了我一句："小师侄，这六合剑的剑鞘，可还看着顺心？"

小……小师侄?

我蒙了一瞬，随即陡然反应过来。哦！对！墨青与司马容曾经在一个师父门下，司马容是墨青的师弟，墨青现在是我师父，司马容不就成我师叔了吗!

我……

我有一种瞬间从爷爷变成孙子的失落感。

可我并不能表现出来，唯有咬牙隐忍：“剑鞘……很好。”

司马容垂下头，一边给木头人上机关，一边暗暗地笑：“我这儿没什么可招待你们的，站着也是无聊，你们自去逛逛丰州城吧。”

我也不想待了！

我转身便走，待走到门口，听得司马容在院里将木头人机关上的东西弄得“吱呀”响，而院子里便只有这孤寂之声。我没忍住转头一望，但见朦胧月色之下，恍惚间，仿佛有小圆脸的轮廓正蹲在司马容的轮椅边。

她正撑着脑袋，静静地看着司马容摆弄那些没有灵魂的木头人。一人一鬼，安安静静，却惊人地般配。

我一眨眼，小圆脸的轮廓便又消失了。刚才那一瞬，就像我的错觉一样。

我望着一无所知的司马容，像魔怔了一样，倏尔开口对他说了一句："你以后别搬家啊。”司马容抬头看我，墨青在我身边也是不解，我没法解释，只能道，“总之……别搬家就是了，万一找不到你……”

万戮门想找人，岂会找不到，我怕的，只是小圆脸找不到他。

司马容笑了笑，冲我挥手道别：“走吧，我不搬家。”

出了门，我问墨青：“以前没听说过西山主喜欢机关术啊，他从什么时候开始这么专注于鼓捣这些的？”

“南月教修机关术，月珠在这里住的时候，留下了许多小玩意儿。月珠死后，机关蒙灰，破败不堪，为了修这些东西，他便习了机关术。这几年，倒是修得比一般人都要好多了。”

我应了一声，没再多言。

我将隔日起程去锦州城的事告诉芷嫣的时候，芷嫣显得有点蒙。

“你……这便带我去报仇了吗？”

“你若想报仇也行。”我卧于床上，躺在芷嫣身体旁边，撑着脑袋看她站在床榻外的魂魄，“厉尘澜跟咱们一起去，我是打算先探个消息，不过你若有本事，直接勾引他，让他帮你把仇报了也妥。”

鉴心门门主活着还是死了，对我来说不重要。

芷嫣在床榻上坐下，背对着我，情绪显得有些凝重。

我微微爬起来了一些，从她后面把脑袋伸过去，然后把头放在她腿上，盯着她紧绷的唇角：“你不会是在犹豫，要不要杀柳巍吧？”

“不是。”芷嫣否决了我，“我爹……我亲眼见到我爹死在他手里，这杀父之仇，我一定要报。”

“哦，我还以为你在为柳沧岭犹豫呢。”

她眸光一暗。“正是因为没有为他而犹豫，所以才这么难过。”她头一次艰难地对我吐露心声，“我喜欢沧岭哥哥，可他的父亲，我必须杀。”

我一撇嘴：“喜欢算个什么，将他晾着，隔日找个比他长得好看的，三两天就把他忘了。”

芷嫣瞋了我一眼，我从她腿上坐了起来：“无论如何，从报仇的角度来说，你现在应该感到高兴才是。你这个身体这段时间以来，吃了两颗九转丹，还在我的指点下调息打理了这么久，与之前的你早已有天壤之别。这柳巍我虽然没有与他正面交过手，不过我与他的长辈倒是交过手，想来这小辈比他老子，身手也高不到哪儿去。

“别说墨青现在要帮你，就算墨青不帮，我入你的身，给你争争气，杀了他也不是不可能的事。你把你的身体在晚上的时候让给我，图的不就是这个吗？现在你大仇即将得报……”我抬起手，捏住了她的下巴，将她的脸拉下来了一点，有些霸道地迫使她的目光落在我脸上，“你愁个啥？”

芷嫣乖乖地任我折腾，难得地，眼眸里全数退去了稚嫩与天真：“我来万戮门之前，亲眼看见我爹被柳巍一刀刺入心房。我爹临死之际，拼了最后的力气，送我离开，我无助地在江湖上游走许久，找到大伯父。我与大伯父说，是柳巍杀了我爹，可没人信我。

“他们都以为是我神志失常了，以为我疯魔了，那好，他们说我走火入魔，我便当真入魔。”她盯着我，“于是才有了那天，我在你坟前的那头破血流的一撞。”

我点头，这些前因后果，我大致也猜了个七七八八。

“我只是到现在也不明白，柳巍老儿，为什么要这么做……为什么要突然害了我爹。”

“那咱们就去查呗。”我松开了她的下巴，“你要查的真相，与我要查的事情，应该是同一件。”

“你要查什么？”

“死仇。”

第十七章

厉鬼出世

看来芷嫣的爹，死得很想不通啊。

我与芷嫣商量好了，隔日凌晨，我便上芷嫣的身去找墨青，然后与墨青一同瞬行至锦州城，先在锦州城里安顿下来，待得天一亮，芷嫣自动回魂，她便也一起飘过来了。

然后白天找家客栈住下，让墨青帮着打掩护，他一个一身气息返璞归真的魔，虽则现在身上还有点伤，但要掩盖芷嫣身上这点仙魔夹杂的气息，还是不在话下的。

到了晚上，我与芷嫣便可将这肉身抛下，钻进鉴心门里打探消息。

若是能见到那传说中的厉鬼，我充当芷嫣与她父亲之间沟通的桥梁，便可从她父亲嘴里，知道他身亡的真相，打探出消息了。

我安排得很好，也确实是这样做的。

是夜，我与墨青一同瞬行到了锦州城。相比世俗繁华的江城与昼夜不分的丰州城，锦州城要显得严肃沉静许多，一如那些王朝首都，庄严肃穆。

天色晚了，偌大的城，整个落下了法术禁阵，裹得严严实实使人无法瞬行至城内。城门落锁，看守严格，巡逻的一半是士兵，一半是鉴心门人，每人腰间都是一把好剑，不愧万剑之都的称号。

我在城外瞅了一眼，也不着急："师父，今晚咱们先在城外随意找家客栈歇息吧，明天再乔装入城。"

墨青自是依着我。

锦州城外的小客栈有许多，都是给赶路到这里，却因为错过时间而无法入城的人歇脚用的。歇脚的人有修仙者，也有普通人。

我与墨青随意挑了一家，要了两间挨着的上房，我与他各一间，回了屋去。

独自在房间里待了一会儿，我便坐不住了，大晚上哪是睡觉的时候！我贴着墙壁，听了听墨青那边的动静，然后敲了敲墙："师父。"

墙那边不一会儿便传来了询问的声音："怎么了？"

嗯，这客栈的墙壁用料可真是单薄，不过我喜欢："我睡不着。"我问他，"你在干什么呢？"

"打坐。"

"我这样会吵到你吗？"打坐的时候有人在耳边叨叨，当然会被吵到，墨青却道："不会。"

我瞥了一眼墙壁："当真不会？"

"有你说话，更易静下心来。"

我一愣，没想到墨青竟是个这么会说情话的人。我本想调戏调戏他，打发一下时间，却被他这一句话，轻而易举地说得脸红了。

我咳了一声："我也去打坐。"我坐上床榻，凝神闭目，将后背倚靠在床头上，然后离了魂。芷嫣的身体还稳稳地坐着，我穿过墙壁，径直入了墨青的房间。

在这种情况之下，我完全不用担心墨青会看见我，于是我站在他的面前，放心大胆地打量着他。

他果然在打坐，闭着眼睛，背脊挺直，素来盛满星光的眼睛闭上了，却自有另一番沉静庄严。如果说琴千弦打坐的时候像庙里供的慈悲的佛，那墨青便像神位上不染纤尘、高高在上的神。

一个魔王遗子，却没有半点魔性……

我本应是很看不惯这种模样的他的，我应该是喜欢姜武那种肆意猖狂的模样的。

可像魔怔了一样，我看着墨青的脸，目光扫过他的眉眼、鼻梁，指尖划过他的脸颊与嘴唇。他能感觉到我吗？我想，他一定是感觉不到我的。

我无论做什么，他都不会知道。

心头陡生一股欲念。

我的指尖在他唇上划过，忽然很想知道这神像唇间的温度。是如他掌心一般微凉吗？还是比烈火更加炙热？

我凑上前去，以唇瓣轻轻触碰他的嘴唇。

轻擦而过。

没有感觉到任何温度，本来我与他之间隔着生死，是不可能感觉到彼此的，可等我睁开眼睛，我发现，墨青不知道什么时候竟也睁开了眼。

仿佛一记清钟在我耳边撞响，我一愣神，扭头慌不择路地就往外面蹿，蹿到了房顶上，绕了两大圈，才堪堪停住了。

然后反应过来，我慌什么……

刚才墨青的目光都没有落在我脸上，想来是没感觉到我，他本来也不可能看见我！我跑什么！再说，就算看见了又有什么，我就是亲了他，调戏了他，哪怕今天把他给推倒了，那又怎么了！

怎的这般没有出息！

我拍拍自己的脸，然后从房顶上倒着蹿了过去，下面便是墨青的房间。我挂在房梁上，静静看着他，只见他还是坐在床榻上，目光不知落在屋里哪个角落，神情好似在思索些什么。

没有再管他，我兀自回了芷嫣的房间，也不急着上芷嫣的身，就这样躺在床上，有些发呆。

白天芷嫣回魂，落到锦州城地界，她登时便是一副心事重重的模样，也没有发觉我有什么不对。

离开客栈，芷嫣与墨青一同进城，打算在锦州城里找家客栈先安顿下来。

一路上她与墨青一句话也没说，过城门的时候，看见挨个儿查看路人的守城士兵，她显得有些紧张。我在旁边提醒她："你不要怕，墨青在你这个身体上施了迷术，他们看你，只会觉得你是一个五官平平的人，认不出你，也记不住你。尽量放轻松一点。"

芷嫣深深吸了两口气，跟在墨青身后，亦步亦趋地往城里走。

在即将过城门口的时候，一个士兵倏尔将墨青与芷嫣拦下。

芷嫣没什么表情地让他们审了一番，他们询问了名字与来处，芷嫣皆答得头头是道。我在旁边看得很是赞许。

入了城，随意找了家客栈，等到晚上，我与芷嫣皆离魂飘出，我赞她道："你今天白天，说谎说得也很是顺溜了嘛。"

芷嫣点了点头："在他们面前比起平时在厉魔头面前演戏，要轻松多了。"

我一挑眉，一想也是，她这每天都是在天底下最大的魔头面前演戏，这历练出来的胆子，自然也不一般了。我拍了拍她的肩："得谢我。"是我给了她成长的机会。

芷嫣瞥了我一眼，神情不似平时那般轻松，她透过客栈窗户望了眼隔着两条街的鉴心门："我们走吧。"

我点头，一边往鉴心门飘，一边问芷嫣："你有没有觉得今晚夜色有什么不同啊？"

芷嫣奇怪地反问："有什么不同？"

我知道了，她一定是看不见现在这景象——天上明月已经被黑雾缠裹遮掩，怨气煞气在鉴心门烧出骇人的烈焰，地上蒸腾着黑气，如藤蔓似的在往我与她的腿上缠。

还是别让她看见吧，我心道，就算知道这些是她父亲弄出来的，她估计也会被吓死。

不愧是百年来的第一厉鬼，看来芷嫣的爹，死得很想不通啊。

芷嫣的爹姓琴名瑜，虽是琴千弦的弟弟，却没有修菩萨道，而是继承了祖上的基业，经营着一个半大不小的仙门。又因着琴千弦的这层关系，那些虚伪的名门正道，也将他捧得甚高，虽不算十大仙门之一，可也算是一个有头有脸的世家大门。

多年之前，我剑指仙门，杀至锦州城，琴千弦在后面烧我后院，我因此撤兵。是以琴千弦算是鉴心门的一大恩人。千尘阁与鉴心门自那时起便私交甚好，连带着与琴瑜也一同交好，两派子弟互相交流学习，共谈人生岁月，最后甚至还结上了姻亲关系。

这都是芷嫣告诉我的。

听起来是一幅好生安乐的世家画卷，可配着如今这情景一同观看，就显得尤其可笑了。

芷嫣显然是来过很多次鉴心门的，对其中构造清清楚楚，她一边说着一边走，眉宇间全是过去安乐的时候带来的刺痛。

我分心听着，偶尔应个一两句，行走的方向却无比坚定。

到最后，快入一个房间之际，芷嫣才陡然停下来，转头问我：“你怎么知道柳巍的房间在这儿？”

“我不知道。”我抬头望着这屋里散发出来的冲天怨气，我只知道芷嫣她爹最有可能在这儿。

可还没来得及向她解释，我忽闻屋中陡然传来一声愤怒的嘶吼，其声冲天，震耳欲聋，歇斯底里，令人闻之发怵：“何人扰我！”黑色的怨气如火山喷发似的汹涌而出，已经遮挡了周围的一切景色。

芷嫣像感觉到了寒冷似的，倏尔打了个寒战，这是她第一次以这魂魄之体有了对外界温度的感知。

我微微沉了脸色，果然诚如子游所说，这厉鬼厉害到已经可以影响活人的世界了。

忽然间，黑色怨气猛地从屋里冲了出来，我眉头霎时间紧皱。芷嫣见我如此表情，一时也有些紧张：“怎么了？”

我手脚利落地一把将她抓了过来，当盾牌似的挡在身前。我躲在芷嫣背后，只小心地伸了个脑袋出去，正色喊道：“琴瑜。”

芷嫣挣了一下，动了薄怒：“你怎能直呼我爹的名字！”

哼，讲究什么，论辈分，我叫他儿子，叫你孙子你们都得应着。

我懒得搭理她，只对那团黑气道：“这是你女儿芷嫣。你先别冲动，冷静看看。”

面前翻涌的黑气微微一顿，仿佛稍微平静了一下似的。渐渐地，那团浓浓的黑气散去，一个披头散发的中年男子在里面露出了面目，眉宇的轮廓、气质与芷嫣有七分相似，在他们脸上就写着血缘二字。

他望着芷嫣，没有眼白的眼睛渐渐退去了乌黑，声音不似方才那般凄厉，而是有几分沙哑困惑：“芷嫣……”

芷嫣没听到，但她像感受到了什么似的：“大……大魔王，我爹在这里？”

见这琴瑜情绪稳定，我伸出了手，指着芷嫣的脸道：“没错，这就是你女儿芷嫣。她现在历经千辛万苦来找你了，想询问你一些事，你冷静点，好好地回答，不要辜负她的辛苦。”

“芷嫣……”琴瑜晃晃悠悠地往这边飘，而芷嫣只在我前面一遍又一遍地问着：“我爹在吗？他在对不对？为什么我看不到他？”

嗯，不愧是父女俩，这忽视人说话的本事真是一模一样。

我静了静，先搭理了芷嫣：“你又没死，之前除了我不是也看不到别的鬼吗。”我指着琴瑜对芷嫣道，“你有什么话就说，他能听到。”

芷嫣默了一瞬，一时间竟不知道能说什么似的，于是我贴心地帮她问了：“琴瑜，你女儿想问你，柳巍为什么要杀你？”

琴瑜飘到芷嫣身前：“吾儿，为何会变成如此？是何人，何人害了你……”他神色一厉，“是那柳巍？”说着他周身便又起了黑气。

我连忙斥住他：“别激动，你女儿只是自己离魂来找你而已，想问清事实真相，并没有被谁害，她而今还活得好好的。”

琴瑜的目光终于落在我脸上：“你是谁？”

咦，居然认不得我这张脸了吗，看来是已经将别的事都忘了。“我是你女儿新结拜的大姐姐，来帮她的。”我睁着眼睛说瞎话，芷嫣却也没心思来戳穿我，“你且说说，柳巍他为何杀你？他到底想做什么，摸清他们的目的，我们才好帮你报仇。”

“报仇……”琴瑜一怔，“我不要你们报仇，你们走，柳巍害了我，还欲加害吾女，你们赶紧走！”

我瞥了芷嫣一眼：“为何还要害芷嫣？”

“血……我琴家的血，能帮他复活人。我的血不够，他便还要芷嫣的。”琴瑜提到此事，情绪激动，一边痛哭，一边愤怒，“鉴心门对我琴家打的却是如此算盘，亏我生前将他们视为至交。柳巍！柳巍！柳巍不死！我不甘心！”

怨气冲天而起，我只沉了脸色，静静地盯着他：“他要复活谁？”

“金仙，洛明轩。”

这几个字一出，虽是一如我所料，可我还是如被人打了一拳一样，闷痛之后，是滔天之怒，压在心口。我按捺不发，嘴角一勾，冷冷一笑：“鉴心门的胆子，果然够大。”

芷嫣在旁边问我：“我爹说什么？谁要害我？他们复活谁？”

我只盯着琴瑜：“他们把洛明轩的身体藏在哪儿？”

“便是此屋地下三丈处。”柳巍亦是咬牙切齿，“洛明轩在那儿，有至圣结界，我进不去。”

洛明轩活着的时候修了个金仙之体，是这天底下千万年来的第一人，于是他现在半死不活了，这金仙之身仍在，对妖魔鬼怪，却还是有威慑力……

我往柳巍屋里飘。芷嫣欲在我身后唤住我：“大魔王你要做什么？”

我一转头，盯着她：“我要帮你报仇啊。”言罢，我一头钻入地下。

鉴心门在地下宛似建了个地宫，弯弯绕绕，机关众多，可这些对鬼魂之体的我来说根本没有意义。

一直落到地下三丈处，终是寻到一处散着金光的石室，尚未靠近，我便觉得我这魂魄像被阳光炙烤了似的，浑身无力，越靠越近，甚至胸口还隐隐有刺痛感。

待直接穿过一个石门，登时进入了一冰室之中，内里金光更甚。我强压疼痛，目光一扫，在室内见一寒冰床，而上面躺着的那白衣男子，正是我的仇人。

洛明轩。

我飘到他身边，压着身体里撕裂般的疼痛看着他。心道，对，他就是这个样子的，道貌岸然。

我目光一转，看见他所躺的冰床微微凹陷，像从冰床下面涌出来血液一样，将他的身体浸泡在了鲜血里。一袭白衣被浸染成鲜红色，带着令人作呕的血腥味的纯洁至圣，真好，真适合他。

我伸出手，欲放在他的颈项之上，欲将五指化为利爪，刺穿他的皮肉，然后把他脑袋给拧下来，让这个世上，再无人可修补他的身体，再无人能动让他复活的心思。

可我的指尖尚未触碰到他，便听"嗞"的一声，犹似肉落在锅里的声音。

我看了看我的指尖，颜色几乎淡得快没有了，钻心的剧痛传来，令我沉了眉目。

我这鬼魂之体，碰不了他。

身后石门微微一开，有人说话的声音传了进来："琴芷嫣抓不到？"这却是一个女声。她旁边有个浑厚的男声答道："厉尘澜将她放到了无恶殿，擒不来。"

我转头一看，见了这两个人，登时了悟。

是柳巍和柳巍的姑姑——柳苏若。

说来，这却也是好久不见的一个"故人"。

在这儿躺着的金仙洛明轩乃与柳苏若有一纸婚书却尚未成亲的丈夫，因为在他们成亲的那一天，我就把洛明轩给"杀"了。可又因着洛明轩修了金仙，其实是个不死之身，于是就一直这般昏睡着，不省人事，让柳苏若一直守活寡到现在。

我虽没有针对这个女人，可想来，这个女人心里必定是恨极了我。

柳苏若走到洛明轩身边，看了看这洛明轩一身血水，她眸色沉凝：

“琴千弦呢？他修菩萨道，身体里的血更为纯正，将他杀了，放血滋养，于明轩而言，当是最好。”

“琴千弦修菩萨道，于十大仙门之中名声极望，而今世人更是无人知晓他修为如何，要设计他，怕是不易。”

我瞅了一眼语调平淡地答话的柳巍，只见他双目失神，神情空洞，就似一个提线木偶。我约莫猜到这大概是中了他姑姑柳苏若的惑心术了。

搞了半天，琴瑜的死，芷嫣的外逃，洛明轩的复活，都是这寡妇主力策划的啊。

我站在旁边静静地看着这姑侄二人，知道他们如今虽得了琴瑜的血，可也暂时无法真正让洛明轩苏醒，我心头那股烧心的怒火便也散了些许。

没成事就行，我总有办法让你们成不了事。

“琴芷嫣抓不到，琴千弦杀不了。”柳苏若坐在冰床旁边，神色寂寥，“你是要让我，硬生生地错过使明轩苏醒的机会吗？”

柳巍垂下了头：“琴家人，血脉至纯至洁，乃复活圣药……”

我一边听着他们姑侄俩的对话，一边忍着痛在石室内转悠了两圈，以前活着看不见魂魄，现在死了能看见鬼了。本想着洛明轩的鬼魂会不会在这附近，可绕了两圈，也没发现有别的鬼魂存在。

洛明轩不会死，所以他的鬼魂不可能是去投胎了，他生前一个金仙之体，高高在上惯了，就算死了，也定然不屑于与其他孤魂野鬼做伴，鬼市那种阴森之地，也是不会去的。

他最有可能的就是一直守在这里，而如今他没在，那就证明，他的魂魄多半是与身体一起沉睡了过去。

这样很好。

我想，我杀不了他，那就让他不管是生是死都不能苏醒，无法领略这世间的美好，无法再去创造属于自己的新的记忆。这样，他就和死了差不多了。

“……他们的血本是不可复制的，可而今江湖之上，我知晓有一仙门，所修功法，亦会将自己的身体练至至纯境地。”

“哪个仙门？”

“观雨楼。”

听到这番对话，我微微转了目光，不出所料地从柳巍嘴里听到了三个字：“沈千锦。”

虽然我不太清楚他们说的至纯至洁的血液是什么玩意儿，不过我知道，观雨楼她们那一系的功法，需要练功之人心思至纯，不可有邪念、杂念与欲念。

是以所练观雨功法之人，不可动情，一动则伤，积毒于体内。

多年之前，顾晗光抱着情毒发作的沈千锦来求我，所以我有幸见过传说中情毒的模样。

那叫一个凄惨，每根头发丝都似要结冰一般，哈气成雾，身体一块一块被冻得发青发紫，僵硬着无法动弹，直至最后眼睁睁地看着自己变成一座冰雕。

我花了大力气才与顾晗光一同救回了处于生死边缘的沈千锦，顾晗光将沈千锦的情毒过到自己身体之中，变成小孩，常年畏寒。可即便是这样，也还不够，因为只要沈千锦有一天动情，她体内就会再次积攒情毒。于是顾晗光只好施以金针，亲手抹去了沈千锦脑中关于他自己的记忆……

柳巍继续道：“沈千锦的血虽比不得琴家这般天然，然而如今我们已得了琴瑜的血，再加上沈千锦的，使金仙苏醒，或成可能，且相比现在对我们有所防备与顾虑的琴千弦和现今待在万戮门的琴芷嫣，她更好得手。”

柳苏若盯着洛明轩的脸，淡然道：“那便把这沈千锦请来吧。”

“已经来了。”柳巍道，“昨日我已遣人寻了借口，将她请来了，而今，她正在厢房之中。我现在来，便是想通知姑姑，您可动手了。”

柳苏若一笑，站起身来：“我这侄儿办事，当真周全。”

两人说着，往石室外走去。

他们是打算去害沈千锦了？

且不说这洛明轩我不能让他醒，便说这沈千锦吧，当年虽是顾晗光来求我,可我也是花了那么多功夫才将她救回来的。你们说要杀,便能杀？

我可不许。

我往石室外一飘，蹿上了地面，但见芷嫣急得似无头苍蝇一般在地面上瞎转转，而在她身旁的琴瑜则一直目光悲伤地盯着她。

“别瞅了。”我斥了琴瑜一句，“有正事让你办。”

琴瑜转头看我，芷嫣却在这时扑了过来：“大魔王你去哪儿了！”她看了看我的身体，登时嘴一撇，跟要哭出来似的，“你怎么又魂淡了？你下那地室，我靠近就有疼痛感，你怎么下去的？怎么待这么久？怎么不早点出来？”

“就是因为一疼你就退，所以你才不知道我去哪儿了，不知道我怎么能在里面待这么久，所以不管以前还是以后你都不会知道我为什么是大魔王而你为什么是小虾米。”

我打发了她，在她愣神的时候，把她往旁边一推，盯着琴瑜道：“观雨楼的沈千锦你可识得？柳巍说他今晚欲害沈千锦，像害你一般，取她的血。我现在要去找人帮忙，你找到沈千锦，用尽所有的办法将她护住，你动静越大越好，我片刻后便来。”

琴瑜听闻我话语的前半段，已经是双目赤红，咬牙切齿。待我说完，都不用吩咐,他自己便化为一股黑影,往空中一蹿,登时消失在了我面前。

我唤了芷嫣一声："走，先回去。"

芷嫣连声问我："到底怎么了？发生什么了？"

从鉴心门飘到外面客栈还有一段路，我索性便将这其中事宜与芷嫣说了一通。芷嫣听罢一阵静默，似消化了好一会儿，她才自言自语地呢喃道："在鉴心门这么多年，我竟从来不知，地下原来还藏着金仙尸身……可为什么是金仙……不是说他仁慈宽厚，是得大成的人吗……"

我瞥了芷嫣一眼，看来这仙门的工作做得还是挺好的嘛，洛明轩都死了这么多年了，他们这一代的小辈竟然还知道他。

"可为什么现在为了复活他，就可以害了我爹呢？金仙是一条命，我爹就不是了吗？他们这复活过来的……算是什么金仙。"

我冷冷一笑："什么金仙，不都是修仙的人封的嘛。这些人模狗样的家伙……"我顿了顿，倏尔想到了鬼市，想想这些面上仁义道德，背地里坏事干尽的修道者，等变成了鬼，也会受到与我同样的待遇，顿时便觉得一阵暗爽。竟忍不住开始琢磨，干脆我早点把他们都变成鬼得了。

撺掇墨青放个大招，将他们通通带走。

我这边心里暗爽着，芷嫣却又问了我一句："当初你为什么要在金仙成亲时杀了他呢？"

我望着面前快赶到的客栈，淡淡答了句："因为他害了我和我唯一的亲人。"

芷嫣一怔，愣神问我："你的亲人？谁？"

江湖上没人知道路招摇竟然还有一个亲人，可我那么清楚地记得，在我还小的时候，在我的故乡，一片穷山恶水的地界里，我的族人一个个消失，甚至父母也在我有记忆之前不见了踪迹，最后只剩我和我姥爷待在黑压压的山沟里。他整天喝酒，喝得醉醺醺的，然后想起来便教我一会儿功法。

我尚记得他告诉我，外面世界的人都是要自己选择的，修仙修魔，修各种道，而只有我们这一族的人没法去选，因为我们生而为魔，只能修魔道。

我自幼天赋高，穷山恶水里全是瘴气，正好有助于我的成长，我从没觉得修魔道有什么不好。

直到有一天，陡峭险峻的悬崖上忽然坠下来了一个金光闪闪的人，他身受重伤，命悬一线，我那时从没见过这么干净且漂亮的外界人。

我将他从山石间带回，给他疗伤，他问我是什么人，问我为何在此，问我为何修魔。

我那时没有心计，山沟里长大的土丫头一个，便毫无防备地将自己的事告诉他了。然而当时他听罢我生而为魔的事，也没说什么，他只告诉我，即便生而为魔，也可以心怀善念，亦可成善德。

我信了他。

我照顾他，从他伤重直至伤好，能用瞬行术了。在这期间，他一直对我和颜悦色，温柔地教我背习仙门戒律，告诉我如何行善积德，如何尽最大努力做到造福人世，不虚度此生。

我将他说的话一字一句地背了下来，那么清晰，清晰得直到现在，我也记得。少杀戮，不作恶，是他在我耳边日日夜夜念叨的话。

从此我便心心念念地想要做一个好人。

我努力修习功法，想出去名扬天下，想用一个魔的身份去造福人世。

我不顾姥爷反对，终于离开了故乡。我去了尘稷山，偶然撞见了被十大仙门围攻的墨青，我救下了他，因为不恃强凌弱，不以多欺少，是洛明轩告诉我的。

这是他告诉我的道义。

可是后来，我与墨青道了别，将他留在尘稷山。我想去找洛明轩，想去告诉他，我和他约定的事情，我努力做到了，我打算跟在他身边，以后与他一起做好人……

最后当我终于找到洛明轩时，迎接我的，却是十八道仙法禁术，囚困于我，欲将我铲除。

那时在金光之外，他又说了，用和当初悬崖之下完全不同的态度与语气，高高在上地同我说："你生而为魔，定为天地邪恶之最，其心必邪，其行必恶，得之必诛。"

我方才醒悟，原来，当时危险之境，他身受重伤落在我的手中，怕我加害于他，于是对我百般讨好，甚至还编出了一心向善这种屁话。

我身陷囹圄。

最后是我姥爷离开了他守了一辈子的穷山恶水，前来仙门救我。我姥爷以一己之力，撞碎了禁锢我的仙术，以身做护，拼死送我离开，让我逃回了那穷山恶水的山沟里，他则留下来，与洛明轩相抗。

我没见到姥爷与洛明轩那一战，虽然在后来隐隐有听过世人传说，洛明轩与一不知名的魔修在洛明轩的凤山之上的一战，几可颠倒山河，但最后还是洛明轩赢了。

那"不知名"的魔修，别说下落，连灰都没有留下来一点。

而我被姥爷送回了那山沟里。我在那里躺了整整三个月，身上烂兮兮的伤口才慢慢愈合，断裂的筋骨也才开始重新生长。

我咬牙在山沟里等，无望地等了许久，也未将我姥爷等回来。

待得身上伤好，我从山沟里走了出去，当时时间已经过了半年，半年之前，我姥爷与洛明轩那一战已经沉淀了下去。而江湖之上，风波再起，不停地有新的厉害魔修出来，洛明轩又忙于其他事务。

我姥爷死在了他的手上这回事于旁观者而言，已不再重要了。

而重伤的我逃出，更是没人会想到伤成那样的我竟然还会活着。

我沉淀了心性，又来到了尘稷山，捡回了一直留在尘稷山上破庙里的墨青。养好身体，我重拾旧河山，放出了话去，当年力战十大仙门的女魔头路招摇，重新出山了。

女魔头欲建一门派，名为万戮，招贤纳士，欲收极恶之徒，誓要戮尽天下修仙狗！

第十八章
御魔阵

今天他能走，我便能走，他若死在这儿，
那我便也死在这儿就是了。

想起过往旧事，我心潮一阵涌动，这期间事情太多，我无法与芷嫣细细言说，便只进了客栈，与她道："我现在要去救人，不知待会儿会发生什么，你好好在屋里躲好，我会尽全力保住你的身体。"入了房间，芷嫣的身体还在床上安静地躺着，我站在床边，转身盯住她的眼睛道，"我保证，明日早上，你回魂之际，还你一片安宁。"

芷嫣眸光一动，在我即将撞入她身体之前，一把拉住了我的手。她知道时间紧，于是没有废话，直言道："从入魔道那天起，我这条命如何我都认了，你帮我报仇，不用保护我的身体，你好好保护你自己！就……就算这个身体没了！我也当你徒弟！"

她的眼光过于认真，看得我心下有几分波动，不是没有人将性命托付给我，只是其他人，远不如这个姑娘的眼神来得这般单纯……

不，或许还是有的。

在当年初到尘稷山，救下墨青时，面对十大仙门的围追堵截，多少次身陷险境，那个还小的孩子便也似这般盯着我。

不怕苦，不怕痛，不怕死，唯一怕的，便是我放开他的手。

可当年，我一心念着洛明轩，并未对墨青多加注意，我救下他，确认了他的安全，陪他等到十大仙门被其他事引去注意力后，我便将他丢在了尘稷山。

难道便是那时，当我为了去寻找洛明轩，嫌带着他麻烦，将他丢在尘稷山的时候，他就对我心生怨恨了吗？

我甩了甩头，知道现在并不是琢磨墨青的时候。我一抬手，揉了一下芷嫣的头："别给我整得跟生离死别似的，我不会有事，也不会让你的身体出事，要不然你以为我带隔壁屋那个来干吗？拼命是他的事。"

我如此说着，不再听芷嫣言语，一头撞进了她的身体。

一边往门外走，我却一边在琢磨。墨青而今有伤在身，上次去灵停山大闹一场，怕是身上的伤又复发了，而现在这又是在锦州城里，仙门腹地，鉴心门门口，到人家地盘上来闹事，本就是深入虎穴之举。这晚上锦州城又有禁术，万一事情不妙，也无法瞬行离开。

如此想着，我走到墨青房门口，却又停住了脚步。

我当真要让他……去为我复仇而送死？

可为什么不呢？

明明我一开始的目的就是杀了墨青啊，让他与鉴心门同归于尽，让洛明轩无法苏醒，这不是最好的结局吗？我不费吹灰之力便一举铲除两个敌人……

我为什么要犹豫？

鉴心门里，此时柳苏若与柳巍正在害沈千锦，琴瑜身为厉鬼也一定在拼命阻止，我却在墨青的门前，失了自己应有的果断。

而就在我犹豫不决之际，忽然“吱呀”一声，房门从里面被人拉开。

黑色的衣袍出现在门里，我仰头望着他那张无双的脸，霎时间的无措，便似昨日我吻上墨青唇畔时那般，让我愣怔当场。

我愣愣地盯着他，任由我与他就这般站在房屋门口，静静对视。

墨青道：“鉴心门内有异常。”

他清冷的嗓音唤回了我些许神志，而我所有的理智都在向我叫嚣着，抓紧时间，抓紧时间，勾引他，让他去救沈千锦，让他去杀柳苏若与柳巍！

我的目光落在他胸膛之上，似能看透他的衣衫，穿过他的皮肉，望见他伤痕累累的后背。

“啊……哦，对。师父你怎么知道？”

“近来于鬼神之事有些许研究。”

他如此一说，我的目光倏尔一转，看进他漆黑的眼瞳里。于鬼神之事有些许研究……在鉴心门外，隔着这么远能察觉到鉴心门里厉鬼作祟的气息，那难不成……昨天夜里，我触碰他嘴唇之时，他的睁眼……

是因为唇上有所感觉？

是什么感觉，会有微微的凉意吗？

我被自己的想法撩得内心莫名一躁，我强自冷静下来，为压住自己的羞恼，咳了一声，言道：“师父，我刚做了个梦。”

“什么梦？”

我道：“我父亲来与我托梦，说确实是鉴心门的柳巍杀了他，因为他们想用他的血，复活一人。”

墨青眉目微微一凝，径直道出了三个字：“洛明轩？”

我一愣：“师父……怎么知道？”

墨青面色倏尔沉了下来，眸中森森刺骨的寒意与杀气令我也觉得有些许可怕。怎么这情况看起来……却是墨青也与洛明轩有仇？

“他们休想。”

墨青这四个字说得重，我心道，洛明轩是金仙之体，他活着的时候对魔修多有打压，所以才让魔道势弱。而自洛明轩“死”后，十大仙门虽在，却群龙无首，我统领万戮门崛起于万魔之中，一时魔道势强，直至现在，墨青统管万戮门这些年，将魔道治理得更是规整，俨然要临登大统，再续千年之前，魔王临世之威。

这个时候，他不希望洛明轩苏醒，不想给自己增加一个劲敌，也是正常。

“你留在此地。”

墨青如此告知了我一句，一转身，衣袖一拂，客栈楼上的窗户大开，夜风刮了进来。知他要走，我连忙跟上前去：“师父！观雨楼的沈千锦也在其中，须得救她！”

“好。”

一声坚定的回答，没有丝毫疑虑，更没有停下来问我为什么会知道，为什么要救她，他就这样因为我的一句话而只身踏入虎穴。

我站在窗户边上，望着墨青一袭黑袍消失在黑夜之中，沉默片刻，最终还是没有依他的话留在此处。

我告诉自己，我是不喜欢将自己所有的希望都托付在别人身上的感觉，哪怕墨青这个小子，如今已经令人心安到觉得危险。

我翻过窗户，跃入黑夜之中，在被封闭瞬行术的情况下，只得御风前行，而在即将踏入鉴心门之前，忽见一道魔气横扫开来，紧接着一道金光在黑色魔气当中炸裂开来，两股力道剧烈地对抗，发出“轰隆”之声，犹如平地惊雷，径直撕破了锦州城肃穆安静的黑夜。

我知道，是墨青与鉴心门中人打起来了。

看这激烈程度，不是柳苏若，也就是柳巍了。

而与此同时，锦州城天空之上金光大作，将整座城都笼罩在了金光之中，是锦州城的御魔阵感受到墨青的魔气之后，第一时间启动了。

我飘在空中，回首一望，但见偌大的锦州城，方才还安静一片，此刻家家户户皆亮起了烛光。

这就是敌营，身处其中，便犹似感觉空气都在与你作对，没有任何一个伙伴陪伴左右，所有气息，都令人感到孤独而且充满敌意。

我将墨青拉入了这般境地，让他与人作战。

直至此刻，我终于承认了方才占据内心一角的一个想法——

我没办法，在这种境况里放任墨青孤身作战，我没办法，抛下属于我的同伴。

我在这里，将他下意识地归类到了自己人里。

我一头扎进鉴心门中。

主堂东边厢房之外，墨青与柳巍正在激战。柳巍讨不了好，只不过占着处在鉴心门中，有阵法相护，还有取之不尽用之不竭的仙剑。这些剑隐于鉴心门的每一处园景之中，柳巍操纵着剑，时而触动阵法，时而借仙剑之威与墨青携带的压力相抗衡。

我给自己的身体丢了个护体结界，躲在一边看了一会儿，发现了柳巍的套路，他根本就没有与墨青决战的心思，他就是在拖延时间，他在将墨青往离东厢房越来越远的地方引！

方才墨青走得急，我还没有与他交代清楚其间因果，他只知道我让他救沈千锦，可他并不知道沈千锦到底在哪里，也不知道鉴心门这些人到底要让沈千锦做什么。

我找了个机会，趁着墨青将柳巍压制之际，蹿入了东厢房中，一脚踹开房门。屋中沈千锦捂住血流不止的颈项，面色苍白且虚弱地站在屋子角落，柳苏若正持剑站在她的面前。眼见着便要一刀扎下，了结沈千锦性命之际，我随手抄了旁边摆着的一个云竹盆栽，斜里一扔，盆栽自空中绕了个圈，“咚”的一声砸在柳苏若的手背之上，将她长剑砸得一歪，刺进了沈千锦耳边的墙壁之中。

剑尖没入墙壁里三寸有余，可见她用了多大的力道。

我踢门动静太大，这一手盆栽又扔得极妙，柳苏若一转头，狠狠地瞪向我：“又是何人敢坏我大事！”

这个“又”字可谓用得巧妙，这里只有她们两个女人，沈千锦这个受害者谈不上是坏她事的人，我是“又来坏事”的人，那先前坏她事的，可能也就不是人了。

我冲着柳苏若冷冷一笑：“老妖婆，你害了我爹，还不许我爹来找你算账吗？”

我顶着芷嫣的身体，喊她一声老喊得理所当然，说这话也说得理直气壮。柳苏若闻言，果真神情一怔，可她到底不愧是老妖婆，冷冷一哼：“竟然是琴瑜的女儿。我还正愁没法找到你呢，你却自己送上门来，这下便好，我也不需要这替代品了……”

她将墙壁上长剑拔出，而便在这时，瘫软在墙角的沈千锦倏尔一个法术打开她的手，身形一动，飞快地落到我身前来。她伸手拦住我，将我护在身后，面色苍白，声音沙哑，却将背脊挺得笔直。她道：“速速离开，去向你伯父求助。”

哟，竟然认识。

不过也没什么稀奇，十大仙门本就走得近，芷嫣的身份摆在那里，少不了偶尔与这十大仙门的掌门见面，认识也是正常。

不过，我可不是那个小菜鸡。

我挡开沈千锦的手，一步迈到她身前，将她挡住："别逞强，你伤成这样，不是她的对手。"我的手握上腰间剑柄，顶着柳苏若审视的目光，将闪耀着雷电的六合剑拔出鞘。

沈千锦眸光一凝，对面的柳苏若也眯起了眼睛。"六合天一剑。"她一笑，"小姑娘，你以为有了这把天剑，便可横行仙门，与我作对？"

我亦是一笑："横行仙门有点困难，不过与你作对，绰绰有余。"

柳苏若盯着我，目光变得有些阴狠毒辣："你这姑娘，去了趟万戮门，竟学了些我最不喜欢的神色语调回来，委实让人讨厌。"

言罢，她出其不意地攻上前来，手中的白水鉴心剑使得极为漂亮，一剑直刺我的心房。我将身后沈千锦往旁边一推，斜斜躲过柳苏若这迎面而来的一剑，我往旁边一倒，柳苏若一笑，另一只未持剑的手轻轻一动。

身后登时一股杀气袭来！

我识得她的招数，这是柳苏若常常出人意料杀人的绝活。她生而会使两把剑，一把佩于身侧，是为雄剑，一把高悬天顶，是为雌剑。平日里，她走到哪儿，雌剑便跟着在天上飞到哪儿，而地上的人根本无所察觉，是以在动手的时候，她只要轻轻一勾手，天上雌剑便受吸引，从天而落，将人杀个措手不及。

如此阴毒隐秘的招数，是她的最爱。

可她杀不了我，哪怕是现在入了芷嫣这身体的我。我将六合剑往身后一挡，只听"叮"的一声，不用看我便知道，这是剑刃与柳苏若的雌剑相接的声音。

我盯着她，手腕一动，挽了个剑花，顺势借力打力，直接在后背一绕，将柳苏若的雌剑转了一个圈，径直甩向柳苏若："还给你。"

这下换成柳苏若被杀了个措手不及，她双目一瞪，堪堪退了两步，避过雌剑的剑尖，但仍是被雌剑剑刃划破了手臂，鲜血落下，她才抓住了雌剑剑柄。

我心中不屑，多少年前，我去她婚礼之上杀洛明轩的时候她便使了这招，我也是这么对付她的，只是当时我修为更甚，速度更快，直接将她那把雌剑甩进了她胸膛里。而现在这么多年过去了，我都换了一个身体，她却还是一点进步都没有。

愚蠢得可怕。

我负六合剑而立，冷冷盯着她。院外的墨青与柳巍正在激战，天空之中金光更甚，不少鉴心门的修仙者也都加入了战斗之中，而外面越是热闹喧嚣，便越是衬得这小院里面杀气安静涌动。

柳苏若的脸在外面金光的闪烁下忽明忽暗，目光自有三分晦暗。她握紧手中雌雄双剑，声音低沉宛似带着内心深藏多年酿成了毒的怨恨。

“小姑娘，你真是令我……想起了非常不愉快的事。”

“哦。”我道，“那你自己调节一下。”

屋外金光炸裂，我往外一看，却是锦州城天空之上的御魔阵开始积聚了灵气，凝出了无数把金色长剑，如闪电一般劈头落下，转换着方向，扎向下方墨青所在的地方。

这御魔阵乃锦州城的自御阵法。

多年前我举兵杀入仙门腹地，抵达锦州城的时候，锦州城中无数铸剑世家，自动贡献出自家仙剑，献百万长剑于锦州城天空之中，成巨大的护城阵法，将锦州城如同刺猬一般护在其中。

不得不说，当年我也被他们所有世家的无私奉献震撼了一瞬。

我不喜欢他们这些修仙的人，但我偶尔也会允许自己被这些世家所谓的“团结”所感动。且我心知肚明，在那样的情况下，与锦州城的仙门硬碰硬，于我万戮门而言，也必定是一场惨战。即便胜了，也注定元气大损。

于是我象征性地扰了他们一番，便也听了司马容的谏言，心甘情愿地退了兵。

那之后锦州城中人人欢欣鼓舞，认为这是他们击败魔道的一大标志。撤下天空中的百万长剑之后，又花费了数年功夫，根据当年百万长剑成阵的模样，造了这如同金钟罩一般的御魔阵。

在平日里，这御魔阵隐形不见，而一旦触碰了魔气，阵法自行启动，外挡来犯者，内攻入侵者。阵法凝气成剑，自天空中如雨落下，杀天下魔气，就如同现在对付墨青一样。

我皱了眉头，如今这里只有我与墨青两人，在御魔阵下，要对付这么多修仙者，饶是墨青再厉害，也扛不住这般打压。何况墨青如今还有伤在身！

为今之计，最好就是先带着沈千锦跑，在这城中找个地方躲起来，闭了周身魔气，且战且退。待得天亮，冲出城去，再用瞬行术赶紧逃回尘稷山。

没有芷嫣的身体，也没有沈千锦，我还不相信他们真能去捉琴千弦来放血。

只要让他们没办法复活洛明轩，那么要杀柳巍与柳苏若的事，便可回去从长计议。

这转瞬之间，我心里拿定主意，将沈千锦的手一拽，盯着面前怨毒的柳苏若，手中六合剑全力一挥，天雷闪电劈了出去。柳苏若举雄剑来挡，雷电缠绕在她的长剑之上，似将她的手激得一个麻痹，她身体微微一颤，分了注意力。

我趁机再次挥剑，这次，我已带着沈千锦退出了厢房，引了雷电自空中而下，砸在房梁之上，霎时间将整个房屋烧出了烈焰。暂时将柳苏若困在其中。

我欲带着沈千锦离开，而此时头上金光压下，身侧的沈千锦猛地拉了我一把，让我堪堪避过落在我身侧的金光长剑。

我仰头一望，是方才使剑时的魔气引来了一把御魔阵上的金剑。

“不跟你道谢了，咱们先走。”

我拽着她便往墨青那方跑去，沈千锦咬牙隐忍，手死命压着脖子上的伤。然而快速地奔跑让她的脸色比刚才更苍白了几分。

“你忍着。挨过今晚，明天就有人给你治伤。”

沈千锦只瞥了我一眼，眸中神色已经冷静：“那是万戮门厉尘澜？”

她问我这话，我心里倏尔一个咯噔：“你不会有什么仙门的洁癖，不想让魔修救你的命吧？”

“没有。”她声色凉凉道，“能使得这般大魔头来帮忙，芷嫣，以前却不知道你有这种本事。”

呵呵，以前我也不知道你这冷面仙姑竟有在这种情况下打趣人的本事。

话刚说到此处，面前倏尔一阵风过，柳苏若身着一袭浅白衣衫飘到了身前，拦住我与沈千锦的去路。她面色阴沉，嘴角的笑更是冷意森森。

“想跑？”她手中双剑一挥，而今在这院里，天上御魔阵的金光已将整个锦州城照得如同白昼一般亮，我此时才将她手中的长剑看清楚，只见她的雄剑之中隐隐有血色光华在流转波动。柳苏若道，“我的剑，尚未饮足鲜血呢。”

我应了她一句：“你去杀只鸡将就一下吧。”

言罢，我身形一动，心知今日不将这老妖婆打在地上爬不起来，她是不会善罢甘休的！

六合剑直刺柳苏若的心房，她堪堪架住我的招式，雷电在我与她之间闪烁，我冲沈千锦大喊："往厉尘澜那方跑！"

而此时，我驱动体内的修为再次触动天上阵法，金色长剑如雨似箭一般落下来，这灼灼仙气尚未落到我身上，便凭着自身仙气割破了我的衣袖，灼红了这身躯的皮肤。

我侧身躲开，眉头一皱，柳苏若在那方猖狂一笑："去万戮门修了两天魔，便敢来鉴心门送死，无知。"

我没有理她，只往她身后一望，望见了此时在半空中抵抗住了万千金光长剑的墨青身影，那一袭黑影被猎猎长风拉扯而颤动，他的身影却似大山一般巍峨，坚不可摧。

我过去困难，干脆直接叫墨青过来算了，他虽是万矢之的，可也是离开锦州城的唯一指望。

今天他能走，我便能走，他若死在这儿，那我便也死在这儿就是了。

我扬声大喊："墨青！"

这个名字像有魔力一样，直接穿透那般喧嚣的激烈抗衡，冲入了墨青的耳朵，他倏尔一转头，与我遥遥地四目相接。

呀！不对！

喊错了！

我应该叫他师父呀！要不然该叫厉尘澜的呀！真是情急了！

不过管他呢，现在这状况，也顾不了那么多了，总之让他看见我就是了，叫什么不重要，这次要是能活着出去，回头再跟他瞎掰扯。

"哼。"柳苏若在我面前一声冷笑，"谁也救不了你！"

柳苏若雌剑再次一动，往空中一抛，化形为九把剑，在她的驱使下不停地在我身边转悠，像苍蝇一样见缝插针地往我身上刺来。我招架之际，余光瞥见空中欲往这边而来的墨青被柳巍与数百名鉴心门弟子缠住。

啧，这些仙门人就是以多欺少，麻烦！

我动了怒气，干脆不躲不避，本着你让我不好过，我便不让你好过的心思，我将一身气息灌入六合剑中，剑上电光大大增长。我执剑一挥，不管是柳苏若的雌剑，还是天空之中刺下来的金剑，通通一阵搅和，在周身舞出一道旋风，使雷鸣之声大作，直至长风似龙，触碰到御魔阵的天顶，所有金光长剑皆被我引了过来，我一声断喝，手中六合剑向长空一挥。

所有落下的金剑与柳苏若化形的雌剑，连带着电闪雷鸣和狂风，通通被我甩上了御魔阵天顶，“轰”的一声，与顶上金光撞成一团。

只听御魔阵一阵噼啪作响，金光与蓝色的闪电相互纠缠，轰鸣爆裂之声不绝于耳，

所有人的动作仿佛都在此时有了一瞬因惊骇而导致的停顿。

趁此空隙，我身形一转，欲跟上沈千锦，与她一同跑到墨青的身后。然而便在此时，身后的柳苏若宛若阴魂不散似的怪叫一声：“休想跑！”

耳边“唰”的一声，是她那带着血光的雄剑飞快地向我扎来，我转身欲挡，可未曾想到那雄剑竟被柳苏若操控着转了一个弯，径直向前面的沈千锦后背刺去。

糟了！

这个角度刺过去，能直接从后背刺穿沈千锦的心房！我不能让她这剑再取到沈千锦的血！

当即，我脚尖在地上一点，拼尽全力扑上前去，堪堪将雄剑的剑柄抓住，雄剑去势一顿。前面的沈千锦似有所觉，猛地转过头来，可我一

句“躲开”还没喊出去，却见得沈千锦倏尔张大了瞳孔。

在她漆黑的眼瞳里，我隐约看见了身后柳苏若冷笑的面容，与那天空中飞下来的雌剑，径直冲我的后背而来。

下一瞬间，尖锐的利剑刺穿我的肩头。我的右手霎时间无力，雄剑脱手而出，往前穿刺而去，而这时剑势已弱，被沈千锦一击打开，雄剑又飞回了柳苏若的手里。

沈千锦停下脚步，唤了声：“芷嫣。”她回身欲来救我。

而我倒在地上，一回头，但见天空中御魔阵金光已将我方才那记六合剑的电击消化了去，金剑凝结出了数千把，密密麻麻，夹带着柳苏若剩下的几把雌剑，窸窸窣窣，从天而来，似要将我穿出渔网般的窟窿。

在柳苏若的冷笑中，我陡然想起之前向芷嫣保证过的话，心头正道我或许要失言了……

而便在此无望时刻，一道黑风席卷而来，带着似能撼天动地的力量，稳稳地落在我身前，一记剑气，将那烦人的老妖婆的冷笑生生打断。她被打到了哪里去，伤得如何，死没死，我根本没心思去关注。

我只见那把普普通通的万钧剑，在那狠狠一挥之后，挥出去的力道径直将半个鉴心门夷为平地，所有房屋如同狂风暴雨之中的枯木，尽数摧折。

墨青似有滔天之怒，先前缠着他的鉴心门人欲再次攻上前来，我仰躺于地，得见他面色紧绷，眸中杀气大盛，令人望而生寒。

“师……师父……”

我唤了他一声，终于唤得他将目光落到我身上，仿佛有一瞬，他盛怒的杀意背后流露出了一丝内心深处的隐痛。

他看着我，仿佛方才那一剑是扎在了他身上一样，甚至……更甚于扎在他身上。

他在心疼。

心疼我。

正因为心疼，所以无比痛恨伤害我的人，也因痛恨，而有了雷霆之怒。

第十九章

我带你走

“不……这是头一次感谢……余生太长，
才能等到今日。”

我诧异于墨青的滔天之怒，也再次震撼于他的凶悍力量。

而他只是直视着我的眼睛，道：“我带你走。”

墨青语气沉沉地落下了这四个字，明明不似俗世情人间的甜言蜜语，也没有半分情郎应该有的轻软温柔，可就是这么普通到极致的四个字，猛地击中了我心尖最柔软的地方，随即缠住了我的心脏。

我感觉他仿佛对我有着暗藏着的，压抑着的，十分隐晦而深厚的情意，我告诉自己，这只是墨青对芷嫣这个身体拥有的感情，而不是对我的。

但我忍不住因为他的这四个字，而沉浸在他清澈的眼眸里，让他这感情如同一股暖流，包裹住我心里每一块坏死、冷硬之处，恍惚间，竟似将我所有的尖锐都软化了一般。

有那么一瞬，我竟觉得自己有点像一个乞丐，捡拾着别人感情的暖流，因为……我无法想象，这世上会有谁愿意这般对我。

我愣怔地看着他，挪不开眼。

可不由我失神更久，夜空之中，因墨青方才那记骇人的魔气，御魔阵开始转动阵法，金光几乎亮得耀眼，数万把金色长剑汇拢聚集，慢慢凝成了一把巨大的八面剑，高悬于空，光芒更甚于盛夏烈日，剑尖杀气凛然，直指墨青。

沈千锦面色沉凝地在旁边喊道："不好，快躲！"

可是能躲去哪儿？

御魔阵在此，鉴心门人包围四周，整个锦州城内，无人不想除魔卫道，这座城里，处处都是杀机。

我没动，墨青也没动。他转开了目光，扬起头，望着天上高悬的长剑，丝毫不惧它的威力，背脊挺得笔直，挡在我的身前。望着他此时的背影，我不禁又想到了那日，剑冢之中，我亦是在这般绝境之中，重伤孱弱，坐卧于地，他便挡在我的身前。

我心头一笑，只觉命运这般巧合。

可到底是与当初不一样了。

墨青手执万钧剑，立于面前，手掌在剑刃上一抹，锋利的刃口立即划破他的掌心。鲜血染上万钧剑剑身，宛似受了洗礼一般，剑刃之上缠绕出了藤蔓一般浓厚的黑气。他一身气场炸开，狂风四起，拉扯着他的发丝与衣袍，将鲛纱的黑袍扯得猎猎作响。

而此时在我与沈千锦身上，也慢慢浮现出一层薄薄的黑气，隔绝了逐渐变得刮骨的大风——是墨青在保护我与她。

他将我的话记着，要救沈千锦。

狂风猎猎，万钧剑陡然向地而入，剑尖没入大地之中，剑刃之上，墨青的血似被万钧剑吸收了一般，尽数不见，只余藤蔓般的黑气愈演愈烈，纠缠旋转，自地面卷出了一条巨龙，呼啸着盘旋在墨青周身。巨龙越转越快，黑色的魔气与天空之中的金光相互抗衡，挤压。

四周的空气仿佛越变越重。

黑龙向上，与金光撞在一起，最终却悄无声息地消失在空中，而墨青周身缠绕起来的飓风并没有停止，反而像进入了另一个层级一样，周遭的风倏尔一震，“啵”的一声，就如同水滴入湖，波浪震荡开来。

可没过多久，这震颤波动再次激荡而出，并且越来越多，越来越快，从一开始的雨滴之声变作敲石之声，最后变为击鼓之声，声声低沉，震撼耳膜，将心底的弦都震得紧了起来。

然而，并不只声音如此，随着震颤的声音越浑厚，长风震荡而出的波动也越发激烈，一声声，一层层，天地之间似有万千压力从墨青手中的万钧剑中排山倒海一般推开。

一则摧草木，再则摧楼阁，而后震荡大地，撼动地上御魔阵根基，摇晃整个锦州城的御魔阵，使金光颤动，地震山崩。

这惊天动地的震颤一如当初剑冢之中，万钧剑再临人世之时所发出的怒吼一般。

魔王王剑，在魔王遗子手中，更甚于当日之威。

周围的鉴心门人与那柳巍早不知被这空中的巨大力量席卷去了何方，整个锦州城如正在经历一场剧烈的地动山摇，所有房屋尽数被夷为平地。

墨青这是……想直接从锦州城里，震碎御魔阵！

这光是想，就已经是个突破天际的想法了，而他居然当真这样做了，甚至……还有一点快要做成了的苗头！

而尽管御魔阵被撼动，天空中，那金光巨剑依旧耀目悬立，甚至光芒更甚于刚才，是墨青的魔气更进一步地刺激到了阵法。

忽然，长剑落下，狠狠扎向墨青，我手握六合剑，欲站起身来，帮他扛上一扛，然而并没有来得及动作。

只听“咚”的一声，似庙里撞出来的晨钟清音，金光巨剑的剑尖，堪堪停在墨青头上五丈远的地方，与墨青周身席卷而上的黑气相撞。

撞击的力量形成一道气浪，在半空中横扫整个锦州城，撞上锦州城周边动荡的金光，发出一声巨大的嗡鸣。

金光巨剑暂时与墨青之间达成了一种诡异的平衡，可即便隔着这般远的距离，那灼目的仙气依旧能刺痛我的皮肤。

我眯起了眼睛，虚眼望着天空，但见方才消失的那条魔气凝成的黑龙再次出现，缠绕着金色巨剑，像在与巨剑角力一般，纠缠对抗，拉着巨剑往空中而去。

墨青持着万钧剑站在原地，眉目微垂，如一个隐藏了所有情绪的帝王，不动声色地抵抗着这世间的所有敌意。

但也正是借着天上那过于强烈的金光，我方察觉到他的后背之上，那鲛纱的袍子被晕染透，因为颜色太黑，所以根本看不出他的后背是被什么弄湿的。可我知道，那是他不露声色的表面之下，深藏的透骨伤口。

不行……

若是墨青如今身体完好，或许撞碎这锦州城的御魔阵当真可以一试，而他重伤在身，做到这种程度已是他人根本不敢想象的了。再这样下去，对他身体负担过大，不能持久战。

得想个办法……

我正在琢磨，便在此时，我忽见锦州城空中飘来另外一道黑气，再定睛一看，那黑气竟是在锦州城的御魔阵金光之外！

是外面的人，外面有魔修也在试图破坏御魔阵！

是谁这么快就知道了锦州城中发生争斗的消息？又是谁敢在这种胜负未分的时候插手帮我与墨青？万戮门的人吗？不是，北山主被囚，顾晗光是个足不出户的，司马容更是不可能有这般修为力量，是东山主那个疯丫头？不……她只会用更粗暴的方式撞城门……

我没思考出合适人选，然而就在这时，御魔阵凝出的金光剑也感受到了来自城外的魔气攻击，巨剑登时分开，化作无数小剑，剑刃向外，向外面的魔气射杀而去。

墨青趁此机会一闭眼，将更多的力量灌入万钧剑中，大地崩裂，御魔阵剧烈晃动，可依旧没有破裂。

我一咬牙，心知不能再拖，我一手摁入肩头上的伤，让肩上的血，染上大拇指，顺手在六合剑上一抹，施了个简单的血祭术，加持六合剑的威力，不管不顾地将芷嫣身体里所有力量都调动起来，聚集于六合剑上。

沈千锦在旁边盯着我，眸光诧异，似愕然我为何会血祭这种邪术。我没有管她，一转身站到墨青身前。

我看了他一眼，这种时候看他，就更像一尊神像了，只是这黑气缠绕的他，比起普通的神，更似一尊邪神。我嘴角一勾，轻轻一笑。

嗯，我喜欢邪神。

我立在他身前，与他一样，闭上眼睛，吟诵咒语，六合剑上光芒大作。我沉静下来，握住剑柄，将六合剑插入地中，一声果断轻喝："雷来！"

六合剑周身"噼啪"一阵剧烈光芒颤动，蓝色的光芒细似线，一记冲出天际。我静静等了片刻，但闻锦州城外，天顶之上，巨大的电闪雷鸣被召了过来。

天雷攒动，轰鸣一声，仿佛来自九重天上似的怒吼，一记巨大的天雷轰然落下，从锦州城外砸在御魔阵之上。

蓝色的光芒与阵法金光交相辉映，美景胜过任何一个黎明与黄昏，而就在这时，墨青倏尔睁开双眼，脚下大地登时龟裂成了碎片。

和着天上的电闪雷鸣，锦州城这造了数年，被仙门称为铜墙铁壁的御魔阵，应声而破。

霎时，所有关于法术的禁制都不复存在。

墨青一把握住我的手，他什么都没有看，不在乎他刚才如何颠覆了一个仙门人心中的神话，不在乎他使山河如何破碎。

他只定定地望着我，轻声说："我带你走。"

又是这四个字。

像他藏在心头的一个夙愿，此刻终于能了结了一样。

不知为何，恍惚间，我竟被他感动得……失了言语。

我头一次知道，原来我路招摇，也有心甘情愿地让另一个人的风头压过我的时候。

"好。"

我让你带我走，我让你保护我，我让你爱着我。

因为我也想跟你走，我也想被你保护着，我也想让你……

我垂下眼眸，任由一闪而过的瞬行术，打断我方才那似着了魔一般的思路……

在瞬行术带来的短暂眩晕之后，我鼻尖又嗅到了尘稷山上野花的芬芳，耳边喧嚣退去，一切尘埃落定。

墨青带着我与沈千锦一同落下。墨青仿佛已经用光了所有的力气，连瞬行术也失了准头，这不知是落到了尘稷山上的哪一个山头，黑压压的一片，寂静得只有初夏的虫鸣声。

方一落地，墨青便单膝跪地，强自撑住了身体，没有倒下。而我直接就地一滚，仰躺在了地上，旁边的沈千锦堪堪站稳身子。

一时间，三人静默无言，我望着静谧的夜空，方才那被金光魔气炸裂过的脑子终于慢慢安静了下来。

然后逐渐找回了刚才那一瞬间好似丢掉了的理智，我在想什么？我让墨青带我走，保护我，爱着我……我……我什么时候居然会想些这种乱七八糟情情爱爱的东西了。

我看着安静的墨青，心道，是刚刚风太大，金光太耀目，所以把我折腾傻了吧。

“此乃何处？”沈千锦像终于反应过来了像的，冷静开口。

墨青没有回答，我艰难地抬起手，晃了晃：“大概是在尘稷山……”我借着星空辨别了方向，往我脑袋后面指了指，“我没力气了……你还能飞，就带我们去南山主山头，找顾晗光给咱们三个病号看看……”

沈千锦听闻此言，神色怔了一瞬：“顾晗光……”

哦，对，这名字是不是很熟悉啊，是你老情人呢。只可惜你都记不得了。

我捂着伤处，弯了唇角，不由得有点期待，那从来给人一张臭脸的小屁孩，突然看见沈千锦出现在自己面前，表情会是怎样精彩呢……

沈千锦依我所言，将我与墨青用瞬行术带到了顾晗光的山上小院里。一到这里，便嗅到了一股药草味。

还没发出什么动静，顾晗光屋里的灯便点亮了，房门被没好气地拉开，小孩模样的顾晗光披着雪貂走了出来，一脸阴沉：“这才几天，就来第二次，你们到底在折腾什……”话断在一半。

我盘腿坐在地上，望着愣怔盯着沈千锦的顾晗光，跟他打招呼：“南山主，快来给我们看看伤吧。”

我们三人，身上不是血就是土，除了墨青那一身黑袍看不出端倪以外，我与沈千锦的衣服都特别吓人。可若真要论起来，只怕墨青……

想到此处，我有些不想看戏了。

我转头瞅了墨青一眼，但见他一直微微垂着眉目，静心凝神，手掌轻轻抚在心口之上，似在自行调息。

顾晗光盯着沈千锦，而沈千锦也有些好奇似的打量着他，毕竟在江湖上，万戮门的南山主从未出现过，她记不得他以前的模样，也不知道他现在如何。对她而言，顾晗光只是一个陌生人。

“观雨楼沈千锦，有礼了。”

她一开口，似刺得顾晗光回神了一般，他小小的身体微微往后退了一步，垂下头，神色不明地“嗯”了一声。我来不及顾及他的心情，便唤他道：“南山主。”我看了眼墨青，顾晗光接到我的眼神，便也顺着往墨青那方一看。

只见他眉头狠狠一皱，径直走到墨青身边，将他一打量，动了薄怒：“你比路招摇还能胡来！”

我在一旁沉默地中了一箭，没有多嘴。

墨青似在努力压抑疼痛，可嗓音依旧沙哑：“先给她包扎。”

“我不要紧。”我话音刚落，顾晗光便从怀中掏出两个纸人，纸人落地便化作两名少女，一左一右，分别将我与沈千锦扶着，往屋里走。而顾晗光则拉着墨青，一个瞬行，不知去了哪里。

我随纸人回了房间，任由纸人将我肩头衣裳褪下，我趴在床上，离了魂去。挣脱了芷嫣这负担过重的身体，我在屋子里转了一圈，然后往地下找去。

如果我没记错的话，顾晗光在这院子下面还弄了个小小的炼丹房，十分安静。

我穿了下去，果然在小小的炼丹房里找到了顾晗光与墨青。

墨青盘腿坐着，顾晗光将他上半身的衣裳褪了，眉头紧紧皱着，一副老成的模样与他外观极其不符，他沉声问着：“厉尘澜，你是嫌命太长吗？”

我连忙飘到墨青背后，触目一片血肉模糊，即便我见过那么多的血腥杀戮，此时也不由得心头一跳，咬紧了牙关。

墨青却发出了一声轻笑，像根本都不觉得痛，反而还有几分开心一样：“不……这是头一次感谢……余生太长，才能等到今日。”

听这话的意思，就是今天之前，都嫌命太长咯？

我不明白他的心思。显然顾晗光也不明白，他气得咬牙：“嫌余生太长，就别来找我，你便该如路招摇那般，死得远远的，省得回来累我名声。”话虽这样说，可他手上金针落得奇快，渐渐地，那血流不止的伤口便停住了。

我在顾晗光后面狠狠踹了一脚他的屁股，可透明的腿直接从他身体里穿了过去。现在打不到他，我便把怒火积在胸口。得！小子，你给我等着吧，看我回头怎么收拾你！

墨青却像根本没听到顾晗光的言语一样，在他治疗之中，疲惫地慢慢闭上了眼睛，只是到闭上前的最后一刻，他嘴角也都微微扬着浅薄的笑意。

像一个吃到糖的小孩，那么心满意足。

可……有什么好心满意足的呢。

明明伤得那么重，明明……只是从锦州城里逃了出来，对他来说，根本什么也没得到啊……

可等到第二天，我就发现，我之前还是天真了点，因为墨青得到的东西，简直不能更多！

我在顾晗光的侧院里，一边听着芷嫣回魂之后，痛得哀哀惨叫的声音，一边听着前来寻找沈千锦的观雨楼使者传来的消息。

昨天夜里，天尚未亮，沈千锦便把自己身在万戮门的消息传回了观雨楼，观雨楼立即派了人过来照料，使者也连夜带来了仙门中的消息。

厉尘澜昨夜独闯锦州城，以万钧剑之威，独自一人毁了锦州城御魔阵，触发锦州地动，几乎使鉴心门全灭的事已在一夜之间，数个时辰内，遍晓天下。

仙门魔道，无不惊骇。

这个消息的震撼力更甚于昨夜锦州城的地动山崩。

锦州城的御魔阵是仙门人的骄傲与信仰，是当年仙门击退以我为首的魔道的标志，它的象征意义比存在意义要大得多。

而这样的阵法，在没有丝毫前兆的情况下，被厉尘澜一举摧毁，还是打内里突破，这无疑让所有仙门之人战栗，也让别的尚未归顺万戮门的魔道胆寒。

所以今天一大早已有许多未曾归顺万戮门的魔道中人，宣布要投入万戮门门下。

我霎时间便理解了昨天墨青嘴角的那个笑！原来如此啊！昨日一战之后，只怕是他的魔王之位妥妥地坐稳了！就差一个封王大典了！

同时，仙门也认为这是一个信号，当年连路招摇举大军也无法攻破的锦州城，如今却被厉尘澜只身攻破，可见而今厉尘澜的实力比当年的路招摇，要厉害许多。

我以魂魄之体听到观雨楼使者与沈千锦窃窃私语这句话的时候，我掀了桌子，虽然桌子跟昨夜的顾晗光一样并没有什么反应。

墨青能破锦州城，也有我的功劳好不好！

我还拿六合剑召了一记天雷呢！

那城外还有个不知名的魔修来捣了一下乱，瞎帮了一个忙呢！你们这些传消息的仙门中人，怎么不把当时的事情给完整报出来！你们这是有失偏颇！

虽然我承认……昨夜的墨青，确实是在场最威风的一个……

可那也不能忽略我的丰姿啊！

能召来天雷也是很厉害的好不！你们居然一句都不给我提！

但不管我怎么愤怒和不甘，观雨楼的使者也就如此将这些事报完了，沈千锦也是个不懂事的，都没有帮被我附身的芷嫣挣个名声。

“几个仙门主张就昨夜锦州城一事，召集十大仙门掌门共商事宜。而今鉴心门门主柳巍下落不明，楼主，前日你是受鉴心门之邀前往锦州，昨日锦州之难后，你却身在万戮门中，于各仙门，恐怕不好交代……”

沈千锦坐在椅子上，淡淡地呷了口茶：“没什么不好交代的，各家掌门将时间定在什么时候？我这里正有一事欲报与各掌门。”

“五日后，在仙台山。”

沈千锦点了头，转身去找芷嫣。开口第一句便是让芷嫣随她一起去仙台山，将柳巍所做的事报与众仙门掌门知晓。

芷嫣沉凝片刻，转头瞅我，目光似在寻求意见。

我淡淡扫了她一眼，答道：“这是你的身体，也是你的事情，你想去便去就是。只是我得提醒你，柳巍想复活的人不是别人，而是金仙洛明轩，那些仙门的老头子不是个个都像你面前这个沈千锦一般明事理，好说话。搞不好，他们还要抓了你，一起去复活洛明轩。嗯，不过如果琴千弦在场的话，他约莫还是会护你的。”

芷嫣沉凝片刻，终是咬着牙礼貌拒绝道：“沈楼主，我如今已是入了魔道的人，仙门的会议，我便不去了，省得给你招惹流言蜚语。”

我挑了挑眉，看来，先前琴千弦选择相信柳巍不信芷嫣，给芷嫣造成了不小的创伤呢，而今芷嫣也不愿意信他了。

沈千锦闻言，细细一想，也明白芷嫣的顾虑，倒是没有强求。

见她们这里没事了，我正打算去下面炼丹房看看墨青，却见一只黑色大鸟一头撞破了顾晗光这屋子的窗户，蛮横霸道地闯了进来，张着翅膀便落到了桌子上。

芷嫣被它吓了一跳，却见大鸟在屋子里扫了一圈，朱红的眼睛一下便盯住了坐在床上的芷嫣，“哇”的一声怪叫，飞到她身上。

芷嫣一声惊呼，旁边沈千锦拔剑要斩，大鸟却自己从它的脚上啄下了一封书信，然后和来时一样，大摇大摆地，从窗户里飞了出去。

芷嫣愣愣地看着被褥上黑色的鸟爪印，然后拾了信封，打了开来。我飘到芷嫣身后，将头从她肩膀上探过去，与她一同看着那封书信，信上半分不讲文法地用狂草写着——

小美人，昨夜锦州城来得迟了，你可有受伤？厉尘澜护不好你，不如来找我？

落款：姜武。

我看得撇嘴，昨天那道城外的魔气，原来是这个家伙来凑的热闹。

上次墨青没把他打死，这是歇了些时日，又想来江湖上兴风作浪了吗？

真是年轻。

芷嫣却看得皱了眉头，将这信狠狠一揉，扔在地上：“这登徒子！”

刚骂了这话，将纸团丢到了门口，却被一只脚踩在了脚下。我的目光顺着那只脚往上一望，竟是面色还有几分苍白的墨青。

他扫了芷嫣一眼，芷嫣浑身一僵，凝在当场。

墨青面无表情地挪开目光，将地上的纸团捡了起来，随手打开一看。他皱了眉头，眸光一寒，那张被揉成了团的纸，霎时间就被烧了个干净。

他走进屋来，外面院里忽然响起了大鸟的“啊啊”怪叫，我从被大鸟撞破的窗户往外一望，竟是那刚才威武霸道的黑鸟不知被什么力量拖了回来，此刻被死死地压在了地上，任它如何挣扎都飞不起来，只狼狈地挣了一身的尘土。

墨青是……因为察觉到这只鸟，所以才过来的吗？

他往后一转头，暗罗卫霎时出现在他的身后，他冷声下令：“丢进沸水里，烫了拔毛，拿去江城售卖。”

江城原是姜武的落脚地……这是在给人示威呢……

“沈楼主，”外面的暗罗卫提着黑鸟走远了，墨青上前与沈千锦道，“借一步说话。”

嗯？这是伤还没好，就开始有了新的谋划了吗？上次是联合千尘阁在江州城拔除了姜武的据点，这次是打算联合观雨楼做什么呢？

我起了好奇，看着墨青与沈千锦走远，我便顶着当空照的太阳跟了过去。

但见墨青与沈千锦入了旁边一间小屋之中，我随之飘了进去。屋里，两人站定，沈千锦与墨青点了个头，算是行过客对主的礼：“昨夜有劳厉门主相救。”

“无妨。不过顺手搭救而已。”墨青应答了一声，也没客套，开门见山地问道，“只是想询问沈楼主，昨日楼主在场，可是为了与鉴心门柳巍一同令洛明轩苏醒？”

“洛明轩？”沈千锦眉头微微一皱，显然是还不知道柳巍与柳苏若想复活的人是他。她沉凝片刻，“昨夜我只是受柳门主所邀，去鉴心门赴约，可到鉴心门后，却被人偷袭，伤了颈项，取了点血。我从他们的对话得知他们要用我的血去复活某人，并不知那人是金仙洛明轩。”

“嗯。”墨青那双我见了素来温和的眼眸里，隐约带着几分透骨凉意，“若是知晓，沈楼主可自愿献身？”

沈千锦一笑：“观雨楼观雨亦观世人，观万象，万象皆有道，生死自有命理。金仙既已沉睡，便是他的命理，不该牺牲活人为他献祭。如此做法，与邪魔外道又有何异？”说完，她顿了顿，“抱歉，并无歧视魔道之意……”

我在旁边摸着下巴听，听到此处点了点头，冷面仙姑还有点意思，难怪顾晗光这么多年了还对她念念不忘。

墨青闻言，眸中寒意稍稍退去了些许，复而问道：“但闻十大仙门欲在仙台山召开仙门大会。沈楼主想来必定受邀，可是打算前去赴约？”

“理当赴约。”

“如此……便恕厉某冒犯了。”

墨青话音一落，沈千锦一怔，所站之地便在这时倏尔冒出数个由魔气凝成的栅栏，四四方方地将她囚在其中。沈千锦眉头微皱，没急着动手，只眯眼问墨青：“厉门主，这是何意？”

“鉴心门既要你的血，便说明他们需要你才能复活洛明轩。沈楼主明事理，守天地大道，而别人并不一定这般想。洛明轩金身尚在人世一日，我便不许他人有任何使他苏醒的机会。”墨青一边没甚感情地说着，一边往门外走，“要么洛明轩金身落入我万戮门手中，要么柳苏若与柳巍尸身摆在我的面前。否则，还委屈沈楼主，先在此处将就些时日。”

沈千锦没有言语。

我跟着墨青飘出了门去，只道如今这小丑八怪真是使得一副好手段，昨晚受了那么重的伤，一夜调息过来，却还能如此心思缜密地顾及这些事。

看来……他真是十分不想让洛明轩苏醒呢……

天……怎么办，经过昨天的事，我越看这小丑八怪，越觉得顺眼了！

杀伐决断，运筹帷幄……虽外表没有一股猖狂张扬的劲儿，可他的内心真是盘踞了一条令人望而生畏的巨龙啊!

他当真将万戮门管理得很好，甚至在立威的同时，还给魔道统治的土地之上的平头百姓以仁慈，他或许……真能缔造一个属于万戮门的盛世。

越是如此想着，我便越是觉得，现在即便给我一把刀让我杀他，我也真有点……舍不得了呢。

招摇

<全二册>

下卷·破晓

九鹭非香 作品

CNS PUBLISHING & MEDIA 中南出版传媒
湖南文艺出版社 HUNAN LITERATURE AND ART PUBLISHING HOUSE
博集天卷 CS-BOOKY

下卷

破晓

我为何会活过来？

因为我有一场深情，无法狠心辜负。

目录

下卷

破晓

第一章
试探

“你难道在试探厉尘澜是喜欢我的身体，
还是我身体里的你？”

这一天，整个江湖似乎都被昨夜锦州城的余波震颤。

然而不管对别人而言今天多么煎熬，在我看来，昨天的风波都已过去。洛明轩没有复活就行了，现在我一个死人，别的事也都不在乎了。

我陪着芷嫣在屋里打坐，我斜斜倚在床上，闲来无事指导她一两句，更多的时间就是望着房梁发呆。脑海里忍不住，反反复复想着的，都是这段时间以来，与墨青有关的画面。

我像生病了一样，越想越多，直到最后脑海里全是墨青昨天说的那四个字“我带你走”。

啊……到底为什么会这样呢，明明已经过了这么久了，可是一回想起来，言犹在耳，仿佛能再次冲击我的心房。

到了傍晚，墨青却来了。

这小丑八怪不知白天跑去哪儿忙了，估计是没有好好打坐调息，现在看起来，脸色依旧不似之前那样健康。顾晗光说得对，他比我还能胡来，以前我任性，可还是惜命的。而他一点也不……

墨青入了屋，但见芷嫣尚在打坐当中，他不惊不扰，自己在桌前坐下，自行倒了杯茶，轻抿一口，仿佛在等着芷嫣醒来。

我飘到他桌子对面坐着，直勾勾地盯着他，唤了一声："小丑八怪。"

他自是听不到的，于是我便自言自语地说："你要是知道，你家死了的先门主正盯着你，你喝茶还能喝得这么淡定吗？"我伸手去戳了戳他的茶杯，手指穿过杯底。我指尖没停，一直伸手，摸到了他的脸颊上，"作弊啊，怎么在我死了之后才变得这么好看，让我都不忍心带你走了。"

我手指顺着他的脸颊往下滑，然后捏住他的下巴。

此时，天色将黑，而芷嫣屋里尚未点灯，墨青一抬头，欲点灯火，这倒像配合着我，将下巴扬起来了一样。他盯着灯火，而我便在灯火之中，不躲不避地看着他。

为什么呢？

这段时间以来对墨青的逃避、不舍与这纠结的心脏跳动，到底是怎么回事呢？

脑海里时不时出现他的身影又是怎么回事呢？

甚至像现在这样，与他在空间中奇妙地对视，这一腔燥热的血又是怎么回事呢？

我看着他轮廓漂亮的嘴唇，是不是吻一下，这些问题就都能有答案了呢……我凑上前去，蜻蜓点水，浅浅地一碰，却不似上次那般，只触碰了一下便猛地弹开。我触了很久，直到仿佛有了错觉一般，我感受到了来自人的皮肤的温度。

"啊！"旁边芷嫣倏尔倒抽一口冷气，惊醒了我。

我猛地往后一撤，瞪了芷嫣一眼。

只见芷嫣睁大了眼，拼命地咬着嘴唇，一副受到了不小惊吓的模样。

而相较于她的惊骇，墨青只是转头看了她一眼，随即又回过头来，轻轻喝了一口茶，却又像有些异样地抿了抿唇。他这动作微妙，想到他之前说的于鬼神之事有点研究，我看得有几分心惊。

芷嫣也很是心惊。她眼睛瞪圆了给我使眼色，像想让我赶快回到她身体里面，替她应付墨青一样。

可我现在也并不知道要怎么用芷嫣的身体应付墨青。

我没动，芷嫣一见，当即双眼一闭，往床上一倒，直接离魂出来了。

我："……"

她从身体里爬出来，连声问我："你怎么了，你怎么了？"

我也不知道我怎么了。我坐在墨青面前，看着他望向那边瘫软的芷嫣的身体，目光似有几分探究，却也一直坐着没有动作，甚至没过去扶一下。

"我忽然想起了一件事。"

芷嫣问我："什么？不对……"她道，"这种时候别想那些事，你先穿入我的身体，把他应付走了再说。"

我没动。我只是想到了很久之前，我第一次见到墨青的时候，那时他狼狈不堪，被十大仙门围攻，所幸的是洛明轩不知道是在养伤还是干别的，并没有来。

他抱着他已经死了的娘，满脸无望，一如昨日我躺在地上等柳苏若的雌剑与万千天光一同落下的模样。

而那时，我救了他，就像他昨天救了我一样，我单手抱起了还很小的他，盯着四周强敌，对他说："我带你走。"

我不知道在当时，他内心的感受与我昨日的感受有几分相似，我也无法衡量。

我现在唯一能去猜测的事情就是……

墨青在那种情况下对我说这四个字……他会不会，已经从芷嫣这个身体里看出了什么端倪，甚至……他早就看出了端倪，只是一直装作不知。

不过也可能是因为这四个字太普通了，恰巧撞上了而已……

因为，如果他早就看出了芷嫣身体不对劲，他为什么要帮我隐瞒呢？为什么不揭穿我的身份？为什么还要送我六合剑，赠我九转丹？

墨青那么聪明，他不会想不到我路招摇若是回来，缠在他身边，必定是心怀不轨……

他这般放纵我，甚至宠溺我，总不能是因为，他从头到尾，都是喜欢我路招摇的吧。

此念一起，我心觉荒唐，可也莫名地有几分……期待……

我迈步往芷嫣的身体走去，芷嫣在旁边嘀咕："你要不还是先和我说说你想起了什么事吧，我有点好奇……"

我没搭理她，一头撞进她的身体里，然后站了起来，走到墨青对面坐下："师父。"

墨青放下了茶杯，隔着桌上跳跃的烛火看着我："嗯。"

"刚才我晕倒的那一瞬间，梦见路招摇了。"

他眉眼微微一弯，"哦"了一声，像在静待我胡扯瞎编。可我实话实说道："我看见她亲了你。"我站了起来，伸出手去，像刚才我对墨青做过的事一样，我捏住了他的下巴，迫使他微微仰头盯着我，"就像现在这样。"

墨青透亮的眸光盯着我，神情有三分错愕。

芷嫣在我旁边叫得跟杀猪一样凄厉："大魔王！大魔王！不要！我不要！你冷静！"

她的魂魄挡在我与墨青中间，可半透明的她并不影响我与墨青对视。

我也没打算当真用她的嘴去吻墨青，我只是这般捏着墨青的下巴，问他："她亲了你，你感觉到了吗？"

我直视着他的眼睛，想读懂他眼里隐藏着的所有秘密。

那双幽深漆黑的眼瞳里映着我与他之间的点点烛光，而烛光背后是芷嫣的这个身体。

他定定地望着我，在初时的错愕之后，他眼睑往下一垂，挡住了错愕之外的情愫。等再抬起眼的时候，他眸中如起了一场大雾，再次将所有情绪遮掩。

墨青抬起手，将我的手腕握住。

我一挑眉，哦，少年，你这个动作很挑逗嘛。只要将我往前面一拉，我必定毫无防备地往桌子上扑倒啊，到时候你是不是就要反过来捏我的下巴，调戏我了呢？然后对我吐露情意，坦白谋划……

我正如此想着，可墨青到底是墨青，所思所想果然与我不一样。

他只是动作轻柔地将我的手拿开，稍显清淡地瞥了我一眼："逆徒。"

逆……逆徒？

啊……对，如果现在论身份来说的话，我是他徒弟，对他做出一副捏下巴要强吻他的姿势，确实是大逆不道。可是……

他站起身来，微微转过头去，走到屋子另一边，打量着六合剑，状似无意地问："伤可好了？"

芷嫣在旁边碎碎地嘀咕："大魔王，他好像在逃避呢，有点想换话题的意思，你再接着问问。我好好奇，他到底知不知道你刚才亲了他啊？"

你看戏呢？我不知道他在换话题啊，用你瞎提醒？

我抽空背着墨青对芷嫣嫌弃地翻了个白眼，随即走到墨青身后，马虎地应付了他的话："那剑刺得有点深，好得没那么快呢。"我站到他身边，巴巴地望着他："那师父，你刚才感觉到什么异常了吗？"

墨青看着方才被大黑鸟撞破的窗户，神色沉凝，带点严肃，寻常人见了他这模样，大概要开始逃了。而他只这般凝重地回了我四个字：“无甚异常。”

“什么都没感觉到？”

“没有。”他看完剑，看完外面的天，现在又开始看墙边几案了。

我索性站到他与墙的中间，距离隔得近，迫使他目光只能落在我身上：“可师父刚才你喝茶的时候嘴很微妙地动了动呀。”

墨青终是身形一顿，他目光一转，到底还是与我四目相接了，这次没再躲避，他开了口：“你倒是观察入微。”

我眼珠子一转，想着今天若是不能把墨青的底探出来，那也不能让墨青把我的底探出来。我在心里正扯着瞎话，墨青倏尔眯着眼睛，又道：“路招摇是否亲我，很重要？”

他脚步往前挪了一点。

我忽然有一点压迫感，往后退了一些，可刚才我自己把自己送到他与墙中间，一退，脚后跟就抵住了墙壁。退无可退。

他接着问：“我是否感觉到，很重要？”

我摇头：“其实也没那么重要。”

他手一抬，学着我刚才的模样捏住了我的下巴，目光带着几分危险，又暗藏几分诡异的诱惑：“那你方才这般动作，是打着路招摇的旗号，在调戏为师？”

不……我觉得师父你现在是在调戏我。

我很想反抗，可我完全没想到，在与墨青离得这么近，气氛如此暧昧的情况下，我竟然……没什么力气去反抗。

他手上一用力，微微抬起了我的下巴，距离近得让我听到了那心脏的剧烈跳动声，还有他言辞里的隐隐笑意：“大逆不道。”

“扑通……”他这四个字伴随着剧烈的心跳声，越来越靠近我的呼吸。忽然……

“啊啊啊啊啊！你们给我适可而止啊！”

我听到一阵撕裂般的尖叫，紧接着，下一瞬间，我猛地被撞出了芷嫣的身体。我一回头，但见回了那身体的芷嫣双手在墨青的双肩上狠狠一推，将他推开了去。

墨青后退了一步，站稳身子，眼神退去了方才所有复杂的情绪，一洗原本的清冷干净。他望着钻进被窝里的芷嫣，没有说话。

芷嫣在那边抖了半天，像上了一次断头台一样紧张：“时时时……时辰晚了，你你你……”

“厉尘澜！”

比起芷嫣送客的话，另一个人来得更直接一些。是小不点顾晗光怒气冲冲地走了进来，他根本看也没看屋里的芷嫣在哪儿，径直对墨青道：“沈千锦……你为何将她关在我这里！”

墨青早就收拾好了自己的情绪，见了顾晗光，只淡淡答了一句：“可以关在别处，可不能保证她的安全。”

言下之意，便是说沈千锦被囚在顾晗光这里，是整个万戮门里最安全的所在。

他是知道沈千锦与顾晗光之间的过往的。

想来也是，墨青基本算得上我建立万戮门时的元老，若不是他当年年纪小、长得丑、没天赋，现在即便没杀我，也该混到一个光鲜的位置了。

我创建万戮门那些年里，在四个山主收全之前，墨青应该对这些事都清楚，再加之有司马容那么个师弟，他的消息，或许不比万戮门里任何一个西山主手下的人少。

顾晗光咬牙忍了忍：“她不能在我这儿。”

“为何？”

“我怕她……”顾晗光本欲直接反驳墨青的话，但一抬头，仰望着墨青，看着他自己与墨青之间的差距，素来骄傲的眼神里霎时间空了一瞬。“呵……也是。”他一声冷笑，“如今的我，便是想尽办法，大概也引不出她的情毒了。”

墨青没有接话。只听得顾晗光仿佛冷极了一般咳了两声，明明是个小孩身体，此刻却似一个老人一般沧桑。

他转身离开，行至门口，丢下一句话：“听说无恶殿有人找你，整日正事不做，陪一个丫头胡闹……”顾晗光斜了墨青一眼，“不怕路招摇回来找你算账？”

墨青闻言，发出了轻轻一声笑，也没与顾晗光多言语，他回头望了还缩在被窝里的芷嫣一眼，一个瞬行术，离开了这屋子。

我站在门口遥遥望了一眼无恶殿，芷嫣终于离魂出来，凑到我身边与我一同往远方看：“走了？”

我转头，斜眼瞥她：“你刚才胡乱将我撞出去作甚？”

“不将你撞出去，你俩都要亲上了！还是用我的身体！”

我眯起了眼睛，上下打量了芷嫣一番：“你懂什么，我在试探他。”

“试探什么？”

“试探厉尘澜到底喜欢谁。”

“什么喜欢谁……”她反应过来，“你难道在试探厉尘澜是喜欢我的身体，还是我身体里的你？”

我抱着手倚着门扉站着，跟芷嫣理智地分析：“我先前问他，是否感觉得到路招摇亲了他。若是心中无鬼，有则说有，无则说无，可他逃避了，也不去问路招摇在哪儿，甚至都不问路招摇为什么亲他。逃避，显然是因为心乱……

芷嫣一撇嘴，径直打断了我的话：“这还用试探？瞎子都看出来了，他喜欢你啊！”

她这话说得那么自然，我一愣：“你什么时候瞎了看见的？”

“我那身体只是一个躯壳，我在里面就是我，你在里面就是你，修道者无论修何道，一开始不就说了吗，这身体只是一个寄居所。谁会去爱上寄居所呀。”

我惊叹，芷嫣居然有一天能说出这么让我服气的话。于是我问她：“你为什么刚才不让墨青亲你的寄居所？”

芷嫣一默：“那不一样！反正就是……我很早之前就和你说过了啊，厉魔头是喜欢你的。只是你不相信……也不是，其实我觉得你心里应该是清楚的，你只是不愿意去相信罢了。”

我沉默。

“大魔王，你是一个把自己保护得很好的人，所以拒绝对别人有任何一点多余的幻想。因为不期待，就不会给别人伤害你的机会。”

我望着她：“你知道？”

“知道啊，我们相处了这么多天。你就是个逞强的大姑娘。我啊，感觉自己已经看淡了很多事，可这些都是在我吃了苦，受了痛之后才这样的。你就更是一个看起来什么都不关心，什么都无所谓，什么都能坦然面对的人。我与你差了好多的距离，那就是说，我受的苦难，与你也差了那么多。”芷嫣转头看我，“你是一个会让人心疼的大魔王。”

我盯着她，默了一会儿。“先心疼心疼你自己吧。”我道，“我打算把买还阳丹的事情提上日程了，你明天给我拖着你那病号的身体，下山去给我找人烧纸。我是个受过很多苦难的人，从明天开始，拯救我的重任就交给你了。”我拍了拍芷嫣的肩，“我先去晒晒月亮，你琢磨一下怎么找人烧纸吧。”

我闲闲地飘了出去，听着芷嫣在背后破口大骂我是大浑蛋。

我飘上了房顶，仰躺着看月亮，一边看一边琢磨。

我现在大概知道了小丑八怪已经分清我与芷嫣的事情，也知道了小丑八怪大概喜欢我的事情。他隐瞒着这些事，是因为害怕我知道他看穿我之后，就不再用芷嫣的身体和他玩耍了吗……

一时间，我忽然有点好奇，这个小丑八怪，到底是什么时候喜欢上我的呢……

和我一样吗，从那句“我带你走”开始，倾斜了心里的天平吗？

若是如此，他的时间会不会也太久了一点……

第二章
有情人

“他在哭吗？”
“他哭过了。”

接下来这两三天，芷嫣每天白天帮我去烧纸钱，晚上回来后，我借着她的身体瞬行去鬼市查看阴间账户余额，看着增长太慢的数额，我有点发愁。

我去鬼市酒楼问了子游，还阳丹大概多少钱一颗，子游的答案则让我愁上加愁。

“按普通人的标准来说，十万钱大概能买一个时辰。”说完，子游就直勾勾地盯着我。

他的眼神我懂，他是在同情我，觉得我买还阳丹是没什么希望了。因为按标准，普通人要十万买还阳丹，那对我来说就是要一百万钱。

因为我买东西的价格是普通人的九倍，末了他们鬼市还会四舍五入，九十万直接入成一百万。

呵，你们这些套路，我都已经看明白了。

我账上的钱，扣掉之前花了的，加上这几天芷嫣拼了老命找人给我烧的，现在前前后后算起来，拢共两万八千钱。

按子游的说法，我这个入账标准的恶人鬼，能在这么短时间内收到这么多钱已是很不容易了。寻常的鬼，逢年过节，祭祀拜祖的时候才有活人给他们烧一次钱，一年平均能入账个三五万已是很不容易了。

可我不是寻常的鬼啊！

用这么慢的速度存钱，等能买还阳丹的时候，那得多少年过去了。

我咂摸着，既然墨青喜欢我，那我要不要勾引他给他吹吹耳边风，让他动用一下门主的权威，在尘稷山给我搞个祭祀大会，将这几万几万的魔修拖来挨个儿给我烧纸？

一个一百，十个一千，凑到一万个，手拉手围着尘稷山烧，一天就能烧个一百万！再妥妥地给我烧个一年半载的！那我说不定还能买颗永久有效的还阳丹，就此复活了呢！

不过好像还阳丹没有永久的……那一个月一个月地吃，也是可以的。

我摩拳擦掌，穿入芷嫣的身体回了顾晗光的山头。

这几天墨青忙得不见踪影，连晚上也没像之前那样抽空来看我，我也就打着养伤的借口在顾晗光的院子里住着，乐得轻松。

我确实不太想见他……毕竟忽然知道这世上有个人喜欢我，对我来说冲击还是挺大的，我有点不知道该用什么样的表情面对这样的人……索性就躲着不见，乐得轻松。

我落在顾晗光院子里的时候，正巧见了芷嫣半个身子伸进了囚着沈千锦的那个小屋里，屁股撅在墙壁外面扭啊扭。不知是在看什么戏。

我默不作声地将她的身体脱在了她屋里，然后离魂出了院子，飘到她身边，也陷了半个身子进屋子里："看什么呢？"

芷嫣满眼的兴致勃勃："南山主和沈楼主好搭哦！"

我："……"

往屋里一看，只见墨青筑起来的牢笼之中，顾晗光正在与沈千锦对弈。也不知两人哪儿来的闲情，这大半夜的下棋也下得如此精神。不过芷嫣说得倒没错，这两人，一人外表虽是小孩，一人气质清冷，可往棋盘前一坐，博弈之间，却又有一种莫名的合适。

最后沈千锦落下白子，顾晗光输了半个子。沈千锦一笑："南山主谦让了。"

顾晗光一脸冷漠："不算谦让，本该你赢。"他站起身来，转身正欲离开，沈千锦却忽然道："今晚失眠，有劳南山主相陪对弈，多谢了。"

"无妨。"

顾晗光拉开了门，沈千锦斟酌了一番，又唤住了他："也许是我多心，可否冒昧相问，南山主在先前，是否见过我？"

我一挑眉梢，望向顾晗光，只见背对着沈千锦的顾晗光嘴唇微微一动，最后却是头也没回地冷淡答了句："我入万戮门后，从未出山，不曾见过楼主。"

"入万戮门……之前呢？"

"那么久远的事，记不得了。"

沈千锦点了点头："哦……"仿佛有几分失落地垂头，她唇角似有些自嘲地一勾，"是我冒昧了。"

而回应她的，只是顾晗光关上房门的声音。

我穿过墙飘出来，望了一眼屋外的顾晗光，只见他那双属于孩童的眼睛里一片迷雾。芷嫣在我身旁弱弱地问我："他在哭吗？"

"他哭过了。"

在当初将沈千锦身上的情毒过到他身上，眼睁睁地看着自己变成小孩，然后不顾沈千锦的哀求，一针针地扎在她脑袋上，将属于他的记忆抹去时……顾晗光就哭过了。

无助地抱着没了记忆昏睡过去的沈千锦，号啕大哭。

从此他再不踏出尘稷山，如遁入空门一般生活，不再待见所有的情侣，只因为害怕在他们身上，看见自己与前人的种种。

“走吧。”我拽了芷嫣，“这小孩的破事没什么好看的。我和你商量个事，保证比这个有趣。”

我带芷嫣回了房间，倚在床上，笑眯眯地将她上下一打量：“芷嫣妹妹，这么多天瞎跑乱窜地找人烧纸钱累坏了吧。”

芷嫣却像浑身上下都发了一下麻似的，抖了抖，退后两步，戒备地盯着我：“有话你直说。”

“瞧你，姐姐只是心疼你呢。我这儿有一个一劳永逸，让你以后再也不用为了纸钱而奔波的办法，你要不要听？”

“你说……”

“就是让厉尘澜帮我烧纸啊，你平时就歇着，打坐，提高自己的功力，我给你指导。你呀，就答应我一件事就好了。”

“你先说什么事。”

我正色道：“以后在我要去爱抚他、亲吻他的时候，你站着别动。”

芷嫣大惊：“你说什么！”

“你昨天不是说这是个寄居所吗，我在里面就是我，你在里面就是你。我想勾引厉尘澜的时候，不是你，你就乖乖站着。”

“那也不能用我的身体去亲……亲亲啊！再说，你都知道他喜欢你了，你要有什么要求，好好与他提不就行了吗，还谈什么勾引不勾引……”

“你懂什么？他以前喜欢我，是因为我救了他，有那些花里胡哨的头衔，还有过硬的本事。可现在我有什么，我只有你的身体呀，不拿你的身体勾引他，让他继续喜欢我，万一他哪天就不喜欢我了呢？”

芷嫣盯着我，默了很久，眼神从气愤化为不解，最后像理解了，又变成无奈："大魔王，你其实就是打心眼里，不觉得人家会喜欢你吧……"

我一愣："没有啊，我知道他喜欢我，可哪有平白无故的喜欢？他喜欢我肯定是有原因的，我得让自己有个让他一直喜欢下去的东西。"

"你就没有想过，他就只是喜欢你吗？"

啧，天真。我斜眼看芷嫣："你怎么这么多话？你就是不想让自己的身体去和别的男人卿卿我我，对不对？"

芷嫣也怒了："对啊！就是不想！你要是喜欢他，怎么会舍得用我的身体去勾引他！"

"我这不是没有别的身体嘛！不然你让我用什么勾引！"我静了静，眼睛更犀利地眯了起来，"谁说我喜欢他了？我还没放弃杀他呢。"

芷嫣一脸愕怔："你说什么？人前几天不是才救了你的命吗？"

"那是救了你的命，我本来就死了的。虽然他那天确实让我挺感动的，可这并不能让我放弃初衷！"

芷嫣满脸不理解："那你还那么费劲地攒钱去买还阳丹做什么？你直接把他杀了，你们一起变成鬼就行了啊！"

我总算理解她的思路了："你以为我凑钱买还阳丹，是为了和厉尘澜在一起？"

"难道不是吗？"

我盯着她，满脸正色："我是为了回来当万戮门门主。"

"……"

"你们这些小姑娘，整天脑子里想着情情爱爱的，除了男人就没有别的了。我这鬼生一片惨淡，以前没去鬼市买东西不知道，现在去买过东西，受过气了，感受到鬼市对我充满歧视。我早想毁了它，可奈何毁不了，我干脆就借着鬼市的力量，重新回来做人，再次站上世界的高峰，过上看谁不顺眼就揍谁的生活。"我瞥了芷嫣一眼，"下次再遇到个鉴心门这种情况的，我绝对不让任何人帅过我。我的征途是雄霸天下，你可理解？”

芷嫣垂下了头：“我觉得厉尘澜好可怜……”

“总之，你就把你这身体借给我。雄霸天下之前，我要先讨一个门主令，让整个万戮门的门徒给我烧钱。”

“不借。”

呦嗬，翅膀硬了啊！

我瞪她。芷嫣一头钻进自己的身体里，抱着手躺在床上，努力地睁大眼睛，一副怎么也不向我妥协的模样。正在这时，屋外鸡叫，正是天将明时。

我心知抢不过她，便也懒得与她争，反正到了晚上，我也能把她挤出去，到时候施一个瞬行术，我还不信她能拦住我。

可我万万没想到，到了晚上的时候，芷嫣并没有从山下回来。

我心道，这个小丫头难道是怕我抢她的身体，所以打算躲着我了？我看了看天色，正打算去山下找她的时候，一个暗罗卫将芷嫣带了回来，芷嫣浑身发抖，一脸苍白。

看见了我，她一时都忘记了要避开身边的暗罗卫，只直勾勾地看着我，向我面前走了两步，然后捂住脸，跪在了地上：“沧岭哥哥……”

我一愣，眉眼一肃：“你遇见柳沧岭了？”

“沧岭哥哥疯了……”她捂住脸，失声痛哭，“他一定是知道了锦州城的消息，所以疯了……”

我目光一垂，看见芷嫣颈项上多了一条血痕，这伤口……与沈千锦脖子上的伤口，一模一样。

我心头登时一凛。我听见自己声音清晰得可怕地问芷嫣：“你怎么遇见柳沧岭的，他可有什么异常？他刺伤了你，用的什么剑？暗罗卫救了你？柳沧岭呢？去了哪儿？”

“我不知道……”芷嫣抱住头，像脑子十分混乱，“他一点也不像平时的沧岭哥哥……双目无神。他一言不发，拿剑刺我，我以为……我以为他是知道了锦州城的消息，他知道我也参与了……所以要杀我。”

“芷嫣，”我冷静地唤她的名字，迫使她也冷静下来，“你仔细回忆，告诉我，柳沧岭手里的剑是不是吸了你颈项的血，他想杀你的时候，与柳巍想杀你爹的时候，神情模样相似不相似？”

芷嫣像被我这几个问题弄傻了一样，她仰头望我：“对……你怎么都知道？”

我当然知道，多年前，万戮门在锦州城外，与鉴心门短暂交手时，柳苏若的惑心术，可是让我万戮门自相残杀，死了不少人呢。

我握紧了拳头，这个女人真是命大，那天竟还没能将她斩除。

取了芷嫣的血，她还打算拿去使洛明轩苏醒吗……

别的事都可以忍，唯独复活洛明轩这事不行。

我正在琢磨应对之策。便在这时，小院里黑影一闪而过，是墨青来了。

几天不见，倏尔看见他的脸，记忆霎时间回到那天面对面，他几乎吻上我的时刻，我的心跳陡然落了一拍，好一会儿才平复下来。

我顺了顺心口，觉得自己在听到洛明轩可能会复活的消息时，还在在意墨青这档子事，实在是个很危险的信号。

只见墨青盯着还跪在地上瑟瑟发抖的芷嫣，眉头微微一皱，也没去扶，他转身问暗罗卫：“柳沧岭追回来了吗？”

暗罗卫跪下：“属下办事不力，望主上责罚。”

墨青没有责罚他，只摆摆手让他退下。他自己站在一旁静静看着芷嫣，一言不发，像在等着什么。

我琢磨了片刻，上了芷嫣的身，似脱力地往地上一坐，转头看墨青：

“师父。”我想，墨青既然没点破我的身份，那我也继续装傻充愣就是了，省得身份忽然来个调换，还要重新适应一下自己的角色。而且……

我也并不知道，怎么用路招摇的身份去和墨青相处。

“柳苏若可能没有死呢。柳沧岭应该是被操控了，用她的雄剑取了我的血。”

被我挤出身体的芷嫣闻言，转头盯着我。我接着说：“明天好像是他们十大仙门在仙台山的大会，柳苏若今天偷袭我，明天必定会有动作。”

而这个动作，多半与复活洛明轩有关。甚至……还可能直接带苏醒的洛明轩前去。

想到此处，我眉眼沉了下来。

墨青蹲下身来，平视我的眼睛：“不用忧心，我已有安排。”

“安排？”我望着墨青，“是要去搅乱他们这个大会吗……亲自去？”我眉头不自觉地一皱。上次锦州城一战，墨青身上的伤别说好，只怕是更严重了吧。明天的仙门大会他若是自己去，未免也太胡来了。

“担心我？”墨青状似无意地抛出了这样一句话。

当然担心啊，你这破身板……

我为自己下意识延伸出来的反应一愣。我飞快地瞥了墨青一眼，但见他星眸含笑，竟在沉着冷静之中，藏着三分调戏的意味。这暧昧的眼神直将我盯得老脸一红。

我登时反应过来，这家伙是在套我话呢！而我心里竟当真……在担心他。

我倏尔有一种被自己内心背叛了的感觉。

“噫……明明昨天还那么信誓旦旦地和我说没有放弃杀他，一心想夺回门主之位呢，可你现在的眼神可不是这样的。”我听见芷嫣在旁边嫌弃我的言语。

我斜眼冷冷瞥了她一眼，但见她像兔子一样规规矩矩地蹲着，一双眼睛直直地盯着我。

你不是在为被柳沧岭割了脖子而失神难过吗？你这才难过多久啊？你现在的心怎么也这么大了？

我咳了一声，稳定了情绪，目光重新在墨青脸上一扫。他还是那般盯着我，不知为何，我倏尔想起了不久前墨青帮我取了六合剑回来，剑柄上有血，我询问他是否受伤，他也是这般问我是不是担心他。

当时我说不担心，换来的是墨青有几分失落的神色。

现在想起他那时的神色，我却是不知为何，竟无法再瞎掰扯一些有的没的，糊弄这个话题了。

他像一个等发糖的孩子，眼巴巴地看着我。我有些不忍心将那糖当着他的面扔在地上。

我心里一声叹息，向自己的心认了输。

“嗯，担心你。”

墨青的眸光便这么简单地明亮起来，却又像没想到我会这么直白地说出这几个字，他愣怔了一会儿，竟把目光转开了，遥遥望着远方，也咳了一声：“嗯。”

嗯？就只有一个嗯？

小丑八怪你真是一个不会顺杆爬的羞涩孩子呢。

院里默了一瞬。墨青又开了口：“明日仙台山不用我亲自去，东山主已从海外仙岛归来，她会去处理。”

“东……山主？”

我愣了。墨青居然派了那个疯丫头去？不过转念一想，要去给人家搞破坏这种事，派絮织去确实是最合适的了。

这丫头是个什么脾气我比谁都清楚，她就是典型的屁股长针，半点也静不下来的人，那犹如野狗般的性子，以前心血来潮发起疯来，能抱着我在大庭广众下转圈圈，“嗷嗷”号着说好喜欢门主……

我万戮门这四个山主，细细数来，北山主忠心于我，可主属有别，相处客套；南山主顾晗光对我爱搭不理，只有受伤的时候才能见到他；司马容与我亲近，是我的得力干将。唯有这东山主絮织……常年立功与闯祸并行着走，她并不是不听我的话，而是太听我的话，导致用力过猛，收不住攻势。让她去杀个某门派的头头，她能把人家门派房瓦都砸碎。

絮织原名十七，是我当年吞并一个魔道大派血煞门的时候，从地牢里救出来的。她当时还小，不过五六岁的模样，穿着一身血煞门的弟子服，胸膛上印着“十七”二字，像编号，可喊一声十七，就换得她一声脆生生的应答，是以这也是她的名字。

我带她出血煞门的时候，正值春天漫天柳絮纷飞，便给了她个小字——絮织。

可枉费了我给她取的这么柔软的名字，这个丫头体内一股蛮力，也不知小时候是被血煞门喂了什么药，力气大得可怕，我与她操练，即便我使了千斤坠站在地上，她也能把我给举起来。用法术推她，都推不开——因为法术对她基本没有作用。

这也是我所知道的唯一一个在别人用瞬行术的时候，能一把将人捞回来摁在地上揍的人了。

我带她回万戮门，一开始本是打算当个贴身丫头从小养到大的，后来发现当丫头她实在太笨手笨脚了，让她擦桌子没有让她去撕个人来得快。我干脆就给了她个东山主的职位。但凡魔道里有什么人不听话，就让她去处理，一准没错。

我问墨青：“之前一直没见到东山主，她竟然是去海外仙岛了吗？”

“嗯。”墨青道，“五年前剑冢一战，门主身死，她一连哭了半个月，日夜不停。见她快哭瞎眼了，司马容便骗她，说海外仙岛有不死草，能使人起死回生，本想着让她缓一缓，慢慢接受……可没想到，她从那时一直找到现在。”

我垂了眉眼，我知道这丫头的脾气有多犟，可我没想到她竟会因为我而这么伤心。

明明在我的印象里，我对她……也并没有多好。

“那东山主如今回来了？”我问墨青。

“前段时间，遣人去将她找回来了。”

“她肯回？”

墨青微微动了一下唇角：“我让人对她说，路招摇回来了。”

我一怔，呆呆地望着墨青：“路招摇……什么时候回来了？”

墨青转头看我，眸光细碎温柔：“你不是说，她回来打算找我报仇吗？”

是，我以前是这样对他说过，可这对他来说，难道不该是一件让人头痛的事情吗……他怎么那么奇怪。

“……怎么看起来还挺开心的……”我呢喃出声。

“因为，除了她，别的都不重要。”

我心口一跳。

只觉墨青现在是在作弊，为什么他说出口的每一句话，都这么莫名其妙地让人……心动。

他仿佛想到了什么，颇觉有趣地道：“找到絮织的暗罗卫还传来了消息，絮织听说路招摇回来找我报仇了，开心得直蹦，拍着手说，要回来与她一同杀我。”

这种事情不要说得那么轻松愉快行不行！你这样，就算我真能抬起手拿刀扎你心窝，我也没有成就感了啊！

“昨日絮织刚刚登岸，而今仙台山大会，先着她过去看看，让她消耗消耗体力。”

我又看墨青：“她听你的话？”

“嗯。”墨青面不改色地应了一声，“我说他们伤了招摇。”

啊……看不出你个小丑八怪还会假传圣旨借力打力啊，平时这么一副一脸严肃、不苟言笑、仁慈治下的模样，可该坑人的时候，坑起来也毫不手软嘛。

“我不会让洛明轩醒过来。”他站起了身，瞬行离开之前，只留下了一句话，“安心休息。”

确实很让人安心……

我望着他离开的夜空发呆，倏尔，一个半透明的鬼影爬到了我面前，芷嫣直勾勾地盯着我：“大魔王，你动心咯。”

“啧……你不是该蹲在角落哭吗？你凑什么热闹？”

“你刚才都说了，沧岭哥哥是被控制了，他不是真的疯了，也不是真的想杀我。其实仔细一想，他当时那一剑足以置我于死地，可他剑刃偏了，我才活了下来。他是被人操控的，我该想的事是怎么去救他，才不哭呢。”

这丫头……

长本事了。

“柳苏若既然要利用他，就暂时不会伤害他，明天你们万戮门行动后，我再观察观察局势，然后才能想办法去救。不然给你们添乱，沧岭哥哥也不一定救得了。”

我“嗯”了一声，算是支持她的想法。

“所以你刚才是动心了吗？”

我嫌烦地横了她一眼，没有答她的话，可我在自己心里听到了浅浅的应答声。

是，我动心了。

因为墨青那么帅！因为他眼睛那么美！因为他唇角的微笑那么迷惑人！也因为他的言语……明明那么平淡，却能抚慰我心里坚硬的痂。

第三章

仙门大会

魔王遗子啊，我当年到底救了一个多可怕的小孩啊。

翌日，十大仙门在仙台山开会的时候，我飘在芷嫣身后，跟着她去找了沈千锦。

此时，在魔气凝成的黑乎乎的牢笼外，站着的正是沈千锦的心腹。见芷嫣进了屋，礼貌地一颔首，站在了一旁，她手中正托着一面镜子，我飘过去一看，这镜子里面映现的场景，却正是仙台山的仙门大会现场。

这仙门的千里镜即便隔着千里，也可以从镜子里看见对方所处的场景状况。那也就是说，这个仙门大会，沈千锦虽然没有亲自到场，却也派下属前去抱了面镜子坐在那儿，隔空开会。

挺会玩的嘛。

我赞赏沈千锦，同时心里也道，这墨青也是大度，他将沈千锦囚在这里，却并不禁止她与她门下的子弟接触，更不在乎她用这千里镜去参加仙门大会……

不过细细想想，墨青的目的是不让柳苏若取到沈千锦的血，现在这样看来，沈千锦确实也去开会了，她会说出在鉴心门经历的事，而柳苏若也确实没办法威胁到她。

倒是个一举两得的法子。

辰时末，各家仙门坐定，偌大一个场子，仙气飘飘。我见过的没见过的仙门中人通通一副如开追悼会一般的表情，各自皱着眉头。

而今十大仙门，南月教已不复存在，位置空了一个，沈千锦这边由门下弟子抱着镜子站在旁边，主持大会的人开了口，说罢，不一会儿，不出我所料，绑着一身绷带的柳苏若出现了，她脸上也缠着白棉布，遮挡了一只眼。成了独眼夫人的她，目光比之前更添三分怨毒。

“各位仙友，五日前，锦州城被万戮门厉尘澜所毁，可谓疮痍满目……”

我转头瞅芷嫣：“你们仙门这东西我没玩过，它能直接把柳苏若说话的这段跳过吗？我不想看。”

“跳不过啊。”芷嫣看见柳苏若，心情很不好，下意识就语气极冲地怼了我一句，“要有办法，谁想听老妖婆唠叨。”

我还没接话，沈千锦倏尔抬头望芷嫣，旁边拿镜子的观雨楼弟子也愕然地瞪着芷嫣。

我望向镜面，只见那镜子里的人，都齐刷刷地转过头来盯着这边，整个仙台山的大会开了没多久，便迎来了第一波集体沉默。

哦，搞了半天，这镜子还能传声啊。

我冲芷嫣吹了一声口哨，很高兴能引起这样的瞩目：“哦哟，看来你的话他们都听到了。”

可他们那边估计就只能透过镜子看见沈千锦面无表情的脸。

芷嫣觉得自己闯祸了，连忙将嘴捂住，不再和我搭话，而她的话已成功地让所有人的目光都落在了沈千锦这里，沈千锦不卑不亢地开口：“抱歉扰了各位，不过我这里有一事想说与大家听听。”

柳苏若在那边阴沉一笑："观雨楼楼主而今身陷囹圄，却还能在此发言，万戮门的厉尘澜，对你可谓礼待有加啊？"

"柳……前辈？"沈千锦意味深长地唤了她一声，"何必急着污蔑我，且听我将我如今落至如此境地的缘由告诉大家，前辈再多言语，可好？"

"呵。"柳苏若不屑一笑，"不过就是想说，我为了复活一人，打算取你鲜血这件事罢了。我而今自己说出来，也是一样。"

她此言一出，众修仙者大惊。

"各位仙友，我今日来，便是为大家送上这一则消息，经过我鉴心门多年寻求，而今终于找到一个法子，能令被路招摇所害的金仙洛明轩苏醒过来。前些日子，锦州城遭厉尘澜突袭，便是因为他想打乱我的计划，最终我死守金仙身躯，方保他毫发无损。"

整个大会现场，霎时间喧嚣沸腾起来。

金仙洛明轩对他们的重要性，不亚于先前锦州御魔阵对仙道的意义，洛明轩几乎是他们几辈修仙人的信仰。

而在当初那个时代，我杀了洛明轩，便如同墨青毁了锦州城一样，对他们来说，都是对他们信仰的一场颠覆。如今却有人说，可以复活洛明轩，这无疑是给常年受压制的仙门点了一把火，霎时间让他们的激情烧了起来。

见事情真的糟糕地开始往我与墨青预料的那个方向走，沈千锦沉了眉眼。

"我寻的这法子，便是要有人血祭金仙，方可唤醒金仙神志，使他重临世间。而这需得世上至纯之血。恰巧，咱们琴家与沈楼主的血能对上。我便寻求琴瑜门主的意见，他自愿为金仙献身……"

"你胡说！"芷嫣听到此处，终于忍不住了，冲到镜子面前，对那边一阵大吼，“你胡说！就是你将我爹杀了！你用惑心术惑乱了柳巍与沧岭哥哥的神志！都是你想复活那金仙，才害了这么多人！”

芷嫣开了口，那边又稍稍静了些许下来，我从镜子里望见，坐在另一边的琴千弦见状蹙了眉头。

柳苏若面对芷嫣的怒叱，丝毫没有愤怒，反而一笑，道：“琴瑜的女儿，如今投奔万戮门了吧，听说还是厉尘澜的徒弟。上次大闹锦州城，厉尘澜倒是极护着你嘛，而破我御魔阵，你也出了不少力。你不过是被仇恨蒙了心智，你的话，谁信？”

沈千锦将芷嫣先拉到了一边，正色道：“我信。”

与此同时，镜子那边也传来一道清浅的男声：“我信。”犹如庙里的清音，让群情亢奋的众仙人霎时间安静了一瞬。

芷嫣望着琴千弦，却也像有点不敢置信的模样。

琴千弦在那边只淡淡地往镜子这边扫了一眼，目光在芷嫣脸上一扫而过，随即对柳苏若道：“家弟生性温和，极宠幼女，断不会弃她而去。芷嫣早与我说过，琴瑜乃柳巍所杀，我信得过柳兄为人，便一直私下探查，查了这么些时日，却也未曾想到，竟是你在鉴心门，想复活洛明轩。”

“自金仙去后，仙道势弱，复活金仙有何不可？”柳苏若一笑，“阁主身为修道之人，理当主动奉上鲜血，为我仙道大业，贡献力量才是。”

她的话能勾动太多仙门人的阴暗心思。

大家从一开始的激动焦躁，而后沉静，现在却是在沉静背后，压抑着蠢蠢欲动。

琴千弦抬眸，静静地扫了众人一眼，素来温和无波的眼眸里，泛起了一层寒意，似来自天上一样，清冷薄凉：“为复活一人而取他人性命，此事悖逆天道，有违自然，众仙友修道多年，自是知道这所谓的复生之术，乃何等法术。琴某无惧为苍生舍身，却惧仙道仙途，再无初心，为一时之欲，成自我心魔。”他的目光最终落在柳苏若身上，“依我看，鉴心门柳苏若，不如去修魔道，更为适合。”

哼，扯呢！

我对琴千弦翻了个白眼，什么垃圾都往我魔道丢，我才不要呢。

琴千弦的一席话让众仙家皆是沉默，他们这些道貌岸然的修仙者，皆是谈心魔则色变，一时间全都静默不言。我正琢磨着，看来这场仙门大会，就算絮织不去捣乱，他们估计也会开得四分五裂，却见那边柳苏若沉默片刻后道：“而今仙门，到底也再不似从前一般齐心。若是以我之血能换金仙苏醒，我便舍了这条命又何妨。”

我抱着手看她卖苦情。

“我恨只恨自己的血无法使明轩苏醒，思之过往，明轩所行之事无不为众仙家着想，琴千弦，若我没记错，你最初修菩萨道时，也得明轩指点，而今却这般绝情，当真是修成了菩萨，便忘了世俗痛苦了吗，我想让明轩复活，何错之有？

“再说，而今我已得一人献身，剩下的，只是苦于至纯之血不够，无须琴阁主身死，只要稍献鲜血，或可复活明轩。”此话一落，一直没吭声的其他仙门，开始纷纷表了态，有的附议柳苏若的话，有的暗自点头。我粗粗扫了一眼，这剩下的六大仙门里，约莫有四家是赞同柳苏若的，而剩余两家，与沈千锦和琴千弦一样沉默不言。

五比四，倒是也没相差多远去。

便在这时，忽然一股大风起，我听得镜子里猛地传来一声脆生生的呵斥：“听你这老太婆瞎扯！”

随风而来的，是一道翠绿的身影，挟着一股蛮力，狠狠一拳往柳苏若脸上砸去。

打人打脸，为打人之精髓。

我告诉絮织的话，她从小一直记到了现在。

然而她这一拳没有打准，柳苏若受了重伤动不了，旁边有仙门的人护着她，以瞬行术一把将柳苏若拉走。可让在场众人没想到的是，当那人将柳苏若拉走的时候，这身着翠绿衣服的小丫头竟然凭空一抓，那刚消失的仙门人竟然被她硬生生地抓了回来。

那人倒是拼命要护柳苏若，将柳苏若往旁边一推。而他自己则被絮织摁在了地上，一通暴揍，连地都被打裂了。

絮织便是如此，不惧法术，可是她自己的身体也不太能积聚灵气，修法术很慢，所以她和人打架，通常都是直接蛮干。

絮织站起身来，扭头一望："听说，你们在这儿商量要欺负我家门主。"她捏着手指，"啪啪"几声脆响，她怒冲冲地瞪着周围的人，"都是哪些不要命的放的屁！"

我闻言一笑，是小十七说话的风格，还是那么粗犷彪悍。

镜子里的仙门大会现场一片寂静，所有仙人都站了起来，在絮织身边围成了一个圈。芷嫣望着镜子里的絮织，眨巴了两下眼睛，有点愣神："这是东山主啊……"

她这一声传了过去，那边仙门的人都开始窃窃私语，说来说去，无非多年不闻东山主这几句话。

柳苏若悄然退到了几个仙门之后，方才同意她言语的四个仙门之一站出来个白胡子老头，我也识得他，是望星门的掌门，名叫迟天明，号天机道人，在洛明轩被我打得永远昏睡之前，这老道与他的关系可谓十大仙门之最。

所以见他站在柳苏若这一边，我一点也不意外。

"路十七，我仙门大会，何容你来放肆！"

絮织是我捡回来的，打小没有姓，我便给她冠了我的姓，现在她被人这样连名带姓地一叫，我忽然有一种自己的后辈在江湖上延续了我威名的感觉。

“谁管你们容不容！要害我家门主就不行！”

絮织是个一言不合就动手的人，还是老方法照那天机道人的脸打，半分没有尊老爱幼的道德观念。

芷嫣睁大眼睛，看着絮织对对方的法术躲也不躲，硬生生扛上，她满嘴“哦哦哦”地惊叹，叫得比公鸡打鸣更响亮。

絮织的招数还是我教她的那些，只是这些年不知在海外仙岛吃了些什么苦，动作更快，杀人要害也戳得更加精准。

她杀招极快，又丝毫不受法术控制，这专心修内练气的天机道人吃了亏，接了两招，被这蛮横不讲道理的攻击甩进了后面人群里。絮织纵身一跃，跳到高空落下，还是不舍不休，执着地想去揍他。而此时天机道人身边皆是仙人，通通祭出了法器，各种法术、刀剑往絮织身上袭来。

絮织不怕法术，却还是要躲避刀剑暗器的。

芷嫣看得着急：“你们以多欺少！”

我却没多关注絮织，现在动手的除了天机道人这一个掌门，别家当家的都妥妥稳着呢，小喽啰翻不出个花来。我的目光落在琴千弦身上，便在大家都在关注絮织的时候，倏尔一道人影在琴千弦面前一闪，拿着柳苏若的雄剑冲琴千弦狠狠砍去。

琴千弦周身光华一动，他身形未有分毫偏差，可那雄剑堪堪停在了他的肩头。

得见来人，琴千弦眉头一皱。

是柳沧岭。

“芷嫣。”我唤了芷嫣一声，让她的目光看向镜子另一边，然后她一怔："沧岭哥哥……"她手心一紧，握了拳头，"柳苏若！你浑蛋！不要再操控沧岭哥哥了！"

没有得到任何人的回答，柳沧岭只是将剑一抽，攻势更加迅猛地砍向琴千弦。

琴千弦身边的护卫欲动手，却被琴千弦止住了动作。便是在这时，只听柳苏若如蛇般怨毒地冷冷唤了一声："诸位仙友，还在等什么？"

此话一落，另外三个仙门掌门倏尔动手，直冲琴千弦而去。竟是打算当场取琴千弦的血了！

沈千锦大怒："荒唐！"她拍案而起，却被拦在牢笼中无法动身，而先前未表态的两个仙门，玄玉堂堂主起身回护琴千弦，而另一个掌门则坐着未动，看这模样，是要保持中立？

玄玉堂堂主挡住对方一名掌门，而另外两人则同柳沧岭一起攻击琴千弦。原来，这次救不救洛明轩的选择，却是五个赞同，三个抗拒，一个中立。

三人围攻琴千弦，霎时间场面一片混乱。

我在人群中没看到柳苏若的身影。我沉了眉目，命令道："絮织，去帮琴千弦。"可我话说出口了，才发现我的声音并不能传到他们耳朵里。就在我沉默的这一刻，芷嫣不需要我吩咐，径直对那边喊道："絮织！路招摇让你去救琴千弦！"

此言一出，全场皆静，所有人的动作似乎都顿了顿。旁边的沈千锦也错愕地盯着芷嫣。

路招摇这三个字一出，即便在路招摇死了这么多年之后，对他们来说也像一个魔咒。

我很骄傲地仰起了下巴。

在角落里与那天机道人和一堆小仙人打了一通的十七在人群中抬

起头来。她脸上已经沾了别人的血，看起来有几分邪性，但目光依旧似小动物一样单纯无害。她望向这边的镜子，透过镜子看见了芷嫣，而她并不能看见芷嫣背后的我。

“门主说救谁？”

“琴千弦，菩萨道。”

她甩了甩手，在别人身上擦掉自己手上的血：“门主说救，我就救。”

她一蹲身，如身手矫捷的猛兽一跃冲天，一蹦落到了琴千弦面前，琴千弦周身闪着薄光的结界对她而言并无任何用处，她残留着些许血迹的手在琴千弦一袭白衣上推出了个血印，她转头看了琴千弦一眼：“你后退，我保护你。”

琴千弦那素来清冷的脸上明显一愣。

而正在这时，面前的柳沧岭再次举剑攻来，他看也没看絮织一眼，径直冲琴千弦的颈项而去。

絮织也毫不客气，动作迅猛，一把揪住柳沧岭的手腕，“咔”的一声让他骨头错了位，毫不顾惜地照着他鼻梁便是一拳，打得柳沧岭鼻血横流。

高高在上惯了的仙人们或许是太久没见到如此血腥的肉搏战了，旁边的几位掌门与琴千弦眸带三分错愕。

也是，以前对付仙门人，我一般派袁桀去，而絮织多半处理内部纷争。修魔的，大家都性格乖张，只服比他们更恶的人，絮织下手毫不留情，最是能震慑那些不乖的小妖精。

柳沧岭被柳苏若操控，却是不知痛一般，再次提剑要上。絮织明显不开心了，曲指为爪，刚要下杀手，芷嫣一声惊呼：“不……不行！”她眼珠子一转，“你家门主说不能杀这个人！”

我在后面毫不客气地踹了芷嫣的屁股一脚：“假传圣旨，我砍你的头！”

芷嫣抹了把汗，忍着情绪不回头看我。

那边的絮织却乖乖听了话：“门主要求比以前多了。”她化爪为掌，狠狠击中柳沧岭脑门，柳沧岭两眼一闭，直挺挺地往后面倒去，未死，却已晕了过去。絮织搓了搓手，接着她刚才的话说，“不过我还是喜欢她。”

我一笑，正觉自己养了个好孩子，那边大会现场倏尔从天而降十数个机关木头人，其中一个木头人落到絮织身边，没有情绪地说着：“你再这么直白地说这种话，有人就要生气了。”

听起来，竟是有点像司马容的调调……

是墨青让司马容安排了机关木头人过去的？

我一想，觉得此计甚妙。

絮织的身体奇怪，法术气息在她身体里流失得极快，是以别人作用到她身上的法术，还没起作用便消失不见了。除非遇到墨青或有以前的我那种程度的修魔、修仙者，气息强大到足以源源不断地对她造成极大的伤害，否则一般的，诸如而今在场的，还顾着颜面，互相厮杀时没有使出看家本领的众人，基本对她没什么威胁。

法术对絮织没用，而给絮织带来的后果就是，她极难修行法术，内息难以在体内运转，学个入门的御剑术都花了老大的功夫。

她到现在也不会瞬行术，所以才满场蹦来蹦去的。

要让她与其他暗罗卫一起行动，魔气四溢，目标大了不说，她反而拖累暗罗卫们的行动。而这木头人不一样，它们只能和絮织一样用飞的。它们体内装置着机关，不需要太多魔气便能驱使，不容易引起仙门人的注意，方便突袭。

也果然如此，絮织打头阵大闹会场，而木头人来得悄无声息，杀了仙门人一个措手不及。

木头人在这几派的纷争当中顶上，一时为千尘阁与玄玉堂的人分了不少压力，沈千锦也命观雨楼的姑娘们保护琴千弦。

南月教以前修机关术，现在他们被灭了教，唯一将这机关术练好了的，却是被他们剥夺了行走权利的司马容，让他们得以用这样的方式参与了这次十大仙门的大会。我一琢磨，这其中因果，也令人好生感慨。

在如此的混乱当中，端着镜子的观雨楼弟子也不得不忙于奔波，镜中画面变得模糊颤抖，角度也晃来晃去，让人看不清楚。

而便是在这样的混乱当中，我倏尔见到那晃动模糊的天上，有几条黑影高悬，往下方一看，琴千弦对每一个攻向他的其他仙门弟子都手下留情，一个菩提印盖在他们额头上，让他们陷入昏迷，然而这种战斗的方式，磨叽又浪费时间。

我命令絮织道："让絮织带琴千弦离开。"

可我话音刚落，还没等芷嫣开口，天上那几条黑影一动，此时絮织正与天璇门的掌门战在一起，天璇门内外兼修，除法术外，武力大概算得上这十大仙门里数一数二的了，絮织与他斗在一起，一时半会儿没能脱开身。我望向琴千弦，在晃动的镜子中我看不清琴千弦的表情，只见他身形一转，躲过从天而降的那几把雌剑。

可尚有另一把剑出其不意地向琴千弦杀来，避无可避，唯有一掌将那雌剑击碎，琴千弦也果然如我所料要震碎那雌剑。

可便在这时！

柳沧岭本已晕死在地上的身体猛地被人操控起来了似的，倏尔一动，挡在了琴千弦与那雌剑之间！芷嫣惊得失声大喊："沧岭哥哥！"

琴千弦倏尔收手，一掌生生从柳沧岭身前收回，内息撞回体内，他身体微微一颤，可这还不算完……

柳苏若竟操纵雌剑，从柳沧岭的后背穿入，毫不顾惜地从柳沧岭的身体里穿出，直取琴千弦的颈项！这一剑狠戾得让人想象不到！

而琴千弦方才为不伤柳沧岭，本就硬生生地收了掌，被自己气息所伤，而这一剑来得如此出其不意，他未来得及躲，但见那雌剑一剑刺入琴千弦的颈项。

剑尖没入，霎时间便吸取了他的血液，让整个剑身变红，而就在雌剑将穿透琴千弦的颈项之际，剑柄被人猛地握住。雌剑去势生生停住。

絮织双脚落在地上，将那雌剑往后一拖，势如力拔山兮，将那雌剑狠狠往地上一砸，剑刃霎时间断为两截，已经吸取到的琴千弦的血洒了一地。

"谁敢动他！"絮织一叱，周遭一震，竟似有气息震荡而过。

我一挑眉，想来这些年，絮织在海外仙岛那些异样之地，还是学了不少东西，竟能短时间地操控气息了。

将周围人都震开，絮织转头望了琴千弦一眼，不知为何，她忽然皱了眉头，表情有些不开心地向琴千弦走了两步，站定在他身前，根本没管琴千弦愿不愿意，一把搂住他的脖子，脚一踮，张嘴便在他脖子上舔了一下，将他流出来的血液舔去。

看得出来，她舔得很是用力。

琴千弦错愕。

所有见了这幕的人皆是错愕。

只有我比较淡然。

我知道，絮织打被我捡回来时就有个习惯，自己被刀剑划伤了，她喜欢舔一舔，像小动物一样，让伤口好得更快。有时候我去外面办事，回来手上有小伤口了，絮织偷着也要帮我舔一下。我全当这是小动物在撒娇。

收了顾晗光之后，身上的伤都能及时处理，绑了绷带，她舔不了便也罢了。

可有点棘手的是，絮织对“性别”这个概念十分模糊。她是我养大的，我不拘小节，她也不拘小节，等养到一定岁数后，我才发现她没有“男女有别”这个意识，而这时已经改不过来了。

不过反正她是东山主，也没人想着占她便宜，我便随了她去。

所以她现在舔了琴千弦的脖子，她自己可能并没有觉得有什么不对。

因为，我让她护着琴千弦，她便要方方面面都护着，没护好，就是她的错。琴千弦受伤，也是她的错。可他已经受伤了，于是她就只有帮他舔一舔了。

沈千锦在一旁摸着下巴肃容道：“没想到此生有机会得见琴千弦被人轻薄的一天。”

是啊，我之前还只是把这菩萨抓回来瞅呢，瞅了一晚上，在这宝相庄严的面孔下，都不会放肆地胡乱轻薄，这丫头倒好，上来就动嘴。

“现在不是说这个的时候呀！”芷嫣很是着急，“得想办法救救沧岭哥哥……”

我一沉眉目：“让絮织带琴千弦走……”我这儿刚开口，那边被司马容操控的木头人便道：“十七，你带琴千弦先走，我断后。”

言罢，絮织倒是半分不客气，抱了琴千弦的腰，纵身一跃，跳上高空，御剑而去。

琴千弦与絮织一走，这边无疑是陷入了更大的危机之中。镜面晃动，最后一幕，但见一个木头人扛上了柳沧岭准备离开。

紧接着，像镜子落在了地上，里面混乱的画面不复存在。

沈千锦的心腹忧心地开口：“留下的姐妹们与其他人……”

沈千锦道：“这倒是无妨，琴千弦一走，他们各自凭着怒气打上一阵，可要争夺的人已经不在了，这几个仙门倒也不会真对同为仙门的人狠下杀手。唯一承担这怒火的便是万戮门的人，可他们派的是一堆木头……”沈千锦一笑，“万戮门门主倒是高明，不出一兵，不损一子，便分裂了十大仙门。”

我瞥了沈千锦一眼，分裂十大仙门可不是墨青的错。

只要他们有人想用琴千弦的血复活洛明轩，十大仙门便会因为意见不同而分裂。能将他们从内部撕开的，只有人心。

不过，墨青确实做得很好……即便在这场纷争当中，他并没有出面，可处处皆是他布子的印记……

魔王遗子啊，我当年到底救了一个多可怕的小孩啊。

第四章
金仙

“金仙醒了，仙气震荡，扫过了半个仙门管辖之地。”

到了晚上，木头人已经将柳沧岭带回来了，直接抬到了顾晗光这里来。芷嫣第一个冲了出去，见了柳沧岭的模样，她眼泪止不住地啪啪往下掉：“柳苏若怎么可以这样。”她呢喃嘀咕，“你是她的亲人啊，她怎么可以这么利用你……”

柳沧岭被抬到了床上，顾晗光给他治伤的时候，转头嫌弃地说了芷嫣一句：“碍事。”

芷嫣也没生气，回了屋，让我上了她的身，随即她自己的魂魄过去看。我去了院里，但见那送柳沧岭回来的木头人已经不在了，我一琢磨，直接瞬行去了无恶殿。

有些时日没来，可无恶殿的守卫见了我还是恭恭敬敬地低头迎我，半分不拦。

我径直入了墨青的寝殿，但见那木头人正立在墨青面前，与他说着：“十七不知带着琴千弦去了哪儿，现在还找不到，不过今天看她这模样，应该是在海外仙岛历练了不少，比以前更厉害了些，理当不会出什么意外。”

“嗯。”墨青应了一声。他批复文件的手顿了顿，却不咸不淡地道了句，“本事长了，却口无遮拦，欠些教训。”

呦嗬，听这意思，他是打算替我教育小十七啊？

这可不行。我进了屋去。

司马容的木头人轻声笑了一会儿，道：“她这次将琴千弦带回来后，你打算安排她去做些什么事？如今魔道内部基本已经平定，不再似之前那般有诸多反抗，十大仙门也已四分五裂，成不了什么气候。唯独那新山姜武，有些棘手，听闻他最近又联系了许多魔修，不少是先前曾被招摇放逐的，对万戮门怨恨极深……这些人聚在一起，怕是不妥，让十七去处理他们？”

“不。”

“哦？”司马容似觉颇为有趣地道，“那你便将十七留在万戮门里……等她杀你？”

“新山姜武我自会解决，十七有更重要的事。”墨青一边说着，一边搁下了笔，一抬头目光望向了我。灯火摇曳间，竟似有如水的温柔。“我要她竭力护住一人便足矣。”

我脚步一顿，心口一阵紧一阵暖，刚想开口问墨青的话，便这般轻而易举地尽数忘干净了。

我不由自主地避开了墨青的目光，望向旁边的木头人。

而此时旁边的木头人也转头看我，司马容调笑的声音用一张麻木的木头脸传了出来：“啊，原来如此，这事确实比较重要。”

我以前怎么不知道我这西山主这么会挤对人？

我轻咳一声，转了话题："今日借着沈千锦的镜子，看见了西山主大发神威，西山主是何时弄了这么多木头人的？"

"前几日在师兄的帮助下，着人连夜赶出来的。"他道，"而今，我身子残缺，行动不便，用这机关术弄几个木头人，也算能为万戮门尽点余力。"

我心道，如此也好，他不用离开他那小院，这边也能帮墨青分担许多。毕竟当了那么多年西山主，司马容的能力可不容小觑。

司马容解释了我的问题还不算完，又多嘴道："正巧，这几天制的木头人也能将别处的画面传回来，但闻你今天可提了不少次先门主，以前只是听说先门主能入你梦，现在却是在白天也能与你交流了吗？"

司马容你该拖出去腰斩啊！

我在心里对司马容恨得咬了一下牙，面上却不动声色："嗯，大概她今天比较开心。"我心一横，想道，反正墨青现在知道我是路招摇了，我只要腰杆子挺直了死撑着，他不戳破，我就还能继续死撑着。

因为……点破并没有什么好处，反正我也还是要用芷嫣的身体才能与他们这些活人继续交流下去。

墨青扫了我一眼，沉默着没说话，而便在这时，身后一条黑影一闪而至，跪在地上给墨青恭恭敬敬地行了个礼。

这人之前我便已经见过了，是墨青登上门主之位后新立的暗罗卫卫长。

只见他起身后便径直行到了墨青身边，与他附耳交代了几句话，声音又轻又小。我手上捏了个千里耳的诀打算偷听一下，还没施展出去，他便已经报告完了，退到了一边。

墨青脸色霎时间变得有几分清冷："先去查实。"

"是。"

我瞥了木头人一眼，本是打算让司马容开口去问句怎么了。可司马容稳得住，木着一张脸一声不吭，我只好自己吭了声：“怎么了？”

墨青垂头批文，十分自然地道：“絮织与琴千弦回来的路上出了些岔子，倒是无妨，你且先回去歇着吧。”

赶我走？

我留了个心眼。

“好，我就是来看看师父，夸夸你布局厉害，也没别的事，这便先回南山主那处了。”

“嗯。”

我转身离开，在走出门口的时候，余光往屋里瞥了一眼，但见方才做了副要批复文件模样的墨青已经将笔搁下了，面色沉凝，唇角微抿，带了三分凌厉杀气。

方才那来报的人，报的必定不是与小十七有关的消息。我往无恶殿外走了几步，望着尘稷山千百年未变过的澄澈夜空，不觉也稍稍被风吹凉了心口与眼眸。

我猜，多半是与洛明轩有关。

我瞬行回尘稷山的时候，正在与沈千锦私语的观雨楼使者，正好验证了我的猜测。我打院外过的时候，千里耳的诀甩在耳朵上，不用凑近，便足以听清使者报与沈千锦的消息：

“仙门某地有祥瑞之光降临，天现金边祥云，许是金仙醒了。”

我脚步一顿。

望着面前这顾晗光的院子，看着院里点的灯，一眼望去，越望越深，却像望到了那日凤山之上，洛明轩大喜之日，喜堂之上明晃晃的烛火。

我熄了他的喜烛，废了九把宝剑，终于将其中一把插入了他的心房，倾我之力，封印了他浑身血液、气息，冻结了他每一寸经脉。我耗费了几乎半条命，终于使他陷入了永远的沉睡当中。

只因我发过誓。

早在我被我姥爷从洛明轩的杀阵中救出之后，早在我一动不动地躺在山沟里，苟延残喘地熬过那几个月的时候，早在我爬出山沟，知晓姥爷死讯的时候……

我就发过无数遍的誓。

你是金仙之身，你能永生不死，那我就要你，再无清醒之日，再无为人之时，我要你活着，却比死更悄无声息。

不说当年，便说而今。

我费了这么多功夫，花了这么多心思，毁了锦州城，分裂十大仙门，大闹仙台山大会，要的就是洛明轩永世沉睡。

可现在有人说，金仙或许醒了？

我觉得老天爷绝对是在跟我开玩笑。

凭什么？凭着今日柳苏若被打碎的残剑里剩余的那点血液？

我忍住了情绪，回了房间，静心打坐。墨青方才说去查实消息，便是说，这消息还未落实，我不能心焦，得耐心地等。我控制住自己，就这般从未如此用功地念了三天的静心咒。

整整三天，我没用芷嫣的身体，就坐在房里默念静心咒。

而等到第四日晚上，我听见了旁边屋子观雨楼的使者说："金仙醒了，仙气震荡，扫过了半个仙门管辖之地。"

"何处醒的？"

"尚未可知。"

三天三夜的静心咒霎时间破功。

我一睁眼，只觉多年未曾有过的愤怒、不甘与憎恶一同涌上心头，烧心灼肺的怨毒如同烈火，将我早已不复存在的五脏六腑烧得沸腾。

此时正是傍晚，芷嫣照顾完了柳沧岭，回了屋来，她有些高兴地扬着嘴角："虽然沧岭哥哥还没醒，可今天南山主说他已经没有生命危……"她顿住了话头，有些害怕地盯着我，"大……大魔王……你……怎么了？"

我怎么了？

我不知道，我也不需要知道。

我身形一闪，只觉自己变作鬼后，动作从来没有这么快过，我撞进芷嫣的身体，狠狠将芷嫣撞了出去，甚至让她的鬼魂都踉跄了两下似的，歪歪倒倒退了几步才勉强稳了身子，她揉了揉胸口："撞得好痛……大魔王，你……"

"我去鬼市。"

扔下这句话，我便用芷嫣的身体瞬行去了鬼市。

而瞬行之前，我隐约见到屋外有人推门进来，是一身黑袍的墨青。可下一瞬间，我便落到了鬼市的荒凉之地。

没有犹豫，我从芷嫣的身体里离魂出来便往鬼市之后的酒楼飘去。可飘了两步，却见瘫软在地上的芷嫣身体旁边来了一人。

刚才所见，果然是墨青。

他蹲下身，看了眼芷嫣的身体，他张了张嘴，却仿佛不知道叫什么名字一样。

仔细想想，我用芷嫣的身体以来，他好像确实从没叫过芷嫣的名字，一开始对芷嫣的态度还极其恶劣，是什么时候转变的呢？好像是从那次芷嫣去救被关在地牢里的柳沧岭时，傍晚之际，我倏尔上了芷嫣的身，挡住了北山主的一棍。

或许……从那个时候开始，他便意识到我就是路招摇了吧。

他藏得深，我也不去细究。

现在在这般愤怒到顶点反而极致冷静的情况下，一想倒是都想得通透了。可现在对我而言，这些都不重要，墨青也不重要，他喜不喜欢我更不重要。

我只想报仇。

让那个该死却未死的人，重新回到他永不苏醒的轨道上去。让我亲自送他回去。

我转身离去。

听见身后的墨青站起来时，他的衣摆扫过地上枯草杂木，发出窸窸窣窣的声音，像乱草扫过心尖，细碎地痒，也有些许扎人。

“你在哪儿？”

我能听到墨青的声音，他有点失了往日的沉着。

“我知道你听得到，你回来，有任何事，且与我商量，你有任何打算，交给我。”

我没理他，别的事都有的商量，唯独此事不行。

洛明轩没醒，那就万事好说。我可以借着芷嫣的身体，与墨青撒娇，与他温声细语地演戏，让他帮我，让他助我，因为那时候，敌人是别人。

而若洛明轩醒了，那就没什么可商量的了。

那么多年前，是我亲手封印了他，哪怕耗了这条命，我也没借万戮门他人之力，因为和洛明轩的战斗，是只属于我的战斗。

不许任何人帮，也不许任何人拦。

我便是死了，从地狱里爬出去，用一副残躯，一架枯骨，我也要让洛明轩心房里的血，永远干涸。

若说做鬼有执念，那这便算是我唯一的最强的执念。

“你不许孤身一人！”

我听见墨青在我身后这一声唤，心口莫名一紧。

我仿佛感觉到了他暗藏在身体深处伤口里的痛与怕，也感受到了来自我冰冷灵魂缝隙里的暖与痒……

“路招摇！”

我脚步微顿，可顿了一瞬，我便不再停留，径直往树林中飘去。

再是暖，再是痒，我也不能与墨青商量，我要报我的仇，而他……还有伤。

我飘去了酒楼，找到了子游：“替我买还阳丹，日后我找人烧纸给你。”我开门见山。

子游一愣：“怎么突然……”

“买还是不买？”

子游与方才的芷嫣一样，有些被我吓到了。他们这表情我很熟悉，我活着的时候，杀死洛明轩之前，很多人看我时，也是这样的表情，带着畏惧，下意识地颤抖。

好多年……我都以为以后再也不会见到别人这般怕我的脸了。

倒是有几分怀念。

“我……我只怕是无法……”我起身便要走，子游连忙伸手要拦我，可他的手又从我魂魄里穿了过去，“你听我说，我不是不愿意帮你忙！我在这里做小二，就是因为我记不得自己的姓名，只记得自己的小字，所以没法收到人间烧来的钱！我只有在这里存钱才能去鬼市买我想买的东西！”

我往鬼市那方飘，他一直跟在我身后努力地追。

我吃了神行丸，他追不上，眼见越落越远，他便拼命地喊：“那是其一。其二，鬼市是可以帮别人买东西，可得是有亲缘关系的！”

我飘得远了，他的话再听不见，而此时我回到方才离魂的地方，墨青已经带走了芷嫣的身体，我能猜到他要去哪儿，他要去找洛明轩，他或许不知道我变成鬼之后能做些什么，可他一定知道，我要去找洛明轩。

我不再管他，继续往鬼市里面飘。

拦住那个常年在鬼市找媳妇的老太太，我开口便说了自己的生辰八字，随即道："我乃处子鬼，愿与你儿结亲，现在便去把冥婚给我办了，我只要你家一件聘礼——给我买个还阳丹。"

老太太愣愣地看了我一会儿，随即一拊掌："哎呀，好呀，模样也行，屁股也翘，八字合，终于为我儿讨到一门亲了！我有儿媳妇了！"

是啊，你有儿媳妇了，我活着的时候以为自己打死也不会成亲，现在死了，也到底是成亲了。

老太太周氏将她儿子带了过来，我上下瞥了那书生一眼，他对自己的母亲唯唯诺诺，估计活着的时候便一直这般窝囊，连现在死了也摆脱不了那身份。

周氏问他喜不喜欢我，若是喜欢，这事便定了，就会拿我的生辰八字去写红书，结阴亲，再给我聘礼。

我站在周氏的背后，但见周氏问了那书生之后，书生怯懦又害羞地抬头看了我一眼，本是娇滴滴如大姑娘一般的羞涩眼神，待得触到我的目光时，他浑身一僵。

我冷冰冰地盯着他，我在周氏身后张了嘴唇，木着一张脸说出了没有声音的三个字："说喜欢。"

那书生咽了口口水："喜喜喜……喜欢……"

周氏喜笑颜开，打算牵我的手，我却躲开了，转身道："走，直接去写红书。"

周氏很开心："你看你媳妇，还着急。"

她一路带着儿子与我走着，絮絮叨叨地说着他们家的过往，说他们生前是乡里的富户，行善积德，做了不少好事。唯一不好的就是孩子爹死得早，周氏辛苦拉扯儿子长大，儿子终于考中了秀才，正要去考举的时候，山里村子被一窝土匪抢了，母子俩双双亡命。

老太太生前没什么别的愿望，唯一不甘的就是自己儿子活着的时候没来得及娶个媳妇。于是一直在鬼市寻寻觅觅好些时日，挑八字，挑模样，挑是否处子，可怜又固执。

现在遇上我，周氏还在挑："你就是活得太久了，年纪大了些，不过也没关系，生前是修仙的吧，你们这些修仙的人，救人多，杀人也多，不如我儿子福德厚……"

我盯着旁边不敢抬头看我一眼的书生，心想窝囊成这个样子，还谈什么福德。

我与他将红书签了，又与他们去了回魂铺，到回魂铺前，周氏将要抬脚进去的时候，倏尔问我："我这儿只够给你买一个时辰的还阳丹，你得先告诉我，你要还阳去做什么。"

我面不改色心不跳地与她扯："我生前有个门派，我死得突然，没来得及与手下的人做交代。现在我打算在地府成亲，想回去做个了断，顺便告诉手底下的人，让他们给我多烧点纸来，以后我拿来照顾你和你儿子。你让我在人间待久点，我就能让更多人帮我烧钱，多烧些。"

周氏听罢："那我给你买两颗！"

她要进店，我跟随在她身后，门口青面獠牙的鬼放周氏进去了，却将我拦在门口。我没动，周氏连忙回来解释："这是我儿媳妇。"

我这才在这对恶人充满歧视的鬼市当中，第一次踏进了回魂铺。

周氏向掌柜的买来两颗还阳丹，掌柜的在那黑布后面说着："还阳丹吃了只能还回自己的身体啊，是个什么模样、有无皮肉那是你自己的问题，咱们只保证还阳不保证质量。骷髅骨架爬不起来，咱们概不负责啊，埋在土里棺材盖得紧出不去，咱们也不管啊。时间一到，不管附身去了哪里，身体消失，自行返回原处，魂归鬼市继续当鬼啊。”

我觉得这鬼市卖得最贵的东西，大概也是他们最不负责任的一件商品了……

不过没关系，我说了，哪怕是枯骨一副，我也要爬起来去杀了洛明轩。

没等出回魂铺，不管周氏还在与我说什么话，我一仰头，便将两颗还阳丹吞进了肚子里。

霎时间，头脑眩晕，面前的一切都开始变得模糊不清，周氏的声音在我耳边变成了声声嗡鸣，她似在吵着闹着嫌我吃得太过着急。

胸口陡然升腾起一股撕裂我魂魄的疼痛感，撕心裂肺，比我生前所受的任何伤痛都要难以忍耐。

我紧咬牙关，在倒地浑身颤抖抽搐的时候，脑子里只想到了一件事——希望那个小丑八怪没有把我的棺材钉得太紧。

要是这次还阳了却没从棺材里爬出去，那才是闹了个天大的笑话。

“轰”一声轰鸣，如整个世界都炸开了一样，我陷入一片黑暗当中。

仿佛我的五感在这一瞬间都消失了，我所有的意识都不复存在，身体犹如飘浮在虚空之中，沉沉浮浮……

不知时间过了多久，我终于慢慢地能感觉到天与地的存在，感觉到自己身体有了重量，感觉到了空气中的丝丝凉意，还慢慢嗅到了飘进我鼻腔里的味道。

不是泥土的腥味，而是一种微妙的清甜的味道……

我猛地睁开眼睛，所有的黑暗尽数退去，鬼市的阴沉尽数被我抛在脑后，触目是一片白茫茫的冰雪世界，风雪化作冰柱从顶上悬吊而下。

我深深呼吸了一口气，只觉后背一空，我蓦地从墙上掉了下来，四肢无力地摔在地上。

我喘息了片刻，看着地上的手，我抬起一只手，转动过来，看了看掌心的纹路，审了审我的肤色。是……是我的身体。

是我路招摇用以威慑天下仙魔的那个身躯。

我没有化为枯骨！

我一转头，但见我背后是一面透骨寒凉的冰墙，冰墙上有一个人形的凹陷，我方才，便是在那墙上？或者说……墙里？

我愕然，且有些懵懂。

怎么回事？

我不是被墨青埋在尘稷山禁地里的那个青草坟头之下了吗？我不是在那个坟头之上飘了整整五年吗？可为什么现在我的身体会在这里？

没有化为枯骨，没有丝毫腐烂……

我在哪儿，这是哪儿，又是谁将我的身体放在了这儿？为什么放在这儿？怎么放在这儿的？

我到底……

死没死？

无数问题蜂拥而出，我往后一坐，冰凉透骨的寒冷霎时间从皮肉传至我的大脑，让我冷静下来。

不，现在不是思考这些事的时候！

我只有两个时辰，不管这些问题的答案是怎样的，我现在只有唯一的一件事情要做——让洛明轩继续沉睡。

等将洛明轩再次封印，这身体的这些问题，我再慢慢来探。

我站起了身，握了握拳头，这是我的身体，我熟悉我身体里的每一寸经脉，我的气息，我的血液，我的力量，我所有的骄傲与自豪。

我还穿着当年万戮门的那一套衣裳，在剑冢之时穿的那身张扬的黑红相间的衣袍,我抖掉肩上的冰,转了转脖子,歪着唇角遏制不住地一笑。

面前的冰凌照出了我的模样，黑发，黑瞳，周身魔气四溢，我咬破手指，让嘴唇染上触目惊心的红。

我是魔啊。

让人闻风丧胆的魔头路招摇，我已有好久……都没活动筋骨了。

第五章

命运

他的身影，如撑起了我头顶摇摇欲坠的天空的脊梁。救我于危难之际，护我于艰险之时。至此，我无法不相信命运。

头顶是冰封的洞穴，冰凌交错。不知此处已经寒了多少年，也不知崖壁上的冰有多厚，看过去自成一股深邃的蓝色。

我一边往外面走，一边重新适应着自己有些僵硬的身体，我不知这微妙的僵硬是因为冰冻还是因为死亡。可操纵着气息在身体里流转了一圈，我知道，现在的我相比于全盛时期，恐怕要弱上一半有余。

可这没关系，洛明轩也才醒呢，他比我，怕是也好不到哪里去，甚至还会更糟。

我每向前走一步，都更适应这个身体一些，越是往前，步幅越大，黑红相间的大袍子拖在地上，一路摇曳，拖拽出的声，也越发似我以前走过万戮门无恶殿时的动静。

四周的冰凌将我的身影照得破碎，让这时空仿佛特别混乱，但外界越是混乱，我的脑子越是理智清醒地在思考着。

而今洛明轩醒了，金光扫过了大半个仙界管辖之地，却没人知道他在哪儿，我能想象柳苏若和那几个仙门的人有多努力地想将洛明轩藏起来。可是……

他们哪怕能骗过天，也骗不了我。

因为我的封印还在他的心口里，哪怕他们用法术，用别人的生命将洛明轩唤醒，可我的封印还在，非我的力量，不可解除。

我顿住脚步，微微闭上眼睛，让神识透过这不知有多深的冰封洞穴，向外延展，慢慢地看见山石、泥土，看见外面的风雪、森林，看见有冰湖、大雪山、刺目的阳光，随即，四周景色越退越快，直至成了一片模糊。

唯一清晰的，是那一根黑色的魔气凝成的线，牵连着我的指尖与洛明轩的心房。

那是我给他留下的封印，也是他的诅咒。

我陡然睁开眼："找到你了。"下一个瞬间，瞬行术一动，我四周的寒意霎时间退去，微风轻暖，拂过我的脸颊。

我已立在半空之中，下方便是凤山。金光闪闪的鸣凤殿依旧有着刺得人眼发疼的光。

我曾以为我这辈子都不会有再到此处来的机会，可见天意，终究不遂我愿。

洛明轩现在便在下方。当年，也是如此，他在鸣凤殿里准备迎娶他的妻子，谁都没想到，我路招摇打破了鸣凤殿上的结界，闯了进来，毁了他的一切。

自此柳苏若恨透了我，仙门称我罪大恶极，是世间最恶毒的女魔头。

我却听得高兴，越是恶毒的诅咒、谩骂，说明我的手下败将越是没有反抗之力。

手上没有剑，我凝气成形，一把黑色的魔剑从我掌心长出。握紧剑柄，我举剑而起，一声短喝，长剑劈砍而下，魔气灌入，与结界金光摩擦撞击。我感觉到了身体里久违的力量涌动，冲击的力量似有高人在帮我点穴一般，一点一点打通我身体里每一条阻塞的经脉。

气息在我身体里流转越发顺畅与快速，我眉目一沉：“破！”仙门结界似琉璃一般应声而碎，飘飘洒洒，如下了一场金色的雪。

我便从这场雪里落在了鸣凤殿前，里面急匆匆地跑出来三人——柳苏若、天机道人，还有天璇门门主。

见了我，他们皆怔愣非常，只呆呆地盯着我，没有一人记得将手中的法器祭出，与几年前见了我的模样相差太多。

我挑了挑眉：“怎么，厉尘澜这些年都没和你们打过架吗？”

我一开口，他们才像反应过来了似的，一个接一个地呢喃自语：“路招摇……怎么可能……”柳苏若更是浑身颤抖，咬牙切齿地盯着我，眼里几乎要爬出怨毒的蛇：“路招摇！”

她一字一句地呢喃出我的名字，且是最先一个祭出法器的人，雄剑刺向我的胸膛，天上雌剑一同飞下。

我冷笑，魔气一动，手中黑剑化为藤蔓，爬上天空将身后来剑通通一揽。我避也不避面前杀来的柳苏若，她为了复活洛明轩，已弄得一身残破，这怒吼着杀来的姿态破绽百出，待行到我身前，我周身气息一震，径直将她震出去了三丈远。

我的魔气拉拽着她剩余的八把雌剑，在我身后飘摇，如同我扬在空中的八条尾巴。

在她眼眸里，我大概笑得邪恶得一如地狱恶鬼吧。

“还给你。”

她双目微瞪。

这三个字她十分熟悉。

一次是在她成亲时，她偷袭我，我将雌剑甩进了她的心房。一次是在鉴心门，我用芷嫣的身体，她也这般偷袭我，我又把剑甩了回去。这次，不用她动手，我自己来。

魔气拉动雌剑，一同向柳苏若刺去。

我要她的命，因为她知晓复活洛明轩的方法。眼看着剑尖便要刺入她的皮肉，却在这时，金光一闪，罩住柳苏若，撞上金光的雌剑尽数崩裂成了数百片废铁。

我眉眼一冷，往旁边望去，好一个翩翩公子白衣胜雪。他站在鸣凤殿的台阶上，居高临下地看着我："路招摇，你当真魔性难驯。"

魔性难驯？

洛明轩说这话，竟也不觉讽刺？

"不忍金仙费心，"我轻抚掌中魔剑，让剑刃染上我的血液，施以血祭术，看着黑剑更亮，我剑指洛明轩，"这便送你回去长眠。"

我身形一动，黑色魔剑直取洛明轩的心房，铿锵一声，剑尖被他身前的金光仙印挡住，我另一只手曲指为爪，一爪撕了他胸膛前的仙印。洛明轩身形瞬移，登时挪到我的身后，手上仙印也半点不客气地击上我的后背。

我头也未转，背过剑去挡住背心，一声短喝，将他震开。

正值旋身欲要再战之际，旁边倏尔有两道仙气攻来，我心头怒火大盛："谁敢阻我！"

我一声低喝，魔气涤荡，却在这时忽觉脚下仙气大作，另有两道与方才不同的仙气从别的方向袭来，化为锁链，套住我的双手。

这里还有两人？

对，那日仙门大会，有五个门派是支持复活洛明轩的，这里有柳苏若、老头与壮汉，没理由另外两个不在。

就在我脑海闪过这想法之时，我脚下阵法倏尔金光大作，刺痛我的眼睛，在这一瞬，又有两道锁链窸窣而来，分别套住我的两只脚，我四肢被困。

一切仿佛退回那一年。

我初出茅庐，前来凤山寻找洛明轩，却被他以此阵法困锁住，我在阵中痛苦嘶喊，挣扎求助，难以解脱。

洛明轩也如此时一般冷冷站在远处，凝视着我，是高高在上的人居高临下地对我宣判死刑。

我一咬牙关，只觉心中翻腾的血与怒根本无法停止。

“洛明轩，你以为你能杀我？”

“初遇之际，我便该杀你。”他在阵法之外，满面清冷，“也不至于让你作乱至此。”

“哈哈哈！”我觉得我听到了天大的笑话，即便被困住双手，锁在这阵法之中，也笑得停不下来，“哈哈哈！洛明轩，你这话是不是说反了？”我停下来问他，“初遇之际，该死的，不应该是你吗？”

洛明轩沉着眉目没有说话。四周被我方才魔气震荡出的尘埃退去，四个仙门的掌门听闻我这话，面面相觑。

柳苏若捂着胸口行至洛明轩身后：“路招摇，我此生尽被你毁，以前以为你死了，便也作罢，而今既然你死而复生，自行送上门来，我便要亲自将你削肉剔骨，方能消我多年之恨。”

她说得那般咬牙切齿，我在阵中望着她，依旧笑得放肆：“你来。”

洛明轩拦住她：“苏若。”

柳苏若转头看他：“明轩，我这一身的伤，半颗心走火入魔，皆是拜她所赐，不亲自手刃她，我心魔难除。”

“哦。”我笑，“你们仙门人，也不干净嘛。”我动了动手，欲指柳苏若，可立即被一方掌门锁住了动作，我扫了他一眼，“洛明轩，为魔者恶，你怎么不先杀了她，以儆效尤？成全你这大公无私的金仙名号。”

“你这贱人！”柳苏若闻言，再不顾洛明轩的阻拦，拿着她仅剩的雄剑，径直向我冲来，嘴里是痛恨又凄厉的嘶吼。

我冷眼盯着她，见她一脚踏入阵法之中，登时歪着嘴角一笑：“真乖。”

我周身魔气四起，四个仙门掌门用尽全力握住锁链，仿佛要将我分尸，可即便我如今狼狈到如此境地，他们也奈何不了我。

因为我是拼上性命而来，他们却舍不得自己那条命与我斗。

柳苏若杀至我身前，剑刃刺入我心脏前一刻，我周身魔气凝成藤蔓旋转而出，打掉她手上的剑，将她脖子一扭，拉至我身前挡住。魔气在她脖子与身上游走，随时可以化作利刃，将她切成一截截，一段段。

“洛明轩，”我唤了他一声，先操纵魔气在柳苏若脖子上划了一道口子，“我知道你想做什么。沉睡初醒，内息不足吧。”我笑，“你想保留实力，让这几个货色耗掉我的力量，趁我虚弱，再动手杀我。”

我以魔气不停划伤柳苏若身上的皮肉，每一次都换来她极尽恶毒地咒骂，仙门掌门也怒火十足地要我住手。我只望着洛明轩：“我没那么多精力浪费在别人身上，让他们收了锁链，撤了阵法，然后快滚。我要杀你，你要杀我，没有别人参与，否则……”

我切开了柳苏若的下巴。

“我帮你把这已入魔的夫人杀了如何？”我问，“你们修仙者会不会好奇，入魔的人，心是不是红的，要不要我掏她的心出来给你们看看？”

魔气凝成的藤蔓停在了柳苏若的心口上，缓缓地刺入。

柳苏若大喊：“路招摇！你要杀便杀，我早就死过了！我不怕你！路招摇我不怕你！”

“呵……”我轻轻一笑，神情温柔和煦，“我就喜欢你们这种死也要坚贞的模样。”

藤蔓刺入她的心口，鲜血涌出，柳苏若死死咬住牙关，不吭一声，可我需要她吭声，于是我让魔气在她脸上轻轻一比画：“或者，你想让我先把你的皮剥下来？”这句话明显戳中了她的内心，她一声闷哼，终是唤得洛明轩开了口。

“住手。”他道，“放她走，我撤阵法。”

洛明轩，你果然没让我失望，维持了一副伪君子的模样。

“锁。”我声音薄凉。困住我四肢的金色锁链收了回去，仙门掌门们愤恨地盯着我，我向着阵法外一步步走去。

柳苏若感动得满眼的泪：“明轩……”

离阵法的边缘越来越近，我直直地注视着洛明轩，终于，一步踏出，我离开了阵法。

“信守承诺。”我道，催使魔气将柳苏若甩了出去。

然而便在甩出柳苏若的那一瞬间，洛明轩身影倏尔一动，我眸光一凝，极快地与瞬行而来的他过了两招，却不料正在此时，四个仙门掌门再次甩出锁链，这次四条锁链化为一条套住我的腰，径直将我硬生生地拉回阵法当中。

我在阵法中就地一滚，半跪在地上撑着身子，忍不住笑开了：“洛明轩，你先前欲杀我，便因我生而为魔，必是极邪极恶之徒。我曾委屈过一阵子，可现在也释然了。”我盯着他，嘴角还带着笑，“若天下正道便是你们这般模样，那我为恶为魔又有何妨。”

“你说对了，你若是正道，我便注定与正道为敌。”

话音一落，我周身魔气蛮横而出，既然摆脱不了这些障碍，那我就将障碍尽数扫除，我与洛明轩这一战，谁也不能阻挡！

我咬破拇指，在这金光阵法中画出一个邪阵，血液灌入，魔气横行，径直从阵法之中凝出一条纯黑巨龙，在地上横行而过，扫过阵法，与四个仙门掌门斗在一起。

我震碎腰间锁链，手中再次凝剑，不管不顾，就此狠狠冲洛明轩砍去。魔气撞击金光，荡出的力量削了半个鸣凤殿。

剑光相接的瞬间，洛明轩开口：“我曾以为能教你向善。”我脑海里闪过那些山沟里，他重伤，一言一语告诉我出生不能决定一切的画面，“可你还是救了魔王遗子，建立万戮门，至今死性不改。”

“呵。”

“对啊。”我不屑与他解释，“就是这么坏，你有什么不满吗？”

他手中仙印光辉大作，而正在此时，下方魔龙与四个仙门掌门斗至最后，他们尽数倒地，魔龙也气竭消失。我内息一阵空虚，手中魔剑登时散开，被他一掌击中胸膛，径直从半空中落下，狠狠砸进地上大石之中。

我从大石凹陷里撑起身子，抹掉唇角的血，冷笑：“你救人便是善，我救人便是恶？你建立门派便是对，我建立门派便是错？你信仰的叫坚持，我信仰的叫死性不改？哪来的道理？”我与他辩，争夺时间调理内息。

洛明轩眉目一凝：“你可知你为何生而为魔？”

我不知他为何这种时候要抛出这种问题，这个问题对我来说根本就不重要，不过我也乐于让他自己耽误时间，敌人死于话多，我静心调理自己。

“你生于魔王封印之地，千年前魔王身死之际，为免血脉不保，遂将遗子封印，藏于那片山脉之中。为护遗子，魔王在那方落下封印阵法，自此山脉中村人尽数为魔气感染，所有人生而为魔。他们不可出，外人不可进，那便是魔王为了他的遗子，落下的诅咒之地。令村人世世代代，守护他的后人。”我静静望着洛明轩，听他说着，“那就是你的故乡。”

“百年前，我得知此封印存在，为除魔王遗子，只身前去，破开封印，却被封印重伤，落下悬崖，为你所救。我以为能使你一心向善，却不知，日后待你出山，却是第一时间，救了他。”洛明轩道。

“我被魔王封印所伤，多年未曾痊愈，查到魔王遗子下落，便着十大仙门，合力剿除此祸害。你却伤十大仙门数百人，手段残忍，只为救这祸害，此后建立万戮门，屠戮仙门人士，最终将那厉尘澜推上而今这般境地……这便是你的天性。”

哦，原来这便是我的身世。

可那又如何？

我祖上世世代代便是背负着保护墨青的任务而出生的，但我祖上世世代代都没能见到他们要保护的那人一眼。反而是我，一出山，一个意外，一场不经意，就真的保护了命悬一线的他。

洛明轩将此归结于我天性如此。

不，我觉得，这是天意如此。天意让我救了墨青，护下了他，与他结缘，直至如今。

而至于我的天性，很简单，八个字——有仇报仇，有怨报怨。

说了要打死你，就一定贯彻到底。

洛明轩手中长剑一起，天法凤鸣剑终是出鞘，凤羽般的金光灼人眼球。在洛明轩的神剑一斩之下，涤妖荡魔，扫尽天下邪魔之气。他也站在他正义的立场上，失望地指责我：“为魔，终究是恶。”

他飞身上前，凤鸣剑清鸣之声宛似震彻天地，我抬剑急急一挡，身前魔剑立即被他斩为魔气，我瞬行术一动，闪至鸣凤殿金瓦之上。可根本没时间歇息，洛明轩紧随而至，我堪堪架住他一招剑势，却未挡得住他斜里一掌，直中我的心房。

我被这一掌之力生生击飞数丈远，直到撞上殿前水缸才堪堪止住去势。

一咳，满嘴的血腥汹涌而出。

洛明轩并未追上前来，只遥遥站在那房顶之上，口中两个字轻吐而出：“伏魔。”

方才被洛明轩击中的地方，登时传来一阵更甚一阵的疼痛，直入心房，刺得我浑身无力。

糟糕……

竟是中了他的伏魔印。

此印会不断撕裂我体内聚集的魔气，若无比之更强的力量将印数之力冲破，此印便会一直留在我的体内，使我永远无法再使用魔气。

对以前的我来说，蛮横冲破便罢了，可现在不行，我没这个力量，也没有这个时间……

我咬紧牙关，忍受着剧痛，刚刚一抬头，但见那边金色身影转瞬落至我的身前，凤鸣剑伴随着他薄凉的嗓音刺向我的心房：“路招摇，而今，还有谁能来护你？”

没有了，从我姥爷身死的那一瞬开始，我就永远只剩一人了……

“有我。”

耳边风动，黑影自我身侧转瞬划过。

我一仰头，面前黑色衣袍挡在我身前，微风徐来，令他鲛纱的衣袂扫过我的脸颊。洛明轩的凤鸣剑刃停在距我心口寸长之处，再无法前进一分，墨青的手便这样随意地掐着洛明轩的脖子，在他耳边轻言：“路招摇，有我来护。”

那般不动声色，似自天边而来，又如汹涌洪水自我心底涌出。

他的身影，如撑起了我头顶摇摇欲坠的天空的脊梁，救我于危难之际，护我于艰险之时。至此，我无法不相信命运。

原来，真的是天意，世上真的有一人，可以拯救我，从身体，直至心灵。

下一瞬间，在洛明轩惊诧的面孔下，墨青手中魔气大动，只听“嘭”的一声，似将洛明轩脑袋炸开了一样。我心神一凝，但就在那片刻后，洛明轩的身影竟出现在十丈远的鸣凤殿阶梯之上。

墨青面前的人影渐渐化作一股金光消失不见。

他抹了一把半边脸上的血：“魔王……”根本不听他将话说完，墨青的力量强大得丝毫不讲道理地往四周震荡开来。

巨大的压力从天而降，压碎了尚且残存的鸣凤殿，仿佛有着滔天的怒气，连同洛明轩一起，将除了我与他立足的这个地方以外的一切尽数毁灭。

裂石，摧山。

天崩地裂之中，洛明轩去了哪里，四个仙门的人去了哪里，一瞬间似乎都不再重要，只有我与他所在的这个地方，诡异地安稳。

我捂着心口，感觉心脏剧烈的跳动已经胜过胸腔里撕裂我的任何疼痛。

四周那么混乱，他转身行至我面前的两步却那么缓慢轻柔，他在我面前蹲下，抬起染了洛明轩鲜血的手，似乎想触碰我的脸，却又像怕将我打碎一般，只有指尖停在了我脸颊上，如蜻蜓点水。他有着毁天灭地的力量，也会因为害怕而小心翼翼。

他的眼中，仿佛有一场比此时此刻更惊心动魄的山崩地裂。

“路招摇。”

“嗯。”我直视他的双眼，“是我。”

苍茫天地，浩渺宇宙，此刻，仿佛都寂静无声了。

第六章

复仇

“路招摇，你不过是想来找我报你亲人的仇罢了。”

心口一动，疼痛牵扯着我的心脏，让我神志有几分迷糊，身体不受控制地往墨青怀里倒去，直至额头抵住他的胸膛，眩晕感方才消失了些许。

而对墨青来说，我身上仿佛有烙铁将他烫到了一般，让他有些颤抖，扶着我手臂的手掌，似在极力遏制着。

我咬牙，死死压住喉咙里的血液：“洛明轩还活着。”

他稍一沉默，声音冰冷地开口：“活不久。”

墨青的手圈过我的身体，温热掌心贴在我后背，我只觉他掌心有一股力道传来，转瞬震碎了我心口之上的伏魔咒，那擒住心口的疼痛立即消失。随之而来的还有专属于他的力量，温热，绵厚，填补了我空荡荡的内息。

我额头抵在他宽厚的胸膛上，忍不住往他颈窝处偏了偏，给自己找了个更舒服的姿势。

墨青身体微微一僵，流入我体内的气息陡然一顿，可随即便又放松下来。

以前从不敢想象，有一天我竟会在厮杀的战场上去依赖另一人……

忽然间，我察觉到我落在洛明轩心上的封印倏尔一远。

我陡然回神，不行，我只有两个时辰的时间，方才那一番缠斗只怕已耗去了一大半，现在不是在此处占墨青小便宜的时候！

我咬了咬牙，手撑住墨青的胸膛。将他推开："不能让他跑了，追。"

"你留在这里。"墨青收回了手，起身欲走，我却抓住了他："我好不容易从地府爬回来，可不是回来玩的。"

他唇角一抿，却是没再阻止，只将身侧万钧剑摘下，递给了我，如同送了我一朵路边的野花。

我一愣，怔然地仰头望他。脑海中竟不合时宜地想起了我上芷嫣身的某个晚上，那天我对他说，路招摇要回来找他报仇，而他却道，若是路招摇回来，门主之位，拱手相让。

那时他说得轻描淡写，我听得漫不经心，却没想到，他竟然真有这样的决心……

万钧剑意味着什么他不会不知道，不然当年我也不会把这一条命搭在这把剑上了。

"万钧剑认主。"我道，"我用不了。"

"它可护你。"

只为护我？可我这仅余半个时辰的性命，何足让他如此相护……

墨青见我没接，只将万钧剑替我佩在腰间。五年前，我穿这身衣裳去剑冢取剑，当时没取到，而今却是阴错阳差地将这剑佩上了，而这心境，到底再不如当时了。

真是令人……不得不感慨。

我压下心头情绪，闭上眼静静感受洛明轩逃去的方向，我一睁眼，握上墨青的手腕，瞬行之后，在一片森林中拦住了洛明轩。他抱着柳苏若，脸上的血迹可怖，身后跟着的四个仙门掌门同样狼狈。

见了我，洛明轩眸光一紧，而后想起瞬行术，可在他行动的瞬间，天上地面同时闪过一道巨大的黑色阵法，洛明轩一声闷哼，是法力被憋回体内造成了疼痛。

我转头看了墨青一眼："干得漂亮。"这些仙门的家伙，动不动就拿阵法来压咱们，真以为咱们不会来这招吗，"你对付那四个，洛明轩交给我。"

我话音刚落，那四个仙门掌门便似立即被一道地上钻出的魔气缠住，魔气灌入他们口鼻之中，让他们控制不住自己身体胡乱地比画着，俨然一副入魔的神情。

我看得愣怔，愕然于墨青动作之快。

在他们的痛苦嘶喊中，墨青的声音在我耳边沉稳地响起："他们已不足为患。"他转头看我，"剩下的，我与你一起面对。"

墨青……你真是，怎么能在这种情况下让我感觉，我像在被人宠着呢……

你这样玩，让我这个昔日门主的威风，往哪儿去耍？

见我不答他话，他似沉凝了片刻："这四个掌门因与你相斗，方力竭至此，才如此容易被我控制。"

嗯……原来是在心里偷偷琢磨着给我铺台阶，让我下呢……

我心头忍不住一声笑，不由得想起那么多年之前，我以为我已经忘了的那些细节。

在我救了墨青的那一路奔波之中，我给他嘚瑟我的武功身法，却不小心地摔了极难看的一跤，出了丑去。我觉着难堪，趴在地上不起来。

他便也是这样，小小的一个人，蹲在我的身边，帮我找尽了借口，说了不知道多少关于他自己的丑事，只为了不让我难堪。

知我争强，晓我好胜，便也竭尽全力地维护我那过分骄傲的心。

以前心大，从未觉得被人如此对待有什么稀奇，而今一想，方才知晓，当年的墨青是用了怎样的心力在温柔待我。也至此，方才能体会一二，当那日我与他说，我要离开他，去找洛明轩的时候，他有多么难过绝望，他暗淡的目光又多么……

令人心疼。

可我又转念一想……瞪着洛明轩，将心头的愧疚烧到了他的身上。

总之，都是他的错！

却在这时，洛明轩倏尔挥动手中凤鸣剑，只闻清音一起，大地微颤，我仰头一望，见不远处凤山山坳之间，有一声响彻天地的清啼传来。

那如太阳一般在山间徐徐而升的神鸟看得我满目愕然。

曾经听闻凤山有凤栖之，可这种神兽，从来都只是传说，谁会想到，竟然还真的存在！

墨青亦是满脸凝肃，我欲摘了身侧万钧剑给他："这鸟没打过，不知道好不好打，你还是先把剑拿回……"墨青压住我的手，可没听他开口，洛明轩便在那边轻声一笑。

这一声笑让他笑出一口血来。他压住嘴角的血，想来是召出这神凤，已耗光了他所有的力量："路招摇，你不过是想来找我报你亲人的仇罢了。"

我抬眸望他。

"你若真要报仇，不如去找这凤凰。"他也直勾勾地盯着我，"被魔王封印所伤之后，我的伤势一直未曾恢复，当年来救你的那老人，便也是被我召出的这神凤，烧了个干净。"

我手背上的青筋蓦地暴起，我握住万钧剑剑柄，只觉喉头一股腥气翻涌，不顾万钧剑上的排斥感，我拔剑出鞘，挟万钧之势，向洛明轩砍去。

他必须死。

墨青身影在我身侧一晃，可头顶的灼热呼啸而过，神凤周身的烈焰未曾贴地，便将整片森林化为了一片鲜红的火海。

烈焰使我心头怒火翻腾，万钧剑与凤鸣剑厮杀在一起，铿锵之声，致使周遭烈焰被一股至强的气流霎时间吹灭，可待天上神凤再来，火焰便又灼灼燃烧而起，连大地，也被炙烤出了干裂之声。

可是这一次飞过之后，神凤立时冲天而起，不再落下，墨青也消失了踪影，我知晓，他一定是帮我引开神凤去了。

洛明轩伤重，根本不足以伤到我，可对我而言唯一的难题是，如何再将剑刺进他的心房！

我一剑劈砍向他的心房，万钧剑的剑气使他胸膛上的护体仙印微微裂出一个缝隙。柳苏若也被他丢在了一旁。

而与此同时，我也遭到了来自万钧剑的抵触，它周身传来的力道，震得我虎口发麻，几乎握不住剑柄，可我不能在这会儿放下它，再有一击，只再一击，我便能砍碎他的护体仙印！

我咬紧牙关，死死握住万钧剑。

“你乖一点。”我告诉它，“你乖一点，说不定以后我还可以做你的女主人。”

我不知道万钧剑会不会听见这种话，也不知道它若是能听懂这种话会是什么反应，我只待方才那一击的抵抗过去之后，再次双手将它握紧，瞬行冲洛明轩而去。

一劈一砍，剑刃垂直从他心口前刺下，洛明轩一声闷哼，被剑气杀得猛地向后倒去，同一瞬间，他的护体仙印也应声而破！

我大喜之际，万钧剑猛地爆出反抗，震裂我的虎口，令我手腕一阵发麻，我握不住它，索性将它丢掉了。而今洛明轩已经是强弩之末，哪怕没有万钧剑，只要凭着蛮力，把他那把天法凤鸣剑刺进他的胸膛，再加点我的魔血，要封印他，也不是不可能的！

我的时间，也不多了。

我飞身扑上前去，与他做最后的缠斗。

我一手将他左手狠狠摁在地上，另一只手欲抢夺他的凤鸣剑，拼尽所有的力量，将他的手腕掰弯，使他自己的剑去刺他的心房。

洛明轩也以最后的残余力量与我做着角斗。

忽然，我觉得心头一慌，心脏跳动停了一瞬，我很清楚这种感受，这是每次我在芷嫣身体里，即将离魂时的感受。

可不行……

我怎么能失败在最后的这一点上。

然而心脏的脱力感让我与洛明轩保持现在的僵持状态已经竭尽全力，我根本无法让剑刃刺进他的胸膛！

我不甘心……我……

我余光一闪，但见身侧趴在地上的柳苏若猛地爬了起来，握着她仅余的雌剑，拼尽她所有的力气，扑向我的后背。

我现在压在洛明轩的身上，倏尔心生一计，待得她一剑扎下之际，我将身体里的所有力量尽数放掉，如一个没修炼过的凡人一样，任由她的剑直接刺穿我的身体，直至剑刃没入洛明轩的心口。

我的血液顺着她的剑刃落到洛明轩的心口之上，但见洛明轩脸色倏尔变得惨白，我低声吟诵封印咒语。

听到我的声音，柳苏若倏尔如同疯了一般，也忘了拔剑，直接捂住了耳朵，大喊："不！不！你住口！不要！"

她记得，洛明轩更是记得，当年在他们的婚礼之上，我便是吟诵了这段咒文之后，让洛明轩永远沉睡了下去。每一字，每一句，每一个停顿，皆让洛明轩身体更加僵硬一分，直至最后，他双眼完全闭上，呼吸变得沉睡一般微弱。

“啊！”柳苏若在我身后凄声尖叫，“啊！”

她什么话都说不出来，除了尖叫，仿佛再不知道别的言语。

我则带着她的雄剑，任由她的剑刃将我整个穿透，我坐在洛明轩身上，转头望着柳苏若：“好了，闹剧结束了。”

是她亲手，杀了他。

一切又回到了原点。

洛明轩继续他的沉睡，柳苏若继续她的疯狂，只是天空之上，云端之中，猛地一个烈焰爆裂，伴随着一声凄厉凤鸣，天色一片血红，也不知是被烈焰灼烧，还是被凤血染红的。

我仰望着天，随即看着一人带着血与火从天而降，柳苏若刺耳的尖叫在我身侧消失，她的气息被天上砸落的火焰抹灭，身死此处。

我从洛明轩的身上站了起来，摇摇晃晃，向墨青走去。

一身黑红华服，衬着漫天火焰，我这个样子，约莫很像传说中的厉鬼吧，要不然，何至于让强大到能空手炸凤凰的墨青，都惧怕到这种地步。

他满目血丝，满脸苍白。

“墨青，”我唤他的名字，伸出手去，抚上他的脸，向他告状，“你那万钧剑，真的很不听话。”我捏住他的下巴，穿过我胸膛的剑刃抵住了他的胸膛，“不像你……”

我将他的下巴拉了下来，随即吻了上去。

咬住他颤抖冰凉的唇瓣。

不像你……

对我那么那么好，好到，让我离开时，心比此刻被刺透了，还要疼。

“我时间到了。”我放开他，后退了一步，“你别哭啊。”

你别哭啊，我已经死过了，你别那么难过了……

心头霎时间一个落空，我再无力操控自己的身体，魂魄离体，身体猛地向后仰倒而去。我只见得墨青穿过我的魂魄，去拉那个空荡荡的倒下的身躯。

“路招摇！”

他又这般唤我的名字了。惊慌、无助、不知所措，像个孩子。他一唤，那个身体却像被打碎了一样，与天上落下的火焰一样，化作点点血光，“嘭”的一声，消失，飘上天际，不知散去何方。

“路招摇！你回来！”

我转头看他，想去触碰他的身体，可紧接着，我的脑袋便也猛地一黑，神识消失，所有的一切，仿佛都不再存在……

我在一片虚空之中飘荡，不知飘了多久，耳边杂音一般的嗡鸣声方才稍稍一止。

“……琼……路琼，路……琼！”

有个中年男子的声音在我耳边不停地呼唤，伴随着他的声音，我只觉身体猛地往下一落，在这坠落的过程当中，像碎片一样散在我身侧四周的记忆尽数收回我的大脑之中。

我倏尔一睁眼。

面前是一张蓄着山羊胡子的小胖子鬼苍白的脸：“路琼！”他一声大喊，我往后一飘，身体是熟悉的轻盈感，那些身体受伤的疼痛尽数退去，我又回到了鬼市。

“不要叫我路琼。”

听到“穷”字就烦。

我揉了揉额头，觉得尚有几分头晕，回忆起仿佛片刻前还发生在眼前的战斗，我只觉这鬼市清冷安宁得简直像两个世界……

啊，本来也是两个世界。

我在这个世界，而现在在那个世界的，是正在哭鼻子的小丑八怪。

一想到方才我消失之前，墨青那惊惶无措的模样，我倏尔心头一紧，喉头微哽，似有苦涩的味道。

但细细一想，我又有点不明白，我以前明明对他那么坏，不过就只救了他一命，可后来我又是将他丢在尘稷山的破庙里，又是打发他去看门。这么多年以来，未曾给予他任何一点关心爱护，他为什么就会这么喜欢我呢？

哪儿来的深爱呢？可以藏在心里这么多年……

这么全心全意地去喜欢一个人，就不怕……自己伤心吗？就不会……心疼自己吗？

我拍了拍心口，觉得身为一只鬼，居然还有心疼的感觉，简直不应该。

“回魂了就妥，这么半天不回来，我还以为咱们还阳丹出了什么问题呢。”小胖子鬼抱着算盘在我面前给我算了算，“你方才耽搁了那一点时间啊，延时了，虽然不多，但差价你还是要补的啊，按照你的身价算下来，啊，拢共一万三千钱，你给补上。”

一算钱，霎时间将我心头那些感性的心疼通通算没了。

我一转头，盯着小胖子，与他理论：“我耽搁的时间连件衣服也不够扒的！再说，你们这还阳丹我买了，不就该是我的了吗，我吃了，我能耽误时间是我的本事，你还找我补差价是怎么个道理？不补。”

我撂了话，绕过小胖子往外面飘。

小胖子又麻利地追出来拦我：“不补？不补你以后烧来的纸钱拿到的更少！买东西更贵！你补不补！”

我……我真是……

我方才在世上劈山裂石，杀金仙，烧凤凰，面对生死之战都没有现在面对这讨债鬼这般无力。

这群鬼市的妖魔鬼怪简直就是一群讲他们自己道理不管别人讲不讲道理的强盗！

“我还没与你们理论呢！”我怒道，“我吃个还阳丹，再死的时候，为什么我的身体会化成火星点点就那么飘悠悠地消失了！整的什么玩意儿？你让看见我又死一次的人怎么想？”

你们让……小丑八怪怎么想？

抓不住，唤不回，他会不会以为，是他哪里不小心，所以将我弄碎了？

“呦嗬！还不高兴，那是咱们做的还阳丹特别效果，就是为了让你们这些花大价钱还阳后的人，去找到生前熟人的时候，最后给他们留下一个华丽的映象！”小胖子道，“咱们回魂铺研究了好久的成果呢，你还嫌弃。”

“……”

所以他们让死了的人回魂，然后跑到自己亲人面前，一家人正痛哭流涕聊着天的时候，死人直接在那些活人的面前炸了……当烟花看吗？

是，那映象应该是会挺深刻的。

可他们觉得活人会很高兴？

这些鬼的想法我是不懂了。

“那我那身体呢？”我问他，“就那么炸了？”

小胖子显得有点不耐烦：“你买药的时候不是跟你说过了吗？还阳丹时辰一到，无论身在何处，自动回魂，魂归魂处，身归身处……哎，你到底补不补钱！”

原来……我的身体却是又回到了那个冰雪洞窟之中了吗……

我垂眸沉思，随口回了小胖子一句：“周氏买的药，你们找周氏补。我是周氏的儿媳妇，你记她账上。”我如此一说，小胖子鬼想了想，也算是绕过了我，将账记在了周氏头上。

我往旁边一瞅，但见回魂铺里还是我之前来时的模样，可周氏与她那窝囊儿子都不见了踪影：“他们呢？”

“不知道。”小胖子一边记一边嘀咕，“走之前说是要趁你不在，拿你八字去查查你的过往。”他往柜台后面走。

我一琢磨，要查我的过往，应当是去大阴地府钱铺了吧，也不知道他们看了我的那些过往，会不会吓得直接来找我退亲，不过退了也好，本来也就是拿他们当个买还阳丹的跳板，他们不退，我还得自己退呢。

洛明轩的事情解决了，我不再需要还阳丹，唯一需要的，就是去找我那不知道被藏在哪里，生死不明的身体……

现在，我应该飘回尘稷山，去找芷嫣，上了她的身，然后再去找墨青，安抚安抚他，接着让他与我一同去找身体。

搞不好，以后不用这鬼市的还阳丹，我就可以自己回个魂呢。

我一边琢磨着自己的身体到底在何处，一边飘出了回魂铺，而刚飘到大街上，我便发现这街上……与平日有点不同。

此时天将亮未亮，鬼市却依旧热闹，大街之上飘着的鬼熙熙攘攘，没多少声音，可买卖的鬼比平时多了许多，还出现了很多新的面孔。

我心里奇怪，难道这人世上有国家打仗吗？我不过才离开这么一会儿的时间，怎么一回来就多了这么多鬼？

我尚在好奇，却见有鬼飘到我的面前，将我一拦。

我抬眸一看，却是周氏。她怒气冲冲地瞪着我，满目痛恨，我一怔，心道，难道周氏这么快便发现我将那账赖到她头上，来找我算账了？

那也不该气成这副德行啊，对我来说很多的一万三千钱，对她来说应该也没有多少吧？

“娘亲……娘亲……”她的窝囊儿子急急从后面追了过来，意图拉住周氏，可见了我，他惨白的脸倏尔染了两抹红晕，羞答答地转了头过去，小声道，“算……算了……”

“什么算了！”周氏一把将他拂开，人老背驼，可气势半点不减，她指了我的鼻子，怒气冲天地指责我，“说！你为什么要这么做！”

“何必动火？”我道，“你把你名字报给我，回头我找人给你烧纸，将记在你账上的钱给你补上便是。”

“你还将什么账记在了我名下？”周氏更怒。

我也觉得莫名：“你说的不是记账的事？”我望着她，“那你气什么？”

周氏将手中的镜子“啪”的一下摔在了地上，这镜子质量倒是颇好，并未裂开，她气得发抖：“你为什么要骗我！老身在这鬼市寻寻觅觅这么多年！就是想为儿子讨一个干净的儿媳妇！你却拿这种事来骗我！”

我越发莫名，伸手要去捡那镜子的时候，后面却陡然冲过来一只干瘦的小鬼，连拽带抢地将那镜子抢走了，随即拿在手里拍了拍又吹了吹，仿佛万分宝贵的模样。

“老太婆，抢我大阴地府钱铺的东西！你知道后果吗？”

书生连忙在身后给那干瘦小鬼赔不是：“我娘一时气急，这便还给您，还给您……”

小民之间的拉扯最是耽误时间，还惹人笑话，整个鬼市都安安静静，唯独此处吵闹，不一会儿，所有的鬼几乎都飘到这边看热闹了。

我咳了一声，本想趁着周氏不开心，赶紧将这门亲事退了，哪想到我还没开口，周氏便道：“你现在便与我一起去将绿书写了！”

咦？

红书和，绿书离，她这个提议倒是甚合我心，只是本来我想踹了她儿子，现在她先提出这话，倒像她家将我休了似的……我得找她讨个缘由。

书生在旁边听了这话，却比我更着急，他一把抓住周氏的手：“娘亲！不可……”

“有何不可！”周氏大怒，“我儿福德深厚，自配得上这世上最好的姑娘！何必捡这……这……”她最后还是没将嘴里的词说出口，只恨铁不成钢地拉了他儿子，咬牙细声道，“为娘给你挑了这么多年，你怎的就看上了这个与他人有过夫妻之实的姑娘！”

我怔愣。

啥？

“老太婆，在我路招摇面前胡乱造谣说我坏话的人，可是不知投过多少次胎了，哪怕你而今已经死了，说话也得注意些。”

“注意什么！”周氏将那干瘦小鬼拽了回来，又一把抢了他手中的镜子，不顾那小鬼在旁边叽叽喳喳地闹着要来打她，周氏将镜子举给我看，“你自己瞅，这写的是什么！路招摇，何年何月于何时何地同何人在一起做了何事！我老脸薄，念不出口，你自己看！”

她将镜子推给了我，我有几分手忙地接住，和着那小鬼的刺耳尖叫、老妇的哭天抢地与书生的左右劝慰，无数吵闹的声音与镜子上的字一同闯入我的脑海之中。

我看着这几行字，又好像不认识这些字了一样，我眯着眼看，瞪着眼看，左边看看，右边看看，看来看去，觉得这镜子上传达的消息，我竟怎么都理解不了——

“辛丑年十月初三，尘稷山万戮门前山牌坊之下，路招摇强迫门徒厉尘澜，一夜交欢，谓之强暴之罪。”

什么？

我与谁？

厉尘澜？墨青？

一夜干啥了？最后那是个什么罪？

什么玩意儿！

我拿着镜子心里有点不解，也有点着急，我问周氏：“这什么东西！我路招摇杀人放火的罪，你们给我安上我都认了，这什么鬼？扯呢？”

我和墨青？我强暴了他？

扯呢！

这谁记的？绝对是在逗我呢吧？

那边三只鬼闹得正欢没空理我，我便又抱着镜子瞅了许久，久到几乎将这些字都看穿了，在鬼市巡逻的鬼衙役终于都跑了过来，那边三只鬼也算闹腾完了，衙役抓住了周氏，也扣住了书生。

小鬼跳起来，一把将镜子从我手中抢了去。

背后有衙役欲来抓我，手却从我身体里穿了过去，最后他们在我手上扣上了一种铁索。

我也就愣愣地让他们扣了，一点也没觉得要反抗，因为……我还处在混乱当中。

小鬼恶狠狠地将我与周氏及那书生一同扫了一遍，指着我们一个个地骂：“你们扰乱公务，通通要抓起来去关禁闭！”最后他盯着我，“你！你还偷看了生前信息！你给我补钱！路招摇，十万钱！你补不上我就将你一直关着！”

我只觉面前一切，一派荒唐。

这做鬼的世界，远比做人的世界要让我难理解多了……

忽然……我觉得，与洛明轩你死我活的战斗，竟比现在这种状况来得让我更轻松一些……

第七章

镜中过往

我手中织梦的线被扯断之后，却有一人历经千难万险，
带着满身伤痕，用世间最难得的坚持与温柔，
悄悄地帮我将梦织成了……
而我，一无所觉。

我被套着锁链，关到了鬼市地下阴森的阴鬼地牢之中。

牢里空空荡荡，毕竟……大家都做鬼了，也没什么想不通的要闹事让自己被抓起来。

我与周氏母子分别被关在临近的三个牢房当中，他们在我对面瞪着我，而我也瞪着他们，不是因为对他们有什么意见，而是因为我脑子里想的事情太多，已经没空去操控我的眼珠转动了……

辛丑年十月初三，这个时间我很熟悉。

之所以说“熟悉”而不是“记得”，是因为在我漫长的记忆里，我所记得的是一个与之相差不远的时间，提前十天，辛丑年九月二十三，那是我第一次“杀”了洛明轩的日子。

遥想当年，也与前不久一样，我与洛明轩打得惊天动地，只是那时我身边并没有墨青帮我。洛明轩也没来得及使出召唤神凤那一招。

在几乎与其同归于尽的一战之后，我封印了他，随即也陷入了昏迷，

被暗罗卫扛回了万戮门。

那是在我收了顾晗光之后，顾晗光对我来说最顶用的一段时间。他给我治了七天的伤，七天时间，前三天我在不停地吐血，吐到第四天，没有血可以吐了。于是陷入了昏迷，几度与阎王握手，最后到第七天，在顾晗光竭力抢救之下，我终于醒了，与阎王擦肩而过。

而在我醒了之后，我身体的疼痛已经按压不住我每根血管里喷涌而出的狂喜。

大仇得报时，人生何等得意！

我不顾司马容劝阻，不管顾晗光如何指着我破口大骂，我裹着一身的绷带，在万戮门大摆宴席，大宴天下三天三夜，我高兴得都给十大仙门的人发了请帖。

虽然他们一个没领情，可魔道中人基本都到得差不多了，那也算是缔造了咱们魔道自老魔王去世以来，最大的一场盛宴。

我饮了千樽酒，大醉三天三夜，让自己的身体与意识都处在麻痹的状态中，直至现在，我也不知道在那三天里，我到底干了些什么。

只记得一个劲儿地高兴，像要把天掀翻了一样高兴，大醉三天后，又昏睡了几乎大半个月。

等我醒后，看见的是正在修房顶的无恶殿，房顶大概是在半个月前被醉酒的我给掀了。

在司马容嘴里，我那三天，成了个人见人怕的酒疯子，做了非常多匪夷所思的事情。因着那些事情太过混账荒诞，极损我的威严，我便令人删掉了关于那场宴会的记录，也不待见人提起。

然而，我不知道在我做尽荒唐事的那三天里，居然有一件荒唐事是……强暴了墨青？

这事完全没有人和我提过啊！

是司马容给墨青打掩护了？还是根本就没人知道？

我细细琢磨，觉得后一种可能性极大。

那时万戮门前山山门牌坊下，有我以前布的杀阵，冰天雪地、熔岩火海、刀山剑林轮番上阵，环境恶劣得无法想象，那时还立着高高的挂尸柱，垒着厚厚的鞭尸台，谁都不愿意跑到那地方去。

即便是宴会，宾客来了后，齐聚无恶殿，山门前也该是怎样就是怎样，阵法一如往常，山顶的篝火通明与山脚并没有关系。而且，或许更因为宴会，大家都想着怎么玩，根本就无人再去山脚处。

除了……职责所在的看门人墨青。

他一人在那儿，不会有旁人，即便我去了，我身边应该也是没有跟着人的，因为……

我是要强人啊！又不是杀人！不脱衣服怎么办事？

既要脱衣服，那就必定得花时间，有那工夫，旁边若跟着人，怎么也能将我按下了。

可没人拦，之后一点风声也没走漏，一定就是他孤零零地看着门，看着看着，就被我贼兮兮地偷袭了。

“唉……”我一声不由自主的深深叹息，惆怅地抱住了脑袋。

当年……会是什么样的一种场景呢？我在漆黑的夜里，和着山门前阵法的凛冽杀气，在那阶……阶梯之上，将人推倒了吗？

我皱着眉努力回想，真是一点画面都记不得了。

那时的他还满脸墨痕，整天将自己罩在黑色的大袍子里，不让人看见他的脸。

我将他那么扒开了，他有没有急得哭出来呢？还是错愕？我有吻过他的唇吗？有抚摸他的胸膛吗？他又会是什么表情呢？害羞？难过？欲拒还迎？还是抵死挣扎了……

啊……真想看看那时的墨青啊。

我抓了抓脑袋，好气人！怎么就能忘了他在我身下承欢的模样呢！

我又是狠狠一声叹息，紧接着脑袋里突然出现了一个很恐怖的猜想——我是本来就记不得这件事情吗？还是说，在我做鬼之后，我的记忆已经开始衰退，所以把这件事情忘了？

此念一起，心口止不住地发寒。

我开始掰着手指头数那段时间之后又发生了什么事，然而越是数，我便越是按捺不住内心的恐惧。

我知道，即便是活人，关于过往的回忆，本来也是随着时间的流逝而渐渐消失的，但我分不清楚哪些是我活着的时候就忘了的事，哪些是我死后才忘记的。

越是细想越是混乱，我眉头紧蹙。

“招……招摇……”对面的书生轻轻喊我的名字，“你……你不要怕，现在外面天亮了，衙役也都歇了，等到天黑后，就有人来询问了，我们没惹什么事，他们不会为难我们的。你……你的钱我帮你补。”

周氏在他旁边的牢里，闻言大怒：“我的儿，她骗你欺你，你让她被关在这里也就罢了！还帮她补什么钱！她欠咱们的，还得让她还回来！那两颗还阳丹的钱，得让她补上！”

好嘛，我这杀一个洛明轩，回头到地府来欠了一屁股债。

“娘……”书生在那边垂着头，极是害羞地对他娘说，“好……好歹也是缘分一场。”

“你就是被她这狐媚模样迷了心魂！”

我觉得他娘说得在理，抱了手对他道：“你现在先帮我把钱补了，回头咱们出去也把绿书写了，你的钱我会让人烧给你，你们不用着急，我路招摇不喜欢别人欠着我，自然也不喜欢欠着别人什么。”

书生听罢，似十分委屈，可平时窝囊惯了，此时也只得蔫头耷脑地应了声："哦。"

那周氏却是不答应："出去？出去了我怎么知道你会跑哪儿去。"

我斜斜瞥了她一眼："你欲如何？"

周氏眼珠子一转："绿书先不急着写，你把钱补上了再写，有红书在，我还找得到你。"

也行，反正也不急于这么一会儿时间，她有个保障，也省得吵闹。

与周氏这边谈妥，我便自行在牢里打坐，清心静气，调整自己的心态，可越是调整，脑子里就越全是小丑八怪的模样。

他现在在干什么呢？回尘稷山了吗？在找我吗？我就那样在他面前消失了，他会不会以为是我魂飞魄散，再也见不到了……

如果他这样想，那得有多难过。

时至深夜，我一直等着前来审讯的人，可没将他们等到，倒是将子游等了过来。

他急急飘到我的面前，贴着铁牢站着，有些心急道："我方才才听说阿姐你被关进地牢了，怎么会去拿大阴地府钱铺的镜子呢！你还好吗？"

"没什么大碍。"我问他，"你可知我还有多久才能出去？"

子游往外面望了一眼："我打听了一下，那个钱铺分铺的掌柜好像有点生气，要将你们在里面关上三天再审呢。"

三天？

这可不行，我三天没有音信，别说小丑八怪，芷嫣也该着急了。

我沉凝道："给他塞点钱让我早些出去，行得通不？"

"是可以试试，不过……阿姐，你有那么多钱吗？"

我沉默下来，然后望向子游，微微一笑："好弟弟，前些日子姐姐忙着去干大事，所以想让你帮我买还阳丹，态度急了些，你别怪我。"

子游往后退了退："阿姐……你有话直说。"

"你去买个托梦丹吞了，帮我托梦给一个叫琴芷嫣的人，让她给我烧纸……不对，你直接托梦给那个叫厉尘澜的吧，就说……嗯……"若是让墨青知道我被鬼抓来关大牢了，好像有几分丢面子，于是我随口扯道，"你就跟他说，路招摇惹上了婚债，要拿钱去了，不然就回不去，也见不到他了，让他给我多烧点纸钱。这事你能办不？"

"托梦丹可以的，那我这就去办，明天来给你报信。"他好像因为上次我让他帮忙，而他没有帮到，所以像心里对我有愧一样，听了我的托付，立马就往外飘了一段，可像想到了什么又顿了顿，飘了回来，"阿姐，其实有件事我早就想和你说了，只是之前一直不确定，但现在看你手上这锁，我大概有点确定了。"

我奇怪地看了看手上的锁链："何事？"

"我觉得……阿姐你可能还是个生魂呢。"

我一愣："生魂？"

那边母子俩闻言，也像很惊诧似的："生魂如何能见着我们？"

"是能见着，可不一定能摸着不是吗？"子游道，"之前我没有摸到过你，衙役必定也是摸不着你才给你套上了锁牵你过来的。"

对……这件事其实我先前也发现了，鬼市的人摸不着我，芷嫣可以，而芷嫣绝对是生魂没错，她可以碰到我。

子游其实只要轻轻一点，我就能将这些事情串联起来了。

我那在不知名的冰墙上挂着的身体，或许和芷嫣的身体一样，都是活着的呢，只是我的身体不似芷嫣这般充满生机，而是更接近于"死"的状态，所以我能比芷嫣看到更多的鬼魂。

"如果阿姐你真是生魂的话，那你可得注意一下了。"

"注意什么？"

“鬼市的东西，可别再乱吃了。尤其是还阳丹、托梦丹之类的东西。”

我一怔，倏尔想起先前我从回魂铺里出来的时候，看见街上多了很多鬼的事情：“是因为……越吃，就离死越近吗？”

子游肃容点头：“越吃，和阳间就隔得越远，也越是回不去。阿姐，你既是生魂，你的身体肯定在人世某处藏着，你现在若能找到你的身体，直接躺进去，就此回魂说不定也是可以的。如果吃多了鬼市的东西，可就说不定了，你得小心些。”

我心头倏尔生出了一股后怕感。

原来，鬼市不是一夜之间新添了那么多鬼，而是一直都有那么多鬼，只是我所能看见的鬼魂有限。就如同芷嫣，她只能看见我而不能看见别的鬼一样。

我的眼睛，也有界限，只是我一直不知道罢了。

我在地牢里等子游归来，我本以为他去托个梦用不了多久，可这一等竟等了一整天，到第二天晚上，子游才飘了过来。

他到了我的牢前，神色如昨日一般焦急地看着我，道：“我方才才听说阿姐你被关进地牢了，怎么会去拿大阴地府钱铺的镜子呢！你还好吗？”

我望着他，有点愣神。

昨天……他是不是也说了差不多的话？

我望向他身后，看着周氏母子，只见他们俩都是一副静默不言的模样。

“我没事。”我答了子游的话，随即沉默着细细打量他。

子游长舒一口气，神色与昨日无异，他道：“我帮你打听过了，那个钱铺分铺的掌柜好像有点生气，要将你们关上三天再审。”

“嗯。”

面对我有点迟缓的反应，他也许是觉得我在生他的气，于是挠了挠头，十分不好意思地道：“阿姐，我那日不是不想帮你，真的是因为还阳丹对我来说……我着实是没办法。”他顿了顿，一声叹息，“我实话与你说吧，我近来记事有些模糊，大概是日子要到了，我想在最后离开之前，凑钱去大阴地府钱铺看看自己生前的过往，我想知道我到底叫什么名字，我从哪里来，我以前都做过什么，认识过什么人……这样，就算下一刻就消失了所有记忆，我也没有遗憾了。”他眸光单纯地望着我，“而我的钱刚好攒到能去看一次过往，所以我……”

“我没有怪你。”我拦了他的话，却也不知道有什么别的话可以说，安慰吗？当他将这些事这么坦然说出来的时候，他好像并不需要我的安慰，于是我便也只重复道，“我没有怪你。”

他那么需要钱，可昨日还答应了愿意给我去买个托梦丹，帮我托梦。

我唇角微微一抿，却再也无法像昨日那般轻易地说出，让他帮我去买东西的话了。

“在这地牢里待着并没什么不好。”我道，“挺安静的，待着舒坦，我还想让他们再多关我几日呢。”

听我这样说，他才稍稍放下心来。我催他回店里干活，他终是转身要走，可瞥了我手上的锁链一眼，又转身回来，将昨日他与我说过的那些猜测又说了一遍，最后才晃悠悠地离开。

我看他飘走之后，好一会儿没有回神。

“招……路姑娘，”书生怯怯地唤我，“这都是很正常的事，就如同人的生老病死一样，你莫要伤心了。”

“小书生。”

“啊？”他愣了一会儿，羞涩地应了，“哎……”

“等明天审完出去了，你再借我一笔钱如何？”我看了看自己半透明的掌心，“我想知道我到底有没有忘记过去的事。”

做鬼真是件奇妙的事情，看着眼前的世界，却永远不知道自己眼前的世界最完整的模样，忘记了过去的事，却永远不知道自己已经忘了。

关了三天，一通不咸不淡的审问，因着我们三只鬼也没犯什么大事，在书生帮我缴了所有费用之后，也就被放了出来。

我领着书生去了大阴地府钱铺，周氏倒也没拦着，继续在鬼市里飘来飘去，去寻找下一个儿媳妇。

我闲来无事，问了书生一句：“你到底想不想讨媳妇？”

书生又羞涩地挠了挠头：“讨不讨媳妇其实不重要，每一只鬼都需要一个让自己继续留恋这世间的理由，我娘想让我讨个媳妇，而我……只想让我娘得偿所愿。此生没机会尽孝，便唯有一直陪着她，完成她最后的心愿。因为谁知来生还有无机会再见。”

谁知来生……还有无机会再见吗……

我一垂眸，飘入了大阴地府钱铺。

在铺里小鬼的戒备瞪视下，书生帮我付了钱，我拿到了那面小镜子。

镜子上写着一行行的字，与昨日我在大阴地府钱铺外看的镜子不同，镜中的字密密麻麻，却不需要我阅读似的，一个个蹦进了我的脑海里，直接在我的脑海里绘出了一幅幅的画面，而画面也慢慢地连接起来，变成了鲜活的回忆。

我看见我在那满是瘴气的故乡里出生，爹娘消失，姥爷独自带着我长大，然后洛明轩来了，扰乱了我的生活，让我从此向往着从这黑压压的山沟里走出去。

终于有一天，我离开了山沟，到了尘稷山，遇见了小丑八怪，救下了他。

我将这一段看得又细又慢。

我看见我那时伤重，带着他一路奔波，最后逃进了尘稷山上的破庙里。我养着伤，也养着他，每天与他说着我要去找洛明轩，我以后要怎样去做一个好人，我要建一个怎样的门派。

我说我要造福百姓，要收留那些无家可归的人，教他们向善，让弱者也可以不被乱世所扰，不再流离无所依。世上有灾荒我就发粮，天好丰收我就让他们多多耕种……

墨青只在我旁边，裹着脸安安静静地听着。

我想起了一件事，墨青而今打造的这个万戮门，抹了阵法，砍了挂尸柱，推了鞭尸台，还地于民，不就是做了当初我没有做到的那些事吗！

我已忘了是谁曾与我说过，现在尘稷山的前山，春天到时，漫野的春花灿烂，美丽至极……

莫名地，我竟有几分按捺不住的感动。

我看着回忆里的自己傻不啦叽地与小小的墨青说着这些漫天胡扯的话，也看着他目光灼灼，满目温柔清澈地望着我。然后呢……

然后那时的我并没有注意到他，我只自顾自地说着，接着在伤好之后，便丢下了他，去找了洛明轩，留他一个人在那破庙之中。

他偷偷把我的话藏在了心里，直到现在。他在我死后，将万戮门建成了我一开始幻想的那个美好的样子。

想到他之前那么拼命熬夜为万戮门批改文书的每一个晚上，我不懂他的坚持，也不明白他的拼命。

可我现在懂了，他是为了我。

为了那个傻得一门心思想做个好人的我。

那是我最初最单纯的心愿，可当我因现实而放弃这个愿望很久之后，我在不经意的回首间发现，原来有一个人，帮我把这件事情做了下去。

我手中织梦的线被扯断之后，却有一人历经千难万险，带着满身伤痕，用世间最难得的坚持与温柔，悄悄地帮我将梦织成了……

而我，一无所觉。

一时间，我竟对自己一直以来的迟钝有几分气愤，对自己气愤完了，对小丑八怪也涌出了更多的气愤！

这个小闷骚！憋成这副德行了也不和我说一声！

而这边镜子里的回忆还在不停地往前走，走过了我壮大万戮门的过程，走过了我杀了洛明轩的地方，终于来到了那个晚上，万戮门前山之夜……

这几个夜晚我从司马容口中听过一二，我烧了戏月峰的房子，撕了千刃崖上藏书阁里的书，是以现在镜子中戏月峰上正火光灼灼，无数的人吼着喊着正在扑火，而那无恶殿中还在宴请宾客，丝竹乐器，乐音缭绕，喧嚣热闹，又十分惊心动魄。

是一个美丽的夜。

而就是在这个夜里，我在回忆的画面中，看见了一身黑袍，形单影只立在山脚牌坊前的墨青。

他仰着头，往上望着，却不是望着戏月峰，也不是望着无恶殿，而是望着十来级台阶上的我。

我手上还绑着绷带，脖子上也贴了膏药，我就这样站在上方，拿着酒壶，遥遥地望着他，满眼迷离，一身酒气。

“哎。”我唤了他一声，“接住我。”

然后我就浑身脱力地扑了下去。

墨青眼眸倏地睁大，疾步上前，在半空中将我一把抱住，然后被我撞得直接从阶梯上滚了下去，堪堪差了一点点，我便将他扑得直接滚进山门前的杀阵之中。

墨青往后看了一眼，额上出了些许薄汗，又往前一看，瞅着正趴在他胸口之上的我，似嫌烫手一般，碰了我一下，便立马放开。

“门主……”他声音低沉，“你醉了……”

“嘘……”我用食指压住了他的嘴唇，“别吵，我就是来找人泻火的……”

听着当时的自己居然说了这种话，我狠狠一巴掌照自己脸上扇来，路招摇啊路招摇，你听听你这话说的！

这么直接！简直一点都不懂情趣！

唉，当年还是太嫩了。

此时，画面中的我将墨青压在身下，躺倒在阶梯之上，他脑袋似充血了一般，脸涨得通红，即便有黑色的可怕的封印，也挡不住那红色。

我一把抓了他的衣襟，将他往上一提，张口便毫不客气地咬上了他的唇。

墨青双目一瞪，伸手推我，我将他两只手往地上一摁，不由分说地制住了他。“乖一点。”我说，“听话。”我再次吻上了他，在他唇上时而轻舔，时而轻咬……

我看着那时的自己，只觉浑身燥热，大张着手指，捂住脸直喊：路招摇，你不要脸，你简直不要脸！

透过大张的指缝，我看见了墨青从错愕、震惊、抗拒、挣扎，很快便转换到了隐忍、接受、回应，随即眸色越来越深，越来越危险……

啊！

你这个不坚贞的小丑八怪！你也没有抵抗多久嘛！

这哪能算我强暴了你！明明就是你情我愿的好不好！

给我定个强暴之罪，我不服！

第八章

九天术

上探九天，下寻九泉，天下无处不在法术观察之中，
只要他想，便能听到万里之外的花开声。

我眼睁睁地看着当年的自己就这样摁着墨青，与他好一通激情十足地吻。

看着我与他从一开始的生疏到后来慢慢熟悉，那唇齿之间的缠绵，半分不含糊地展现在我的面前。

神奇的是，我明明不记得这个事情，却好像能在这些画面中，体会到当年的那般不可言说的触感一样，绵软、温热而深沉，温柔地互相纠缠，稍显急切地互相掠夺，你争我抢，竭尽全力地去挑逗对方，占有对方，令对方窒息……

最后，却是画面里的我开始有些窒息了……

我开始想要呼吸空气，可他没有放开我……

他半点也不像个羞于与人打交道的小丑八怪，此时有点带着侵略性，禁锢着我，那么迫切地想从我这里获取他所需要的生命养分，丢掉他的沉默，舍掉他的卑微，像过年之时终于拿到糖的小孩，迫不及待地在品尝。

我能感受到他的欲望，他想将那糖吞进肚里，占为己有，就怕稍微晚一点，稍微慢一些，糖就被别人抢走了。而同时，他也十分害怕，害怕吃完这颗糖，以后就再也没有了。所以他又用尽办法地想把这颗糖再吃得久一些，品得更仔细一些，让他的印象更深刻一些。

我看着他吻我，从一开始的脸红心跳，到后来的目不转睛，直到现在，却看出几分心疼来了。

我有些怪他，这个小丑八怪，怎么做什么事都这么让人心疼呀！他身上自带钳子的吗？怎么看着看着，就能让人揪心。

可这样疯狂地吻了没多久，我见当时的我也许是喘不过气了，于是脑袋猛地往后一仰，顺势还将墨青推开了去。

我就这样趴在墨青的胸膛上，撑着脑袋，醉眼蒙眬又直直地看着他。

墨青与我对视，在片刻的愣怔之后，颇为不自然地转过了头去。他在躲避我，躲避我的目光，想将脸藏起来，可我不讲道理地将他扭过的头又扳了回来："躲什么？"

墨青脸颊转不开，可眼神依旧在躲避："我……"他顿了顿，艰难地吐出了充满自我厌弃意味的词，"恶心。"

他说他恶心……

他嫌弃他脸上的封印。

"哪里恶心？"我的手捧住了他的脸，将他左边看看右边看看，随即放开了他的脑袋，蹭着他的胸膛，让自己在他身上往前爬了一点。他连忙抱住我，不让我乱动，以免落到后面的阵法之中。

可我的唇已经足够够到他的脸颊了，于是我看着他，在他右眼眼睑的封印墨痕上，落下轻轻的一个吻："你眼睛像星空那么美。"

墨青似被这话震撼了一样，微微瞪着眼，然后沉默地感受着我轻轻吻过他脸上的每一道黑色印记。

“门主……”他的声音终于有了隐藏不住的沙哑与低沉，“你知道我是谁吗？”

“知道啊。”我一边说着这话，一边扒着他的衣襟，而他没有反抗，“我好多年前救回来的小丑八怪，守着山门的墨青……墨青……”

像终于忍不了了一样，墨青一把扣住我的后脑勺，揽了我的腰，将我整个抱起来，反身一压，位置倒转，我顺着阶梯倒在地上，而他撑在我的身上。

我见我后脑勺被他护在手心里，我的脑袋往后一倒，便直接将他的手背撞在阶梯的边沿处，撞得不轻，可他一声也没吭。

此时他的上衣已经被我扒了个七七八八，我在他下方，也在他怀里，眯着眼笑着，我抱着他的脖子，像在玩一样问他：“你知道我是谁吗？”

他默了一瞬，俯下身来，贴着我的唇瓣，喑哑低吟：“招摇……路招摇。”

我抱着他，与方才那疯狂地亲吻不同，他开始细细地品尝，小心地触碰更多的地方，打开更多的禁忌。

我看着他越来越占据主动地位，也看着他如何在阶梯上压制开始打退堂鼓的我……

一夜荒唐。

我看得面红耳赤，捂着扑腾乱跳的心口，静了好半晌，才终于平稳了心跳。

画面中的我沉沉睡去，墨青帮我穿好了衣裳，想了好一会儿，才悄悄地，带着几分小心，将我抱在了他怀里。他望着面前的烈焰冰雪互相交错的阵法，像看得发呆了一样，摸了摸我的头，眸光细碎而温暖。

我望着画面中的他，与他怀里沉睡不醒的自己，心里觉着……这鬼市的审判一点也不公平呀！

从现在这种情况来看，得到最大舒爽的恐怕并不是我吧！

虽然这一开始是我企图强暴墨青，而后强暴到一半，我累了不打算强暴了，可这时候墨青已经欲火焚身，于是他不许我停止，反过来强暴了我！这全程看下来，分明就是墨青主动得比较多好吗！

到后半程的时候我酒劲上来都已经醉醺醺的，手软无力了，哪有什么粗鲁野蛮！

这什么什么的罪定得让我不服！

可不服归不服，我到底是没办法去找给我判罪的人理论的，只看着画面里的墨青温存着方才的余韵，一直紧紧将我抱着，直到天色将亮未亮之际，山上似乎有人往下寻来了。

墨青看了看我，神色微微一沉，随即将他怀里的一个东西取出，挂在了我的脖子上。

啊……

那个东西……

那块小银镜！

我不知道从哪儿来的，却好看得一直很诡异地符合我审美的小银镜，以至于让我这么多年来戴着它，从没有想过丢掉。竟原来……是墨青在那个时候取下来给我戴上的吗？

这本来是他的东西！

难怪……当初在剑冢的时候，我说要留个信物给他，他不愿意要，反而让我好好留着。

原来如此！

他将我打横抱起，放在了更上几级的台阶上，随即退到了一边，站在牌坊背后，一如他平时那样，沉默寡言，静静地潜伏在角落里。

司马容带着人从山上找了下来，看见台阶上的我，司马容立即命人将我抬了回去，而他一转头，看见墨青，也笑着与墨青打了个招呼。

墨青只沉默点头，一切便这样被墨青悄悄地藏了起来，无人察觉。

我昏睡过去，一睡便是半个月，等再醒来的时候，那大醉的三天干了什么已经通通忘了，大大咧咧地也没去管自己什么时候多了个镜子。

洛明轩死了，可我的生活还在继续，不为报仇而存在的生活，我迷茫了一阵，又给自己定了目标，我要建立魔道第一大门派，未来要坐上魔王之位，一统天下，站在世界的最高峰。

我开始繁忙地工作，南征北战，与十大仙门的摩擦也越来越多。

在那之后，第一次外出，从山门前归来，我遥遥地望了眼牌坊下站着的墨青，可此时北山主正在身边与我说事，我忙着应答他，并没有多看墨青两眼。

墨青也没有越矩，只沉默地站在一旁，一如以前每一次等我归山那样，立在他该在的位置上，不喧哗，不嚣张，沉默得好像一个背景。

静待我从他身边走过。

垂眸屏息，而因着我如今在这画面里尤其留意他。于是我便看见了在我走近他的时候，他那大黑袍子里稍稍透出了一丝微亮的目光，盯着我胸前挂着的小银镜。

随即目光一软，似有几分卑微的小小窃喜。

他就这样在山门前守着，一直守到了我去剑冢那一天，才终于出现在我的面前。

而今一想，那时，他是真的想救我吧，只是没有想到万钧剑出鞘之时，力量竟这般恐怖……

万钧剑的力量开山裂地，将整个山石之中的剑冢彻底掀翻，只除了握着剑的墨青所在之地，其他地方一片碎石，残肢遍野。

我看着站在那碎石之上，满身是血握着剑的墨青，但见他神识已经大半模糊，只死死地握着手中的剑，而他转身一看，身后一片狼藉，眼眸中的神色仿佛被撕碎了一样，他踉跄地下了剑冢，任由万钧剑的剑尖拖在地上，在一片天地死寂之中，抬着脚步沉重地走着，不知在寻找着什么。

在此之前，我从未站在这样的角度想过，那时候因为拔剑出鞘而误杀我的墨青，他的心里是怎么想的。

他说十七在知道我身死的消息之后，号啕大哭了大半个月，眼睛都快哭瞎了。

那他呢？

以为是自己将我杀了，最后拿着万钧剑，还登上万戮门门主之位的他呢？他是怎么想的？他又做过什么样的事？

然而我眼前的画面到此刻戛然而止。

整个画面黑了一瞬，仿佛我的生命就在此完结，可在下一瞬间，又一个画面出现在我面前。我看见了那个冰雪洞窟，看见我被放置于冰墙之上，半个身体陷入冰墙之中，而有一人在我身前布满冰凌的地面之上盘腿打坐，吟诵经文。竟是……

琴千弦？

怎么会是他？是他在剑冢一战之后，将我的身体从那碎石之下带出，然后放置到了那山洞之中的吗？

终于，画面彻底消失。

大阴地府钱铺的模样出现在我面前，干瘦的小鬼在我面前晃了晃爪子：“哎哎！看完了吧！看完了就将镜子还给我！”

他伸手要拽我手上的镜子，我立即垂头最后看了一眼，可只见得最后一行的记录——

剑冢之中，琴千弦带走路招摇尸身。

然后，便再没有然后了。带去了哪儿也未说明。

这镜子里用的是“尸身”二字，这也分明说明，我当时在剑冢确实是已经死亡了的，为什么现在子游通过种种表象，却说我是个生魂呢？

生魂证明我的身体还有一线生机，我还活着。

这到底都是……

无论如何，现在算是找到了线索，我须得去找琴千弦，只要找到他，我的身体在哪儿，当初他为什么要这么做，我现在为何会变成这个样子，或许一切都会有答案。

我立即飘出了大阴地府钱铺。

当务之急，我应该是先去找到芷嫣，上她的身，与墨青好好交流一通才是正经事。

我在前面飘着，书生便在我后面追：“路姑娘……”

我想了想，脚步一顿，转头问他：“你叫什么名字？”

“啊？我……我叫曹宁，字明风。”

“你等着，回头就找人给我烧纸，这些债，全都给你了了。”

“路……路姑娘！”他又唤住我，像下了极大的决心一样，对我道，“其实……这些债不了，也没关系的，我娘那儿我可以去与她说，你……你不与我写绿书，也……”

我回头瞥了他一眼：“绿书要写，债我也要还，我有另一个人想嫁。”

不再看他一眼，我转身离开，出了鬼市没多远，我本想着要飘到尘稷山主峰还有一段距离，可没想到一出来就迎面撞上了正在哭着找我的芷嫣。

她眼眶通红，声音都要哭哑了：“大魔王，大魔王，你到底在哪里啊？你不要就这样消失啊……”

我飘在原地，看了她一会儿，喊了一声：“喂，哭丧呢？”

芷嫣一转头，看见了我，满眼的不敢置信，随即才猛地扑上前来，连离魂都忘了，直接往我身上扑，理所当然地，她只穿过我的身体扑到了我背后的大树之上。

“你没消失啊！”她也不气，只抱着树站着，继续哭着喊，“你没消失真是太好了，真是太好了！”

我被她吵得心烦，同时，心头也微有暖意：“别哭了。我没事。”

“嗯嗯。”她抹了一会儿眼泪，似想起了什么，连忙离魂出来，“来，你先上我的身！你快回去找厉尘澜，他找你都要找疯了！”

当日我是直接在墨青面前“灰飞烟灭”了的，他不知道鬼的世界是什么样，唯一能想到的大概就是回去找芷嫣，可即便墨青找了芷嫣也没什么用，因为这次他们没有任何一个人知道我去了哪儿。

毕竟……

连我自己都未曾想到出了回魂铺竟然会遇见这一档子事，被抓去关了大牢，耽误了这三天的时间，不过……也算是知晓了一些与自己相关的隐秘过往。

我往芷嫣身体里飘，芷嫣便在我旁边一边抹泪一边强忍哽咽地说着：“三天前厉尘澜回来找我，一个劲儿地问我路招摇在哪儿，路招摇在哪儿，我快被他吓死了……后来才知道，原来他早就知道咱们的猫腻了。可他当时那样急着问我，我哪知道你在哪儿啊，我就以为你魂还在那凤山呢，厉尘澜又提着我过去找你，没看见你，又回来，在山上找了一天，鬼市找了一天，我上哪儿都找不到你……”说到这儿，她又是一咧嘴要哭，“大魔王你这几天到底去哪儿了啊，吓死人了，厉尘澜在那无恶殿上散尽神识地要找你，若你今天再不出现……”她顿了顿，眼巴巴地望着我，“你怎么不着急进我身体里去啊？”

我望着她，心里有点慌乱，可还是强行压住情绪，望了望天色道：“不急，我等到子时再试试。”

芷嫣闻言，也是面容一肃，停了唠叨和哭泣，连忙飘到我身边围着我转了两圈："大魔王，你……你真的魂淡了些啊……我方才都没注意，你这身体好像有点模糊，你发生什么事了？"

"我吃了还阳丹。"我沉下心道，"魂魄可能发生了点变化……我还没消失呢！不准哭！"

"呜……"芷嫣被我叱得立即咬住了下嘴唇，一双眼睛积满了泪水地望着我。

"我的身体尚在人世，里面或许存留些许生机，所以我现在大抵算个半死不活的人，因此，在我坟前磕得魂魄离体，但未死的你能看见我。"我尽量简单地与她说着，"可我这次为收拾洛明轩，吃了还阳丹……这鬼市的东西，越吃便离死越近，尤其是还阳丹，所以我现在的魂体或许生了点变化，没那么容易能进你的身体，也可能以后再也进不了你的身体。"

甚至……或许等过段时间，我身体里的生气消失，就会变得连芷嫣也看不到我。

我忍住这话，没有告诉她。

"现在离子时不远，待会儿我再试试能不能进你的身体，若能入便是最好，可若不行，你便回去将我的事告诉厉尘澜，让他不要着急，我会飘到他身边去。"

"那……那如果以后都不能入了，你要怎么和厉尘澜说话呢？"

"你给我传话。然后我们尽快去找到我的身体。"

"你的身体在哪儿？"

我转眼瞅了芷嫣一眼："你大伯父在哪儿？"

芷嫣一愣，想了想："好像……之前东山主带着我大伯父从仙台山走丢之后，就再也没有听到他们两人的消息了……这几天厉尘澜疯了一样找你，万戮门所有人都出去打探人世有无鬼魂奇事发生了，没有人去打探他们的消息……”

所以，就任由他们俩从那时候消失到现在吗？！

我咋舌，小十七是个找不到路的，你琴千弦也是路痴吗？尘稷山那么大一座山矗立在那儿，你们这也找不到？

不过跟着十七在一起……倒是什么都有可能。

我暂时将这事放了放，等了一会儿，但见子时到了，我沉心静气，飘到芷嫣身体上方，面对面，魂体与她的身体交融，慢慢地沉了进去。片刻之后，我慢慢地察觉到指尖传来厚重的感觉，身体里有心脏的跳动，血液的穿梭。

我睁开眼，看见芷嫣的魂魄飘在一旁。

我坐起身来，活动了一番筋骨：“你这身体到底还是没我自己的身体好用。”

她开心地蹦了两圈：“进去了进去了，你赶紧去找厉尘澜！”

不用她说，我捻了一个瞬行术，霎时间便到了无恶殿外。

无恶殿外，明月映照，遍地银光，我一脚踏上，银光便似有所波动一样缓缓一动。

我心头一惊，知道这是什么阵法——九天术，上探九天，下寻九泉，天下无处不在法术观察之中，只要他想，便能听到万里之外的花开声。

可这法术极是耗神，探得越远，对神识伤害越是大。

芷嫣说墨青耗尽神识来寻我，我还未曾想到他竟会布这样的大阵。

我入了无恶殿中，但见墨青正端坐床榻之上，殿中地上银光更甚，似漫天繁星遍撒一地，有着安静清冷的温柔。

他打着坐，闭着眼，所有神识都散在他方，我未敢惊扰，便只慢慢地靠近他，在他身前站定，轻轻唤了一声：“墨青。”我开口的声音是我未曾想到的轻柔，“墨青，我回来了。”

我这一声唤，像挑动了地上的银光，在里面滴入了星星点点的水珠。

银光闪动，一层一层的波浪往外荡去，在片刻之后又一层一层地荡漾回来，波光慢慢收拢，越收越快，最后整室银光消失，墨青如入定的老僧，坐着未动。

我知道，四散的神识倏尔收回，对身体来说是极大的负担，外人不知，他必定忍受着巨大的眩晕与痛苦。

我不敢碰他，就怕稍稍一碰，便扰乱了他的思绪，致使他神识散乱，再无法完好复位。

我只好在他身前静静等着，不知等了多久，许是有大半个时辰了，终于，他放在膝上的指尖微微一颤，双睫抖动，如蝴蝶扇动翅膀一样，慢慢睁开眼。

得见眼前的我，他有一瞬间的失神。我见了他这双清澈透亮的眼眸，也有一瞬的失神。

只是，我不知道他想的与我是否一样，反正……我现在满脑子都是当年那山门前，衬着火光与风雪，我蛮横地将他摁在地上一通狂吻的画面。

想着那画面，我喉咙便觉得有些干，也有些紧了。

我伸手将他一推，径直把他推翻在床，那个地府给我定的强暴之罪我觉得我受得冤枉，可这罪名既然无法改了，那我干脆就直接把这个罪名坐实得了。

我凑上去便要咬他的唇。

可在靠拢前的那一刻，他用手及时挡住了我，我亲在了他的掌心上。他望着我，我在他眼里看见了这张芷嫣的脸，方才有几分清醒过来。

这是……芷嫣的身体啊。

光是想一想，我就能预见未来那会在我耳边日日夜夜响彻天际的尖叫之声。我忍住了情绪，咬了咬牙。

“招摇，”身下的墨青却在这时唤了我的名字，“是你？”

我一声叹息："是我。"

"你没有消失？"

"我消失了呀。"我想逗逗他，可我说了这话，他眼眸陡然空了一瞬，我的逗弄之心霎时间便似被千针扎过一样，我喉头哽了一瞬，再也没法用这事来逗他了，"可我舍不得你，我又回来了。小丑八怪……"我帮他顺了顺胸膛，"我说让你不要哭，你做到了吗？"

后背一紧，我被他往下一拉，抱进了怀里，死死地扣住。他没有言语，只是像护着珍宝一样将我护着："路招摇。"

"嗯？"

"别再说那种话了。告诉我你要去哪儿，我陪你。"他将我抱得那么紧，"别再让我寻找了。"

墨青……是在害怕吗？

我拍了拍他的胸口，从他怀里把脑袋蹭了出来："我们一起去找吧。"

他微怔。

"我的身体。"我道，"我身体还在这人世的某一个角落，我们一起去找，等找到了，我就回来嫁给你。"

提到这事，我脑海里陡然闪过我那鬼夫君的事："哦，对了。"我从墨青身上坐了起来，"在那之前，你还得帮我办几件事。"

我坐了起来，他便也坐起身来，我坐在他腿上道："我在鬼市惹了一场婚债，要还了钱才可以与那书生和离，你帮我烧点纸先。"

墨青身体蓦地一僵。

我扳着手指头一边数一边嘀咕："还阳丹两颗，出地牢一趟，大阴地府钱铺一笔，和离给点分手费，按那曹宁的消费水准来说……大概……要给他烧四十万？嗯，他这几天对我还挺好的，凑个整数，给他烧五十万得了。"

我一转头，撞上了墨青冰凉得有些微妙的神色。

他仿佛现在才理解了我上一句话的意思一样，只提了两个字出来，着重重复了一下："婚债？"

啊……

我看着墨青变得幽深暗黑的目光，陡然反应过来，我现在是不是，不应该这样跟他说？我转了转眼珠："那就是……赌债？反正是笔债，怎么称呼不重要。"

他眯着眼睛看我，头一次，我觉得他这双比星空更漂亮的眼睛里，对我凝出了不善之意："曹宁，是谁？"

"哈哈哈！"我一阵干笑，答案哽在喉头，吐不出口。那是……

在地府里登记在册的我的相公啊。

第九章

门主令

“烧……纸？”

墨青盯着我，便由着我这般尴尬地笑着，一脸的凝肃看得我有几分紧张。

可没紧张一会儿，我心头便涌出了一股“我为什么要这么紧张”的反抗劲儿。我一清嗓子，咳了一声道：“阴间账上没钱，所以找人借了点，可那边借钱有点麻烦，于是就随便找了个人成了个亲，找他接济一下……”

“路招摇！你……”他声音又低又沉，这般连名带姓地将我一唤，一时间竟让我脸皮一紧，有一种小时候闯了祸被姥爷呵斥的感觉。

这种感觉来得突然，让我有瞬间的紧张后，又随即多出了几分被管教着、关心着的特殊的约束感。而这种约束感，通常都伴随着一股安全感。

被人保护着、占有着的安全感。

墨青控制了一下情绪，似有几分咬牙切齿地低声道：“你该打。”

生气，却又无奈。

因为他舍不得打我。

我转头看了他一眼，拍了拍他的胸膛："好了好了，我这不是在你这儿拿了钱就去把他的事情了结吗。不要气了，我是喜欢你的。"

咦……好像我说这话的言辞与调调像极了俗世里某类男人，但墨青听到我说"喜欢"这两个字后，还是忍不住微微动了眸光。

我细细观察着他的神色，见他眼里的火已经退得差不多了，我便捏了他的下巴，笑他："哎哟，我就喜欢你这股醋劲儿，酸酸的，嗅一嗅便觉得诱人，快让我尝尝。"我凑上前去要吻他。

绷着一张脸的墨青终是抵不住了一样，哭笑不得地一扭头，似极为无奈，而正在我玩得开心之际，倏尔心脏猛地传来一阵紧缩的刺痛感。

我捏住他下巴的手一个没忍住，微微使了点力，唇角也立即抿了起来，压住险些溢出口的闷哼。

"怎么了？"

墨青立即察觉到了我的变化，我转头看他，方才好不容易才将疼痛与忧心从他的眼底抹去，现在又让他锁紧了眉头。

"我没……嗯……"心脏传来更剧烈的疼痛，我一时没收住口，哼了出来，身子也猛地往下一滑，堪堪被墨青的手搂住。

"招摇？"他唤我的名字。

又让小丑八怪心疼了……

在第三次剧痛传来的时候，我的魂体猛地被撞出了芷嫣的身体，我飘了出来，却听身后立即传来回魂的芷嫣一道大大的抽气声。

我一转头，但见芷嫣睁了眼，她看见面前的墨青，立即双手一伸，猛地将墨青推开，墨青也顺势放手，将她扔在了地上。

"哎哟！"芷嫣一声痛呼，墨青在一旁，将惊惶与不安尽数压在眼底，深藏于心。他冷眼看着芷嫣，问："她呢？"

听得墨青问她，芷嫣吓得连痛也不叫了，连忙跪在地上，往旁边瞅了我一眼，又瞅了瞅外面的天色："我……我也不知道我为什么这个点就回魂了啊……"

我往外面一看，隐约了悟——是子时过了。

看来，我如今这吞了两颗还阳丹的魂魄，已经只能勉强使用芷嫣的身体一个时辰了。

"她呢？"墨青语调冰冷地重复了一遍问题。

"在……在这儿呢……"芷嫣指了指我。

墨青见不着我，可听到她的回答，知道我还在，他的神色便也不再似方才那般骇人。"为何会突然如此？"我知道墨青这问题是在问我。

芷嫣便眼巴巴地将我望着。

我看她："我先前不是与你说过缘由吗，你解释给他听啊。"

"哦……"她这才想起来我与墨青之间交流需要靠她，眨巴着眼回想了一会儿，"大魔王好像说是因为吃了一些鬼市的东西，所以导致魂体比以前虚弱了些……是吧？"

我点头："上你的身，以后大概只能在子时了。"

"以后只能子时上我的身。"她规规矩矩地传了我的话，在墨青面前，吓得不敢多说一句。

墨青闻言皱眉："她的身体呢？在人世何处？"

我答："这要问琴千弦。"

"问琴千……咦？"芷嫣抬头望我，"我大伯父？"

"对，你大伯父。"我道，"当年便是他将我的身体从剑冢带走，不知道藏在了哪个冰雪洞窟里，将我的身体给嵌在了冰墙之上。"

这个回答让芷嫣惊得忘了墨青的存在："我大伯父为什么要藏你的身体？"

我瞥了她一眼："癖好？"

芷嫣嘟囔了一句："难道是因为当年的心魔？"她眸光一转，触到旁边墨青带着探究的眼神，又规规矩矩地跪坐好了，道，"当年虽然我没见过，但隐约知道我大伯父因万戮门的路招摇而生了几分心魔。他素来压抑自己，并无人知晓他的心魔到底处置得如何，可我爹几年前去见他，回来与我颇为感慨地说过，他终于将心魔拔除了。"

我摸着下巴问她："这个几年前到底是几年前？"

"三四年前。"

是我"死"之后的事。也就是说，在那个时间之前，琴瑜是知道琴千弦的心魔一直在身的。

"琴千弦偷我的身体难道是为了拔除心魔？"

芷嫣将我的怀疑告诉了墨青。墨青沉默片刻，唤来了暗罗卫："絜织与琴千弦现如今在何处？"

"仙台山大会之后，东山主带走千尘阁阁主，属下等前往事先约定之处接应，可并未等得东山主前来，在周围搜了许久，也未见两人踪影，而今依旧在寻找之中。"

墨青问："约定之处在哪儿？"

"仙魔交会之地，江城向仙门方向三十里地外的素山。"

素山……那处离千尘阁不远，照理说琴千弦应该十分熟悉，不会走丢啊。

"素山之外阵法很多的……"芷嫣嘀咕了一句，"我见那日我大伯父好像受了伤，东山主……嗯，不拘小节？他们会不会不小心走到阵法里面去了？"

若是如此，那便麻烦了。

法术虽对十七没什么作用，阵中火焰、冰雪也都伤不了她，可若是个迷阵，那就苦了，她可没有看穿阵眼的本事。琴千弦虽对阵法极有研究，但他受了伤，要一眼看穿阵眼，只怕也不容易。

这么久没出来，不知在里面遇到了什么麻烦。

而这最麻烦的，还是外面的人无法帮他们，因为根本不知道他们到底陷进了哪个阵法当中。

琴千弦可不能死，我的身体全仰赖着他呢。

“素山离千尘阁极近，他们必对山里阵法有所研究，你速去与千尘阁之人联系，让他们一同遣人去素山寻找。琴千弦乃他们阁主，他们必定不会视而不见。”墨青下了令。

暗罗卫抱拳，一声“得令”便迅速消失了身影。

屋里安静下来，只剩芷嫣耷着脑袋静静与墨青待在一处，互不说话，场面尴尬。

“你回去吧。”墨青开口，芷嫣如获大赦，连忙站起身，拍拍衣服便往后面的濯尘殿跑。临出门了，还是在门口扭捏了一下道：“大魔王就在你身边，她没走。”

我嫌弃她：“就你话多。”

芷嫣这才提着衣服跑了。

我转头看墨青，但见他只身站在空荡荡的殿中，身影竟显得格外孤单。他往书桌的方向走去，上面已经摞了许多文件，他如往常一样，在书桌前坐下，随即开始批改文件。

我站在他书桌对面，趴在桌上看他。倏尔听到他一声轻唤：“招摇，我看不见你，可我知道你在这儿，便足够心安。”

他怕我担心吗？

我穿过书桌，飘到他身前，又偷偷地吻了他的唇。

他身形微微一顿，随即眸光一柔，没多言语，只是继续自己的工作。

还是能有点感觉的吧，至少会微微地有一点凉意。

那如果这样的话……我飘上他的背，从后面将他脖子抱住，他没什么感觉，我把脸凑在他耳边道："就算找不回身体，以后我也做你的背后灵好了。"

我挂在他身上，到第二天天亮了，我觉得阳光比先前刺眼多了，便躲在屋里不出去。

墨青一晚上批完了桌子上的所有文书，又在一张纸上写了字，唤来了暗罗卫卫长："门主令。"

暗罗卫卫长闻言一凛，极为恭敬地接过了墨青手中的纸，静心一读，眸中起了几分迷茫和错愕："烧……纸？"

听到这两个字，因为阳光而有些头晕目眩的我立即来了精神。我飘到暗罗卫身后与他一同往纸上望。果然是门主令！令全门烧纸三天，每人每天各一千钱，北山主部下烧给曹宁，其余山主部下尽数烧给路招摇。

啊！我梦寐以求的门主令！

我蹦起来去抱墨青，可手臂从他身体里穿过去了，这并没有关系，一点也不影响我的喜悦。

我过不了多久就能去把绿书写了，鬼市的那些好玩的药丸虽然不能再吃了，可我可以把钱都花在去大阴地府钱铺看过往啊！

就反反复复地看那山门前的一段！

来来回回地看，仔细地看，挑毛病，等以后找回身体了，再把这些没做好的部分通通给补回去。

啊，对，还可以帮子游，帮他看过去，一直看一直看，看到他都不会忘记那些过去为止！

门主令一下，全门各山主皆得令而行。

卯时下的令，辰时便通晓全门，辰时未过，整个尘稷山各山峰，皆已点火，发放了纸钱，各山门徒按各自分配，有序排队，统一烧纸。

待到午时，阳光明媚，我躲在濯尘殿里，趴在窗口阴影中，往外望去，但见尘稷山处处皆飞烟，烧得那叫一个乌烟瘴气。我心里很是高兴，感觉有一个算盘正记录着我账上的钱，啪啪啪地打着，这一阵麻溜儿的脆响让我浑身筋骨都酥了。

通——体——舒——畅！

有钱了，有钱了啊！

我在窗口开心得想打滚，芷嫣在我背后看着我："有这么高兴吗？"

"你是没穷过。"我一转头反问她，"以后不用跑腿烧纸了，你不高兴？"

"一开始觉得很讨厌，可后来，想着是给你烧纸，就没那么烦了。"芷嫣脱口而出的这句话有着我没意料到的暖心，"该有人对你好的。"

她正在桌边喝茶，我转头盯了她一会儿，随即飘到了她的身边。虽然现在碰不到她，可我还是摸了摸她的头："小可爱，咱们缘分一场，你放心，等以后姐姐回魂了，但凡有一口肉吃，就绝对给你一根骨头。"

芷嫣斜着眼睛看我："我是你养的小狗啊？"

这姑娘，一开始看着我就跟见了墨青一样，怕得浑身发抖，现在居然敢斜眼看我了。

啧，都是我给惯的。

"你懂什么，我路招摇手里拿出来的骨头，能是普通的骨头？"我伸出手，做了个捏她下巴的姿势，对她歪着唇角一笑，"我给的，你要不要？"

芷嫣端着茶杯，愣愣地看了我好一会儿，随即羞涩地一转脸："啊啊，大魔王你好讨厌！你见谁都撩！"

我趴在桌上不停地笑："心情好呗。"

"啪"的一声脆响，濯尘殿的门倏地被人推开。我与芷嫣同时往门口望去，但见一袭黑衣的墨青沉着脸站在门口。

外面阳光正好，他面向屋内，衬得一脸神情又沉又黑。

"琴芷嫣。"

这个名字唤得没有温度，芷嫣浑身一怔，立即站起了身来。然而就这么巴巴地望了墨青一会儿，却只听墨青又说了三个字："去烧纸。"

"啊……哦……好。"芷嫣忙不迭地提了裙摆，垂头耷脑，啥也不看地急急跑了。

竟然把我的小玩伴给吓唬走了，我都还没来得及关心关心她与柳沧岭的事呢。我在桌上撑着脑袋，看着面色不善的墨青："好一个醋缸。"

墨青看不见我，踏入屋内，坐在芷嫣方才坐的那个位置，另外拿了个茶杯，倒了水，抿了一口。"路招摇。"他唤了我的名字，我也歪着脑袋在他面前望着他，可看他嘴唇动了，我便忍不住凑上去，贴在他的唇瓣上，轻轻磨蹭。我感觉到了些许暖意，也听到了他停顿之后，柔软太多的声音："你该打……"

我咧嘴笑了。

我该打，你若要打，我也愿让你打，可就是笃定，你下不了手。

在屋里坐了一会儿，他便自回了寝殿，我也穿过墙去看他，文书在昨夜他已经批完了，今日万戮门的人接了门主令集体烧纸，也没有谁来扰他。他便坐在床榻之上，盘腿打坐，调息身体。

他身边光华流转，我才发现他身体里的气息全然不似之前那般雄厚。

甚至比先前取了六合剑回来时，还要弱上许多……

想来也是，自打帮我取了六合剑之后，他便一直有伤在身，之后接踵而来的便是与那姜武一战，撕裂灵停山，陪我与洛明轩相斗，击落那烈焰神凤。而昨日，又散尽神识，布九天术，漫天地寻我。

这是个闷骚的人，他对于自己的身体总是极少关心，有伤也不说出口。

我看得心疼，便在他身旁坐下，守着他，一直等到晚上，芷嫣回来了，我找到她上了她的身，又急急跑来找墨青。

他的寝殿外没人拦我，我跑进来时，他正巧收了调息，睁眼看我。我根本懒得与他客气，一头扑上前去，将他径直扑倒在床上，然后便抱住了他，捏着他的下巴问："小丑八怪，今天有没有想我？"

墨青被我扑得错愕，哭笑不得的背后，是几分宠溺："想了。"

我趴在他身上，继续问他："你今天看我调戏芷嫣是不是吃醋了？"

他微微一怔，转过头去，轻咳一声，有些不自在地承认："嗯……"

"芷嫣的醋也吃，大醋缸。"我笑他，将他笑得耳根有几分红了，我才捏了他的耳朵，在手里蹂躏把玩着，"不过正好，我喜欢吃酸。"

墨青眸光微微一动，我拿食指压了压他的嘴唇："什么时候我才能找回我的身体啊？"这每天光能扑倒，不能办事，也是挺让人着急的。

"暗罗卫尚未传回来消息。"提到这事，墨青面色凝肃了起来，他将我抱着坐起来道，"素山前的阵法并不好对付。过两天，必要时，我恐怕得自己走一趟。"

听闻这话，我有些忧心地摸了摸他的后背。

他抓住了我乱动的手："我没事，不用担心。"

"你也太不将自己身体当回事了，九天术能胡乱用吗？"提到这事，我有点生气，"我若没找回来，你自己神识散了，你打算怎么办？"

"你若找不回来，神识散了便也罢。"

我一默："那么怕？"

墨青将我抱紧了一些："嗯，那么怕。"

我便不忍心再怪他了，与他坐了一会儿，墨青倏尔斟酌着开口："而且，我以为……你消失，有一部分是因为你不再想见我。"

这话从何谈起？我有点愣神："为什么？"

"洛明轩可与你提过，你出生之地？"

"啊……"我想起来了，"他是说了我一族是被你爹给圈禁在那山沟中的，为了保护被封印起来的你，所以我们都生而为魔，算是魔王给的诅咒。你以为我会因为这个怪你？"

墨青唇角一紧："是因为我，你才会被洛明轩如此迫害，还导致你的亲人……"

"啊，对，还有这一层关系呢。"我说了这话，猛地站起身来，严肃地盯着墨青，"好你个厉尘澜，我是因为你，才被害得如此惨！"

墨青一愣，或许是因为我这话说得太过严肃，也许是因为他心里，一直都害怕我这样怪他，所以一时间，竟就这样仰头望着我，眸中流露出了几许歉疚与心疼："招摇……抱……"

没让他说出后面的"歉"字，我便抱住了他。

"好。"

我顺着他的背拍了拍。"你是不是也傻了，居然还会问我这种话。"我摸摸他的头，安抚着他，"我祖上那么多代，被你爹布置了保护你的任务，可我祖上没一个人见过你，甚至我姥爷也没见过。而我达成了这个他们那么多人都没有达成的心愿，我姥爷要知道了，羡慕我都来不及呢。我都知道他会怎么说……"

我放开了他，提起了他的手当作酒壶，我在他手背上亲了一下，咳了两声，哑着嗓子模仿起了我姥爷："哼，你这小丫头片子，本事没有，运气倒比谁都好。"

墨青失笑。

我看着他难得的笑容，便也微微笑开了。

他的身份让他自幼便背负了不一样的沉重。诅咒我族人的是他素未谋面的爹，害我与我姥爷的是也想害他的金仙。我没理由再为他添上另外的沉重。

“墨青，我是命中注定要保护你的那个人，而我也正好想要保护你，这便是我与你的缘，不是你的罪过。”

他坐在床榻上，伸出手，帮我将耳边散落的发拨到了耳后：“招摇，你是我的全部。”

我一默，垂头笑了：“你嘴这么甜，我也要爱上吃甜了。”

子时过，我离了魂，所谓一回生二回熟，芷嫣再次回魂，从墨青腿上摔了下去，只点了两下头，便急急忙忙地跑回了房间。

墨青便也重新开始打坐调息。

我闲来无聊，也飘回了房里，与芷嫣闲闲聊了几句她与柳沧岭的事。

我问她打算怎么办，现在柳苏若死了，柳巍也不见了，鉴心门在之前与墨青那一战中，也已经被毁得差不多了。

江湖人不知芷嫣的身体中是我，他们只知道这个昔日琴瑜之女，投靠了万戮门，成了万戮门门主的得力弟子，然后与厉尘澜一同毁了鉴心门，还害了柳巍。

芷嫣微微垂了眼眸，神色不再如之前那般浮躁：“顺其自然吧，你不见的那几天，沧岭哥哥醒了，他知道了这段时间以来发生的所有事，也知道了自己被柳苏若操控，他打算回鉴心门。”

“你呢？”我问她，“跟他回去，还是留在万戮门？”

芷嫣嘴角的笑染了几分苦涩：“即便沧岭哥哥再让我与他回去，我也不会与他回去了，更何况，他现在……没再说那样的话。”她顿了顿，

“大魔王，或许这个世界上真的有命运，不管是让我，还是让他，都回不去了。我们应该在之后的人生当中，形同陌路。不再互相伤害，就是我们对彼此最后的一点仁慈吧。”

话止于此，芷嫣那么爱哭，可这个时候也没有哭。她很平静地说完了这些事，显得那么平淡。

“小丫头长大了。”我说了这六个字，也不知道该说点别的啥。

那是她的人生，她做出了决定，那我就只有说：“我不管别的地方，可只要万戮门在一天，这便是你的容身之处。”

听了我这话，芷嫣却神奇地红了眼眶，她离魂出来，抱住了我：“大魔王，好感谢我遇见了你。”

我拍了拍她的背，没有说话。

翌日清晨，天尚未大亮，濯尘殿外便有人找来。

我见了门外的人，微微一挑眉，竟是柳沧岭背着包袱来了。他身上还带着伤，可神志已经清明，站立走路，也都不是问题。

他这是……要离开了？

他在殿外等着芷嫣，外面有人来通传，芷嫣便起了床。

其实，早在柳沧岭出现的那一刻她就醒了。她在屋里梳了梳头，整理了一下衣裳，又在镜子前坐了好久，像不想出去一样。可时间一点一点地过去，外面的人没有催，芷嫣还是站起了身来。她在镜子前练习了一下微笑，走出了门去。

“沧岭哥哥。”应该是她以前和柳沧岭打招呼的模样。

柳沧岭愣了一瞬：“芷嫣。”

叫了她的名字，他便默了下来，隔了许久，黎明的风刮过山头，吹凉了天上的薄云，柳沧岭终于重新开了口：“我要回锦州城了，鉴心门……不能无人……”

芷嫣点了点头："沧岭哥哥保重。他日……"她顿了一下，抬起头，望着柳沧岭暖暖一笑，"他日愿得见鉴心门重整旗鼓，仙风不改，得鉴世人清心。"

柳沧岭望着芷嫣被晨风吹乱的发丝，唇角微微一颤，拳心握紧，倏地扭头转身："好好照顾自己。"

一场告别两相离，这么平静，平静得就如同两个交情极为普通的人在告别一样。大概谁都想不到他们背后曾有过那么复杂的情仇怨恨，纠葛过往。

看着柳沧岭御剑而去，身影逐渐在长空之中化为一个远去模糊的小点，直至最终再也看不见。

他们两人心里其实都清楚，在经历过那么多事情之后，他们再也不可能在一起了。芷嫣说得对，以后再不相见，就是对他们彼此最后的仁慈。

我飘到芷嫣身边，她望着远方，唇角还有着微笑，可到底还是哭了，眼泪啪嗒啪嗒地落在地上："君欲行远方，不问君归期，但问君来生……"

"大魔王，来生我还可以再见到他吗？"

我回答不了她。谁都答不了她。

第十章

飞升

我为了两颗还阳丹，得了一个寡妇的名号？

柳沧岭离开的这日白天，我在濯尘殿陪芷嫣，我是个不会安慰人的，而她大概也是不需要安慰的。于是我干脆趴在窗户上，让她在院子里练一些外家功夫。

现在也不怕墨青察觉了，我就放心大胆地教。

前些日子她这个身体一会儿是我帮她打坐，一会儿是自己修行，九转回元丹也吃了好几颗了，修行提高了不少。我几次用她的身体使出超出她能力的法力，虽对她的身体有所伤害，可也因此而极快地提升了她的修为上限。

如果说才入万戮门的时候，她的修为约莫算个中下级的魔修，而现在，我能保证，若是芷嫣再遇上之前挨北山主打那种状况，她不会做得比我差。

我让她将心思放在练功上，她也配合，一整天的时间，累得没工夫去琢磨柳沧岭的那些事。

教到傍晚，我见太阳落山，能跑出去晃悠了，便与芷嫣商量好，我先去鬼市还债，等到子时芷嫣就带着她的身体去找我。这样等我将鬼市的债了了之后，就可以直接穿入她的身体回来了，半点不耽误和墨青腻腻歪歪的那珍贵的一个时辰。

“那我呢？”芷嫣有点委屈，“你就那样把我丢在鬼市吗？”

我一本正经地望着她：“忙了一天，你一定想要静静……”

“我不想。”

“……别顶嘴。”我道，“你一定想静静，我给你这一个时辰的时间，你飘哪儿透透风都可以，等一个时辰后就自动回魂了，别灰。”

她咬了嘴唇，到底还是认命地说了声：“好吧……”

我就一点不客气地往鬼市飘过去了。

一路急赶，等到亥时初算是勉强赶到了鬼市，还有大半个时辰才到子时，足够我处理鬼市的这些烂摊子了。

我第一时间想去大阴地府钱铺查查账，看看到账了多少钱，然后顺道找找曹宁和他娘，算算钱，一并去将绿书写了。可根本就不用我找，周氏第一时间便找到了我。

她比我矮，却还拿斜眼瞪着我，我知道她看不惯我，在她眼里，我是一个勾走了他儿子心魂的狐媚子。我知道她气我，于是我故意在她面前撩了撩头发，显得更加狐媚：“债还完了吧，快把你儿子找来，把绿书写了。”

“写什么写！”听我一开口，周氏就直接炸了，“我儿子上天了！他升仙了！还写什么绿书！”她上来要抓我，可依旧从我的身体里穿了过去，她扑在地上，失声痛哭，“你把我儿子还回来！”

什么？

我有点蒙。

为什么我每次遇见这个老太太总有一些让我无法理解的事情发生呢？什么叫升仙了？我问她："他死了这么久还能升仙？升仙又是个什么制度？他升仙关我什么事，我怎么还你？"

"就是你烧的那些钱！"周氏一边抹眼泪，一边指着我斥责，"都是你给他烧那么多钱！钱那么多，满了功德，他直接飞升了，上天了，不回来了！"

啥？给你们这些功德高的人烧钱烧多了，还能把你们烧上天？

这鬼市的规矩一开始可没人跟我说过啊！

"我就眼睁睁地看着我儿子上了天，我眼看着他飞走了！"她哭得哀戚，莫名地我却觉得……有点好笑？

可因着她哭号吵闹，声音越来越大，又引来了旁边的鬼魂的注视。

我心头一怵，可不想再被安上什么罪名去那地牢里待上三天，正要拦她，旁边倏尔飘来一个鬼魂，是子游，他将地上的周氏扶了起来："你这老太太真不知好歹，我家阿姐将你儿子送上了天，飞升成仙，是好多人求都求不来的功德，是你们几辈子修来的福分，你怎的还埋怨我阿姐！"

周氏呜咽哭着，没有回话。

"阿姐，咱们走。"

子游伸手，将我往一旁引，想让我避开这老太太，离开这是非之地，我知道他的好意，可……

"绿书呢？"我望了望子游，又望了望周氏，"那绿书呢？我和谁去写？"

子游笑看我："你'相公'都飞升了，哪还用写什么绿书？你现在是仙人遗孀了，恢复自由身，嫁娶也都自由。"

那也……也就是说……

我为了两颗还阳丹，得了一个寡妇的名号？

嗯……

我摸着下巴琢磨，如果我不将这事告诉墨青，他应该也查不到这些的吧，要不然我就瞒他一辈子好了，反正等以后我们死了，也没精力计较我是不是做过某个仙人的……遗孀。

不过，就算他知道，应该也没关系。

我一边沉思着，一边随着子游往那酒楼飘，可飘着飘着我陡然反应过来："那我呢！"

子游被我突如其来的一句话吓得转了头："怎么了？"

"我呢？"我愣愣地盯着他，"我接的纸钱多了，会不会也就晃悠悠地上天了？"

子游像被我逗笑了："阿姐你多虑啦，你成不了仙的。"

"为何？"

"犯了杀戮罪的人，是升不了仙的。"他细心与我解释，"这其实不全赖阿姐，要升仙者，须得十世无杀戮，仁慈为生，得大功德，方能升仙，是那书生自己的命数到了，阿姐你不过是送了他一程。"

哦……

我觉得有几分心有余悸："竟然还能烧纸烧上天，先前怎么没人同我说过？"

子游有些哭笑不得："鬼魂承接纸钱，承接的其实是人世的一份心意，心意越多，说明这人生前做的善事越多。一份纸钱，一份功德，功德累积到一定程度之后，自然也就生了变化。可因着这要烧的钱实在太多了，我也是……头一次听说有人因烧钱太多而被烧上天的。这普通人都想不到，自然也没法与你说。"

说到底，还是我还债……用力过猛。

这也不能赖我啊！赖墨青，收了那么多门徒，光北山的门徒烧了三天就将人烧上天了。

“阿姐你也别闹心，你现在是仙人遗孀，上天会对你多有照拂的。”

我撇了撇嘴，上天照拂要也可，不要也罢，我路招摇没有这些，不也一样好好地活……啊，不对，我也好好地半死不活地吊命到了现在。

我随着子游，坐上了他们酒楼二楼，任由子游在我身边坐下。我看着他，敲了敲桌子：“那咱们来说说你吧。”我一只手撑着脑袋看他，“你怎么忽然知道我生前犯了杀戮罪的，我之前，可没与你说过这事吧？”

子游一默。

他一垂眸光，倏尔笑开了：“门主……英明。”

子游在我身边，一撩衣袍，屈单膝，躬身跪下。这个姿态我十分熟悉，做过我的暗罗卫的，都这样对我行礼。

“暗罗卫林子游，拜见门主。”

我挑眉：“你已经去大阴地府钱铺看了过往了？”

子游点头：“我知道自己时间不多了，忘东西越来越快，周围的鬼虽然都顾虑着我的情绪不与我说，可从一些细枝末节的事情，还是能看出端倪的。”他一笑，“还好攒的钱也已经够了，总算知道了自己从哪里来，做过什么，迷茫了这么多年，如今终于清楚了自己的身份。就算再忘了，也没有遗憾了。”

我摸着下巴，先让他起来，然后咂摸着他的名字……

林子游？

曾经的暗罗卫来来去去人数有点多了，我一时记忆模糊，老半天也没想起来。也不知是生前就忘了，还是死后才慢慢遗忘的。

他见我如此，却没有生气失望，只开口与我解释道：“门主记不得我也正常，我生前与哥哥被关在血煞门做实验，而后与东山主一同被门主所救，只是我与哥哥没有东山主那般天赋，并未得到过多关注，只是随大家一同入了万戮门。”

哦，这般一提我倒是有些印象了。

当年那个给十七喂药的血煞门不知在做个什么实验，抓了许多小孩过去。我攻破他们门派，杀了他们门主后从地牢里放出了不少孩子，有的愿意回家就送回家了，有的愿意留下也就留在万戮门了。在那一批孩子当中，不少人做了我的暗罗卫。

子游就是其中之一吗……

“当年有幸，出血煞门的时候便见了门主抱着东山主，我与哥哥站在了前面，身上都没有名字，只有编号，门主便点了我与哥哥，取了子游、子豫这两个名号。我哥哥年纪比我大些，本是记得自己原来的名字的，可因门主赐名，哥哥便取了我们以前的姓，从此以后，我便叫林子游了，时至今日，门主所赐名字，依旧不敢忘怀。”

我随手点的名字，居然成了他现在留在鬼市的最后一个牵念。

我看着他恭敬的模样，垂了眉眼，倏尔觉得，自己生前，是真的有罪过。不记得给他指过名字，不记得这么一个人在背后默默忠心待我，甚至也不知道他……什么时候死的。

我应当是心大地……辜负过许多人啊。

“我与哥哥发誓要报门主之恩，于是入万戮门不久后，决心加入暗罗卫，可因我自小体弱，若不是哥哥看护，卫长见我忠心，只怕是不会同意我入暗罗卫的。可后来……我还是辜负了哥哥和卫长的期待，我在一次任务当中不慎重伤，哥哥心急，不顾规矩，半夜跪在无恶殿外扰了门主休息，而门主……不但没有怪罪，还让南山主为我治伤。”

我仰着头回忆，好像有些印象，却那么模糊。因为这些事……

“这些事对门主而言恐怕无关紧要，却让我兄弟二人铭记在心，虽然之后不久，我还是因为身体虚弱而死，可对门主的感激，一天也不敢少。我死之后，哥哥也依旧守在暗罗卫的位置之上，这么多年以来，不知他而今如何，不过没在鬼市听见他的消息，便算是最好的消息吧。只是门主……”

子游望了我一眼：“只是我如今这状态，竟然能遇见门主，不知是该高兴，还是该难过。”

“高兴吧。”我望着子游，“能在这鬼市遇见这般忠心待过我的人，自是得高兴。”我想了想，“不知我阴间账上现在还有多少钱，全都过到你头上吧。”

子游惊讶：“不不……这怎么可……”

“我现在也不能买鬼市的那些丹药吃了，就能去大阴地府钱铺看看过去。我没那么迫切，你拿着钱去看吧，看到你腻了，烦了，不想看了，自愿离开的时候，就可以了。”

子游垂头，像忍了许久一样，在我打算起身离开的时候，他才道：“门主……还是那么温柔。”

我温柔？

没有吧，很多时候，我明明都是那么没心没肺的。这么死了一次，我反而觉得自己活着的时候，错过了太多世间人心的温柔与善意。

离开了酒楼，飘了出去，这时离子时尚有一点时间，芷嫣已经在小树林外等着了。

她抱着手臂，左边看看右边望望，见我飘出来，眼睛一亮：“大魔王！这里这里！”

她还是对周围环境感到毛骨悚然：“我特意来早了点，咱们一起往外面走走吧，回头你上了我的身，咱们也离这个地方远点了。”

也妥，我飘着，陪着她往鬼市外面走，芷嫣像为了不让自己害怕，在我耳边叽叽喳喳地唠叨着：“你前几天消失的时候，江湖上的消息你还不知道吧，要不要我给你说说？”也不听我回答，她就自顾自说了下去，“金仙被厉尘澜带回尘稷山了你知道吗？他不知道把金仙弄到哪儿去了，反正万戮门没有一个人知道。说是以后，就算别人知道复活金仙的办法，也没办法找到金仙的身体，彻底断绝那些人的心思。”

嗯？洛明轩的身体被墨青带回了尘稷山？墨青怎么没与我说？

哦，对，这两天忙着腻腻歪歪呢，还没空扯别的人。

“如此甚好，省得以后哪儿又冒出来个柳苏若那样的疯子，再这么折腾一次，我可受不了。”

“还有啊，那几个之前拥护要复活金仙的仙门，他们的掌门人都被各自门派的人从凤山之下找到了，接了回去，但他们的精神好像都有些不正常了，一会儿嚷着路招摇，一会儿嚷着厉尘澜。江湖上传得风风雨雨的，说是路招摇阴魂不散，上了厉尘澜的身，回来阻止金仙复活，然后要去找十大仙门报复了。”

“呵。”我一声冷笑，“我就说吧，你以前待的那些名门正派，本事没有，整天就知道瞎传乱七八糟的流言。”

快飘离鬼市时，子时也到了，我上了芷嫣的身，听她在我身边又说了个消息：“还有去凤山找那些仙门掌门回去的人都说，凤山现在变得可阴森了，到了晚上都隐约能听到女人哭，有人说……”芷嫣望着我，“有人说，是柳苏若的声音呢。”

我瞥她：“你我现在都是鬼，你觉得你能吓唬到我吗？”

芷嫣也撇了撇嘴：“你再陪我一会儿好不好？我吓到自己了……”

没用的东西……

“柳苏若变成厉鬼也没什么奇怪的。”她在我身边飘着，我便也陪着她多走了几步，“她执念那么深，心眼那么小，刚成事就被我打破了，死在凤山，在凤山成厉鬼。此后永远放不下仇恨，也永远报不了仇，年年岁岁都被圈在凤山那一块，挺好的。省得别人再找地方关她了。”

我这般一说，芷嫣倒是消了些许恐惧，点了头：“这般说来，她也是咎由自取了。”

“还怕吗？”我转头问她。

芷嫣笑道：“不怕了，大魔王你越来越好了。”

这一个两个,又说我温柔,又说我好,偏偏我自己一点感觉都没有……

我一转身，摆了摆手，正打算掐个瞬行术回无恶殿，面前却是一阵风过，黑袍一扬，墨青出现在了我的身前。我眨巴着眼看了看他：“我正打算回去找你呢。”

墨青一笑：“我来也是一样的。”

既然他在身边，那我也就不赶时间了，随他一起在林间小道里，在月光下慢慢走着，没有说话，就这么静静漫步，便觉得分外舒畅。

墨青身上总有这种沉静安稳的力量。

我信手摘了一片长草叶，借着月光，在手里编织着，是小时候姥爷教过我的手法。我编了只蝴蝶，转手送给墨青，他看了一眼，却没急着接，只在那蝴蝶翅膀上轻轻一点。

这编出来的蝴蝶便翩翩起舞，在我与他之间转了个圈，我望着蝴蝶微笑，没想到墨青还有这般情趣，忽然蝴蝶往下一飞，轻轻地落在了我唇瓣之间。

翅膀扇动，微小的风仿佛亲吻时，对方的呼吸。

我愣神，怔怔抬眼望他，但见他眼眸里皆是轻柔且细碎的月光。没有只言片语，却让我心头怦然一动。

小丑八怪，你的手段也很是撩人嘛。

他一招手，草蝴蝶又从我的唇瓣飞走，落在他的指尖上："礼物我收下了。"

被墨青调戏了，我决定要讨回来，于是伸手去抓那蝴蝶："我可没说要送你。"他指尖一躲，避过了我。"招摇。"他抬手，有几分生疏，却带着几分初露端倪的霸气，"乖。"

然后我就……看在他美丽得过分的微笑上……

"好吧。送你。"

他轻笑出声，微微低沉的笑声在这月夜里，让我的血液有几分燥热。

"十七还没找到吗？"

"嗯，明日我便起程去素山，与千尘阁的人一同寻找。"

这或许是最快找到人的办法了，我的身体在那冰墙里挂着，天知道还能保证多久不断气，自是越早找到越好。

不过我又想到了另外一件事："我的身体不在，禁地里的那个坟下面埋的是什么？"

墨青手腕一转，衣袖里便露出了一个东西："帮你寻回来了，等身体找回来，便重新戴上吧。"一见它，我"哦"了一声，望着墨青："你把我的坟挖了？"

"对，挖了。"他答得坦荡，将手中的那小银镜交到我手里，"算是交换这只蝴蝶的礼物。"

"这可不成。这银镜是你以前送我的，送了便是我的了，怎么一个礼物还送两次呢？还换走了我一只蝴蝶，这买卖亏，我不干。"

我本是要诓墨青再给我整个什么别的玩意儿，可我说完这话，墨青愣神许久。

"怎么了？"我问他。

"你……如何知道这是我以前送你的？"

啊……

我捂住嘴，我刚才是不是不小心暴露了什么……

我捂着嘴，瞪着眼仰头望着他，月色在他身后，将他神情映得模糊，而他面前的我，整张脸迎着月光，神色表情应当是十分清晰的错愕与愣怔。

多年之前，在那山门牌坊之下，长长阶梯之上，我醉酒把墨青给那啥了后，我就陷入了深深的沉睡当中。是第二天早上，他在我睡梦中，将镜子戴在了我脖子上。

后来我一直睡了大半个月，直到我醒来，忘记了那三天里的所有事，包括与墨青的这一件，其他人更是无从得知。

于是，在墨青的印象里，那山门牌坊下的事应该是只有他自己知道的，悄悄藏在心里的，不可与他人说的秘密。

所以即便到现在，他也从未与我说过当年的事。

可为什么我突然就知道这个镜子的来历了呢？还说得这么笃定，甚至知道是他当年送我的。

我……为什么会知道呢？

我垂了头，收敛了脸上的愣怔与错愕，转眼的一瞬间，心里扯了一万个谎，可每个谎言好像都破绽百出，经不起推敲。于是我一转脖子，又将头仰了起来，此时墨青依旧盯着我，目光探究，又有几分难掩的波动。

我一咬牙："是我！我会对你负……"

墨青随手拔了根草，放到我的唇上，止住我即将脱口而出的话："再折一只。"他全然换了个话题。

我被他弄得有点愣，倒也还是跟着他的思路走了："我还会编蜻蜓，这次要只蜻蜓吗？"

“还是编蝴蝶吧。”他侧过头，望着月亮，“两只，成双成对。”

我歪着头看他，但见他将脸都转了过去，耳根染了些许绯红。

不管我是怎么知道的，反正我是知道了。既然提起来好像我们俩都有点羞涩，那就心照不宣保持沉默吧——他是这个意思吧。

“哦。”

我垂头编蝴蝶。

按捺住心头的那三分骚动，静静地感受着比暧昧更加撩人的悸动。就像在两人相贴的手掌中放张纸，隔着不捅破，却并不影响我与他去感受彼此掌心的温度。

比起赤裸裸地坦诚相对，如此看破不说破，更是乱人心弦。

我沉默着，编好了手中的蝴蝶，墨青微微一侧眼眸，目光盯了那蝴蝶一眼。与此同时，停在他指尖的蝴蝶便也翩然飞至，绕着我掌心的蝶飞了两圈，随即带着它，一同翩跹而舞。两只蝴蝶的模样看起来都那么孱弱，飞舞的姿态却那么缠绵。

我牵住了墨青的手，跟在那两只草编蝴蝶的身后漫步而走，身边的墨青唇边有浅浅的弧度，掌心温度令我迷恋。

这夜，尘稷山的风与月，是我从未感受过的温柔缱绻。

第十一章
内乱

万戮门中，形势告急啊……

在子时快结束的时候，墨青瞬行带我回了无恶殿，其实若不是时间紧迫，我与他手牵手绕着尘稷山走三天三夜或许也可以。

等芷嫣回魂之后，墨青没过多久，便佩了万钧剑，瞬行离开了。

我知道他是去素山找阵法里的十七与琴千弦了。每天都只能憋着的这些日子，墨青大概也受够了吧。

他带了万钧剑，即便他伤还未完全好，我也是放心的。素山阵法再是厉害，到墨青这种程度，虽也还算不得来去自如，但也妥妥地不会被伤性命了。唯一的难题就是找到十七他们闯入的是哪个阵法。

我在尘稷山静心等了两天，两天时间里便只无所事事地在教芷嫣一些外家功法，外带去了一下鬼市看望子游。他当真每天都去大阴地府钱铺，每天都在看自己的过去，害怕自己忘了。

我对他的哥哥子豫起了好奇，照理说，他哥哥要是死了，如果是尘稷山的人，那一定会飘到这鬼市来，可子游不知道，那就证明他哥哥还活着。那从我那个时代活到墨青这个时代的暗罗卫，现在在干什么呢？

他若是如子游说的那般忠心于我的话，在我死后，他又是怎么与墨青相处的呢？

还是说，他没死，也没有留在万戮门，而是自行去了江湖上闯荡？

我用这空闲的时间，也让芷嫣去探了探子豫的消息，可是关于暗罗卫的信息，暗罗卫自己是不会说的，别的门徒更是不会知晓太多。这一番探下来，却没什么结果。

到了第三天，墨青仍未归来，尘稷山却有了些许变化。

无恶殿的侍卫，变多了。

芷嫣没有察觉，因为她对万戮门并不熟悉，可我有一种奇妙的感觉，敏感地觉得，万戮门有点不对劲。

第四天，墨青依旧没回来，这时间久得让芷嫣也开始察觉到了不对："厉尘澜出去这么多天，就算没找到我大伯父，也该回来看看你啊，怎么都没捎个消息回来呢？"

我听得神色凝肃。

当天傍晚，我在尘稷山上飘了一圈，各山各峰不见异动，却在飘过无恶殿的某个角落的时候看见了墨青的暗罗卫卫长，他脸上遮着厚厚的黑布，不以真面目示人。

咦，他不是被墨青派出去找十七和琴千弦了吗？他现在应该在墨青身边才对啊。

此时他正在角落里对暗罗卫布置任务："南山主那边多遣人看着，丰州城司马容的住所也不要放松警惕。"

我竖起了耳朵，抱着手飘在他身边，冷冷地盯着他。

他这边对人布置完了任务，左右看了一眼，行至无恶殿之中，在殿内西边第三块砖上，踏了三下。我挑了眉，眼神更冷了些。

他这是，要去这主峰之下的地牢？

尘稷山每座署名的山头下都有地牢，像戏月峰下的地牢，先前就被用来关柳沧岭那样的普通的“罪犯”，而主峰下的这地牢，以前是用来关一些我想驯服，可不愿归顺我的厉害人物。后来，这些人物要么死了，要么真的归顺我了，而我死之后，墨青好像没有让人顺服他的癖好，他仁慈治教，于是这地牢便空了下来。里面唯一关的……便是前不久，与姜武里应外合，险些害了我的北山主——袁桀。

这暗罗卫卫长，是要下去找袁桀？

地牢里有阵法，用不了瞬行术，只有坐这无恶殿里的机关下去，而这机关的通道，只有暗罗卫卫长与门主知道。

我抱着手，就跟在这暗罗卫卫长身边一起往下面飘，一边飘一边骂墨青，人都不会招，看看这招了个什么心腹放在自己身边！

我真是恨铁不成钢！

长长的机关向下行了许久，终于触底。暗罗卫卫长行了出去，我跟在他身边，经过了幽深的通道，在潮湿的地牢之中，走到了尽头，终于得见一个白发苍苍的老者坐在地牢里。

果然是来见袁桀的。

可还不止如此，他一掏钥匙，径直将袁桀面前的牢门打开：“出来，时候到了。”说着，便将腰间的青钢拐杖扔了进去。

好嘛，放人给武器，做得倒是挺周全的。

袁桀形容虽有些狼狈，可身姿气度还是带着他那几分北山主的傲慢。他拾了拐杖，缓缓站起身来：“厉尘澜呢？”

“去素山了，我令人将他诱入了素山那处的阵法里，他近来身上有伤，阵法又经过我等修改，一时半会儿出不来。”

袁桀咳了两声，从牢中缓缓走了出来：“他受伤了？何人有这本事？”

“从海外取六合剑回来便没好过，近来厉尘澜阴晴不定，行事也全无章法，劈了灵停山，破了锦州城，还救了观雨楼的楼主，而后与苏醒的洛明轩一战之后，重伤未愈，又布九天术寻人。现如今，又以门主令令全门为先门主烧纸……不知在耍什么花样。”

是吧，我还记得你小子拿那张门主令的时候一脸错愕的表情呢。

原来你那个时候是在心里嘀咕，这厉尘澜出招怎么让人越来越看不懂了？

“为先门主烧纸？”袁桀拄着拐杖往前走，冷冷笑了一声，“他夺了先门主的命，又抢了先门主的权，现在还好意思假惺惺地烧纸？哼，厉尘澜，也会良心不安吗？”

嗯……每次听这老头说话，我的心情都十分复杂呢。

“厉尘澜将金仙洛明轩的身体藏在了万戮门中，未与任何人说过位置，如今这世上能与他一斗的，恐怕只有洛明轩了。先前我听闻复活洛明轩需要琴家血脉，而今琴家琴芷嫣正巧在无恶殿上，若能找到洛明轩的身体，利用琴芷嫣的血，使他再次复活。待得两人相斗，两败俱伤，你我自可坐收渔翁之利。”

我盯着暗罗卫卫长，忍不住垂了嘴角，有点不悦了。你这小孩的心思，太让人讨厌了。

“嗯。”袁桀在旁边道，“虽则洛明轩被先门主封印，可为了不使先门主建立的万戮门毁在厉尘澜手中，也只好如此了。”

我也冷冷地瞅了袁桀一眼。

难怪你这么忠心我以前也不喜欢你，猪脑子。

不想再看见密谋事情的两人，我径直从尘稷山的主峰里穿了上去。正上方，恰是濯尘殿，时间离子时不远。我一边往芷嫣那边飘去，一边让芷嫣躺下，让她离魂。

她被我的严肃弄得也有几分愣神。

“尘稷山要内乱了。你这身体搞不好也会变成一个牺牲品，待会儿我上你的身，直接去素山。”

无论如何，得去通知墨青这边的情况，让他回山之前有个准备，再有，不能把芷嫣放在这里了。

只希望墨青能将洛明轩藏得好一些，他们找不到便也罢了，若是找到……

啧。

这他大爷的什么金仙，竟然比我还阴魂不散！

我穿入芷嫣的身体，佩上六合剑，打算先去墨青寝殿里拿一些九转回元丹，以备不时之需。

我入了墨青寝殿里，无人管我，可当我将墨青书房里放的九转回元丹拿了，正打算掐个瞬行术走的时候，屋内暗影一闪而过：“姑娘。”

我眸光一凛，手上瞬行术的诀掐了，却没能马上离开。

啧……这些混账东西竟在墨青离开的这段时间里，在无恶殿中布了禁绝瞬行术的阵法吗？为了防止芷嫣逃跑？简直胆大包天。

我将九转丹藏在衣袖里，随即不经意地转过头去，但见方才在地牢里与袁桀密谋反叛事宜的暗罗卫卫长正站在墨青寝殿门口。

不知墨青提拔的这个暗罗卫卫长修为如何，不过但凡能坐到这个位置的，也差不到哪里去。我如往常一般问他：“怎么了？”

“夜深了，见有人入门主寝殿，便跟随来看，原来却是姑娘，属下冒昧了。”

“没事，师父出去了好些日子没回，我实在忍不住心中想念，就过来他寝殿看看。”我一边说着，一边往门外走，“卫长奉公职守，应该的。”

出门前，暗罗卫卫长一直在身侧盯着我，直到我即将跨出墨青寝殿之际，他声音却陡然一冷："姑娘，六合天一剑还是一直放在屋里比较好。"

我垂眸一看，但见腰间佩着的六合天一剑剑鞘之上光华流转，司马容的雕工让这龙血木尤为博人眼球。

我哀哀一声叹息："卫长。"我如此轻巧地一唤，然后毫无预兆地拔剑出鞘，径直冲他颈项间削去，"叮"的一声，六合剑的电光与精铁剑的剑刃摩擦而过，火花溅出。

映照着他蒙面黑布之后的眼睛，眸光如鹰，很是慑人。

一击之后，我借力弹开，转身便往空中飞去，只求赶快离开那禁了瞬行术的阵法范围。可还没飞多远，一个没注意，头顶竟撞上了一个结界，我旋身而返，在空中顿住身形。

从上空往下望去，整个尘稷山主峰之上包裹了另一个半圆的结界，他们竟是……想将我囚禁在此？

看这阵势，竟然是密谋已久啊。

暗罗卫卫长不疾不徐地从身后追了上来，他身后跟着五名暗罗卫，皆是一身劲装："姑娘，不想吃苦，还是随我等回去吧。"

我勾唇笑了笑，我路招摇这辈子没想到的事情有很多，可最没想到的是，有一天竟然还会与暗罗卫动上手。

我反手握住六合剑，倾注法力入剑身，剑身之上电光大闪。

几名暗罗卫立时神色戒备，卫长的眸光更是冰冷："姑娘，我等不想让你受伤，切莫不自量力。"

我一笑，不自觉地带了点轻蔑："是不是不自量力，你来试试。"我将六合剑往身后一掷，带着电光的剑刃穿入结界之中，电光与结界的力量相互碰撞，发出巨大的声响，电光穿过整个尘稷山山头之上的半圆结界，将结界的形状勾出。

这换作我自己身体的力量，一击就能将这结界给穿透了，不过现在芷嫣这身体的力量也妥，六合剑本身便有天雷之力，天雷会对结界造成不断的伤害，就如同墨青背上的那些伤一样，不然墨青不至于到现在也未曾痊愈。只需要让六合剑在这结界上多待一会儿，破开这结界，不是问题。

雷光闪烁，暗罗卫卫长沉声下令："将六合剑拔出来。"

我一挑眉，哦，不想让人知道咱们在打架吗？

我身形一转，拦住旁边欲拔剑的暗罗卫，这几日芷嫣在我的指导下将身体的灵活度锻炼得不错，速度也比之前快了不少。我轻松擒住其中一个暗罗卫，从身后控制住他，抓了他的手，使巧劲像操纵傀儡一样操纵着他，同时也将他当作盾牌挡住了另外两人的攻击。

正值拦住这几人之际，暗罗卫卫长身形一动，我再一转头，他竟然已经移到六合剑旁，作势要拔剑。

我提住身前这暗罗卫的衣领，凌空一甩，径直将他当作武器冲卫长丢了过去。

暗罗卫一声哀号离我远去，挡住了卫长即将拔剑的手，卫长猛地退了一步，也没有接住他，他便"咚"的一声撞上了结界，被结界之力与天雷一同击打在身上，从半空跌落，有人去救他，我却懒得再多看他一眼。

手一伸，令六合剑离开结界飞回了我手中。

六合剑是我最有力的武器，我不能让它被卫长控制，收回了剑，再一转身，将剑推入了另一个方向的结界之中，天雷继续作用，顶上结界发出"咔咔"的声响。

但见暗罗卫卫长眸中深厚的黑焰闪过，显然是知道不将我除掉，便动不了这六合剑。他长剑握在手中，径直向我杀来，我身边没有武器，便又擒了一个暗罗卫，将他手腕拧了个脱臼，一脚踹开，抢了他手上的剑。

剑刃相触，顶上结界撕裂的声音却大过了我与他相斗过招的动静。他功法不弱，身手也比芷嫣这身体好上太多，照理说，我是斗不过他的，可我有一个优势。

他使的，是我教给暗罗卫的剑法。

这些剑法是我独创的，教给他们，让他们御敌，招式狠辣、干脆、果断，每一招剑势之后，我都能看穿他下一招要出什么。

而这暗罗卫卫长或许是真想留着芷嫣这条命，方便以后复活洛明轩，所以一直未曾用法力压制我，对我下杀招。

这让我应付起他来游刃有余。我也不需要对他动真格，只需将他缠到结界碎裂……

正巧，便在我如此想着的时候，天顶上结界终是承受不住天雷之力，彻底炸裂。我一挥手，六合剑返回我的手中，当即，我懒得再与他纠缠。我看穿他的剑招，身形微微一动，只一剑便斩破他所有的攻势与守势。

他终是动了法力，瞬行术一过，堪堪停在我面前三丈远的空中。他脸上的黑色遮面布已经被我一剑切开，一道血痕在他的脸颊左侧，深深地划出，若再狠一点，就能直接削掉他半个脑袋。

鲜血滴答落下，他没有止血，只是呆呆地望着我，满眼的不敢置信与震惊。

我不知道他震惊个什么玩意儿，懒得再耽搁时间，我只有半个时辰的时间了，还得去素山找墨青。我掐了个瞬行术，眨眼离开，到最后，他也依旧站在那里，未挪动半分脚步。

我瞬行至素山，素山由一片绵延起伏的小丘陵组成，遍野青草，没有高大树木，千尘阁的人称其净如素，所以谓之素山。

然而在我看来，他们这个说法其实都是骗人的……

这片丘陵地一点也不是吃素的，一个比戏月峰要大那么点的地方，阵法叠了有上百个，杀阵、迷阵、阵中阵，不小心踩错一步，便会被困入阵法之中。

自古以来，素山便是千尘阁的一道天然屏障，而自琴千弦做阁主之后，除了修菩萨道，他还醉心于阵术、法术的钻研，给这些天然阵法又添了不少险恶。

依我看，这素山与琴千弦是一样的德行，面上不动声色、人畜无害，背地里也会做出偷人尸身这样的缺德事来。

我停在素山上空，不敢往下走，只怕一脚没踏好，墨青没找到，自个儿倒被困在了什么阵法里。

我往下望去，穿过素山没隔多远便是千尘阁，而千尘阁的人素来低调行事，房屋楼阁都建得低矮，半夜也没人喜欢吵闹，甚至连灯火也未点。一整片千尘阁的地连着素山，宛如没有人烟。

是以在这般环境之下，山野里星星点点的火把便显得尤为醒目。

我掐了个千里眼的诀往下望，有一个地方站了许多人，全是暗罗卫，而另一边零零散散站了些人，素衣青服，都是千尘阁的弟子。

我瞬行一闪，落到了那片千尘阁的弟子较多的地方。

仙台山大会上，琴千弦被那般对待，而后失踪，但他的弟子们好像也没怎么着急，有的举着火把站在一处瞭望远方，有的连火把都不点，就地盘腿打坐，沉心静气，一个两个全然一副要升仙了的模样。

反正我是不太懂他们这种门派，修这种啥都戒的道能找到什么快感？

他们站得地方分散，我随便瞅了个就近的，走到他身后，拍了拍他的肩："这位……呃……菩萨？"

那人一回头，眉心一颗醒目的朱砂痣甚是好看，他望了我一眼，态度温和，笑道："芷嫣姑娘，你怎么来了？"

哦，险些忘了，芷嫣是琴千弦的侄女呢。千尘阁的人认识她也是应该的。不过……可惜我不认识他："我……呃……"

我们这边一开口说话，那边点着火把满身戒备的暗罗卫中，便有人望了过来。

瞧瞧那边的警觉性！

我们万戮门与他们千尘阁的弟子完全是两种风格嘛！

我不合时宜地感觉到了一些自豪，然后很快将这自豪压了下去，所幸这小朱砂痣没有点火把，距离又远，那边一时半会儿并没有瞧得清楚。

我拽了小朱砂痣的衣袖，将他拉到一边，随手掐了个小的隔音结界出来："我来找我师父。"

他点了点头："有所耳闻，你拜了万戮门的厉尘澜为师。"

"对，我师父在哪儿？你可知道？"

小朱砂痣往暗罗卫那边望了一眼："他们背后守着的便是厉尘澜所入的阵法。前些日子我等与他们一同寻找阁主所在阵法，而后终于确定了这一迷阵，厉尘澜前来后，便入阵寻人，直至如今尚未出来。暗罗卫一直在看守戒备，不允许我等靠近。"

"他们不让你们靠近你们就真的不靠近了？小十……那个东山主，还有你们阁主……我的大伯父可是也在里面啊！"

小朱砂痣双手合十："阵外人无法干涉阵内事，素山结界环环相扣，靠近与不靠近，并无差别。入了素山阵法，一切皆看天意。"

算了。

我不想和他扯了。

我一撸袖子，打算拔剑，撂倒外面的暗罗卫，直接冲进阵里去。

素山阵法再是厉害，我不相信能困住墨青。而墨青之所以会待在里面不出来，那一定是有不出来的理由。我得进去帮他，再是不济，让他先走，我在里面顶着，万戮门的内乱不能扩大。

不能让他们找到洛明轩！

可便在我即将动手的时候，心口猛地传来一阵疼痛，我一愣，只觉心魂一颤，猛地被撞出了这个身体。

芷嫣回魂了……

子时竟然就这样过了！

我暗暗咬牙，听见旁边的小朱砂痣正在轻声问芷嫣："芷嫣姑娘，你身体可有不适？"

芷嫣深吸了一口气，摆摆手，下意识地答了句："没事。"她一转头，望见旁边的人，一愣，"溯言哥哥。"她笑开了，"你怎么在……"她堪堪将这句话打住，转着眼珠看了旁边的我一眼，"哈哈哈，天太暗，我怎么才认出你。"

嗯，比以前会瞎扯了。

我不再管她，以魂魄之体穿过那些暗罗卫的身体，飘向他们身后的阵法。

可是我这魂魄之体，是闯不进阵法的。

这个世间大概只有我这种状态，永远也不会被素山阵法所困，因为人世的一切都伤不了我，阵法也一样。所以我想进去，也不得入。

但奇怪的是，当我的魂体穿过这阵法所在之地的时候，有一股奇妙的感觉传来，心头有一股微妙的暖流涌过，就像……我的心脏在跳动一样。

可当我想细细地寻找一下这股感觉的来源时，它又消失不见了。

我飘回芷嫣的身边，与她道："让这小朱砂痣带你回千尘阁，不要被暗罗卫发现了，咱们在千尘阁多待一天，明天晚上，我穿入你的身体入阵寻人。”

芷嫣点头。

被溯言带回了千尘阁，安排了一间小房间住下，芷嫣离魂出来与我道：“大魔王，你和那个暗罗卫卫长打了一架，把那天上的结界打破之后，尘稷山一下就乱了。有侍卫长质问暗罗卫，尘稷山顶何时有的结界，又为何要对我这个身体动手。门主立了令，说无论是谁，无论何事，都不可伤害这个身体的。”

从芷嫣嘴里听到墨青曾下过这样的令，我微微一笑：“然后呢？”

“然后就乱了，有拥护厉尘澜的，有站在暗罗卫这边的，但也不是所有的暗罗卫都站在暗罗卫这边，反正情况很复杂……他们把北山主那个老头子都放出来了，老头子打着你的名号说要清除逆贼，斩了厉尘澜……”

我能想象到，这次大概是万戮门的一个劫数，若不好好处理，一分为二也未可知。

其实这个问题很好解决的！

北山主不是忠心于我吗！不是打着我的旗号吗！

我只要能找到自己的身体，回魂到自己身体上，然后牵着墨青的手，站在无恶殿前的大广场上，与墨青抱一抱，亲一亲，两任门主宣布成亲，这问题不就迎刃而解了吗！

说到头，还是因为没找到琴千弦！

回头等我找到十七，看我不打她屁股！让她带个人回山，这都给带出多少事来了！

我狠狠叹了声气，也只好飘在空中抱着手等时间。

从来没觉得一天会这么难熬，等过了夜，等到了日出，晌午，直到傍晚，眼看着子时便在眼前了，我摩拳擦掌地等着要去上芷嫣的身，忽然昨天那个小朱砂痣来敲门了。

他竟是皱着眉头来的，神色有几分凝肃，看见他们修菩萨道的都愁成这样了，我心知一定发生了不得了的事，便紧跟在芷嫣背后，听他沉重地道："昨日夜里，尘稷山起了内乱，芷嫣，你可是因此才逃到千尘阁来的？"

芷嫣一默，没回答，小朱砂痣便又道："昨夜有的门派已经得到了消息，今日中午刚过，那新山姜武便与十大仙门中的四个门派集结，去了尘稷山。"

芷嫣惊愕地捂住了嘴。

我眯起了眼。"姜武啊，趁火打劫。"我冷笑出声，"好小子，够阴险。"

上次墨青没杀得了他，现在便开始拉帮结伙的，要烧我后院了啊。还学了墨青的招，与仙门联手，很好很好。

但闻姜武昨夜向所有仙门都发了函，除了四个大仙门之外，还有不少想搏出位的小仙门也与他一同去了。柳沧岭已经回了锦州城，接手一片破败的鉴心门，拒了姜武的函书。观雨楼的沈千锦在凤山那一战之后，便被放了回去，她也拒了函书。

而接受这函书的四个仙门，便是先前打算与柳苏若一同复活洛明轩的那四个。他们的掌门在凤山被墨青给弄疯了，又丢面子又伤了实力，对万戮门正是恨之入骨，打算趁着万戮门内乱，从里面讨回这一笔债。

小朱砂痣报了信之后，嘱咐芷嫣，这段时间就待在千尘阁，不要乱走，江湖兴许要大乱了。

他说得没错，若是万戮门内乱，仙门趁机攻入，姜武从中得利，从此万戮门一门独大的局面就此打破，墨青的一统愿望不用再提。

这天下便是一块肥肉，最大的老虎被打死了，就剩下一些豺狼各自撕扯争食，满盘狼藉，无须言说。

而这些是以后的局势。当下，于我而言，最紧迫的却是，那四个仙门，还有暗罗卫卫长与北山主都想复活洛明轩。姜武现在是站在四个仙门那一条线上的，他的立场不言而喻。

万戮门中，形势告急啊……

第十二章
素山迷阵

这么多人欺负小丑八怪一个，以为我路招摇死了，你们就可以翻天了吗？

艰难地熬到子时，我穿入芷嫣的身体，提了六合剑，不顾外面小朱砂痣的阻拦，径直杀向守着素山阵法的暗罗卫，轻巧地避过了他们的攻击，未多做纠缠便闯入阵法之中。

一入阵，登时周围景色大改，再不似外面的温暖初夏，遍野青草，而换作了冰天雪地，寒风凛冽，一如瞬行至了极北的雪国。

奇怪的是，我明明没有来过这素山阵法中，却隐约觉得此处很是令人熟悉。

我左右探寻，意图赶快在阵法当中找到墨青，然而当我开了千里眼往空中一飞，就彻底蒙了。

这阵法里的世界……比我想象的大多了！

冰川起伏，连绵不绝，雪原、冰湖连成了一片又一片的迷宫。这里不是阵法，简直是另一个世界……

不过，等等……

从这种高度往下望去，这里好像……是在我吃了还阳丹之后，回到我身体之时，看见的那片冰川。难道……琴千弦就是将我的身体藏在了这里？素山阵法之中？

若真是在这里，那我找回身体，不也就快了吗！

一想到这里，我便心潮翻涌，激动难耐。我以千里眼到处探看，希望早些找到墨青与十七他们，可天地苍茫，根本没有一个指向，我遍寻无果，心里又急又无奈。

忽然便有几分理解墨青那散尽神识来寻人的迫切了。

原来是这样着急啊……

“咚”一声沉重的闷响，自远处群山之间传来，我找到了方向，立时飞了过去，还在高空之中，便一眼望见了下方一身黑袍的墨青。

他的身影在雪原中那般清晰，我连飞都嫌慢了，掐了一个瞬行术，眨眼落到他的身后，都没唤他一声，扑上去便要从后面抱住他。

“咳……”

“啊！不能碰！”

旁边陡然传来两道声响。在即将碰到墨青之际，我堪堪停住了手。往旁边一望，刚才在天上，一眼望见了墨青，就再也望不见别的了。这时才发现了蹲在旁边的十七与盘腿打坐的琴千弦。

十七还是那般脸色红润，只是琴千弦的面色比以前苍白太多，像一个不注意便能同那曹宁书生一般上天去了。

“他压着阵眼呢，不能碰。”十七如此说着，围着我转了一圈。是在打量我。

我没心思管她，只转到了墨青身前，果然见他敛神垂目，似半睡半醒，可浑身的肌肉绷得死紧，一把万钧剑立在身前半尺远的地方，双手压住，即便我站在他身前，他也没抬眸看我一眼，宛如一座雕塑。

“怎么回事？”我蹙眉问琴千弦。

“你是门主吗？”十七凑在我身边问我。

我一把推开她凑得太近的脸：“琴千弦，你应当知道我现在是谁，我时间不多，你最好能尽快将这其中的事情道与我。”

“你真的是门主啊！”十七扑上来抱住我的腰，拼着蛮力将我抱起来转了两圈，“门主！门主！你真的回来了！”如果她屁股后面有一条尾巴，现在估计就要甩上天了。我拍了一下她的脑袋：“别闹。”

“哎！”她脆生生地应了，然后乖乖将我放下了，只抱着我，把脑袋放在我肩上蹭。

而在一旁垂目敛神的墨青竟陡然开口：“路十七，放手。”一字一句，说得阴沉。

我又是一惊：“你能说话啊。”

十七在旁边接嘴：“刚才就是小丑八怪告诉我们你来了，然后我才一拳打碎了大石，引你过来的。”

我看见墨青额上青筋跳了一下。

啊……十七是什么都学了我，管墨青叫小丑八怪的，除了我，现在大概也只有她有这个熊胆了。

我揉了揉眉心：“好了，一个一个来，一件一件说。”我推开十七，肃容问她，“让你把琴千弦带回万戮门，怎么带到这里来了？”

被我斥了，十七有点委屈：“我带这个家伙是打算直接回万戮门的，可他受了伤，我不会瞬行术，带着他飞到外面，不小心就掉进这阵法里了。本来也是可以出去的，可他说既然天意让他来到此处，那就要取个东西再出去，然后就到了这个山洞前面来。”十七指了一下面前的山洞，“他说你的身体在里面。”

我的身体果然是被琴千弦藏到这阵里来了。

我转头瞥了琴千弦一眼，没打算现在问他为什么要这么做，谁知道这背后会不会又是一大串故事?

“他呢？墨青又是怎么会在这儿压阵眼的？”

琴千弦咳了一声，回答我：“山洞之中有阵中阵，此处乃阵中阵的阵眼，我伤重，破不开阵眼，本打算在此地调息些许时日再施破阵之术，而后厉尘澜就到了，本想让他破阵……”

“可不知道哪个混账东西动了外面阵法的阵眼！”十七为了夺得我的关注，奋力抢了琴千弦的话，让我看着她，“外面的阵眼挪动，阵中世界便会天翻地覆，山石挪移，阵中阵也会受到牵连。为了不使这山洞挪走，以免之后在这阵里难寻你的身体，于是他就只好强力压住阵眼。不能挪动，一旦动了，阵眼便会动。”

所以才在这阵里僵持这么多天吗……

我摸着下巴琢磨，转头问琴千弦：“我现今入阵，直到在里面找到我的身体，需要多久？”

“避开迷阵，山洞之中本就路途蜿蜒，须得半个时辰。”

找到我的身体要半个时辰，在里面躺进去适应身体也要折腾一会儿，还不知道有没有什么意外情况。可现在我与墨青最耽搁不了的便是时间。

下午姜武就与四大仙门去了尘稷山，现在已是大半夜，谁知道他们那边的情况发展成了什么样子。

墨青须得尽快回尘稷山，我心思一转，十七力气大，但论法术实在不行，她压不住阵眼，琴千弦重伤，而且他一会儿要给我带路找身体，也不能压阵眼，那唯一能做这件事的……

“等琴芷嫣回魂。”墨青说出了我心中所想，“她现今佐以六合剑之力，能压住阵眼，我回万戮门。”

“你知道万戮门的情况？”我惊讶。

墨青默了一瞬。“你身上的银镜……”他顿了顿，道，“也叫窥心镜。”

窥心镜？

是……戴在我身上就能窥见我所思所想的意思吗？

所以只要把这镜子戴在身上，墨青就能随时随地知道我在哪儿以及我在想什么？那我以前将这镜子随身戴了那么多年……那么多年里，他就待在山门前，每天时时刻刻都知道我……的情况？

而且他前几天将这镜子从坟里挖出来交到我手里的时候，也没跟我说这件事情呢！

“小丑八怪，”我看着他点了点头，“你也是好样的，这事咱们回头聊。”

墨青垂眸不看我，也没有应声。

十七与琴千弦在一旁是听不懂我与墨青说的这些话的，我将计划转达给他们。

待会儿等芷嫣回魂，她负责压阵眼，而十七便在旁边陪着她，不让阵中他物打扰到她。琴千弦则入山洞带路，我随他进去，找自己的身体。

我这边话音刚落，子时到，芷嫣回魂。

见了而今这状况，她有些蒙：“大家……都在啊……”

没时间与她解释太多，我让她站在墨青身侧，以全力压住阵眼，我飘在她身前盯住她：“芷嫣，我能不能复活，就全交在你的手里了。”

她一怔，咬了牙，拔剑出鞘，沉住心神：“大魔王，你救了我那么多次，这一次，我便是拼了这条命，也帮你将阵眼压住。”

我笑了笑，让到一旁。

但见芷嫣举高六合剑，集浑身法术，使剑刃猛地刺穿大地阵眼，“轰”的一声，天地一颤，芷嫣咬紧牙关。墨青抽回万钧剑，整个压制阵眼的力量霎时间便转到了芷嫣手中。

“两个时辰，我便出来。”

芷嫣的力量没有墨青那般强大，压住阵眼已经耗费了她全部的精力，没空与旁人多言，她只垂目，专心看着阵眼，任由额上冷汗一滴滴落下。

琴千弦起身，带我入了山洞之中，临入山洞前，我转头望了一眼墨青。他看着山洞入口，虽则看不见我，却是目光专注。“路招摇。”他唤我的名字，声音那么平静，却令我止不住地心动，“我会肃清万戮门之乱，等你回来。”

他听不见，我却郑重地回答了一声：“好。”

我会回去。

这一次，一定不再辜负你的等待。

我随琴千弦飘入阵法之中。他脚步沉稳，不疾不徐，我亦步亦趋，但见身侧冰凌雪景与我之前吃下还阳丹时看见的山洞景色一模一样。

而越是往里面走，我心口处那股莫名的悸动便越是强烈。

这大概……就是魂体与身体之间的羁绊？

“我将你的身体放在此处，你可恨我？”他突然开了口，知道听不到我的回答，所以他现在更像在一边走，一边自言自语，“五年前剑冢一战，乃我为心魔所困之极致，我知心魔因你而起，也唯有因你而灭。”

我心头一颤，咦，听这话头，是要表白？

不行，我拒绝，我喜欢墨青，这世上唯一的墨青。他偶尔喝二两醋我是高兴，可谁也不能与他争，他在我这儿，不能再受委屈。

我张了嘴……方觉琴千弦这心思好深。

他现在在这无人的地方说这话，我只能听着，也不能拒绝啊！

“非关情爱，却是杂念。日复一日，终成心魔。乱我修行，扰我清心，我盗你尸身，所行可耻，却也是无奈之举，而后将你尸身放置于此，喂以血，保尸身不腐，日日诵经于此，终是彻底除了心魔。此后，便再未来过此地了。”

琴家的血甚是奇妙，能有复活洛明轩的用处，想来他们的血液中带着上天恩赐的干净，天生该走的是个绝情绝爱、一心向升仙而去的道，却没料到被我那般一通瞎瞅给瞅乱了。

说来也是我的罪过。

而后来，阴错阳差地，他当年用他的血喂了我的身体，竟为我挽回了一丝生机，让我如今成了个生魂，还有复生的机会。

他当年盗我尸身是错，可到头来收益的还是我。我也怪不得他，反而还该有几分感激。

“今日便算我了了这对你的最后一丝歉疚。”

缓缓说完这话，转过前方最后一个转角，入了一个巨大的冰冷洞穴之中，天顶之上冰柱悬挂，冰凌乱穿，在最后的那块冰墙之中，身着黑红相间的华服，披散头发，闭目抿唇嵌着的，正是我的身体。

我飘到上空，与我的身体面对面，感受着心脏的强烈跳动，我慢慢沉入……

感受着逐渐传来的手指的力量，血液的流动，眼睫的颤动。

路招摇，路招摇。

我真是想念你的力量与容颜啊。

上次我吃过还阳丹，魂体如何回到身体当中的感觉并不清楚，而这一次，身体里的每一个感官重新与我神识相连的感觉都这般缓慢而清晰。

有磨合的疼痛，然而越是疼痛越是让我清晰地意识到，我的身体回来了。

我操纵尚有些麻木的指尖，紧紧一握拳头，“嘭”的一声，覆在我手上的冰层碎裂，连带着“咔咔”地碎了一路，围绕着我身体的这一圈冰层都尽数破碎。

我睁开双眼，自松动的冰墙里跃下，单膝落地。我撑起身子，站了起来，一振长服，微启唇，轻轻哈了口热气出来。

看着口中的气息化作白雾在这冰山洞穴之中缭绕而飞，真是怀念这种温度啊。我转了转脖子，又深深吸了口气，这冰冷的空气也很是不错。

用自己的身体感受到的世间万物，都让我由衷地喜欢。

“走吧。”我望着面前静静凝视着我的琴千弦，道，“我该回尘稷山了。”

可不能让墨青久等了。

琴千弦垂了眉目：“这山洞中本就构造复杂，且伴有迷阵，跟在我后面走，万不可踏错。”

我一笑：“我路招摇还不至于连走路都不会。”话音一落，我一步踏出，却觉脚下猛地一僵，落在地上的腿竟然有些不听我使唤。我身体晃了两下，本想平衡好自己，奇怪的是却掌握不了四肢的平衡，我身子往旁边一歪，往地上摔去。

幸而前面伸来一只手，堪堪将我的胳膊扶住，这手掌的温度比普通人要凉上些许，我抬头看了琴千弦一眼，他垂眸敛目，观心不观我。

我向他道了一声谢，只觉他掌心在我手臂上停顿了片刻，方才收了回去。

“这腿脚怎么有些不听使唤？”我捶了捶腿，暗自琢磨，是我身体太僵硬？可上次吃了还阳丹也没发生这种情况啊。

“离魂太久，不适应也是应当的。”

琴千弦一抬手，从旁边拔了一块冰凌下来，冰凌中间有些许凹陷，他随手在另一块尖锐的冰刺上将手划破，手一握，掌心渗出血来，滴入那通透的冰凌凹陷中，以冰凌为容器，给我盛了一盏血来："我的血或许能助你快些适应。"

我虽然修的是魔道，这辈子做的坏事也不少，可喝人血这种事倒还没有干过。我觉得有点新鲜，接过他手中的冰凌，一饮而尽，鲜血的味道在舌尖漫开，带着腥味与铁锈气息，和我以前打架受伤，自己吐出来的血也没什么差别。

只是当鲜血咽下喉咙，四肢之中却浮出了些许清凉之意，我再抬脚往前走时，身体便已协调许多。

琴千弦的血，当真神奇，难怪能复活洛明轩了。

"你的血倒是好功效，回头……"我舔了舔唇，忍住了后面的话。

等回头出去了，了结了这档子事，我就天天让芷嫣吃好吃的，大补的，把她养得白白胖胖，隔两天就给她放一次血，拿来给我喝着养身体。

我打着芷嫣的主意，悄悄瞥了琴千弦一眼，见他并没有将我方才的话放在心上，只转身离开，我便也乖乖跟在了他身后。从山洞里往外走着，路上沉默，我便问他："你可知你的血为何会有如此功效？"

"传闻祖上有先辈飞升为仙，从此后人便蒙此福荫，直属一脉，世代如此。然则于自己而言并无两样。"

咦，原来飞升之后，竟还会给后人留点福分下来，那我这个仙人遗孀，会不会也意外收获点东西呢？如此一想，我往体内一探气息，正探得专心，一脚踩错了地方……

旁边立即有手伸来将我的手掌握住，将我的身体从半个迷阵里拽了回去。

"小心。"

他很快松开了手。

我咳了一声，也觉得自己应该专心走路了。让人家一个修菩萨道的三番两次来拽我，要真是个清心静神的活菩萨便也罢了，这琴千弦可是有前科的！

上次被我盯出来的心魔人家好不容易给灭了，回头再被我拽出一个来，我可真是不知道怎么赔了。

沉默地一直走出了山洞，正蹲坐在芷嫣身边的十七立即挺直了背，眸光发亮，直勾勾地盯着我，两腿发力一蹬，径直从地上跃起冲我扑来："门主！"

她"嗷嗷"一声号，整个人便挂到了我身上。

我将她接了个满怀，她倒是比以前轻了许多，在海外仙岛，该是吃了不少苦。

"司马容说我去找不死草就能复活你，可我没找到不死草你也复活了！那个大骗子！我要回去揍他！害我出去跑了那么大一圈！"

我拍了拍她的背，有点哭笑不得。

"芷嫣，"身后的琴千弦走到芷嫣身边唤了她一声，"可以松开阵眼了。"

他话音一落，芷嫣双手一松，六合剑径直从阵眼上弹了出来。霎时间，阵眼挪移，不见了踪影，而整个阵法中的世界开始天旋地转。

我抱住十七，一伸手，招来飞出去的六合剑。

令气息在周身迅速流转了三个周天，重新操纵起身体里的法力，我望向远方，正要聚力劈开这素山迷阵之际，旁边一阵清音吟诵，琴千弦口中"破"字一出，面前山河颠倒的冰雪世界从空中开了一条道出来，直通外面即将转亮的天空。

我一手抱着十七，一手牵了芷嫣，顺着琴千弦破开的这条道往外飞，但飞了一会儿，到了半空却未见身后有人跟上。我转头一看，琴千弦还在那山河颠倒的阵法之中仰头望着我。

“不走？”

“素山阵法不可乱，我得留下来修缮，你们自行离开吧。”

他话音一落，挂在我身上的十七动了动。“嗯……”她很纠结地挠了挠头，“门主……”

“怎么了？”

“这……这个磨磨叽叽的家伙，虽然有点讨厌，可先前我们入阵的时候，这儿有个守阵的大雪妖，他是为了救我才伤得这么重的。我……我要不要留下来帮他？”

我道：“你不会法术，留下来也没用。”

“东山主不必歉疚。”琴千弦在下面道，“仙台山上你助了我，阵法中斩雪妖救你不过是我还你罢了。”

这个道理简单，十七听得懂，她点头：“正好，我也舍不得放开门主。不过你记着，你帮我把门主的身体找了出来，救了门主，也就是救了我。以后你有什么困难，让我路十七帮忙，我也绝不推辞。”

我拍了一下十七的脑袋：“什么都往自己头上揽，你这姑娘傻不傻。”我斥了她一句，转头看了琴千弦一眼，“不管前因如何，以后你琴千弦需要我万戮门帮忙的，且来知会。”

没再看琴千弦一眼，我飞出素山阵法。

而阵法外，也正是一派针锋相对之势。

守在阵外的暗罗卫与千尘阁的门徒分列两方。

我正奇怪千尘阁的人怎么突然间这么有血性了，为首的那个小朱砂痣仰头望见了我、十七与芷嫣三人。

“芷嫣姑娘！”他一声喊，“你可有大碍？”

自己门主掉进阵法里了没那么着急，芷嫣掉进去了倒是急了，这些千尘阁的人真是让我想不通啊。还是说……他们对琴千弦很有信心，认为他入了阵法根本无所谓?

“溯言哥……”一句话未说完，下方“嗖”的一支箭射了上来，擦过我的鼻尖，飞上天际，箭矢的呼啸声打断了芷嫣的话。

我往下一瞅。

但见下面蒙着面的暗罗卫，有几人神色露出了惊诧与愕然。

“东山主？”

“不……那是……路……路……”

喊了半天，连我的名字都喊不出来，留你们何用?

我一声冷哼,反手就将十七从身上拽下来,然后对准他们扔了下去:“这一堆，给我揍。”

“开心！又得到门主的令了！”十七欢呼着一头扎了下去，我则一旋身落到了千尘阁门徒那边，将芷嫣放到一边，转头问那溯言：“有没有什么短时间内提高功法的灵丹？给我来两颗。”

那眉心一点朱砂的溯言见了我，双目瞪得老大，而他背后一圈千尘阁的弟子都一副见了鬼的神情。

没工夫耽搁，我盯了芷嫣一眼，芷嫣立马会意，拉了溯言一通解释，我则抓紧这一点时间就地盘腿打坐，将身体里的气息调理顺畅，打开所有筋骨封闭的节点。

等我睁开眼，芷嫣已经将丹药递给了我，我仰头吃下，抽空问了一句：“尘稷山现在情况如何了？”

“啊……哦……”溯言在我身边说，我一边听一边打坐，“姜武和那北山主好像达成什么协议了，在尘稷山内一通乱战。山下那村民的村子也毁了，我等遣人去保护百姓。有消息传回来说，好像厉尘澜回山了，山头无恶殿战得天昏地暗，山下已经不知其中情况了。”

我睁开双眼，拳头一握。

这么多人欺负小丑八怪一个，以为我路招摇死了，你们就可以翻天了吗?

调息完毕，我站起身来，握住六合剑，掐了个瞬行术，听见溯言说了句：“你……路招摇……为何活过来了？”

我为何会活过来?

因为我有一场深情，无法狠心辜负。

而这个答案，我不用说给任何人听。

瞬行术一动，那边打得酣畅淋漓的十七遥遥地喊我：“门主！你带我一起走啊！”

“收拾完了自己回家。”

撂下这句话，我身形消失，再次出现，却正好落在无恶殿的顶端之上。

诚如溯言所说，无恶殿现在真是打得一通天昏地暗，明明已接近破晓时分，这处依旧黑气蔽天。

黑风震荡，胡乱拉扯着我的长发与黑袍，我以千里眼破开黑风，往无恶殿广场中的黑风中心一瞅，但见墨青立在正中，他手中万钧剑垂直立在地上，死死压住地上那还在昏睡的洛明轩的心口。

洛明轩的尸身，尚未被他们抢走。

而在他面前，黑风缠绕的四周，分别立着那四大仙门的接掌人、北山主、暗罗卫卫长与……姜武。

许久不见，小短毛一头毛发还是那么猖狂张扬。我原来很欣赏他这种张扬，可今天并不太待见。

几人在黑风当中形成了一种诡异的僵持，是墨青以万钧剑之力卷出来的力量，与几人相互牵制，周边一片山石狼藉，那山前的阶梯早已破碎得不成样子。

想来必定是经过一场激战方才成了这种僵持的局面。

而这样耗下去，谁先力竭，谁便是输。

我拔剑出鞘，六合剑上的天雷“噼啪”作响，电光似穿透了黑暗，墨青背对着我，所以他没看见，而在他身侧的姜武倏地一转头，盯住了我。

霎时间，以墨青为中心的黑风猛地一振，姜武咬牙，往后退了一步。

我聚力召来一记天雷，“轰隆”一声，落在那四大仙门与姜武所在之处。

天雷来得猝不及防，几人功法陡然被打断，齐齐向后退了几大步，猛地吐出一口鲜血来。而与此同时，墨青周身黑气化为一条巨大的鞭子，“啪”的一声震颤，挟着横扫千军之势，将几人狠狠地抽开。

平衡被打破，北山主与那暗罗卫卫长也不可幸免，尽数被抽飞到了一边，趴在地上，口吐鲜血。

之后，长鞭于空中一舞，转瞬消失，黑气尽退。

正值破晓之际。远处的朝阳跃过最高的那座山头，在这一片狼藉的尘稷山主峰上洒下一片曦光。

我站在破败的无恶殿房顶之上，眸色淡淡地扫了一圈被打趴下的众人，最后目光落在墨青身上。恰逢他也转过头来看我，晨光之中，清风徐来，拉扯过他衣袂的那一缕风在片刻之后，也轻柔地拂过了我的耳畔。

正值初夏，风的暖意似他指尖、唇瓣的暧昧温度。

这一片狼藉的山头，不像战场，而像在那年，那月，那一天……

我养好了被洛明轩打出来的重伤，从山沟里爬了出来，再次回到尘稷山，找到了依旧住在山上破庙里的墨青。

那时我怀揣着满腔仇恨，一心想报仇，于是没有看懂，也不太在意墨青眸中的神色。

现如今，却像补上了当年我的那一分迟钝。

我凌空踏下房顶，行至墨青身前，再没有犹豫，一抬手，揽住了他的脖子，将他颈项钩住，袭上他的唇。

是的，我早他娘的想这样干了。

侵入、挑逗，强势地噬咬，想将他吃掉，也想要他更多、更迫切、更强硬的回应。

不要怜惜我，抱紧我，揉碎我，占有我，我也会一样，这么对你。

因为原来已经那么喜欢你，喜欢到哪怕我拼尽全力地克制，可一触碰到你，就让我发疯，令我癫狂。

我想要你是我的，我也想……要你。

第十三章
窥心

"赤诚相待。"我指了指他的心，
"你想知道的关于我的一切，我都让你知道。"

一吻罢了，我捧着墨青的脸颊，他将我的腰箍得死紧，本是该进行下一步的时候了……可我眼眸一垂，看见地上躺着的面色死白的活死人洛明轩，又扫了一眼在四周慢慢爬起来的敌人，咬了牙，忍住心头冲动。

不行，这些碍事的家伙还没打发完，无恶殿也塌了，没地方办正事。

我这跋山涉水千辛万苦，好不容易才找回了自己的身体，这些混账东西，居然在现在碍我的事。我心头一阵好气。

墨青是通晓我的心意的，他手臂稍稍一松，放开了我。我抬眼望他，见他也眸色冰冷地瞅了旁边这群家伙一眼，我懂他，他和我一样，都觉得他们碍事。

我从墨青怀里站了出去。

他们方才打得激烈，四周一个小喽啰都没有，正好，我喜欢这样，尖端对话，安静方便，简单快捷，省得下面人叽叽喳喳地讨论，显得嘈杂。

我目光在他们面上扫了一圈，袁桀那双苍老的眼盯着我，彻底傻了，他旁边的暗罗卫卫长也与他没有两样，那一双眼直勾勾地盯着我。

他这般纯粹的表情，倒让我隐约觉得有些熟悉……可一时想不起他是谁，我便又瞅了那四大仙门的接掌人一眼。他们一如先前千尘阁的门徒，都似见了鬼一样瞪着我，面面相觑，一言不发，似谁先说话，谁就会被我先一步带走一样。

最后，我没想到，在他们这么多认识我的人当中，我本以为最不该认识我的那一个，却第一个开口唤了我的名字："路招摇……"

我转头看姜武。

小短毛被墨青方才那一击伤得不轻，他捂着胸口，一嘴的血，张扬的五官表情极其复杂。眸中怔愣与迷茫同在，嘴里不停地碎碎念叨着："路招摇，路招摇，我记起来了，原来如此，原来如此……"

记起什么？又是怎么个原来如此？

我十分不解，我的真身与这姜武理当没有过什么交集吧？他也是我死后才在这江湖上成名的。再则，以前我还在芷嫣身体里的时候，去江城烧纸，他听罢我的名字，也只说了一句话——

"听说很漂亮，且难以驯服。"

这句不要命的话因着我听得稀奇，所以一直记到了现在。从他当时的那种表现来看，他应当也是对我不熟悉的。

可现在缘何一见了我的真身，就"原来如此，原来如此"地念叨个不停？

其他人都没说话，就只有他一个人在这边疯了一样地细声念叨，于是过了一会儿，不只是我，墨青、北山主以及那些仙门中人也都望向了他。

他却直勾勾地盯着我，那双眼睛里渐渐退去怔愣与迷茫，逐渐显现出了几分杀气与势在必得的……占有欲？

"路招摇，"他喊出我的名字，捂着胸口站了起来，歪着嘴角，咧嘴一笑，还是那么猖狂放肆，可在那笑容当中我隐约察觉了几分与以前不同的危险气息，“你会是我的囊中之物。”

囊中之物?

这四个字让我觉得尤其不悦。

而在我发表我的不悦之前，墨青的万钧剑挟着他的气息已经卷出了一股怒浪，狠狠地将刚刚站起来的姜武拍得膝盖一屈，径直在我面前单膝跪下。

姜武一手撑在尚未跪地的那只膝盖上，整个人被墨青巨大的力量钳制，就像上次他欲带上了芷嫣身的我离开，被墨青赶来拦住了一样。

墨青并不杀他，而是让他跪下，先打掉他七分骄傲，削了他五分轻狂，让他带着三分卑微说话。

姜武不肯卑微，万钧剑带来的巨大压力之下，连他脚下的砖石都在一寸一寸被压得下陷，石块龟裂，他嘴角却还带着笑。

我眯起了眼，盯着他：“囊中物？还没人敢与我说这样的话。”

他还是在笑：“我就爱做第一个。”

“你是最后一个。”墨青声音冰冷，沉沉落下，伴随着万钧剑的剑气，“唰”的一声，空气中的压力化为万千刀刃，径直将姜武剐成碎泥。

仙家的人见不得如此狠辣的手段，一转头，“哇”的一声吐了出来。

我却静静地看着那血肉化为飞灰，随风而散，姜武的声音还在空中飘荡：“路招摇，等我来找你。”

啧，又是傀儡，这小王八蛋的真身到底藏在什么地方!

我一回头，见了墨青望着那飞灰散去的远方，满是肃杀的脸，那一身凛冽之气，我看得也有些许愣神。回过神，墨青那杀气未消的目光触到我。

四目相接，他收敛了些许，转过了头去，与那四大仙门的接掌人道:

"要想全身而退，令你们门徒尽数缴上一身法宝，否则，连滚出万戮门，也不给你们机会。"

缴法宝……

嗯，看似不伤人性命，实则这招却极其阴险啊。

四大仙门来的人不少，来偷袭我万戮门，必定带的都是门派精英，而门派精英身上带的自然也是上等武器与法宝。

让他们缴械交法宝，一是保证他们撤出之时，万戮门人的安全。二是我万戮门击退敌人的一个象征。三是仙门法宝，一件精品或许要炼器师炼上十年数十年，方可出成效，收缴了他们的武器，无异于短时间内削弱了仙门的实力。至少未来几年，是再翻不出什么花样了。

再则……

我们万戮门收了武器，还能拿出去卖，他们仙门的想把原先的法宝买回去也可以，我们开高价，也是好一笔营收不是？

这些仙门要运转，也是少不了要掏银子的，赚了他们的银子和损他们实力，是一个道理。总之，就是不让他们好过。

这法子虽然比我以前的"关门剿杀"来得委婉温和一些，却要阴损许多。

我也算死过一次的人了，知道那鬼市的……规矩，还是不希望墨青背上这些命债的，缴法宝便缴法宝，让这些仙门的人灰溜溜地回去，以后再不敢轻易招惹万戮门，效果是一样的。

四个仙门的接掌人听罢墨青的话，咬牙切齿，眸带暗恨。

哟，看这样子，是连缴法宝也不肯啊。现在的年轻人，真是比当年还不懂事。

我走到墨青身侧，倚在他怀里，懒懒站着，盯着他们一声冷笑："厉尘澜的法子你们觉得不妥，那就按照我以前的规矩办吧。直接杀了抢就是，结果反正是一样的。”我拍了拍墨青的胸膛，“你觉得怎么样？”

墨青非常配合地回了我一个字：“妥。”

我歪着嘴角一笑，极是开心。

那几个年轻人却很是不满：“路招摇，你！”

“我怎么？”我抱着手，“你们送上门来，那就要做好被人欺负的准备。弃剑，或者死，选一个吧。”

倒终有一个怕死的，站起身来，拍拍衣摆，将手中剑“哐”的一声丢在了地上，转身下山。另外几人见状，面面相觑，终是接二连三地站起，心有不甘，却又无可奈何地丢了剑。

我转头看了袁桀一眼：“去，戴罪立功，给我押着他们下山，将山下那些仙门弟子的刀剑、法宝通通给缴了。”

“不可能……”袁桀似尚未从震惊当中走出来，他惊愕非常地瞪着我，“不可能，不可能，门主若在世，不可能五年不见踪影……”

“我确实是死过。”我答了一句，“袁桀，当年你被仇家所害，家破人亡，我收你入万戮门的时候，可是让你发过誓的，绝对忠诚，永不背叛。”我眯着眼睛盯他，“若有哪一天我身死，再无法回来，你便要这般对待万戮门？令它一分为二，结合外敌，欺辱门人，还要复活我的仇人？”

我随意踢了地上一直昏睡着的洛明轩一脚：“你可知我花了多大的功夫，才让他变成这样？你又可知我现在忍了多大的火气，才克制了自己不杀你？”

袁桀匍匐在地，一张老脸，满目热泪：“门主……属……属下以为……”

“我知道你怎么想的。可谁也不能打着任何人的名号，伤害万戮门。”我道，“了结此间事宜，你便自去地牢思过十年。”

袁桀沉沉地在地上磕了三个头："属下，领命……"

袁桀受了命，带着伤，转身离去，我的目光落在了最后的这暗罗卫卫长身上。

他是墨青招来的人，这事该墨青处理，我瞥了他一眼，没有开口，他却跪在地上，冲我深深地磕了个头："门主，暗罗卫林子豫，叩见门主。"

咦……

林子豫。

这名字好生熟悉。

林子豫……林子游……

"啊。"我恍然明白，"你是子游的哥哥。"

他诧然抬头："门主……知道子游？"

搞半天，原来大家都是熟人呀。都是熟人呀！

他是子游的哥哥，这倒有些不好处置了。

我若是不识得子游，不知道他们兄弟间与我的那般因果，我今日由着墨青将他处置了也就罢了。

可我知道了这此间的故事，林子豫如今混到了暗罗卫卫长这个身份，见了我之后还称我为门主，对我这般恭敬。他背叛墨青，其中恐怕也有三分心思是要为我报仇吧。

再说，我在鬼市，子游帮我良多……

我转头，将难题丢给了墨青："他是你提拔上来的，最对不起的人是你，你看着处置吧。"言罢，我站开一步，本是打算去看看后面的无恶殿，若我能用法力修修，便直接修好了，待墨青处置了林子豫，我就可以拽了墨青的小手直接推门进房了……

可我没想到，就在我站开这一步的时候，脚下一软，那在先前素山阵法里的无力感霎时间又涌了上来。我身子不受控制地往后面一倒。

墨青愣怔的神色在面前一闪而过。他手臂一揽，将我抱进怀里。

啊，这个胸膛真的好温暖啊……

我抬手摸了上去，可到嘴的烫豆腐都还没来得及吃上一口，伴随着墨青紧绷的一声“怎么了？”，我“唰”的一下，便离了魂去。

我诧然！

这又是怎么了？为何还会离魂？我不是已经将这身体融合好了吗，还能使用法术，还喝过琴千弦的血……等等，难道是喝了琴千弦的血，所以我才能在我的身体里待到现在，也才能使用法术吗？

因为喝他血的时间过得有点久了，所以他的血液带来的力量，也就此消失了？

这样搞，那我岂不是以后每隔一两个时辰，就得将他们琴家的人抓来放一次血？

我这边没将这事情琢磨出结果，便觉朝阳的薄光落在我身上，一股刺骨的灼烧疼痛在我魂体里蔓延开来。

我那身体便软软地倒进了墨青的怀里。根本来不及看墨青的神色，我压住疼痛，连忙往旁边一飘，躲进了坍塌的无恶殿的阴影之中。

“招摇？”墨青的声音里习惯性地藏住了所有的情绪。可呼吸间的紧绷，还是透露了他些微紧张。

“门主？”林子豫微微起了身，想去看墨青怀中的我，却被墨青唤住：“琴芷嫣……去千尘阁将琴芷嫣接回来。”他对林子豫下令，果断决绝，“立刻。”

林子豫浑身一凛，倒是如以前那样，听了墨青的命令，一颔首，瞬行消失。

墨青则将我的身体打横抱起，随手在洛明轩身上扔了个结界，他一转身，抱着我向无恶殿这边走来。

直到与我一样，站在了阴影当中，他褪下他鲛纱的黑袍，小心地盖在了我的身上，他护着我的脸，不让阳光照到我。

其实……我那身体被阳光晒一晒也是没有关系的。可墨青不知道吧，他以为我是鬼，所以连身体也不能晒到太阳……

他怕自己一个疏忽大意，哪里不留心注意，便伤害了我。他怕我消失。因为，我在他面前消失了太多次了。

对墨青来说，路招摇肯定是个让他非常没有安全感的人。

所以他将我保护得那么无微不至，他触碰我也那么小心翼翼。

他害怕呀。

现在的墨青，已经是多少人眼里的煞神了，一身杀气，令人望而生畏，说一句话，动一根指头，便能使这天下皆颤。这样的墨青，我却知道他过去所有的软弱与现在全部的温柔。

我从阴影里，飘到他身后，轻轻抱住了他的腰。

这样的墨青……

让我喜欢，也令我心疼。

阳光之中，林子豫身形闪了回来，他手上提了两个人，一个是十七，一个是芷嫣。

刚一落地，十七转头就给了他一拳，林子豫往后一退，堪堪躲过。

十七将手指一揉，噼啪作响："刚才我揍的那些暗罗卫都叫你老大，你跟他们是一伙的吧，门主叫我揍他们，你既是一伙的，也得揍！你不要以为把我拉到另一个地方来，我就不揍了。"

十七这孩子，还是这么执着。

不过，这林子豫倒还有点本事，能躲过十七的拳，还能将十七拖着用瞬行术带来。想来，上次我用芷嫣的身体在这无恶殿上空的一战，他还是没有使出全力，不然我怕是没那么容易全身而退。

十七哪儿都没看，也不上前，再次挥拳直冲林子豫，林子豫不还手，只是让着她，一直往后退。

墨青也不管，只唤了一声："琴芷嫣。"

芷嫣正在那边观战，听了墨青一声唤，登时浑身一抖，皮都紧了一样，转头应道："在……"

"路招摇在哪儿？"

芷嫣一眼就望见了正在背后抱着墨青腰的我："啊……有点吓人……正从背后抱着你呢……"

这丫头，我这么温柔缱绻地在墨青不知道的时候抱着他，怎么从她嘴里说出来就变成吓人了，不懂浪漫。

她答完了，似才反应过来："咦……她的身体，怎么……之前不是回去了吗？"

"不知道怎么就出来了。"我放开墨青，撇了撇嘴，"这身体兴许是放太久了，还有点问题，待会儿我再试试。"

"大魔王说……她身体可能还有点问题，待会儿再试。"芷嫣向墨青传了我的话。那边正在打架的十七听到了，动作陡然一顿："门主怎么了？"她一扭头，也不揍林子豫了，几步冲到这边来。墨青周身光华一动，弹出一股力道，将十七一推，让用力过猛的她在三步远的地方停下了脚步。

"别碰。"墨青冷声告诫。

之前听他说十七要杀他这件事，他都说得轻描淡写，还带着些许打趣，现在却是十分严肃地告诫勒令。

十七被他一身的杀气唬得退了一步。可她也清楚自己没轻没重的德行，知道自己刚才激动了，她老实地在三步远的地方站定，倒是和墨青一样，真怕靠近了，伤了我。

她有些委屈，也很着急："那到底是怎么了？先前门主走的时候都还活蹦乱跳的，可新鲜了！"

活蹦乱跳和新鲜是个什么形容词？

我是你从山沟里抓来的鱼吗？

"现在怎么这样了？"她重新找回了气势，瞪着墨青，"小丑八怪，你说！是不是你趁我不在欺负我家门主了！"

墨青没搭理她。

我在旁边揉了揉眉心，与芷嫣道："赶紧让人把无恶殿修修，我晒不得太阳，将我身体放在阴凉处，我歇歇才好重新上身。"

芷嫣传达了我的意思，十七一听，也不闹了，转身就要去扛砖。

墨青却操纵了万钧剑，只见万钧剑一起，四周破碎的砖石瓦块也随之飘到了空中，在万钧剑力量的拉扯之下，各自重新组合，巨石堆积，梁柱重起，掉落的所有砖石，片刻之后都回到了它们原本的位置上。

万钧剑有万钧之力，可毁万物，也可筑万物。片刻之后，十七扛回来了一堆砖石，可无恶殿连牌坊都修好了。

十七望着巍峨的无恶殿，砖石落在地上，眼巴巴地看着墨青将我抱进了大殿之中，模样有点落寞。

入了殿内，墨青将我放在他寝殿的床榻之上。

我在旁边摩拳擦掌了一会儿，沉住气，再次躺进自己的身体里。与上次一样，有重新连通经脉的疼痛感，不一会儿，我睁开双眼。

也妥妥地回了魂。

墨青站在我身旁，关注着我，我摸了摸他的手背："别怕，我只是暂时出了点问题，之后一定会好的。"我双脚落地，站起身来，墨青要扶我，我推开了他，可走了两步，我还是伸手扶住了墨青。

房间里静默了一瞬，我望向芷嫣："你放点血出来。"

芷嫣一怔："啊？"

"放血。"

芷嫣惊恐地盯着我："大……大魔王，虽然我很喜欢你，可我……我还不想死。"

"谁让你死了，放血，酒杯那么一点就够了。"

我咬牙，这个身体，还真是如我先前预料的那样，需要靠他们琴家人的血方才可以继续活动。

这哪儿行！

以后我和墨青办正事的时候，难道还要芷嫣在门外守着吗，事到中途，万一我不行了，还得让芷嫣进来，奉上一杯血让我饮下，然后再接着办事？

这场景想想就足够荒唐啊！

我堂堂路招摇，怎么能要这种自由被限制的人生！成何体统！有损威武！

必须得找个法子解决一下！

我看着芷嫣刺破指尖，在茶杯里给我挤了小半杯血出来，送予我饮入喉间。我眯着眼琢磨，看来，今晚还得去趟鬼市，毕竟对于鬼的事情，还是只有鬼市里的那些鬼才最是清楚。

喝了芷嫣的血，我恢复了精神，想着鬼市要晚上才能去，我便不是很着急。

我又向芷嫣伸出了手。

芷嫣怔怔地望着我："还要血？"

"不是，你身上的镜子。"此言一出，我明显感觉到牵着我手的墨青微微一僵。

芷嫣老实地将银镜递给我，我微笑着，让她先出了门去。我转头望向墨青，摊开掌心的镜子，给墨青看：“外面的事都解决完了，咱们来聊聊吧，你先前与我说，这镜子叫什么名字来着？”

墨青看着那面小银镜，默不作声。

“我没记错的话，它好像叫窥心镜是吧？”我将它拿在手里，晃了晃，“窥心镜，这么多年，都窥了些啥？说来给我听听呗。”

墨青一声叹息：“招摇……”

我将镜子戴在了他脖子上：“你心里在想什么，也让我听听。”

墨青定定地望着我：“你想知道？”

“我想知道。”

他一声轻笑：“那就不用说了。”话音未落，他便蜻蜓点水一般在我唇上轻轻一点，“懂了吗？”

我挑眉看他：“就这样？”

墨青眸光一暗，不言不语，再次压在我的唇上，轻轻舔弄，细细品尝。我反手将他一推，微微拉开了他的衣襟，指尖刚碰到他诱人的锁骨，背后“咚”的一声响。

我一咬牙，咬疼了墨青的唇，他睁开眼，随手一挥，只听一阵丁零当啷的动静，司马容的声音哀哀响起：“唉，我好不容易才让这木头人会了瞬行术的！”

啧，司马容！早不来晚不来！

我愤恨地坐起了身，瞪向那已经被墨青打得七零八落的木头人，斥道：“说！什么事！”

那木头人的脑袋在地上滚了两圈，终于转回来看我：“路……路……”

“对，我复活了！有事说，没事滚。”

墨青在我旁边也坐了起来，冷静地拉了拉衣襟，将被我扯乱的地方恢复原样。

司马容是何等精明的人，当即了悟，他咳了一声："哦，复活好，复活好，省得有人每天过得比苦行僧还苦。"

墨青一抬眼眸，淡淡地扫了他一眼："你最近好像比较闲？是不是缺事做？"

司马容"哈哈"笑了两声："听说尘稷山出事了，我特意造了个会瞬行术的机关人来看看你，本欲帮点忙，结果却没有想到来晚了，看了点不该看的东西，也罢也罢，我先走了。"

"站住。"我唤住他，走过去，将木头人的脑袋抱起来，抠了两个琉璃珠子做的眼睛，把它们塞进了那木头人的嘴里，"知道是不该看的，以后就别瞎看，看了也别瞎吭声。"

墨青在我身后轻笑，司马容的木头人委屈得说不出话。

我转过身去，将墨青身上的银镜取下来，挂回了自己身上。他有些愣，像惊讶于我知道了这是窥心镜，还愿意将它戴在身上。

"赤诚相待。"我指了指他的心，"你想知道的关于我的一切，我都让你知道。"

墨青眸光一柔，开口解释："这是我从封印中出来时，戴在我身上的唯一的东西，以前并不知道它叫窥心镜，送给你的时候，也不知它有这般作用。是那之后，方才知晓，想要要回来，却也无法开口了。"

从封印里出来的时候，唯一的东西……

墨青将他给我，也足够说明他的心意了。

"去吧，早点忙完别的事。"我道，"我等你回来。"

他眸光轻柔，在我额上落下轻轻一吻，转身离开。

第十四章
仙人遗孀

“你放心好了，你是仙人遗孀，
不管做什么事都会有上天眷顾的。”

一整个下午的时间，墨青忙于肃清反叛之人，重整万戮门，整个门派上下一堆事情等着他处理。

我等到夜里便带着芷嫣，去了鬼市，在原处站了不一会儿，脱力的感觉袭来，芷嫣血液的效果消失，我果然离了魂出来。

我让芷嫣守着我的身体等我，一转头奔向鬼市林中酒楼。

我在酒楼里绕了好几圈也没有看见子游，正想去大阴地府钱铺寻寻他，可还没走，后面便有男子清朗的声音唤住了我。

我一转头，却见一名男子面如冠玉，束发长衫，微微浅笑着站在酒楼门口：“路招摇。”

我不认识他，但从他口中我确实听到了自己的名字，于是微带戒备地飘回去了一些，盯着他：“你是何人，为何识得我？”

“在下竹季，子游应当与你提过，我是这酒楼的老板。”

哦，我想起来了，我第一次与子游见面的时候，他口中的那个与别的鬼市商人不大一样的老板。倒是个……挺好看的老板，与这鬼市里别的阴气森森的鬼都不大一样，身上带着几分缥缈之气。

“我有两封信要给你。”他一边说着一边在怀里摸了摸，“一封是曹宁给你的……”他好像找了很久，终于掏了一封书信出来，放在我的手中。

曹宁？我想了半天，才终于想起来，那不是那个被我烧上了天的我的先夫吗……万万没想到，这辈子竟然还有再听到这个名字的机会，只是，他已经上了天，居然还能托这人给我带信，那也就是说我面前这人，也是……仙人？

正正经经不掺假不含水的，不是像洛明轩那种被人封上头号的，而是那天上的……传说中的……真仙人？

“还有一封……咦……我放哪儿了？”他周身摸了个遍，又找袖子又看地上，迷糊得比一个凡人还不如。

我冷眼看着他，直到他找了许久，终于从另一个袖子里翻出了信：“哦，这是子游留给你的。”

留……给我的？

我伸手接过，复而问了一句：“子游去哪儿了？”

“忘掉了所有该忘掉的事情，去哪儿都无所谓了。”

回答得还真叫一个坦然淡定。不过本来也是，他既是这鬼市酒楼的老板，这种事，也当见得多了吧。只是……想到子游，我不禁觉得可惜且遗憾，本来我还想来告诉他，他哥哥现今的状况。

不过也罢，对子游来说，那些事情，也都不重要了吧。

我展开了子游的信，里面写的内容不多，大意便是，能在鬼市再遇见我，十分高兴，等不了我再来鬼市，也有些遗憾，希望来生，还有机会再见。

寥寥几句，十分平静，无甚沧桑，也没有感慨。等到最后，他那么坦然地接受了自己终将遗忘一切的这个事实，我除了用冷静的表情读完这封信，并且祝福他的来生以外，竟找不到别的更适合的情绪。

路就是这样，终会走到尽头，没什么好悲伤的，也没什么好难过的。

我收了子游的信，又展开了曹宁的信。与子游的信不同，曹宁的信里面密密麻麻写了一大篇，通篇读来，全是对我的歉意，末尾还写了几句感谢，最后还提了一句，若以后有什么需要帮助的地方，可托竹季传话。

我眼珠一转，当即便对竹季道："你帮我给曹宁传个话吧，我现在是生魂，找到自己的身体了，却在自己身体里待不久。我想复活，你帮我问问，他有什么解决的办法没。"

"这倒是不用找他。"竹季道，"我便可帮你出个主意，你这状况等同于生者意外离魂。你把你的身体带去你的故乡，让人喊你的名字，凡人管这法叫招魂，喊上三声，你便可回魂了。"

我愣神："这么简单？"

"找对了法子便是简单的。"竹季一笑，"我的法子绝对都是对的。"

看在子游以前那么崇拜他的分儿上，我打算勉强信他一次。

与竹季告别，我转身离开，他在我身后笑着对我挥挥手，道："你放心好了，你是仙人遗孀，不管做什么事都会有上天眷顾的。"

当鬼这段时间，经历了鬼市的这番遭遇，你和我说上天会眷顾我？

希望如此吧！

躺回自己的身体，我让芷嫣扶我起来，然后在她手指头上咬了一口，吸了点她的血。芷嫣有点委屈："大魔王，你这么咬我，都丝毫不带犹豫的？"

"不犹豫。"我果决地答了她一句，"回去叫人，咱们去一趟我的故乡，等回来，我就不用咬你的手指头了。"

"你的故乡？"芷嫣问我，"你的故乡在哪儿？"

我提了芷嫣，一个瞬行术，径直回了无恶殿："一个破山沟里，没起过名字，可我找得到路。”我以神识探了一下无恶殿，发现墨青不在。

想来是事多繁杂，暂时回不来了。十七倒是正趴在我那房间里的桌子上睡觉。她法力不高，身体是需要休息的，可我在殿外刚刚一动，她在里面就醒了，一路开心地叫着“门主门主门主”，就跑了出来。

我心道，带十七一起走也不错，她嗓门大，帮我喊名字一定喊得充满爱意且无比响亮。

可我这话还没开口，面前又是人影一闪，林子豫凭空出现，见了我，先行了个礼，神色有些匆忙地往无恶殿而去。

“墨青不在。”我唤住了他，“有什么事你与我说。”

他果然回头，俯首跪下，恭敬禀道：“门主责罚属下去刑罚司受刑三日，我于路上接到素山前暗罗卫的回报，新山姜武竟借助江城潜藏之力，在今夜突袭千尘阁，已杀了数百千尘阁门徒，破了素山阵法，重伤琴千弦，将其绑走，不知藏去了何处。”

芷嫣倒抽一口冷气，我肃了神色。

姜武今日早上的时候才被墨青切了个细碎，损了一个傀儡。我不会做傀儡，可我知道，损一个傀儡，真身便也要损上三分。

姜武这早上死了一个，晚上又立马出了一个，他是自身力量强大无所畏惧，还是……真身出战了？

这事做得这么急，又是为何，还只突袭千尘阁……

琴千弦，琴千弦。

这姜武抓人，可抓得十分微妙。

“我昨晚才和人说有困难找我，今天他就被人抓啦。”十七在我旁边撇嘴，“那我得去救。”

我一琢磨，心道也妥，姜武修魔，他那群手下也都是如此，十七之前在万戮门的任务就是收拾这些不乖的魔修。

之前我还在芷嫣身体里的时候，被姜武抓过，听他言语之间，似对自己布的结界十分有自信，而这些东西对十七无效，让十七去收拾他，一准让他吃个大亏。

我让林子豫带着十七去救人。两人离开后，芷嫣问我："那等厉尘澜回来，再去你故乡吗？"

"不用等他。我们直接去。"

我心道，故乡那个地方，我从小生活到大，除了洛明轩这个家伙以外，再没人去过，遍野瘴气，满目荒凉。洛明轩先前说那是魔王封印他遗子的地方，现在魔王没了，遗子也出世这么多年了，估计那儿就剩一些荒芜的林地，我带着芷嫣瞬行过去唤唤魂，回来不过也就一炷香左右的时间，犯不着非得傍着墨青过去。

瞬行至故乡。

洛明轩说此地以前有魔王封印，所以外人难以进入，里面的人也不容易出来。可自打洛明轩弄坏了魔王封印，放出墨青之后，这里的结界阵法便不复存在，任何人都可以随意进出。

只是千百年来，因为魔王封印的存在，残留在这片土地上的瘴气难以消去，四周枯木永不逢春，连翠绿的杂草也不生一根。

这里一不宜居，二不方便修行，没有人愿意到这穷乡僻壤来，是以我与芷嫣落到这处的时候，芷嫣还狠狠惊讶了一番。

"大魔王，你是在这种环境下成长的啊……如此艰苦，也难怪能成为大魔王了……"

修魔修仙都是修的道，修道自然得有天地灵气，我这故乡全是瘴毒之气，普通人来了没被毒死在里面便算不错，此处断不是一个修行的好地方。

可我不一样。

我姥爷说我们一族在这地方生活了千百年，每一代人都比前一代人更适合这个地方，等我出生的时候，我的体质已经适应到能吸收瘴气为养分，用以修炼。

离开故乡之后，这广袤世间，茫茫天地，任何一处都比我的故乡更容易修行，我自是混得如鱼得水。

诚如芷嫣所说，难怪我能成为大魔王。

许久未来故乡，我却没有一点陌生感觉。还因着知道了我与墨青之间的渊源，所以对故乡生了几分新情。

我领着芷嫣在山沟里一通绕，终是找到了小时候与姥爷一同居住的小院。

小院破败，尘埃似土，以前那个总守在院里喝酒的老人也再不见。我入了屋，掐了一个诀，令一阵风带走了榻上的尘土，坐了下去，等着身体离魂。

芷嫣便在屋里左瞅瞅右瞧瞧："刚才来的路上还看见了好多别的院子，怎么一个人都没有了？都出去了吗？"

"都死了。"

芷嫣一惊："为……什么？"

"以前这儿有结界的，内外不通，在这里活一辈子，很多人都活腻了。我那时还小，父母那一辈人尝试着去找出去的办法，可离开后就再也没有人回来过，渐渐地，村子里就只剩下我与我姥爷了。后来结界松动，我就去外面的花花世界了……"

我闭上眼，后面的事情前段时间已经回忆过太多次了，不想再说。

芷嫣坐到我的身边，拍拍我的肩："你别难过，现在你有尘稷山啦，等咱们招了魂回……"

"方才这儿好像有法术的气息？"

芷嫣的话被外面的人声打断。

我眉目一肃。此处不应当有别人在。我耳朵一动，细细一听，发现外面竟似有四个人……不对，还有一个。

“老大，我刚才好像还听见了里面的声音。”

我以千里眼往外一探，却见外面那四五个魔修的小喽啰背后缓步走来一人，身形极为高大，有丈余，那腰怕是得拿三个芷嫣接起来才能围拢。一条腿比芷嫣整个人都要粗许多，然而就是这般堪称“巨人”的魔修，踏步之时，却轻巧得毫无声息。

不知实力如何，怕是不好对付。

我握住了身侧的六合剑。

然而便在这时，我手掌刚抚在六合剑剑柄上，浑身陡然一脱力，竟然在这种时候离了魂去！

我蒙了，好歹让我吸口芷嫣的血啊！

我急着再往身体里躺，可刚离魂，这一时半会儿我进不去自己的身体。

呵，说什么仙人遗孀有上天眷顾，你们上天怎么和鬼市一样坑？你们都是用这样落井下石的方式眷顾人的吗？

“芷嫣，”我唤了她一声，“现在便喊我的名字，快一些。”

怕被外面的人发现，芷嫣极为小声又迅速地唤了三声“路招摇”，可我只觉身体与我的魂体之间有一股力道轻轻一牵，随即又消失了去。

招魂是有用的！我了悟，只是恐怕要喊得更大声更响亮一些。我催她：“大声点，喊起来！”

芷嫣声音细小，犹似耳语：“外面的人会发现的……”

我咬牙，恨铁不成钢：“怕什么！我回魂了还能让人欺负你？出息点！你也没那么弱了。”

外面的人也在私语：“老大，里面当真有人！”

芷嫣一咬牙，深吸一口气，一个"路"字尚未出口，便听"轰"的一声，一只大手猛地将这旧居的屋顶整个掀翻了去。

砖石瓦块混着断木与尘土坍塌而下砸落在我的身体上，芷嫣立即扑过来，护住我身体的脑袋。她口中没有停，便用这般扑在我身上的姿态，终于不管不顾地大喊出了我的名字："路招摇！路招摇！"

伴随着这两声出口，我能感觉到我身体里蓦地生出一股牵引着我的力量，拉着我向身体而去，可就在芷嫣第三声即将开口的时候，她被屋外的那只大手径直从屋里抓了出去，一个"路"字半路变成了一声尖叫。

六合剑落在我身体旁边，芷嫣此时手无寸铁，她被那"巨人"握在手中，巨人的手指正好压在了她的嘴上。不管芷嫣如何挣扎，都挣脱不了他手指的力量，甚至连呼吸都有几分困难了。

"小丫头，在搬救兵吗？"巨人开口，声音浑厚，光是开口说出这几个字，便搅动山沟里的瘴气，吹动枯木，可见其气息浑厚，不是芷嫣所能对付的，"嗯？还有一个？"

巨人望见了屋内我的身体。

我一咬牙，却也无可奈何地看着他将我的身体抓在了手里。

六合剑从床榻上掉在地上，被砖石覆盖。巨人没有进入屋内，只是举起了我与芷嫣，看了看："两个女娃娃，到这山里来干什么？"

这人不认识我，应当是这几年才在江湖上冒出头的。

可就这么几年的时间，魔道里居然出了这般人物，墨青却也没有将其列入拉拢或者抹除的名单里？还是说……他一直潜藏在这山沟里，墨青根本不知道？

这倒是极有可能的事，我在世的时候，并没让司马容将情报网布到这里来，谁能想到灵气如此贫瘠的地方，还有人藏着修行。

"老大，要拿去给别的老大瞅瞅吗？"

还有别的老大?

这地方藏的人不止这一个?

“给别人瞅什么。这两个娃娃水灵,趁他们不知道,我赶紧先吃了。”

这竟是个吃人的魔修。芷嫣在他另一只手上一张脸憋得通红，听到这话，她一只手奋力挣了挣，终于在这巨人的指缝里伸出了手掌。砖石里的六合剑光华一转，迅速飞到了芷嫣的手上，挟着一记天雷，“轰”的一声将那魔修的大手劈开。

芷嫣临空一蹬，顺势脱开了那魔修的掌控，她深吸一口气，再次大喊一声：“路招摇！”

可我还是没回魂!

我有点崩溃,都没有心思去责怪老天了,只对芷嫣喊道:“连着喊!前面两声隔得太久，时间已经过了！”

“路招摇！路……”

“啊！”那魔修被天雷劈了，十分愤怒，他一声怒吼，对着飘在空中的芷嫣一瞪，芷嫣立即被他周身力量的压力狠狠拍到了地上。他一抬脚，丝毫不怜惜地往芷嫣身上一踩，径直将我那旧居踏碎，也将芷嫣踩在了废墟底下。

她没了声息。

我心神一凛，巨人抬起脚来，我看着芷嫣埋在废墟当中被尘埃染脏了的脸，握紧了拳头。

“哼。”他一声冷哼，将芷嫣从那废墟中提了出来，“路招摇？能来救你？”

巨人喊出了我的名字，成了我招魂的第三声……

长风一过，仿佛破开了万里瘴气，我只觉周身霎时间便被一股暖意围绕，将我一牵，一拉，周围的一切都变得那么模糊。

片刻之后，心脏的跳动震荡胸膛，我已回魂。

我睁开双眼，看见面前巨人抓着芷嫣的身体，将她往嘴里一扔。

我一握掌心，周身力量澎湃而出，霎时间，只听得“嘭”的一声巨响，巨人的手掌被我狠狠炸开。在一片血肉模糊之中，我瞬行术一过，将芷嫣从那巨人嘴边抢了回来，再是一闪，已径直退到了十丈开外。而那边的巨人这时才开始痛号出声。

其声巨大，震颤山中枯木，致使大地震颤，枯木碎裂。

我帮芷嫣掩住耳朵，护住她的心脉，待得那号叫之声退去，我方将芷嫣放到地上，给她掐了个结界，护她于其中。

我站起身来，任由那巨人呼出的长风裹挟着瘴气，拂动我的衣摆与长发。我捏了捏指骨，“噼啪”两声，一挥手，招来了废墟之中的六合剑。

踏步向那捂住断手的巨人走去。

“还没谁敢在我面前这么欺负我的人。”我将六合剑一挥，剑气如虹，天雷覆盖在上，发出“轰隆”之声，宛似潜龙低啸，“说说，你想怎么死？”

“混账东西！我的手……”巨人并没领会我话中的意思，他一咬牙，在身后那几个喽啰的惊呼声中，迈大步冲我奔来。

他手中光华一闪，竟是以魔气凝出了一把巨斧，他“嗷嗷”叫着，举着斧头便对我砍来。

我停住身形，气息一动，转眼间便绕到了他颈项后方，六合剑从他颈椎处刺入，我冷了目光，却是歪着嘴角一笑：“你太慢了。”

六合剑往前一送，本是能从他颈项后面径直刺穿他的脊椎骨，刺破他的咽喉，可便在我即将彻底穿透他的骨头的时候，六合剑被旁边斜来的一把八面厚剑架住。

“呵，你们万戮门当门主的，火气都这般大？”

我眸光一斜，却见一头红发、笑容猖狂、神色放荡不羁的姜武正握着那八面剑的剑柄。

“呵。”我学着他，也是一声轻笑，“对呀，火气就这么大。”

言罢，六合剑剑刃未动，我将气息灌入剑刃，天雷顺着剑刃而去，“噼啪”一声，径直将那巨人的颈项穿了个通透。

巨人喉咙发出含糊的声音，再没别的动作，颓然倒下。

我向后一转，退到芷嫣身边，淡淡地盯着面前的姜武，但见他红发及腰，披肩而下，只是额前刘海还是如他那些傀儡身体一样那么张扬。

这般力量与气势，断然不会是那些傀儡了吧。

那想来，去素山千尘阁抓琴千弦的，便一定是傀儡了。一个人当几个人用，这姜武还真是会玩。

姜武握着八面剑，拨了拨地上巨人的尸身：“好不容易才培养出来的一个下属，就这般被你干掉了。”虽然话是这样说，他却没有几分可惜的意思。他收剑入鞘，只是盯着我，舔了舔嘴唇。“你拿什么赔我？”

他这话让我听得好笑。

“我路招摇活了这么多年，还没人敢向我索赔。”我以六合剑挽了个剑花，“看在你是这第一人的分儿上，我便给你个面子。”言罢，我使六合剑召来天雷，在我与他之间落下一记轰鸣，尘土飞扬之后，一个大坑被砸了出来。

“赔你一个坑，把他埋了吧。”

姜武“哈”一声笑了出来：“有趣有趣，路招摇，你果然有趣。”

“是吧，我也觉得我挺有趣的。”我答了他的话，一抬六合剑，直指他的心房，“我的账了了，那咱们来算算你的账吧，尘稷山损坏的砖石瓦片，伤亡的人马，你打算拿什么赔我？”

姜武眯着眼看我：“你想让我怎么赔？”

“拿命赔吧。”话音一落，我挥剑而上，电闪雷鸣之间六合剑与他手中厚剑相互撞击。

一招接触之下，我却有点吃惊，这小短毛变成了小红毛之后，比我先前预估他操纵的傀儡的力量至少高出三倍。剑刃交接，电光在我与他之间穿梭，姜武的眼睛里隐隐有红光闪烁：“路招摇，我这么喜欢你，你却如此对我动手，可真是让人伤透了心。”

啧，这个姜武真是个没定性的，满嘴跑胡话，之前不还喊着闹着那么喜欢芷嫣吗，怎么这一回头，就看上我了？

你的喜欢也太廉价且容易改变了吧！

我没搭腔，只用更猛烈的一记剑气将他推远，复而一个瞬行追上前去，六合剑剑刃直刺他的心房。

姜武身形一侧，胸膛贴着六合剑的剑刃边缘，移到我的身前。他没有攻击，只是伸手一揽，抱住了我的腰：“人可以赔你，命不行。”

我一眯眼：“登徒子死于好色这句话你没听过吗？”我六合剑反手一转，手起刀落削向他的手臂，然而在剑尖触碰到他肩膀的时候，只见他身上蓦地腾出一道红光，堪堪将六合剑剑刃挡住。

这是……护体结界？

像琴千弦那样的护体结界？

据我所知，这个世上将结界术修到能挡住我六合剑这般地步的，除了琴千弦，约莫没有别人了吧！这个姜武……

姜武见我惊讶，他咧嘴一笑，显得有几分得意和放肆：“与你打架很好玩，可现在我没时间陪你玩了。”他说完这话，我只听背后又传来了他的声音，“跟我走，否则，你方才那么拼命保护的小美人，我可就不管了。”

我周身气息一震，推开红毛姜武。一转头，只见小短毛的傀儡姜武竟然破开了我方才给芷嫣布下的结界，将她抱了起来！

失策了……姜武一直对他的结界术很是自信，我便该知道他有破除别人结界的能力的。

此时那小短毛姜武一手揽住芷嫣的腰，一手掐住了她的脖子。只用使一点力，他便足以让昏迷中的芷嫣永远沉睡下去。

我按捺住情绪，眯着眼睛转过头来看姜武："小红毛，你到底有多少个傀儡人啊？"

"你想知道？"他倒是豪爽，伸出手，想要牵我，"我带你去看。"

我避开他的手："不用了，杀了你，他们也就没用了吧。"我手掌穿过六合剑剑身的天雷，在六合剑上一抹，让剑刃带上了我的血液。血祭了六合剑，使六合剑上光芒大作。

电光衬得姜武一脸森冷，他一挑眉梢，嘴角带笑："你不怕我让傀儡杀了她？虽则我也挺欣赏那小美人的，可不知为何，这次见她，却少了前几次那种感觉，杀了也无甚可惜。"

我一声冷笑，在姜武的眼眸之中看见了自己肃杀一片的面色："你要杀她，便杀。我路招摇，不接受威胁。"

话音一落，我瞬行踏步上前，只见姜武终于收了脸上那烦人的笑，预估着我的剑势，往后一退，随即抬剑来挡。然而便在这时，我将手中六合剑往身后一掷，破开层层瘴气，出其不意地将六合剑扔入了那傀儡姜武的脑门。

身后"唰"的一声，不用向后看，我便知道那小短毛傀儡毙命当场，而尾随六合剑而去的，还有剑柄末端的一个瞬行法术咒，击中傀儡的同时，瞬行法术咒一动。

我将小短毛傀儡、芷嫣以及六合剑一同瞬行送回了尘稷山上的无恶殿。

那方事了，而这方，就在这电光石火间，姜武方才欲来挡我攻势的八面厚剑因为没有了六合剑的阻挡，所以顺势砍上了我的肩头。

我一声闷哼，生生受了这一剑，姜武却没再用力。

小短毛傀儡方才被我干掉，他神情中带有痛色，是傀儡的消失给施术者的反馈。

我受他一剑，他的傀儡被我干掉一个。

这一局交锋，平手。

姜武盯着我，倏尔大笑出声："好好好，不愧是我看上的女人。"可片刻之后，他的笑声戛然而止，他抬眸望了眼天色，"不过也该到此为止了。"他伸手欲擒我，我侧身躲过，却没有想到他竟一把抓住了我脖子上的小银镜。

他手快，一把将那银镜从我脖子上生生扯了下来，丢去了一边："窥心镜。"他一声冷笑，径直将银镜丢了出去。我瞳孔一缩，瞬行要去拿回那镜子，却在这时后颈一凉，大脑之中倏尔传来一股尖锐的刺痛感。

下一瞬间，我面前一黑，竟是……昏睡了过去。

第十五章

心魔

“你相信吗，这世上会有一个人，是为你而生的。”

等我再醒过来的时候，四周闪烁着艳红的火光，周遭皆是泥土，看起来竟像在什么地下洞穴之中。我站起身来，捂住凉飕飕的后颈，往四周看了一圈。

这是一处小洞穴，土石墙壁之上点着两三盏灯，将此处照得还算亮，当我想离开这个小洞穴往外面通道走的时候，却被一道无形的屏障挡住了去路。

是结界，不用想我便能猜到这必定是姜武布下的结界……

我这竟是……被囚禁起来了？

荒唐！

我路招摇横行霸道一世，从未想过，在洛明轩死了之后，竟然有一天我还会被人抓起来关小黑屋！

小红毛你真是嚣张极了啊！

我伸手触碰面前结界，聚力想将这结界震开，可没有想到我使出去的气力，尽数被这结界给吸收了进去，一点效果也没有。先前为了救芷嫣把六合剑扔出去了，我……

“……阿武！”幽深的通道那方传来了急促的脚步声，还有人吵闹的声音，我识得这声音，是当初姜武身边那个叫“小毅”的亲信。未见他人，便听得那小毅在闹腾着，“你把她捉来干什么！厉尘澜被引来此处，这结界若是再如江城那般被破了，里面千百号人你让他们逃哪儿去！”

“此处结界不会被破。”姜武声音懒洋洋地答道，一副刚睡醒的模样，“我已经不是之前的我了。而且我喜欢的女人我不自己抓来关着，难不成还让她被别人抓去关着吗？”

“你都没见过路招摇好吗！”他们俩一边说着话，一边走到了结界外面，姜武笑嘻嘻地来跟我打招呼，旁边的小毅一副要崩溃的模样，“你的喜欢也太廉价了吧！之前不是还让我们去抓琴芷嫣吗？！”

我在结界里抱着手，一脸冷漠地看他们吵架。

终于，小毅将头上帽子一摘，“啪”地扔在地上，气呼呼地踩了两脚：“啊！你太没谱了！这命没法卖了！老子不干了！我要回老家！”

姜武摆了摆手：“走吧走吧，吵死了。”

小毅当真一扭头就走了，连带吼了一路的混账大红毛。

见状，我挑了眉梢，未曾料到这姜武治下，竟是这般和颜悦色的风格，不过该任性的事，他也都任性地做了就是了。比如说像现在这样，抓了我。

“你抓我作甚？”我问他。

“我方才不是说了吗？”姜武倒是一下就穿过了结界，走进了这方石室，他坦然望着我，“我喜欢你啊。”

这人和墨青真的完全是两种风格。这几个字即便到现在我也没有从墨青嘴里听到，墨青可以沉默地将这句话藏到死，却能用命来告诉我他的心意。

姜武却随随便便就说了出来。只是有多少真心，就不知道了。于是我也答得随便："好，我知道了，我不喜欢你，把结界撤了吧，我要走了。"

姜武却是不在意我这般冷漠的态度，反而是一声笑，走到我床榻边坐下，他拍了拍身侧的位置："路招摇，和我聊聊吧，你不想知道我为何会突然喜欢你吗？"

"不想。"

我现在只要一想到墨青在外面心急如焚地要找我，就觉得在这里耽误的每一刻都万分难熬。

姜武大大咧咧地坐在床榻上："你不想我也得告诉你。"他眸光直勾勾地盯着我，"你相信吗，这世上会有一个人，是为你而生的。"

我一愣，为我而生？

"你父母是……"我询问地看着姜武，想知道他父母为何要为我而生他。

姜武盯了我一会儿，忽然站起身，向我走来。他一步步靠近，那一头扎眼的红毛鲜艳得刺痛了我眼珠。我不由得往后退了一步。

姜武站在了我身前，目光直勾勾地盯着我的眼："嗯，眼睛还是和当年一样漂亮。"

我被他这话说得有点愣神，当年……是哪一年？

"万戮门举兵大攻锦州城之时，琴千弦为解锦州城之危，率千尘阁的人断万戮门后路，后反被万戮门所擒。门主路招摇囚琴千弦于地牢之中，观赏一日，随即放走琴千弦……"姜武指了指四周，"如今情景，可是与当日，有几分相似？"

我就说了，出来混迟早是要还的！

琴千弦这个修菩萨道的，美得男女通吃，背后竟然有姜武这么一个暗恋者吗！原来这一切的一切，都是姜武为了帮琴千弦报仇才整出来的幺蛾子啊！

我痛心疾首："当年那般对琴千弦，着实是我一时……"我在斟酌，到底该用什么词比较合适，是我"冲动""好色"，还是"鬼迷心窍"？

可不管怎么解释，我都将人看出毛病了……

姜武咧嘴一笑，还是那么张扬："紧张什么，因为你，我才从琴千弦的心里，来到这个世间啊。"

嗯？不是琴千弦的暗恋者？他从琴千弦的心里来？我又愣了一瞬……

"啊……难道……"

"对。"姜武点头，"我就是那琴千弦的心魔。"

"……"

大爷的，说到头，还是出来混总是要还的！

我恨不能回到过去抓住当年那个鬼迷心窍的自己狠狠打上两耳刮子。

看！看什么看！你这个就会看人脸的路招摇！人墨青那么漂亮一双眼你不天天看，你还捉了人家一个修菩萨道的来看！

这下好了！这么多年以后，还是吃了当年好色的亏了吧！

真是天道好轮回，谁也没放过谁！

被人心魔给抓了，这下丢脸丢大发了吧！

我看着面前的姜武，却觉得他的模样与琴千弦一点也不相似，琴千弦菩萨相貌，慈眉善目，平素面色冷淡，然则唇角自带三分慈悲浅笑意。我与琴千弦也算见过不少次，交手也有那么一两次，却从未见过他对谁下杀手，连之前仙台山之上，其他仙门的人想要捉了他放血，他也都是带着三分保留地回击。

而这姜武，五官长得十分诱惑人，嘴角时常挂着张狂不羁的笑，眼里却没几分温度。他动手杀人我是见过的，在那江州城通往花街的小桥之上，一言不合就直接撕人。

他与琴千弦相比，正巧像镜子的两面，说是心魔，也不为错。

只是……

“琴千弦当年喜欢我？”我结合姜武先前说的话想了想，“他不是说是一些杂念吗？”

姜武一声笑，坐回了那床榻之上：“他修菩萨道的，乱他修行的都是杂念。当年你抓他，盯着他看了一宿，他未近过女色，由此生了杂念，而你看完了他，又将他放了，动摇了他“为魔者恶”的信念。路招摇，你修魔，你应当知道，人心，最是生不得这些杂草。”

我知道，对自己信仰的猜忌，对自己修行之道的怀疑，会让人心里的杂草，长成参天大树。万戮门以前收拾了不少修仙者，都是从在他们心里种下那株杂草开始的。

“怪他，之前过得一尘不染，一旦有了一丝尘埃，便无可救药地放大。”姜武用手指绕着圈，红色的魔气从他指尖流出，一点一点，越绕越多，“日复一日，年复一年，他便在心里生出了我。”

最终，红色魔气在他面前绕成了一个孩童的模样：“越是控制，越是控制不住，越是压抑，越是无法压抑。最后……”姜武在那孩童眉心一点，只见那由魔气绕成的孩童竟然显现了实体，猛地一睁眼，一双眼血淋淋地盯着我。

我眉心一紧。

姜武竟然在我面前，就这般用他的魔气勾勒了一个傀儡出来。

这个姜武，实力……恐怕难以预测。我先前与他动手，便那么明显地感觉到了他有三分保留。他与琴千弦相比，恐怕现在不知超过琴千弦修为多少境界去了……

他一个心魔……

“我因你而生，却因琴千弦自己的无力抵抗而壮大。”小孩开口，接着姜武的话说了下去，“我就在他心里长大，在他脑海里说话，左右他的意志，诱他入魔。哪曾想到，剑冢一战，你死了之后，他竟会偷了你的尸身，悬于素山阵法冰墙之中，日日清心吟咒，终将我弃之体外，意图借由素山阵法，困锁于我。”

姜武倒在那床榻上，动动指尖，操控着小孩向我走来。

小孩血红的眼睛慢慢变得正常，遮掩了那骇人魔气，他与我道：“琴千弦将我剥离出去，便等于剥离了半个他自己。打那时起，对他来说，心魔虽除，可元神大伤，他功力急剧衰减，他的阵法也困不住我。我逃出素山，落于新山边上，一如现在这般，幼儿形态，宛似新生。那时恰逢新山战乱，战场厮杀之气弥漫……”小孩勾唇一笑，配合着后面那操控着他的红发姜武的笑容，让整个地牢显得有些阴森。

比鬼市的气息，更加诡异。

“路招摇，你见过被剥离出来的心魔吗？”

我沉默，因为我没见过。

我等魔修，修的也是道，只是在正道看来，魔修靠抢夺他人功力，利用邪门歪道的法子获得修为的是为“魔”。然则魔修与真正意义上的“心魔”是两回事。

修仙修道者，走火入魔的人很多。修魔的也有走火入魔一说，有的人被心魔闹得经脉逆行，当场暴毙；有的从此疯疯癫癫；有的则被心魔主宰身体，从此自我意识彻底消失。

却没人将心魔剥离出来过，至少这琴千弦是我听过的第一例……

从没有人做过的事情，琴千弦做到了，可想而知，这个过程有多么艰辛困难。他以前的修为，恐怕真的如世人传说的那样，无人能探得底线。

然而现在姜武独立出来了。

“没人了解心魔，我也不了解自己。我不知道自己是谁，不知道自己从哪儿来，即将去向哪儿，可我发现身体里有一种能力。”小孩伸出手，紧握成拳，“我能吸食人类那么多怨恨、憎恶、恐惧以及愤怒的情绪。就像在琴千弦的心里，吞噬他的杂念一样。”

我听得心头一凛。

心魔在琴千弦心里，便只吸食他一个人的情绪，而等剥离出来，来到了外面，便开始吸食身边所有人的负面情绪了吗？

这姜武……未免也太吓人了一些！

“值得庆幸的是，我落到新山之时，适逢新山大乱，两国征战，战场之上，杀气与血气，愤怒与憎恶，恐惧与嗜杀，那么多阴暗的气息扑面而来，融入我的身体。我便慢慢长大……”

姜武手指又是一转，一股红色的魔气再次涌了出来，灌入那小孩的身体。只见小孩表情痛苦，他捂住心口，可是身体在飞快地长大，一点一点，我就看着他在我面前，长成了之前我所见到的那小短毛姜武的模样。

一个傀儡……就这样在我面前成形了。

小短毛姜武伸出手，轻佻地挑起了我的下巴，他勾唇一笑：“然后，新山姜武便出现了。”

我静静地盯了他一会儿，目光一转，看向他身后的红毛姜武：“你与我说这些作甚？我其实也不太关心你从哪里来。”

“没人知道我的来历，包括之前我自己也不知道，路招摇，是那日在尘稷山上再见你，才让我想起了这些过往。”他摆摆手，让那小短毛从我面前走开，不碍着他看我，“我因你而来，所以想让你知道我是如何因你而存在的。”

这话听起来好像挺深情，然而将我关在这种地方，强迫着我听他说这种话，就让我有点不开心了。

我现在最关心的问题不是他从哪里来，而是我要怎么从这鬼地方出去。

他方才那么笃定地说外面的墨青无法打开此处的结界，那我从里面能不能找到打开的办法呢？我打算套套他的话，至少要知道，这能吸食怨气、愤怒等负面情绪的小红毛，有什么弱点。

我不甚在意地撇了撇嘴，道："听起来你好像很厉害的样子，可你这般厉害，混了这么些年，依旧在这地底偷生，可见你那吸食人负面情绪的力量也不是很强大嘛，否则这茫茫世间，如此多的人，还不够你成长？"

姜武学着我的模样，也是一撇嘴："是啊，你可是不知，你死了这些年，江湖上实在太过太平。"

嗯，这句话乍一听没什么不对，仔细想想，他好像有点含沙射影的意思?

怎么，我活着的时候，江湖就不太平吗？说得好像我是扰乱天下的大毒瘤一样。

不过……好像也是这样……

"这些年无甚征战，厉尘澜接手万戮门，实施了什么仁慈治教，啧，好好的第一魔教，给他治得和仙门一样，门徒都不那么血性了，挑了好几次事，也没和十大仙门打起来。"

嗯……不得不说，这小红毛的思想真的与我有几分相似，我才复生的那段时间，也是这么嫌弃墨青的呢……

而现在知道了墨青那般治教的原因，我便一点也怪不起来了。

"所以，你就琢磨着，这么好好的一个万戮门不能浪费了，于是打算干掉墨青，然后自己当上万戮门门主，挑事激起世间风波，然后趁机壮大自己吗？”

姜武倒是也不与我客气：“聪明。”

“可那时我的实力与得了万钧剑的厉尘澜相比，依旧相差甚大，我便只得想办法，借刀杀人。”他眸光微微一凉，“我虽记不得我的来历，可在偶然间听过琴千弦的名字之后，脑海里有许多关于他的消息，知道他结界的布置方法。”

难怪从一开始他就对自己的结界术那般自信。

“甚至……”正在我琢磨着琴千弦的结界要怎么破的时候，姜武说了一句话，“……我知道他血液的秘密。”

我一怔。

姜武显然是不知道我与洛明轩之间的恩怨的，他也无从得知。在外人眼里，江湖传说中的我和洛明轩之间不过就是一仙一魔，他当年是最厉害的仙，而我是最厉害的魔，注定是死敌。

他轻描淡写地说着：“我知晓鉴心门柳苏若做梦也想复活她的亡夫，于是告诉了她琴千弦血的秘密，本是打算借鉴心门的手除掉琴千弦，若能趁机复活洛明轩，使洛明轩与厉尘澜相斗，两败俱伤自是最好。若不能复活洛明轩，挑起两个仙门的争斗也不错，却不想那寡妇，竟杀了琴千弦的弟弟琴瑜。”

原来……如此。

我恍然大悟，难怪琴千弦这么多年安然无事，琴家血液的秘密不曾被世人知道，柳家与琴家还有联姻，而最近柳苏若就跟疯了一样，不惜操控自己的侄儿柳巍来杀害琴家人。

原来，症结竟是在这里！

是姜武从中作祟！

“让我意外的是，我没料到厉尘澜竟这般在意那琴芷嫣，甚至为了帮她报仇，不惜只身前往锦州城。”姜武两声笑，“多亏了他，一夜之间，尽毁锦州城，仙门大乱，人世风波再起。我当时正在锦州城外，可是好好地饱餐了一顿。”

我盯着姜武，面色冷了下来。

哦，所以他现在，力量才变得这么可怕吗？

那日锦州御魔阵法之外的魔气，是姜武来助，然则助我与墨青，其实也是助他自己。了解清楚了这一件事，我眯眼看着面前这小红毛，却是怎么看怎么不爽。

这发生的一系列事情，都有他掺和在里面，而且，他还从中获了利！

真是怎么想都让我心情不爽。

尤其是因为他。所以才让洛明轩在这世上多醒了几天，一想到这儿，我就更不爽了。

“小红毛，”我唤了他一声，“你出道的时间短，入了这江湖拢共也就几年，得到的一切也都是靠自己摸爬滚打凑起来的，所以可能没有前辈教过你……”话音未落，我一抬眼眸，瞬行术一闪而过，五指化为利爪，直取姜武的咽喉，将他狠狠一推，摁倒在床榻之上，他眼眸里的我，正是周身魔气四溢的骇人模样。

我冷声警告：“做人不要太嘚瑟。”

我将利刃般的五指收紧，割破了他的喉咙，鲜血渗出，流淌在床榻上，姜武却笑了：“我是真喜欢你。”他笑意放肆却暗藏几分杀气，“所以连你动真格的模样，也觉得可爱。不过，我不喜欢女人在上面。”

我冷冷一笑：“不急，我这就送你下去。”我五指收拢，他的颈项在我手中便似豆腐一样，轻轻松松便能被我捏碎……

便在我五指收拢的这一瞬间，姜武脖子上倏尔红光一闪，却是学着琴千弦那样弄了个护体结界出来，挡住了我的利爪。

他嘴角咧出了一个意味不明的笑："那你便随我一起下去吧。"

言罢，他的手不知在床榻边碰到了什么开关，陡然间，床榻猛地往下一陷，失重感来得突然，姜武的身体在我身下一个瞬行，霎时间消失。

我以法力令自己飘浮于空中。待见得四周景色，一时惊愕得忘了言语。

这关押我的房间之下，竟是一个百丈深的巨大黑洞。这黑洞最底下不知藏了什么东西，在忽闪忽闪地发着光，其光最盛之际，能将整个百丈深的洞穴照亮。

在光芒照亮崖壁的时候，只见崖壁之上尽数是刻得密密麻麻的咒文，却因为年代久远而显得有些模糊。

可我识得这些咒文……

小时候，姥爷告诉过我，在族人还多的时候，每年都要举行祭祀，祭祀时，每人便要画此符贴于山间崖壁之上。

而后来，族人相继消失，只余我与我姥爷守在山旮旯里，人少，祭祀自然也懒得办了。只是每年姥爷也还有习惯，到祭祀那一天的时候，便会画一张符，贴到崖壁上，说是以前传下来的习俗……避邪。

我长大了懒得学画符，认为对自己的修为没什么作用，姥爷便也没勉强我，可看了那么多遍，这符我不会不认识。

却原来，在我故乡的地底之下，竟有这么大一个地方，刻着如此多的同样的符咒，这到底是何人所为，这符咒又到底是什么意思?

我皱了眉头："这是什么地方？"我刚问了这一句，忽听得旁边有人在吼："啊！门主！门主！"

竟然是十七的声音。

我循声望去，却见天顶之上吊着一个大铁笼，十七被人用铁链绑在里面，五花大绑，活生生被绑成了一个粽子。她在里面挣扎磨蹭，弄得铁链铁笼一阵碰撞，稀里哗啦地响，而在她旁边，另一个铁笼里捆着的却是正在打坐的琴千弦，相比十七，他身上的枷锁就要少多了。

也能想通……琴千弦受伤虚弱，只要一个结界就能解决了，十七这神奇体质……也只有用这种办法才能对付。

她声音喊得大，将旁边的琴千弦吵醒了，他一睁眉眼，眸光淡淡地盯向我，即便身陷囹圄，也依旧是那副慈悲却又淡漠的菩萨模样。

嗯……十七去救琴千弦，却是一起被抓了吗……

地底光华又是一转，这一次，光芒极亮，让我看到了十七与琴千弦背后，还零零散散地吊着许多牢笼，大概一数，竟然不下二十个，里面或是关的暗罗卫，或是关的千尘阁的弟子，连林子豫也在里面……

他望着我，静默不言。

他们每人身上皆负了伤，有的一直躺在牢笼里，连站也站不起来。

东山主、暗罗卫卫长，还有我这个前门主都尽数被抓，哪怕现在这些被困住的暗罗卫前不久还和我打过架，可他们依旧是万戮门的人，也是万戮门的脸面。他们犯了叛教之罪，要罚也该由墨青来罚，而不是被囚禁在此！

我万戮门立派以来，还从没在哪个人手上吃过这么大的亏，小红毛你很能干嘛！

“姜武，”我冷声唤他的名字，“你到底意欲何为？”

姜武在我身前现身，斜斜飘在空中，抱着手笑：“不过是打算让你看看，我抓了你多少软肋，然后让你决定，你以后对我的态度。”

我眯起了眼：“你威胁我？”我说话的时候，十七就已经在那笼子里骂开了：“呸！你个骚包大红毛！不要脸！”

姜武往我身后一瞥，盯住十七，那眼神间有一道法力荡了过去。我半点不紧张也不挡，任由姜武那法力打在十七身上，然后接着听十七骂：

“哼！给爷爷挠痒痒呢！再来啊！不怕你！”

整个洞穴里全是十七吵吵闹闹的叫嚣声，骂得刚才即便和我动手也没黑脸的姜武，阴沉了脸色，我揉了揉眉心。只见姜武手一动，却是要拔剑出鞘了。

我眉目一凝，正想要十七安静，而这时她旁边笼子里的琴千弦开了口：“十七姑娘。”他轻轻唤了一声，竟是没再称十七为东山主了。

十七虽有不满，可还是微微一哼，止住了口，只是那眼神，盯着姜武，依旧十分仇视。

大概现在开笼子放她出来，她真的会拿牙咬姜武吧……

我望回姜武：“你以为拿他们能威胁我？”

“不知道。”姜武无所谓地撇了一下嘴，“试试吧。”言罢，他一摆手，头顶上那入口处跃下来一人，是方才他以魔气凝成的小短毛傀儡，只见那小短毛不知在天顶上触碰了什么机关，牵引着牢笼的锁链猛地脱落，后面一名被囚在牢笼中的暗罗卫伴随着牢笼一同落下百丈深渊。

他没有叫，因为暗罗卫本来就受过训练，在任何酷刑之下，都不会面露惊恐。

也正因如此，他的消失只是深渊之下的一道沉闷的撞击声，还有同时在地底激起的一道极其刺目的光。

洞穴之中霎时间如死般沉寂。

“王八蛋！”十七怒叱出声。

姜武却没有理她，只是静静地看着我，像颇觉有趣地研究着我的神色：“能威胁你吗？”在他眼中，杀人本来就是很容易的一件事。他在空中飘着，离我更近了一点，“路招摇，你可知，我现在已经感受到了你的滔天之怒？”

“那还说什么废话？”我眼眸一凝，直勾勾地瞪向他，“拿命赔吧。”

言罢，我以魔气凝了一把长剑，剑刃径直划过掌心，取血为祭，缚咒于刃，一剑斩向姜武，他笑着侧身避过，与先前和我过招一般，像在逗弄我。

可惜，我现在已经不是在应付他了。

剑刃杀气与姜武擦肩而过之后，临空折返，杀了一个回马枪，姜武眸光一动，嘴角的笑退了一分，拔剑出鞘，堪堪将那折回来的剑气一挡。我丝毫不给他停歇的空隙，瞬行而上，从他后背而去，直取他项上人头。姜武此时八面剑正与那剑气抗衡，我自他身后杀来，他背后护体结界一闪，欲挡住我的剑刃。

我心头冷哼，先前没有下狠力，倒是给你脸了，真以为你这破结界，我斩不破吗？

我一剑刺上，抵住他后背上的护体结界，一声低喝，灌入周身法力，不带花招，没有巧劲，就是这般硬碰硬地迎面而上，硬生生地让剑尖挤破他的红光。

只听“咔”的一声脆响。

姜武微微一转头，我已一剑刺入他的背心。他欲施瞬行术暂离我身边，我立时甩了个结界，挡住自身方圆三丈的地方。

姜武被我的结界拦了个措手不及，瞬行还未离开我身边三丈远，便被我的结界拦住了去路。在这片刻时间，饶是他结界术再厉害，也没法瞬间解开。

我一笑：“你以为就你会用结界吗？”不给他说话的时间，我提剑而去，一剑斩下，他被我逼得有些狼狈地往旁边一退，可我的剑刃还是削掉了他鬓角的长发，连带着在他脸上划出一条血痕。

姜武眸光一紧：“路招摇……”

我瞬行闪过，落在姜武背后，将他脖子一抓，一剑逼上他的颈项：

"你入江湖年月少，没有前辈教你，今日我便给你补上一句俗语——仙魔两道尽可狂，切莫招惹路招摇。"

言罢，我剑刃毫不吝惜地在姜武颈项上一割，刃口没入皮下一分，登时姜武颈项中的鲜血不住流下。他周身法力一荡欲将我推开，我咬牙，死死扛住这压力，将剑刃往他颈项里切去。

而便在此时，天顶之上，铁链的动静一阵乱响。我没有转头，神识却探得竟是那上面的小短毛傀儡将所有人的铁链都尽数解开，二十来个牢笼一同往下坠落。

暗罗卫与千尘阁的人皆静默，无人发出一点惊恐的呼叫，只有十七在呵斥："我变成鬼也不放过你们！"

我咬紧牙关，脑中一阵挣扎，终究是放了姜武，不再与他纠缠，瞬行至深渊底部，恰巧落在那散发着光芒的一个巨型圆盘之上。我倾注全身法力，一声低喝，在深渊底部以法力托起了二十来个坠落的铁笼。

在即将把他们都安然放置于地的同时，我只手撑天，将他们托住，另一只手将手中魔气凝成的剑一转，径直插入那发光的圆盘之中。

这是我的故乡，墨青先前被封印在此，我族人每年都要祭祀画符，那些符咒与这里的符咒一模一样。这些事情连在一起想，我唯一能猜到的，便是此处就是千年前魔王封印墨青的地方。

这是魔王针对墨青的封印，姜武在此处布下了结界，所以他才如此笃定，墨青在外面打不开此处结界。

那么，我便试试，如果从里面打开呢？

我撑天的手心一转，卷起狂风，将困住十七与琴千弦等人的玄铁牢笼狠狠撕碎，再不管他们。我双手执剑，狠狠将魔剑刺入这圆盘之中。

红毛姜武瞬行而来，欲阻拦我："你打不开结界。"

我冷哼："试试呗。"

言罢，气力震荡，圆盘上的光如同水波一样一圈圈震荡开来，我能感觉到这结界的力量在与我抗衡，巨大的冲击力撕扯着我的五脏六腑，剧痛使我额上不停地渗出冷汗。

姜武在我旁边意图捣乱，而斜里一道清音袭来，似绳子一般拉去了他的注意力，他咬牙："琴千弦……"便在这出口的瞬间，十七的身体猛地扑上前来，如我所料，真是一副要咬死他的模样。

"我打死你个大骚包！"她拳脚相加，姜武的力量足以对十七造成压制，可此时因为有琴千弦在一旁帮衬，姜武也没有讨得了好去。这两个完全相反的人，却是世界上最了解彼此的人。

十七与琴千弦以二敌一，倒是没让姜武占上便宜，而那边天顶上的小短毛傀儡则被林子豫率领暗罗卫缠住。

我再不管其他，闭目静气，专心突破结界。

一层一层，一点一点，我的魔气将这结界刺破，越是突破，便越是能感觉到来自外界的力量。

在这结界之外，有一个人，也以同样的急切与全部的力量，试图打破结界。

越是往外走，他冲撞结界的力量我便越是感觉得明显。

每一波对结界的打击皆是倾尽全力，原来……方才那个圆盘发出的光，并不是它自己闪现的光芒，而是应对外界的刺激时做的反应，它每一次闪光，便是墨青在结界外的一次攻击！

我死死压住身体里的疼痛，将剑狠狠压到圆盘的更深处。

一直向下，拼死相抗，终于，圆盘之上"咔"地裂出一丝裂纹，我一声低喝，倾注力量，圆盘如镜面一般，登时裂出数千条裂纹！

裂纹之上光芒冲天而上，径直破开头顶之上的黑暗，将这山都劈开了一样，外面的天光泄入了这地底。我仰头一望，正在那天空之中，有一人华服黑袍，踏空而来。

他终究落到了我的身边，满目焦灼，压抑着惊惶、害怕、愤怒，还有心疼。

我浑身脱力，像断掉翅膀的蝴蝶，扑进了他的怀中。

他的手从我的后背抱住了我，也支撑了我。

我可以自己救自己出去，我可以以命相搏守护自己与门派的尊严，我可以独自撑起自己的一片天空，事实上我已独自走过了那么多路，我没必要让另一个人来救我、保护我、守卫我。

可在此刻，当墨青来到我的身边。

他不是必要，却是我的需要。

我需要这世上有一个人，会心疼我的痛，会保护我的梦，会让我感觉无论身处何处，都不是孤身一人。

我抱住墨青，脸颊蹭在他的怀里，我可以独自面对整个世界的狂风骤雨，唯独在他怀里，我想要放心大胆地软弱。

第十六章

同类

“我得不到你，也绝不让别人得到你。
这次你知道什么叫心魔了吗？”

“幸好……幸好……”

我耳边听得墨青在细声呢喃。那么小声，不由自主地一连说了三声，才堪堪停了下来。

对性格如此闷且惯于压抑隐忍的墨青来说，已是那般不自禁。

他的手抱住我的腰，让我的胸膛紧紧贴在他身上，用力得让我能透过彼此的身体感受到他的心跳，扑通扑通，那么强烈。他藏住了表情，却没有藏住心跳。

墨青的怀抱一如往常般温暖，我亦是心疼地紧紧抱住他。又让你担心了，又让你心疼了，我怎么总是那么轻易地吓到你?

“没事了，墨青……”我道，“我没事了。”我拍着他的后背，身体其实暗暗藏着方才破开结界时的疼痛。他将我抱得越紧，我便越是疼痛。

可无论如何也要忍住啊，因为我那么舍不得放手。

又是那样好不容易，破开重重关卡，历经那么多疼痛和辛苦，才终于见得他一面，怎么舍得放手。人家普通小情侣谈个恋爱，那叫恩恩爱爱，怎的落到我和墨青头上，就变成生生死死的事了呢？

我这是天生体质就这样吗？

然而我这个念头还没在脑海里闪完，天上拦住那小短毛姜武的林子豫被猛地击落，身体自空中垂直砸在了圆盘之外的泥土石地里，巨大的冲击力让地面腾起了一阵尘埃。

就不能让我和墨青好好缠缠绵绵地抱一会儿吗！

闹腾！

我心头一阵恶狠狠的怒气，然而我刚打算推开墨青，腰间就被他的手臂不由分说地一揽。

从未被他这般强硬地制住过动作，我有点愣神："墨青？"我抬头望他，见他眉间净是森冷杀气，他盯着那边被十七缠住的红毛姜武，听闻我的声音，侧眸望了我一眼，手却依旧没有放开："待在我身边。"

墨青很生气……

是连我都从未见过的怒火冲天。

他将我护在身后，另一手握着万钧剑，每上前一步这地底洞穴里便是一阵地动山摇。

墨青不置一词，也没有任何多余的动作，抬剑一挥，招式是那般精简干练，一如他的风格，简简单单，丝毫不繁杂，劈砍出去的剑气却如一场海啸，半分没有顾及那方还在与姜武搏斗的十七，摧枯拉朽地荡平了姜武周身的一切气焰。

十七在剑气袭来之前，本能地察觉到危险，一拳都出到一半了，又收回来，一转身趴在了地上，避过那剑气最厉的地方。然而即便是被剑气的侧风扫到，即便对法力近乎免疫的十七，也匍匐在地，紧皱眉头。

姜武却以八面剑硬生生地扛住了这记剑气。

八面剑在姜武手中红光大作，他黑色的眼眸中迸发出骇人的红光，额上青筋凸起，一声厉喝，终于尽全力将墨青这记剑气一斩为二。

被斩开的两道剑气分别砍向他身后的崖壁。但听“轰隆”一声，剑气没入崖壁两丈有余，巨大的冲击带来的地底颤动，宛似一场地龙翻身，令我都有几分站不稳脚。便在此时，我周身光华一闪，是墨青在前面给我布了个护体……光罩？并非结界，而是单纯地以他的力量布下的保护我的屏障。

只要他不死，屏障便不会破……

墨青这次是……真的被吓坏了吗……

剑气给这地底造成的震颤致使天顶之上山石掉落，整个洞穴崖壁之中发出轰鸣之声，旁边的林子豫勉强撑起身子站稳，对天上还在与小短毛缠斗的暗罗卫唤道：“此处要塌了，赶快出去！”

十七那边从掉落的石块里灰头土脸地爬出来。她不会瞬行术，飞得也不快，我正打算去帮她。却见她那边有身影一闪，是琴千弦提了十七要走，姜武作势要拦，意图将十七提来做威胁，墨青不讲道理地又是一道剑气斩了过去。

这记剑气竖行而去，如墙一般隔开了姜武与琴千弦。

琴千弦提了十七的后领，带着她一个瞬行飞上了天，而十七只在空中喊着：“啊啊！把门主也带上！”

这种时候还不忘瞎操心。

我透过身前这道墨青勾勒的屏障往外望去，但见所有的碎石在即将落到我身边的时候，都被这屏障外的力量击碎。墨青站在我面前，没有回头，而他的背脊便足以给我他人所无法给予的安全感。

他没让我离开，我也不想离开。

“呵。”被逼至墙角的姜武一声冷笑，“不愧是我的前辈，其力量果然不可小觑。”

前辈?

我被这个词吸引了注意力。

“谁许你废话?”墨青冷声一问，四周空气陡然增重，万钧剑力有万钧，挤碎了姜武身边的石头与他手中的八面剑。

姜武面色有几分难看，可还是勉强撑住了身子。

“你做傀儡逃了两次，这一次，你且逃与我看。”言罢，空气中陡然传来一声闷响，我感觉不到，那无形的力量却让姜武猛地吐出一口鲜血。

我在墨青身后，借着天光，晃眼间见得墨青那鲛纱的袍子上隐约有些湿润的印记，正待细细观看，旁边小短毛姜武猛地一跃而下，落于我的身旁，举刀便来砍墨青布置于我身侧的屏障。墨青头也没回，只一抬手，凭空将小短毛一抓。

这小短毛傀儡被无形的力量牵引至墨青手中，他手上一用力，丝毫不顾惜地将那傀儡的脖子生生拧断，将那尸身掷于地上，抬脚踏过。

天地颤动之间，那边不知死活的姜武竟还在笑:“路招摇啊路招摇，未曾想到，你在厉尘澜心中却如此重要，不过就将你拐来一趟，竟使得他动这般大怒。”

“你想不到的事多着呢。”我冷冷道，“闭上嘴，老老实实地死就好了。”

“偏不。”他道，“我还有个秘密未曾告诉你……”他话音未落，周遭力量大大增长，山石尽碎，红毛姜武的身体也霎时间被挤成了一团肉酱。

然而在那之中还有一团红色的气体腾空而上，倏尔蹿至我的身前，我只听姜武的声音在我耳畔回响:“你喜欢的眼前人，与我，可是同类啊。”

话音一落，我领悟过来他的意思，瞳孔猛地一紧，可便在我还想问下一句话的同时，姜武那红色的气息霎时间从墨青的后背蹿进了他的身体。

“墨青！”我一声惊呼，墨青回头看我。

“怎么了？”

我怔怔地望着他，他神色如常，姜武的那团血色肉酱静静地摊在那碎石地上，被天上不停掉下的山石掩埋。

而墨青竟像全然未听见刚才姜武化成气息在我耳边说的那句话一样。

他没听见姜武说他们是同类，也没听见姜武像在诅咒一样告诉我，他说：“我得不到你，也绝不让别人得到你。这次你知道什么叫心魔了吗？”

姜武死的时候，那团红色的气体好像只有我看见了，我看着它钻入了墨青的身体，而墨青一无所觉。

他神色如常地带我出了那逐渐坍塌的地洞。落到地面上，他先将林子豫唤来，安排他回万戮门让人来接伤员，复而与琴千弦谈了两句，说的不外乎一些处理剩下的姜武手下的事。

先前收拾姜武时，让这地底的小喽啰跑了不少，万戮门而今刚逢大劫，希望千尘阁能同仇敌忾，共除姜武余孽。

琴千弦自是没有推辞，然则他望着墨青，却有几分欲言又止。

看着墨青微微湿润的后背，我知道这是他先前一直未曾完全愈合的伤渗出的血，可现在比起他的伤，我更忧心姜武……

他最后那句话，到底是什么意思？

我皱了眉头：“墨青。”我唤了他一声，琴千弦在那方清淡地瞥了我一眼，便自行去探看他门徒的伤了。我问墨青，“你身体可有不适？”

“我没事。”他以为我在问他的伤，答了我的话，他一双漆黑的眼眸专注地盯着我，看了许久，却似看出了几分怒气似的，“你也太胡来了！怎的能只身一人带着芷嫣便来此地？”

哦……危机没了，开始秋后算账了……

我摸摸鼻子，墨青到底是不同于往日了，以前我做事，哪怕是做错了，又有谁敢说我一句“胡来”？

那袁桀从来都是有命必行，唯命是从。十七就更不必说了，我说要上天摘星星，她搭梯子爬得比我还快，哪敢说我错了？即便是司马容，也只有看着我一声接一声地叹气，断然是不敢这般责备我的。

不过墨青这般斥我，我却与他横不起来，只得撇嘴：“我本以为就是来唤三声魂而已，还想回去给你个惊喜呢，结果……哪能想到竟然扯了这么一摊子事出来。”

墨青沉着脸，还待训我，我一转眼珠，捂了心口：“哎呀，刚才好像用力太过了，心口有点痛。”我一边说着一边拿眼瞅他，墨青明显看出我在装了，他神色似纠结了一瞬，最后还是一咬牙，拉了我的手过去，帮我探着脉。

“怎么痛？”

知道我在装，可是也为那万一的可能而愿意放过我。

即便知道我在装，我在演，他也配合，纵容，不忍再苛责我，只自己闷下这口心头火，宁伤自己九成，也不愿动我一分。

我就喜欢墨青在我这儿的这种睁眼吃闷亏的无奈模样。

我反手拽了他把我脉的手：“刚才有点痛，你一碰我我就好了。这一趟虽然坎坷，出了点意外，不过好歹也算是完全把身体找回来了！”我挑了墨青的下巴，“回头……”

我这话还未说完，旁边地里爬出来灰头土脸的十七，她拍了拍脸上的灰，一仰头看见了我，登时眸光一亮，也没管我在做什么，一声大喊：“门主！”闷头就向我飞扑而来。

我只来得及侧眸看她一眼，阻止没来得及说出口，她便猛地撞在了墨青的法力屏障之上，“咚”的一声被弹了回去，摔在地上，捂着屁股愣愣地看我："这是什么结界？"

哦……这屏障竟是还没退去吗……

我从里面触碰我面前的屏障，只觉它触手温软，像数层温暖的羊毛一样。能将几乎对法力免疫的十七弹开，可见这屏障的力量之强大，大到能在一瞬间给予连十七的身体都消化不了的伤害。

墨青转头，神色冷淡地瞥了十七一眼："你也该学着沉沉性子了。"

十七拍拍屁股站起来开口与墨青理论："我就想抱抱门主怎么了？她又不是你的！"

"她是。"

墨青这两个字说得令我心神一颤。素来不太喜欢别人用这么强硬的态度表示占有欲的我，竟觉得……墨青说这话的模样，十足帅气。

十七被他一噎，急眼了："才不是！门主是我的！"

墨青不再搭理她，将我的腰一揽，丝毫不讲道理地掐了个瞬行术。十七见状，"啊"了一声，抡了拳头便要来拦。

我看着他俩争我，觉得有趣，就只趴在墨青胸口看戏，谁也不管。

一旁的暗罗卫也都好奇地往这边打量，我知道他们在瞅什么，他们一是在看我，这一辈的暗罗卫几乎是被林子豫带出来的，听的都是林子豫的话，从未见过我，所以对我好奇，本来，我死而复生也就足够让人好奇了。二是……他们大概没想到他们那个常常冷着一张脸不说话的门主，竟然也会有像小孩一样和人争东西这一面吧。

至于其三……

我觉得他们是想看看胆敢这么招惹厉尘澜的东山主，会怎么死。

十七一拳照墨青脸上抡来，墨青头往后一撤，抬手，弯了食指，轻轻在十七额头上一弹，登时气浪排开，"啵"的一声，力道之大，弹得十七直接脑袋一仰，整个人如球一般飞了出去。

而便在她即将撞上身后大石之际，琴千弦身形一动，拉了十七在空中一转，卸了那股力道，才让十七堪堪站稳了脚步。

我一挑眉梢，哦，琴千弦好像尤其爱护着十七嘛。

是觉得她蠢得可怜吗？

墨青却没心思管他们，拽了我，再施瞬行术，十七方才被打疼了，捂着红肿的额头，咬牙切齿："你们这些会法术的浑蛋……活菩萨，你帮我！"她转身拽了琴千弦让他帮忙。然而出于礼节，琴千弦似要避开她的触碰，可十七不由分说地抓了他的手臂，"你带我瞬行回万戮门。"

琴千弦神色无奈。

墨青瞬行术一过，我径直被带回了万戮门。

然而在离开前那最后一眼，我望见了身边那空无又巨大的黑洞，在万丈深渊里，黑暗如同一个巨大魔物的嘴，吞噬了外界的一切。我心头陡生一股不安，姜武的声音在我耳边仿佛有回响。

那句他与墨青是同类，他得不到的，也不要墨青得到的话，就像一句诅咒，在我脑海里不停地回旋。

墨青并没将我直接带回无恶殿，而是将我带到了顾晗光的院子里。此时正值大中午，小小的顾晗光在院子里晒药，身高不够的他正踩在一张凳子上往高处摆放药材，墨青带着我忽然出现。顾晗光一转头，盯住了我，然后就再也没挪开眼。

直愣愣地，似看傻了一样。可也因着他现在真是个孩子，这份傻愣就透出了几分可爱来。

我一笑："小矮子，晒药呢？"

他一动："你……你……"他一手指着我，往前走了一步，毫无防备地从凳子上摔了下来，那架子上晒的药也乱七八糟地撒了一地，掉得他一身都是。

“南山主？”侍女听得动静，从院外进来，得见我与墨青，也都是一副怔愣极了的模样。

“路路路……”

竟全是一副白日见了鬼的模样……

怎么的，前几天尘稷山打成那样，他们这山头的人竟然没人知道吗？

不过……我一琢磨，倒还真有可能，这南山主的山头隔得远，顾晗光除了治人，从来不干别的事，哪怕无恶殿烧起来了，没人让他去治人，他也不会踏出院子一步。本来当年我和他的约定也就是这样，只管治病，别的都不用他管。他着实是这四个山主里，最谨守本分的一人。

他常常一两个月都不出院子，就算知道外面有情况不对，可没招惹到他院里来，他也都是不管的，而反叛的人自然也不会傻得来招惹一个本来不惹事的人。

“起来。”墨青唤了他一声，“给她看看。”

顾晗光没有动，终是瞪着眼，问我：“路招摇你不是死了吗？不是还给我托过梦吗？”他一转头，望向墨青，“厉尘澜你是找到起死回生术了，还是让司马容给你整了个假的？”

我上前两步，掐着顾晗光的脸狠狠捏了捏，以前当鬼的时候收拾不了他，现在可是随便任我捏圆搓扁了：“小瞧人，我自己从地府里爬回来的好吗，别傻愣着了，你给我过来。”我掐着他的脸，把他提了起来，让他走到墨青身边，“你先给他看看。”

“我没事。”

“他说你没事你才没事。”

“不……”

我斜了墨青一眼：“坐好，让他看。”

墨青到底是乖乖坐了下去，伸出手，让顾晗光给把了脉。顾晗光一开始还一边把脉一边看我，等审了一审后，他眉头倏尔一蹙，也没管我是人是鬼了，沉声道："近来尘稷山闹得厉害，你都干什么了？"

我心头一紧："可有何不对？"

"脉象极乱，体内气息不稳，有走火入魔之相……可奇怪的是……"顾晗光道，"你面色并无异常，似乎身体……还很适应。"

墨青收回了手："不过先前使万钧剑过度罢了，无甚大碍。"他转头看我，"我是带你……"

"她不用看。"顾晗光头也没抬地道，"活蹦乱跳，刚才掐我那一爪子便探出来了，除了有三分阴虚，身体好得很。吃点丹药，补两天就好。"他盯着墨青，"你把衣服褪了，我看看你背上的伤。"

顾晗光都这般说了，墨青便也没再多言。

他将衣服褪了，我顶着顾晗光的目光，与他一同看了看墨青的背，这一看，我与顾晗光却都有些愣了。

先前六合剑在墨青后背上给他造成的伤一直未愈合，方才在那地底之下，他身上的鲛纱黑袍还染了血，现在他白色的里衣上一片暗红，便是先前他后背渗出的血液。但奇怪的是……

现在墨青后背上一片光滑，没有丝毫伤痕，连块疤也没有！

只是在他肩胛骨的地方有三个红色的小圆点，微微凸起，我心觉奇怪，伸手触碰，可手还没有落下，那小圆点便一个接一个，慢慢隐入了墨青身体当中。

凸起的圆点消失，红色印记也随之不见。

那是……什么？

我与顾晗光对视一眼，顾晗光神色有几分凝重。

墨青微微侧了头："怎么了？"

"你的伤好了。"顾晗光道，"好得……十分蹊跷。"

第十七章
身世

“厉尘澜，你不是人吧？”

墨青的伤好得蹊跷，然而他的身体并没有出任何毛病，每天打理着万戮门的事，不见任何异常……

我是这样感觉的，虽然偶尔会听见下面的人私下抱怨，厉尘澜的脾气好像变坏了，可对着我，我却鲜少察觉出他脾气的好坏。因为无论我说什么，他都说好。

再忙的时候，我押着顾晗光来给他把脉，他也会乖乖将手伸出来，让顾晗光探看。

只怪这南山主天下第一神医的名号好像并不管什么用了，一连探了三天，连带着晚上在屋里悄悄翻了好多医书，也不知道墨青的身体是怎么好起来的。

而墨青也并无任何不适。

他照常生活，因门主的事宜忙得不可开交，可只要有一点空闲，便会悄悄出现在我身边。

不管我那时候是在教芷嫣修行，还是和十七去各种集市瞎逛，或者跑去和司马容研究木头人，无论我在哪里平凡地享受着人世生活的快乐，他都会在不经意的时候出现在我的身边，也不会打扰我。

我教芷嫣在山石尖上舞剑的时候，他便倚在树下静静地看我。等我一回头才会发现他的存在，而他也只是看着我浅浅微笑，眸光细碎，一如清晨最美的光。

我和十七去逛集市的时候，为了补偿之前在鬼市吃过的没钱的亏，我报复似的买了一大堆乱七八糟的东西，但凡看上眼的，有人要了，也以三倍的价格买过来，闹得力气大的十七，即便提得了东西，手里也抱不下了。而墨青有时便会不经意出现在我身边，轻巧地接过我手上的东西，他用另一只手拿着，这只手便自然而然地牵了我的手，陪我一起走。

十七在后面骂骂咧咧地嘟囔，他也不理，嘴角的笑比天边彩虹的弧度更美。

而我找司马容研究机关术的时候，司马容消息多，爱与我闲唠嗑，他便坐在一旁，一边陪我摆弄那些木头，一边再轻描淡写地补上两句，一本正经地说一些江湖上的逸闻趣事，因是从墨青嘴里听到的那些琐碎杂事，这事便比他讲的事情本身，要搞笑三分。

我望着他笑，他整张脸的神色，比春日的风更温柔。

最主要的是，每日夜里，静谧的无恶殿中，在那张床榻之上，他轻轻在我耳边呢喃过我的名字，深深品尝过我身体的每一寸肌肤，那感触刺激我每一根神经。

每个夜里，让我沉溺，不知身在何处，不管人间几何。

在我做万戮门门主，横行霸道人世间的那么长久的年岁里，竟没有哪一种舒坦能比此时此刻与墨青相处这般，让我迷醉。

这日子美好得像一场梦，直到有一天，顾晗光一脸疲惫地来找我，他说："我知道厉尘澜怎么了。"

我心头咯噔一声，忽然间，竟然有点不想面对这件事，然而在顾晗光直接将事情告诉我之前，林子豫倏尔找来，他一脸焦灼，重重在我面前跪下："属下知罪，可暗罗卫弟兄皆是听由属下命令行事，罪不在他们，还望先门主向门主求情，放过暗罗卫弟兄，留下他们，日后还可为万戮门拼杀。"

听闻此言，我有些愣神。

上次与姜武一战之后，不少受伤的暗罗卫被送回了万戮门，接受治疗之后，皆被罚去与林子豫一同做山下苦窑的奴役，刑满三年，再继续为万戮门办事。

我本以为墨青做了这个处罚之后，这件事便算是停歇了。可现在已经过了十天半个月，林子豫忽然带着一身血，瞬行来向我求情，我实在有几分没想明白。

"不是让你们在苦窑做事吗？这点处罚都不愿受了？"比起以前我收拾背叛万戮门的人的做法，墨青这都算轻的了……

林子豫抬头望着我："门主……欲将所有在苦窑服刑的前暗罗卫，尽数……凌迟。"

我一怔："你说什么？"

"先门主，子豫自知害万戮门逢此大难，其罪当诛，只是暗罗卫……"

"墨青在哪儿？"我起身，打断了他的话。

"山门之前。"掐了个瞬行术，我便行至山门之前，顾晗光尾随我而至。

但见那山门牌坊之上，不知什么时候竟然钉上了数根长长的木桩，数名暗罗卫被穿胸而过，挂于木桩之上。到底是年纪大了，久未见过这样的场面，我狠狠愣了一瞬。却见得墨青负手立于牌坊之下，仰头望着那被挂起来的几人，冷冷下令："嘴碎，先割了舌头。"

此令一出，站在牌坊上的万戮门门徒便拿了刀，弯腰下去，掰开那已经半死不活的暗罗卫的嘴，正要动手，我喝了一句："住手。"

牌坊上的人望了墨青一眼，墨青点了头，这才回头望我，眸中冷色回暖了几分："你怎么来了？"

我看了一眼那牌坊上的人，没有废话，直言道："不是已经罚他们在苦窑服刑了吗？"

墨青眸色微冷："谁在你面前多嘴？"

林子豫瞬行而来，"扑通"一声跪了下去："子豫知罪，愿以命相抵！望门主……"

"你忠于招摇，服刑三年之后，留你还有别的用处。"墨青握了我的手，"我罚他们，是因为他们犯了妄议之罪。割舌以儆效尤。"

"他们议了什么？"墨青不言，我便接着问，"议了我吗？"

林子豫磕头认错："议了先门主些许江湖传言的过往，属下治下不严，是属下的过错。门主责罚属下便是。"

哦……我大概能想到了，关于我的江湖传言，少不了一些乱七八糟的男女关系，连我与顾晗光在他们江湖人的嘴里都能传出一套话本子的故事，更别说这次他们见了姜武和墨青对我的态度，私底下的那些遐想了。

墨青生气是难免的，只是这处置的手段，却有些超出我的想象了。

在这牌坊上钉了钉子……当初我不在，他砍了挂尸柱，难道不是为了杜绝这样的刑罚吗？为何这次，却显得如此暴戾？

我没为那些暗罗卫求情，我一早便说了，他们背叛的是墨青，要怎么处罚他们是墨青的事。我只反手将墨青的手握住，我问他："墨青，你为何在这牌坊处做这般事？"

墨青一怔，神色乱了一瞬。

“太过了。”顾晗光终是在我身后开了口，“厉尘澜，这五年来，你可从未行过这般事。嘴碎惹你生气，大不了杀了，这般手段，不像你。”

墨青眸光一闪，回头一望，他闭上了眼，脑中仿佛有些混乱。

“这些日子我便是居于南山，也听到了不少人私下传言，说近来你暴戾许多。你且随我来，我与你说你那好得蹊跷的伤，到底是怎么回事。”

我拉着墨青随顾晗光离开，临走之际回头给了林子豫一个眼神，林子豫叩首谢我。

其实也不用谢我，我不是在帮他，我只是在帮变得有些怪异的墨青罢了，这些天来，在我所没看到的地方，逐渐变得有些怪异、嗜杀的那个墨青。

随着顾晗光回了南山头，顾晗光拿了面镜子出来，又在镜子面前放了一碗水，他让墨青坐在镜子面前，复而问他：“镜子里这碗里是什么？”

墨青眉头一蹙：“血。”

我往镜子里看了一眼，白水依旧是白水，并无任何血色。可为何墨青看到的……我望着顾晗光：“鉴心门的镜子？”顾晗光点头：“托沈千锦借来的。”

我没言语，这时候也不是打听他与沈千锦关系的时候。

鉴心门之所以为鉴心门，还在门派剑柄上挂一面镜子，便是因为他们的开山祖师有一面铜镜，镜子里能照出这人的心相，心若澄澈，则见镜中物为物，心生魔相则见镜中物为邪。

我看镜中水是水，而墨青观镜中水为血，则意味着，他心生魔相了。

可还是如之前那样，墨青并没有任何走火入魔的征兆。他只是比以前更暴戾残忍了些。

他的手段……逐渐变得与姜武有几分相似了。

修魔道者，其实常常面临杀戮，可那般杀而不令人死的手段，是在刻意制造人心的惊恐与害怕。

我心头收紧，姜武的消失，与他最后留下的话，终究成了束缚住我与墨青的诅咒。

“厉尘澜，你不是人吧？”顾晗光终是说出了我猜测的那件事，“你不是魔王遗子吧。你或许……更像被魔王遗弃的某个部分。”

他是……魔王遗弃的心魔。

其实，不用顾晗光点出，我也能猜到。能使万钧剑，能令万钧剑认主，他的血脉之中，必定有与千年前的魔王相关的东西。

那巨大石洞里的封印，哪像在封印自己的儿子，他是在封印自己心底的怪兽。那满崖壁的符咒，我族人每年在山崖上的祭祀……

我族人的存在，根本不是如同洛明轩所说的那样，是为了守护魔王遗子。魔王给我先祖的任务，分明更像是要镇守魔王封印。

我其实，细细一想，便能想通。只是我看着墨青，好不容易能牵着他的手，时刻躺在他的怀里温柔缱绻，所以我不愿意去面对这又起的风波。

我只是想和他牵着手，安安静静地，无甚波澜地过完余生。

可是这什么玩意儿的仙人遗孀，这命能叫上天照拂？我真是想掀了上天。

能不能让人好好谈恋爱了？

顾晗光与墨青说罢他的猜测，墨青静默许久，没有言语，最后也只是安静地出了门去。

他对自己的身世没有任何表态，像根本不在意一样，继续打理着万戮门，也如往常一般对我好。只是晚上，在那一方床榻之上两人纠缠之时，我能感受到他一日比一日更激烈甚至粗鲁的动作，有时甚至会用力到让我疼痛。

可相比以前种种，这种因墨青而起的疼痛又算得了什么？

他一遍一遍地占有我，终有一次，在那抵死缠绵之中，他紧紧地抱住我，埋首于我的颈项间，嘶哑着声音问我：“招摇，你会怕我吗？”

我搂住他的后背，在他的动作中，化指为利刃，划破了他后背的皮肤，我的声音有些沙哑，我问他：“墨青，我现在若要杀你，你怕我吗？”

他亲吻我的耳垂：“这条命，早就送予你了。”

利刃消失，我轻抚他破开的皮肤：“我又何尝不是。”

我这条命，本就是为你而复生的。

他咬住我的耳朵，用力得让我有些疼痛，而这几分疼痛便似一道电光，从耳朵钻遍整个身体，让我里里外外，从脚尖到发端，皆酥麻一片。

我缠住他，这一夜近乎最后的疯狂。

疯狂的我和他都想将对方吃掉，彻底装进自己的身体里，不被他人觊觎，不被外界所害，永永远远、彻彻底底地属于彼此。

狂欢罢了，墨青沉沉地睡了过去。

玩得太过荒唐，让我的身体如同散架了一般没有力气。

我睁着眼，对着漆黑的虚空看了一会儿，一身的黏腻与疲惫。我还有事要做，我推了墨青的手，想要下床，可本已经沉睡了的他一伸手，径直将我一揽，紧紧地抱进了他怀里。

他蹭了蹭我的额头，没有醒，只是下意识地将属于自己的东西抱住了，即便在梦里，也不允许我远离。

听着他胸口的心跳，我静静闭上眼，感受了片刻温存，终究还是下了床榻，走到院子，掐了个净身诀，复而又施了个瞬行术，行至鬼市。

阴森气息仍在，只是我现在已经复生，全然看不见这里的鬼魂了，但依旧能凭着四周树木的模样找到鬼市酒楼所在，我唤了一声：“竹季，我知道你们做鬼的看得见我。竹季不在其他鬼就帮我去捎个话，让他吃一颗托梦丹，入我梦来，我有事要与曹宁说，让他帮我带信。”

说罢这话，我转身离开，又回了无恶殿，可刚打算入寝殿，便见墨青披着他的黑袍，赤足站在殿门口，正在静静地等我。

我神色平静，问他：“怎么不睡了？”

他并没回答我的问题，只是反问：“你去哪儿了？”

“出来看看月亮。”

天上明月朗朗，墨青仰头望了月色一眼，上前来牵了我的手，一个瞬行，将我带到了无恶殿的房顶之上。

“与我一起看吧。”他道，目光却一直盯着我。

我指了指天上：“你不看月亮吗？”

“我正在看。”

我心头一暖：“嘴这么甜，我尝尝。”我垂头，含住了他的唇瓣，唇舌交缠之际，甜味正浓，他却倏尔道：“有多少次，我都以为从今往后，我的黑夜，再无月色。”

我心疼他，吻着他的唇，不再让他多想。

一夜在房顶上看月亮，我看着看着便在他怀里睡了过去。

竹季动作倒快，我才沉入梦乡之中，便觉自己已经走入了那幽深山洞里，这地方我识得，以前给顾晗光与琴千弦托梦的时候，来的也是这种地方，只是这一次换了一个方向来而已。

转过一个漆黑的弯，面前是一张石桌，竹季穿着一身青布袍子，坐在石桌旁边倒茶细品，倒不愧是个做老板的，入个梦都要更有品位一些。

“入梦丹时间不多，我开门见山……”我刚开口说了一句，竹季便打断了我。

“哎，不急嘛，我又不像你以前那么穷，入梦丹只能买一个时辰的，我不在乎这一时半刻的，先坐下来喝喝茶。慢慢聊。”

我瞥了他一眼，并没有喝茶的闲心，只在他旁边的椅子上坐了，直言道："我想让你帮我去问曹宁一件事。他们天上的这些仙，可是有办法将修道者身体中的暴戾之气驱除？"

竹季瞥了我一眼："心魔？"

"对……可不能杀了这心魔，只是让他，没那么暴戾，驱逐他身体里的……"

"厉尘澜？"

我一愣："你知道？"

"我自己的心魔，我当然知道。"

我呆住了，有点不相信自己的耳朵："你说什么？"

他将茶杯往我面前推了推："现在可是有闲心慢慢与我喝茶细说了？"

我不敢置信地盯着他，只见面前这个笑意温和的男人，连给我倒杯茶也嘀嘀咕咕地自言自语了半天，这整个一话痨……他居然敢说墨青是他的心魔？

他这话若不是在唬我，那他……不就是千年前的魔王，那个死了那么多年的，封印了墨青的，困住我一族人的……魔王？

魔王居然是这种风格？

扯呢！每次只要牵连到和鬼市有关的，我果然都是不能理解！

而且，凭什么他这个千年前的魔王，在鬼市待了千年还做了老板，我这个千年后险些当上魔王的，却竟然过得那般狼狈？苍天不公吧！

"我就是因为知道厉尘澜逃出封印跑到这尘稷山来了，于是才在尘稷山脚下开了家酒楼，为了方便时刻观察他。"

"你等等。"我唤住他，"从头说，你怎么就是魔王了？"

竹季一挑眉："我怎么就不能是魔王了？我就是用我这充满魅力的性格才爬上魔王之位的好吗，那时下属都敬爱我，对手都崇拜我，我当魔王当得很威风的。”

“……”

千年前的魔修，都是这种风格？

“只是……”竹季轻轻一叹，“我一个不小心，因猜忌身边下属而起了心魔，等我察觉到的时候，心魔已在我心头成长壮大，开始左右我每一个判断，于是我果断地将心魔排出了体外，可他力量太大了，我怕放他出去以后收拾不了他，于是在那山中布了个封印，将他关起来，意图借天地山河之力，日复一日化掉他身体里那股邪煞偏执之气，从而让他彻底消失于人世间。”

因猜忌而起的心魔……

“我令下属镇守封印，年年给封印加持力量，也放了窥心镜在他身上，时刻窥视着他。”

原来……窥心镜，竟是以这样的目的放在墨青身上的……

“可在我安排完心魔的事情之后，我力量虚弱，被仙门乘虚而入杀掉了，我在鬼市摸爬滚打好些年，终于……”

“我不想听你的故事。”我打断了他的话，“厉尘澜被你封印之后，过了千年，可他从封印中出来的时候，并不是现在这样……”我顿了顿，“他并无任何心魔的模样。”

与姜武比起来，当年的小丑八怪简直就是一圣人。这么多年以来，还坚持仁慈治理万戮门，他身上没有一点点心魔的模样，要不是姜武……

我微微一咬牙。

听得竹季道：“是啊，这结果也是我没想到的，他在封印里待了那么多年，身体中的邪煞魔气被吸纳入天地山河之中，致使那片土地寸草不生，树木枯萎，他自己却变得如一个正常人一样。正常得让我妻子也没有下得了狠手杀他。”

“你的妻子？”

“嗯，为了防止厉尘澜从封印中跑掉，我令下属镇守封印，也令妻子一直守着他，即便我死了，也不能让厉尘澜从那封印中出来，他会吸食人世的情绪，就如同在我心里吞噬我的情绪那样。这般心魔若是成长，可就一个人都活不了了。我是魔王，可也没坏到那种地步，后来，我妻子见了他也没舍得杀他，倒是为了护他，被修仙者杀掉了。”

他说的，是那次我救墨青时，死在他怀里的那个“母亲”吧……

竹季一撇嘴：“我妻子死了之后，来了鬼市，见了我，还骂我来着。活着的时候没让她生个孩子，死了留个那么像孩子的心魔下来，让她舍不得动手……”

我揉了揉眉头：“你说重点就好了。我不想听太多你和你妻子的事。”

“你想听什么重点？”

“厉尘澜那时候浑身没有暴戾之气，甚至也没有吸食这人世间的痛苦、恐惧，他好像没有那个能力，但是最近他……像觉醒了。”

“我知道，我派出去的鬼回来报给我听了，那个叫姜武的心魔，将厉尘澜这千年来被天地山河剥夺掉的能力，还给他了。”

我一怔：“什么意思？姜武……用自己最后的力量，唤醒了厉尘澜？”

“可以这样说吧。”竹季摸了摸下巴，“我也在愁呢，这心魔出世，你若要让我去告诉曹宁，他们这些做了仙的人，一天没个什么事干，可唯独对这种危害苍生、为祸世间的，要下手剿灭。你的事我以前听过。咱俩都干了差不多的事，可都是在天理范围之内的，没人管，厉尘澜这不一样。我光是封印了他，在鬼市的评判体系里，便将我判作了大功德之人。”

我拳头一紧，难怪……

竹季接着道：“他现在是还没让天上那些人知道，要是知道了……”

我肃了面容："没有方法让他变回以前的样子吗？"

"重塑我的封印，再把他弄进去封住，至于多长时间才让他变得和以前一样，就只能看运气了。"

封个千百年？

那等他醒来，我又在哪里？

"别的法子呢？"

"告诉曹宁，让他们天上的仙下来杀了他？"

我静默不言。

"哎，时间差不多了。收收茶具，我该走了。"竹季一边端茶杯一边道，"我知道厉尘澜喜欢你，你要是愿意，便将他劝一劝呗，让他自己把那个封印重新修修补补，自己躺进去得了，省得为害世间，让他人受苦。"

说得容易……

你的存在便是对人世的危害，你把棺材补补，自己躺进去吧，别出来了，这样的话，要我如何才能对墨青说出口。

光是想一想我就能知道，他受伤的目光，会有多么让人心疼。

一觉醒来。

我还躺在墨青的怀里。房顶之上，天色已经泛了亮光，我气息一动，墨青便轻声在我耳边道："招摇，日出了。"

这么平淡的一句话，在这种时候让我听到，不知为何，却有几分控制不住的难过。

日出了，墨青，我想和你看以后岁月里的每一个日出，可……

我们可以吗？

墨青身形微微一僵，我抬头看他："怎么了？"

他浅笑一下，轻声回我："手麻了。"他声音那么温柔。温柔得让我迷恋，也让我心头陡生一股狠劲。

心魔就心魔，不管了，我就要和墨青在一起，不去那劳什子封印里，也不管那什么天神，仙敢动我的墨青，我就杀仙，佛敢动，我就杀佛。我要这天下，谁也不能阻拦我与他在一起。

大不了，将这天捅个窟窿，让天下有情人陪我们一起死，有什么好怕的！

如此发狠地一想，我心里好受了许多。

墨青的手轻轻摸了摸我的头，我转头看他，他的目光望着远远的初升的朝阳，似含浅笑，也藏住了所有压抑与心思。

天色大亮之后，墨青便开始忙碌他的事了。

我也回了房间，十七来找我，进门便如以前一样热情地扑过来抱住我，只是这次我心里一直在琢磨墨青的事，一个没站稳，腰撞在了身后的桌子上，只听后背“咚”的一声，有东西掉在了地上，我垂头一看，愣了。

窥心镜……竟然从我身后掉了下来。

先前对付了姜武之后，我害怕墨青知道我心里对于他身世的猜测，于是便一直佯装忘了窥心镜这回事，没有将窥心镜戴在身上，即便我知道，墨青花了很多功夫才在我故乡帮我把这镜子找回来。

至少在昨天，我身上都是没有这个窥心镜的，是什么时候……

墨青将它悄悄挂到了我身后……

竹季说墨青是因猜忌而起的心魔，所以，他便是连我也在猜忌了吗？知道这样的事，我却对墨青生不起气来，只觉墨青现在已经知道我所有的打算了，也知道他所有的身世了……

我恍悟过来，想起今天早上日出之时，墨青那有几分奇怪的小细节，登时心头一凉。

他的沉默，又是什么意思？

他会不会……

我推开十七，以神识往尘稷山上一探，探明墨青所在，得见他正在顾晗光那里，便立即瞬行跟了过去。见了墨青，我不由分说地拉了他："你都知道了对不对？你不会想自己一个人去重塑那封印吧？你……"

墨青与顾晗光都静静地看着我，顾晗光挑眉："重塑什么封印？"

墨青没搭理他，只望着我道："不会。"他说，"我想的，与你一样。"

神挡杀神，佛挡杀佛，唯一要的，就是与我在一起。

他是……这个意思吗？

墨青把我鬓边散乱的发拨到了耳后："招摇，不要怕。"他道，"我不会离开你。"

我怔怔地望着他，心里却觉得很奇怪，明明，我是这样想的，我也不想离开他，可此时看着墨青专注且带着几分执着的目光，竟……感觉微寒。

他让我感觉他在……不知不觉地改变。

那日之后，墨青开始吃顾晗光给他的药，令他清心静神，我则多次跑到千尘阁去，意图从琴千弦那里找到突破口，可琴千弦对于心魔如何治愈也并无头绪。

而尽管我与墨青都在寻找突破的方法，墨青的性格还是日渐变得阴沉易怒。

我别无他法，只有日日与琴千弦研究千尘阁的经书，希望能寻找到破解之法。

我去千尘阁的时候，十七常常陪我一起去。我与琴千弦讨论，她就在旁边陪着我，听不进去枯燥的内容，她就在一旁打瞌睡。偶尔睡着了，琴千弦瞥一眼，便以法力带动他挂在屋里的素衣裳，轻轻盖在十七身上，做得那么不经意，甚至有时候连我都没有察觉到。

我旁敲侧击地问了琴千弦几次：“我家小十七是不是很可爱？”

他便答我：“天性至纯至真的人，已经很少了。”

我是不懂他们这些修菩萨道的人的心思，不过对十七我是了解的。就算琴千弦哪天真的喜欢上了小十七，他最大的难题恐怕不是他自己，而是……在十七的眼里，她最爱的……是我啊。

要给没有男女有别这观念的十七解释，男女之爱与朋友之爱的差别……难度很大。

我同情地看了眼琴千弦，作为过来人，我为他的前途感到担忧。

这日回到万戮门，我也问了问十七：“你觉得琴千弦怎么样啊？”

“人很好。”十七这般答了我，又看了我一眼，一把抱住我的腰，在我怀里蹭，“不过门主比他好一百倍，一千倍。”

我摸着十七的脑袋笑。

而便在这时，墨青的声音倏地在身后响起：“絮织，放手。”

十七正蹭得开心，转头向墨青吐了吐舌头：“门主是我的，才不要放手。”

此话一落，周遭气息一沉，我一愣，十七也是一怔，但觉一股大力，狠狠将我怀里的十七推开。十七踉跄地退了两步，开始撸袖子了：“小丑八怪，你是不是想打架！”

我回头看了墨青一眼，护着十七：“她……”我话刚开了个头，一记剑气竟然从我肩头擦过，这力道之狠，速度之快，我心头一凛，知晓以十七之力怕也难以抵抗！我一个瞬行，落于十七身前，拔出六合剑，逼出一身气力生生架住这记剑气。

然而更出乎我意料的是，剑气来势被我挡住，可力道竟大得震裂我的虎口，六合剑发出“嗡嗡”的哀鸣之声，只闻“啪”的一声脆响，六合剑应声而碎，万钧剑剑气撞上我的胸膛，撕裂的疼痛感传来，剑气斩开了我身体从肩头至胸膛的地方。

我一声闷哼，咬牙想撑住身体，可还是不由得跪了下去。十七在我身后抱住我，惊呼：“门主？门主！”她声音惊慌，又恶狠狠地质问墨青，“你疯了？你疯了吗！”

面前没有人回应，我抬头一望，但见墨青眸中是从未有过的惊惧，他看着我，也看着满地的血，直愣愣地僵在原地，宛似被施了定身咒一般，也宛如被方才那记剑气所伤的，是他自己一样。

面色比我更苍白三分。

他手一松，万钧剑落在地上。

在十七的叱骂当中，我与墨青对视，我伸出手，试图安抚他：“墨青，别怕，我没事。”我斥了十七一句，“别吵。”我以法力封住胸膛的血，强撑起身体，一步步走到墨青身前，我抓住他的衣裳，“别怕，别怕。”

他伸出手，触到我手上滴落的血液，他黑瞳剧颤，仿佛有一场天崩地裂正在他内心上演。

我只恨我无法用窥心镜探得他心里的想法，我只恨我的安慰触碰不到他内心真正的深处。语言那么无力，我只好伸手抱住墨青，可当我扑进他怀里，我才发现，原来他竟颤抖得这么厉害。

“墨青……我没事。”

他咬紧牙关，终是伸手抱住了我，一个瞬行，将我带去了顾晗光的院子。顾晗光见了我的伤，狠狠惊了一下，脱口而出：“谁干的？怎么伤得这么重？”

墨青眸光微颤，静默不言，我立即咬牙道：“不重不重，我一点都不痛！”我作势要蹦跶，墨青手指颤抖地压住我：“招摇……乖。”

我霎时间便难过起来，我与墨青都是这么小心翼翼地想要保护彼此……

顾晗光见状，便没再言语，帮我剪开了肩上与血沾在一起的衣裳。墨青全程都守在旁边，看着顾晗光帮我清理了伤口，敷了药，裹上绷带。

处理完了，顾晗光离开，我便安抚墨青：“当年我当万戮门门主的时候，那么多伤都受过了，这个只是挠挠痒，不痛。”

“是我伤了你。”

不是伤得重不重，而是因为是他伤了我，所以……

他无法原谅他自己。

我拽住墨青的衣袖，终于在墨青眼里，看到了自己苍白的脸，我问他，声音带着几分自己都意想不到的颤抖：“答应我，你无论如何，都要和我在一起。”

墨青不言语。

“墨青，答应我。”

他摸着我的脸颊，轻轻一俯身，在我额上落下浅浅一个吻：“好，我答应你。”

夜里我睡着了，周遭一片安静，半睡半醒间，我隐约感觉有人走到我身边，我想睁眼，可眼皮沉重得让我无法睁开，身体更像被什么法术束缚在了床榻上一样，我起不来。

黑袍人坐在我身边，是墨青来了。

知道是他，我身体放松了，他轻轻地抚摸我的头发：“招摇，剑冢那日，你说，我能为你放下一切，是因为我本来就一无所有。”啊，是啊，我是这么说过，小丑八怪还记仇啊，这句话，居然记到现在。他手指轻轻抚摸着我的五官：“当时便想解释了，可当时确实一无所有，便也无从解释，而现在……”

他俯身，在我唇上浅浅一碰，那么轻那么温柔，也带着让人心碎的留恋：“我有了一切，也可以为你而全部放下。”

什么意思？

我想睁眼，可我睁不开，我想拉住他，却动不了。

我感觉到了他的离开，也感觉到他气息的消失，可是我一点都动不了。

我躺在床上，只觉得每一刻都那么难熬，我想冲破周身的禁制，可无论如何也冲不开。

我知道，这是墨青给我的禁制，他现在心魔之力苏醒，早就不是这人世的修仙修道者能对付的了。我跨越不了他的禁制，除非……他消失。

天亮了，我听到有人来我的房间探看，可见我在睡，便又出去了。

不，去拦住墨青，让他回来。不要让他走。

不要让他……再独自一人去面对那些残忍的选择了。

他这一生，已经背负得足够多了，最后，就算在他生命的最后，不要让他独自背负着那些伤人的、沉重的过往，只身赴死。

我愿意陪他，他为何都不问问我的意见，我愿意陪他！

我闭上眼，用尽全力，终于，我双眼睁开，外面已是黑夜，四周静寂无人。我坐起身来，什么也没想，瞬行而至我的故乡之地，在那巨大的洞穴之下，光芒如白日一般耀眼，下面的封印已经被重塑。而在那灼目的光芒之中，有黑发黑袍的一人那么醒目，他立在光芒正中，执万钧长剑，正在为自己塑那一方坟墓。

我刚到这处片刻，地上光芒倏地大作，冲天光柱拔地而起，将他的身影笼罩于其中。而随着光芒自天际落下，墨青的身体便如飘零的落叶被带了进去，我不管不顾，一头冲向那光华之中。

光芒里，剧烈的疼痛撕扯着我的身体，我却抵挡着如逆流一样的排山倒海的痛苦，找到了墨青，抓住他的衣襟。

墨青睁眼，不敢置信地望着我：“你来做什么！”他万分愤怒，“回去！”他作势要推我。

我死死抱住他的脖子，与他一同承受着身体被挤碎般的疼痛：“不要命令我！”我斥他，“不要为我做决定。我知道怎样是最好的选择！”

我知道怎样是最好的选择，我知道这世上有很多事情比爱情重要，可我也知道很多爱，比生命重要。

能得以体会这样的爱，是我的福气。

“黄泉忘川，只要你在，我便相随。”

比起活着，我更想陪你。

墨青喉头一哽，终是不再推我：“路招摇，此生有你，何其有幸。”

真好，到最后一刻，我们都认为自己是幸运且幸福的人。

在巨大的痛苦之中，我所有的感知都变得那么破碎，可唯有怀抱里的温暖，永远都没有消散……

尾声

日暮人归

我一口亲在小丑八怪的耳根处，
看着他的侧脸，如天上晚霞一般羞红且美得动人心弦。

死亡是什么感受？

或许在死亡之前，人都有过无数的猜测，但当那个时刻来临，所有感觉通通消失的时候，死亡这件事就变得不再重要了。

这魔王的封印，对我与墨青来说，便如死亡一样。

我感受不到封印的存在、墨青的存在，也感受不到自己的存在。我本意是下来陪着墨青，可谁会想到，到了这地方，竟然什么都没了，也不知道有没有一直陪着他。

不过，就算如此，我也没后悔与他一同扑进那光柱里。就算我的陪伴只能温暖他最后那一瞬的胸膛，我也觉得值了。

不知在那虚无之中飘荡了多久，忽然，我听到了一些细碎的声音。像经文，忽近忽远，时有时无。不知听了多少遍，我慢慢感受到了自己的心跳。

终于有一天，我在那经文的吟诵当中，睁开了双眼。

周身触觉恢复，我发现自己被人抱在怀里，而抱着我的那人，我所能感觉到的，只有他胸膛里极慢的心脏跳动。

是墨青。

周遭一片刺目的白，他抱着我在这封印当中飘浮，没有目的，不知去处。也不知他已经这样抱了我多少年。而这些都不重要。

墨青还没有醒来，他依旧沉浸在那片虚无当中。而对我来说，在这样的世界里，他若沉睡，我的苏醒便没有意义。

我在他怀里蹭了蹭，找了个舒服的姿势，抱着他，依偎着，闭上眼睛，继续听着那经文，在这白光里飘浮。

终有一日，那日经文声尤其大，我被墨青胸膛逐渐强烈的心跳震醒了过来，久未转动过的脑子，隔了好久才明白过来他这般心跳意味着什么。

我仰头看他，只见那双如被冰霜覆盖的睫羽微微一颤。

他眼睑睁开，漆黑如夜空的眼瞳终于再次映入了我的身影。

我张了张嘴，可太久没有说话，竟然不知道该如何发声。

墨青望着我，手臂微微收紧："我带你……出去。"

他声音极致嘶哑，他话音一落，周遭的苍白如镜面一样，开始龟裂，破碎之声充斥着耳朵，和着越来越大的经文声，只听一道清脆的响声，整个白色的世界彻底坍塌。

周遭气息冲击我的身体，墨青将我紧紧护在怀里，抱着我一跃而起，冲破天顶之上的最后一层薄光，霎时间外面的暖阳与清风扑面而来。

身后净是坍塌之声，下方有无数人的惊呼，我回头一望，但见那坍塌的地底洞穴旁边，站着的一半是万戮门的人，司马容、顾晗光、芷嫣都在。一半是仙门中人，千尘阁的、观雨楼的，所有人也都仰头望着我与墨青。

"出来了……"

“他们出来了！”

我听得十七的声音在下面惊喜地狂吼。

我仰头望了望头顶烈日，只觉不可思议。竹季说要让墨青恢复从前的样子，至少要几百年的时间。而现在，我们居然在他们还在的时候，就出来了……

我转头看墨青，他亦是专注地看着我。

我一勾唇角，望着墨青大大一笑，墨青眸光轻柔。我在他怀里一个蹦跶，双手搂上他的肩，抱住了他的脖子。

出来了。虽然与墨青一直被关在那封印里也没什么可怕，不过，相比起来，我还是更喜欢想扑倒他的时候就能扑倒他的幸福生活。

打那日被众人簇拥着从魔王封印里出来之后，我与墨青被接回了万戮门。顾晗光来给我和墨青检查身体。墨青倒是没甚大碍，身体之中的邪煞之气被封印之力尽数化去，散于山河之中，我的身体却有几分糟糕。

我与墨青不一样，我虽然生而为魔，可我并不是心魔，我身体里也无甚邪煞气息，在那封印里面，我周身力量被卸去，连带着身体各部分的力量也受到了影响。

说话要慢慢训练，走路也要慢慢训练，但总的来说，性命无碍。

而这让墨青很难受。

顾晗光给我开了药，让我在院里静养。我就每天使唤墨青，让他给我喂吃的，给我端水，要亲亲，要抱抱，在院子里练习走路的时候一定要他扶。有时候还使坏想走远点，就让他背我。

他也乐得如此。

我知道，我得骄纵一点，才能让墨青不那么自责难受。

他什么都惯着我，我说要去云上睡觉，他也能给我裹着狐裘，带我上天，顾晗光说他："你这是把她当成个巨婴在养了。"

他当着我的面说，我就斜眼瞪他，而墨青只一边帮我吹药，一边道："那又如何？"墨青帮我撑腰，我冲着顾晗光"哼哼"了两声："听见没，我命好，自是有人宠。"为了显现我与墨青的恩爱，我乖乖喝了他喂过来的那口苦药。

墨青神色温和："乖，都喝了。"

我也配合着都喝了。

墨青收拾了碗筷，临出门时才对顾晗光道："她这样才是最好养的。"

咦……墨青这话，怎么细细一咂摸还有点别的意思，是……嫌我以前比现在还难养？

顾晗光冷冷一声笑："可不是嘛，比以前那要上九天捅娄子的德行好多了。"

"啧，小矮子你嘴怎么那么讨厌呢，你还想让沈千锦再喜欢上你吗？"

"不想。"顾晗光对我翻了个白眼，"手伸出来。把脉了。"

墨青什么事都惯着我，唯独不惯着我的，就是不让我每天和十七、芷嫣待在一起太长时间。从我与墨青入那封印开始算起，已经有整整十年的时间了。

这十年时间里，人世又发生了许多的事。

比如说万戮门门主的位置空置了十年，而芷嫣在林子豫与司马容的扶持下，利用门主徒弟的身份，立了个护法的职位，行门主实权，执掌万戮门，经过十年磨砺，芷嫣已经从当初那个抽抽噎噎的小姑娘成长为一个杀伐决断的一门之主。

我听了觉得世事难料，天意难测，不过一想到芷嫣也算是我一手带出来的，我也觉得十分骄傲。

而在这十年间，芷嫣还与十七玩得尤其好。

这两人凑在一起来找我，东山主就一点没了杀气腾腾的模样，这兼职万戮门门主的护法大人也恢复了小女孩的模样。我这个前前门主和她俩在一起，也控制不住自己的八卦之心，叽叽喳喳地能聊半天。

在墨青看来，她们二人就跟毒瘤一样，尤其耽误我休息。

墨青一天只许一个时辰，让她们俩来看我，而这一个时辰里，她们能给我八卦太多的事情。

能从琴千弦如何从经书典籍里找到突破，如何让千尘阁的人诵经助长封印之力，加快封印拔出墨青邪煞之气这个话题，谈到顾晗光这些年见过几次沈千锦，每次的表情是什么样。

从她俩的嘴里，我知道顾晗光妥妥地还喜欢着沈千锦。而现在他之所以一直苦苦压抑，不过是害怕沈千锦情毒发作，一命呜呼。

我给他出主意："你这些年救过万戮门不少人，也救了我与墨青好多次，你要是愿意，让墨青废了沈千锦一身功法，这样她的情毒……"

顾晗光在我手背上狠狠扎了一针："你敢！"

我撇嘴，这不是我敢不敢的问题，只是人家沈千锦已经悄悄地来咨询过墨青这件事了。

前两日墨青趁顾晗光不在，一边牵着我练习走路，一边与我商量。沈千锦这些年似乎也记起了些许过往，只是苦于顾晗光的封针，而无法完全想起往事，可她知道，那些事情对她而言，是极其重要的，且越是见顾晗光，便越是想多见他，即便记忆不在，情毒已除，可心头情愫又起，也已使她有点重蹈覆辙的倾向了。

沈千锦是个果断的人，既然放不下这份情，那索性废了自己一身功法，还自己自由。

而要废了自身修为，须得找个比她厉害许多的人，而今这江湖之上，除了墨青与琴千弦，她委实再想不到还有谁能做到。而琴千弦前些日子才破了封印，放我与墨青出来，现今正在闭关之中，她的困局，非墨青不能除。

墨青与我说：“情爱一事，我很木讷，便是对你……时常也不知该如何表达对待。沈千锦此事，你如何看？”

当时我便回墨青了：“瞧你说的，情爱一事，我若不木讷，还能整出咱们先前那一堆幺蛾子？”

然后墨青就沉默了，沉默着沉默着，却笑了出来：“如此说来，倒也算绝配了。”

是啊，他傻傻付出，我傻傻接受，就这么傻着傻着，拐了那么多弯，走了那么多冤枉路，最后倒还是碰见了彼此，现在才能手牵手在一起走。

“就如了沈千锦的愿吧。”我道，“我们能这么快从封印里出来，她们观雨楼也出了力的。她既然如此希望，就满足她吧。”

墨青应了，后来的事，我便没有去管了。

反正过了十来天后，顾晗光是哭着将面色苍白却笑得温和的沈千锦带了回来。至于他们之后怎么去相处，便与我无关了。

随着时间推移，我的身体也康复了许多，墨青不在的时候，我和十七与芷嫣闹腾都不在话下，而等墨青回来了，我还得哀哀戚戚地嚷着要他背要他抱。

有时候闹得太过分，让他不开心了，也好哄，亲亲脸蛋就妥。可琴千弦出关的那天，墨青是亲了脸蛋也没好。

说来……

那天我正与他泛舟湖上。

芷嫣说了很多次，要让我和墨青其中一个回去做万戮门门主，可我与墨青都没了那心思。

在那虚空中飘了那么一次，像看开了一样，别的任何事情都不重要，因为别的任何事情我和墨青都经历过了，而那些事也是可以由别人去做的。

唯独陪伴彼此，是别人所不能取代的。

我不想把和墨青在一起的时间，再浪费在别的事情上。墨青也是如此。

是以在我使用了一点法术之后，墨青便带着我到处游山玩水，好不闲适自在。

那日我正躺在舴艋舟上饮酒，笑看墨青站在船尾划桨，四目相接之际，我动手勾了勾他："你猜今日这酒香不香？"

这些日子黏黏糊糊地相处，墨青已经摸清了我的惯用套路，他知道我想干坏事，于是笑而不语。

我路招摇要勾引人，还能让你说不？

我提着酒壶，起了身来，踩着舴艋舟，摇摇晃晃地走到船尾，舟有一些晃，将翻未翻。我一把钩住墨青的脖子，仰头咬了他的下巴，复而抬起一条腿，膝盖在他身上蹭了蹭："闻到酒香了吗？"

"招摇，"他唤我，"树上的猴子在看你。"

"哪只猴孙这么大胆？"我一转头，正要掐个法术将猴子打下来，墨青却将我的腰一揽。我微惊，身子一个不稳，往旁边倒去，墨青竟然也没扶我，只抱着我，踩翻了船，让我与他一同坠入湖水当中，湖水清凉，正是盛夏的馈赠。

他捏住我的下巴："这样它就看不见了。"

我一阵笑："小丑八怪，你好闷骚。"

水里一通荒唐，我趴在他肩头歇气的时候，倏尔见远方天空一片祥瑞之色："咦，那是什么？"我问墨青，墨青转头一看，也有几分惊讶："有人修仙得了大成了。"

这世上最接近大成的那人，除了琴千弦还能是谁？

我与墨青理罢衣裳，赶去了千尘阁。

琴千弦算是我与墨青的大恩人，他若要飞升了，我与墨青自是得来见他最后一面的。

而同时来的，还有十七。琴千弦踏祥云而上，步步升入九重天中，我在这世上活了这么多年，这是看见的唯一一个真的修道修仙修成功了的，以前的那些太过久远，几乎都成了传说。

十七御剑而起想追上去，可琴千弦去得太快，转瞬便消失不见了。只余十七踏着剑，站在空中，茫然地看着那只余祥瑞的天空，不肯下来。

先前他们与我说过，斩除姜武以后，琴千弦在这十年间，遍阅经书，潜心修行，在魔王封印之外，使千尘阁门徒布阵诵经，加持封印之力，所以才能这么快摧散墨青身体中，因姜武而起的那邪煞之气。

而在这十年时间里，琴千弦助我与墨青，亦是助了他自己的修行，将我与墨青救出来之前，他已有得大成之相，只是一直隐而不发，而后破了魔王封印，他自行闭关，外人皆道他是因为破开封印而伤了修行。

结果没想到却是出关之后，直接一步登天。

我用传音术，将十七唤了下来，她走到我身前，有些魂不守舍："门主，为什么琴千弦升天了，我一点也不替他感到高兴，反而心里空落落的？"

我望着十七，琢磨了下，既然琴千弦都走了，有些事也就不用说那么清楚了，我哄她："回去吃点肉吧，吃点肉就好了。"

她信了我的话，点头走了。

我只望着天上残留的祥云琢磨，琴千弦升仙一事对十七来说未必是幸事，可对我与墨青来说，却是幸运了。得亏琴千弦修功法修到了这种地步，要不然，我和墨青指不定什么时候才能从那封印里出来呢……

等等……

嗯，难道仙人遗孀的福气，就是指这个？

墨青转了头，眼睛微微眯了起来："什么遗孀？"

我往胸前一摸……啧，窥心镜还挂在身上。

我眸光转了转，墨青的脸色越发不善。我回忆了一遍那段过往，然后无辜地望着墨青："你看，我也没办法不是。"

"我们回去说。"

我拉住他的手，在他脸上亲了一口，他的脸色依旧没有改善，于是我又踮脚亲了一口，他拉住我，沉着脸不说话。然后我又开始往地上坐了："哎呀，突然腿软了，要抱。"

"路招摇……"

"不抱，背也行，反正我走不动了。"我爬上了他的背，墨青被我一通闹，哭笑不得，最后只得无奈地背上了我，还暗暗恨道："这种事也敢瞒我，这次必须罚你。"

我脑袋搭在他的后背上哼哼："哎呀，头也痛了。"

他一狠心："痛也要罚。"

"哎呀，心也痛了！小丑八怪不心疼人了！"

"……"

"小丑八怪得到了就不珍惜了，唉，我命苦……"

"好了……"

"唉，命苦。"

"……不罚了。"

"来亲一个。"

我一口亲在小丑八怪的耳根处，看着他的侧脸，如天上晚霞一般羞红且美得动人心弦。

此时，晚霞如火，飞鸟归巢，正是日暮人归时。

番外一

墨青·故人归

“你若不在，这脚下万里山河、千般美景，
不过也都是余生对我的惩罚罢了。”

和路招摇在一起之后，其实墨青已经很少去回忆过往之事，因为对墨青来说，过去的一切时间，都没有现今这般令他心安。

很多年之后，有一日他带着路招摇与家里两个孩子正好游历到丰州城，路招摇倏尔起意，想去看看司马容，他们一家便去了司马容的小院做客。

司马容依旧独身一人，只是那机关术已经修得出神入化，造出来的木头人与真人无异。

他们入了院中，但见一个女子推着司马容的轮椅出来，招摇望见那女子，还好生愣了一瞬：“小圆脸……”

窥心镜能窥见招摇心中所想，墨青明白这其中因果，未多言，只看着那司马容造出来的小圆脸木头人牵了身后两个孩子去院子里玩。

招摇生了一男一女，姐姐叫厉明歌，弟弟叫厉明书。姐弟俩性格一个像爹一个像娘，只是却与墨青、招摇反了过来。姐姐沉默寡言，待人处世与墨青相似，弟弟则完全是翻版的路招摇，上天下地到处乱窜，但凡家里有孩子挨揍了，不用想就知道是弟弟。

现在弟弟和姐姐被小圆脸木头人牵着走了，不一会儿，就见得厉明书将木头人手背上的一个机关钮拔了下来，“啪啪”两声，那小圆脸木头人的手指便变成了几段小木头，稀里哗啦落了一地。

厉明书“哦”了一声，好似十分稀奇，而厉明歌则皱了眉头，小圆脸也没生气，只弯腰去捡自己的木头。路招摇怒了：“小浑蛋，一会儿没看见你，你就给我闯祸！过来！”

她撸了袖子过去要收拾人，厉明书连忙躲在了姐姐背后。

坐在轮椅上的司马容见状轻笑：“师兄好福气。我这小院里，许久都没有这般人世烟火的乐趣了。”

满屋的木头人，能慰藉多少寂寥？只怕外人永远无法体会。

墨青给司马容搭了把手，推着他的轮椅行去了旁边院中小树之下：“招摇看见过那南月教的女子，在你这小院之中。”

司马容闻言，强自抓住了轮椅，默了许久，身后的人世烟火好似瞬间都离他远去，他一转头，望向墨青：“什么？”

招摇未曾将这些事与外人讲过，更别说司马容了。墨青知道招摇的想法，她觉得，既然已经阴阳相隔，永远无法在一起了，那便不如再不知道那一人的存在，省得思念难过。

可墨青知道，就算司马容永远也无法触碰，甚至无法感觉到那南月教女子的存在，可若知道她尚在自己身边，也已足够让他开心。

因为时至今日，再无别的奢望，光是知道她的存在，便已足够慰藉那仿佛来自灵魂的孤寂。

墨青懂他的心。

因为曾几何时，他也是如此。

其实初遇路招摇的时候，他并未想到未来有一天，他会和她过上现在这般的生活。她在他绝望的时候忽然闯入了他的生活当中，强横地，毫不讲理地在那个夜晚，给他留下了此生最无法忘记的画面。

她似天神一般破空而来，挡住了杀他的刀，救了他的命，带他逃出绝境。然后陪着他伴着他，即便带着一身的伤，也自始至终地护着他。

那时他小，并不知道自己从何而来，世人说他是魔王遗子，他便也是这样认为的。一路颠沛流离，从记事开始便面临着无休无止的暗杀与危险，他从不知心安是什么感受。

而路招摇让他知道了。

当她护着他避过那么多厮杀，走过那么多绝境的时候，当她即便血落满地也没有放开他手掌的时候，当她背着他走上尘稷山那破庙，终于找到安稳之地的时候。

他感到从未有过的心安，因路招摇的存在而感到的下意识的心安。

他面容丑陋，从小便活得卑微，不敢以真面目示人，她却说他的眼睛像星空一般漂亮。其实路招摇不知道，她才像是他黑暗生活中的那片星空，闪着星光，带着无尽的美好，令他沉醉且着迷。

可他也那么清楚地知道，路招摇总有一天是会走的。因为她不停地在跟他说，她想做一个好人，她要去找那仿佛远在天边的金仙洛明轩。

对那时候的路招摇来说，洛明轩就像她的启明星，她那么向往着去寻到他。

看着她提起洛明轩时的模样，看着她眉眼里的灵光与期待，墨青只有沉默。

所以当那天早上，路招摇起来，看看朝阳，伸了懒腰，在晨曦中挥挥手和他说她要离开的时候，他也只有沉默地看着她，忍住了惶然、不舍、难过与疼痛，咽下所有情绪，故作漠然与成熟地目送她潇洒地离开。

对路招摇来说，他只是个顺手救下的生命里的过客。

而他这个过客也只好自己摆正心态，从此留在她带他来的那尘稷山的破庙里。守着她给予他的那些微不足道的过往，抹掉因幼小无助而流下的眼泪。与尘稷山的风与月相伴，独自生活。

有什么办法呢，路招摇想要那样的生活，想到她会在世上的某个地方生活得那么放肆且开心，他也只能祝福。

可是他怎么都没想到，那样的路招摇，奔向自己的启明星而去的路招摇，竟然有一天会带着一身的血与恨再回到尘稷山。

再遇见她，很难说他不高兴，可是看着路招摇被恨意灼烧的模样，他又打心里与她一起仇恨那个他甚至连面也没有见过的金仙洛明轩。

什么金仙？他怎么舍得将那么好的，好得让他几乎不敢触碰的路招摇，伤成这个样子？

他想帮招摇报仇，可是他半点没有修行法术的天赋。

墨青当年并不知道是因为周身的魔王封印才使得他无法调动体内气息。他心里能领悟师父跟他说的话，教的方法，他的身体却没法做到。

于是招摇给他指的那个师父便以为他是个没有天赋的魔修，墨青自己也是这样认为的。

他被打发去看守山门，也在情理之中，他从没有怪过谁。对墨青来说，能在每次招摇归山的时候，第一个看见她，迎接她，便足够了。

那是他守在山门前那段时间里，他心里最为隐秘的窃喜。

他那么喜欢她，喜欢到就只那么寥寥一面的时间，就足够让他欣喜地撑过下一段见不到她的日子。

即便……从路招摇当上万戮门门主之后，脚步从未在他身边停顿一瞬，目光也未曾再施舍他片刻。

可知道她在身后的尘稷山上，山门前拂过他衣摆的风，会遥遥飘上山头，亲吻她额间鬓边的发，足矣。

而命运之所以迷人，便在于它的意想不到。

对墨青来说，遇见路招摇之后有很多意想不到，而其中最让他意想不到的，就是他与路招摇在山门前的那一件不可与人说的往事。

那是他独自一人的秘密，隐秘到连路招摇，他都不想让她知道。

路招摇与洛明轩一通大战，她几乎是用命封印了金仙洛明轩，被暗罗卫带回山的时候，多少人都以为路招摇再活不成了。

他在山脚心急如焚，唯有托司马容给他带来消息，待听得顾晗光将路招摇救醒之后，她下的第一个门主令竟然是要大宴天下，墨青真是哭笑不得。

不过幸好，她没事就好。

那夜的星空极是明亮，尘稷山接纳了所有宾客之后，山门前的阵法重新开启，是他往常见惯了的冰雪与烈火交融的场景。

无恶殿上觥筹交错，丝竹之声仿佛永不停歇。他能想象到山巅之上，人们狂欢时的疯狂，那个他与路招摇一同待过的破庙早已不见，他往山头望了一会儿，便坐在山门前的阶梯上继续守着山门。

当戏月峰上烧起来时，墨青回头张望，却望见了瞬行而来，摇摇晃晃站在阶梯上的路招摇。

她手上还提着酒壶，一脸醉酒的潮红，眸光迷离，映着他身后的阵法光芒。她不知道，那个时候她的出现，在他眼里就像一个天赐的惊喜。

说给路招摇听，她可能不会相信，可墨青算是这世上最了解她此刻心境的人，封印洛明轩对路招摇来说意味着什么，别人不懂，他明白。

天下魔道，千万宾客都是来为路招摇贺喜的，只有他却为她感到心疼。

心疼那曾有过那么明亮眸光的女子，如今却被命运捉弄着，亲手将她那些光芒抹去。

他望着阶梯上的路招摇，他不能做什么，可他至少想对她说一句安慰的话，劝诫一句少饮些酒，保重身体。他知道路招摇可能听不进去，但他能将这些关怀的话说出口，便也算是了结了自己今日的一份心愿。

可对路招摇说话，那是多么神圣的一件事情，他在斟酌言辞，在小心翼翼，路招摇却毫不在乎地开口了："哎，接住我。"

她这样说着，就像一只翩然而来的蝴蝶，以她一身华服为翅，"轰"的一声扑进了他怀里。

带着一股冰凉的夜风，与她满身醉人的酒香，将他扑得措手不及，脚下一个踉跄，他没来得及站稳身体，只抱住了路招摇，往后一倒，堪堪停在了那牌坊外的阵法前。

就差一点点，他便会被路招摇扑进那杀人于无形的阵法之中。

抱着怀里的温软，墨青却无法生出哪怕一丝一毫的责备心思，他只能提醒："门主，你醉了。"

路招摇一抬手就压住了他的唇："嘘……"她口中的酒香吹在他耳畔，仿佛是一根毛茸茸的狗尾巴草，挠得他从耳根，一直痒到了骨头里，她含混不清地与他言语："别吵，我就是来找人泻火的。"

她说什么？

墨青开始怀疑自己的耳朵。

在他还愣神的时候，路招摇就蛮横地抓了他的衣领，强迫他抬起头来，然后……吻了他。

其实那根本算不得一个吻，那就是在咬他。

咬得让他感觉到疼痛，而疼痛正好让他在这剧烈的冲击中回过神来。

不行。

他能感觉到自己对路招摇的欲望，那一直深深压抑在心底的欲望。她哪用这样，她是路招摇啊，她只要勾一勾手，他什么都愿意为她做。

可是唯独这件事……他必须要控制自己。

她喝醉了。不行。

若是她清醒了，那她一定会恨自己。

他试图推开她。可这个喝醉了的万戮门门主，竟然占着修为当时比他高，将他用力压住了，她说：“乖一点。听话。”

在拿他当小动物哄吗？

他对路招摇是无法拒绝的，无论她说任何话，他都无法拒绝。包括那时，他的理智在脑海中一遍又一遍地敲响警醒的大钟，他告诉自己，不行，不行，不行！

可是路招摇像一个传说中的妖精，舔弄他的唇瓣，抚摸他的胸膛，轻轻地咬着他的耳朵，舌尖舔过他的耳垂，那一点点细腻的触感，勾魂的诱惑，让他丢盔弃甲，溃不成军。

他忍不住接纳了她的热情、她的勾引，还有她致命的诱惑，也忍不住开始回应。那小心隐藏多年的卑微心思在她的诱惑下，如同火山喷涌一般冲破禁制，汹涌而出，灼灼熔岩，仿佛能遮天蔽日。

而片刻的无法控制之后，路招摇仿佛有些应付不了他的攻势，她推开了他，趴在他的胸膛上看他。

她漆黑的眼眸里是他被阵法光芒映出的丑陋的脸。

那些黑色的印记如同黑色的虫子一样，恶心可怖地爬满了他的脸。

路招摇的眼瞳像一面镜子，照得他自己也觉得自己恶心。他侧过了头，躲避她的注视，他怕吓到她……更……怕她恶心与嫌弃。

然而，她说，他的眼睛像星空那么美。这话那么温柔，却暗含了震颤他灵魂的力量。

她捧着他的脸，轻轻触碰和亲吻他脸上每一道丑陋不堪的印记。

就像在给予他救赎。

“你知道我是谁吗？”

“墨青。”

她给他取的这个名字脱口而出，然后一切就失控了。

他再无法控制那冲击着他心口，撞击着他四肢百骸的澎湃情绪与汹涌爱意。

他抱住她，翻过身来，将她压在身下，而路招摇就像个奸计得逞的坏人，逗弄一般地问他：“你知道我是谁吗？”

“招摇……路招摇。”

是他的救命恩人，是他的天赐良缘，是他此生唯一的风与月，情与爱，救赎与守候。

墨青永远都无法忘记那个山门前，杀人阵法旁的夜晚，天下所有的可惧、可怖、可怕都在他的身后，而天下所有罪恶的、美好的欲望，都在他身下。

她是他此生，仅有的欲与念。

天亮之际，山上传来了寻人之声。尘稷山上一夜喧嚣，无恶殿上魔道的狂欢与戏月峰的大火天没亮就传遍了整个江湖，而山门前，属于他们两人的荒唐与疯狂却无人知晓。

墨青将唯一系着他身世的小银镜挂到了路招摇的脖子上。她沉沉睡着，不省人事。

他其实心里是忐忑的，该怎么面对清醒后的路招摇，若是她回忆起了今晚的这些事，她又会怎么处置他？留下他，或者……驱逐他？

若是前者，是他所期许的最好结果，若是后者……

看着司马容带人来找路招摇，然后带走了昏睡不醒的她，墨青只得如往常一样隐于他宽大的黑袍当中，退去一旁，静静地目送他们离开。

接下来的日子，便如同等待判刑般难熬，可墨青没想到，路招摇昏睡半个月之后，一觉醒来，竟然忘了半个月前的那场疯狂。

她不是在假装，因为也是从那个时候开始，墨青才知道，原来他自小戴在身上的那面镜子，竟然能窥探人心。

他探看到了路招摇的心，她确实什么也不记得了，怎么在无恶殿上狂欢，怎么烧了戏月峰，怎么下的山，怎么与他一夜荒唐，她都忘了个干净。

所以，自然也谈不上要如何处置墨青。

他哭笑不得。

他不安了这么多天的事，对路招摇来说，却连一场梦……也不如。

不过，能有什么办法，这就是路招摇啊。他喜欢的路招摇。

然而这件事情了了，那面送给路招摇的窥心镜，却又让他有点发愁。他知道不应该让镜子一直戴在路招摇的脖子上，因为，他即便坐在山门前守着阵法，偶尔都能听到她在无恶殿上感慨："唉，袁桀这老头子话也太多了，改天找个由头将他支出去，别回来开会了。司马容怎么又在提我喝酒的事，好烦啊。让十七把他的嘴和袁桀缝在一起吧。咦，十七最近胸好像长大了，该给她整个兜肚了……"

他就这样面对着风火呼啸的杀阵，不经意地笑了出来。

他应该把那面镜子拿回来的，因为路招摇肯定不喜欢自己的心事被人窥探。

可他该怎么说？

门主，你把我送你的定情信物还给我吧。这话他无从解释，也无法开口。而且……每天能听到路招摇的心声，对枯守山门的墨青来说，实在……

太有趣了。

像是老天爷的恩赐，让他能这么近距离地接触路招摇，他坐在山门前，眸光望着远方，内心却在悄悄地，隐秘地，像个偷窥者，充满愧疚却又控制不住地探看着那个他碰不到、触不了的人的内心。

这让他上瘾，也让他越发无法自拔。

他那么爱路招摇，所以无论她任何的想法、心思，他都觉得那么可爱。可爱得让他时时刻刻都想拥抱她，亲吻她，如果可以，他愿将她想要的所有美好之物，都取来，为她拱手奉上。

只要她开心。

可是当路招摇将琴千弦带回尘稷山的时候，墨青发现，原来，他并不是能容忍她所喜欢的一切。

他为此而感到愤怒，然而不过片刻的愤怒之后，他便陡然惊醒，他其实是没有资格去愤怒的。

他与路招摇之间不只是隔着尘稷山的数万长阶，她是天上的月，不属于任何人，更不可能属于他。他站在山门前的长阶上，极目远眺，面前净是风火雷电，杀气四溢，而他脑海中路招摇的心声是从未有过的平静。

她此时在看着琴千弦，她在琢磨，世上怎有人能美到如此地步？

墨青垂下头，黑袍遮住他的脸。

他看着自己墨痕密布的手背，冷冷一笑，看，他多么丑陋。

琴千弦第二天就被放走了，路招摇让暗罗卫将他押下山门，山门前的阵法熄灭，为他让出了一条宽阔大道。

墨青在角落里看见了他，素衣素裳，神色淡漠，仿佛世间一切都不会留在心上，只一眼，墨青便知道为何路招摇会欣赏他。

而在琴千弦离开的时候他谁也没看，唯独一侧眸，扫了墨青一眼。很多年后墨青想起琴千弦那一眼，似有感悟，或许在那个时候，琴千弦便发现了他的非比寻常。而在回山之后，便生了心魔，再无暇顾及身外之事。

在那之后，尘稷山一如往常，墨青也依旧守着山门，小心翼翼地窥探着路招摇的内心。

这是属于他一个人的秘密，就像与路招摇的那一夜一样，都只有他自己知晓。那时的墨青只道自己是一个修为不高的魔修，他的寿命注定比很多魔修都要短。等他命数该尽时，他就将这些秘密全部带进坟墓，连路招摇也不告诉。

而又是一个意料之外，他想不到未来有一天，路招摇竟然会先从他的生命中离开。

万钧剑出世的消息传来。

那时司马容却一门心思陷入了与月珠的感情当中。

司马容在万戮门中朋友甚多，与路招摇的关系也极为密切，然则他只对墨青一人提过月珠的事，从知道月珠是南月教的人开始，墨青心头便对这女子起了猜疑，然而看着司马容满眼爱意，墨青便也只能提醒他不要过于沉迷。

而墨青是最没有资格劝诫司马容的人。

事实上，月珠也确实如他怀疑的那样，就是南月教派来刺杀司马容的奸细，然而月珠对司马容动了情，她不肯杀司马容，被南月教强绑了回去。

当路招摇举万戮门之力前去剑冢之际，司马容正去南月教救人。

墨青不放心路招摇，便离开了山门，跟随众门徒去了剑冢。

剑冢外，所有人都听从路招摇的命令在抵挡其他门派的弟子，他便趁着混乱，借着窥心镜，探看路招摇的内心，避开了她关注的地方，偷偷跟着她入了剑冢之中。

仙门的埋伏突如其来。可他们的注意力都在路招摇身上，墨青知晓自己修为低微，在路招摇与他们争斗的时候，他悄无声息地藏好，他看着路招摇受了重伤，被迫躲在隐秘的石缝中时，他知道自己应该怎么做。

他该出去，帮路招摇引开那些仙门中人，给她留出尽量多的时间，让她夺得她梦寐以求的万钧剑，然后就可以继续她的征程。

对墨青来说，这条命是路招摇捡回来的，能在最有用的时候为她所用，也没什么舍不得的。只是忽然间他很想在最后一刻让路招摇看看他，他想让路招摇知道他曾在她的生命里存在过，哪怕只有那么一瞬间。

便也算是……他对自己的一个交代。

他在路招摇面前现身，她防备之后，眸光亮了一瞬："墨青。"她一下唤出了他的名字。

如同那日尘稷山下，阵法之前，她趴在他胸口上，轻声唤他名字一样。墨青的心口一瞬间便软了，酸软发涩，涩得疼痛。

她眼眸亮晶晶地盯着他："你是不是喜欢我？"

她这话问得突然，墨青愣了一瞬，可很快就从窥心镜里听到了她的心声。路招摇平时心大，但实则是个很聪明的人，她能洞察人心，所以她能从他的行为上看穿他的想法。

她知道他内心深处的渴望，渴望她记着他。但又因为路招摇是个那么心大的人，对那时的路招摇来说，他只是她的门徒，是她的棋子，所以她也能在看穿他的渴望之后，笑眯眯地盯着他："你既然喜欢我，一定不想让我死在这里，对不对？"

她想利用他。

墨青垂下眼眸盯住她胸前的小银镜，即便到这种时候，他还是觉得她抖小机灵的模样很可爱，即便她是想玩弄他的性命。

"这银镜便给你做信物，今日你若能保我从此处安然离开，他日我必保你在整个魔界傲视群雄。"

嗯，她开始给他画饼了。

偷看了她那么多年的所思所想，其实不用借助小银镜，墨青也能摸清楚她的想法。

“你不用给我什么。”他压住路招摇要取下小银镜的手，“你把它留着吧，好好留着就行了。”

路招摇可以不用知道这个小银镜是从哪里来的，也不用知道这个银镜对他来说意味着什么，她可以什么都不用知道，因为这些事情，他只要自己背负就行了。

而路招摇，只需要继续招摇地活着，偶尔看看这面小银镜，想到世上曾有他这样一个人就行了。

对他来说，这便足以慰藉多年来深藏的那些隐秘情愫。

路招摇望着他笑，努力让她自己的表情看起来充满亲和力：“你帮我去引开那些仙门弟子，好不好？”

怎么能说不好呢，看着她对自己展开的笑颜，墨青终是按捺不住内心的情绪，抬起了手，轻抚她脸颊上醉人的酒窝，像是饮了三千杯酒，让他有几分恍惚了神志：“门主，我可以为你放下一切，只要你安好。”

这或许，是他能对路招摇说出口的，最露骨的情话了吧。

可路招摇并不这样认为，她心里在不屑，她在想，他可以放下一切，不过是因为他本来就一无所有。

她的想法让他陡然回神。

是啊，除了这条命，他没什么可以献给路招摇的。

本是她捡回来的，也该为她而死。

墨青提剑走了出去，他拼尽全力引开了剩余的仙门弟子，可情况并不乐观，他知道，哪怕今日他将命搭在这里，微末的功力也无法保路招摇平安离去，他唯一的希望，便是在剑冢里。

他且战且退，终于退至剑冢旁边，拼死爬上剑冢，脚筋被人挑断，他根本没时间喊痛。他握住破土而出的万钧剑，满手的鲜血流满了剑柄，一时间无数气息如同利刃一样令他感到了近似凌迟的痛苦，痛苦仿佛撕裂着他的灵魂，让他再也无法按捺隐忍，拼着最后的力气，他一声厉喝，彻底将万钧剑从剑冢之中拔出。

登时！

剑冢之中魔气震荡而出，挟着摧枯拉朽之势，以毁天灭地之力，涤荡万里，无数仙门的人在这剧烈的气息之中连痛呼也没来得及，便悄然化为灰烬。

墨青死死握住万钧剑，意图阻止它重新出世时的暴动。

不能再让它继续下去了，招摇还在……

"轰"的一声，剑冢坍塌，巨石掩埋了整个剑冢，然而在所有掉落的石块触碰到万钧剑周遭气场之时，瞬间化为齑粉。

大地轰鸣之声持续了许久，终是慢慢地安静下来。

墨青持着万钧剑，自剑冢之上站起身来，他回身一望，触目一片狼藉，剑冢只剩下了坍塌的碎石，而碎石堆里残肢遍野，血肉模糊，根本分不清谁是谁。

心头一股巨大的恐惧霎时蔓延墨青全身，恐惧如同附骨之疽，钻遍了他每一寸骨头，最后蹿上了他的天灵盖，让他整个大脑嗡鸣一片。

他撑着万钧剑，那把举世闻名的上古魔剑已经认了主，而此时他只当它是拐杖一般撑着，支撑着他摇晃的身体，让他前行。

他在碎石与残肢中寻找着。"招摇。"他唤着这两个字，可万钧剑毁掉了一切，他甚至连回音也未曾听到。

"招摇……"

他并不知道她在哪儿，只是隐约感觉方才她似乎站在这儿，于是他跪了下来，以手掘石，不停地往下挖，往下找，找了整整一天。袁桀领着暗罗卫寻来，见万钧剑被墨青随手丢弃在乱石堆里，而退去墨痕封印的墨青跟疯了一样还在挖着石头。

来不及问任何话，袁桀领着暗罗卫与众门徒在剑冢寻了三天三夜，几乎将剑冢上的碎石都搬空了，终于在最下面，发现了染了血的小银镜。

墨青看着那银镜，一言未发。

而旁边的袁桀也终于放弃了寻找路招摇的尸体，他命人将万钧剑取来，带回万戮门，却陡然发现万钧剑已经认主，而主人，便是墨青。

袁桀勃然大怒，当场叱问墨青为何要害路招摇。

墨青只望着那面小银镜，静默不言。

他在仔细地听，可不管他再怎样仔细地去用心听，也听不到银镜传过来的声音了。

那个戴着银镜的女子，已经不见了。

袁桀问他，为何要杀路招摇，墨青无言以对。当袁桀怒而举起青钢杖的时候，他也没有反抗，死在这里也无所谓。他珍藏在心底，本欲倾尽所有相护的人，最后却因他而死。

他该赔了这条命的。

他该死。

而万钧剑救了他。

在袁桀即将一杖击碎他头颅的时候，万钧剑横插而来，挡开袁桀，飘浮在墨青身前，镇住了周围所有的人。

多可笑，万钧剑在保护他。在他已经不需要任何保护，没有任何畏惧的时候，万钧剑竟然保护了他。若是刚才，能这般护住招摇……

他被袁桀带回了万戮门，袁桀主张将他推上鞭尸台斩首，为门主报仇，然而从南月教归来，断了一条腿的司马容护住了他。司马容说，路招摇曾下过门主令，谁能杀了她，谁就能当门主。

司马容力排众议，将他推上了万戮门门主之位。

墨青其实并不想配合，他无意间听过司马容哄十七。

十七自打路招摇死后，便哭得肝肠寸断，抹眼泪将眼睛都要抹瞎了。他在背后，听到了十七声嘶力竭地质问司马容："他杀了门主，你为什么还要护着他当门主，你也是叛徒，你也对门主不忠！"

司马容却说："招摇出事，我知道他会比所有人都伤心，我知道他不是故意的。而现在，能接手万戮门，能撑起招摇一手建立起来的这个门派的人，除了拿了万钧剑的厉尘澜，再无他人了。你不要哭，我知道海外有不死草，你去帮招摇寻一下，等你将草带回来……"

十七被骗了，而墨青也明白了司马容执意立他为门主的原因。

多年师兄弟，司马容看穿了他心底的隐秘，也知道他对路招摇的感情，所以，为了不辜负路招摇一手辛苦建立起来的万戮门，司马容将门主之位，给了他。

"招摇没有完成的梦想，你接着替她完成吧。"

司马容如此说，墨青握着万钧剑，再无法拒绝。

他这条命，是路招摇捡回来的，如果无法为路招摇而死，那就守护着她在这世上留下的东西，直到力竭为止。

墨青拿回了万钧剑，魔王的封印破开，他寻回了自己该有的力量，脸上布满了的墨痕也全部消失，他在镜中看见了自己完好的脸。他不知道自己这模样到底算好看还是不好看，可不管好不好看，路招摇都已经死了，长得再好，也无所谓了。

除路招摇之外，所有人的目光，对他而言都微不足道。

他着手处理万戮门的事，开始学会使万钧剑，适应自己的力量。

他放出话去，三个月之内，必屠南月教。

三个月之后，他独身一人，闯入西南，血洗南月教，这一战成为江湖之上，为他立威的一战。世人称他残暴更甚于路招摇，然而只有他知道，当他染了一手血腥，立于尸横遍野的南月山山巅时，心头的空寂，更甚于这荒凉的修罗场。

这人世，没有路招摇，他与地上匍匐的尸体，又有什么区别？

此时夜色正凉，凄风似刀。

不管过了多久，回首一望，依旧是一片触目惊心的伤。

墨青转头一望，司马容的院子里，路招摇与厉明书追得正欢，厉明歌已经琢磨着把小圆脸木头人手上的木头装回去了。

眸光忍不住微微一柔，他不愿意回想起过往，因为所有的过往，都比不上现今的美好。

可也因为偶尔的回想，只要一点点，便足够让他更加珍惜现在的生活。

司马容在树下缓了好一会儿神，终究还是从墨青的话里走了出来，他又多问了两句："月珠现在还在吗？"

"以前在，没生过什么变故，应当还在，只是她也看不见罢了。"

司马容闻言，垂头似苦涩的微笑当中，却不经意带了三分甜意："月珠甚痴。"

此时，风一起，拂了司马容的发。墨青望着远处的路招摇，轻声道："她在和你说话呢。"

司马容点头："我听到了。"他垂头看着自己的手指，眸光微微有几分轻颤，"她和我说，她很开心呢。"

知道那人的魂魄所在，就会开始猜测身边每一阵风的意义，以前墨青如此，现在司马容也如此。不算哀伤，这倒是……一种别样的慰藉。

只要知道她在，荒漠一样的生活，霎时间就变得稍微有趣一点了。

“喂！厉尘澜！”路招摇终于在那边逮住了到处乱窜的厉明书，“你儿子太调皮了，我是管不了了，给你扔了啊？”

厉尘澜闻言一笑：“扔了吧，日后我们再生一个便是。”

真庆幸，时至今日，他和她，还可以有日后。

离开尘稷山，开始游历四方之后，路招摇与墨青常年隐居世外，江湖事鲜少理会，很多消息也传不到他们的耳朵里，除非有了闻名天下的大事，比如说……

“北齐那个皇太子啊，了不得，出生的时候天降祥瑞，但闻天上百鸟来朝，整座京城的牲畜尽数朝皇太子宫殿跪拜鸣叫。国师说是生了个仙人。”

声音自旁边传来，可并没干扰正在吃饭的路招摇一行人。

听说这家酒楼全鱼宴远近闻名，尤其是那烤鱼，烤得鱼皮通体金黄酥脆，而里面的鱼肉依旧鲜白多汁，香料味道尽数融入鱼肉的纹路里，鲜香逼人。

路招摇与厉明书正欢快地吃着全鱼宴，他们本来只是从城外路过，可听城外人说了这里的全鱼宴，母子俩都馋得不行，墨青便改道入城。他坐在一旁帮路招摇理鱼刺，手中一双尖头细筷挑刺娴熟麻利，一条巴掌大的烤鱼在他盘子里不一会儿便被全部剃了骨刺，递到了路招摇面前：“小心烫。”他轻声叮嘱。

路招摇开心接过，旁边的厉明书见状喊道：“爹，我也要。”

墨青夹了条鱼，继续挑刺，顺便淡漠地说了句：“自己挑。”

厉明书：“……”

一旁的厉明歌见状，将自己碗里挑好了刺的鱼给了弟弟，而她耳朵听着旁边桌儿人的谈话。

“这都十来年前的消息了，你咋还在叨叨？”

“嘿，这不是最近出事了吗，那个皇太子啊，今年十二，按照他们北齐的规矩，岁数满一轮，是要举办大典的。那老皇帝高兴啊，请了好多仙门道长，前面七七四十九人开道，后面九九八十一人护驾，三十六人抬的大轿抬着皇太子，然后，你们猜怎么着？”

“被暗杀了？”

“比被暗杀还不如呢！被活生生地抢走了！听说是万戮门那以前的东山主干的，哎哟，现场杀得那叫一片血海……”

厉明歌听到此处，转头回来。“娘。”她唤了一声，“十七阿姨又闯祸了。”

路招摇“啊”了一声。

“她抢了人家皇太子了。”厉明歌看了旁边那桌一眼道，“人家倾举国之力，要悬赏拿她呢。”

路招摇眨巴了一下眼睛，琢磨了一番，转头问墨青：“这是十七这些年抢的第三个？”墨青不动声色地挑着刺，“第四个。”

路招摇随即继续埋头吃鱼，一边吃一边点头：“希望她这次能抢对人吧。”

厉明书嘟囔着问：“十七阿姨要抢谁？”

十七要抢谁，路招摇心里其实是再清楚不过的。

十来年前，她与墨青离开尘稷山，开始游历天下，走到哪儿住到哪儿，那时十七不肯离开路招摇，便与他们待在一起。打从琴千弦飞升的那天起，十七便说要修仙。

她也确实努力地修了，但她体质如此，锁不住天地灵气，辛辛苦苦修了好几年，始终不见成效。可这丫头做事一根筋，虽然修得没什么效果，却从没说过要放弃，努力得让路招摇看着都心疼。

后来厉明歌出生了，这孩子天赋过人，生来便力量强大，十七躲在门后面看墨青逗厉明歌，但见明歌随手一指，就能聚集法力与墨青相抗，虽则这力量对墨青来说微不足道，可对十七来说便已经是她苦苦修了几年也未曾有的进步。

那是路招摇第一次看见十七垂头丧气，源于她对她这无法修仙的体质而产生的惆怅："门主。"她还是用老称呼唤招摇，"我这辈子是不是永远都没办法像琴千弦那样修成仙啊？"

哪只她没办法，这世上这么多修仙人，多少天资聪颖的人修了那么多年，盼了那么长时间，也都没像琴千弦那样修得飞升。这不只需要时间、努力、天分，更需要机遇。

招摇只得告诉她："飞升有什么好的，你跟着我，带你走遍大千世界，吃香喝辣，看遍天下美男，有时候悄悄摸摸，调戏两把……"

"路招摇。"此时屋里传来了墨青的声音。路招摇回头望了一眼墨青微妙的眼神，她叹了一口气："你看现在家里管得严，哪能出去玩，我去奶孩子了。"

她拍了拍十七的肩，十七沉默不言。

可是等到第二天，十七便兴冲冲地来告诉路招摇："门主，琴千弦给我托梦了！他说他要投胎来人间历劫了！我得去找他。"

咦？才飞升没多久就来人间历劫，还给十七托梦，还来得这么及时？路招摇心里有点困惑，难不成这琴千弦是在天上每天没事就瞅着十七在干吗吗？所以一看见她昨天失落了，迷茫了，晚上就给她托梦安她的心？

还是说，这只是十七的梦？

看着十七这么高兴的脸，路招摇就只能说："哦，那去找吧。"给她点盼头，她能活得比世上任何人都快乐。

十七的心思本来就那么简单，有一个奔头，她能一直狂奔到底不回头。

于是她从十来年前一直在江湖上寻觅，路招摇听过她抓人，不过前几次也都抓错了，这次这个皇太子……希望她能抓对吧。

到了晚上，路招摇一行在城里寻了家客栈住下。

待厉明歌与厉明书睡着之后，招摇兴起，拉了墨青飞去天上看月亮。闲聊间谈到了十七，说着说着，路招摇倏尔歪了心思，她转头看墨青："当年我还魂上了芷嫣的身，和芷嫣联合起来骗你，你到底是什么时候发现我是我，芷嫣是芷嫣的？"

墨青似是想起了什么有趣的事，眉眼一柔，暗含浅笑，他垂头看怀里的路招摇："你不知道？"

"我猜测过。"

"哦，那你猜测的是什么时候？"

"那次不是芷嫣救了地牢里的柳沧岭，然后袁桀那老头要杀柳沧岭吗，我就用芷嫣的身体和袁桀交了手，我觉得你是在那个时候认出我的。"

墨青道："你既已猜出，又何必问我。"

原来还真是在那时候。路招摇得意地勾唇一笑："虽然我聪明，可我得确认一下啊。我猜啊，从我第一次上芷嫣的身，你就开始猜测了，只不过是一直没确认罢了。"

墨青无声轻笑，对，路招摇说得都对。

在路招摇第一次上琴芷嫣身的时候，那个雨夜里，他就忍不住陷入猜测当中了。

她用琴芷嫣的身体攻击了他，然而对那时的墨青来说，芷嫣的力量实在太过渺小了，就算里面住的是路招摇，也不能逆转两人之间的差距。于是路招摇很快就察觉出了这一点，她也很聪明，立即选择了讨饶。

她说："少侠在上，小女子甘拜下风。"

这模样与许久之前一样，那时墨青还是个孩子，路招摇带着他逃避仙门追杀之际，她教过他："遇见欺负你的人，你就打，打不过就跑，跑不掉你就服软求饶。"

他那时不知道怎么服软求饶，于是路招摇便给他有模有样地学："大侠在上，在下甘拜下风。"路招摇的模样逗笑了他。

这些过往路招摇或许都已经记不得了，可墨青还是记得的。

于是在那一瞬间，面对着素未谋面的芷嫣，墨青恍然记起了那遥远的回忆里的故人，她望他的眼神，使小聪明的模样，与记忆里的人那般相似。

在这禁地之中，墨青不由自主地生出了一个想法，是不是路招摇，借着这人的身体还魂，回来找他了？

他留下了芷嫣，将她安排到了戏月峰，他以千里眼的法术日日观察着芷嫣。可奇怪的是，从那晚之后，墨青便再也没在芷嫣身上看见路招摇的影子。

那晚的似曾相识好像只是他思念过度的一时错觉。

故人并未如他想象的那样归来。

多看了几日，待见得戏月峰上的魔修开始欺负芷嫣的时候，墨青便觉得无趣，不再探看了。这般仙门弟子，用不了多久，便会自己离开尘稷山的。

而他没想到，芷嫣竟然有再闯禁地的胆量，禁地里是他给招摇立的坟，虽然坟里只埋了一个窥心镜，可这也是他唯一能找到的他和路招摇之间有牵连的东西了。这是他给她立的衣冠冢，是他唯一能再来寻找路招摇存在过的痕迹的地方。他不允许任何人来打扰。

当时，他是想杀了芷嫣的。可莫名地，他又在她的眼里看见了与路招摇的一分神似。

她开始解释，说是路招摇逼迫她来此禁地。她知道这里埋的是路招摇。

分明……连尘稷山都没有几人知道。

她说路招摇入了她的梦，墨青其实是有点嫉妒的，为什么跑去入什么仙门弟子的梦呢？为什么那么吝啬，从来不肯在他的梦境中出现片刻呢？她还说路招摇要回来找他报仇。

“那怎么，还不来呢……”

他盼了那么久，每日每夜，不肯停歇地期盼着。

回来吧，回来找他，哪怕是找他报仇，哪怕是要杀了他，路招摇想对他做任何事都是可以的，只要让他与她一起走。

黄泉忘川，又有何惧。

他最怕的，不过是数清了梦里花落，却也未等到梦里观花人。

再次将芷嫣安置到了戏月峰，却与之前不同了，她竟然……给路招摇烧纸？墨青瞬行前去，但见得芷嫣畏畏缩缩地跪在那香烛前面，低眉顺目，与昨晚的模样大不相同。

墨青有些疑虑，却暂时按下不表。

他站在旁边，倚着树木，静静地看芷嫣给路招摇烧纸，纸钱烧出的飞灰被热浪卷着，飞上上空，仿佛能飘到云层之上。

墨青那时并不知道芷嫣与路招摇之间的关系，可既然她敢说路招摇入她的梦，也会给路招摇烧纸，那至少说明，她们之间或许是有外人所不知道的联系吧。

只要知道这点，对墨青来说其实就足够了。

他只需要一点，一点点现世与路招摇的联系，对他来说，就足够安慰。

而接下来的这段时间，墨青发现了越来越多芷嫣这身体里的不同寻常，他隐约察觉了出来，在晚上与白天，这个身体当中或许……住的并不是同一个人。

这个发现令他忍不住开始猜想，而那些猜想一天一天几乎令他发狂，他开始不由自主地靠近夜晚的那个“琴芷嫣”，在她身上有那么多的似曾相识。

他许她去藏书阁找书，不只如此，他第二天还自己去了藏书阁，当他到时，听见“琴芷嫣”看着书本呢喃“借尸还魂”四个字的时候，他内心的涟漪慢慢聚集成了波浪。

他套她的话，威逼利诱，然后见得她来勾引他了。

她借着拿书，触碰他的耳郭，充满挑逗的眼神，她与他说：“师父，你的眼睛漂亮得跟装了夜空里的星一样。”

然后，他的心口便剧烈地一震。

其实自从做了万戮门门主之后，脸上的墨痕消失，与其他魔道门派打交道的时候，也听过奉承的话，赞扬他的容貌，称赞他的五官，不是没人说过他的黑眸仿佛星空。

可这是唯一一次，有路招摇以外的人，令他心口颤动。

她说：“师父，我觉得我好似被你的眼睛……迷住了。”

她步步紧逼，像是要突破他内心的防线。墨青陡然惊醒，她在勾引他。

于是一道护身屏障在面前展开，挡住了“琴芷嫣”的攻势。

“一边去。”他冷声叱她。

也只有这样的冷淡，能掩盖住他内心的躁动与那荒诞的……情愫。

他怀疑琴芷嫣的朝夕有别，但同时，也在抗拒，万一呢……

万一，晚上的琴芷嫣，并不是路招摇呢？万一此人，与路招摇并没有一丝半点的关系呢？

那他，不是背叛招摇了吗？

可幸好，这样的自我怀疑并没有持续多久。

很快，琴芷嫣带柳沧岭从地牢中逃出，被袁桀拦住。那时正值傍晚，他正巧以千里眼探看琴芷嫣的行踪，不料却看到了这样一幕。

袁桀的青钢杖迎头打下，琴芷嫣有多少斤两墨青心里知道，正值瞬行要去救人之际，袁桀的青钢杖被她拦下了。

那一瞬间的气息涌动，聚全身之力于头顶，挡住袁桀的招式，以气劲相抵，推开了北山主的青钢杖。

这身法招式，那眼神语气，无不与记忆中的人重合。

“叫你别打了，听不见吗？”

多么令人熟悉的语调语气，熟悉得让袁桀都愣了神。

而墨青又岂会认不出来。

他瞬行而去，止住了这一场风波，扶住力竭的“琴芷嫣”，可一旦想到这身体里现在住的是谁，他便忍不住有些颤抖。

是路招摇啊，他以为再也不会回来的，永远失去了的路招摇。

袁桀说：“门主，属下正在惩处逃逸的修仙者，您这徒弟，不惜以身犯险想要救他。此举……”

“那又如何？”

路招摇想救谁，想做什么事，自然都是可以。

墨青有自己的规矩，治理万戮门更是门规森严，但路招摇除外，她不在，他便是铁面无私。她若在，则便是他的最高准则。

从前到现在，一直未变过。

只要路招摇在他身边，只要她肯回来，她想要什么，他都无条件满足。

六合天一剑，你想要，我就帮你取，剑鞘更不是问题。你想回万戮门找我报仇，那就来吧，这门主之位，拱手相让也无妨。

我唯一要的，只有你。

只要确定是你。

望着天边月色，墨青揽在路招摇肩上的手微微收紧。

在他小时候，那时还没遇见路招摇，他的生活已经充满追杀与埋伏，每天都活得那么提心吊胆。他不止一次地想过，既然这么辛苦，为什么要活着。

当他的“娘”在他怀里，为了保护他而死的时候，他也想过，就这样死了算了吧。

可生活的迷人，就在于人永远不知道下一秒会发生什么。

就像那时的他，从来不曾想过，在他的生命里竟然会遇见一种美好，名为路招摇。

感谢从那时一直活到了现在的自己，也感谢经历过那么多艰难险恶，却也一直坚强活到现在的路招摇……

“墨青啊，我突然想问你，如果当初，我没有上芷嫣的身，直到魂魄消散，也没能再出现在你面前，那你会怎样呢？”

虽然是个假设，但这个问题让墨青沉默了许久。

直到他沉思的时间长久得都让路招摇感觉到了有一点心疼，她刚想打断，便听得墨青轻声道：“你若不在，这脚下万里山河、千般美景，不过也都是余生对我的惩罚罢了。”

路招摇微微一默，随即牵住了他的手：“我现在在，那这万里山河、千般美景，是不是就是你的奖励了？”

墨青垂头，轻轻地含住了她的唇瓣，细声呢喃：“你就是上天赐予我的最好的奖励。”

此时星空正灿烂，路招摇翘起的嘴角比月牙更弯。

番外二

十七·一世缘

“因为你是琴千弦啊。”

琴千弦飞升之后，十七闷闷不乐了许久，芷嫣说她大概是喜欢上她大伯父了。

“是呀。”十七承认，“我喜欢他的，他以前救过我，后来又救过我家门主，帮了我好大的忙，我当然喜欢他。”

芷嫣闻言，默了许久，最后一声叹息，拍了拍十七的肩膀，没再说别的，继续去忙自己的事了。

芷嫣心想，其实不用和十七说太明白的。反正现在琴千弦已经飞升了，去了另一个全天下都没有第二个人了解过的天地，十七就算弄明白了她对琴千弦的感情，也没什么用了。

不如就让她简单又迷糊地过着自己的生活，可能过不了多久，她就能把琴千弦忘了吧。

……当时芷嫣是这样以为的，可她算错了，十七不仅简单迷糊，她性格里最大的特点还有坚持。

于是在琴千弦走了之后，她沉郁的心情，一直没有缓解。

最后还是沉浸在幸福当中的路招摇回山看见了，随口点了一句："你这么期盼再见他的话，就努力修仙吧，争取飞升，到天上去找他玩。"

十七当真了。

从此跟着路招摇一同游历天下，十七确实简单执着，从说要努力修仙的那天起，便抛却了沉郁的心情，起早贪黑地修仙。

但无奈她体质如此，无论怎样努力，所得修为甚至都比不上低级魔修修到的成果。

她也没觉得有什么不好，她心怀希望，虽然修的修为少，可是她命长啊！

一天天地修，一天天地练，就算一天只有一星半点的积累，也是一份希望呀！

怀揣着飞升的期待，心思简单的十七每天都觉得自己过得十分充实且满足。

晚上睡觉之前，总会抿着唇笑，今天又过了，今天又有一点进步了，她离天上那遥不可及的琴千弦好像又近一步了。每当此时，在即将沉入睡梦之际，她好像也都会看见在那浩渺虚空之中，似有人在她耳边轻笑。

而当她在努力修行的时候，路招摇与墨青夫妇的感情生活也是更进一步——路招摇怀上宝宝了。一直到怀胎十月，墨青算着孩子出生或许就是这几日了，便托十七去就近的镇上找个接生的人来。

十七去后，正遇上两个低级魔修在为难稳婆一家，她上前就要揍人，可转念一想，她在小院里修了这么久的仙，平时路招摇和墨青都是不和她动手的，十七心里也知道，论修为，她这几年的功法要追上他们两人十分困难，于是便没动过切磋的心思。

现在看见两个低级的魔修，正好试试手。她打算用法力与这两人斗一斗，但十七怎么都没想到，在路招摇这么多年的悉心教导之下，当她纯粹用法力与两人争斗的时候，居然都没斗过这两个低级魔修的联手围攻！

她凝聚出来的法力屏障被轻易地击碎，对方魔修的法力打入她的体内，当然，对方的微末法力根本对她造不成任何伤害。

可这足够伤害她的自尊心了。

拼命练了这么多年，却是……依旧没有什么成效吗，连两个低级魔修都打不过，要飞升，谈何容易……

就算她命再长，恐怕也不行吧。

十七觉得无比失落，两个低级魔修不懂她的失落，对她肆意嘲笑，极尽讽刺，甚至要上来对她动手动脚。

十七一抬眸，黑眸中杀气一闪而过，她没再用法力，直接照着以前的方法，抬手就将两人撕了，鲜血溅了她一身，两个嚣张的魔修变成了地上的肉块。她踢开地上的尸体，走到已经吓傻了的稳婆一家人面前："我家主子要生孩子了，你去帮忙接生一下。"

稳婆忙不迭地应了，一路哆哆嗦嗦地跟着十七走回了院子。

到了院里，墨青看见一身是血的十七，什么也没说，只让她去后院将自己洗干净，然后带着稳婆进去看路招摇了。

一盆冷水泼下头，此时正值寒冬，她仰头一叹，一身的热气像她身体的精魂飞了出来，飘飘绕绕，飞上了天。

她大概这辈子都见不到琴千弦了吧。

十七是这样想的。

在厉明歌出生后，好几次，十七躲在门后看墨青逗弄厉明歌，父女俩并未留意间散发而出的气息恐怕是十七再修十年几十年都修不来的。

她终于不得不承认，她大概是没有修仙的天赋的。

世人修仙何其多，然则真正飞升的又有几人。

这是十七第一次为自己的体质而感到失落。或许这个世界就是这样吧，总有一些事，是她注定无法去做的。

这段时间她睡着的时候，嘴角再没了微笑，而那缥缈虚空中的笑声，好似也变成一声浅浅的叹息。

十七觉得自己要放弃修仙了，她不再打坐，也不再去看修仙的书籍，却在这样的时候，倏尔有天晚上，她做了一个梦，梦中场景真实得让她不敢相信。

她好似走进了一片白雾迷蒙的竹林里，林中有人着月白衣裳静坐，自己与自己对弈。

那人不是别人，正是她心心念念想再见一面的琴千弦。

她笑了开来。“活菩萨。”她如此唤他，可唤了一声之后，随即又情绪低落下来，“我又没法修仙，这一定是在做梦吧。也就只能在梦里看看你了。”

她在棋局另一端的蒲团之上盘腿坐下，静静看着对面垂眸思棋局的琴千弦，琴千弦便也任由她看了片刻，开口道：“近来，我或许要下界历一劫。”语调熟稔，就像昨天他们还在一起坐着聊过天一样。

十七问他：“咦，你这才飞升几年，就要下界历劫了？话本子里不是说仙人历劫都是百年千年一次的吗？你长得漂亮，历劫都比别人多历几次吗？”

执子的手微微一顿，琴千弦终于抬起头来望着十七，他的眉眼天生淡漠，可眼角微微夹着三分笑意，黑眸里净是十七的身影，他道：“我尚有余念未曾了结。”

“哦。”十七点头应了，她不太懂琴千弦有什么余念，不过，“你不要怕。”她拍胸脯保证，“你在天上我瞅不见没办法，等你到了下面，我就来找你，一定护着你，绝不让别人欺负你。”

琴千弦落下一子，带着浅浅笑意：“有劳十七了。”

“没事，我喜欢你嘛，一定帮你。”

琴千弦终是失笑出声：“还是那么直率。”

而十七已经换了心思，她望着琴千弦的棋盘：“你自己与自己下棋吗？”

“嗯。”他收敛了笑，又落下一颗黑子。

十七看了一会儿：“黑子要赢了。”

“对。”琴千弦点头，似有几分叹息，“本是欲让白子赢。”

十七不解：“你自己和自己下棋，想让白子赢，怎么还会输呢？”

琴千弦默了一瞬：“敌不过天意罢了。”

随着他的话语，十七便慢慢醒了过来，这一醒，却已经是快到下午了。她兴冲冲地去找了路招摇，说自己梦见了琴千弦，他要下界了，她要去找他。

路招摇并未拦她，十七便又怀揣着希望上了路。可茫茫世间，要找人并不容易，到底谁是琴千弦呢，他会出生在什么地方呢，他会是什么样子呢？甚至连他是男是女十七都不知道。

十七唯一知道的事情便是琴千弦曾经是飞升过的人，那么就算他是下界历劫，出生的时候必定也会非同凡响。十七独自在世间寻了一些时日，后来觉得自己一个人找确实不是办法，于是她回了尘稷山，托芷嫣帮她查人。

在茫茫世间，寻找着天生非同寻常的小孩。

十年的时间，听过了无数的传说，找到了无数的孩子，或真或假，其中有三次还是十七亲自去抢的人，可抢回来一看，直觉便告诉十七，他们和琴千弦一点都不像。于是她又将人都放了。

后来听到北齐皇太子的传说，十七一开始是不信的，听过了那么多以讹传讹的假话传说，她其实已经有些怀疑这些事情了，怀疑自己的那个梦，也怀疑有没有下界历劫这回事。

可即便怀疑，她还是要去，有什么办法呢，她没法修仙，不能飞升，如果连琴千弦下界她都找不到他，那这辈子真的就没有再见的机会了吧。

无论如何，她得去试试。

北齐皇太子十二岁生辰那一天，北齐皇帝大宴天下，白日令皇太子前去素天塔祭拜天地先祖。素天塔前，是北齐这个王国最宽敞笔直的一条大道，直通皇宫，是皇家祭祀的地方。

而在素天塔上，是似可通天的塔尖，十七便立在这塔尖之上，静静地看着那被一众仙人拥护的皇太子，他坐在威武庄严的大轿里，缓缓而来。

轿中人的面目被遮掩，十七看不见他。可即将行至素天塔前的护驾仙人中，有人发现了她。

有人尚且识得她："是东山主！万戮门的东山主！"

"路十七，是路十七！"

所有人都慌了。

他们不知道她来此是为了做什么，层层叠叠护着那轿子。

而轿中的人，听见骚乱，撩开了帘子，微微探出头来，往上望去。遥遥一眼，便足以让十七确认，没错，是他，是琴千弦。

模样不同，眉间多了一颗朱砂痣，五官也尚未完全长开，可十七知道，这种天生眉眼带淡漠的人，她只认识那一个。

素天塔上正值烈日凌空，十七将皇太子看得很清楚，下面的皇太子却看不见她。他只见黑影立在刺目的光华之中，轮廓是女子，那一身气势却不似他从小认识的所有深宫女子。

她身上带着血与煞的味道，可也那么干净通透。

“皇太子小心。”身边的侍从正在提醒，忽然间，黑影便如一只猎鹰从天而降，扑飞而来，径直撞破那些修仙者列阵摆出的阵法，闯进他的轿中，立在了他身前。

轿中空间狭小，且有装饰阻挡，外面的人害怕十七挟持皇太子，不敢贸然动手，而且……

就算他们贸然动手，对曾经的东山主来说，在场的仙人，一起上也都不够看。

十七只站在他面前，一抬手，半点没客气，直接用手指戳了戳他眉心的朱砂痣：“琴千弦，你这胎投的，可让我好找。”

皇太子被戳得有几分愣神地看着面前这人。

她的语气令人觉得很是熟悉，甚至……令他有几分怀念。

可为何有这般熟悉、怀念的感觉，他却说不上来。

万戮门他听过，是江湖上的魔教，可近年来也变得与修仙门派无异，不过就是行事稍微极端、诡异了些。东山主，他也知道，以前万戮门门主路招摇手下的那四个山主，名气大过任何一个国家里面的宰相、将军。

可江湖事江湖了，与凡尘俗世并无关系，她为何要找他，又为何唤他为……琴千弦？

“你找错人了。我乃北齐太子，徐昭。”他依旧坐在自己该坐的位置上，心中的困惑不露分毫。年纪虽小，这在绝对压制的情况下依旧处变不惊的风骨却与琴千弦有几分相似。

十七看了他一会儿：“是你，没错。”言罢，外面有修仙者吟诵起了咒术，他们打算将十七囚困在此，更有侍卫围在旁边，个个尖矛直指十七。

十七扫了一眼：“这里不好说话，我带你走。”

“等……”

十七办事是个急脾气，当时话一落，拦腰就将徐昭一抱，一下子就扛上了肩头，徐昭登时在她肩上没了动静。

外面的禁卫军与仙门的人见状，均是要发大力来拦，十七径直将那轿子的侧门一踢，如同匪贼一样，扛了徐昭纵身一跃，一蹦十丈高。北齐百姓见状均是大声惊呼，宫中皇帝、皇后也被惊动，在遥远的宫廷大殿之中跑出来望天大呼。

仙人们祭出各种各样的法器前去阻拦十七，十七随手扯了一把飞过来的剑，往后面一甩，只见那剑化作回旋镖，在空中“哗哗”一转，所有仙门法器尽数被击落在地。

长剑飞回，十七空中借力将剑垫在脚下，调动身体里为数不多的法力，御剑而行，急速抛去了身后的一片鸡飞狗跳。

没过几天，万戮门东山主路十七挟持北齐皇太子的消息传遍了天下。

在北齐的国土上，刚入过镇的山野樵夫也在谈论这件惊天大事，十七在山间接泉水的时候，陡然听见北齐国君倾北齐之力要缉拿她的时候，只得摸了摸鼻子。

她其实……

真的只是想和琴千弦的转世换个地方说话而已……

当时打斗，她就没注意，这个徐昭原来身体竟这般弱，被她扛上肩头的那一瞬间就晕了过去。她打得火热，没有关注到徐昭，旁边的人可是眼睁睁地看见了他们皇太子被她弄晕了，难怪那么死命地要打她。

现在事情传到这些樵夫嘴里，已经变成路十七在皇太子生辰祭祀会上，杀了满京城的修仙者，一步屠一人，血流遍野，横尸无数。樵夫说得言辞凿凿，弄得十七都以为自己当时是不是真疯了，干下了那种祸事。

她接好了水，回了小树林里。

徐昭脸色苍白地倚靠着树干坐着，但见十七给他递了水来，他也没有拒绝，接过，饮了一口，复而问他："你掳来我，是为何事？"

"我想和你聊聊。"

"聊什么？"

聊什么，十七其实也不知道，看着面前这个人熟悉又陌生的神色，她并不知道应该怎么开口。聊聊过去，他根本不知道关于琴千弦的过去，聊聊未来……这有什么好聊的。

"聊聊你吧。"十七最后决定道，"你喜欢我吗？"

"……"

这问题来得太突然，徐昭还是少年，饶是再淡定，整个人也一下愣了。

"这……从何谈起……"要他对一个初次见面就掳走他，害他病发的人说喜欢？

"我挺喜欢你的。"十七在他面前盘腿坐下，"一见你面就喜欢。你放心，我不害你，你要是想回北齐，我就送你回去。你要是不想当皇太子，我就带你离开。你想做什么，我都帮你做。"

这话……来得比刚才那句还突然。

徐昭虽然还小，可自幼的教育与环境让他过于早熟，然而看着面前这人，他还是觉得……自己跟不上她的想法……

"为何？"徐昭问她，"为何是我？"

为何是他？

"因为你是琴千弦啊。"

这个名字又出现了。

他这几天病发，过得迷迷糊糊的，事情太混乱，以至于徐昭都还没来得及思索和这名字对得上号的人，现在一想，便也不难想到，琴千弦，十数年前飞升了的仙人……

那飞升的仙人与东山主之间，还有什么过往吗？

他望着十七：“你把我当成他了吗？”

“你就是他。”

面对这么执着的人，徐昭最后只得垂头一笑，也不再辩解了，只道：“你送我回宫吧。”

“好啊。”十七也没废话地应了，随即又接了一句，“不过我很好奇，你真的是个很受宠的皇太子吗？为什么你们北齐的人都跟过来了，还一直不动手救你呢？”

十七说着，往远方一望，在数十丈远的地方，倏尔有一只惊鸟飞起，不注意，并不会察觉到异常。

徐昭抬头望了一眼，垂了眼眸，心里有数：“我父王累年病弱，三哥不甘居后，我这般说，你便该当明白。”

“明白，想趁着一池水被我搅乱，趁机夺权呗。”十七单纯，心眼直，却不傻，“你放心，有我在，他们动不了你一根汗毛。”

被人这般守护，对徐昭来说是第一次。他笑了笑，撑着树干，想要站起来，十七则直接蹲到了他面前：“你想去哪儿，我背你。”

看着十七的后背，徐昭愣了一瞬，倒是也没客气地趴了上去，只是手穿过十七颈项间的时候，钩住了她的头发，但见她颈项后面有一道伤疤。徐昭一默，他身边有不少护卫，每一个都武功高强，而每个武功高强的人身上多多少少都会带伤，可徐昭从没见过哪个女人身上有这样的伤。

弯弯曲曲从衣襟之上一直蔓延到了背脊里面，受伤的时候，一定是鲜血淋漓……很痛吧。

不过想来也是，万戮门的东山主，身上怎么会少了这些“战功”。

“北齐皇宫。”徐昭道。

“好。”

十七准备动，可便在这时，那边的人忽然就出手了。

精钢锁链“哗啦”一声从四面八方而来，在离十七与徐昭三丈远的地方凌空织出了一个铁网。十七“哦”了一声：“修仙者啊。这些人想困住咱们，不想让你回宫。”

徐昭眸光微微一寒，随即问十七：“你能对付他们吗？”

十七一笑，满是属于东山主应有的猖狂：“你抱紧我就是。”

徐昭紧紧地抱住十七的脖子，但见她身形往前一冲，铁网之上立即有一根铁链向十七甩来，十七不躲不避，径直向那精钢铁链冲去。

徐昭愣神，眼见那精钢铁链上一根尖锐钢刺迎面刺来，速度之快，让他下意识地闭上了眼。然而下一瞬间，只听“咔”的一声，十七竟空手握住了那钢刺，不由分说，直接掰断，钢刺后面连着铁链，接着那后面一大片修仙人用精钢铁链织出来的囚笼一样的网。

十七抓来后面的铁链狠狠一拉,整个铁链网便跟随着她的动作一抖。

铁网后面的修仙者皆是大惊，待得再欲挥动铁网，十七竟是一声低喝，凭着一已蛮力，直接将那空中以法力支撑的铁网整个拖拽过来，一个旋身，拉着铁网画了一个弧线，摧毁了大树，连带着打倒了不知道多少隐藏在树林间的修仙者，将他们连人带树一网打尽，径直扔向了天空之中。

空中一片惊叫。

不只徐昭，还留在地上的修仙者也尽数愣了，躲过刚才那一网的修仙者纷纷从已经秃了的树林里站起身来，满脸惊愕地看着十七。

早闻万戮门东山主怪力惊人，却未曾想过，她的怪力竟这般惊人……

不管法术，不论常理，直接凭蛮力取胜……

徐昭趴在十七后背上，不敢置信地静静看着她。十七却只是“啪啪”两声，捏响了指骨，一言不发，径直向剩下的修仙者那方走去。

其中靠得最近的一个老道见状，心知不妙，连忙掐了个瞬行术，眨眼身形便消失了去。十七却只目光一凝，脚步未动，径直伸手凭空一抓，那老道立即在十七手中现形，惊诧地瞪着眼，被十七狠狠捏住了脖子，正值锁紧虎口之际，徐昭倏尔道：“好了。”

十七虎口松开，微微侧了头，随即一撇嘴：“你果然和琴千弦一样的，总拦着我，说造杀孽不好。”她随手将老道丢开，拔了腰间的剑，御剑而起。这时，却有一道光华倏尔从她后背刺来，而她背上正背着徐昭。

她一转身，以身做盾，挡下了那道光芒。

一开始她只以为是法术，却没想到法术当中竟还包裹着一把匕首，法术的光华融入十七的身体里面，并未给她造成伤害，那匕首却径直刺入了她的心房。

十七受了这一刀，徐昭在她身后便倏尔也莫名地觉得心口一疼。

他没受伤，但他……

竟为十七感到疼痛。

可十七并未觉得有多痛，她仙术没有修成，这一身皮肉却不是这种小仙耍个小把戏就能重伤的。

她一抬脚，狠狠将面前的年轻修仙者踢开。那人向后摔倒于地，依旧不甘，咬牙痛骂：“路十七！你这魔女！你杀了我父亲！今日我杀不了你，待得做鬼，我必不放过你！”

徐昭静默。

十七也没有言语，她这辈子杀的人太多，这青年是谁，他父亲是谁，对十七来说根本就不重要，她也不记得。只是她微微转头看了眼旁边的徐昭，随即挠了挠头。

她不嫌痛地径直将胸口的匕首拔出，扔在地上，鲜血晕染了她胸膛的衣裳，她也没有在意，看了那青年一眼，不辩解，也没动杀手，只是像刚才一样，御剑离开了。

她将徐昭送入皇宫里，却发现北齐皇宫之上已经布满了结界，她是可以闯进去没错，可徐昭进不去。而徐昭进不去，她去皇宫里也没什么意义。在结界之上纠结了一段时间，天色便已经擦黑了。

十七便先带了徐昭去郊外湖边打算将就一夜，顺带想想对策。

“你三哥好像要夺权了哎。”她点起了篝火，对旁边面色苍白的徐昭道，“要我去把你三哥杀了吗？”

徐昭没有接她的话，只是静静看着她胸膛上的血迹。

十七有些不自然地挡了挡：“嗯，我先去湖里清洗一下。”她想，琴千弦那么一个活菩萨转世，一定见不得杀戮吧。

以前的琴千弦便也罢了，本就是这江湖上的人，再怎么修菩萨道，为了守护自己想要守护的东西，手中终是染了鲜血，所以她的过往，琴千弦足够理解。

可徐昭不一样。

他还小呢，他心怀仁慈，必定见不得她那般杀人，也……理解不了过去她身上背负的那些血债吧。

十七走到湖边，褪了衣裳，踏入湖水之中，清洗着自己的身体，一边洗，一边琢磨，好像有点被嫌弃了，该怎么办呢？要不去给他买个糖葫芦，哄哄吧？

而十七想这些事想得专注，却没料到在她身后，坐在篝火旁边的徐昭微微侧了头去，但见月色之下，湖光潋滟之中，十七裸背立于湖中，即便白日见过她的怪力与手段，可此时见她婀娜身姿，与平常女子并无不同。

再仔细一看，却又发现，在她后背之上，果然布了不少的伤疤。

刀剑的划伤，火焰的烧伤，箭矢的刺伤，各种各样，她好像是尝过了地狱中的所有酷刑，才会有这么伤痕斑驳的身体。

然而……

"呀。"十七一转头，微微挡住胸，"你在看我洗澡啊。"

一句话，径直将徐昭心头方才的那些怜惜、心疼和感慨，尽数化为害羞与窘迫，他连忙转了头，到底是年纪小，脸颊霎时间便红了起来："不……我……我……"

"哗啦啦"的水声响起，是十七上了岸，她光溜溜地站在徐昭旁边，徐昭侧眸看了一眼，登时脸如火烧，又立即垂下了头。这次更是将头埋在了膝盖里面，久久没有抬起："东……东山主……你先穿上衣服……"

"你叫我十七就好了。"十七在徐昭旁边蹲了下来，"看我洗澡你会开心吗？"

"……"

"你如果开心的话，咱们一起洗呀，这样我就不用再想别的办法哄你了。"

"……"徐昭的脸红到了脖子根，过了好半天，才极小声地如同蚊子叫一样呢喃出了一句，"为什么要……哄我？"

十七眨巴着眼看他："你不是嫌弃我了吗？"

徐昭一怔，他很聪慧，知道十七是怕他指责她那些过去的血债。他想解释，可刚要抬头，随即想到十七没穿衣服的样子，又连忙将头埋下。过了许久，平复了些许燥热的心情，才细声道："我没有……嫌弃你。"

她的手或许真的染满血腥，可是她的心灵其实……比谁都干净，至少比后宫里的那些女子，干净了太多。

看徐昭这样，十七便也乖乖地将衣服穿好了："你不嫌弃我就好。我可是要保护你一辈子的，这辈子都要和你在一起，你要觉得我做的事有哪里看不惯，你就直接和我说，我不想和你有矛盾。"她系好了腰带，走到徐昭旁边，拍拍他的肩，"我衣服穿好啦，你要不喜欢看我光着身子，我以后就不在你面前光着身子了。"

"我也不是不喜……"

算了，还是别说了吧，省得她待会儿又把衣服脱了……

看着十七在篝火旁边倒头就睡的模样，徐昭心里满是无奈，无奈之后又只有摇摇头，笑了出来。

这就是万戮门的东山主啊，比他见过的任何人都要有趣得多。

翌日清晨，十七睡醒了，养足了精神，活动了一下身体，径直对徐昭伸出了手："走吧。"

"去哪儿？"

"我送你回皇宫啊。"

徐昭皱了眉头："可皇宫上面的结界，我无法……"

"我昨天睡觉的时候想过了，你没办法从结界上进去，可那结界总是有出入口的，咱们就从入口进去，谁拦我揍谁。"

徐昭琢磨了一下，他总是要回宫的，三哥狠辣，保不准会对父王母后做出什么大逆不道的事情来，他是必须要回宫的，虽则直接去，极为危险……

很快，徐昭就发现他想多了。

十七带着他入皇宫，情形是十分危险不错，可危险的不是他和十七，而是其他来阻挡的人……

东山主动手，从来不讲道理，一路遇神杀神，遇佛杀佛，真是如她所说，谁拦就揍谁。

一路大摇大摆、畅通无阻地从宫门入了朝天殿，徐昭跟在十七身后，看着面前这条道上倒下的人，哭笑不得。自古以来，反叛有被镇压的，有被智取的，可大概从来没有像这样……被一个人给搞定的吧。

最后走到朝天殿前，三皇子疯了一样抓着徐昭的母后，站到殿前，拿剑抵着皇后的颈项。为了保命，他只能出此下策："徐昭，你再让这魔女前进一步，我就……"

话音未落，刀剑落地，三皇子径直被人一拳揍得飞了出去。

皇后紧紧咬着牙关，稳住了神态，十七在旁边扶了她一把："没事，你别怕。你是徐昭的娘亲，我也保护你。"

皇后转头看了眼十七，一时竟不知该说什么好。

这一场宫变，就这样被十七一人强行镇压了下来。

皇帝尚且留了一口气，十七劫走了皇太子，可后来又将皇太子安然无恙地还了回来，顺带救了皇后，平息了叛乱，算是功过相抵。皇帝是这样说的，可皇后作为被救的人，则更感激十七，只问十七道："你想要什么？"

十七想也没想就说："我要和徐昭一直在一起。"

此言一出，皇帝皇后面面相觑，徐昭在十七身后又忍不住红了脸，可也没说出反对的话。

能与有万戮门这般后台的人攀上关系，这人还是东山主，即便是皇家，也是求都求不来的。谁不知道，靠上这么一个媳妇，从此放眼天下大国，谁还敢轻易来犯。

然则这事弄到最后，最蒙的还是十七。待得徐昭年满十六，北齐大办皇太子婚宴。

洞房当天，十七穿着一身喜庆红袍，眨巴着眼望着挑了她头上红盖头的徐昭："我为什么要和你成亲啊？"

十七跟在徐昭身边也有四年，他对什么事情都运筹帷幄，唯独面对十七，是每次都哭笑不得的无奈：“你不是要和我一直在一起吗？”

“可我家门主说人只能和自己最喜欢的人成亲，虽然我喜欢你，可我最喜欢的人还是我家门主。”

好嘛，原来不只是琴千弦，还有她家门主也是他的敌人啊。

徐昭哄她：“但我最喜欢的人是你啊。”

十七想了想，觉得好像……也有点道理：“那既然这样，就成吧。”

徐昭与她饮了交杯酒，一杯酒下肚，他看着十七映着烛火红扑扑的脸，心里只觉像被茸草扫过一般痒。十七说他是琴千弦的转世，要下来历劫的。

他不知道自己到底是不是如十七所说的那样。

他只是觉得，如果真是如此的话，那琴千弦或许并不是下来历劫的吧。他成为他，大概只是来了结一段未了结的缘，他成为他，大概只是想借这样的身份，对十七说“我最喜欢的人是你”这样的话吧。

因为，每一次对她表白心意，他的心里，便控制不住地，充满了细碎又温柔的感情。

喜欢她，那么喜欢这般率直可爱的她。所以想抚摸她，爱护她，怜惜她，让她做他的妻。

守这一生一世的缘。

图书在版编目（CIP）数据

招摇：全二册 / 九鹭非香著 . —长沙：湖南文艺出版社，2016.8
ISBN 978-7-5404-7697-7

Ⅰ. ①招… Ⅱ. ①九… Ⅲ. ①长篇小说 – 中国 – 当代 Ⅳ. ① I247.5

中国版本图书馆 CIP 数据核字（2016）第 175476 号

上架建议：畅销 · 古代言情

ZHAOYAO
招摇：全二册

作　　者： 九鹭非香
出 版 人： 刘清华
责任编辑： 薛　健　刘诗哲
整体监制： 毛闽峰　李　娜
策划编辑： 钟慧峥　张园园
文案编辑： 王苏苏
营销编辑： 贾竹婷　雷清清
装帧设计： 果　丹
版式设计： 潘雪琴
封面插画： 流水画　璎　珞　凌家阿空
出版发行： 湖南文艺出版社
（长沙市雨花区东二环一段508号　邮编：410014）
网　　址： www.hnwy.net
印　　刷： 三河市鑫金马印装有限公司
经　　销： 新华书店
开　　本： 787mm × 1092mm　1/16
字　　数： 434千字
印　　张： 35
版　　次： 2016年8月第1版
印　　次： 2019年3月第2次印刷
书　　号： ISBN 978-7-5404-7697-7
定　　价： 58.00元（全二册）

若有质量问题，请致电质量监督电话： 010-59096394
团购电话： 010-59320018